JN069192

陳彦

菱沼彬晃 訳

原題『主角』

主演女優 上

晩成書房

著者 陳彦 近影

陳彦（ちん・げん　Chen Yan）

1963 年 6 月、陝西省鎮安県生まれ。小説家、劇作家。

中国作家協会副主席、中国戯劇家協会副主席。

『遅咲きの薔薇（遅開的玫瑰）』、『大樹西遷す（大樹西遷）』、『西京故事』など数十篇の小説を発表、中国文聯・中国戯劇家協会の「曹禺戯劇文学賞」を三度獲得。テレビドラマ『大樹小樹（大樹小樹）』は中国国家広電総局の「飛天賞」を受賞。長編小説は『西京故事』、『西京バックステージ仕込み人（装台）＝菱沼彬晁訳、2019 年晩成書房刊』、『主演女優（主角）＝本書』、『喜劇』を刊行。その中で、『装台』は人民文学雑誌社の「呉承恩長編小説賞」を受賞し、国家図書学界の「2015 中国好書」と「新中国 70 年 70 部長編小説典蔵」（中華人民共和国成立 70 周年記念して学習出版社、人民文学出版社などの 8 出版社が共同刊行）に入選。『主角』は「2018 中国好書」に入選し、第 3 回「施耐庵文学賞」、第 10 回「茅盾文学賞」（ともに中国最高の文学賞の一つ）を受賞。

『主演女優』目次

主演女優　上巻

她正在家對面山坡上放羊頭上戴了一个用柳條編的帽圈子柳葉被太陽曬蔫了她娘突然扯破喉嚨地喊叫讓她麻利回來說她舅回來了

憶秦娥牧羊図

馬河声 画

一

彼女の本名は易招弟《イチャオディ》。弟を招く――二人続いた娘の下の子で、もう女の子はいらない、早く弟が生まれますようにという親の願いがこめられている。芸名は憶秦娥《イチンオー》。彼女が売れ出してから劇作家の秦八娃《チンバーワー》から命名された。易招弟《イチャオディ》が県（陝西《せんせい》省下部の行政区）所属の劇団に入団を許されたとき、初めて名乗った芸名は易青娥《イチンオー》だった。これは母の弟から与えられた。「青娥《チンオー》」は神仙界に住むとびきりの美女の名だ。

易招弟《イチャオディ》が劇団に入ってからもう長いこと経つ。だが、自分の運命を変えたその日のことをはっきりと覚えている。かっと照りつける午後の日射しの下、彼女は生家を見下ろす山の斜面で羊の番をし、草を食べさせていた。行李柳《こりやなぎ》で編んだ日除けを頭に巻いていたが、柳の葉はすでにしおれ、ちりちりと干からびかかっている。突然、すぐ家に戻れと母親の金切り声が聞こえた。母の弟が街から戻ったという。

母の弟は胡三元《ホーサンユアン》といい、県の劇団の楽隊で結構知られた太鼓打ちだった。母親は口を開けば自分の弟をでき損ないだの、ろくでなしだのと腐《くさ》していた。劇団に入って何を習いくさった。太鼓をでんつく、でんつく、いいふりこいて世の中斜《はす》に見て、要するに〝生活態度がなっていない〟という。それがどういうことか、招弟《チャオディ》はよく呑みこめなかったが、母親はくどくど愚痴ってばかりいる。

招弟《チャオディ》は叔父の劇団の公演を何度か見ていた。母親に連れられ、何十里もの山道をてくてく歩いて人民公社の舞台の〝追いかけ〟をしていた。舞台の叔父はちょいと偉そうに見えた。大小さまざまな太鼓を舞台の袖に並べ、全身をわざとらしく観客の目にさらす。役者に負けないくらい押し出しがよかった。開演前、彼はまず茶を入れた大ぶりの湯飲みを捧げ持って姿を現す。柄杓いっぱいの水が入るほどの大ぶりな湯飲みを大事そうに持ち、スイングするような手振り、足取りで背もたれのある椅子に腰をかけると、高々と足を組む。ズボンを汚すまいとするのか、太腿に白っぽい布をさっと掛ける。ふうふうと茶葉を吹き分けて二口三口茶をする。ここまで観客の目を引きつけておいて、彼が長い布の手提げから取り出したのは一対の撥《ばち》だった。それは細く長く頼りなげで、易招弟《イチャオディ》には二本の箸のように見えた。太鼓に振り下ろされると折れてしまいそうだったが、その一刹那《せつな》、すっとゆるめた手が直ちに反転すると、銅鑼の上、鐃鉢《にょうはち》の上をひらひらと舞った。叔父がわざとらしく口角を矯《た》め、顎を意志的に反らし、眼精が強い光を発したとき、何かしらの企みがぐいと頭を擡《もた》げたかのように緩急軽重、手練の技《わざ》が繰り出されるのを招弟《チャオディ》は見た。

待ってましたと観客は熱狂した。こいつはただ者ではない。評判が評判を呼び、山深い県内の村々から客が押し寄せて、劇団と劇場は有卦《うけ》に入《い》った。易招弟《イチャオディ》は後で知ったのだが、この演奏は業界で「呼び込み」と呼ばれる景気づけで、前座の挨拶のようなものだという。さあ、始まるよ。早く寄っといで！ 客が多ければ多いほど、彼の撥さばきは勢いに乗り、その早さときたら、篠《しの》突《つ》く雨が芝居小屋の屋根瓦を震わせるかのようだった。その目にも止まらぬ早打ちは、さながら二本のラッパが空中に静止しているかのように見えたが、どろどろとくぐもるような音がやがて太鼓の皮が張り裂けるような大音響となって会場を圧するのだった。いよいよ芝居の幕開きとなる。だが、客の多くは彼がお目当てだから、この後どんな演《だ》しものがかかろうと、どんな役者が出ようともうどうでもいい……というのは実は叔父のほら話だった。こんな怪気炎を、易招弟《イチャオディ》は幼いときから何度聞かされたことか。どの県にも所属の芝居小屋があるが、へっぽこ小屋の七つや八つ束になってかかってきても俺さまの腕にはかなわないと大見得を切る。陝西省の省都西安の大劇場にも足を運んでいるが、ろくな太鼓打ちはいなく、俺さまの足元にも及ばない……。

だが、この叔父がいくらほらを吹こうが、彼女の母親、つまり彼の姉にかかったら形《かた》なしで、いつもぎゃふんとへこまされている。女のふところに転がりこんで、のらくら暮らしているのがそんなに得意かね。三十過ぎてろくな嫁ももらえないでいるのが、そんなに嬉しいかね。叔父に関わる芳《かん》しからざる評判はすでに県内のあちこちでささやかれ、後に易招弟《イチャオディ》が地元寧州《ねいしゅう》県の劇団に入ったとき、叔父の不始末、不行跡を次々と聞かされ、また見せられて顔赤らめ、何度も逃げ出したい思いをさせられた。だが、これは後の話だ。

招弟《チャオディ》が羊を追って坂を下り、家に入ったとき、叔父の胡三元《ホーサンユアン》は彼女の母が打った鶏肉の臊子麺《サオズミエン》（さいの目に切った肉を炒めトッピングした家庭料理）を食べ始めていた。父親は義弟を相手に酒を酌み交わし、「も一つ」と義弟の盃に注《さ》そうとすると、胡三元《ホーサンユアン》は「いや、もうやめておく」と断った。今日はこれ以上飲むと酒席が荒れて大事な話が壊れかねない。そう腹をくくって姉の婚家に乗りこんできたからだ。

胡三元《ホーサンユアン》は姉に向かって言った。

「この子の支度、早いとこ頼むよ。今夜は人民公社の招待所に泊まって、明日は朝一番、バスに乗せて県城（県庁所在地）へ行く。姉さんも義兄《にい》さんも一体何を考えてるんだか。この子を牛みたいにこきつかってさ。十一にもなった女の子が、垢だらけ、髪はぼさぼさ、顔は真っ黒、汗で顔に塩吹いて、あーあ、これでも実の親と実の娘かね。乞食の子の方がまだましだ」

彼女の母はいつもなら、この不出来な弟を息つく暇なく罵り倒すところだが、今日は一言も言い返さなかった。娘の体を洗い、髪をとかし始めた姉に、弟は遠慮なく追い討ちをかけた。

「髪の毛のシラミ、きれいに梳き落としてくれよ。街に行って笑いものになっちゃ、俺の立つ瀬がないからな」

「分かってるよ」

母親はこれだけ言うと、荒っぽく娘の髪に櫛を入れた。髪の毛がごそっと櫛に絡んだ。痛さをこらえる招弟《チャオディ》の目から涙がこぼれた。母親はお構いなしに梳き続け、招弟《チャオディ》はその手から逃れるように身をよじる。母親は彼女の後頭部をぽんぽんと叩きながら言った。

「さあ、これでよしと。今日という日、お前の叔父さん何を言い出すかと思ったら、ぶったまげたね。県の劇団が役者を募集して試験するんだと。お前の叔父さんは何考えてるんだか、お前を連れて行くとさ。お前の可愛いシラミを髪飾りにして、一緒にぴょんぴょん跳ねて歌え。見物人はみんな逃げ出すだろうがね。まあ、せいぜいいい夢を見てくるがいい」

母親は言いながらまた娘の頭を叩いた。

招弟《チャオディ》は喜ぶより先に茫然となった。きつく髪を引っ張られた頭がぶーんとうなりをたて、その場に立ちすくむしかなかった。県の劇団に入って舞台に立つなど、自分の身に起こるはずがなかった。酒を飲んだ叔父が酔いに任せてそれらしいことを言い出したのは聞いたことがある。いつか劇団に欠員が出る。劇団員の大募集だぞ。そのときはどうだ、お前たち姉妹《きょうだい》、いっそのこと俺のところへ来い。どっちか一人でも口減らしになれば、お前たちの家も助かるしな。親孝行ってものだ。

しかし、招弟《チャオディ》は思う。この話はどう考えたって姉の「来弟《ライディ》」の方がふさわしい。来弟《ライディ》の方が自分よりずっときれいだし、何をやらせてもてきぱきこなす。自分は何をやらせられてもどじで、母親にいつも言われていた。お前は羊飼いに生まれついている。一生、羊を追って暮らせ、それがお似合いだと。それなのに、これはどういう風の吹き回しなのか？

洗った髪をお下げに結っている母親に彼女は尋ねた。

「姉ちゃんは行かないの？　どうして？」

「お前の姉ちゃんはもう大きくなって、一人前に家の仕事ができる。お前はまだ半人前だ。お前の父ちゃんと、とくと話して決めた。行くのはお前だとね」

「行っても、要《い》らないって言われたら？」

「大丈夫。お前の叔父さんは強い。この世に恐いものなし。天下無敵だよ。逆らう奴は撥でめった打ちだ」

母親は花模様の髪飾りを二つ、引き出しから取り出して、彼女の髪に挿した。これは姉のものだ。去年、漢方の薬草の火藤根《フォトンゲン》を掘り当てて高値で売れ、そのほまち（臨時収入）で買ったものだった。姉は普段には使わず、大事にしまいこんでいた。

（注）火藤根《フォトンゲン》　ウコン（鬱金）。地下茎を乾燥させると香辛料のターメリックとなる。寒気をしのぎ、血液の循環をよくし、

咳止めの効能がある。

「姉ちゃんに見つかったら、怒られる」

「馬鹿な子だよ。母ちゃんに任せておけ。お前の晴れの門出だ。姉ちゃんは喜んで持たせてくれるさ」

母親はそう言いながら気づいていた。今娘に着せたものはとても人前に出せる代物ではない。ぶかぶかな上に、肩や袖、尻の継ぎ接《は》ぎが母親のお古だとすぐ分かる。これでは弟からまた乞食の子の方がまだましだと言われかねない。母親は、はたと思い当たった。いきなり薪割りの斧を持ちだすと、姉の来弟《ライディ》の衣装箱に振り下ろした。鍵を壊して取りだしたのが緑色の上着だった。これは一昨年、村の組合の購買部で買ったもので、正月の晴れ着としてまだ二回しか袖を通しておらず、毎年六月六日の虫干しも忘れず、これまでにちゃんと二回、風に当てていた。正月には招弟《チャオディ》にもちょっとだけ着せてくれたが、「試すだけ」と、すぐ脱がされた。とっておきのよそ行き着だから厳重に衣装箱にしまい込まれ、その鍵はどこかに隠されているが、母親もその在処《ありか》を知らない。

怖《お》じ気づいている招弟《チャオディ》に、母親は無理矢理着せた。上着は明らかに大きかったが、とても見栄えがし、豪奢な気分がした。これでよし。彼女は満足だった。

今日姉はうまい具合に家にいなかった。もしいたら、この衣装は着るどころの騒ぎではなかっただろう。

叔父は出かけしなに、招弟《チャオディ》をちらと見ていった。

「だぼだぼだ。いくら何でもあんまりだ。もっとましなのはないのかねえ」

母親が答えた。

「あればとっくに着せてるよ。これだって来弟《ライディ》のものさ」

叔父はため息混じりに言った。

「この暮らしじゃな、ないものねだりか。分かった。叔父さんが街でいいのを買ってやる。行こう！」

数歩も行かないうち、母親が大声で泣き出した。

いきなり走り出し、娘を抱き寄せると、やめた、やめた、この子はどこにもやらないと言い出した。こんなちっちゃな子に芸を仕込むなんてむごすぎる。山出しの猿に何ができる？　家で羊の番をしている方が分相応、幸せってもんだ。十一にもならない女の子を遠いところに放り出して、不憫とは思わないのか。いやだ、やめた。この子は手放さない。

叔父は言った。

「取り越し苦労はいい加減にして、考えてもみな。ここにいて何の望みがある？　引き止める方がよっぽど酷《こく》ってもんだ。劇団の門を一歩入ったら、黙っていてもお国が飯を食わせてくれる。こんなありがたいことないだろう。この九岩溝《ジョウイエンゴウ》から出て行って、国の飯にありついたのが何人いる？　誰と誰だ。指を折って数えてみな」

言われてみると、この谷間の村から出て行って国から給料をもらっているのはここ何年、叔父一人しかいなかった。

父親も母親をなだめにかかった。ここはやっぱり娘を出してやろう。この先どんな運が開けないものでもないからな、と。

招弟《チャオディ》は心の準備ができないまま、目にいっぱいの涙を浮かべ、叔父と共に家を出た。

村を過ぎてすぐ、叔父は招弟《チャオディ》に言い聞かせた。

「いいか、まずお前の名前を変えなくちゃな。何が招弟《チャオディ》だ。これからは招弟《チャオディ》じゃ駄目なんだよ。来弟《ライディ》、招弟《チャオディ》、引弟《インディ》、みんな男尊女卑、封建思想の迷信だからな。街に出たら、いい笑いものだ。本当のお前になれ。お前のために俺が考えてきた。易青娥《イチンオー》がいい。西安には名女優李青娥《リチンオー》がいるしな、それにあやかって易青娥《イチンオー》だ。いいだろう。いつかお前も大女優にならないとも限らない。どうだ？」

叔父は得意そうに笑った。

突然易青娥《イチンオー》にさせられた易招弟《イチャオディ》は笑えなかった。叔父の言っていることが、彼女にはお経の文句のようにしか聞こえなかったからだ。

易青娥《イチンオー》はたった今別れたばかりの母親に後ろ髪を引かれながらも、山に置き去りにした羊たちが気がかりでならなかった。羊たちはいつも彼女の目を見つめ、めえめえと鳴いていた。

それから十数年経って、易青娥《イチンオー》の芸名は憶秦娥《イチンオー》に変わった。

山深い生家から街に出て女優という仕事に就いたあの日の記憶は心の奥処《おくが》にまだしっかりとたたみこまれている。姉が大事にしていた二つの花柄の髪飾りと緑の上着のほか、母親は隣家に恥を忍んで頭を下げ、渋る相手から靴を一足譲り受けていた。回力《ホイリ》（ワリアWarria）印《じるし》、一九六〇年代から八〇年代にかけ全中国で人気沸騰した白いズックの運動靴だった。靴の両方とも親指のところがすり減っていたが、白い糸で菊の花弁の形にかがってあった。これを洗って白粉《おしろい》をまぶすと、白さが数段増した。招弟《チャオディ》の足には大きかったので、母親は中敷きにと、土間にあったトウモロコシの葉を剥き、何枚か重ねて敷いてくれた。履き心地もまずまずだった。何と美しい靴だろう。彼女はこの有名ブランドの靴を自分の足が履くうれしさに自ずと笑みがこぼれ、心が浮き立った。自分の足が歩いているようには思えず、一歩一歩ひたすら靴を見つめながら歩いた。そんな彼女に、叔父は何度も叱声を飛ばした。

「地べたばかり見て歩くんじゃない。上を向け。お前もお前の母ちゃんと同じだ。山育ちはこれだから困る。どいつもこいつも下ばかり見て、上を向いて歩くことを知らないんだからな」

この数年後、劇作家の秦八娃《チンバーワー》は、自分が名付け親になった秦腔《チンチアン》の名優・憶秦娥《イチンオー》について次の文章を書いている。


それは一九七六年六月五日（訳注　一九六六年五月に始まった〝文化大革命〟の猛威は十年後、つまりこの年の十月に終息する）の黄昏どきだった。秦腔《チンチアン》一代の名花・憶秦娥《イチンオー》は、彼の叔父——彼もまた秦腔《チンチアン》の名司鼓《スーグー》（鼓師）——と一緒に、秦嶺《しんれい》山脈（陝西省南部を東西に走る大山脈）のふところ深い九岩溝《ジョウイエンゴウ》を出立《しゅったつ》した。

その日は、彼女の十一歳の誕生日まであと十九日、憶秦娥《イチンオー》にとって回力《ホイリ》印の白いズックの運動靴を履いた旅立ちの日だった……

二

易青娥《イチンオー》と彼女の叔父は人民公社招待所の客室で一晩泊まった。

公社の服務員の何人かは叔父と顔見知りで、客室に押しかけて気勢を上げ始めた。一碗の大根の塩漬けを肴に甘《ガン》蔗酒《チョチュウ》（サトウキビの焼酎）の甕を開け、夜中過ぎまで大騒ぎになった。奥の部屋のベッドに入り、布団をかぶった易《イ》青娥《チンオー》は、寝たふりをして彼らのとりとめのない話を聞いていた。彼女の分かる話もあれば、まるで分からない話もあった。

誰かが叔父に尋ねた。

「役者ってのは、〝ちゃらい〟商売だってな？」

何年か経って初めて易青娥《イチンオー》もその意味を知ったが、そのとき叔父は、

「そんなの、ない、ない」と答えた。

「いや、みんな言ってる。劇団の連中は誰とでも、すきなときにすきに〝やる〟ってよ」

叔父は言い返した。

「それじゃ、何か？　劇団員の〝アレ〟は男も女も手についてるってか？　出会い頭に二人が手をぽんと合わせたら、一丁あがり、できちゃったってか？　劇団といえども、国の組織だからな。うかつに手を出してみろ、厄介なことになるぞ。人民公社だってそうだろう。下手にちょっかい出したが最後、首が飛ぶ。あんたたちの公社でも、書記さんたちがひどい目に遭ってるだろうに」

それから酒席はさらに盛り上がって、胡三元《ホーサンユアン》の身元調査が始まった。

「ところで、胡三元《ホーサンユアン》よ。あんた、〝花和尚《かおしょう》〟の評判とってるそうだな。十貫目の金棒が自慢と聞いたぞ。ちょいと拝ませてくれ」

「教えろ。何人の女を泣かせた?」

(注)花和尚《かおしょう》『水滸伝』に登場する豪傑・魯智深《ろちしん》の異名。怪力の巨漢で僧侶の身なりをし、鯨飲馬食、女性に目がなく、全身に花の刺青があったことから「花和尚」とあだ名されたが、義侠心に富み、三十数キロの錫杖を振り回して大暴れする。

みんな口々に迫り、叔父は懸命に拒んだ。何人かが叔父のズボンに手を掛けて脱がせようとした。

「その金棒、見たいもんだ」

「止めてくれ。子どもがいるんだ」

誰かが奥の部屋の格子戸を閉めた。

何人かの男が寄ってたかって叔父のズボンを脱がそうとしている様子が易青娥《イチンオー》に伝わってきた。叔父はどうやら脱がされたらしい。叔父はついに白状させられた。劇団に〝できた〟女がどうやら一人いるらしい。だが、これは先のことで、彼女はまだ何も知らない。

翌日の朝早く、彼女と叔父はバスに乗って県城へ向かった。途中、バスが何度も故障し、街に着いたとき、日はとっぷりと暮れていた。きょろきょろしている易青娥《イチンオー》を促して叔父は、自転車がやっと一台通れるほどの狭い路地へ入った。二人はでこぼこの道を難儀しながら歩き、やっとそれらしい門構えの前に立った。表門は屋根つきの通路になっていて、高さは大人の背丈の二倍ほど、幅は五、六人並んで通れそうだった。叔父は斜めに傾いた門をぎしぎしと開けながら言った。

「ここだ」

入ると中庭で、まず奥庭と呼ばれる部分だった。その中ほどに木の柱が立ち、その上部に裸電球がぽつんと灯っている。光目がけて羽虫の群れが次々と飛来して乱れ飛び、死骸が電球にびっしりとこびりついていた。誰かの声がした。

「三元《サンユアン》なの?」

叔父は「おう」と応じ、易青娥《イチンオー》を連れて前庭《まえにわ》へ進んだ。

前後の庭は平屋の建物で区切られていた。

中庭全体は相当な広さを持ち、長い平屋を四方にめぐらしている。

易青娥《イチンオー》はこんな広い中庭を見たことがなかった。

前庭にも中ほどに木の柱が立ち、裸電球が割れた陶器の笠をかぶせられて闇をじりじりと焦がしている。ここでも光に群がり、電球に焼かれた虫の残骸が粘り着き、また地面に落ちて堆《うず》たかく積もっていた。前後の庭にそれぞれ水場《みずば》、共用の流し台があり、誰かが洗濯の水音を立てていた。

二人が前庭に入ったとき、叔父を呼ぶ声がした。

「おおい、三元《サンユアン》。一足遅かったな。今日、庭で菜花蛇《ツァイホアシャ》を取っ捕《つか》まえた。今、食い終わったとこだよ」
（注）菜花蛇《ツァイホアシャ》　中国の農村部に広く分布。頭部に「王」の字の黒い紋が見えることから「王錦蛇」とも呼ばれる。二・五メートルほどに育ち、動作が敏捷で獰猛。

「毒に当たって死んじまえ！」

叔父はそう言い捨てて角の一室に入った。

叔父の部屋はそんなに大きくはなかった。ベッドが一つとテーブル、木の椅子、洗面器を乗せたスタンド、そして部屋の中央に彼の太鼓がでんと鎮座している。裸電球が新聞紙を糊で貼った壁や天井をわびしく照らしている。

叔父のベッドは、男の一人部屋にしては意外にこざっぱりとしていた。掛け布団や枕はちゃんと白いカバーが掛けてある。易青娥《イチンオー》は疲れて、ベッドの端に腰を下ろしたかった。だが、叔父はそれを押しとどめて言った。

「待て待て、汚い尻をおろすな。ちゃんと埃を払え」

叔父は言いながら枕元からこじゃれたブラシを取り出し、彼女の体や尻の埃をばさばさと払った。

「劇団には気難しく、好みのうるさいのが揃っているからな。山で羊を追ってるようなわけにはいかんぞ。豚小屋から出てきたまんまの形《なり》では鼻つまみだ。芝居の稽古どころじゃないからな」

易青娥《イチンオー》はベッドの隅にちょこんと腰を下ろしたとき、一人の女性が部屋に飛びこんできた。易青娥《イチンオー》はすぐに誰か分かった。この間、人民公社で見た芝居に出ていた女《ひと》だ。あの『赤い太陽に向かって（向陽紅《シアンヤンホン》）』で「はだしの医者」を演じた女優ではなかったか。彼女はびっくりしてベッドから滑り落ちた。

（注）はだしの医者　農村の人民公社で農業に従事しながら医療に携わり、衛生思想の普及に努めた。初級衛生技術者、半農半医、郷村医者と呼ばれ、一九五〇年代半ばから選ばれた若い農民が学習と実践を繰り返し、一九八二年末には全国で百三十五万人を数えたという。〝文化大革命〟後は中等専門学校卒業程度のレベルを持つ者に証明書を与え、地元の民営学校教師に準ずる待遇が与えられた。

その女性はにこやかな口調で言った。

「ああ、この子なのね。お姉さんの娘さんでしょ」

叔父は「おう」と答えた。

その女性は突然くすっと笑って言った。

「まさか、この子を……」

女が何を言おうとしていたかは分からなかったが、叔父の目配せに、彼女は言葉を呑みこんだ。

叔父は言った。

「こちらは劇団の大女優、胡彩香《ホーツァイシアン》女史。胡《ホー》先生とお呼びしろ。胡《ホー》先生の舞台は見たことがあるだろう」

易青娥《イチンオー》はおびえたような会釈を返した。

叔父は胡彩香《ホーツァイシアン》先生に言った。

「今回はあんただけが頼りだ。次の日曜日が試験だろう。この子の引き回し、よろしく頼むよ。昨日まで羊を追い回していたから何も知らない。人間と会うのも生まれて初めてだし、人の言葉も知らない。歌には音階、音程があるってところから始めてだな。口の利き方、挨拶の仕方、舞台の歩き方まで手取り足取り、噛んで含めるように、まあ何とか格好をつけてくれないか」

胡彩香《ホーツァイシアン》先生は首を傾げた。

「今回は応募者が多いからね。五人に一人、受かるかどうかだって」

「十人に一人であろうが、劇団員の身内だ。そこんところ、よろしく」

「あなたは田舎に帰っていたから、知らないでしょ？　今朝の会議で黄《ホアン》主任が大演説をぶったのよ。今年の選考は長年の旧弊を断固断ち切って、地縁、血縁、縁故、情実、裏口入団、一切まかりならんって」

「あん畜生、俺がいないのをいいことに、ぶちかましやがった。奥歯がたがた言わしたろか。俺の姉貴の娘だぞ。落としてみろ。ただじゃおかない」

彼女はあわてて叔父の口をふさいだ。

「しっ、人に聞かれたらどうするの。また集会に引っ張り出されるわよ」

「あの末生《うらな》り瓢箪め！　首根っこ締め上げてやろうか。末生りなら末生りらしく、おとなしくぶら下がってろってんだ」

胡彩香《ホーツァイシアン》は「駄目駄目」と首を横に振った。

「吊し上げ食らって袋叩きにされたのはあなたの方でしょう。まだ懲りないの！」

「ああ、懲りてるよ。あの野郎のやり口にはいやってほどな！」

「ならいいけど、私はもうこれ以上言わない。何を言っても、あなたはすぐむかっ腹立てるんだから。そうそう、忘れないうちに言っておくけど、明日の演《だ》しものは『赤い太陽に向かって』よ。いいこと？　分かってるわね？」

「誰に見せるんだ？」

「どっかのお偉いさんよ。はだしの医者の現場を視察したついでに、この芝居を見ようと」

「そいつは手を抜けないな。しゃあない、やるか。勿論、君が出るんだよな」

胡彩香《ホーツァイシアン》は口をへの字にして言った。

「私の出番は吹っ飛んだ。とんだお笑いよ。あなたがいくら力んだって、どうしようもない。黄《ホアン》主任の女房のチョッキ（ベスト）を編まなかったしね」

「何のことだ？　わけが分からない」

「米蘭《ミーラン》、あの札つき女、以前に県のセメント工場から作業用の軍手を十組以上もよ、闇で手に入れた。糸を解《ほど》いてどうしたと思う？　チョッキに編み直したのよ。暇さえあれば、かぎ針をちくちくやって、上海の「菊花印《ジュイホアじるし》」（ブランド品）かと思うわよ。さあ、突然ですがクイズです。誰が着たでしょうか？」

「黄《ホアン》主任の女房か？」

「お利口な答えだけど、それじゃせいぜいこの子程度の知恵だわね。昨日の夜、雨の中をあの女が自分で着てきたのよ。とんだ納涼の夕べよ。あのくそ暑い中、汗疹《あせも》が出るのも平気で、しゃなりと出てきたのよ。お目当ては黄《ホアン》主任でした。主任をたらしこんでベッドにお伴して、すぐベストを脱いだから、汗疹の心配はなくなったけれど」

胡彩香《ホーツァイシアン》は得意満面で話したが、嫉妬の色、憤怒の形相も隠せなかった。叔父は言った。

「ということは、米蘭《ミーラン》が主役で決まりか？」

「今夜、早速稽古入りよ」

「そんな配役《キャスティング》があるものか。幹部がそれを押し通すんなら、明日の舞台をぶっ壊してやる。俺の撥さばきの恐ろしさをとっくと見せてやろう。芝居の出来不出来は太鼓次第、太鼓が決めるんだからな」

胡彩香《ホーツァイシアン》はまた口をへの字に曲げていった。

「でっかいことばかり言って。どうせ米蘭《ミーラン》のご機嫌を取って、たっぷりサービスするんでしょ」

「ご機嫌を取るだと？　俺の太鼓はお囃子じゃない」

「それじゃ、とっくと見せてもらいましょう。あなたの立派なうんこをね。男なら、堂々とひり出してみろってんだ。」

「心配するなって。ごますりの連中に焼きを入れてやるからな」

叔父はここで話題を変えた。

「この子のこと、頼んだぞ」

「任せといて。こんな狭いベッドで、まして女の子じゃ、ろくに寝られたものじゃない。私の部屋でしばらく預かったげる。この子に話して聞かせたいこともあるし」

「すまん、面倒をかけるな」

「たまにはしおらしいこと言うじゃない。憎まれ口しか叩かない人が」

胡彩香《ホーツァイシアン》はそう言いながら、事情をよく呑みこめないでいる易青娥《イチンオー》を自室に連れて行った。

叔父の宿舎から厨房を挟んで胡彩香《ホーツァイシアン》の宿舎があった。彼女の部屋は叔父と同じ大きさで、備品も似たり寄ったりだったが、女性の部屋らしく櫛やヘアピン、化粧品の類が多かった。易青娥《イチンオー》が部屋に入ると、まず化粧品の香気が鼻を打ち、その中に彼女の目を刺すものもあった。胡彩香《ホーツァイシアン》は中庭から洗面器に水を汲んで来た。魔法瓶の湯を注いで易青娥《イチンオー》に顔を洗わせ、早く寝るようにと言い、自分はまた部屋を出た。水場にたむろしている連中とおしゃべりを始め、言葉の端々から菊花ブランドのチョッキのことが話題になっているらしかった。

易青娥《イチンオー》は顔を洗い終わると、おずおずと胡彩香《ホーツァイシアン》のベッドの片隅に体を縮《ちぢ》こませ、胡彩香《ホーツァイシアン》の香りの中で眠りについた。

部屋の外に水の音がしたかと思うと、男声や女声の甲高い話し声、横笛や二胡（二弦の胡弓の種類）の音色、芝居の歌が混じり、さらに蚊のぶんぶんうなる音が重なった。

易青娥《イチンオー》は突然恐ろしくなった。拳をきつく胸に合わせ、蚕の蛹《さなぎ》のように身を縮こませた。

山で羊を追っているとき、どこまで遠く行こうとも、恐いものは何もなかった。だが、この怯え、寄る辺《べ》なさは初めてのものだった。芝居をやることは羊を飼うほどやさしくないのかもしれないと、やっと気がついた。彼女は家に帰りたかった。しかし、叔父には言い出せない。彼女は毛布に頭を埋め、一言「母ちゃん」とつぶやくと、涙がどっとあふれてきた。

三

易青娥《イチンオー》はいつ眠ったのか覚えていない。今朝はいきなり、けたたましい歌声と楽器の喧噪で飛び起きた。山間《やまあい》の生家にいたとき、早朝に目覚めを促すものは鳥と家畜の鳴き声、たまに牛飼いの女の呼び声か、誰かが遠くで歌う民謡の間延びした声だった。だが、ここで聴いた歌声は、この世にこんな喉のよさ、錬れた節回しがあるのかと思わずにはいられなかった。しかも一人でなく、中庭から、それぞれの居室から数十人の声が響いてくる。めいめいがひたすら自分の鍛錬に打ちこんでいる。これに楽器が加わると、易青娥《イチンオー》には喩えるものが思いつかなかった。そうだ、これは蜂の巣そっくりだ。棒でつつかれたり、石をぶつけられたりすると、一斉に羽音を響かせ、うぉーんと山里の水辺を覆い、何日も人の声、川のせせらぎが聞こえなくなる。

劇団の夜明けの光景は襲われた蜂の巣だ。彼女の中に新鮮な感動が生まれた。ぱっと飛び起きると、素早く身支度を整えた。胡彩香《ホーツァイシアン》は正門の大扉を開けた後、片足を框《かまち》の右下で踏ん張り、もう片足を高々と框の左上に伸ばしている。両脚は両翼を拡げた鷹のようにぴんと張り、内股が一文字に連なったかと思うと、目にも止まらぬ早業で弓なりのカーブを描く。易青娥《イチンオー》は知っている。これは足の屈伸運動だ。俳優たちの体はいつも柔軟に保たれている。彼女が母親に連れられて芝居を見て回ったとき、俳優たちはいつでもどこでも寸暇を惜しんで爪先を軽々と鼻先につくまで持ち上げながら「イイ、アア」と声を励まし、発声練習に余念がなかった。胡彩香《ホーツァイシアン》はやや声を抑えているかに見えたが、易青娥《イチンオー》に気づくと急に大声になり「ミミミ、マママ」を繰り返した。

胡彩香《ホーツァイシアン》は洗面器を指さしながら易青娥《イチンオー》を呼んだ。

「おいで、顔を洗いな。それから楽しい〝お歌〟のレッスンをしましょうね」

易青娥《イチンオー》は手早く洗面器に水を汲み、ぷるぷるっと顔を洗った。急に用足しをしたくなり、口ごもりながら言った。

「あの、茅厠《マオツァ》は……」

「茅厠《マオツァ》？」

胡彩香《ホーツァイシアン》は一瞬考えこんだが、

「ああ、分かった。トイレ（厠所《ツァスオ》）ね。そうでしょ。あんたの叔父さんがいつも茅厠《マオツァ》って言ってたからね。でも、次から言わない方がいい。田舎の臭いがぷんぷんするからね。おお、臭《くさ》！」

易青娥《イチンオー》は恥ずかしさのあまり、その場を逃げ去った。胡彩香《ホーツァイシアン》が指さす方へ向かったが、中に入る勇気がない。

中庭はさらに人が増え、空気の圧《あつ》となって彼女に押し寄せてきた。ある者は足を高く上げ、ある者は壁に向かって倒竪陽椿《ダオシュヤンチュアン》（逆さちんちん）をしている。だが、彼女はすぐ思い知らされた。

「何の倒立だって？　誰がそんなこと言ったのよ？」

思い切り笑われて、それは「拿大頂《ナーダーディン》（逆立ち）」と呼ばれるものだった。

中庭はさらにとんぼを切る者や棒を振り回す者たちで活気づいていたが、もう易青娥《イチンオー》の目にも耳にも入らなかった。彼女は自分の足元を見つめながら叔父の姿を探し始めた。

叔父の宿舎の中から板鼓《バングー》（楽隊の指揮者の役目を果たす重要な太鼓）の甲高く乾いた響きが聞こえた。早打ちから乱れ打ちにかかると、鉄鍋の中で豆の爆《は》ぜるような音が空気を震わせ、耳朶を打つ。叔父の口からうなり声が漏れる。

「ドゥルル、バー、ダー、ツァン！　ツァンツァイ、ツァンツァイ、ツァルリンツァン、ツァイ！」

易青娥《イチンオー》は叔父にちらと目を走らせた。叔父は頬をふくらませ、あの意志的な顎を反らせながら演奏に集中して、近寄る隙《すき》を与えない。彼女は頭を垂れ、その場を走り去った。

彼女はここの人たちがトイレと呼ぶ茅厠《マオツァ》へやっと入った。その大きさには驚かされた。穴が七、八個並んでいるが、間仕切りはない。二人の女性がしゃがんでいた。芝居で歌う歌の一節を口ずさんでいる。こんな恥ずかしいことはなかった。とても並んでしゃがむ気になれない。一度出て入り口で待った。だが、一人は出ても、また一人すぐ入っていく。とうとう我慢しきれなくなり、意を決して中に入り、突き当たりの壁の下に身を縮めてうずくまった。

「ねえ、米蘭《ミーラン》、あなた『赤い太陽に向かって』で裸足《はだし》の医者を演《や》るんだってね？」

一人の女性が聞いた。

米蘭《ミーラン》の名は確か昨夜、胡彩香《ホーツァイシアン》と叔父の間で交わされた名前だ。易青娥《イチンオー》は聞き耳を立てた。

「冗談じゃないわよ。人が食べ残したスイカの皮、何であたしが食べなきゃなんないのよ」

「食べ残しってことないでしょ。だって、あんたは黄《ホアン》主任の大のお気に入りなんだから」

米蘭《ミーラン》は腹を立てたようだった。

「ああ、むかつくなあ。私が誰かのお気に入りだって？　そんなこと誰が言ってるのよ？」

「むきになることないでしょ。お気に入りならお気に入りでいいじゃない。私だってなれるものならなりたいわよ。でも、全然、誰からもお呼びじゃないの！」

「そんなこと言いふらす奴、舌の根噛み切ってやる！」

米蘭《ミーラン》はズボンをさっと上げるると、さっさと出て行った。

残された方も後を追い、ズボンを上げながら言った。

「ふんだ。主役取るのものも楽じゃないわね。どこから石が飛んでくるか分からないんだから。おお、恐《こわ》。へっぽこ役者のくせして、どこまでやれるか、見ものだわね」

易青娥《イチンオー》はぞっとした。村でも争いが絶えない。互いに悪党、泥棒、人でなし呼ばわりをするが、原因はニンニクや卵ではなければ土地の境界で揉めることが多かった。ここでは舞台のセンターを誰が占めるかで角突き合わせている。やりきれない思いでいるところに、壁を隔てた男子トイレから話し声が伝わってきた。

「お前、年中ちんぽこおっ立てて、ズボンのテント張ってよ。みっともないったら、ありゃしない。よっぽど力があり余ってるんだな」

「嫁さんをもらったら、テントはすぐ引っこむんだがな」

「お前に嫁が来るもんか。劇団の女を見ろよ。みんな世の中の男に持っていかれ、やられちまってる。

俺の〝せがれ〟は毎晩夜泣きして暴れまくってる。天井板を突き破りそうだ」

「うまい方法がある」

「何だ？」

「針金で縛っとけ」

大きな笑い声が起こって、男たちはがやがやと出て行った。

劇団の人はみんなおかしな人たちばかりだと易青娥《イチンオー》は思った。何を考えているのかさっぱり分からない。とてもついていけそうになかった。

胡彩香《ホーツァイシアン》の部屋に帰ると、音階練習が始まった。

「一《イー》、二《アル》、三《サン》、四《スー》、五《ウー》、六《リョウ》、七《チー》」

「ドー、レー、ミー、ファー、ソー、ラー、シー」

胡《ホー》先生は、顔を上げろ、声を一音一音上へ飛ばせと要求した。

易青娥《イチンオー》は恥ずかしくて声が出ない。

胡《ホー》先生はさらに言った。

「恥ずかしがってると一生、下っ端の役ももらえないよ。まず、丹田《たんでん》に力を入れる。身振り手振り、のびのびと、腹の底から声を出す。自分から逃げない。自信を持ちなさい。分かった？」

易青娥《イチンオー》は思い切ってやってみようと思った。幸いなことに、中庭の方は蜂の巣状で、ぶーんぶーんとうなり声が充満している。彼女は負けずに大声を出してみた。思いがけず、胡《ホー》先生の訝《いぶか》る声がした。

「へえ、ふーん、存外いい喉してる。誰かに教わった？」

「いいえ」

これは本当だった。羊を追いながら群れからはみ出る羊を呼んだり、言うことを聞かない羊を怒鳴ったりしているときに歌が出た。しんと静まり返った山の中でたった一人黙っていると、山の神に魅入られそうなときがある。そんなときにも歌が出た。歌えといわれて歌えるものではない。それは舞台の歌ではないからだ。村人が牛を追ったり、柴刈りをしたり、畑を耕したり、草取りしたり、芋を掘ったりしているとき自然に口を突いて出る掛け声のようなものだからだ。

易青娥《イチンオー》は胡《ホー》先生に呆れられ、見放されたくなかっただけだった。それは叔父の恥だからだ。だが、気怖《お》じ、気後れが先に立っていた。胡《ホー》先生はひどく驚いた様子で部屋を飛び出し、叔父を呼びに走った。易青娥《イチンオー》は何ごとかと不安に襲われた。先生は叔父に話した。

「まさか、まさか、この子、いい喉してるよ。もう、びっくりだ！　音域も広いし、甘い声がまたいい。音程は外れっぱなしだけれど、訓練を受けたことがないからで、どうってことない。生まれつきの音痴かと思ったら音痴じゃない。音程は外れっぱなしだけれど、それは訓練を受けてないからで、どうってことない。これってありかよ？　とんだ掘り出し物見っけた。もしかしたら、劇団の看板《プリマ》に育つかもよ」

叔父はここぞとばかり持ち前の大口《ビッグマウス》をたたいた。

「この子の天分については、俺も異存がない。わが家にはこれぐらいの姪がごろごろいるからな。一声かけたら、劇団の前に大行列ができる。お前さん、知らないのか？　この子の父親は以前、皮影戯《ピーインシ》（影絵芝居）で主役を張っていた。わが家はちっとは聞こえた芝居の血筋なんだ」

「本当？」

「俺は嘘と坊主の頭は結《ゆ》ったことがない。この子の父親は、ぷっつりと歌をやめた。だが、歌わせてみろ、劇団のへっぽこ役者はみな裸足で逃げ出すよ」

「また、得意の祭り囃子が始まった」

易青娥《イチンオー》は以前、父親について村の人がそんな話をしているのをぼんやりと聞いたことがある。確かに、彼女の父親は影絵芝居の歌い手だった。本当なの？　と彼女は父親に尋ねたことがある。だが、父親は顔色を変え、彼女の問いをはねつけた。

「馬鹿なことを語るでない。それは〝四旧《スージョウ》〟だ。お前は父ちゃんが歌うの聞いたことがあるか？　今度言ったら、張《は》っ飛ばされるからな」

（注）四旧《スージョウ》　資産階級四つの旧悪。旧思想、旧文化、旧風俗、旧習慣を指す。十年間続いた文化大革命の初期、紅衛兵は「四旧《しきゅう》打破」、「四旧一新」のスローガンを叫んで街頭に繰り出し、封建的・ブルジョワ的と見なした病院、寺院、廟、重要文化財、老舗などを破壊し、反革命、実権派、ブルジョワ分子と目された学者、文人、芸術家、演劇人、映画人らを迫害、過酷な吊し上げを行った。易青娥《イチンオー》がこの劇団に来たのは一九七六年六月五日、〝文革〟はこの年の十月に終わる。

彼女は四旧《スージョウ》が何か知らない。それからは二度と聞くこともならず、もし叔父が今日そんなことを言い出さなければ、彼女は忘れてしまっていただろう。

胡彩香《ホーツァイシアン》先生の意外な太鼓判で易青娥《イチンオー》は自信をつけ、物怖じなく発声できるようになった。

胡《ホー》先生は次に簡単な芝居の所作を教え、試験のときは堂々と振る舞えと言った。

「きょろきょろせず、人の顔色を読むな。大丈夫、試験は通る。この私が言うんだから間違いない。それにあんたの叔父さんもついてる。あんたの叔父さんはご機嫌を損ねたら後が恐いからね。みんなびくびくしてるよ」

易青娥《イチンオー》の一日の時間割が決まった。まず胡《ホー》先生の部屋でレッスンを受け、叔父が稽古場に出て予行演習に加わってからは、空いた叔父の部屋に移って自分でお温習《さら》いをする。稽古場は叔父の部屋の斜《はす》向かいにあったから、彼女は午後いっぱい、叔父の演奏をシャワーのように浴び続けることになった。

夜は『赤い太陽に向かって』の公演がある。叔父は彼女にも見せるつもりで、楽隊の後ろに座るよう命じた。一般席には劇団の大幹部が只見《ただみ》の観客を見張っているからだということだった。

開演間近、彼女は叔父に従い、舞台上手に陣取る楽隊の後ろに座った。

彼女の席は舞台袖の後方で、背丈の低い彼女は楽隊員の陰に隠れてしまった。出演者の頭しか見えなかったが、叔父のすぐ隣で俳優の登場と退場を目前に見るのは生まれて初めてのことで、この特別待遇に胸がわくわくさせていた。

俳優というのは一体どんな人？　ここからそれがはっきりと見えた。出場を袖舞台で待っているときは、小道具の棒でつつき合ったりしてふざけているが、舞台に立った途端、たちどころに役になりきってしまう。党幹部、群衆、医者、支部書記を演じ、眉怒らせて眼光をほとばしらせ、また気力を腹にためて緊迫の場面を作り出す。だが、袖幕に退いてくると、一兵卒の役が将軍に向かって「この愚図《ぐず》、のろま。もたもたしてる間にきんたまが二つとも茹《ゆ》だっちまわあ」などと怒鳴っている。

易青娥《イチンオー》はずっと気がかりでならなかった。今夜の公演で何が起こるのか。叔父は胡彩香《ホーツァイシアン》先生に大見得を切った。今夜の舞台は俺がぶち壊しにしてやると。どうすればぶち壊しになるのか。彼女には分からない。しかし、それがよいことであるはずがない。これだけは間違いないと彼女は思った。

叔父は今、劇団の正規公演で太鼓を打っている。故郷の村にいるときよりはるかに堂々として威厳さえ感じられる。二十数人の楽隊は平舞台に並んでいるが、叔父は一段高い平台状の上に座が与えられている。台は農村で見かける八仙卓（八人掛けの正方形のテーブル）より広いが、それより低い。そこに大小四つの太鼓に囲まれてでんと座り、舞台を睨んでいるかのようだ。太鼓打ちは太鼓と牙板《ヤーバン》（三枚の象牙の板にひもを通した拍子木）を操り、手や口、目の動き一つで劇の進行や楽隊の演奏を意のままに引っ張っていく。易青娥《イチンオー》は後で知ることになるのだが、叔父はただの太鼓打ちではない。司鼓《スーグー》（鼓師）と呼ばれ、オーケストラの指揮者と同等の力を発揮し、外国へ行けばヘルベルト・フォン・カラヤン、小澤征爾らに劣らない敬意と待遇を受ける存在なのだ。彼女の母親は出発前、お前の叔父さんは「劇団で恐いものなし」と語り、叔父は昨夜「俺の太鼓はお囃子じゃない」と息巻いたが、怒らせると恐ろしい相手なのかもしれない。

幕が上がって間もなく、胡彩香《ホーツァイシアン》先生は水の入ったコップを手に持って現れた。彼女は客席に座らない。袖幕後方から舞台に距離を保ち、特に米蘭《ミーラン》が登場してからは、袖幕に身を潜めるようにして見る角度をさまざまに変えている。舞台に目を凝らしながら叔父からも目を離さない。

易青娥《イチンオー》は気がついた。叔父は何かの企みを秘めているにしては落ち着き払ったもので、きょときょと左見右見《とみこうみ》していない。主に俳優の動き、板胡《バンホー》（二弦で胡弓の一種。秦腔《チンチアン》の主要な伴奏楽器で、婉曲《えんきょく》優美《ゆうび》の旋律を奏でて悲愴美の世界を表現するのに優れているとされる）の演奏者、銅鑼とシンバルの打ち手らに目を配り、胡彩香《ホーツァイシアン》先生に目を向けようとはしなかった。だが、胡《ホー》先生が叔父を近くで見つめていることを、叔父は分かっているはずだ。胡《ホー》先生の視線はずっと刺すような光を帯びていたからだ。

易青娥《イチンオー》はどきどきして、胸が苦しくなってきた。だが、舞台が終幕近くなってもまだ何ごとも起きていない。

終幕の緞帳が下りたとき、板胡《バンホー》奏者がほっと一息ついて隣の楽員に話しかけた。

「今夜、米蘭《ミーラン》の演技は実に板についていた（舞台と一体化していた）。よく精進した！」

易青娥《イチンオー》の後ろで、ばたんという音がした。見ると、胡《ホー》先生が怒りに任せて背景の石の張り物（パネル）を蹴飛ばし、ひっくり返したのだった。胡《ホー》先生は舞台に背を向け、さっさとその場を立ち去った。

不思議なのは、誰も胡《ホー》先生の後ろ姿を見ず、叔父に視線を集中させていたことだった。みんな思わせぶりに口をとがらせ、目配せを交わしている。叔父の反応やいかにと興味津々なのだ。

易青娥《イチンオー》も叔父を見つめている。その叔父は疲れ切って、ぐったりと椅子に体を沈めていた。

楽団員たちはめいめい楽器を片づけ、次々と席を立っていった。

易青娥《イチンオー》は、叔父が顔の汗を拭いたタオルを受け取り、ぎゅっと絞った。すると、洗面器から取り出したばかりのようにタオルから汗水がしたたり落ちた。彼女が叔父にタオルを手渡そうとすると、叔父は受け取る気力もなくしている。彼女は叔父の顔、首筋の汗を拭いてやった。叔父のチョッキもズボンもぐっしょりと濡れており、叔父が尻を持ち上げると、椅子にたまった汗が椅子の脚をつたって流れていった。一晩の上演の間、叔父の尻は椅子から離れることなく、神経を研ぎ澄まし、緊張を切らすことなく集中を続けていたのだろう。太鼓打ち、いや司鼓《スーグー》（鼓師）は人のやることじゃない。そう聞かされていた彼女はその通りだと思った。

舞台では幹部が団員を集めて訓示をしていた。何を言っているのか、易青娥《イチンオー》はよく聞き取れなかった。叔父はそういったことには関心を示さないようだった。自分の世界に閉じこもり、張りつめた神経がゆるゆると解《ほど》けるのを待っているように思われた。やがて気を取り直した叔父は、撥《ばち》と象牙の牙板《ヤーバン》（拍子木）を布の袋にしまい、お椀の形をした板鼓《バングー》を大事そうに包み始めた。手伝おうとした易青娥《イチンオー》の手を、叔父は振り払った。

道具の片づけが終わりそうな叔父のところへ、数人の幹部が近づいてきた。その真ん中に痩せて背の高い女性がいた。易青娥《イチンオー》がちらと見ると、叔父に笑いかけたその口に金の入れ歯がちかっと光った。

その当時、金の入れ歯は常人の及びもつかないことだった。その女性は「鷹嘴《インズイ》公社」書記の妻だという。人を見ると笑いかけ、金の入れ歯をきらりと光らせる。ああ、このお方は書記の奥さまであらせられるのだと人々は納得するのだ。

金歯夫人に付き添っていた一人が口を開いた。

「胡三元《ホーサンユアン》、黄《ホアン》主任は特にお前の舞台を見るためにお越しになった！」

ここで易青娥《イチンオー》はやっと黄《ホアン》主任がどの人物か分かった。

黄《ホアン》主任は言った。

「胡三元《ホーサンユアン》、評判いいぞ。見事な太鼓だった。指導部はさすがだと喜んでいる。芝居を知り抜いた撥さばきだ。私と朱《チュ》副主任は劇団を代表して君に謝意を表する」と朱《チュ》副主任の「副」を強調した。

叔父は何の反応も示さず、太鼓を布のケースにしまいにかかった。

朱《チュ》副主任は胡三元《ホーサンユアン》に気遣いを見せて言った。

「お疲れでしょう。一《ひと》風呂浴びてゆっくり休んで下さい」

叔父は表情を変えず、太鼓をしまい終えると、ケースを持って出て行ってしまった。

易青娥《イチンオー》は見守るしかなく、黄《ホアン》主任が不機嫌そうに吐き捨てるのを聞いた。

「愛想のない男だ」

朱《チュ》副主任が取りなすように言った。

「疲れているんですよ。芝居という仕事は死にもの狂いなんですな。舞台に立たず舞台の袖で太鼓を叩いていても」

易青娥《イチンオー》は後で知った。その当時、劇団の代表は団長とはいわず、主任と呼んでいた。劇団は革命委員会主任の管轄だったのだ。朱《チュ》副主任は副団長という立場で、「朱副《チューフー》」とも呼ばれていた。

易青娥《イチンオー》が叔父の部屋へついて行ったとき、胡彩香《ホーツァイシアン》先生もするりと一緒に入ってきた。胡彩香《ホーツァイシアン》先生は一言も発さず、いきなり叔父の頬にびんたを一発お見舞いした。

叔父は相変わらず何の反応も示さず、ぼうっとその場に立ちつくしている。とてつもない悪さを見つけられた子どものように、胡彩香《ホーツァイシアン》先生を見返しもせず、じっとお仕置きを待っているかのようだった。

胡彩香《ホーツァイシアン》先生は憤懣やるかたなく叫んだ。

「あなたはあの女狐《めぎつね》の芝居、ぶち壊すんじゃなかった？　あの舞台をひっくり返すんじゃなかった？　あなたの太鼓はお囃子じゃないと言ったわね？　どうしたの？　金縛《かなしば》りに遭ったの？　それとも何か薬でも嗅がされたの？黄《ホアン》主任に取り入って、うまい汁を吸おうと思ったの？　それともあの女狐の流し目にころりと参ったの？　おい、言えよ。どうしたってんだよ！　死んだ魚は目を見りゃ分かるってね。死んだ目をして根性まで腐らしてしまったのかよ。この口先野郎。また何かうまいこと、言えるものなら言ってみろ。太鼓を打つしか能なしのくせして、せいぜい馬鹿囃子の太鼓でも打ってろよ。太鼓狂いの専門馬鹿、太鼓のほかは調子っ外《ぱず》れの音痴じゃないか。思想的良心ゼロ！　また集会で吊し上げ食らうがいい。自業自得ってもんだよ。早いとこ銃殺刑にでもなって、くたばっちまえ！」

胡彩香《ホーツァイシアン》先生が口を極め、どんなに罵ろうが、叔父は一言も抗弁しなかった。いくら何でもそこまで言うかと易《イ》青娥《チンオー》が内心思ったとき、叔父は一言だけ口を挟んだ。

「米蘭《ミーラン》は確かに腕を上げた。芝居もうまくなった。下手な手出しはできなかった」

「ふん、女狐にたぶらかされて。性根《しょうね》が腐っちまったんだ。こっちの料理を食べ飽きたら、あっちの腐れドウフでも食べたくなったのかい。胡三元《ホーサンユアン》、この最低のお調子野郎、待ってろ。今度劇団で批判されて、黒板に罪状を書かれたとき、たっぷりお返しをさせてもらうよ。臭い猫の小便《しょんべん》、いやってほど嗅がせてやる。これで済むと思うな。

あんたのろくでもない本性をあばいてやるからそう思え。やると言ったら、とことんやるからな」

胡彩香《ホーツァイシアン》先はばたんとドアを閉めて出て行った。

易青娥《イチンオー》は部屋の棚が崩れて落ちるかと思った。

叔父はしばらく押し黙っていたが、やっと口を開いて言った。

「もう寝ろ。俺はちょっと外をぶらついてくる」

叔父が出ようとしたとき、あの米蘭《ミーラン》がドアの暖簾を揚げて入ってきた。手にアイスキャンデーを持っている。それを無理矢理叔父の手に持たせ、叔父はそれを易青娥《イチンオー》に持たせた。そのとき、易青娥《イチンオー》はアイスキャンデーがどんなものか、まだ知らなかった。

米蘭《ミーラン》はアイスキャンデーのほか、真新しいタオルを叔父に渡して言った。

「三元《サンユアン》、どうもありがとう。私のためにあんな素晴らしい太鼓を叩いてもらって、何とお礼を言ったらいいのか。このタオルは西安の芸術学校にいたとき買った、とってもいい品よ。これで汗を拭いて。心ばかりのものだけど」

「いや、いいんだ。君の腕が上がった。それに応えるのが俺の仕事だからな」

叔父はタオルを米蘭《ミーラン》に持たせようとした。

だが、米蘭《ミーラン》は外に出て、ドアを閉めていた。

叔父はタオルをちょっと見て、引き出しに入れた丁度そのとき、まさかのことに胡彩香《ホーツァイシアン》がまた飛びこんできた。タオルが引き出しに入りきらず、半分顔を出している。胡彩香《ホーツァイシアン》は言った。

「またあのお騒がせ女が、中庭中《じゅう》の人間を前にして、お礼の付け届けとはね。いい度胸だよ」

叔父は黙っている。

これはまずいと思った易青娥《イチンオー》は、手に持ったアイスキャンデーを枕の下に押しこんだ。

胡彩香《ホーツァイシアン》はいきなり易青娥《イチンオー》の手をつかんで言った。

「行こう。私の部屋で寝なさいよ。あなたの叔父さんは太鼓〝おたく〟だから、構ってなんかもらえないわよ。昨日私のところに泊まったんだから、今日も泊まりなさい」

胡彩香《ホーツァイシアン》は易青娥《イチンオー》の手を引きながらドアを出ようとしたとき、その目ざとい目にあのタオルが入り、その足がぴたと止まった。

叔父は体を張って隠そうとしたが、それより早く胡彩香《ホーツァイシアン》が突進し、そのタオルをむんずとつかんで叔父の顔に突きつけた。

「これ何よ。これでもまだシラを切ろうっての？　この薄汚れたタオルはね、私とあの女狐が一緒に西安の芸術学校にいたとき、解放路で買ったんだ。私、あなたにあげたじゃない。あなたの汚い顔を拭いてあげたじゃない。まだタオルが欲しいの？　こんどはあなたの汚い尻《けつ》を拭こうっていうの？　やっぱりなあ。さあ、拭いてみろ、拭いて……」

そう言いながら胡《ホー》先生はテーブルの上のハサミを取って、じょきじょきと切り裂き、新品のタオルはモップのように切れ切れになってしまった。

タオルを心ゆくまで切り終えた胡彩香《ホーツァイシアン》先生は、今度は易青娥《イチンオー》の腕をむんずとつかんで言った。

「行こう！」

ふらつく足を踏みしめて、胡《ホー》先生は易青娥《イチンオー》を引きずり出すようにしてドアを飛び出した。

この騒ぎに中庭は何ごとならんと人だかりがし、みな好奇の目を皿にして、ことあれかしと待ち構えていた。

四

胡彩香《ホーツァイシアン》の部屋に連れ出された易青娥《イーチンオー》はまたひとしきり、叔父と米蘭《ミーラン》に対する恨み辛みを聞かされた。あの人でなしの不実者、あの女狐の化けそこない、どこまで人を虚仮《こけ》にし、踏みつけにしたら気が済むのさ……胡《ホー》先生の怒りの中に悲しみの色が透けて見えた。だが、このとき、易青娥《イーチンオー》は胡《ホー》先生のこれほどまでに激しい愛憎がよく理解できなかった。後に自分が主役を張るようになって、胡《ホー》先生の気持がすとんと胸に落ちる。役は俳優の命だったのだ。このために俳優は人の生皮《なまがわ》を剥ぎ、生き血だってすするのだ……。

胡彩香《ホーツァイシアン》先生はまだ業腹《ごうはら》が癒えず、恨み言を言い立てた。易青娥《イーチンオー》は分からないふりをし、この部屋で眠った。一言も言わず、やがて胡《ホー》先生のため息が木枯らしのように喉を震わせるのを聞きながら何度も寝返りを打った。

翌日、胡彩香《ホーツァイシアン》は早朝から易青娥《イーチンオー》に音階の練習と所作ごとの手ほどきをした。ただ、入門者を教えるにしては手厳しく、まるでプロの俳優を叱り飛ばし、ちくちく嫌みを言うようなやり方だった。レッスンの合間に胡三元《ホーサンユアン》に対する鬱憤晴らしも忘れていないようだ。

易青娥《イーチンオー》が叔父の部屋に帰ると、叔父は太鼓の慣らし打ちをしながら彼女に尋ねた。

「どうだった？　胡彩香《ホーツァイシアン》に苛められなかったか？」

「別に」

「世界広しといえども、あんな素っ頓狂な女はいるもんじゃない」

叔父はこう言うと、自分の練習に没入した。まるでこの世に何ごともなかったようだった。彼女はベッドに目をやって、はっと気づいた。叔父は掛け布団、シーツ、枕を全部取り換え、洗ったようだ。叔父は太鼓を叩きながら言った。

「お前はアイスキャンデーを枕の下に隠しただろう。おかげでえらい目に遭ったぞ。夜中過ぎまで洗濯だよ」

その日一日、顔を見せなかった胡彩香《ホーツァイシアン》は、夜になるとまた叔父の部屋に飛びこんできて易青娥《イチンオー》をしゃにむに連れ出した。叔父には一言も口を挟む隙を与えなかった。

こんな風に胡《ホー》先生の気迫のレッスンが数日続き、入団試験が始まった。受験者は予想外の多さだった。叔父の話によると三百人以上が応募し、家族の付き添いも含めて、中庭は人であふれている。

易青娥《イチンオー》は窓からそっと外の様子を窺った。受験者はみんな彼女より年上で、着ているものも彼女より数等、上をいっている。胡《ホー》先生は、みんな「ずば抜けている」と言った。俳優になるには人より数歩抜きん出ていなければならないのだ。何人かの女子はチェック地のテトロンシャツを着ていた。見るからに上物《じょうもの》だ。何人かは思い切った花柄のスカートを穿いていた。その着こなしは易青娥《イチンオー》が映画でしか見たことのないもので、見とれるばかりだった。叔父の話では、この県城（県庁所在地）だけでも数十人の応募者が押しかけ、こんなことは絶えてなかったという。お芝居はみんなのあこがれなのだが、恐れることはないと叔父はきっぱり言った。試験さえ受ければ、後のことは俺に任せておけと。

受験生の集合時間になると、胡彩香《ホーツァイシアン》がいきなり姿を現した。易青娥《イチンオー》を引っ張って、彼女の宿舎へ急がせた。部屋に入るなり、有無を言わせず、易青娥《イチンオー》にスカートをはき替えさせたのだ。新品のスカートはたった今、買ってきたばかりと見え、胡《ホー》先生は顔中、大粒の汗をかいている。易青娥《イチンオー》が着ていた服も新品だった。昨日、叔父が買ってくれたものだ。だが、叔父は彼女の寸法より大きめなのを選んだ。洗濯したら縮むし、背丈が伸びても着られるからと。これが胡彩香《ホーツァイシアン》の痛罵を浴びることになった。

「この役立たず。どこに目をつけているんだか。妊婦にでも着せる気かい。舞台でこの子に赤っ恥をかかせてどうするんだい。とっとと脱いじまいな。こんなもの、あの女狐のところへ持ってって、頭からおっかぶせてやればいい」

胡彩香《ホーツァイシアン》はこう言いながら易青娥《イチンオー》の着ているものをあっという間に全部はぎ取った。易青娥《イチンオー》は手足のやり場が分からず、されるがままになっていた。胡彩香《ホーツァイシアン》は言った。

「ほうらどうだい。見てご覧。馬子にも衣装って言うだろう。これならどこに出しても恥ずかしくない。あんたの叔父さんの言うこと真に受けたら、肥溜《こえだ》めにどぼんだからね」

胡彩香《ホーツァイシアン》は自分の言ったことに吹き出してしまいながら、それでもまだ言い足りないのか、

「まったく田んぼの稗《ひえ》と同じだよ。ろくな実をつけずにそっくり返っているだけなんだから」

易青娥《イチンオー》は胡《ホー》先生につられて一緒に笑ってしまった。胡《ホー》先生はさらに言った。

「あーあ、このぶかぶかの靴。これもお払い箱だよ。何だい、可愛い姪に靴一足買ってやるのも、しみったれて」

「いえ、私はいらないと言ったんだけれど……」

易青娥《イチンオー》が履いていたのは、母親が譲り受けてきたあの回力印《ホイリじるし》のズック靴だった。この日のために何日も前に洗って干してあった。このズック靴は彼女にとって何よりも美しい一品だったのだ。だが、胡《ホー》先生はそれも脱がせた。新しい靴は、やはり今、買ってきたばかりのサンダルだった。胡《ホー》先生は言った。

「履いてご覧よ。そのスカートにぴったりだから」

中庭に拡声器の声が響き渡った。付き添い、保護者の退出を求めて考試の始まりを告げ、続いて受験番号が読み上げられた。易青娥《イチンオー》の受験番号は十三番だった。胡彩香《ホーツァイシアン》は言った。

「何て、ついてない子だろうね。先にやられちゃうのは不利だし、それに十三番なんて縁起が悪い」

胡《ホー》先生は「そうだ」と手を打った。もう一度くじをひかせてもらおうとしたのだが、試験官はみんな上の人間ばかりで、取り合ってもらえなかったようだ。天命を待つしかない。

試験場は二会場に分かれていた。まず舞台で容姿や体形、身体能力が試され、次に中庭の奥で音感、歌唱能力を競わされる。

試験前、客席の前方に受験生全員が集められた。団長である黄《ホアン》主任が司会を務め、どこか上の方のお偉方が来賓として講話を行った。その話がなかなか終わらない。唇の両端に白い唾をためつつ、なお止めようとしない。これ

を直下から見上げる娘たちが、がやがやと私語を始めた。黄《ホアン》主任はマイクを指先でつつき、とんとんと注意を促して、客席はようやく静けさを取り戻した。来賓はさらに「白専道路《バイチュアン》を行ってはならない」、「資産階級の生活様式を見習ってはならない」などと声を張り上げた。

（注）白専道路《バイチュアン》　一九五〇年代後半から文革の時期にかけて、学術研究や文芸活動が専門知識、専門技術の観念世界に閉じこもり、政治学習を軽視したり、これに背を向けることを「白専《バイチュアン》」と呼んで「批判闘争」の槍玉に挙げた。この小説ではこの年の十月に〝文革〟が終息する。

易青娥《イチンオー》には一句たりとも理解が及ばず、彼女の思いはずっと新しい服とサンダルで満たされていた。来賓の挨拶がやっと終わり、試験の開始が告げられると、途端に心臓がどどん、どどん、どろどろと叔父の太鼓より早く連打を始めた。

前の人の試験が終わって次の人とおしゃべりができるわけでなし、自分の身体表現を終えるとすぐ客席を出ていかなければならない。易青娥《イチンオー》は楽屋でぼんやりと次の出番を待っているような気分になった。もう叔父の姿はなく、胡《ホー》先生も見えない。見ず知らずの受験生がよそよそしくとりすましている。街の子が田舎育ちと明らかに違っている点は、みな気が強く、わがままなことだ。試験を待ちながら隣の子と口論を始めたりしている。田舎から出てきた子はみなうじうじして、机に「の」の字を書き、息をするのさえ遠慮がちだった。

「十三番」と呼び出されて袖舞台に立ったとき、易青娥《イチンオー》は両脚が震え出し、痩せっぽっちの体が支えられないほどだった。彼女は今、叔父の話や胡《ホー》先生の言いつけを自分に言い聞かせている。二人とも同じことを言っていた。いいか、ゆったりと構えて自然に振る舞うこと、舞台に上がったら客席には人がいないと思え。彼女は思う。どうせ私は落ちる。落ちたら、家に帰って、また羊の番をすればいい。ここで数日を過ごして分かったことは、舞台に立って歌ったりすることはどうも好きになれそうにないということだった。どうして人はわざわざ舞台で歌わなければならないのか？　こう考えると、体がすっと軽くなった。すると、どういうわけか、足の震えが止まった。心臓が無闇に飛び跳ねるのもおさまった。彼女は舞台にすっくと立っている自分を感じていた。

舞台の前方に進む。叔父が客席の最後部に座っているのが彼女の目に入った　最前列にずらりと人が並び、めいめいの前に考査票の束が置かれている。ああ、この人たちが審査員なのだ。その中に米蘭《ミーラン》が座っている。見た途端、なぜか易青娥《イチンオー》の心が騒ぎ始めた。

彼女が心を静めたとき、米蘭《ミーラン》の声がした。

「十三番、体を開いて、まず舞台を左回りに三周、次に右回りに三周、始め！」

この期《ご》に及んで、易青娥《イチンオー》は右と左の区別がつかなかった。誰かが藤づるのステッキで方向を指すのを見て、彼女は歩き始めた。彼女は知っている。これは足に障害があるかどうかを見る試験だ。これをやり遂げると、次は一人の教官が舞台で指示を下して、いろいろな動作をやらされた。腕を伸ばしたり、脚を延ばしたり、これは腕がまっすぐ伸びるか、脚がO脚やX脚でないかを確かめる試験だ。幸いなことに、胡《ホー》先生が予行演習をしてくれていた。易《イ》青娥《チンオー》は尻が上がっているほか、さほどの難点はないと、先生は請け合った。ただ、歩くときはお尻をきゅっと引きしめればいいと教えられていた。

次に台詞を読まされた。誰かが大きな紙にびっしりと書きこんだ台詞を掲げ、大きな声で読めという。これは彼女が内心最も恐れていた問題だった。小学校を卒業したとはいえ、小学校の勉強はろくにしていない。だが、叔父は言った。読めなくたってどうってことない。応募者の多くは小学生なんだ。つっかえたら、適当に話をつなげばいい。滑舌《かつぜつ》がどうかを見る試験だからな。どもったり、ろれつが回らなかったりしなければいい。どうってことない。案の定、張り出された紙には、読めそうにない文字が並んでいた。試験官は自由に読んでいいと言った。

実は、次の一節は事前に胡《ホー》先生が易青娥《イチンオー》に暗唱させていた。間《ま》のいいことに『赤い太陽に向かって』の「はだしの医者」の台詞だった。易青娥《イチンオー》は大声ですらすらと暗唱をやってのけた。台詞の意味するところはまるで分かっていなかったが。

「梁《リアン》支部書記長、ご批判はごもっともです。私は最近、多くの過ちを犯しました。特に「白専《バイチュアン》道路を行く」という過ちです。私は県の病院に入って三カ月の研修を積み、診察と治療の技術を学びました。私はそれを鼻にかけ、思い上がっていました。これは「白《バイ》専《チュアン》道路」という間違った思想に毒され、「資産階級の生活様式」に惑わされていたからです。私はあろうことか、西洋の女性から焼き鏝《ごて》でパーマをかけることを学び、ワンピースを着、白いズックの靴を履いて村の道を得意になって歩きました。田んぼの泥をいやがり、牛の糞の臭いに顔をしかめました。下層中農の家に入ってオンドルに座るとき、衣服の汚れが気になってなりませんでした。私はまさか「白《バイ》専《チュアン》道路」と「資産階級の道路」に乗せられ、とんでもない遠くまで運ばれてしまおうとは夢にも思ってもいませんでした。もし、梁《リアン》支部書記長の厳しくも心のこもったお教えがなければ、私はもっと大きい過ちを犯していたことでしょう。……(泣きじゃくる) 梁《リアン》支部書記長、私は今日、書記長にお約束します。ただちに資産家階級の生活様式という外套を脱ぎ捨て、はだしの医者の草鞋《わらじ》を履き続けます。私は永遠に無産階級の明るい前途を目指し、希望の大道を歩み続けます……」

易青娥《イチンオー》がこの台詞を思い入れたっぷりにやってのけたとき、何人かの教師が大きな笑い声を立てた。易青娥《イチンオー》はなぜ笑われたかが分からない。どこか台詞を言い違えたのだろうか? いや、一字一句間違えてはいない。昨夜、夜中過ぎまで何度も繰り返し、しっかりと頭の中に叩きこんだ。胡《ホー》先生や叔父にも暗唱して聞かせ、二人とも「よくできた」と言ってくれた。舞台からそっと叔父を盗み見ると、叔父は「よし」と親指を立てて見せ、彼女はほっと一息ついた。

身体検査のような試験が、こんな具合にとんとんと進み、一人七、八分で終わった。誰かが彼女を連れて舞台を降り、ぐるっと大回りして中庭の奥に入った。これから声楽の試験だ。

彼女が庭に入ったとき、叔父は先回りして立っていた。

試験場は劇団本部の中にあった。たくさんの劇団員が執務室の窓際に陣取って待ち構えていた。今回の応募者は劇団員の親戚や知人の縁故関係が多いと聞かされている。きっとそれぞれに思惑を秘め、不安を抱えているのだろう。中庭は夏日に烤《あぶ》られて、犬は舌をだらりと垂らしている。舞台を四周させられた受験生たちは、暑さを気にせずに体を寄せ合うように集まってきた。

とうとう易青娥《イチンオー》の番が来た。

彼女は叔父の気づかわしげな視線を背に試験場のドアを開けた。

振り返ると、叔父はガラスに鼻を押しつけて中を見やり、鼻がぺちゃんこになっている。彼女はみっともないと思った。

会場は試験官がぐるりと受験者を取り囲むように席を占めている。彼女が入ると、ある試験官が彼女と窓の外の叔父を交互に指さした。彼女ははんと思う。叔父との関係をみんなに知らせたのだ。

試験が始まった。まず一曲、歌を歌わせられた。映画『きらきら光る赤い星』の『明けぬ夜はない』で、小学校の教師に教わった曲だった。胡《ホー》先生から厳しい駄目（技術的な注文）が出された。音程が外れているという。何十回も歌い直しさせられ、やっと叔父に聴かせると、随分よくなった、要は腹をくくって大胆に歌うことだろうと言った。彼女は試験場で首筋を伸ばし、喉を広げて歌い出した。最高音の「峰は映す満山の紅《べに》」のところで声がひっくり返った。喉がむずがゆくなって、咳払いをしたくなったが我慢して声を引っ張り、最後まで歌いきった。

何年か経って、易青娥《イチンオー》が名声を博したとき、ある教師が笑いながら彼女に言った。

「まさかあの時の山出しの女の子があれよあれよと大スターにのし上がるとはね。誰も夢にも思わなかったわよ。あの日の試験は、もし、あんたの叔父さんが窓の外から睨んでいなかったら、あんたの考査票はペケ印、ふんと笑ってどこかに吹き飛ばされていたわね」

叔父は姪を嘲笑する審査委員たちを凶相で睨《ね》め回し、彼らを震え上がらせていたのだった。

次は音感の試験だった。

楽団員の揚琴（ペルシャ、イラク由来の打弦楽器。多数の弦を二本の竹のバチで叩く。ピアノに似た鮮明な音色が特徴）に合わせて、一音一音、音階を高めていく。これも事前に練習していた。胡《ホー》先生は音程がまるで外れていると言った。叔父は調子っぱずれだろうが何だろうが構うもんか。要は大きな声を出すことだ。蚊の鳴くような声じゃ駄目だ。劇場の天井をびりびり震わせるんだよと姪を励ました。

彼女は懸命に声を張り上げた。最高音に達したとき、人は首をすくめてそっぽを向き、あるいはぷっと吹き出して口を覆ったが、彼女はひるむことなくこの場を押し切った。

高音を出し切ったところで試験は終わった。試験場から出てきた彼女を、叔父は自室に連れ帰った。

「よくやった。こうでなくちゃいかん。芝居というのは、もの狂いだからな」

叔父は砂糖水を作り、これで喉を潤せと言った。そこへ胡《ホー》先生がドアを蹴破るように入ってきた。見る間もなく、叔父の椅子を蹴り倒して言った。

「胡三元《ホーサンユアン》、この下司野郎！　あの女狐が今日の審査委員に選ばれたのを知って、臭い芝居を打ちやがったな。あのお囃子であの女に花を持たせ、たらしこんだというわけかい。今度やくざな真似をしたら、ただじゃおかない。警察につきだしてやるからな。ちょっと甘い顔を見せたからといって、つけ上がるんじゃねえや」

胡《ホー》先生はそう言いながら、洗面器を乗せた台を蹴り倒した。

洗面器の水が辺り一面に飛び散った。

胡《ホー》生が立ち去り、おびえた易青娥《イーチンオー》は全身を戦慄《わなな》かせている。

叔父・胡三元《ホーサンユアン》はさばさばした表情で言った。

「なあ、ひでえ女だろう。お前の叔父さんはついてない。えらい女と鉢合わせしたもんだ。大丈夫、怖がるな！」

五

易青娥《イチンオー》は合格した。しかし、彼女は知っている。これは叔父の働きの賜物だ。だが、叔父の画策はさまざまに取り沙汰され、彼女の耳にも入ってくる。

「胡三元《ホーサンユアン》の姪御は音感がずれている」と楽団員の揚琴奏者が陰口をきいたとかで叔父は腹を立て、聞こえよがしの脅し文句を口にしている。

「口は災いの元ってな。口にも税金がかかることを教えてやろうか」

その楽団員は以後ぴたりと口を閉ざした。

審査委員会最後の会議で合格者を決めるとき、黄《ホアン》主任は二つの禁止事項を打ち出した。

その一、何人であろうとも、本部事務局の窓の下をみだりに徘徊し盗み聞きをしてはならない。

その二、縁故、情実による裏口入団は今後一切認められない。

しかし、叔父は一向意に介せず、本部事務局にふらふらとやって来ては審査委員会の面々をじろじろと睨《ね》め回し、委員たちを縮み上がらせている。黄《ホアン》主任は怒り心頭だが、いかんともし難く、ため息混じりにつぶやいた。

「胡三元《ホーサンユアン》の奴め、集会で焼きを入れてやる」

合格通知を受け取った易青娥《イチンオー》は生家に一度帰りたかった。母親を思い、三匹の羊を思って叔父に話したが、叔父はそれをはねつけた。入団手続きを終えたら、人民公社の友人に手紙を書いて家に伝えてもらう。易青娥《イチンオー》は何を置いても誰よりも早く、この道の修行に入らなければならないと言った。

「よちよち歩きが一丁前《いっちょまえ》の口きくな。人と同じことをしていたら、置いて行かれるだけだぞ。分かるか？　今年の試験はな、お前は知るまいが、幹部連中の身内が多かった。あいつらは普段からうまいものを食って体を養い、鍛えている。頭もいいし物わかりも早い。ちょいとやれば、すぐ人の先へ行く。お前は連中が気を抜いているすきに、芸の土台を作るんだ。奴らが来たときにはお前はずっと先にいて、もう追いつけない。こうしなければ、お前は連中に太刀打ちできないんだ。芸の道には近道も裏道も抜け道もない。ひたすら喉を鍛え、技を磨いて自分の体をいじめ抜くしかないんだからな。たらふく食ってぬくぬくしている連中がごたごたご託を並べて、現場の師匠や親方に、いちゃもんをつけたり、白専《バイチュアン》道路がどうだこうだ言っても耳を貸すことない。能なしどもがでっかい顔をして、のさばり始めたら、芸の世界はお終いだ」

叔父は九岩溝《ジョウイエンゴウ》の人間と一緒で、二言目に「お終いだ」を持ち出して、誰にも手加減しない。この日、叔父はしゃべりにしゃべった。その中で彼女が一番気がかりに思ったのは次の台詞だった。

「一生、この世界で飯を食おうと思うんなら、能なしどもの尻馬に乗って騒ぎ立てるな。奴らの本音は、できる者に対するやっかみだ。特に黄正大《ホアンチョンダー》の奴は、この叔父さんをねたんでいるんだ」

黄正大《ホアンチョンダー》というのは、黄《ホアン》主任のことだ。叔父は言った。

「あいつはこの胡三元《ホーサンユアン》を見ると、まつわりついて離れない。しょうがない奴だ。それというのも俺さまのこの腕が頼りだからよ。俺がいないと地球も劇団も回らない。あいつが天下を取ったつもりでも、この劇団があればこそだ。太鼓が駄目になったら、歌も胡弓も台なし、舞台は台なし、芝居はお釈迦、あいつもお終いだ！」

易青娥《イチンオー》は稽古を始めた。稽古着はやはり胡彩香《ホーツァイシアン》先生が見つけて来てくれた。胡《ホー》先生が昔着ていた稽古着だという。

その日、胡《ホー》先生はまた一大癇癪を起こした。口を開けば、叔父に対する悪口雑言、恨み辛みだ。今度という今度はあのごろつきを警察に突き出してやると息巻いた。易青娥《イチンオー》は驚いて何が起こるかと思ったが何も起こらない。叔父は一日中、太鼓の練習をしているし、胡《ホー》先生は毎晩、易青娥《イチンオー》をいつもの通り、自室に連れて帰り、自分のベッドで眠らせて、時にはアイスキャンデーも買ってくれる。ベッドに入ると、また悪態が始まり、叔父をごろつきと罵り、米蘭《ミーラン》を女狐と罵った。しかし、翌日になると、いつもの通り舞台の所作と歌唱の稽古が始まる。米蘭《ミーラン》を見ると、ほかの朋輩と同じ同じように挨拶を交わして肩を抱き、腕を組んで歩くこともあり、易青娥《イチンオー》は狐につままれた気分になる。叔父も同じ台詞を繰り返す。

「なあ、ひでえ女だろう。だが、お前は遠慮せずに、ちゃんと食い、ちゃんと飲み、ちゃんと眠れよ。だが、あんまり刺激せず、そっと、そっとな」

胡彩香《ホーツァイシアン》は歌唱の指導だけでなく、舞台の所作も教えた。第一日、胡《ホー》先生は易青娥《イチンオー》の腿《もも》を固定して動けなくした。易青娥《イチンオー》はわずか十一歳で羊の世話、豚の餌やり、草刈り、柴刈り、家畜の糞《ふん》出しなど大人の仕事をやらされ、働きづめに働いていた。劇団の修行は辛いものと聞いていたが、これほど生身《なまみ》の苦痛を伴うものとは思ってもみなかった。開脚の柔軟体操《ストレッチ》をするとき、胡《ホー》先生は易青娥《イチンオー》をまず壁に向かって座らせた。尻を持ち上げて壁につけ、天井に向かって両脚を広げさせる。いわゆる〝股割り〟の始まりだ。誰もが股関節、靭帯《じんたい》の痛みに悲鳴を上げる。ところが、胡《ホー》先生は広げた股間に椅子を乗せ、その上に腰掛けるのだ。手には棒を持って硬い筋肉を突《つつ》き、叩いて解きほぐそうとする。まるで囚人を押さえつけ、舌なめずりしながら刑を執行するようなやり方だ。胡《ホー》先生は座った椅子にぐいと体重をかけ、さらに両脚を押し広げようとする。胡《ホー》先生の要求は両脚が一文字になるまで開くことだった。特に股の付け根をぴったりと壁に当てなければならない。これで開脚の仕上げとなるが、胡彩香《ホーツァイシアン》先生ともう一人の教師は易青娥《イチンオー》の腰を固定して、さらに数回、股の付け根を押し開かせようとした。痛みに耐えかねた易青娥《イチンオー》が気絶しそうになって、やっと手が緩められ、彼女は遠ざかる意識の下で胡《ホー》先生の声を聞いた。

「この子の骨はめちゃ硬い。もちっとやるか」

聞きながら易青娥《イチンオー》の全身に冷たい戦慄が走った。第一日の開脚訓練は三十分ほどで切り上げられたが、胡《ホー》先生は言う。

「明日からは時間を延ばしていくよ。少なくとも毎日一時間かけて、ゆっくりと股関節をほぐして筋力をつけていこう」

易青娥《イチンオー》は泣きたくなった。いや、叫びたくなった。しかし、ここには父親も母親もいない。いるのは叔父だけだ。叔父は稽古の鬼だ。彼女の痛みを喜びこそすれ、「おお、よしよし」と彼女をあやし、いたわってくれるはずがない。

彼女は夜中にタオルを顔に押し当てた。それでも涙が一滴、また一滴と頬をつたって流れた。

この時期、また大事件が起きた。

易青娥《イチンオー》は稽古場の隅の暗がりで開脚の練習をしていた。胡《ホー》先生は彼女を助けて両脚に圧をかけ、今度は尻の上にレンガをいくつも積んで重しにした。このまま動かないようにと命じると、自分は稽古場を出てリハーサル室へ行った。短編の『大寨《だいさい》の一家』が稽古中だった。

（注）大寨《だいさい》　山西省東部の虎頭山麓にある県。もとの大寨人民公社大寨生産大隊の所在地。自然の悪条件を克服し、極貧の村を開拓した自力更生の精神を毛沢東は高く評価して一九六四年、「農業は大寨の精神を学べ」のスローガンを掲げ、人民日報は「大寨之路」のレポートを掲載した。大寨は集団農業の「先進モデル」として全国に知られ、この作品のように〝文革〟収束期に至ってもなお賞揚されたが、すでにさまざまな矛盾を抱えており、毛沢東の死後、否定されることになる。

リハーサル室から叔父の太鼓の響きが伝わり、銅鑼、笛、胡弓の音、そして合唱に続いて叔父の怒鳴り声が聞こえた。

「しゃきっとしろよ。気合いを入れろ。てんでばらばら、どっち向いてやってるんだよ？　これがリハーサルだと？　くそ暑い中、蒸籠《せいろ》で蒸されてよ。汗疹《あせも》でもできたのか？　上の連中はみなくたばった。それでこの出来か。臭い芝居だな。尿瓶《しびん》かと思った。おお臭《くさ》、目がしばしばして開けてられねえよ。木偶《でむ》の坊、それでも役者か。一日中、尿瓶のお守りはしてられねえよ」

それから銅鑼の大音響がどろろろ、じゃーんと地を打ち、天を圧した。

この暑さの中、一人の俳優がとうとうこらえ性をなくした。

「おい、胡三元《ホーサンユアン》。ご大層な口を叩いてくれるが、誰が尿瓶だ？」

「お前には言ってない」

「誰に言ってるんだ？　今日ははっきりさせよう。誰が尿瓶なんだ？　誰だって聞いているんだよ」

また叔父が大声を発した

「どいつもこいつも尿瓶だよ！　みんなずるずるつながった根腐れの竹だ！　面倒見てられねえよ！」

リハーサル室は鍋をひっくり返したような騒ぎとなった。何人かが叔父に詰め寄った。

「面倒見てくれと誰が頼んだ？」

「胡三元《ホーサンユアン》ごときに面倒見られてたまるか」

易青娥《イチンオー》の耳にはっきり伝わってきた。叔父の太鼓がひっくり返された。銅鑼、鐃鈸《にょうばち》、鉦《かね》、がらがら、がちゃーんと易青娥《イチンオー》の耳をつんざいた。続いて、黄《ホアン》主任が来たの声、集会だ、集会だ、集会で問題の解決だの叫び声……。

リハーサル室は集会場になった。

易青娥《イチンオー》は稽古場の暗がりで身をすくめ、声も出せないでいる。

彼女はまだ年端もいかないが、「集会」の意味を知っている。集会が開かれたとき、彼女は大抵家にいたが、人民公社の生産大隊が開いたのを見たことがある。槍玉に上がったのは自分の家の者ではなく、生産大隊の管理人だった。その管理人は夜中にこっそりと隊のジャガイモを籠に背負い、家に持ち帰ったという嫌疑だった。集会が開かれたとき、管理人は背負い籠の盗品をずっと背負わされていた。まず「批判闘争」という名の糾弾に続いて実力行使の制裁が行われた。怒った参会者たちが靴底で管理人を殴って前歯を折った。彼女は遠く離れた小学校の運動場からこれを見ていたが、別に恐くはなかった。殴られた人が自分の家族ではなかったからだ。しかし、今日は違う。下手をすると災難が叔父の上に降りかかるかも知れない。誰かが靴底で叔父の前歯を折らないとも限らない。叔父の前歯は二本の犬歯（糸切り歯）が目立って大きかった。叔父がいつも口をすぼめているのは、こうしなければ隠しきれないからだった。

糾弾の集会が始まった。情況を確認した黄《ホアン》主任は何人かに手短な発言を求めた。その銃口はぴたりと叔父に照準が当てられていた。情況は大雑把に次のようなことだった。午後になって暑さがさらに募った上、天井に吊した扇風機が故障して回らなくなった。何人かが団扇を使いながら演技エリアに入ったが、これでは所作が伴わず、歌にも身が入らない。業界用語で「間をつなぐ」だけのおざなりな演技になってしまう。胡三元《ホーサンユアン》は業を煮やし、癇癪を起こして何度か撥を放り出し、口を極めて悪罵の限りを尽くした。最初のうち、みんなはじっと辛抱していたが、人を尿瓶、木偶の坊呼ばわりをし、しまいには全員を「根腐れの竹」とまで言い放つに及んで、一同は我慢がならず、彼を殴る者も現れた。混乱のうち、太鼓はひっくり返され、銅鑼、鐃鈸《にょうばち》、鉦《かね》が引き倒された。叔父は象牙の牙板《ヤーバン》（拍子木）で殴り返し、血を見るに至った。集会場は熱を帯び、〝暴虐〟に対する劇団員の怒りは〝炎三丈〟と燃えさかり、容易なことで収まりそうになかった。

易青娥《イチンオー》は叔父の反論を聞くことができた。だらけたリハーサルは規律も緊張感もなく、まるで縁日のお遊びと変わるところがないという叔父の主張は衆寡敵せず、最後は叔父に対する個人攻撃となった。

ある者は叔父の非を鳴らした。叔父は今日、リハーサル室に入ったときから虫の居所が悪く、「大寨精神」を否定するかの如き作品批判を始め、こんな駄作でまる一日、つぶされてたまるものかと不満を洩らした。稽古に入ると、わざと俳優に嫌がらせをして進行の邪魔をしたと。

おい、そこの太鼓叩き、その破れ太鼓がなんぼのもんじゃ。歌い出しに、何でお前の手振りを待たにゃならん？

お前、自分を何さまだと思ってけつかる？　まさか司鼓《スーグー》（鼓師）だ、やれ「大黒柱」だ、やれ「縁の下の力持ち」だとか気取っとるんと違うか？　それは遠い遠い大昔の芸人の世界や。古くさい親方風を吹かすのはやめてんか。それはもう歴史のゴミなんや。

また、ある者は叔父を正面から批判した。

「胡三元《ホーサンユアン》はかねてから名人気質《かたぎ》、大家《たいか》意識、師匠気取りが甚だしく、ややもすると、我々をその他大勢の〝根腐れ竹〟だと言って憚らない。あたかも自分一人だけが、すっくと伸びた竹の逸材だと思っている。我々はこの思い上がりに対して厳しい鉄槌を下さければならない。さもなければ、我々はみすみす顔をつぶされ、汚辱にまみれたまま舞台を降りなければならないだろう」

易青娥《イチンオー》はいつの間にか開脚訓練を止めていた。稽古場の隅で丸くなってうずくまり、リハーサル室の形勢が悪くなったのを知ると、古びた背景幕の陰に身を潜めた。そこなら集会の模様が手に取るように伝わってくる。彼女が耳慣れたあの声、胡彩香《ホーツァイシアン》と米蘭《ミーラン》の声は聞こえてこない。彼女が心配していたのは、胡彩香《ホーツァイシアン》が話し出すことだった。胡《ホー》先生は二言目には、叔父をろくでなしと罵り、警察に突き出してやると息巻いていた。今日がまたとないその機会だ！　しかし、胡彩香《ホーツァイシアン》はまだ口を開こうとはしないようだ。会の途中で黄《ホアン》主任が胡彩香《ホーツァイシアン》の名を呼んだようだった。すると、彼女の返答は「歯が痛くて」とても話せないということだった。

米蘭《ミーラン》は一言の発言もなかった。

会の締めくくりに黄《ホアン》主任が講話と訓戒を行った。彼の声は大きく、彼女には意味の取れないところがあったが、いい話ではないことが分かった。黄《ホアン》主任は言った。

「胡三元《ホーサンユアン》。何遍言って聞かせても馬の耳に念仏、糠に釘、懲りない奴だ。この一年、何度やらかせば気が済むんだ？　お前は自分が正しいと思っているのか？　だが、人民の目からすると、お前の非は明々白々、火を見るより明らかだ。思想正しき者が一声吠えれば、人民がこれに応えて群がり立つだろう。いいか、この黄《ホアン》主任を恨むのは筋違いというものだぞ。お前はまさか人民を〝根腐れの竹〟とは言わないだろうが、お前は一体何さまのつもりだ？　もしかして千年の何首烏《かしゅう》（強精の漢方薬）か、万年の白参《はくじん》（朝鮮人参）か？　この世に得難い逸材か？　だが、そうだろうか？　いや、違う。お前こそが〝白専《バイチュアン》道路〟の反面教師だ。天の神さま一番の作りそこない、間違った思想が悪さを働く鬼子だ。お前はこの世で、お前にかなう打ち手はいないと思っているだろう。陝西省戯曲学院（秦腔《チンチアン》を中心とする中国伝統劇の専門大学）の打ち手も、お前の眼中にはないそうだな。ああ、胡三元《ホーサンユアン》、胡三元《ホーサンユアン》よ。お前は今、切り立った崖に駆け上った奔馬だ。踏みとどまれ。さもないと、奈落の底へ真っ逆さまだ。お前の問題は、お前一人の問題ではない。人民内部の矛盾でもある。ここ一番、この黄正大《ホアンチョンダー》がお前を引き戻さなければ、無能の誹《そし》りを免れないだろう。私の心痛が分かるか。ここにいる諸君の鉄拳、痛打こそが、この男を救う唯一の手立てとなるだろう。お前を目覚めさせるのは今をおいてない……」

黄《ホアン》主任の話はいつ果てるともなかった。易青娥《イチンオー》は古びた背景幕に隠れているうち、幕にまといつかれて息ができなくなり、死ぬかと思った。集会が終わり、胡彩香《ホーツァイシアン》が探しに来た。やっと見つけ出して叔父の部屋に連れ帰り、その姿を見た胡彩香《ホーツァイシアン》はぎょっとして目を見開いた。易青娥《イチンオー》の顔一面に幕の絵の具がこびりつき、まるで猫が敵役《かたきやく》の瞼譜《れんぷ》（隈取り）をしたようだった。よく見ると、全身が色とりどりのまだら模様になっている。

　叔父は何ごともなかったかのように椅子に座り、サンドペーパーで太鼓の撥をせっせと磨いていた。叔父はこのような撥を何セットも持っていた。どれも山で竹の根を掘り出して作ったものだ。故郷の九岩溝《ジョウイエンゴウ》にめったに帰らないが、来ると、竹林にもぐりこんで竹の根を掘る。時には何日も掘り続け、やっと一対の材料を掘り当てたときはご機嫌だ。太鼓の撥は最上質の竹の根だったのだ。筋が通り、まっすぐで、細く、しかも長さがなければならない。二、三年ものを最上とする。丈夫でしなやか、弾性に優れている。叔父はよく手の中の撥を九十度に折り曲げて見せた。手を緩めると撥はぱっと元に戻って箸のようにまっすぐになり、見る者の感嘆を誘う。

　箸と言えば、叔父が帰ってきたときのことだ。新しく磨いた一対の撥を棚に載せて陰干しにしていた。なんて可愛い。易青娥《イチンオー》は腰掛けに乗り、手を伸ばして持ち去った。これを箸代わりにしてして熱々のジャガイモスープを食べたのだ。叔父の怒るまいことか。叔父は言った。俺の商売道具をスープづけにして食う気か。撥に変な色がついただけでは済まないぞ。すかっと抜けるような音が、ぶすっと屁の漏れるような音になってしまう。どうしてくれるんだ。叔父は母親の前で易青娥《イチンオー》にごつんとお目玉を食らわして瘤《こぶ》を作り、その上、村人が子どものお仕置きによく使う手、人指し指で彼女のおでこをぴしっと弾いて赤あざを作った。彼女は痛さのあまり、涙をほとばしらせた。

　叔父は太鼓の撥を偏愛し、その執着ぶりは名前が売れてからさらに昂進した。今日は集会であれだけ吊し上げられも、一途に撥を撫でさすり、磨き続けている。胡彩香《ホーツァイシアン》先生が言った通りだ。

「犬が糞を食べるのを止めないように、あなたの叔父さんは太鼓が命なんだ。そのほかのことは何もできない」

　叔父は何も話さない。彼女も何かを話そうとはしなかった。見ると、叔父のベストが洗面器に浸かったままだった。彼女は見かねて揉み洗いを始めた。叔父は言った。

「ほっとけ。今日は悪い汗をかきすぎたからな。浸けとけよ」

　彼女は黙って洗い続けた。ほかにどうしたらいいか分からなかったからだ。

外が薄暗くなったとき、米蘭《ミーラン》が部屋に飛びこんできた。手にはごわごわした茶色の紙包みを持っている。開けると、豚足の煮付けが二つ入っていた。米蘭《ミーラン》は言った。

「怒らないで。あなたは何も悪くない。あの人たちはその日その日、何ごともなくやっていければそれで満足。でも、あなたはそれが我慢できない。怒り出すと、もう止まらない。でも、あそこまでやる？　やり過ぎよ」

「俺を尿瓶どもと一緒にしないでくれ。奴らのお守りはご免だよ！」

叔父の癇癪の虫がまた騒ぎ始めた。

「また始まった。分かった分かった。もう何も言わない。とにかく、始末書を書いて提出して頂戴。それで一件落着だから」と米蘭《ミーラン》は声を押し殺し、とりなすようにて言った。

（注）始末書　中国語原文の「検討」は、日本語とは違って思想上・業務上・生活上ので自分の起こした問題を猛反省し、自戒、自己批判するというきつい意味がある。

「始末書を出せだと？　あいつの頭に豆腐の角をぶつけてやる。一昨日《おととい》来やがれってんだ」

米蘭《ミーラン》は話題を変えた。

「反省しないのね。あなたの姪御さんのことだけど、あなたの顔を立てて、大目に見たという話よ」

「何で俺が大目に見られなきゃならんのだ？」

「この子の音感には問題があって、不合格になっても仕方がなかった。黄《ホアン》主任の奥さんの話だと、みんなあなたに妥協したんだと言ってる。この子は今、試用期間中だけれど、将来本採用になるとき、あなたはまた足元を見られるわね」

叔父は思いもよらず、撥をテーブルの上に叩きつけて言った。

「あの腑抜け野郎、俺の姪はたとえお払い箱になっても、ちゃんと手もあれば足もある。畑を耕し、羊を飼うのに何の不自由もない。だが、ここに来たからには、ちゃんと腕一本、芸一筋で身を立てさせて見せる。誰かの顔色をうかがい、誰かのお情けで飯を食うつもりはない！」

「分かってる。胡三元《ホーサンユアン》、あなたという人は一生、負ける喧嘩を買い続けるつもりなのよね。でも。少しは気を利かせたら？」

「気を利かせる？　お前みたいに主任の女房にチョッキを編んでやることか？　あのくそ婆の肩を揉んでやることか？　俺なら、あの豚みたいな太腿に棍棒を一発お見舞いするがね。だがな。お前はもう、余計な気を遣わなくていい。あの舞台で何かをつかんだんだ。やったな、米蘭《ミーラン》、いい演技だった。お前は迷いを見事にふっきった。こいつはどえらいことだぞ。みんなの目をあっと開かせた。お前は分かっているのか？」

叔父の話に、米蘭《ミーラン》は上気させた顔を、また、きっと引きしめた。

「私は誰から何を言われようと、芝居をやり続ける。踏ん切りがついた。あなたには感謝してる。私の舞台を盛りたててくれて、本当にありがとう。みんな言ってたわ。あなたはあの舞台をぶち壊しにして私に大恥かかせるって。でも、あなたはそんなことはしなかった。私は知ってる。誰かさんはあなたのことをさんざん悪く言ってる。でも、あなたには心というものがある。そのことは私、これからも忘れない。これ以上何も言わないけれど、ただ、これだけは言っておく。始末書を出しなさい。舞台を降りたら、あなたには何も残らないんだから」

米蘭《ミーラン》はこう言い終えて帰っていった。

叔父はまた撥を取り上げ、あちこちを磨き始めた。まるで何ごとも起きていないみたいだった。

易青娥《イチンオー》は言うまいと思っていたことをついに口にした。

「叔父ちゃん、私、いっそのこと家に帰ってまた羊の世話をする」

「羊の世話だと？　本当にやりたいのか？　だがな、羊はもうお前が来なくてもいいと言ってる。残念だな。だから、お前は自分のやりたいことだけやればいい。ここは大人の世界だ。お前はけろっとして、何も知らない、何も分からないふりをしていろ」

易青娥《イチンオー》は返事の言葉が見つからない。

静まり返った部屋の中は、撥を磨くサンドペーパーとベストを洗う音だけがしている。

しばらく経って、胡彩香《ホーツァイシアン》が盆に食事を載せてやって来た。足で玄関の暖簾を開けると、浮き浮きとした様子で入ってきた。

「ほら、トウモロコシ、カボチャ、緑豆《りょくとう》のスープをこさえた。豚の燻製《スペアリブ》を仕込んでとろとろ煮こんだんだから……」

胡彩香《ホーツァイシアン》はここまで言って、テーブルの豚足の煮付けに気がついた。また向かっ腹を立てた彼女は、盆の料理をテーブルにどんと載せて言った。

「ははあ、誰かさんがまたご機嫌取りに来たわけね。胡三元《ホーサンユアン》、もう許さない。ふん縛って、銃殺刑だ。あの女狐とべたべたしやがって。易青娥《イチンオー》、汚い豚足、犬の餌にしちまいな」

言いながら胡彩香《ホーツァイシアン》は豚足を包み紙ごと床に投げ捨てた。

叔父は頭も上げずに、ただ撥を磨いている。

易青娥《イチンオー》もうなだれたまま、胡彩香《ホーツァイシアン》の悪口雑言をじっと聞いている。

「胡三元《ホーサンユアン》、とうとう罰《ばち》が当たったな。同情なんかしてないぞ。お前なんか、体育館に引き出されようが、三角帽子かぶらされて街を引き回されようが、当然の報いだ」

叔父はたまりかねて言った。

「口をふさげ、出て行けよ」

「何だって？　出て行けってか？　誰が誰に言ってるんだ？」

胡彩香《ホーツァイシアン》は言い返しながら、テーブルに積み上げられた台本の山を手当たり次第、叔父目がけて投げつけ始めた。

叔父はそれをかわしながらも手出ししようとはしない。胡彩香《ホーツァイシアン》はひとしきり暴れて、やっと静まったが、口だけは相変わらずだ。

「いいこと？　胡三元《ホーサンユアン》、あなたが批判されたのは当たり前なのよ。リハーサルがうまくいこうといくまいと、あなたの出番じゃない。あなたは主任なの？　副主任？　業務係長？　それとも楽隊の隊長なの？　あなたが出しゃばって、ここは塩が足りない、油が足りないなんてやれるの？　そりゃ、あなたは太鼓の名手かも知れないけれど、それを鼻にかけたら、人の恨みを買うのよ。この悪い癖を直さないと、次はレンガが飛んでくるわ。あなたがどれほどの才能の持ち主か知らないけれど、あなたのなまじな才能が知らず知らずのうちに人を傷つけているのよ」

なおも言い募ろうとする胡彩香《ホーツァイシアン》に、叔父は同じことを繰り返した。

「口をふさげ、出て行けよ」

出て行かせようとすると、胡彩香《ホーツァイシアン》は余計意固地になったが、ついに彼女は黙りこみ、玄関の暖簾を蹴散らすようにして出て行った。易青娥《イチンオー》はここに来て日が経つにつれ、こんな〝修羅場〟に慣れるというより、大事なことが次第に分かってきたのだ。胡彩香《ホーツァイシアン》がヒスを起こしても、もう怖がることはない。本人は悩みながら人に当たり、物に当たり、気を晴らしているだけなのだから。

胡彩香《ホーツァイシアン》が帰った後、差し入れの料理で夕食を始めた。叔父は磁器の丼を大盛りにさせ、平らげると、また半分お代わりし、かき込みながら口の中でぶつぶつ言い始めた。

「ひでえ女だ。……トウモロコシ、カボチャ、緑豆《りょくとう》、いい味出してる」

この夜、胡彩香《ホーツァイシアン》の誘いはなかったが、易青娥《イチンオー》から彼女の部屋に行き、泊まった。だが、夜中に目が覚め、そのまま眠れなくなった。この劇団の居心地の悪さが彼女を苦しめている。生家に帰りたかったが、叔父は帰してくれない。寝返りを打ちながら、ふと彼女は気がついた。胡彩香《ホーツァイシアン》がベッドにいない。夜明け近くなっても、胡《ホー》先生は戻らなかった。蚊に食われ、昨夜のスープを飲みすぎたせいで、青娥《チンオー》は用足しに起きた。

易青娥《イチンオー》は暁闇の中、そろそろと部屋を出てトイレへ向かい、叔父の部屋の前を通りかかったとき、中から物音がする。ぎいぎいとベッドがきしむような音だ。耳を澄ますと、女のひそひそ声が伝わってきた。よく聞くと、それは胡彩香《ホーツァイシアン》の声だった。

「いやなことは酒を飲んで、おしっこに流せば、それまでよ。ひどい目に遭わされても、私がついてる。私は日本の慰安婦か。このろくでなし。寄ってたかって、いびられて、くたばっちまえ、くたばっちまえ、くたばっちまえ、くたばっちまえ……」

何年か経って、易青娥《イチンオー》は理解し始める。このとき彼女に恥ずかしい思いをさせたのはどういうものかを。

このとき、彼女はただ生家へ帰りたい一心だった。

こんなところにいるより、何百倍いいことか。

しかし、叔父がいる限り、生家には帰れない。

六

寧州県劇団一九七六年度の俳優養成所が正式に開所した。

総勢八十人の訓練生を劇団の中庭に収容しきれないので、まずは寧州県の中学校に間借りして開講することになった。中学校は丁度夏休みの最中で、男子五十人、女子三十人が二つの大教室に分宿させられた。劇団の方は急遽宿舎を建て増しして、中学校の新学期が始まるまでに退去させることになっている。

叔父は二度、姪のところに顔を出した。身の回りの品、寝具から箸、茶碗に至るまで叔父がすべて買い整えた。叔父は多くを語らず、一言だけ言い渡した。

「芸の修行は茨の道だ。下積みの苦労がなければ大成しない」と。

易青娥《イチンオー》は苦労を厭う子ではない。しかし、芸の修行がこれほど厳しく辛いものとは夢にも思わなかった。

起床は毎朝五時きっかりに誰かがホイッスルを鳴らす。わずか十五分で洗顔を終え、整列して人員の点呼を待つ。それから声楽の教師に引率されて河原へ行き、発声の練習をする。学校では思い切り声を出せない。というのも、中学の教員の多くが家族と共に校内に起居していて、大声を出そうものなら、すぐ苦情が出るからだ。

易青娥《イチンオー》は学年の中で一番年下だった。毎朝起床のばたばたについて行けず、洗顔でもたもたしているうちに何度もトイレに行きそびれた。言い出すのも憚《はばか》られて我慢を重ね、小用をズボンに洩らすこともあった。何年か経って彼女が名女優・憶秦娥《イチンオー》として名をなしたとき、朋輩《ほうばい》はよくこれを笑い話にした。憶秦娥《イチンオー》は少しも悪びれずに受け流した。

「夏はまだ来ないし、冬は生き地獄だったわね」

発声練習が終わると、学校の運動場に戻り、次の訓練が始まる。幸いなことに、易青娥《イチンオー》は一ヵ月以上も早くから手ほどきを受けていたから、幼年者の基礎過程である足腰の鍛錬に怖じけることはなかった。

股割き開脚や仰《の》け反《ぞ》り（下腰《シアヤオ》）をさせられたとき、教師は鬼の形相に変わり、子どもたちの間から一斉に悲鳴と泣き声が上がった。易青娥《イチンオー》とてそれは骨身にこたえる痛さだったが、泣くものかと歯を食いしばった。

（注）仰《の》け反《ぞ》り（下腰《シアヤオ》）両手を上に、手の平を外に向けて高く上げ上半身を後ろに反らす技。フィギュアの「イナバウアー」にも少し似ているが、京劇の『貴妃酔酒』には、玄宗皇帝を待つ楊貴妃が盃を加えたまま仰け反り、観客に逆さの顔を見せる有名なシーンがある。

叔父は言った。この養成所には幹部の子弟がたくさんまぎれこんでいる。しごきの場に出されたら、たちまち化けの皮が剥がされるだろうと。四、五日経つと、三人の学生が家に逃げ帰り、二度と姿を現さなかった。主任教授は彼らを「逃亡兵」と罵った。

「始めたばかりでこのざまだ。諸君はこんな腰抜けを見習ってはいけない。苦あれば楽あり、最後に笑うものが最もよく笑う。この世に最初の一鍬で金の延べ棒を掘り当てた者はいないと思い知れ」

教師が最も悦に入るのは、生徒に藤づるの棒を振るって彼らの勇武をひけらかすときだ。

「痛いだろう。そりゃ、痛いさ。だが、痛みを乗り越えたときに痛くなくなる。このとき初めて芸が身につくんだ。この棒を教師と思え。我々教師もこの棒で鍛えられて教師になった。だからこの棒は教師の教師でもある」

教師たちには復讐の心理があるようだ。なぜなら、打《ぶ》つときは本気で打つからだ。特に生意気盛りでことあるごとに反抗心を見せたがる男の子には容赦がなかった。若い教師は彼らを半殺しにし、学生は豚のような悲鳴を上げ気絶した。

女生徒には女の教師があたり、股割き開脚や仰け反りのときは男の教師が助手を務めた。易青娥《イチンオー》は最年少だったから、股割りのときいつも、いの一番にやらされる。まず彼女が壁に向かって態勢に入る。二番目は尻を彼女に向ける。三番目は二番目と向き合う。四番目はまた尻を三番目に向ける。といった具合に三十人の女生徒全員が態勢を終えるまで、易青娥《イチンオー》はその姿勢のまま十数分待たされる。その上、次の番の者は前の者に思い切り力をこめ、ぐいぐいと足を開かせ、自分は楽して切り抜けようとする。考えることはみな同じだから、前の者ほど圧が高くなり、死ぬほどの痛みを味わわされる。一番割が合わないのはやはり先頭だ。立ち上がるときは最後尾の者から順に立ち、先頭はまた最後まで待たされる。股割り開脚が終わる度、易青娥《イチンオー》はその場にへたりこんでしまう。立ち上がれずに、教師に数メートル引っ張られ、やっと足腰が元に戻るありさまだ。しかし、易青娥《イチンオー》は耐えた。涙が出ても、人に見せまいとした。叔父は言った。

「モスクワは涙を信じないんだ」と。

（注）『モスクワは涙を信じない』　一九八〇年に中国で上映されたソビエト映画。英語名『Moscow Does Not Believe in Tears』。タイトルは「泣いたところで誰も助けてはくれない」というロシア語の格言。易青娥《イチンオー》が養成所に入った一九七六年から随分離れている。

毎日、実技は午前と夜に一駒《こま》ずつ、座学は午後に政治、国文（中国語）、音楽などの科目が行われた。最も楽なのが午後の授業だった。しかし、易青娥《イチンオー》は座学の授業は聞いてもよく分からず、実技の訓練の方がましだと思った。体を使った訓練は眠くならないのに、座学はいつも瞼《まぶた》が重く垂れ下がる。教師は教鞭で彼女を何度も藤づるの棒で打ち、罰に立たせもした。彼女の面目は丸つぶれだ。

いわゆる「幹部の子弟」、「街の人」がどういうものなのか、彼女はここに来て初めて知った。幹部の子弟はいつも財布に金が入っている。出かけてはアイスキャンデーを買い、時には焼いた鶏の腿、手羽先の買い食いまでしている。街の子はいつでも実家に帰ることができ、学校に戻るときは、ドロップやサイダー、あんまん、肉まん、クレープなどを持ってくる。易青娥《イチンオー》はそのどれも口にすることはできない。食べられるのは、学校の食堂の食事だけだった。食堂は一日二回供される。朝も糊湯《ホータン》（トウモロコシのお粥）、午後も糊湯《ホータン》で、午後は一日おきに具の入っていない饅頭《マントー》かうどんが添えられた。これだけでも彼女は幸せだった。生家の九岩溝《ジョウイエンゴウ》では、うどんが出るのは祭りか節句のときだけだったからだ。

女生徒の中で一番育ちのよさそうなのが楚嘉禾《チュチアホー》だった。父親が銀行の一番偉い人で、母親は町の文化会館の指導員をしているという。母親の仕事は地域のアマチュア芸能活動を支援《サポート》し、すぐれた作品は上演の助成までするらしい。その演出も手がけるだけでなく、自ら主演まで買って出る。ただ者ではないのは、省や県の催《イベント》しで受賞し、県の上層部とも〝つうかあ〟で話ができるらしい。彼女が劇団に顔を出したとき、一般の職員はろくな応対をしないが、黄《ホアン》主任だけは必ずどこかから駆けつけてお相手を務めている。楚嘉禾《チュチアホー》が寄宿舎の大部屋でベッドを連ねる生活を始めるとき、母親は寝具、洗面道具から飯茶碗に至るまでとびきり上等の品を揃えた。母親は娘が蚊に食われたり、睡眠不足になるのを恐れ、自宅から通わせようとしたが、娘は頑として聞き入れず共同生活の方を選んだ。楚《チュ》嘉禾《チアホー》は数十人が寝食を共にし、騒いだり、ふざけたり、遊んだりの暮らしに憧れていたようだ。母親は娘のベッドに蚊帳を張ることだけは何とか認めさせた。彼女の持ち物が特別仕立てなら、彼女の立ち居振る舞いのすべてが一般の生徒が及ばない別仕様であることが次第に明らかになる。

楚嘉禾《チュチアホー》は易青娥《イチンオー》より二つ年上の十三歳。彼女は幹部の家に生まれた街の子なのに、痛いこと、辛いこともへいちゃらだ。教師が彼女を押さえつけて股割りをすると、彼女は〝普通に〟、きゃーと悲鳴を上げる。彼女がいい素質を持っており、すくすくと伸びるだろうと、誰もが目を細める。ぱっちりとした目、可愛い顔立ち、すらっと伸びた背丈と手足、主演女優になるために生まれてきたような素材だ。歌わせると、これまたいい喉をしている。易青娥《イチンオー》が歌える歌はせいぜい三、四曲だが、彼女は宿舎の夜、一晩で三十数曲を歌い、それから十数夜、彼女の歌は尽きることがなく、居合わせた教師も生徒もみな舌を巻いた。しかし、そんな彼女にも悪い癖があった。それは人に指図をしたがることだ。特に目下の者に対しては遠慮がない。顔を洗う水を運ばせたり、時には校門の前へアイスキャンデーを買いに走らせる。しかも買うのは自分のための一本だけだ。易青娥《イチンオー》は楚嘉禾《チュチアホー》に命じられて何度走らされたことだろう。楚嘉禾《チュチアホー》が逆に人から言いつけられたときどうかというと、別に嫌な顔をするでもなくすぐ動く。これは母親の教えで、「子どもはてきぱき動いて人から好かれ、走って折れる足はない」ということらしい。

ここでもう一人、紹介しないわけにはいかない人物がいる。数年後、易青娥《イチンオー》の初恋の人となる少年だ。

彼の名は封瀟瀟《フォンシャオシャオ》。

彼の父親は放送局に勤め、やはり一番偉い人だという。普段から「書き物」が好きで、後に一冊の本を出版する。

街の人はその父親を「作家先生」と呼ぶ。母親は小学校の教師をしている。封瀟瀟《フォンシャオシャオ》がこの劇団を志望したのは、父親が書いた物語を旧友に話すのが得意だったからだ。父親は息子を連れて西安へ行き、「語る会」のサークルにも参加していた。

封瀟瀟《フォンシャオシャオ》は十五歳。背丈がすらりと高く、鼻梁がすっと通った美少年、七三に分けた頭髪をきれいになでつけ、てかてかと光らせている。垂れた頭髪をさっとしゃくり上げる仕種が〝さま〟になっていた。当然、そのころはそんな言い方はなく、「しょってる」とか「うぬぼれている」とかの陰口が多かった。学校の実技以外、彼は上物の軍用ズボンを穿き、白と青横縞の水兵シャツを着て、裾をきちんとズボンに入れている。この方がしゃきっとして活発に見えるからだ。足には厚底の回力《ホイリ》印《じるし》のズック靴。いつも真っ白に洗ってある。易青娥《イチンオー》は白いズック靴が大好きだったから、じろじろ見たりしたが、ただそれだけのことで他意はない。

易青娥《イチンオー》は何年間も封瀟瀟《フォンシャオシャオ》と口をきいたことがない。というのは、劇団に入ってすぐ教師たちの話を聞いていたからだ。封瀟瀟《フォンシャオシャオ》は男子生徒の中で〝ずばぬけた〟存在だという。彼のために用意された訓練メニューはもっぱら主役になるためのもので、「とんぼを切る」などは脇役に任せ、白塗りの小生《シャオション》（二枚目役）の歌唱や見得《みえ》を切る所作などに重点が置かれていた。易青娥《イチンオー》は封瀟瀟《フォンシャオシャオ》のような男の子と話をするなど自分には及びもつかず、一緒に食事したり、おしゃべりしたり、散歩したりするのは楚嘉禾《チュチアホー》のような女の子がお似合いだと思っていた。ただ、一度だけ封瀟瀟《フォンシャオシャオ》と一緒にいたことがある。彼はサッカーのボールを蹴っていた。遠くへ飛ばしすぎたので、彼女に拾いに行くよう命じた。彼女が拾ってくると、封瀟瀟《フォンシャオシャオ》は彼女に目もくれず、ボールに一蹴り入れると、そのままいなくなってしまった。

学校に住みこんで二ヵ月、胡彩香《ホーツァイシアン》は何度も易青娥《イチンオー》を訪ねてきた。彼女のために食べ物、団扇《うちわ》、塗り薬などを持ってきて、宿舎は熱いから夏負けしないようにと気遣ってくれた。来る度に胡《ホー》先生は叔父のことを愚痴った。米蘭《ミーラン》の奴といちゃつき、黄《ホアン》主任とは険悪になり、近々何か起こりそうだと心配していると。易青娥《イチンオー》にはどうにもならず、叔父が何をしでかすか気がかりでならなかった。易青娥《イチンオー》が九岩溝《ジョウイエンゴウ》を出るとき、母親が同じ気がかりを繰り返し言った。

「お前の叔父さんと一緒にいるのはよくもあるし、悪くもある。あの通りの偏屈者、せっかちで、かっとなったら、前後の見境がない。頼りにする方が間違いだ。子どものときから強情で、あんたのお爺さんに殴られようが棒で打たれようが、こうと決めたら梃子《てこ》でも動かない。まあ、問題児だわね。行く先々、すぐことを起こすんだから」

易青娥《イチンオー》にどうなるものでもない。ただ心中で、何も起きませんようにと念ずるしかなかった。

俳優養成所の新入生たちは中学校で二ヵ月と少しの訓練を経て劇団の中庭に引っ越した。

それからすぐ、叔父はついに問題を起こした。

七

新入生たちは中学校の新学期に追い立てられるようにして劇団へ引っ越してきた。彼らの宿舎は臨時の間に合わせとあって、これまで通り男女は分けられているものの、狭いことこの上ない。寝につくのはベッドではなく土で築いたオンドルの上。特に男子学生は綿入れの敷物一枚を二人で共用する。全員が横になると、さながら村のサツマイモ畑か、芋の子を洗うような密状態になる。女生徒は人数こそ少なめだが、持ち物が多く、収納の箱もまた大きい。身ごしらえや化粧道具の置き場所も確保しなければならない。洗濯した下着類もまさか外に干すわけにはいかない。ロープが四方八方に張りめぐらされ、厳重な包囲網になっている。人の出入りも誰かの洗面器を踏みつけなければ、誰かの鏡を蹴飛ばすといった具合だ。楚嘉禾《チュチアホー》は言った。

「私たちは乏しきに耐えて、〝トンネル戦〟や〝地雷のゲリラ戦〟を戦うのよ。易青娥《イチンオー》みたいな痩せっぽっちで小顔《こがお》が一番向いてるわね。人差し指にちょっちょっと唾つけて一《ひと》なでしたら、洗顔はお終い。お尻は小さいし、足は麻みたいに細いし、ちょこっと、どこにでも身を隠せる。ここにあと三十人の易青娥《イチンオー》が来ても十分広い、羽根突きだってできるわよ」

（注）トンネル戦（地道戦）　抗日戦争下、中国軍民が編み出したゲリラ戦。華北平原の地下に坑道を縦横に張りめぐらし、伏兵戦や遭遇戦に神出鬼没の遊撃戦を展開した。

楚嘉禾《チュチアホー》がみんなを笑わせた通り、易青娥《イチンオー》の生き方はゲリラ兵みたいに簡単そのものなので、余計なものはすべてそぎ落とし、どこにいても場所を取らない。養成所が始まってから国家支給の体操着一着で通し、昼も夜も寝るときも着替えなしで過ごした。さすがに体操着が汗で塩を吹き、霜の染みを作ったときは、夜洗って翌朝は乾いていなくてもそのまま着て稽古に出た。上半身は藍の半袖、下半身は藍の〝提灯ブルマー〟、履くものは藍のズック靴だ。腰には稽古着の幅広の帯を締めた。これも藍色だ。きゅっと締めると、身が引き締まる。彼女からすると、おしゃれで着心地のよい一着だが、ほかの女生徒は稽古のないときは私服に着替えていた。特に衣装持ちの楚嘉禾《チュチアホー》は、一週間毎日着替えてもまだ着替え足りないようだ。易青娥《イチンオー》に着替えという観念はない。「虎は山を下りるときも一張羅の毛皮を着る」ように、易青娥《イチンオー》にも藍色の毛皮が貼りついている。女の子たちは髪型にもいろいろ気を遣っていたが、易青娥《イチンオー》は無頓着だった。髪には櫛を入れて光らせるだけ、引っ詰めて羊の尻尾のように後ろに垂らしている。

彼女は一度だけ、緑のヘアピンを買ったことがある。人がいないとき、こっそりと数回試してみた。何と素敵なものか！　だが、それをつける勇気が出なかった。叔父の叱責が恐かったのだ。叔父は言う。

「芸ごとは技を磨き、喉を鍛えてなんぼのものだ。お前の衣装や化粧には騙されんぞ。〝涼皮《リアンピー》〟、〝包煙《バオイエン》〟の一声で野次り倒されるだけだ」と。

涼皮《リアンピー》は陝西省名物とされる米粉《ビーフン》の冷麺だが、芝居通の口から発せられると、所作が形《かた》なし、調子外れで乗りの悪い芸という意味になり、包煙《バオイエン》は声がいがらっぽく、くぐもっているという〝役者殺し〟の言葉になる。中国の芝居は「聴戯《ティンシー》」という言葉があるように、観客は俳優の喉を聴きに来る。喉の悪い役者は役者ではないのだ。

俳優養成所が劇団に引っ越してきてから、易青娥《イチンオー》は同期生と一緒の稽古のほか、胡《ホー》先生の贔屓《ひいき》で個人レッスンのボイス・トレーニングを受けている。叔父は言った。

「お前の弱点は歌だ。この商売は喉が元手だからな。調子が外れたら元も子もない」

叔父の心配はさらに尽きない。

「歌がものにならなければ、それまでだ。商売替えしかない。役者の靴ひも結びが相応だろう」

「役者の靴ひも結び」というのは、主演俳優の付き人となって仕え、衣装を着せたり、帽子や小道具の管理したり、身の回りの世話をすることだ。

「この子はこれまでちゃんとした訓練を受けてこなかったんだから、大丈夫、これからの練習次第よ」と胡《ホー》先生は彼女の訓練を請け合ってくれた。

易青娥《イチンオー》が劇団に入った一年間にいろいろな事件が多発した。

まずは地震だ。県城の至るところに避難用の仮小屋、仮設テントが張られた。

劇団の中庭にも数棟立てられ、赤と緑の幕が掛け渡された。舞台と同じ高さで、舞台より広い。中央のカーテンで男女が分けられた。みなここに入っては一息つき、毎日、来るぞ来るぞとささやき交わしていた。犬が鳴くと緊張し、猫が走ると言っては怯えた。ある日、ネズミが次々と中庭に走り出し、猫が追いかけ犬も猛追した。百人からの劇団員がすくみ上がり、みな浮き足だって、風呂敷包みを肩にかけ街を出ようとした。

中庭に古い井戸があり、全市の地震観測点の一つになっていた。毎日市の専門家が来て水位を測っていた。井戸の周りを団員たちが取り囲んで昨日、一昨日《おととい》、一昨昨日《さきおととい》の水位をめぐって論争し、些細な変化にも動揺が広がった。

団員たちは生活も仕事も仮設テントの中で行っていたが、自分の大事なものは部屋に置いていた。劇団には若い人が多く、何かというと大声ではしゃぎ、わめき立てる。あるとき、誰かが荷物を取りに部屋に帰り、入りかけたとき、後ろで大声がした。「地震だ！」彼は取るものも取りあえず、命からがら、ほうほうの体《てい》で仮設テントに逃げこんだ。みんなは驚くより先に、彼の大騒ぎと慌てぶりがおかしいと、しばらく笑い話になった。

黄《ホアン》主任は会議を招集して全員にきつく申し渡した。地震の情報は軍機にも関わること、みだりに虚偽の風説を流す者は革命的生産破壊罪で処罰されると。だが、子どもたちにとってはどんな緊急事態であろうと、仮設テント屋は格好の遊び場でもあった。

そして、ある日。突然、ラジオの声が流れた。毛沢東主席がこの世を去ったと。

易青娥《イチンオー》はわずかな日数ながら小学校に通っているから、毛主席の死が大変なことだと理解できる。九岩溝《ジョウイエンゴウ》の生家には毛主席の肖像がかかっている。それなのに、この大事な時期に、叔父がまたとんでもない騒ぎを起こしたのだった。

毛主席が世を去ってから、すべての娯楽活動が停止されると黄《ホアン》主任が全団員に伝えた。演劇に関わる活動もこれに倣《なら》う。中庭の前庭に立つ照明灯の柱には新しく拡声器が取りつけられ、早朝から深夜まで哀悼の音楽が流されている。劇団員は全員、仮設テントに集められて追悼の花輪を作るのに余念がない。易青娥《イチンオー》の仕事は、白い花弁の切り紙を一本の箸に巻きつけることだった。いくつもの花弁を固く巻き、そして箸を抜き取って虚ろな空間を残すのだ。白い紙の花柄に生気がみなぎり、ひらひらと風に翻《ひるがえ》る。教師たちは一輪一輪の花々を集めて貼り合わせる。これを竹籠に結わえつけると、大輪の花輪が仕上がった。避難小屋の内外でこの流れ作業が行われた。

易青娥《イチンオー》が見ると、叔父は仮設テントの外で舞台美術部門のスタッフたちと一緒に竹を割き、さらに細く削って竹籠を編んでいた。

その五日目の午後、拡声器の大声が突然、緊急集会と全員集合を伝えた。この通知はいかにも急で、しかも重々しい口調を帯びていた。後庭にある仮設テントへ急げ、一人たりとも欠けてはならぬという。訓練生たちは都合よく後庭の避難小屋に寝泊まりさせられており、易青娥《イチンオー》たちはその隅に追いやられて、全団員がどやどやと入りこんできた。間を置かずに黄《ホアン》主任が来た。側に警官が随行しているところを見ると、ただ事ではなさそうだ。教師たちは座り、訓練生たちは隅に立たされて身を寄せ合っている。集会の連絡があったときから、易青娥《イチンオー》は落ち着きをなくしていた。幸いなことに彼女は背が低く、会場の隅に埋もれている。爪先立ちすると、会場の中ほどに黄《ホアン》主任の油で固めたオールバックの頭が見えた。踵《かかと》をおろすと、もう誰の目に触れることはない。しかし、叔父のことが気がかりでならなかった。何度背伸びしても、叔父の姿が見つからない。胸の動悸が収まらなくなった。案の定、彼女の不安は的中した。黄《ホアン》主任が開会の手短に済ませると、胡三元《ホーサンユアン》が引き出されてきたのだ。

叔父の胡三元《ホーサンユアン》は両側を警官に挟まれて入ってきた。これを目にした途端、易青娥《イチンオー》は小水が漏れ、ズボンを濡らすのを感じた。慌てて両脚を締めたが、尿は足元に伝わった。まだ誰にも気づかれていない。そっと会場を出て、仮設テントの中で飲み残しの茶や余った水を捨てる場所に立ちつくした。もう会場に戻れそうにない。うなだれたまま会の進行を聞いた。そして、やっとことの次第を理解した。

全国の人民が毛主席の死を悼み、喪に服していたとき、胡三元《ホーサンユアン》は秘かに自室で娯楽活動にふけっていた。監視の目を逃れ、太鼓の音を隠すため、胡三元《ホーサンユアン》はあろうことか、一冊の本を板鼓《バングー》に見立てて撥を振るい続けたのである。

彼は平常から自分が賢いと思い上がり、その言動はつとに心ある人々の顰蹙をかっていた。ついにその狡猾、且つ人の目をあざむくやり口が馬脚を現した。浅はかな猿が木から落ちたのであると。黄《ホアン》主任は言った。胡三元《ホーサンユアン》はまれに見る跳ね上がり分子である。この手の軽薄な輩《やから》は遅かれ早かれ出るものであるからして、その出端《でばな》を挫《くじ》くことができたのは、もってよしとせねばならぬと。

最後に警官の一人が衆人の前で宣言した。

「反革命分子胡三元《ホーサンユアン》を捕縛する」

次いで、二人の警官は手にした縄をしごき、胡三元《ホーサンユアン》の首から胸に回して後ろ手に縛った。「五花大綁《ウーホアダーバン》」と呼ばれるやり方だ。こうして胡三元《ホーサンユアン》は警察に連行された。

易青娥《イチンオー》はその痩せた体を支えきれず、その場に頽《くずお》れた。これを見た胡彩香《ホーツァイシアン》は慌てて駆けつけ、抱きかかえて自室に連れ帰った。

胡彩香《ホーツァイシアン》の部屋で易青娥《イチンオー》は大声を張り上げて泣き始めた。胡彩香《ホーツァイシアン》はこの幼い子どもを愛《いと》しみ、ついでに自分も憐れんで、こらえきれずに共に泣いた。しかし、部屋の鍵と窓をしっかり締めるという用心も忘れなかった。

易青娥《イチンオー》は九岩溝《ジョウイエンゴウ》に帰ると言い、胡《ホー》先生に送ってくれるよう哀願した。もう、芝居の修行に嫌気がさしていた。

易青娥《イチンオー》は彼女の気持ちを静めようとする胡彩香《ホーツァイシアン》の手を逃れ、外へ飛び出そうとした。胡彩香《ホーツァイシアン》は易青娥《イチンオー》を離そうとしなかったが、易青娥《イチンオー》はその手の中でなおも暴れる。やむなく胡彩香《ホーツァイシアン》は部屋に鍵をかけ、床にうずくまる易《イ》青娥《チンオー》を抱きしめ、あやすように言った。

「大丈夫。あなたにはまだこの胡《ホー》先生がついている。恐がることは何もない。とにかく劇団の試験に受かったんだから。これは大変なことなのよ。あなたの一生の仕事が約束されたんだからね。それとも一生、山の中で暮らしたいの？　あなたの田舎では白い饅頭《マントウ》を一日おきにでも食べられた？　一日おきにでもうどんが食べられた？　食べられっこないでしょう。でも、ここなら食べられる。だから、女の子たちがわんさか押しかけたのよ。そしてあなたは堂々と合格した。これは誰にでもできることじゃない。それとも、もうやめましたって言って学籍を返上する？

それとも誰かに譲る？　あなたの叔父さんはいなくなっても、私がいるでしょう。私はあなたの叔父さんよ、お叔母さんよ、劇団の母さんよ。人がいるときは先生と呼びなさい。でも、いないときは叔母さんとでも、母さんとでも好きに呼びなさい。きっとあなたを守ってあげる。だから、二度と帰るなんて言っちゃ駄目。九岩溝《ジョウイエンゴウ》に帰ったら、あなたの一生はそれでお終い。分かった？　今日起きたことはいっときのこと。負けちゃ駄目、ここを乗り切ったら、必ずいいことがある。いい子だから、叔母さまの言うことを聞きなさい。ここで勉強を続けるのよ。恐いことなんかあるものか」

易青娥《イチンオー》は次第に落ち着きを取り戻してきた。胡彩香《ホーツァイシアン》は易青娥《イチンオー》のズボンを力ずくで脱がし、体を洗わせた後、ベッドに寝かした。しばらく眠れば元気になるだろう。その間、胡彩香《ホーツァイシアン》は易青娥の濡れたズボンや下着を洗ってやることにした。

易青娥《イチンオー》は同級生に会わせる顔がなかった。宿舎ではきっと鍋をひっくり返したような騒ぎになっているだろう。面目丸つぶれ。考えただけで全身に震えが走った。いっそ死んでしまいたいとさえ思った。

その夜、胡《ホー》先生は易青娥《イチンオー》を抱いて寝た。胡《ホー》先生は話しながらなだめ、なだめながら力づけた。人は哀れな生き物よ。情けない一生よ。でも、一歩一歩歩いて行くしかない。いろいろな景色《シーン》を一歩一歩過ごしていくしかない。胡《ホー》先生はいろいろなたとえ話をした。その中に劇団と社会の話があった。

「世の中には家が不幸にあった可哀想な娘はたくさんいる。あなた一人じゃない。それでもみんなちゃんと気丈に生きている。あなたに耐えられないはずがない。あなたの叔父さんが何よ。ほっときなさい。あなたの叔父さんは、父親でもなければ母親でもない」

話が胡三元《ホーサンユアン》のことになったら、胡先生の方が平静を失って、また罵り始めた。

「あなたの叔父さんという人は、ざまみろってんだ。なまじっかな才能を鼻にかけて突っぱって、平気で人の恨みを買う。だから狙い撃ちされて、塀の向こう側に落とされる。こういう男は守りに弱いからね。自業自得なんだよ」

易青娥《イチンオー》はおどおどしながら尋ねた。

「叔父ちゃんが罪人にされて、私も集会にかけられたら……」

「まさかね。そんな奴がいたら、私が行ってとっちめてやるから安心しな」

「叔父ちゃんがいなくなったら、私は劇団を追い出されるかも……」

「あなたはね、正式に試験を受けて正式に合格したんだ。誰が勝手に追い出せるものか。安心しな。この叔母さんがついているから」

後になって彼女は知った。もし、胡彩香《ホーツァイシアン》が中に立って、いつもの獅子奮迅で形勢を挽回しなければ、易青娥《イチンオー》は退団に追いこまれ、田舎に引きあげることになっただろうと。

八

叔父が警察に連行されてからというもの、易青娥《イチンオー》は霜に打たれたナスみたいにしおれ、しわしわになってしまった。毎日が火に烤られるような焦燥感にとらわれている。手が震え、足がわななき、心がおののき、食べ物が喉を通らず、夜の眠りからも見放された。肌は黒ずみ、元々痩せていた体が風に干した薪のようにぱさぱさしている。同級生のみんなが噂しているのを聞き、「ちんちくりんの大頭《おおあたま》」と、関中（西安を中心とする謂河《いが》流域）方言の差別語を投げつけられたこともある。役立たず、使いものにならないという意味がこめられている。こんな悪口はどうせ叔父のとばっちり、右の耳から左の耳へ聞き流せばいいと、胡彩香《ホーツァイシアン》先生は意にも介さない。易青娥《イチンオー》も一々気にはかけないが、毎日同級生に入り交じっていると、嫌でも彼らの視線が麦の芒《のぎ》のように背中に突き刺さるのを感じるのだった。

仮設テントの中で彼女に与えられたベッドは、入ってすぐの隅っこだった。ある夜、中庭で放し飼いにされている犬が勝手に入ってきた。彼女の顔をぺろぺろ舐め始めたが、叫んだりしないで、じっと耐えた。自分は叫ぶにも値しないと思っている。夜中に騒いだりしたら、さらに白眼視されるだろう。寝静まった仮設テントの中、テントの隙間から夜空の月や星が見えた。彼女は星を数えながら、故郷の父や母、羊たち、そして縄をかけられて後ろ手に縛られ、連れて行かれた叔父を思うと、もう一睡もできなくなった。

昼間の稽古はさらに身が入らず、ぼんやりと過ごした。彼女が一日中同級生から後ろ指を指され、叔父が公安に連れて行かれたからには、彼女もそのうち引っ張られるだろうとささやかれているのも感じ取っている。寝るとき、誰も一緒にベッド作りを手伝ってくれなくなった。食事のときも一緒にテーブルを囲まず、稽古のときも彼女と一緒に組みたがらなくなった。これまでは彼女の体の柔らかさを買われ、最初に開脚をし最後に立ち上がるという損な役回りだったが、もう誰も彼女と尻を合わせたがらなくなった。開脚訓練のとき、彼女は全身が「汚い」「臭い」と思われていたからだ。飯茶碗、水を飲むコップ、彼女が触った者は誰も手をつけず、彼女ものと一緒に置くことさえ嫌がった。ほかの同級生とは一緒の碗や皿で食事をし、一本のビンの水を回しのみしているというのに。彼女は仮設テントを出て一人になり、たとえ地震で屋根の下敷きになろうと、以前の部屋に帰りたかった。だが、教師が許さない。それでもこっそりと逃げ帰った夜、教師に見つけられ、耳をつかまれて引き出された。罰として夜明けまで仮設テントの外に立たされた。　この間に、また事件が起きた。

ある日の朝、稽古を始めたばかりのとき、突然、通達が来た。デモ行進の準備をせよ、「四人組打倒」の慶祝行事を行うという。「四人組」とは何か、易青娥《イチンオー》はまるで分からない。しかし、教師たちは四人の名前をすらすらと言った。「デモ行進」とは何か、易青娥《イチンオー》は聞いたことがない。しかし、教師たちはちゃんと分かっているようだった。

（注）四人組　〝文革〟の急進派であった江青（毛沢東の妻・党政治局員）、張春橋（副首相・党政治局常務委員）、王洪文（党副主席）、姚文元（党政治局員）の四人。毛沢東の死去（一九七六年九月九日）後の十月六日、「反革命集団」として華国鋒党第一副主席をはじめとする党中央によって逮捕された。

間を置かず、中庭には数十人の銅鑼や太鼓の打ち手が集まった。残念なことに、その中に叔父の姿はない。石臼のような大太鼓を叩いているのは、批判大会で叔父の鼻先を指さして面罵した男だった。四人組の名前が大きな文字で書かれ、その上に赤い×印がつけられた。横断幕にも大きな文字が躍った。俳優たちは全員仮設テントに集められ、リハーサルの真っ最中、演《だ》しものは地元の農村に伝えられた歌と踊りの「秧歌《ヤンゴー》」だ。みんな一斉に声を張り上げた。

「打倒――四人組――国を――挙げて――お祝いだ！」

訓練生はこの秧歌《ヤンゴー》隊に動員され、特に楚嘉禾《チュチアホー》と封瀟瀟《フォンシャオシャオ》は先頭集団に選ばれた。踊らない者は五色の旗を持ち、プラカードを担ぎ、横断幕を掲げる。旗振り役は肩をそびやかし、歩調正しく歩かなければならない。みな、まなじりを決し、どうだと言わんばかりの意気にあふれている。だが、易青娥《イチンオー》の出番はない。誰かが言った。「ちんちくりんの大頭《おおあたま》」は引っこんでろって言うの。旗なんか振られた日には、劇団の顔が丸つぶれだ。おとなしくお留守番がお似合いだよと。彼女は一人、誰にも見られない場所で身を屈め、こっそりと街の賑わいをのぞくことにした。

朝の十時、デモ隊が集合した。銅鑼を叩き、太鼓を打ち、みな解放軍兵士の軍服を着ている。秧歌《ヤンゴー》を歌い、踊る者は赤い上着に緑のズボン、腰には三メートル以上の赤い絹を巻いている、顔は舞台と同じ濃いメイクを競っている。誰かがホイッスルを数回鋭く吹き鳴らすと、隊伍がやっと静まった。黄《ホアン》主任がラッパのようなものを持っているのを易青娥《イチンオー》は見た。後で彼女は知ることになるが、それはラウドスピーカーだった。主任は澄んだ声を張り上げ、大空に響けとばかり、一言《ひとこと》一言区切りながらしゃべり始めた。

「本日、この県城に—万人《まんにん》が集い—祝祭の—大行進を—挙行する運びとなりました。近在の—人民公社—革命的大衆が—こぞって—ここに—結集しました！　県委員会—県革命委員会は—本日の大行進を—ことのほか—重視して—おります。特に—わが劇団に対する期待—評価は—高いものが—あります。さあ、行こうでは—ないか！　しっかりと—見届けよう—我々をして—すべての—すべての隊伍の—先頭に—立たしめよ！　同志諸君、試練の—ときは来た！　今日こそ—銅鑼、太鼓を—打ち鳴らし、高らかに—響き渡らせるのだ！　われらが秧歌《ヤンゴー》を—歌い—踊ろうではないか！　我らの革命的—真紅の炎を—燃え立たせ—今こそ—勝利を勝ちとるのだ！」

これに応えて怒濤の声が響き渡った。

〔勝ちとるぞ！〕

黄《ホアン》主任は威風辺りを払う勢いで命令を下した。

「出発！」

後は銅鑼と太鼓の音が中庭を圧し、耳を聾するばかりに高鳴った。

劇団の秧歌《ヤンゴー》隊が正門を出ると、大通りは銅鑼と爆竹の音が重なり、拡声器の声が谺《こだま》して興奮の坩堝《るつぼ》と化していた。こんな場面を易青娥《イチンオー》はこれまで聞いたことも見たこともなかった。中庭はたちまち人が出払った。幼い子どもたちまで人に抱かれて街に出た。残ったのは二人の劇団員の家族の二人の老婆で旧時代の纏足《てんそく》をしており、よちよち歩きしかできずにこれまで外に出たことがない。このほかは受け付けの老人と易青娥《イチンオー》の二人だけだった。動くものといえば、紛れこんできた数頭の野良犬がわがもの顔に仮設テントを嗅ぎ回り、荒らし回っている。街の喧噪は高まるばかりだった。犬たちまで飛び出していき、易青娥《イチンオー》もじっとしていられなくなった。

劇団の人間ともなると、外出するときにはやはりそれらしい身繕いをし、格好をつけなければならない。彼女はこれまで履くのを惜しんでいたあの白いズック靴を探し出した。守衛の老人が居眠りしているのを見澄まして腰をかがめ、そっと抜け出した。

街は十重二十重の人波で身動きができなかった。劇団入り口の狭い路地まで人があふれている。易青娥《イチンオー》は小さな体を人垣にもぐりこませ、人混みを掻き分けながら、どこかの単位《ダンウェイ》（各種機関・団体）のビルの入り口に出た。その石段に鈴なりの見物人の中に割りこみ、石段に片脚立ちして見えた光景は、広い大通りをぎっしりと埋め尽くす人の群れだった。原色の旗がひらめき、スローガンを大書した横断幕が次々と堂々の行進を続けている。歌い、叫び、飛び跳ねる演技が沿道の喝采を浴び、トラックの荷台には大勢の楽団員が陣取り、盛大に打ち出す銅鑼や太鼓に囃されて、スローガンの甲高い叫び声が空に尾を引き、谺《こだま》している。

さらに獅子踊り、龍舞いが繰り出してきた。さまざまな変種を人民公社が競い、見物人はどこそこの公社と言い当てていた。易青娥《イチンオー》は九岩溝《ジョウイエンゴウ》で獅子踊り、龍舞いを見ている。だが、これほど大仕掛けのものは見たことがなかった。九岩溝《ジョウイエンゴウ》の龍と獅子は楮《こうぞ》や枸橘《からたち》の樹皮を漉《す》いた紙の張りぼてで、黒ずんで汚らしい。一踊りして見せても酒や食事のもてなしがあるわけでなし、トウモロコシやジャガイモの振る舞いもない。「しけてやんの」とか、ぶつぶつ言いながらさっさと片づけにかかっていた。こちらの獅子は美しいだけでなく、ふさふさの頭をいきなり振り立てて二階にまで飛び上がり、窓の中の見物人とじゃれ合って人の頭を噛んだり、バスケットボールをくわえたりして芸が細かい。テーブルや椅子の間を自在にすり抜け、向こう見ずにも階段を六、七尺も駆け上がって見物人と押し合いへし合いを演じると、今度は風のように階段を駆け下り、あちらと思えばまたこちら、ところ狭しと暴れ回るのだ。

あちこちで爆竹が放たれる。しゅるしゅる、ぱんぱんと、人混み目がけて地面を這い、派手な破裂音を響かせる。

人々がひしめき合う中、爆竹の音が向かうところ、さっと通り道が開かれる。易青娥《イチンオー》はこんな面白い場面を見たことがなかった。彼女は足の下が揺れているのを感じ、耳はきーんと鳴ってもう何も聞こえない。ここで本物の地震が起きても、おそらく誰も気がつかないだろう。

劇団の隊伍は今どこだろう。易青娥《イチンオー》は、はっと我に返って人群れの中を歩き始めた。

彼女はやっと見物客の最前面に出た。道路脇に立つ二列の並木に男の子たちがよじ登っていた。彼女にとって木登りぐらい何の造作《ぞうさ》もない。木の股に空きがあるのを見つけ、猿のように登った。木の上部は枝ぶりもしっかりしており、そこから下がよく見渡せた。下から見上げると、枝の茂みに人影を見分けるのは難しいだろう。それにわざわざ上を見上げる人はなさそうだ。彼女は意を強くし、ここなら安心と劇団の隊伍を待った。劇団の人にだけは見られたくなかった。まして、頭を押さえつけるように劇団で留守番をしていろと言われていたのだから。

「来たぞ、劇団が来たぞ！」と誰かが叫んだ。

来た。彼女は耳で聴き取った。銅鑼と太鼓の整った響きはまさに本職の手並み、よく通る透き通った声は専門の訓練に鍛えられたものだ。彼女はどきどきした。秧歌《ヤンゴー》にかけてはどこにも負けない劇団の本領がこれから見られるのだ。十字路を曲がって辺《あた》りを払う行進が近づくにつれ、沿道の拍手も順に移ってきた。木の上の子どもたちから拍手が起こり、叫び声がした。

「劇団が来た。秧歌《ヤンゴー》だ！」

易青娥《イチンオー》の心に誇りに似た感情がわき上がってきた。

「私の劇団よ、私の劇団が来たのよ！」

彼女は両脚をしっかりと木の枝に巻きつけて両手を空け、精一杯の拍手をした。黄《ホアン》主任が一団の総指揮を執っているのが見えた。ハンドマイクを持ち、先導車を見ながら隊伍に大声で指示を下している。沿道の喝采が起こる度、知らず知らず秧歌《ヤンゴー》の伴奏に合わせて躍り出している。だが、彼の腰はいかにも重たそうで、ぎくしゃくして見られたさまではない。団の中に胡彩香《ホーツァイシアン》先生、米蘭《ミーラン》、そして楚嘉禾《チュチアホー》や封瀟瀟《フォンシャオシャオ》、同級生たちの姿が一目で見て取れた。

みんな衣装も、メーキャップも素晴らしく、スチール写真と同じに見えた。彼女は力いっぱい拍手を送った。木の上の子どもたちに自慢したかった。

「私、あの劇団にいるのよ」

しかし、彼女は言えなかった。自分はそれを言うのにふさわしい人間だろうか？　言ったところで、誰も信用してくれないだろう。彼女はただただ悔しかった。父親や母親に見てもらえない。姉にも見てもらえない。九岩溝《ジョウイエンゴウ》の人たちにも見てもらえない。谷間の村の人たち、中でも母親と姉は祭りや芝居が大好きで、どこへでも出かけていく。彼女自身もそうだった。山の中からやって来た猿回しの猿まで、彼女はいくら見ても見飽きることがなく、この日が暮れないことを祈るばかりだった。

このときの易青娥《イチンオー》には夢にも想像できないことだが、十数年後、易青娥《イチンオー》改め憶秦娥《イチンオー》が陝西省の伝統劇・秦腔《チンチアン》の名優となって政府主催の「物資交流大会」（農業用品や日常品のバザー）に出場し、十万を超える観客を動員している。これはこの日の十倍もの多さだ。彼女を一目見ようと押し寄せた観客が折り重なって将棋倒しの事故を起こした。これが彼女を一生苦しめる心の傷となるが、まだ後の話だ。

この日、彼女は自分の劇団の行進を見た後、別の団体の実演をいくつか見て帰路を急いだ。一行より先に着かなければならない。さもなければ厳しい叱責で何を言われるか分からないからだ。群衆を掻き分け掻き分け、気持ちばかり焦る中、彼女は履いているズック靴の片方をなくした。母親が隣家から恥を忍んで譲り受けたものだ。もともと自分の足より大きかった。後ろから踵《かかと》を踏みつけられたか、前からどんとぶつかられたか、靴が脱げてしまったのだ。すぐ引き返して探そうとしたが、道路の人波は渦を巻き、あっという間に彼女ははるか遠くへ運び出されてしまった。多くの女性や子どもの悲鳴があちこちで上がっていたが、靴をなくすだけではなく、命に関わる事故になりかけていた。彼女は靴を諦め、人の流れに身を任せ、道路を大曲りしてやっと路地の奥の劇団に帰り着いた。

劇団の人たちはとっくに帰っていた。みんなへとへとに疲れ果て、息をするのもやっというありさまだったが、興奮冷めやらぬまま声高に話し合っている。どうだ、やったぞ、わが劇団は大いに面目をほどこした……そんな中、誰かがあれっと叫んだ。ものがなくなっている。すると、あちこちで同じ声が上がった。留守居は誰だという話になり、最後に易青娥《イチンオー》と守衛の老人の名が上がった。纏足の老婦人は怪しい人は入らなかったと言った。この二人は仮設テントの外で日向ぼっこをしながらおしゃべりしていたという。易青娥《イチンオー》一人が仮設テントの真ん中に呼び出された。最初はやさしく聞く口調がすぐ詰問調に変わり、怒鳴り声になった。ある者は彼女の体を押したり突いたりした。またある者は盗んだのなら正直に盗んだと言えと詰め寄った。彼女は大声で泣き出しながら、ありのまま話した。実は自分もデモが見たくて見に行きましたと。

このとき、誰かが入ってきて報告した。賊は中庭の裏から瓦塀《かわらべい》を乗り越えて忍びこんだらしい。その証拠に瓦が何枚か、それに漆喰が崩れて地面に落ちていたと。これが決め手となって彼女の容疑は晴れたが、彼女が今日の留守居役を命じられていたことは間違いない。大事なものを盗まれたという男は憤怒の形相で手を上げ、彼女を殴ろうとした。

このとき、胡彩 香《ホーツァイシアン》が飛び出してきた。胡《ホー》先生は今日のメイクをまだ落としていない。眼窩《アイホール》のドーランが汗に溶けて〝パンダの目〟になっていた。胡《ホー》先生は易青娥《イチンオー》を後ろにかばって言った。

「分からないこと言うもんじゃないよ。あんたら目が曇ったね。いい歳《とし》こいて、でっかい目をして、その目は節穴かい？　十一歳かそこらの女の子に留守番をしろってのが土台、無茶な注文なんだよ。自分のことも分からない子どもがどうやって泥棒を見分けるんだい？　おじさん、泥棒さんですかって聞かせるのか？　出かけててよかったじゃないか。もしここにいたら、泥棒に首を絞められて、今ごろは死んでるよ。一人前の大人なら、この子の無事を喜びな」

易青娥《イチンオー》を取り囲んでいた劇団員は一人去り、また一人去っていった。

この夜、易青娥《イチンオー》は一人になって長いこと泣いていた。リハーサル室の古い背景幕を積み重ねた陰で泣いていた。外に出て泣きたかったが、研修生は誰であろうと、劇団の決まりで許しを得ないで中庭に出ることは半歩たりとも許されないのだ。長いこと経って、胡《ホー》先生が懐中電灯を持って探しに来てくれた。先生は言った。

「やっぱりここにいると思った。肝っ玉の太い子だね。いつ地震が来るか分からないのに、こんなところでぐらっときたら、ぺちゃんこになっちまうよ。早く出ておいで。こんなところにいるって誰も知らないんだから、助けようがないだろう。」

胡《ホー》先生は易青娥《イチンオー》を連れ出しながら言った。「どれもこれもあんたの叔父さんのせいだよ。ろくなことしないから、みんなあんたに当たっているのさ。辛いことが多かろうが、何、恐れることはない。そのうち大きくなったら、誰もいじめなくなるからさ」

でも、いつになったら、大きくなるのだろうか？　いじめられなくなる日は、遙か遠い未来に思われた。胡《ホー》先生が突然彼女に尋ねた。叔父さんに一目でも会いたくないかと。易青娥《イチンオー》は驚いて、どこにいるのと尋ねた。叔父を恨んではいるが、思い続けてもいる。叔父がいてくれれば、こんなにいじめられることもないだろう。胡《ホー》先生は答えた。

「あなたの叔父さんは県の中隊に閉じこめられている。ここ何日かは〝労働改造〟に駆り出されて、堤防工事をさせられているってさ。もし、会いたいんなら、明日連れてってあげるよ。中隊に顔見知りがいるからね」

易青娥《イチンオー》は喜んで大きく頷いた。

(注)労働改造　懲役受刑者に課された強制労働による再教育。生産労働と政治思想教育を通じて受刑者の自立と更生を図ろうとする制度。

翌日の正午、胡彩香《ホーツァイシアン》は易青娥《イチンオー》を伴って劇団の門を出た。研修生は教師の同行がなければ外出を認められなかった。受刑者を監視するのが県の中隊だという。二人は随分と歩き、県城を出て大きく迂回したところで中隊の勤務地を探し当てた。軍服を着て銃を構えた隊員たちが囚人を監視していた。囚人は河原で手ごろの石を探し、これを背負って堤防に運んで積み上げるのが仕事で、夏の大水で決壊した堤防を、秋になって囚人たちが補修しているのだった。

易青娥《イチンオー》はすぐに叔父の姿を認めた。叔父は背を屈《かが》めて河原の石を選んでいる。二本の指を石に当て、こつこつやっているのは、いかにも石を吟味しているように見えるが、石を太鼓に見立てて叩いているのに違いない。口の中でぶつぶつやっているのは、太鼓の楽譜が頭に浮かんでいるのだろう。易青娥《イチンオー》が叔父を指さすと、胡彩香《ホーツァイシアン》は頭を振りながら泣き笑いの表情で言った。

「呆れた。あんたの叔父さんは本当にどうしようもない。あれじゃ〝思想改造〟されないよ」

二人はただ遠くから眺めるだけで、側に寄って話をしたり、長い時間そこに居続けることは許されない。しかし、これだけでも、胡《ホー》先生の知り合いが与えてくれたありがたい計らいだった。

彼女の叔父は一心不乱に石を選ぶふりをしながら、石を叩き続けている。顔を上げることもなく、二人の姿を見ることもなかった。

胡《ホー》先生は「羊群」印の煙草一カートンを中隊の知り合いに手渡すと、易青娥《イチンオー》を連れてその場を去った。易青娥《イチンオー》は満面の涙と共に、何度も振り返りながら「叔父ちゃん、叔父ちゃん」とつぶやき続けた。胡《ホー》先生は易青娥《イチンオー》の手をひき、彼女の頭を撫でながら言った。

「泣かない、泣かない、大丈夫。聞いたのよ。あんたの叔父さんは近く出られるだろうって、ある上の人が言ってたらしい。この一件は人民に対する階級的対立ではなく、人民内部の矛盾として処理されるべき案件である、ということなんだって」

人民内部の矛盾とは何か、易青娥《イチンオー》は知らない。それでも冬が近づいて霜の降りるころ、彼女の叔父は帰ってくることになる。

九

易青娥《イチンオー》の叔父はある夜、帰ってきた。

そのとき、彼はぼろぼろの麦わら帽をかぶっていた。守衛の老人は誰か分からずに通し、後から追いかけて「どちらさまで？」と尋ねた。叔父はむっとして「胡三元《ホーサンユアン》」と三文字を叩きつけるように言った。

「胡三元《ホーサンユアン》！」

驚いた守衛は、あたふたと黄《ホアン》主任にご注進に及んだ。

すぐさま中庭の仮設テントの全員が知ることになった。胡三元《ホーサンユアン》は脱走したのか釈放されたのか、議論紛々《ふんぷん》としているうちに、叔父の部屋の灯りが皎皎《こうこう》と灯った。

守衛が黄《ホアン》主任に知らせたとき、主任は「ふん」とこたえたきり、何も言わなかった。黄《ホアン》主任は事前に知っていたのだ。

易青娥《イチンオー》が叔父の部屋に行ったとき、叔父は布巾で机や腰掛け、そして彼の愛器を拭いていた。易青娥《イチンオー》は部屋に入るなり、抱きついて泣いた。叔父は目を赤くしていたが、涙は流さなかった。叔父は我慢しているのだと易青娥《イチンオー》は思った。

「泣くな。まあ、こうして帰ってきたんだから」

「また行くの？」と易青娥《イチンオー》が尋ねると、叔父はちょっと考えこんだ。

「行くも行かないも、お前には関係ない。お前は正式に合格したんだから、間違いをしでかさない限り、お前には指一本触れさせない」

「叔父ちゃん、もう行かないで。行ってしまったら、私は待ちきれない」

易青娥《イチンオー》は言いながらまた泣いた。

叔父は易青娥《イチンオー》の頭を撫でながら言った。

「行くもんか。劇団を離れたら、叔父さんは行くところがないからな」

易青娥《イチンオー》は部屋の埃を拭こうとしたが、叔父はさせようとせず、お前の掃除はきれいにならないと言った。叔父は独特のこだわりを持っており、胡彩香《ホーツァイシアン》先生はいつも腹を立てていた。ふん、何さ、あの癇性病《や》み！　犬に食われろ！

胡彩香《ホーツァイシアン》が陰になり日向《ひなた》になり易青娥《イチンオー》の力になり、かばってくれたことを全部叔父に話した。あの日、胡《ホー》先生が彼女を連れ、中隊の作業場へ叔父を見に行ったことも話した。叔父は驚き、頭を上げて彼女の顔をしばらくぽかんと見つめた。

叔父は今日はさすがに胡彩香《ホーツァイシアン》を「あのヒス女」とか雑言を吐かず、それから板鼓《バングー》や象牙の牙板《ヤーバン》（拍子木）、撥を磨くのに没頭した。

叔父がいなかった一ヵ月ちょっと、部屋の埃は随分たまっていた。

叔父は易青娥《イチンオー》に手出しさせたくなかったが、彼女は無視して箒を持ち、ベッドの下のクモの巣を払い、部屋の隅の埃を掃き出した。

胡彩香《ホーツァイシアン》先生がやってきた。いつもの悪態を忘れない。

「この極悪人、もう出されたのかい」

叔父は言い返した。

「俺を一生入れときたいのか」

「当然の報い、それが世のため、人のためよ」

「憎まれ口はいい加減にしろ。俺の顔は見たくもないんだろう。もう来るな」

「誰かさんは会いに来たいらしいわよ。でも、私は違う。河原で太鼓の練習か何か知らないけれど、せっせと石を叩いてさ。腕が折れてやしないかと見に来たのよ」

「見たな。こいつめ、賊《ゼイ》、賊《ゼイ》、賊《ゼイ》！」

賊《ゼイ》というのは、男の人が中指を立てて相手を罵るときの下品なやり方であることを易青娥《イチンオー》はすでに知っている。

「あら、お手々、何ともないじゃない。まだ牢屋に入り足りないみたい。また入り直して河原の石運びをやりなさいよ」

「この減らず口め！」

易青娥《イチンオー》はベッドの掃除をしながら体を小さく丸め、笑い出したいのをこらえていた。叔父と胡彩香《ホーツァイシアン》先生の口争いを聞く度にうれしくなる。それが激しくなればなるほど、胡《ホー》先生は易青娥《イチンオー》の手をきつく握ってくれるのだ。

「ほら、熱いうちに食べなさいよ。あんなところにいて、お腹減らしてたんでしょ。あ、そうそう、夜は部屋にいちゃ駄目よ。また地震が来るって」

「地震なんか屁でもない」

「あなたが死ぬのは勝手だけれど、あなたの姪っ子は誰が面倒見るの？」

「俺の死にざま、とっくと見るがいいさ。だがな、すぐには死なんぞ。黄正大《ホアンチョンダー》が死ぬのを百回見てからだ。それまでしぶとく生きてやる」

「食らいついたら放さない、あなたの恨みは千年祟《たた》る王八《ワンバー》（すっぽん）ね」

「王八蛋《ワンバーダン》（大馬鹿野郎）は黄正大《ホアンチョンダー》だ！」

叔父の声はやたらに大きく、聞いた易青娥《イチンオー》はベッドの下で震えがきた。

「その口、閉じなさい！　あなたはその悪い性根を〝改造〟されに行ったのよ。こんなに長くいて、その口ちっとも改造されてないじゃない。どこで誰が聞き耳立てているか分からないんだから、また告げ口されたら、牢屋に逆戻りじゃないの」

「今度は俺じゃない、黄正大《ホアンチョンダー》の番だ。お前は俺を銃殺刑にしてやると言ったが残念だな。公安局の予審で俺の疑いが晴らされた。この告発は誰が見たって〝無理筋〟だ。劇団幹部の勇み足だということになったんだ。公安の係官が俺に聞いたよ。この件でお前は劇団の誰かに迷惑をかけたかねと。これはこじつけ、でっち上げに近い。本来は劇団内部で処理されて然《しか》るべきだったとね。俺の行為は故意に娯楽活動を行ったとするに当たらない。折も折、〝四人組〟が打倒された。大赦を天下に示して、俺を放免しよう、とこういう筋書きだ。公安局は黄正大《ホアンチョンダー》に電話した。俺を劇団に戻して、再び職務に復帰させるべしとな。添え書きつきの大赦だよ。どんなもんだい。だが、どうやら、あの野郎、懲りずにまた何か企んでるらしい」

「今度は何をでっち上げようというの？」

「面白い。やらせてやろう。だが、やりそこなったら、この必殺の撥をあいつのはげ頭にお見舞いしてやる」

「あなたならできるわよ。できる。主任の首を一ひねりして、目を白黒させて、ぐうの音も出ないぐらいやっつけるの、お茶の子よね。でも……」

「こう言ってやる。黄正大《ホアンチョンダー》主任、一言申し上げます。私が毛主席に反対しているとおっしゃいましたが、私がどうして反毛主席の敵なんですか？　黄《ホアン》主任のご出身は半地主階級ですが、私はれっきとした、由緒正しい貧農の血筋です。黄《ホアン》主任のつけた喪章は私もつけました。主任の胸につけた白い花は私もつけました。私が作った花輪は誰と比べても引けをとりません。あなたのしたことは、手を後ろに組んでそっくり返り、人に指図するだけ、一体、何さまのつもりだったんですか？　さぞお疲れでしょうとも。休みの日は家に帰って寝椅子に横になり、奥さまに足腰をさすっていただく。中庭を行ったり来たりして脚がむくみますからね。でも、これは一種の快楽ではありませんか？　まして女性に体を揉んでもらっているんですからね。娯楽活動ではないのですか？　私は家に帰って太鼓を叩いて、手足をほぐしました。これは遊びでも気晴らしでもありません。心の奥底の悲しみや苦しみを打ち出すのが太鼓です。今回、私は太鼓ではなく書物を太鼓に見立てて叩きました。これのどこがいけなかったのでしょうか？　公安局の係官は、私の言うことは、いささかも道理から外れていないとおっしゃいました。芸の道では〝一日精進すれば一日の進歩、一日怠れば十日の遅れ〟と申します。今回、私が音を控えるために窓を閉め、本を叩いたことが、なぜ黄《ホアン》主任の神経をかき乱すことになるのでしょうか？　これが当局に私の身柄を引き渡す理由になるのでしょうか？　私はあなたと、とことん論じたいと思います」

「はいはい、もう分かりました。これぐらいにして。また蜂の巣をつつこうというわけ？　また虎の尾を踏もうというわけ？　私はもう帰る。誰に楯突こうと勝手ですがね。私とは関係ありませんよ」

「さっさと帰れよ」

胡彩香《ホーツァイシアン》先生は本当に帰ってしまった。　ベッドの下で息をこらし、身を潜めていた易青娥《イチンオー》はやっと這い出してきた。叔父がぼそっとつぶやく。

「あのヒス女！」

胡《ホー》先生は鶏の丸焼きの半身を持ってきて、、テーブルの上に置いていた。叔父は一本だけの足を自分の手で裂いて、姪に与えた。彼女はお腹はすいていないと言ったが、叔父は俺のお相伴をしろと言った。彼女はお相手を務め、鶏の足一本を食べた。叔父は言った。

「今日は早く寝ろ」

彼女は仮設テントに帰った。

彼女が横になったとき、中庭に板鼓《バングー》の音が響き渡った。叔父の部屋から聞こえてくる。窓を閉めても急迫、狂騒のテンポが劇団員を不安に陥れ、中庭を騒然とさせた。易青娥《イチンオー》は誰かがテントの外で叫ぶのを聞いた。

「胡三元《ホーサンユアン》の気が狂ったぞ！」

確かに叔父はどうかしている。一晩中、夜をどよもして鳴り渡る太鼓に、仮設テントの全員が輾転反側《てんてんはんそく》、まんじりともしないでに朝を迎えた。中庭に怒号が飛び交った。

「あの野郎を牢にぶち込め、永久にだ！」

易青娥《イチンオー》も一睡もできなかった。それは太鼓の騒音のせいではなく、叔父がまた何かをしでかすかもしれない不安からだった。

この翌日、黄《ホアン》主任はまた叔父の追求集会を開いた。

全劇団員が仮設テントに招集され、研修生たちも全員参加した。

黄《ホアン》主任は言った。

「劇団は胡三元《ホーサンユアン》に対し、以前の過ちを責めることなく、第一にそれを薬として病気を治し、第二に人を処罰するより人を救うことを本分とし、本人のために将来への道を開いた。しかし、間違えないで聞いてもらいたい。これは犯罪が行われなかったということでは断じてなく、さらに胡三元《ホーサンユアン》の犯した罪が軽微だったということでもさらさらない。劇団は組織として、この問題に真摯《しんし》に取り組み、次の決定を行った。胡三元《ホーサンユアン》を向こう一年間、任用を継続するものの司鼓《スーグー》（鼓師）の職を一時停止し、劇団の監察下に置くものとする。組織の上級はこの決定を是《ぜ》とし、同意した。よって胡三元《ホーサンユアン》はこの期間、厨房の竈《かまど》の番と調理の下働き、中庭の清掃、公演時には大道具の運搬と設置など、舞台裏の作業に専念することを命ずる」

この集会に胡三元《ホーサンユアン》自身の参加は認められなかった。

会場はどよめき、的団員全員が組織の決定に熱烈な拍手を送った。

易青娥《イーチンオー》は主任の話をよく聞き取れなかったが、叔父が劇団に残れることだけは理解できた。叔父が残れるだけでもいい。彼女は背筋をぴんと伸ばし、身じろぎもせずにこの決定を受け入れた。

叔父は本当に厨房つきになり、竈の番人となった。

厨房は中庭の前庭を挟んでリハーサル室とつながっており、二人の料理人がいる。劇団は以前、四、五十人の世帯だったが、それでも二人の料理人は多忙を極めた。さらに数十人の訓練生を抱えて、戦場の例えで言うと、鉄砲に弾をこめる時間もない状態となっていた。なので劇団員の誰か彼かが竈の番に配置され、ほぼ月に一回の輪番になっていた。

劇団の常雇いの身分を保障された叔父は、一日二度の食事を作るだけでなく、早朝は掃除、夜の公演時は背景の設置、大道具・小道具の運搬と配置などで追いまくられ、息つく暇がなくなった。しかし、この配属がこの先ずっと継続されるとは誰も思っていない。黄《ホアン》主任は本人の態度、言行を見て、恭順、悔悟の色が認められれば情状を酌量し、なければ一年未満の解雇もあり得ると言っている。

しかし、叔父は態度の善し悪しなどまるで頓着しない。もともと早起きして太鼓を叩いていた。今は起床がさらに早くなったが、太鼓を打つ習慣は止めていない。太鼓といっても、打つのは重ねた本だった。本なら音はあまり響かない。太鼓の練習が終わると、箒を持って掃除に出る。中庭の前庭、後庭を掃いて回る。前庭は地震の避難テントがかなりの場所をふさいでいるから、三十分ほどで中庭全体の掃き掃除が終わる。それから厨房に入って食事の支度だ。

厨房の料理長は宋光祖《ソングアンズー》といい、二番手は廖耀輝《リャオヤオホイ》だった。

二人とも〝光輝〟に満ちた名前だった。

料理長は解放軍から落下傘部隊のように舞い降りてきた。肩に名誉の負傷をし、天気の変わり目に体半分がしく痛み出すという。

二番手の経歴はもっと複雑だ。もとは大地主の家に仕えていた腕のよい仕立て職人だった。ところが、地主の妾《めかけ》と〝できて〟しまった。ある日女と密会しているところがばれて、二人とも半殺しの目に遭い、命からがら逃げ出した挙げ句、劇団に転がりこんで厨房の仕事を得たという。

話によると、廖耀輝《リャオヤオホイ》は一九五五年の劇団成立時に厨房入りをし、宋光祖《ソングアンズー》はその後解放軍からの転身を遂げたということだから、廖耀輝《リャオヤオホイ》はいわば先輩格だ。それでも宋光祖《ソングアンズー》はその出身がものを言って料理長の座を占めたわけだが、実際には大した仕事はしていない。

叔父が行って、まずやらされた仕事は、主に火を起こすこと、鍋洗い、野菜洗い、ネギやニンニクの皮むき、野菜の下処理とおしゃべりだった。そして間もなく、野菜を刻んだり、肉を叩いて餃子の餡《あん》を作ったりの作業も任された。というのも、太鼓を打つ技《わざ》は包丁さばきにも通じるのか、野菜や肉を切る目にも止まらぬ連打はまさに太鼓の早打ち、乱れ打ちだった。まな板を叩く音を遠くから聞いただけで、これがなるほど一芸に達した名人・上手の腕前かと、みな感嘆を惜しまなかった。

台所の手伝いのほか、公演のあるときは舞台に上がって道具運びなどをやらされる。そのときも叔父は団員たちに遠慮のない嘴《くちばし》を挟んだ。道具を担ぎながら歌や演技、楽隊の演奏をひたと見つめ、ここぞと言うときずばりの一言は聞く者の肺腑をえぐらずにおかなかった。

「この根腐れ竹！」

槍玉に上げられた者はたまらずに黄《ホアン》主任に告げ口した。主任は捨て置けず、叔父に警告を発し、ネジを巻きにかかった。すると、叔父は舞台に上がるとき、わざと白い粘着テープを口に貼り、どうだとばかりに団員たちをおちょくった。

何がどうであれ、叔父がいさえすれば、易青娥《イチンオー》の元気は百倍した。稽古にも俄然身が入り、人がどう見ようと、叔父をどう腐《くさ》そうと、知らんぷりをした。一心に集中すると、歌の節も体の動きもぴたりと決まり、面白いように身についてきた。その上達ぶりは彼女を毛嫌いしていた教師たちも認めざるを得なかった。

「易青娥《イチンオー》の進境は最近著《いちじる》しい。開脚股割りは完璧、股関節がすっと開き、開脚前転、開脚側転も五、六回こなせるようになった」

易青娥《イチンオー》は授業の中で模範を示すよう命じられることもあったが、多くの同級生たちから相変わらず軽視されていた。彼女が演技を終えると、一斉に悪評が飛び交う。腰が猿のように屈んでいる。尻が上がっている。爪先が伸びていない。楚嘉禾《チュチアホー》は教師たちの方言を真似て、「ちんちくりんの大頭、みったくなし（みっともない）」とこきおろした。立ち回りの教師はさすがに彼女をたしなめた。「謙虚になりなさい」と。

同級生たちからどんなに卑しめられようが、易青娥《イチンオー》は受け流して相手にせず、ただ、彼らからちょっと距離を置くようにした。彼女は朝から晩まで寝る間もお仕着せの稽古着一着で通しているが、これも〝着た切り雀〟と揶揄《やゆ》された。仮設テントに戻るのも気詰まりで、また稽古場にもぐりこんで一人稽古に励んだ。初めは立ち入りを禁じられていたが、やっと黙認されるようになった。

冬になると、仮設テントの寒さが耐えがたいものとなった。夜になると野っ原にいるのと同じで、風が吹きこむと地の割れ目にももぐりこみたくなるほどだ。度胸のある者は実家に帰って難を逃れていた。

必ず仮設テントで食事をし、仮設テントに住み、仮設テントで仕事をするようにとの通達は、いくら口酸っぱく言われようと、やがて馬耳東風と無視されるようになった。言うことを聞かない者の筆頭はやはり易青娥《イチンオー》の叔父だった。一人で自室に住み、風にも寒さにも平気な顔をしている。叔父を見習う劇団員が増え、みな口々に言うようになった。胡三元《ホーサンユアン》一人をぬくぬくとさせておくことはない、と。多くの団員がおおっぴらに自室に戻るようになった。

黄《ホアン》主任は何度も引き止めにかかったが、もはや効き目はなかった。団員の半数以上が風邪をひくに及んで、黄《ホアン》主任も全員のテント退去を認めざるを得なくなった。但し、夜間の見回りを励行し、一旦ことあるときはホイッスルを吹き鳴らし、総員ただちに仮設テントへ避難するようにとの指示を忘れなかった。だが、その後、強風が吹いて、中庭のテントは跡形もなく吹き飛ばされ、地中に埋め込んだ支柱も見えなくなった。こうして長く続いた地震騒ぎは雲散霧消した。

易青娥《イチンオー》はこの冬、長足の進歩を遂げ、歌唱力もつけた。音程やピッチが外れっぱなしだった彼女に、胡彩香《ホーツァイシアン》先生は思い切った荒療治をほどこしたのだ。演目中で独唱曲《アリア》のように歌われる名曲、難曲を、秦腔《チンチアン》や京劇《ジンジュイ》など異なった劇種の中から三曲選び、これを徹底的に彼女に叩きこんだのだ。それぞれの特徴的な節回し《メロディー》は中国各地の伝統劇のリズム、歌唱法を代表するもので、まさに経典的な教本でもあり、入門者には超難関でもあった。胡彩香《ホーツァイシアン》先生はこの一字一句、音譜一つ忽《ゆるが》せにせず、まるでトウモロコシの実を一つ一つほじくり出すような細かさと厳しさと忍耐力で易青娥《イチンオー》に教えこんだ。そして、易青娥《イチンオー》はこの三曲を自分のものにした。

ある日、易青娥《イチンオー》はこれを叔父に聴かせた。叔父はしばらく口もきけないほど驚いて言った。

「これは大変な宝物だ。この叔父さんのことは忘れても、胡彩香《ホーツァイシアン》先生の恩は一生、忘れてはならないぞ」

胡《ホー》先生が教えた曲の一つが京劇《ジンジュイ》『杜鵑山《とけんざん》』の中で主人公柯湘《コーシアン》が歌う『無産階級は波瀾万丈に立ち向かう』だった。

(注)『杜鵑山《とけんざん》』〝文革〟中に上演された京劇の演目。〝革命模範劇〟にも列せられた(最初の八演目とは別)。一九二七

年、毛沢東が江西省・井岡山に「農村革命の根拠地」を建設、杜鵑山では農民自衛軍が蜂起し、安源路鉱山のストライキを始動した女性共産党員柯湘《コーシアン》夫婦もこれに参加する。柯湘《コーシアン》の名は四人組の一人、江青によって賀湘《ホーシアン》から改名させられたという。杜鵑はホトトギスの漢名。

易青娥《イチンオー》が『無産階級は波瀾万丈に立ち向かう』を教わっていたとき、胡《ホー》先生の夫が帰ってきた。易青娥《イチンオー》は胡《ホー》先生に夫がいることを知っていた。部屋にその写真が飾ってあったからだ。「国防工場」で組み立て工をしている。具体的な工場名は知らされず、私書箱の番号しか分からなかった。一年の一度の里帰りで一緒に年越しをするという。

まさか、この年越しのとき、とんでもない騒ぎが持ち上がり、叔父が全身滅多打ちにされて入院する羽目になることはまだ誰も知らない。

十

胡《ホー》先生の夫は張光栄《チャンゴアンロン》といった。十二月の二十三日に帰ってきた。その数日、劇団は年越し公演の『春雷一声』の稽古をしていた。これは四人組の悪行を曝く芝居だった。胡《ホー》先生と米蘭《ミーラン》はダブルキャストで同じ役を演じてA班とB班に分かれ、どちらかが本番に勝ち残る。A班は米蘭《ミーラン》、B班は胡《ホー》先生だった。周りは二人を競わせようと囃したてた。あおられた胡《ホー》先生がまず口火を切った。米蘭《ミーラン》は〝涼皮《リアンピー》（冷麺、上巻五九ページ参照）〟よ。無駄に生《なま》っ白《ちろ》い顔して、頭の中は瓢箪のわた、ぶかぶかよ。B班だろうがA班だろうが、十年早い、と。また、ある団員は、まずやらせてみりゃいいだろう。胡彩香《ホーツァイシアン》がちゃんと役になっていれば、それでよし。米蘭《ミーラン》を瓢箪だというが、ちゃんと瓢箪の絵になってりゃ、それもまたよしだ。やたらに角突き合わせるのは怪我のもとだ、と。

衆目の見るところ、米蘭《ミーラン》の演技は主役を張るには「イマイチ」だった。胡彩香《ホーツァイシアン》の演技は人からあおられたせいもあって、肩に力が入りすぎていたとはいえ、勝敗は明らかだった。だが、稽古入りというとき、軍配は米蘭《ミーラン》に上がった。胡彩香《ホーツァイシアン》の目は一点を見据えて動かず、一歩も引かぬ構えだった。歌も台詞も完熟した瓜のようにしっかりと頭に入っていたのだ。

一方、米蘭《ミーラン》にしても、この決定はどうも腑に落ちなかった。演出家は朝から晩まで彼女に罵声を浴びせ、嫌みたっぷりの注文をつけた。その上、胡彩香《ホーツァイシアン》を引っ張り出して模範演技までさせ、胡彩香《ホーツァイシアン》がさっと前に出てやって見せると、みんな大喜びで拍手する。米蘭《ミーラン》は恥ずかしさで顔を赤らめ、同時に顔を青ずませている。しかし、黄《ホアン》主任の妻がしょっちゅう稽古場に顔を出していた。米蘭《ミーラン》の贔屓《ひいき》をするためだ。演出家は誰かにぼやいていた。演出家だって人間ですからね。黄《ホアン》主任の奥さんの目を意識しないと言ったら嘘になりますよ。時には米蘭《ミーラン》の演技を誉めてやらなければならないし……。

劇団員たちは気分を害し、みな白けている。胡彩香《ホーツァイシアン》はもっと不愉快だった。けっ、これが芸術かよ。誰が見たって取り引きじゃねえか。

胡《ホー》先生はぷんぷんしながら帰ってくると、この話を叔父に聞かせた。叔父は言った。

「これが芸術かって？　まず本（台本）が雑だ。芝居の出来不出来は本で決まる。そうだろう。本が平々凡々の出来そこない、その上、主演がお粗末ときたら、恥の上塗りだ。何を下らないことに一々腹を立てているんだ？　それほどのことかよ」

「何が下らないことよ。偉そうに」

「ほかにましなことはないのかよ。黄《ホアン》主任の女房が腕まくりしてしゃしゃり出て、面白くもない猿芝居見せられてよ。相手にすることはない、さっさと降りちまいな。まともにつき合う相手じゃないよ。これがちゃんとした芝居なら、何が何でも主役を取りに行く。だが、こんな時事漫才（活報劇《フォバオジュイ》＝新中国の初期、街頭や劇場にトランク一つで出没、時事問題を分かり易く扱った即興劇）、二、三日経ったら、飽きられてぽい、お蔵入りだよ。こんな賑やかしや、だまくらかしの何が面白い」

叔父はにべもなく切って捨てた。だが、胡《ホー》先生は引き下がらない。

「胡三元《ホーサンユアン》、もしかして米蘭《ミーラン》の肩を持ってるんじゃないか。こっちは冷や飯を食わされてるっていうのに」

「お前は自分の信じたいことしか信じないんだな。言いたいことは言い放題、聞かされる方はたまらないよ」

胡《ホー》先生は易青娥《イーチンオー》の前で叔父の頭を指先でぽんと弾き、さっさと出て行った。

胡《ホー》先生の夫張光栄《チャンゴアンロン》はこの夜、帰って来た。

すぐに中庭の十人たちの知るところとなり、芝居の稽古も暫時、休憩となった。張光栄《チャンゴアンロン》は大きな箱入りのドロップを買い、腰のポーチには煙草を数カートン分しのばせて会う人ごとに手渡している。これが里帰りの挨拶代わりで、毎年の習わしになっている。今年は品物がかなり上等になっているとの噂も駆けめぐった。張光栄《チャンゴアンロン》は国防関係の工場で相当な高給取りだと劇団員たちが言い交わしている。劇団の同じ勤続年数の者と比べると、四、五倍は多いそうだ。その上、労働保険、運動靴、タオル、石鹸、藍染めのデニムの作業服、みな国家から支給されている。

一ヵ月の給料は食費を除いて基本的に遣うところがない。すべて貯金に回し、両親に少額を手渡すほかは全額を持ち帰って胡彩香《ホーツァイシアン》のものとなる。劇団員は胡《ホー》先生が羨ましくてたまらない。彼女は金もあり地位もある相手を探し当てたと、もっぱらの評判だった。ただ一つ、不足があるとすれば、一年間に会う時間が少ないということだが、ある人は声をひそめて言う。

「心配ない。閑にはしていないよ」

このとき、易青娥《イチンオー》はその意味が分からなかった。

胡《ホー》先生は訓練生たちにドロップを配った。一人に二粒、易青娥《イチンオー》にだけはこっそりと大目に手の中に入れてくれた。こっそりと食べなさい。誰にも言うんじゃないよと。

この夜、みんながそわそわしているように見えた。誰かが中庭で叫んだ。

「全劇団、各班員に注意。今夜、大地震発生の注意報が発出されました。少なくとも震度五以上の揺れが予想され、大半の人が恐怖を感じています。棚の食器や本が落ちる危険があります。各人は安全予防策を講じ、随時避難の準備をして下さい」

みな、くすくすと笑って聞いた。また別の声がした。

「いえ、ご安心下さい。普段からこっそりと、震度は低めに抑えています。せいぜい余震程度と思われます」

聞いた者は腹を抱え、その場に転げるほど大笑いして自宅に引き上げていった。

易青娥《イチンオー》はみな何を言っているのか分からなかったので、叔父に報告に行き、ただ「地震が……」とだけ言った。

叔父は彼女をじろりと見て言った。

「何でもない。無用の連中の与太話に耳を貸すんじゃない。それより練習しろ。閑人のたまり場に首を突っこむんじゃないぞ」

叔父はそう言うと、七、八個のドロップを分けてくれた。見ると、胡《ホー》先生の旦那さんが持ってきたお土産だ。テーブルの上に煙草が二箱まるごと載せてあった。これもあの旦那さんが庭で配っていたのお土産だ。ということは、胡《ホー》先生か、それともあの旦那さんが持ってきたということになる。

翌日、胡《ホー》先生は中庭に少し遅く顔を出した。誰かが胡《ホー》先生に面と向かって言った。

「夕べはどの家も大変だったよ。魔法瓶もコップも醤油や酢の瓶もみんな落ちてがちゃんだよ。相当な震度だったな」

胡《ホー》先生は答えた。

「じゃ、あんたもベッドから落ちたんだ。大丈夫？　尻の骨を折らなかったかい？」

中庭はまた大笑いになった。

そこへ張光栄《チャンゴアンロン》が歯を磨きながら顔を出した。また誰かがちょっかいを出す。

「今度は口を使うのかい？」

張光栄《チャンゴアンロン》が口を開く前に胡彩香《ホーツァイシアン》が話を引き取った。

「分かってないねえ。口だけじゃないよ。尻だって使うんだ」

張光栄《チャンゴアンロン》は口いっぱいの歯磨き粉をぷっと一度に吹き出してしまった。

彼は歯ブラシを口にくわえたまま言った。

「何てこと、言うんだ」

叔父は厨房にいる。餃子の餡を刻む速射砲のような音を辺り一面に響かせている。しかも、二本の包丁を同時に操っているようだ。とんとんとん、だだだだ、かんかんかん、どんどんどん、どすっ、どすっ、誰かが感に堪えたように言った。

「まあ、聴けよ。胡三元《ホーサンユアン》の演奏だ」

誰かが張光栄《チャンゴアンロン》の顔を見た。彼は口を横に曲げ、思わせぶりな表情で稽古場に入った。わざと大声で歌い、その実、すべてはお見通しと言っているかのようだ。

胡彩香《ホーツァイシアン》先生は張光栄《チャンゴアンロン》が帰ってから、稽古場に顔を出さない。胡先生と米蘭《ミーラン》の関係は思ったほどこじれてはいないようだ。あるときは米蘭《ミーラン》が中庭で胡《ホー》先生を呼び止め、なにやら教えを乞うているような場面を易青娥《イチンオー》は見た。

年越しの日が近づいて、本来なら訓練生に十数日の休暇が与えられる予定だったが、『春雷一声』の正月公演と重なり、この舞台には数十人の群衆役が登場するので、訓練生の中から四十数人が駆り出されることになった。易青娥《イチンオー》はこの中に入らなかったが、訓練生の管理上、全員の休暇が取り消された。舞台に出ない訓練生はこれまでの稽古を続けるようにとのお達しだ。教練の教師も役を与えられて出演するので、訓練生は各自、自分で工夫しなければならない。

叔父は目を凝らして易青娥《イチンオー》を見つめ、強い口調で彼女に言い聞かせた。いいか。人が稽古をしないときだからこそ、自分は人一倍の稽古をするんだ。他人様《ひとさま》の前で芸を見せるとはこういう覚悟だと。

「同級生が舞台に立つからといって、うらやむな。あれが芝居と言える代物か？　見せ場もない。聴かせどころもない。いい芝居は登場人物が立ち上がってくる。だが、この芝居は雑な場面を重ね、無闇に喚き散らしているだけだ。こんな芝居に出て何の得《とく》がある？　そんな暇があったら、お前はしっかり練習しろ。みっちり芸を仕込め。そうしたら、将来出る芝居はごまんとある。嘘だと思うんなら、今叔父さん言ったことを考えながら、舞台を見てみろ。いつか必ず、人は分かってくれる。お前を馬鹿にした奴らを見返すことができるだろう」

今、舞台では立ち稽古がどんなに熱気をはらんで進められていようが、子どもたちが爆竹やネズミ花火にどんなに夢中になっていようが、彼女は一人黙々と稽古場の隅で練習に励んだ。股割り、仰け反り、開脚前転、開脚側転、そして眼精《くろめ》を自在に動かす訓練だ。闇の中でロウソクの火を回し、これを目だけで追って普段使わない筋肉を柔らかくする。歌の練習も欠かさなかった。暁闇《ぎょうあん》の中、懐中電灯を持って河原に出、胡《ホー》先生から教わった歌のおさらいを繰り返した。脚が凍りつき、顔がひび割れそうだったが、彼女は続けた。すべては順調に思えたが、叔父がまたことを起こした。

その始まりは三十日（この日が大晦日《おおみそか》）の夜だった。

この日の夜、劇団は「革命化された春節」を祝った。

『春雷一声』の仕上がりは、やはり芳しくなく、ドレス・リハーサル（ゲネプロ。本番そのままの通し稽古）と上層部の最終審査は晦日の朝にまでもつれこんだ。黄《ホアン》主任より上の幹部は越年の公務を口実に欠席し、審査の判断は黄《ホアン》主任の手に委ねられた。主任とその妻、副主任の朱継儒《チュジールー》、業務係長、総務係長らが神妙な面持ちで舞台下に居並び、〝審査上演〟を見た。朱継儒《チュジールー》副主任、業務係長は完成度に不満を漏らし、年明けを待って手直しをし、初日を十五日前後に延ばしてはどうか提案した。やたら拙速でことを進めて不評を買えば、劇団の沽券《こけん》に関わると心配したのだ。黄《ホアン》主任とその妻は上演中、ひっきりなしに拍手を送り、「好《ハオ》！」を連発した。上演が終わると。黄《ホアン》主任とその妻は、台本よし、演出よし、音楽よし、舞台美術よし、特に米蘭《ミーラン》の演技よし、これで完成！　とほめあげた。黄《ホアン》主任の妻は幼稚園で音楽の教師をしている。笙の笛を吹き、アコーディオンを弾き、子どもたちに踊りを教え、自らを〝玄人《くろうと》〟と思っている。黄《ホアン》主任は正月元旦の初演決行を告げて言った。

「私がこの劇団の主任をお引き受けして数年、毎年正月元旦の新作発表を堅持して参りました。県の上層部はさまざまな折にこのよき慣行を誉めたたえております。四人組が粉砕された今、我々は時代の追い風をいっぱいに受け、全県期待の中、この新作を発表するのです。それがなぜ突然、中止、延期になるのか？　皆さんの中には芸術上の難点をあげつらう声もありますが、ただ歌と踊りをやればいいというものではない。滔滔たる時代の流れと政治的路線の行方《ゆくえ》を見誤ってはなりません。これにいかなる条件をつけようというのか。この作品は演劇創造の条件をすべて満たしています。我々は今こそ大慶油田開発の精神に学ばなければなりません。何がない、かにがないと言うをやめよ。ないものねだりはいかん。条件は自分たちが作り出すのだ。これが〝鉄人〟王進喜が我々に残した〝刻苦奮闘〟の精神ではないか」

黄《ホアン》主任の演説が終わると、その場の者たちはみなうなだれ、口をつぐんだ。黄《ホアン》主任はさらに言葉をつないだ。今宵、我々の団は「革命化された春節」を祝うために盛大な年越しの宴を設けたい。劇団員とその家族全員が一堂に集い、共に祝杯を挙げ、共に互いの健闘を讃えようではないか。厨房の諸君が心を一つに数日にわたる準備をなしとげてくれたと。

易青娥《イチンオー》は知っている。叔父はこの日の支度のため、へとへとになって腰が立たない。料理長の宋光祖《ソングアンズー》は肩に五、六枚の膏薬を貼っている。副料理長の廖耀輝《リャオヤオホイ》は病院へ行って医療用の首輪を巻き、誰かが呼ぶと首が回らずに体ごと向きを変え、頸椎が折れそうに痛いと悲鳴を上げている。

てんてこ舞いの炊事班に、舞台に出ていない数人の訓練生が助っ人として送りこまれた。仕事は野菜のより分け、食器洗い、鍋洗いなどで、易青娥《イチンオー》は火の番をさせられた。彼女は喜んだ。叔父と一緒に仕事ができるからだ。彼女にとって年越しは、九岩溝《ジョウイエンゴウ》の生家で竈の火が燃えさかる記憶だった。彼女はやっと年越しの気分になった。

夜、リハーサル室に十数卓が並べられた。一卓に十三、四人が座る。子どもたちはそのそばで「魚釣り」をする。一つの料理が上がると、子どもたちはこれを持ってテーブルへ走り、大人に「あーん」と一口味見させる。これが「魚釣り」だ。子どもたちは至るところで飛び跳ね、歓声を上げる。新しい料理ができる度に繰り返され、リハーサル室は華やいだ喧噪に満ち、大人たちの会話が聞こえなくなった。会場がぴたりと静まったのは、黄《ホアン》主任のスピーチの十数分間だけだった。主任は言った。今夜は無礼講だ。大いに飲んでくれ。だが、本当の無礼は許さん。節度を保て。勝手に羽目を外した者は、誰であろうと処分の対象になるだろうと。その結果、団員の誰もが酔えなくなり、胡彩香《ホーツァイシアン》先生の夫の張光栄《チャンゴアンロン》だけが次々と献杯を受けさせられて酔いつぶれ、正体を失った。

易青娥《イチンオー》は後で知った。これは日ごろから叔父に反感を持つ人たちが仕組んだことだった。この人たちは酒を飲みながら張光栄《チャンゴアンロン》にからみ、叔父と胡《ホー》先生の関係を思わせぶりに一言《ひとこと》ほのめかしては隠し、隠してはまたほのめかし、ねちねちと当てこすっていた。あることないこと織り交ぜてあおり立てるのだ。

この一味の中に、後に叔父に代わって司鼓《スーグー》（鼓師）となった郝大錘《ハオダーチュイ》がいた。これまでずっと叔父について修行してきたが、叔父から一人前の扱いをしてもらえず、叔父のあの口調で「けちょんけちょん」にされてきた腹いせで、張光栄《チャンゴアンロン》をからかいにかかった。

「張光栄《チャンゴアンロン》さんよ。夜のお勤め、お手間が省けていいですね。一年中家を空けて後顧の憂いなく革命に身を挺しておられる。家では奥さまが〝発展家〟でいらしゃるからますますご多忙、知らぬは亭主ばかりってね。しかし、お帰りになられたからには家にしっかり門《かんぬき》をかけて見張ることですな。光栄《ゴアンロン》先生、前世でどんな徳をお積みになったか。万難、いや万福《ばんぷく》到来、いやあ、実にめでたい、羨ましい！　お名前の通り光栄《ゴアンロン》なお方だ、おめでたい！」

みんなが寄ってたかって張光栄《チャンゴアンロン》をいたぶっているとき、叔父の胡三元《ホーサンユアン》は料理の盛りつけに大忙しだった。今夜は浮き浮きしている。料理屋の給仕が肩に白いタオルを掛けているのを真似て粋がっている。料理を七皿も八皿も載せてずしっと重たい盆をひょいと持ち、高々と掲げて大声で呼ばわりながらテーブルの間を駆け抜ける。

「さあ、閑人はどいた、どいた。料理のお通りだーい！　料理を服に食わしちゃいけないよ！」

料理をテーブルに置くとき、またいつもの悪態が出る。

「ほら、食え、大根役者！」「ほら、飲め、へっぽこ役者！」「ほら、やれ、村の娘その一！」

リハーサル室に笑いが渦巻くなか、誰かが言った。

「胡三元《ホーサンユアン》のくそったれ、何をやらせても様《さま》になるな！」

胡彩香《ホーツァイシアン》先生は女性たちのテーブルにずっと一緒に座っていた。みんな胡《ホー》先生と張光栄《チャンゴアンロン》を肴に、きわどい冗談を言い合っていた。胡《ホー》先生は何を聞かれても受け流し、上手に切り返していた。あることはあるがまま、ないことは作り話でみんなを喜ばせていた。胡《ホー》先生はことのほか機嫌がいい。『春雷一声』の出来がよくないと聞いたし、米蘭《ミーラン》は今夜、ずっとしょんぼりしている。胡《ホー》先生はけらけらと会心の笑い声をたてた。彼女の夫張光栄《チャンゴアンロン》がその目に〝薬〟を盛られ、時と所の見境いがつかなくなっていることを知る由もない。

テーブルにはまだ人が残っていたが、張光栄《チャンゴアンロン》はよろよろしながら部屋に帰った。

易青娥《イチンオー》の叔父の姿も見えなくなり、がらんとなった宴席に易青娥《イチンオー》の厨房仲間たちは一斉に後片づけに動き出した。テーブルの上の皿や茶碗や箸を厨房に下げた後、疲れた足を引きずりながら宿舎に向かった。叔父の足元が覚束《おぼつか》ないのを見た易青娥《イチンオー》は助け起こして部屋に送り届けた。そこへ張光栄《チャンゴアンロン》がぬっと姿を現し、背中に隠した鉄梃《かなてこ》のようなものを黙って取り出した。易青娥《イチンオー》は後で知ったが、それはパイレン（パイプ・レンチ）と呼ばれ、鉄管などをねじって回す工具で、一メートルほどもあった。最新鋭の品だろう。張光栄《チャンゴアンロン》が工場から持ち帰り、裏方の作業員に見せびらかそうとしたらしい。張光栄《チャンゴアンロン》はぐでんぐでんに正体をなくしていた。立っているのもやっとで、ふらふらしながらパイレンを叔父に振り下ろした。腰が定まらず、力が入らないまま、当てずっぽうに打ち下ろしているうち、自分の方が先にベッドの側にひっくり返ってしまった。それでもやっとのことで起き上がり、なおも叔父に打ちかかった。叔父は何のことか分からない。パイレンを奪い取ることも、外へ逃げ出すこともできず、手をばたばたさせながら防ごうとしたが、打たれるままになっていた。張光栄《チャンゴアンロン》は次第に酔いが醒めてきたようだが、打つほどに憎さが増すのか、叔父の腹、腰、背中、肩を目がけて執拗に振り下ろし続けた。

易青娥《イチンオー》は魂《たまぎ》消る思いで胡《ホー》先生を呼びに走った。

胡彩香《ホーツァイシアン》は渾身の力で張光栄《チャンゴアンロン》に抱きつき、パイレンが床に落ちた。

張光栄《チャンゴアンロン》は老いた牛のように、おうおうと声を振り絞ってに泣き出した。

「お前ら、俺が知らないと思ったか、何も知らないと思ったか？　……俺は先祖に顔向けがならない。申しわけが立たない。……みんなに飴を配り、煙草を配り、劇団中に恥をまき散らし、尻までさらして笑いものになった……」

胡彩香《ホーツァイシアン》は何も言わず、張光栄《チャンゴアンロン》の口をふさいで、自室に連れ帰った。張光栄《チャンゴアンロン》は無闇に手足を突っ張り、喚き散らしているが、深まる酔いの中、胡彩香《ホーツァイシアン》に身を預けて帰っていった。

窓の外で今の太鼓打ち、郝大錘《ハオダーチュイ》の声がした。

「光栄《ゴアンロン》の哥《あにい》はどうした。大丈夫か？」

胡彩香《ホーツァイシアン》が答えている。

「どうもこうもないわね。あんたらに気違い水、いやってほど飲まされてこのざまだよ」

張光栄《チャンゴアンロン》が気を取り戻して怒鳴った。

「胡三元《ホーサンユアン》、男なら出てこい！」

郝大錘《ハオダーチュイ》が問い直す。

「光栄《ゴアンロン》の哥《あにい》、胡三元《ホーサンユアン》に何かしたのか？」

胡彩香《ホーツァイシアン》が答えた。

「酔っ払ったのさ。胡三元《ホーサンユアン》にからんで正体をなくしただけさ。何でもない」

その後、胡彩香《ホーツァイシアン》は夫を室内に入れて、ばたんとドアを閉める音がした。

易青娥《イチンオー》は見た。暗い中庭でまだふらふらしている人がいる。彼らはみな、さっき張光栄《チャンゴアンロン》を囲んでけしかけていた人たちだった。

十一

叔父は最初のうち気もしっかりとして動くこともできたが、胡彩香《ホーツァイシアン》が張光栄《チャンゴアンロン》を連れ帰った後、ベッドに腹ばいになったまま動かなくなった。叔父は打たれた腰の具合を見ようとして、綿入れの上着を脱がせてくれと易青娥《イチンオー》に頼んだ。彼女がちらと目を走らせると、腰も肩も背中も、あちこちで黒や紫色のアザが腫れ上がっている。易青娥《イチンオー》は泣いた。叔父は言った。

「泣くな。灯りを消してくれ。具合が悪くなったら、叔父さんを病院に運んでくれ。もしかしたら、腰の骨が折れているかもしらん」

易青娥《イチンオー》はまた泣いた。叔父はまた言った。

「誰かに聞かれるとまずい。そうだろう」

易青娥《イチンオー》は泣き声を押し殺した。

一、二時間も経ったろうか。中庭で爆竹の音がやみ、外の通りも静まったようだ。叔父が言った。

「よし、行こう。病院へ連れて行ってくれ」

易青娥《イチンオー》が叔父を支えて中庭を出ようとしたとき、守衛の老人がどうしたのかと聞いてきた。叔父が答えて、腰をひねったと言った。門のところに置いてあったリアカーに、守衛と易青娥《イチンオー》が二人がかりで叔父を横たえた。易青娥《イチンオー》がリアカーを引き、病院へ向かう道は幸いなことに平らだった。易青娥《イチンオー》は歯を食いしばった。大丈夫、ちゃんと引ける。

病院に着くと子どもがたくさんいる。みんな爆竹の火傷、怪我だった。叔父はレントゲン写真を撮らなければならなかった。技師が不在のため、明朝まで待つことになった。今日入院するか、明朝出直すかと医師から尋ねられ、叔父はちょっと考えて今日入院することにして、易青娥《イチンオー》に言って聞かせた。

「いいか、入院のことは誰にも知らせるな。腰をひねって、田舎のかかりつけの先生に診てもらうことになったと言え」

翌日、レントゲン写真を見ると、脊椎は何とか無事だったが、肋骨は二本折れていた。叔父は腰を据えて入院することにした。

易青娥《イチンオー》は叔父の情況をこっそり胡彩香《ホーツァイシアン》先生に報告した。胡《ホー》先生はまさか見に来るわけにもいかないので、易青娥《イチンオー》に伝言を頼んだ。

「こちらは大丈夫。張光栄《チャンゴアンロン》は夕べ飲み過ぎたのよ。悪酔いさえしなければ、あんな馬鹿をしでかすはずがない。彼は私が離婚を言い出さないか、びくびくしている。それに、人に怪我をさせたら職場にもいられなくなるし……」

叔父は黄《ホアン》主任に休暇届を書いた。昨夜、張り切って料理を配っているときに腰をひねってしまった。一晩かかって田舎に帰り着き、知り合いの医者に診てもらうことにした。数日は厨房に入れない。大道具も運べない。庭の掃除もできない。体がよくなり次第、また仕事に復帰するというものだった。易青娥《イチンオー》は自分が休暇届を直接黄《ホアン》主任に届けることに恐れをなし、胡《ホー》先生に頼んで別の人を探してもらうことにした。これによって集会は開かれなくなり、張光栄《チャンゴアンロン》も部屋に閉じこもり、なりをひそめた。ただ、太鼓打ちの郝大錘《ハオダーチュイ》とその仲間に事情の聞き取りが続いた。胡三元《ホーサンユアン》は晦日の夜、あんなに大張り切りだったのに、なぜ突然、腰をひねってしまったのか？　それとも劇団に対してよからぬ考えを持っているのではないかと。

ある日、郝大錘《ハオダーチュイ》は易青娥《イチンオー》に尋ねた。

「おい、お前の叔父さんはどうしたんだ？　晦日の夜、誰かにやられたのか？」

易青娥《イチンオー》はびっくりして何も答えられず、その場を逃げ出した。

叔父が病院に入院していたのは三日間だけで、友人が迎えに来て叔父をハンドトラクターに乗せ、どこかへ連れて行ってしまった。田舎へ行くとだけ言って、そこがどこなのか、易青娥《イチンオー》にも教えなかった。そのとき叔父は易青娥《イチンオー》に、とにかく稽古を怠るな、ほかのことには耳を貸すな、口を挟むな、見ざる、言わざる、聞かざるでいけとだけ言った。

『春雷一声』は果たして叔父の見立て通りになった。わずか三ステージで打ち切りになったのだ。初日は満員になった。二日目は客席前部のやっと半分が埋まり、三日目はわずか二十数人を数えるのみとなり、途中七、八人が荒々しく席を立った。観客が口々に言ったのは、集会はもうたくさんだ。晦日《みそか》は職場の集会とスローガン、芝居を見に来てまで集会とスローガンかよ。うんざりだ、勘弁してくれよ。劇団の人間は病気じゃないのか？

セットはひっそりと片づけられ、みんなも黙ってしまった。黄《ホアン》主任と妻がどんな弁解をするか、どんな腹いせに出るか。みんな息をひそめて見守っている。

劇団という人間集団は、いつも緊張の種を孕み、何でもありの世界だ。一旦、活動の振り子が狂うと、人の心から何が飛び出すか分からない。張光栄《チャンゴアンロン》が胡三元《ホーサンユアン》を殴打した件は、本来なら過去のこととして済ませられるはずだった。しかし、劇団員の間で秘かに語り伝えられる間、黄《ホアン》主任と妻の耳にも達した。胡彩香《ホーツァイシアン》が黄《ホアン》主任の妻に対して不満を持っており、特に『春雷一声』の公演が不発に終わったとき、胡彩香《ホーツァイシアン》が黄《ホアン》主任の妻の悪口を言いふらしたことまで伝わっていた。夫婦は激怒した。胡彩香《ホーツァイシアン》は普段の生活態度に問題がある上、男女関係のふしだら、不行跡は目に余る。これまで現場を押さえられなかったが、今度は夫の張光栄《チャンゴアンロン》が怒りに任せて人に暴力を働いた。いくら隠そうとしても、人の口に戸は立てられず、人の目を欺き通すことはできない。黄《ホアン》主任は調査を命じた。中庭での風説は大いに盛り上がり、にわかに緊張を帯びた。

まず胡三元《ホーサンユアン》にただちに戻るよう通告しようとしたが、一体彼はどこにいるのか、誰も知らない。易青娥《イチンオー》のところにも人が来て尋ねたが、彼女とて知るはずもない。黄《ホアン》主任は人を出して各地を調べさせた。ここぞと思われた寧州の漢方医にも数カ所当たったが、まさかのことにみな外れた。劇団はさらに数人を選んで手を尽くしたが、探し当てることはできなかった。誰かが言った。やはり張光栄《チャンゴアンロン》に手をつけるのが先ではなかろうか、手がかりを握っているに違いないと。しかし、張光栄《チャンゴアンロン》は劇団の人間ではない。呼び出して聞き取りをするのはためらわれた。そこで郝大錘《ハオダーチュイ》が勇を鼓して黄《ホアン》主任に申し出た。張光栄《チャンゴアンロン》とは話せない仲ではないので、個人の資格で当たってみましょうと。

しかし、彼のやり方はいつもながらの古い手だった。張光栄《チャンゴアンロン》を酒に誘ったのだ。彼は鉄管工、パイレン（パイプ・レンチ）の使い手だから、腕も太腿も肉付きがよく、がっしりとした首が胴体にめり込み、大きな頭を載せている。だが、見かけとは違って才智のよく働く男だった。田んぼに水を引くみたいに酒を注ぎこまれたあの晦日《みそか》以来、彼は酔うほどの酒は飲んでいない。張光栄《チャンゴアンロン》の適量は白酒（焼酎）ほぼ八両（日本酒の二合ほどだが、この時代の白酒は五十度ぐらいあった）で、一斤（二合五勺）飲むと意識が朦朧となる。彼はこの適量を守り、いくら勧められても笑ってごまかし、杯を持とうとはしなかった。無理に勧められると、きつく結んだ口を「はっ」と気合いを入れて結び直し、相手の手を食いちぎらんばかりの気迫を見せる。郝大錘《ハオダーチュイ》とその仲間は正月の六日から十五日まで張光栄《チャンゴアンロン》を酒席に呼びつけてはだらしなく飲み続けていたのに対し、張光栄《チャンゴアンロン》は居ずまいを正し、頑として限度を超さなかった。酒疲れの郝大錘《ハオダーチュイ》たちが次々とつぶれ、郝大錘《ハオダーチュイ》に至ってはトイレで転倒し、買ったばかりの機関車型の帽子を便槽に落として拾い上げることはできなかった。夫の帰りが遅いのを案じてやってきた胡彩香《ホーツァイシアン》が顔を出し、酒席に加わった。酒量自慢の郝大錘《ハオダーチュイ》たちと飲み比べになったが、彼女は男たちに引けをとらず、彼らは酒代、料理代、煙草代を払いきれず、ついに黄《ホアン》主任に白旗を掲げる醜態となった。

それから何年も経って、胡彩香《ホーツァイシアン》は易青娥《イチンオー》にこのときのことを洗いざらい話した。何もかも思うに任せず、鬱屈の日を送った時期で、家の中で張光栄《チャンゴアンロン》と顔突き合わせ、部屋の窓を閉めて遣《や》り合う毎日だった。張光栄《チャンゴアンロン》は彼女を脅し、針と糸で彼女の〝あそこ〟を縫ってやるなどと息巻いたりするが、家の恥は外にさらさない。家を一歩出ると彼女の面子《めんつ》を立てた。それというのも、張光栄《チャンゴアンロン》は彼女との離婚を望んでいなかったからだ。彼は彼女を心《しん》から好いており、彼女の美貌、彼女の肉体、それを失うことは彼にとって思うだに恐ろしい、身を切られるような苦痛だったに違いない。胡彩香《ホーツァイシアン》が夫の職場を訪ねたとき、人々はみな目を剥いた。これが張光栄《チャンゴアンロン》の妻なのか？どうしてこんな美人をものにした？

胡彩香《ホーツァイシアン》は夫の母親にも優しくしている。義母の家は県城から三十里（十五キロ）も離れているが、彼女は毎月自転車に乗ってご機嫌伺いに出かけている。できた嫁だと、母親は相好を崩す。張光栄《チャンゴアンロン》にとって。これが何ものにも代えがたくうれしかった。彼女の振るまい、彼女の仕打ちがどんなに苦痛、どんなに不快であっても、張光栄《チャンゴアンロン》はひたすら耐えた。正月の十七日に劇団を離れる日まで、彼は妻と胡三元《ホーサンユアン》の関係について一度も口外しなかった。ただ、出発の前日、彼はしつこいほど妻に念押しした。胡三元《ホーサンユアン》とは手を切れ、もし関係を続けるなら、お前は車に轢かれるだろう、雷に打たれるだろう、水に溺れるだろう、火に焼かれるだろう、〝あそこ〟にウジ虫が湧いて死ぬだろうと。

張光栄《チャンゴアンロン》が劇団を去って数日も経たないうちに、叔父が自分で帰ってきた。胸に添え木をあて、その上に服を着ているので、すぐには見分けがつかず、歩くときは、いかにも痛々しそうだった。叔父が行ってから劇団は八方手を尽くして探し出そうとしたことを易青娥《イチンオー》は話して聞かせた。叔父は「ふん」と言ったきり、置きっぱなしになっていた太鼓類を片づけ始めた。それから、胡彩香《ホーツァイシアン》先生が来た。叔父は易青娥《イチンオー》に席を外させた。それから、黄《ホアン》主任が叔父を見つけ出そうとした経緯を話すと、叔父は怒りを爆発させた。

黄《ホアン》主任の聴取を受けた胡三元《ホーサンユアン》は、胡彩香《ホーツァイシアン》との関係を一切認めず、関係があるとすれば、それは革命同志の関係であり、階級的兄妹《きょうだい》の関係、楽隊と俳優の関係、これ以外には何の関係もないと突っぱねた。〝不義密通〟の現場を押さえられたわけでなし、目の前に証拠を突きつけられたわけでもない。「我に理あり」となったとき、叔父の突っこみの烈しさ、恐ろしさ、そして勝ち誇った傲慢さは誰一人知らぬ者はない。ぐうの音も出ないまでに相手を追い詰めるのだ。だが、これがかえって黄《ホアン》主任の態度を硬化させた。彼を「石臼に手を挟まれた」状態にしたのだ。黄《ホアン》主任は相手をふところに取りこむことの不得手な人物だった。主任にとって幸いなことに、差し迫った公演の予定はなく稽古もない。彼は県の幹部と共同して「春訓（春期訓練会）」の手配をした。これは一年間の活動計画、生産計画を立て、その目標を確認し、共有する集会で、寧州県劇団では三ヵ月に渡る「生活態度粛正運動」が開始された。

易青娥《イチンオー》は「春期訓練会」の何たるかを知らない。だが、その日、劇団員が劇場の二階席にぎゅうぎゅうに詰めこまれ、傍聴させられて、「大変なことだ」と思い知らされ、この会は黄《ホアン》主任の主動で実現したものだと聞かされた。

「水に近き楼台はまず月を得る」という成句がある。その近くにいる者が有利な位置を占めるという意味で、劇団が県の幹部からいかに重んじられ、便宜を蒙っているかを説明している。正式な参会者は県、区、人民公社の三級幹部で、劇場前方に座っている。黄《ホアン》主任は二階席を空けて、そこに劇団の百数十人の団員を動員した。規律正しく傍聴するように、私語をする者、騒ぎ立てる者は、ただちに退場させると声高《こわだか》に釘を刺され、団員たちはしゅんとなって居住まいを正し、呼吸を整えた。

会議に先立って表彰式が行われ、指導者の講話に続いた。話はなかなか終わらず、易青娥《イチンオー》は一言も理解できなかった。次いで何人もの名前が読み上げられ、十数人を数えたころ、名前を呼ばれた者に大声で「全員起立」の号令がかかった。易青娥《イチンオー》はやっと分かった。この人たちは何か重大な過ちを犯したのだ。ある者は男女関係に落ち度があり、ある者は汚職に関わり、またある者は規律違反が問われ、最後に三人が縄で縛られた。以前叔父が縛られたときのように、一人の人がずでんと床にひっくり返った。間髪置かず、軍服を着て銃を持った人が力ずくで立ち上がらせた。捕縛されなかった残りの人は、三人が連行された後、会場から〝立ち退き〟を言い渡された。易青娥《イチンオー》はまたズボンにおしっこをもらした。彼女が叔父に目をやると、彼はがっくりと首を垂れ、太腿に突っ伏していた。

「春期訓練会」を傍聴させられた後、「生活態度粛正運動」の成果が報告された。まず「狩り出し」、次いで「見せしめ」だ。運動開始以来日ならずして腰を抜かすような事例が伝わってきた。日ごろ「いい人」だったのにどうしてこんな汚いことをするのだろうか。女性のいる家の外から入浴しているところをのぞいたり、女性がトイレに入ったところを下水道から盗み見したり、公演中、舞台の袖で女優の尻や胸を触ったり、夜、女性楽団員の部屋に押しかけて、だらだらとおしゃべりして長っ尻《ちり》したり、女性にしつこくラブレターを送り続けたり、夫ある女性と懇《ねんごろ》になって鶏の丸焼きを送ったり、さらにさらに、いつも女性につきまとって淫らな話をしたり、問題ある行為が続々と報告された。その中で、易青娥《イチンオー》が思いもよらなかったのは、訓練生の中でも大問題が発生したことだった。誰かがこっそりと女性にメモを渡し、そこに「僕はあなたが好きです」と書いてあったのだ。これはまあ、ご愛敬としても、劇団として放置できない緊急事として提起された。隠された不倫関係だ。胡彩香《ホーツァイシアン》と米蘭《ミーラン》の班で二組の〝ガップル〟が処分され、故郷に帰されたという。

劇団の要求は団員は必ず「晩婚・晩育（初出産は二十四歳以上であること）」でなければならないということだった。これは仕事上の必要だ。したがって、恋愛は軽はずみであってはならず、最緊急の事案として扱われなければならない。黄《ホアン》主任は言った。

「人の目を欺く不正は闇に葬られてはなりません。たとえ人々の目を驚かそうと、明るみに出さなければならないのです。水面は一見波静かに見えても、水底には狂瀾《きょうらん》怒濤《どとう》が渦を巻いていることを忘れてはなりません。ここで大事なことは、継続は力なり、この運動が継続されるということです。頬被《ほおかぶ》りにはすっぱ抜きで立ち向かえ。臭いものに蓋ではなりません。私たちは狩り出しと見せしめをさらに続けなければならないのです」

黄《ホアン》主任はすべての問題は一つながりになっており、これを〝芋づる式〟に掘り起こし、〝数珠つなぎ〟に引きずり出すことによって、生活態度の粛正、劇団の大掃除をしなければならないと力説した。

易青娥《イチンオー》は叔父の顔をちらと見た。平静で、まるで何ごともなかったような表情だった。しかし、団員たちはみな叔父の顔色を窺っている。街をうろちょろしていたネズミがやっと捕まったという目の色だった。

十二

易青娥《イチンオー》は毎日びくびくしている。叔父がまた何かしでかさないとも限らない。「粛正運動」が始まって半月以上、叔父は相変わらず〝極楽とんぼ〟を決めこんでいる。これは郝大錘《ハオダーチュイ》が上手に言い当てた言葉だ。

訓練生たちは早朝から午前中いっぱい実技の研修、午後から夕刻まで政治学習の明け暮れだった。時には小グループの討論、時には全体集会が開かれた。易青娥《イチンオー》はいつもぼんやりしている。叔父が無事でさえいてくれれば、彼女の心も平穏無事だ。叔父はいつも姪に言って聞かせていた。

「集会の時は一番隅っこに座れ。できるだけ幹部の目に触れないところで泥みたいに固まっていろ。人が何か言っても、お前は答えることはない。問い詰められ、ぎゅうぎゅうの目に遭わせても泣いたりするな。集会が長引いていやになったら、胡《ホー》先生から教わった曲を思い出すんだ。あそこの小節《こぶし》をどう回すか、息継ぎに間違いはないか、頭の中で繰り返し歌うんだ。時間はすぐ過ぎる。どんなややこしいことでも、時間が経てば過ぎていく」

易青娥《イチンオー》は叔父のやり方に倣《なら》った。何回かは彼女に発言を振られたこともあったが、彼女は口を覆ってただぼんやり笑っているだけだった。振り向いた朋輩《ほうばい》たちも笑う。それは馬鹿にした笑いだった。あるときは自分の生活態度についてめいめいが意見を出させられ、彼女に番が回った。彼女はやはりぼんやり笑っている。楚嘉禾《チュチアホー》はいらいらして言った。

「こんな餓鬼（陝西方言では男の子を指す）、相手にすることないわよ。いつも水場でぼんやりして、井戸をのぞいてはぼさぼさの髪をなでつけてるのよ。水鏡のつもり？　あたし、きれいって？　きれいになったつもりなの？」

易青娥《イチンオー》はどきんとした。これは本当だ。当たっている。しかし、彼女の本当の心の中は見抜かれていない。研修生たちはどっと笑い、馬鹿みたいに笑い転げている。みんな無邪気なものだ。罪はない。だって罪を知らないし、悲しみも知らない。だから、罪を犯すこともないし、悲しむこともない。

叔父は失踪から戻って、すっかり生気をなくしている。人前でめったに話さない。肋骨の痛みはまだ残っているが、厨房の手伝いを続けている。包丁を使うことも鍋洗いもできず、一日中竈の火の番をしている。朝の庭掃除は一日おきになった。片手で不器用に、しかし丁寧に箒を使っている。易青娥《イチンオー》が手伝おうとしても、させてもらえない。時間はいくらでもあるからと言うが、易青娥《イチンオー》の目には、叔父は目障りを承知でわざと中庭の人たちに見せつけ、当てつけているように思えてならない。胸の痛みで片手が上がらず、太鼓の練習もできない。だが、部屋に戻ると、「ツァイ、ツァイ、ツァイ、リンガツァイ、イーリンツアイ、イーダーダー、ツァイ……」と口の中で楽譜をなぞっている。〝神の手〟といわれたその手が今は自分の太腿を叩き続けている。すべてが思うに任せない状態だが、胡《ホー》彩香《ツァイシアン》先生は言っている。

「あなたの叔父さんから太鼓を取ったら、きっと死んでしまうわね」

叔父は毎日の集会に引き出され、弁明を求められている。だが、「はい、認識の問題です」とか、「はい、自覚の問題です」とか、言い古された一般論にすり替え、まるで他人事《ひとごと》のような遠い話になっている。生活態度の粛正運動によって掘り起こされた問題は黄《ホアン》主任の言う通り〝芋づる式〟、〝数珠つなぎ〟で目の前に山積している。叔父もその芋や数珠玉の一つなのに、それらに驚き、憤慨し、嘆いてみせる。

「何という恥知らず、革命の戦友、女性同志の風呂やトイレを盗み見るとはもってのほか、何と嘆かわしい。自分の家にも女房や姉や妹がいないわけじゃなかろうに、帰って覗けばいいだろう」

確かに叔父の話はもっともらしく、うっかり聞くと「あ、そうか」と思わせるが、その実、何も言っていない。ただの冗談にすぎない。当時の議論は、まず相手に罪名の〝レッテル（断定的評価）〟を貼ることから始まる。だからその追求は火のように激しい。だが、叔父の論法は冗談のレッテルを貼るのだから、その下に生身の人間はいない。叔父ならではのはぐらかし戦法だ。

この間に、またもや叔父が一大珍事をやらかした。

黄《ホアン》主任の要求は、ほかの人に対しては生活態度についての反省文を書くことだけだが、叔父の場合、公安に連行されて労働矯正教育を受けており、一年間の現職停止と監察処分解除の問題も絡む。これを自己総括して思想的、認識論的位置づけを行い、上司に報告せよ、さらにこれを文章に起こして、全体集会の席で読み上げ、全劇団員、全同志に聞かせよとの要求も加わった。黄《ホアン》主任の真意は一体何なのか？　それなのに、叔父が文章を書いているのを易青娥《イチンオー》は見たことがない。部屋で何をしているかと言えば、太鼓の楽譜をぶつぶつ口の中で念じ、象牙の牙板《ヤーバン》（拍子木）や撥をせっせと磨いている。全体集会の当日、易青娥《イチンオー》の胸は太鼓の乱れ打ちのように高鳴った。叔父は慌てず騒がず、ノートを取り出した。一ページ一ページ朗々と読み上げ、澱むことがない。一ページ一ページ自己批判の書、上司への総括報告として、実にめりはりのきいた台詞回しだ。しかもそれは十数ページもの長さに及び、読むだけではなく、声涙《せいるい》共に下《くだ》る熱誠がこめられている。頭をゆらゆらと揺らす様は気持ちよさげにさえ見えた。最後に「私は自己の振る舞いを深刻に認識し……」とかの常套語を多用して締めくくった。彼は読みながら指に唾をつけ、一ページ一ページ不器用にめくるところは、準備に要した長い時間を思わせ、一字一句ゆるがせにしないひたむきさを感じさせた。

聞く者はまさかという表情をしている。特に太鼓打ちの郝大錘《ハオダーチュイ》にしてみれば信じられない思いだったに違いない。胡三元《ホーサンユアン》が突然、文士が書くような文章をすらすらと読んでいる。彼はトイレへ行くふりをして、胡三元《ホーサンユアン》の後ろへ回り、彼のノートにさっと目を走らせた。その後、黄《ホアン》主任にメモを渡し、胡三元《ホーサンユアン》にノートを提出させるよう申し入れた。

胡三元《ホーサンユアン》が黄《ホアン》主任にノートを手渡したとき、主任の表情が歪んだ。

そのノートに記されていたのは全ページ、太鼓の楽譜だった。次々と叔父の口を衝《つ》いて出た言葉は、すべてこれまでの政治闘争、労働運動で代々用いられた決まり文句、名文句、常套語だったのだ。後で誰かが言った。胡三元《ホーサンユアン》はかつて筋金入りの活動家、運動家、闘士だった。踏んだ場数は半端ではない。大抵の修羅場をくぐり抜け、地獄を見てきた。どんな台詞回しも身についおり、たちどころに出てるのだと。黄《ホアン》主任はただちに胡三元《ホーサンユアン》に起立を命じた。

黄《ホアン》主任はどんと演台を叩いて言った。死んだ豚は熱湯も平気だ（蛙の面《つら》に小便）というが、お前のためにあるような言葉だ。このような厳粛な会議で、当の本人が厳重な追求を受けているさなか、組織を手玉に取るが如き振る舞いは恐れを知らぬいい度胸だ。また塀の中に逆戻りしたいのか。一年後の処分解除を棒に振ろうというのか。黄《ホアン》主任の怒りの激しさに、易青娥《イチンオー》はその場にへたりこみそうになった。集会は参会者の発言を求めた。議論は階級闘争、路線闘争にまで過熱し、夜の十一時にやっと閉会になった。胡三元《ホーサンユアン》に対しては引き続き自己批判を求め、明日の集会に引き継ぐことになった。

叔父は部屋に帰って万年筆を持ち、一晩かかって苦心惨憺、ノートの数ページを埋めた。翌日、黄《ホアン》主任はこの始末書を誤字、脱字、当て字だらけと批判したにも拘わらず、これ以上深追いしようとしなかった。黄《ホアン》主任の本当の狙いはやはり胡彩香《ホーツァイシアン》との男女関係にあったのだ。だが、叔父はこれについてはぴたりと口を閉ざした。胡彩香《ホーツァイシアン》は後になって易青娥《イチンオー》に話した。

「あなたの叔父さんはとてつもない男よ。黒でもなく白でもなく灰色でもなく、みんな黄色にしてしまった。澄んだ黄色（陝西方言で〝もやもや〟にしてしまう意）よ。言うべきことを言わず、言わなくてもいいことを言い、本当らしい嘘をつき、嘘みたいな本当を語り、重たいことを風船みたいに笑い飛ばす」

胡彩香《ホーツァイシアン》は劇団時代、人に弱みを見せたことはなく、自分の領分に踏み込むことを誰にも許さなかった。彼女には分かっていた。この「生活態度粛正運動」の本当の標的は、彼女と胡三元《ホーサンユアン》の関係を暴き立て、見せしめにすることだった。このため、彼女と胡三元《ホーサンユアン》はある夜、数キロ離れた無縁墓地の墓穴に身を隠し、細かい打合せをしていたのだ。

胡《ホー》先生はこのとき叔父が話したことを教えてくれた。

「このことは現場を押さえられない限り、知らぬ存ぜずで押し通す。誰もお手上げだ」

叔父はさらにこうも言った。俺にはつんけんして、わざと突っかかってこい。みんなこれを見て、あの二人は仲違いしたと噂をするだろう。始終、雌鶏《めんどり》みたいにけたたましく、中庭に響き渡る声で俺を罵り倒せ。人間は弱い者やおとなしい者を見ると苛めにかかり、強い者、尖《とんが》った者には、必ずすり寄っていこうとするからな。
叔父はあの全体集会の夜、胡彩香《ホーツァイシアン》先生にこうも言っていた。俺は本当は何も恐れていない。もし、お前が俺と一緒になりたいと言ったら、俺はすぐみんなの前で、はい、俺たち二人は〝できて〟います。一緒に寝ましたと素直に白状する。そしてお前と結婚する。だが、残念なことに、胡彩香《ホーツァイシアン》は夫の張光栄《チャンゴアンロン》と別れることができなかった。この事情は後で分かる。だから、叔父としては胡彩香《ホーツァイシアン》先生をかばい、彼女の立場を守り通すしかなかったのだった。

「生活態度粛正運動」の〝見せしめ〟活動は一ヵ月以上続いた。だが、様相が微妙にずれてきた。「問題あり」の人物がぞろぞろ出てきたのに、終息期に入ると、誰一人それを認め、同意する者がいなくなったのだ。ある者は追求に対して口汚く罵り返し、せせら笑った。俺に汚名を着せ、陥れようとするのかと。四人組が打倒されてもうすぐ一年になるというのに、あの毛沢東の妻・江青を見習って超強気に出たのか、「死んでも」自らの非を認めようとする者はいなくなった（江青は一九九一年に自殺した）。〝芋づる式〟、〝数珠つなぎ〟案件は山積みだったのに、棚ざらしのまま終わることになった。そのわけは、黄《ホアン》主任のそもそもの標的が胡三元《ホーサンユアン》にあり、そして結果として、胡《ホー》三元《サンユアン》は男女の〝不純交遊〟だけは頑として認めなかったものの、すべてを正直に自白したからだ。

胡三元《ホーサンユアン》は自分が資本家《ブルジョワ》的嗜好を持っていたこと、きれい好きと潔癖症を装ったこと、時に癇癖症を発し、貧農の家に上がってオンドルに座るのを嫌がったこと、そして貧農の家でお湯で洗わない茶碗や箸を持とうとしなかったことに対してさえ非を認めたのだった。あるときは大泣きして自分を責め苛《さいな》んだ。貧農・下農・中農という自分の出身階級を忘れて資本家《ブルジョワ》に身を投じた罪は万死に値する。今こそ革命だ、俺の腐った魂に暴力革命を起こさなければならないと言い、胡彩香《ホーツァイシアン》のことはあくまで白《しら》を切り通した。黄《ホアン》主任は「そうだ」と応じ、組織・規律・作風（生き方）の粛正は魂の深みに及ばなければならないと持論を展開した。

さらに叔父は農村公演のとき、農民の柿とクルミを盗んだ過ちを洗いざらい告白した。これに現実味と劇的効果を加えるため、柿は三つだったかな、五つだっかな。クルミは両手で三回、山盛りにして盗んで逃げた。叔父は悔恨に身を震わせて許しを乞うた。開場の誰かがくすっと笑った。すると、みんなつられて笑い出し、開場は大笑いの渦に包まれて黄《ホアン》主任も拍子抜けの体《てい》となった。

幕切れは圧巻だった。誰かがつけた烽火《のろし》が黄《ホアン》主任の頭に降りかかったのだ。

ある日、リハーサル室の入り口の掲示板に突然、小さな「お知らせ」が張り出され、黄正大《ホアンチョンダー》と米蘭《ミーラン》が不倫していると書いてあった。劇団は大騒ぎになり、黄《ホアン》主任は地団駄を踏み、形相を変えて怒り狂った。この暴風は数日間吹き荒れた。黄《ホアン》主任の妻まで劇団に乗りこんで劇団員たちに怒鳴り散らした挙げ句、これは夫に泥水を浴びせるために誰かが仕組んだ企みだ、犯人を捜し出して欲しいと身も世もなく突っ伏して劇団員たちに訴えた。黄《ホアン》主任は徹底的な調査を命じたが、結果は出なかった。誰かが胡三元《ホーサンユアン》の仕業だと疑った。叔父は言った。俺がそんな下司《げす》なことをするか。やるんだったら、集会でとっくにやっていると。事件はうやむやのうちに終わったかに見えた。

だが、ことはまだ終わらない。叔父は「生活態度粛正」の件ではなく、上演中に舞台で重大な事故を起こし、また塀の中に舞い戻ることになった。

十三

話は歌劇『洪湖《こうこ》赤衛隊』の稽古入りから始めなければならない。

（注）洪湖赤衛隊　洪湖は湖北省南部、長江北岸にあるにある湖。長江を隔てて湖南省の洞庭湖に通じる。長江の増水期には洪水に悩まされた。大小の湖水が連なり、群生するヨシが洪水をよく防いだ。鴨が捕れ、特産の蓮、淡水魚の養殖も盛ん。『洪湖赤衛隊』は農民の武装闘争を描いた作品で、一九五九年、湖北省実験歌劇団によって初演され、優美な旋律、歌いやすい歌詞が評判となり、文革以前に上演回数八〇〇ステージという記録を作り、一九六一年には映画化された。一九六六年、文革の開始と共に、批判攻撃の対象となったが、文革後の一九七七年に旧作のまま再演された。主人公は党支部書記の韓英（女性）と赤衛隊隊長の劉闖。

劇団の生活態度粛正運動はぱっとしないまま三ヵ月になろうとしていた。黄《ホアン》主任が言うには、県の党幹部がある日彼を呼び止め、「人民日報」を見たかと尋ねた。主任が毎日欠かさず見ていると答えると、『洪湖赤衛隊』のニュースを知らないのかと言われた。主任が頭を掻いていると、その幹部が畳みかけた。

「二月二十三日付けだよ。『洪湖赤衛隊』が解禁になった。四人組に睨まれて上演禁止になっていたが、晴れて再開だ。武漢の歌劇団がもう上演にこぎ着けた。この舞台はよくできている。俺の故郷を舞台に書かれたものだ。二人の伯父が昔、赤衛隊員を演じていたから、何遍も見たよ」

黄《ホアン》主任はやっと思い出した。この幹部は湖北人だった。主任は急遽『洪湖赤衛隊』の稽古入りを宣言し、劇団は慌ただしい緊張に包まれた。

主役の韓英《ハンイン》役はダブルキャストで二班が組まれ、米蘭《ミーラン》がA班、胡彩香《ホーツァイシアン》がB班だった。これについて演出家は黄《ホアン》主任にお伺いを立てた。胡彩香《ホーツァイシアン》をA班に持ってきた方がいい芝居になるのではないかと。主任は「馬鹿言え」と一蹴した。主人公の韓英《ハンイン》は英雄的人物だ。胡彩香《ホーツァイシアン》がB班に入れただけでもありがたいと思え。黄《ホアン》主任は自信たっぷりにつけ加えた。

「生活態度粛正運動はまだ終わっていないぞ」

演出家はすぐ黄《ホアン》主任の意を察したが、物わかりの悪さでは定評のある人物だった。ぼそぼそとした口調で、この舞台に胡三元《ホーサンユアン》を引っ張り出せないものかと黄《ホアン》主任に持ちかけた。やはり彼ほどの打ち手はいない。この作品の骨太さに彼の太鼓は打ってつけだ。ほかの連中は腕はよくても修練が足りない。彼の太鼓で『洪湖《こうこ》』の舞台はびしっと締まり、素晴らしい迫力を出す。屁のような打ち手では気が抜けて、湖の水が漏れてしまうと。黄《ホアン》主任は演出家の顔をまじまじと見て、首を横に振って言った。

「君は芝居のために生まれてきたような男だ」

演出家は度の強い眼鏡を持ち上げながら言った。

「過分のお褒め、ありがとうございます！」

黄《ホアン》主任は一言つけ足した。

「だから演出だけやってくれればいい。配役の心配はご無用だ」

このキャスティングを見て、憤懣やるかたない胡彩香《ホーツァイシアン》先生が叔父のところへやって来た。

「また、やられた。何で米蘭《ミーラン》がA組なのよ。米蘭《ミーラン》が韓英《ハンイン》をやれる玉《たま》かってんだ」

叔父は言った。

「B組をやれと言われたんなら、B組をやればいい。米蘭《ミーラン》はどうせ持ちこたえられまいよ。じきにお前さんにお鉢が回ってくる。ここは待つことだ。『洪湖赤衛隊』は手強い芝居だからな。歌劇といっているが、そんな柔《やわ》ではない。本物《ほんまもの》（中国伝統劇の本格的な歌唱法が取り入れられている）の舞台だ。韓英《ハンイン》の聴かせどころがいくつもあって、あの突き抜けるような高音部は、米蘭《ミーラン》の喉では保《も》たないだろう。お前さんはA組のお呼びがかかるまで待っていればいいのさ。黄正大《ホアンチョンダー》が土下座して頼みに来るだろう」

胡《ホー》先生は半信半疑で叔父に毒づいた。

「やい、胡三元《ホーサンユアン》。お前は米蘭《ミーラン》の回し者だろう。いつも米蘭《ミーラン》さまさま、待て、待て、待てだ。うっかりその気になったら、また泣きを見るに決まってる。その手は食わないよ」

「それなら自分で上へ言っていけばいいだろう。できるものならな」

胡《ホー》先生はいつもの悪態をつきながら、叔父の言う通りだと思っている。

稽古が始まって間もなく、この芝居はやはり胡三元《ホーサンユアン》に叩かさなければなるまいよと誰かが言った。この作品は立ち回りと歌唱の場が半々だから、芝居が生きるも死ぬも太鼓の撥さばき一つだ。こんな取り沙汰が回り回って叔父の耳に入ったとき、叔父は「やった」と天にも昇る心地がした。黄正大《ホアンチョンダー》が胡三元《ホーサンユアン》を「生活態度粛正運動」の網に追いこんだのは誰しも認める通りだが、仕留めたつもりの獲物がまさか網を破って舞台に躍り出ようとは思いもよらぬことだった。叔父は何ごともなかったかのように振る舞った。

叔父が肋骨を二本折ってから、ちょうど百日が経った。叔父は毎日楽しげに調理場の手伝いをし、中庭の掃除をし、太鼓の稽古も怠らない。そこへいろんな顔ぶれが叔父の元へ挨拶にやって来た。傷の養生にと鶏のスープ、魚のスープ、骨付き肉のスープ、緑豆《りょくとう》のスープなどを差し入れし、これはのぼせを冷まし、気鬱を散じ、解熱、血行、利尿、免疫にも効き目があり、筋肉や骨の増強もに益があるなどと、ひたすらご機嫌伺いに務めている。この中には、胡彩香《ホーツァイシアン》先生や米蘭《ミーラン》もいる。これまでに叔父の太鼓で主役を務めた俳優たち、これから売り出そうという有名俳優たちまで、こっそりと隠れるようにして姿を見せた。こうした珍しい到来物がある度、叔父は姪っ子を呼んだ。易青娥《イチンオー》は食べたことのない肉やスープに驚喜し、叔父は上機嫌で京劇の中の愛唱歌『平原作戦』の一齣《ひとくさり》を口ずさんだ。

銃声激しく　胆冷やす
残忍非道の　日本軍
転戦すること　はや三日

糧食尽きて　道遠く
友の便りも　絶え果てて
軍民が心一つに進む道
砲煙弾雨も　阻むなし
ああ　救国婦人会は身を挺し
友軍未だ見えねども
目指すは前線　大平原を今日も行く
軍装解いたる　今宵のねぐら

村人の真心に迎えられ
一碗の白湯　饅頭のうれしさよ
なおも見送る村人に　さあ戻られよ
わが家で風雨を避けるべし
明日は前線に立ち　獅子奮然
日本鬼子《リーベングイズ》と漢奸《かんかん》どもを追い払わんと
我らの意気は天を衝《つ》く

叔父が「我らの意気は天を衝く」と歌う度、いつも一オクターブ高い音になる。空を突き抜ける秦腔《チンチアン》らしい凄美《せいび》の響きが、新聞紙で糊づけした部屋の日よけをびりびりと震わせた。

劇団からの誘いを叔父は長いこと待った。だが、その知らせはついに来なかった。司鼓《スーグー》（鼓師）は郝大錘《ハオダーチュイ》に決まった。叔父は相変わらず調理場の火の番と庭掃除の明け暮れだが、新しい仕事が増えた。『洪湖赤衛隊』の大道具、小道具、舞台美術の作業だった。監察期間の一年間、この臨時の手伝いに狩り出されたのだ。

『洪湖赤衛隊』の舞台美術は膨大な作業量を抱えていた。劇団はここ何年も時流に即した演目を制作していた。腰《ヤオ》鼓《グー》（腰に結びつけ両手の撥で打つ太鼓）、赤い絹の肩掛け、賞状、大輪の赤い花、ノート、鍬《くわ》、天秤棒、竹や柳で編んだ笊《ざる》、掃き箒、テーブルや椅子、腰掛け、日用の道具など切りがない。小道具類は比較的簡単だった。作るまでもなく街で買えるものが多かったからだ。専門のスタッフはスライドの映写、照明灯の設置や操作、大工職を除いて人員がいない。『洪湖赤衛隊』では刀、銃、長柄の槍、魚を突くヤスなども〝ぜひもの（必須）〟の品物《アイテム》だ。彭覇天《ポンバーティエン》の邸では高い塀を何面か作らなければならないし、旧時代のテーブルや椅子、腰掛けも必要だ。獄房、手鎖、足かせ、拷問の道具などもなくてはならない。洪湖に群生する蘆《ヨシ》や芦《アシ》、赤衛隊隊員が飛び越える塀もみな一から作らなければならなかった。さらに土塁、木の切り株、岩石などはそれぞれ大きさを違えなければならない。この作品はリアルな背景、大道具、小道具類が決め手になる。これがなければ俳優は演技の支えを失うと演出家は言って憚らない。あちこちから臨時雇いかき集めてやっと十数人、まる一ヵ月かかって作り終えた。叔父はその一番目に狩り出された一人だった。

叔父に割り当てられたのは長槍四十本、太刀《たち》二十本、迫撃砲一門、牢獄の鉄の鎖一本だった。長槍は木を削り、刀は板をのこぎりで切ってから削る。八本の刀は〝立ち回り〟――戦闘に耐えなければならない。堅木《かたぎ》の太刀では打たれるとぽきりと折れてしまうからだ。牢獄の鎖はまず棉花を縒《よ》って環《わ》を作り、つなげた後に膠《にかわ》で煮固める。さらに墨汁を染ませ黒光りさせてできあがり。しかし、一番の難物は迫撃砲だった。叔父はこれを一番最後に回した。長槍や太刀、チェーンなどは自室で作った。この方が気ままにやれるし、易青娥《イーチンオー》の手伝いも気楽に得られるからだ。

訓練生の多くが稽古入りし、赤衛隊の隊員や洪湖の住民に動員されて、みんな大張り切りだ。楚嘉禾《チュチアホー》は〝小紅《シャオホン》〟というれっきとした名前のある役を与えられ、宿舎に帰っても皿を叩いて拍子を取り、歌い続けている。

「小皿手に　歌うより先に胸ふたぐ　この世の苦しみ　司令官様　どうかごゆるりと……」

腹を立てた年上の同級生がこっそり言った。

「楚嘉禾《チュチアホー》ったら、何よ、あれ。まるで頭をちょん切った蛇みたい。気持ち悪いったらありゃしない。主人公の韓英《ハンイン》になったつもりなんだから」

しかし、易青娥《イチンオー》は羨ましくてならなかった。楚嘉禾《チュチアホー》の喉がかすれたときは水を運んでやった。それでも易青娥《イチンオー》は毎日の修練に励んだ。喉を鍛え、難曲を歌いこんだ。暇を見つけては叔父の手伝いもした。叔父はいくら忙しくても、太鼓の練習を欠かさない。口癖は「一日休んだら腕がむずむずする」だった。舞台美術の職人仕事でも叔父の手際は見事だった。四十本の長槍、二十本の太刀を半月で作りあげた。槍の赤い房は易青娥《イチンオー》が来て手伝った。万年筆の赤インクを葛《くず》の茎に浸し、梳《す》いて仕上げた。叔父は庭の掃除にも竈《かまど》の番にも遅れない。竈の番には竈の番のいいところがある。肉のいいところ、うまいところにありつけるし、トウモロコシのスープがなくなったら、鍋の底のお焦げをこそいで食べる。うまいぞ。包子《バオズ》の餡《あん》は入ってるかどうかは見かけじゃ分からない。だが、俺は一発で分かる。自分で作ったからな。人よりたくさんお肉をいただけるわけさ。

叔父の最大の任務は迫撃砲の製作だった。演出家が毎晩のようにやって来て叔父と話しこみ、迫撃砲は張りぼてではなく、本物にしたいと言い出した。最後の幕で匪賊の白極会や彭覇天《ポンバーティエン》の邸を吹き飛ばすとき、本物を引っ張り出して、どかんと一発、木っ端微塵にしたいと言う。他の劇団の台本にはこの場面がない。彼らにはできっこない。これは俺の芸術的創造なのだと演出家は強調した。これを最後にぶっ放せば、洪湖の人たちはすっきりするだろう。文革時代、〝革命模範劇〟に追いやられ、踏みつけにされた鬱憤を吹っ飛ばすんだ。演出家は繰り返し、叔父に迫った。

「もし、胡三元《ホーサンユアン》ができないと言うんなら、俺はほかを当たる。大事に遅れをとるな。これは再演なった『洪湖赤衛隊』最大の見せ場なんだ」

叔父は子どものころから出しゃばりで目立ちたがり屋だった。太鼓打ちにならなくてもきっといっぱしのことはやってのけただろう。しかし、今は迫撃砲作りにのめりこんでいる。ここ数日、易青娥《イチンオー》や胡彩香《ホーツァイシアン》でさえ、彼の居場所がつかめなくなり、大砲作りにどっかへ行っちゃったとぼやかせている。数日後ふと見ると、胡三元《ホーサンユアン》が満面の汗を滴らせ、リアカーに迫撃砲を載せて帰ってきた。工場で熟練の職人を見つけ、作らせたというが、いかにも彼らしい行動だ。大砲の実弾を打つからには、標的に過ちなく命中させなければならない。こちらでどかんとやれば、あちらで彭覇天《ポンバーティエン》の邸がぱっと飛び散る、この二点の距離と位置関係を性格に定めるのが何よりも重要だ。叔父は中庭で実験を始めた。演出家のOKを取るまで、中庭で難関突破の実験が日々繰り返された。黄《ホアン》主任と妻まで見物にやって来て面白がった。ただ、黄《ホアン》主任はしっかりと釘を刺すのを忘れない。

「大砲を打つんだ。安全第一でやってくれ」

叔父は答えた。

「大丈夫。安全第一です」

不測の事故を招かないためには、操作を他人に任せられなかった。叔父は〝志願兵〟となり、砲手に扮して赤衛隊の軍服を着た。自ら迫撃砲を引き、導火線に点火する。「どかん、ぱっ」と、舞台の立ち稽古、通し稽古、ドレスリハーサル、三晩連続の試し打ちを無事成功させた。三晩目のリハーサルを終えた後、胡彩香《ホーツァイシアン》先生は胡三元《ホーサンユアン》の部屋に駆けこみ、開口一番、怒鳴り始めた。

「人騒がせもほどほどにしとくれよ。誰の尻狙って打とうってんだい。そんなに打ちたけりゃ、手前《てめえ》の母ちゃん家《ち》の墓目がけて打ちやがれ」

幾晩ものリハーサルで郝大錘《ハオダーチュイ》が一度太鼓を打ちそこなって大乱調、舞台をぐちゃぐちゃにしたほかは、舞台のできは一晩ごとによくなってきた。劇団関係者は近来まれに見る傑作だと口を揃えた。舞台の要《かなめ》となる米蘭《ミーラン》扮する「韓英《ハンイン》」は、その歌唱はもちろん、演技、立ち回り、立ち姿、いずれも玄人筋をうならせた。米蘭《ミーラン》が歌い始めると、立役者《たてやくしゃ》の大輪の花がぱっと開き、女優としての演技開眼を思わせるものがあった。一方、胡彩香《ホーツァイシアン》は今回楽隊と並んでバックコーラスを受け持っていたが、歌うほどに怒りがこみ上げてきた。悔しく切なく、中庭の井戸に身を投げたくなった。彼女の中の疑いは確信に変わった。胡三元《ホーサンユアン》は米蘭《ミーラン》とできている。そうでなければ、胡三元《ホーサンユアン》が今の逆境をへらへら笑って受け入れられるはずがない。私はお椀の敷物かよ。私は出汁《だし》にされた。騙された……。

叔父は胡彩香《ホーツァイシアン》に釈明しようと思っていた。だが、胡彩香《ホーツァイシアン》先生はすでに忍耐力をなくしていた。叔父に爆竹のような蹴りを入れ、叔父の急所に当たった。叔父はその場に崩れ落ち、痛さの余り涙をこぼした。胡彩香《ホーツァイシアン》はばたんとドアを閉めて立ち去った。叔父はぼそぼそとつぶやいた。

「なあ、ひどいだろう。無茶苦茶だ。いくら何でも、あんまりだよな」

初日の幕が上がった。胡彩香《ホーツァイシアン》先生からどんな仕打ちを受けようと、叔父は自作の迫撃砲で『洪湖赤衛隊』に対する協力と貢献を止めようとしなかった。客席は一階も二階もすでにぎっしりと埋まり、通路にまで人があふれている。叔父は何かに憑《つ》かれたような、自分の体がふわっと浮かび異次元に運び去られるような感覚に襲われていた。俳優や楽団員たちも、ここを先途《せんど》とばかりに技の限りを尽くしている。

砲口から詰める火薬の量を、胡三元《ホーサンユアン》は自分の一存で増量し、麺棒で火薬をしっかりと搗《つ》き固めた。火薬を増やすのは言うまでもなく、舞台効果を強烈にするためだ。彼は手早くメイクを済ませ、赤衛隊員の赤い制服を身につけて迫撃砲を舞台の袖まで押し、袖幕に隠れて出番を待っていると、何人かが声をかけてきた。

「三元《サンユアン》、肝心なときに、どじを踏むな。大砲玉か何か知らねえが、一発屁こいて、びちぐそ嗅がせられたんじゃたまらねえからな」

「任せとけってことよ。何がびちぐそだ。痩せても枯れてもこの胡三元《ホーサンユアン》、しけた真似はしねえよ。たとえ乞食をしようと、ケチなお布施はお断りだ」

「どうかな。どうせまた、どでかい法螺をぶっ放すんだろう」

ついに最後の場面が来た。叔父は衣装を整え、もう一人の赤衛隊員と迫撃砲を堂々と押し出した。赤衛隊隊長の劉闖《リュウチュアン》が一声、命令を発した。

「打て！」

叔父は信管を引いた。ちちちちと導火線に火が走る音、どかんどかんと二つの爆裂音に続いて、ぐらぐらと天地を揺るがす震動が舞台を襲った。叔父はただぼんやりと見守った。正面に彭覇天《ポンバーティエン》邸の塀の上部、そこへ一人の男がとんぼ返りをし損なって頭からどうと落ちてきた。彭覇天《ポンバーティエン》だ。これはまずい。演出家の要求は、塀が爆破されてから彭覇天《ポンバーティエン》が逃げ出したところで女主人公・韓英《ハンイン》自らが撃った弾で最期を遂げるという段取りだ。一回の砲撃で爆死するのは予定にない……。それから叔父は人事不省に陥った。

その数日後、叔父は病院で意識を回復した。側に座って泣いている易青娥《イチンオー》の姿が見えた。胡彩香《ホーツァイシアン》やその他数人も見えた。叔父はやっと理解した。初日公演で大事故を起こしたのだ。

彭覇天《ポンバーティエン》を演じた俳優は瀕死の重傷を負い病院に緊急搬送されたものの数日後に落命した。叔父は取り返しのつかぬ事態になったことを知った。

十四

その夜の公演には易青娥《イチンオー》も役割を与えられていた。背景に置く張り物（パネル）、書き割りなどの運搬だ。彼女は背が低いので、大きいものは動かせない。五、六キロのコンクリートの錘《おもり》の運び役になった。この錘は背景のセットを支え、固定するのに用いられる。背景はカンバスに描いた絵を木の枠組みに貼りつけて作る。家や家具、村の風景、立木や遠くの山、岩や石、花鳥画などの平面体を舞台に立てるとき、後ろに直角三角形の当て木が必要になり、易青娥《イチンオー》が運ぶ錘はこの土台になるのだった。

ある場面で、易青娥《イチンオー》は叔父と組んで仕事をした。叔父と白極会の匪賊《ひぞく》が彭覇天《ポンバーティエン》の母屋《おもや》の塀を担いで前を行き、易《イ》青娥《チンオー》はコンクリの錘を持ってその後を追った。この場面の高い塀を支えるには三つの錘が必要だった。しかし、易《イ》青娥《チンオー》の力ではいくら無理しても一度に二つしか持てない。場面転換のときは大変だ。〝ちんたら〟していられない。しかし、舞台の照明は全部落ちているから、もう一つの錘を取りに走って道具類にぶつかったり、つまずいたりしたら大変なことになる。舞台は危険の巣なのだ。これまでにも暗い中で場面転換を急ぐ余り、尖った竹で目を突き、角膜の後ろにある眼房水が飛び出す事故があった。易青娥《イチンオー》の叔父はこのとき、両手に道具を持ち、もう一つの錘は腰に結びつけて運んだ。これを見た誰かが言った。

「叔父さんはやっぱり叔父さんだ。胡三元《ホーサンユアン》を見直したよ。叔父さんらしいこともするんだ」

それにしても、叔父がまたこんなことをしでかすとは思ってもみなかった。ただ、彼女は感じていた。その数日、叔父は上機嫌で誰彼なく話しかけていた。興奮状態といってよかった。

「俺の作った大砲見たか？　どうだ。この芝居に活を入れてやる。俺って、どうしようもないな。金《きん》はどこに置いても光るっていうだろう。調理場に入れば名コック、門番をしたらお巡りさん顔負け、舞台の道具方やらせりゃ世界に通ずる舞台美術家だ。世の中、太鼓だけ叩いていりゃいいってもんじゃない。そんな玩具、飽きたらぽいってなもんだ。誰でもおいで。遊ばせてやるよ！　何でも飯の種にありつけば文句ないだろう！　俺は太鼓なんか叩かなくても、やることがいっぱいだ！」

あの事件が起きた日も、中庭で気勢を上げていた。

「次の舞台は飛行機だ。見てろ、みごと飛ばしてみせる。この俺さまがさ、太鼓叩きの胡三元《ホーサンユアン》哥《にい》さんがだよ！　まったくしょうがないね、ここのできがさ！」

〝ここ〟というのは脳みそのことだった。公演が始まる一時間半も前から、叔父は自分の大砲を吹いて回った。

「俺が大砲をどうぶっ放すか。見て驚くな」

ことが起きてから、易青娥《イチンオー》は繰り返し思い返してみる。あの数日の昂《たか》ぶり、天真爛漫ぶり、どう見ても変だった。故郷の九岩溝《ジョウイエンゴウ》では「狂った犬は棒で打て、狂った人は放《ほか》らかせ」という古い言い伝えがある。たとえ得意の絶頂にあろうとも思い上がってはならぬ。増上慢《ぞうじょうまん》は見苦しい。いい気になって、とち狂《ぐる》ってはならぬという戒めだ。叔父は確かにあの数日間、我を忘れて舞い上がっていた。だが、叔父が嬉しがっていると、彼女も嬉しい。易青娥《イチンオー》が寂しいとき、悲しいとき、叔父の笑顔が心につける薬だった。劇団に来てから、叔父はずっと〝要注意人物〟で、追求集会の黒板に筆頭で大書される存在だった。こんなに楽しそうな、こんなに嬉しそうな時を過ごすのはめったになかった。三回続いたリハーサルのとき、叔父の大砲は劇団中の人に見聞を広めさせた。「こんなやり方もありか」と叔父に拍手を惜しまなかった。姪っ子として、どんなに鼻が高かったことか。

叔父の大砲が炸裂するあの夜、叔父は舞台の両袖で誰彼なくつかまえて「見て驚くな」とぶっていた。易青娥《イチンオー》はこれが見たさに背の高い人たちを押し分け掻き分け袖幕近く、舞台額縁《プロセニアム》の柱の前までもぐりこんでいた。ここなら目の前の舞台が手に取るように見渡せる。ついに叔父が姿を現した。頭には赤衛隊の紫の鉢巻き、背中には自分で作った刀を斜めに背負い、腕には赤衛隊隊員の赤い腕章、腰には赤いベルト、ほかの隊員と一緒に迫撃砲を押しながらの登場だ。叔父は長年太鼓を叩き続けて、癖というか習慣になっていることがある。得意のどころに来ると、反っ歯を隠そうとするかのように上下の唇をすぼめて尖らかす。目を落ち着きなく四方に走らせ、人目に写った自分を気にしているようだ。演劇の舞台でこんな勝手な演技は許されないと思うが、まあいいことにする。戦争の場面だ。大砲に弾はこめられ、弓に矢はつがえられた。叔父は細い目をぴくりとさせ、舞台の両側から大砲を囲む兵士たちをさっと睨《ね》め回す。劉《リュウ》隊長の命令が下った。

「打て！」

ちちちちと短い導火線に火が走ると、易青娥《イチンオー》は慌てて耳をふさいだ。どかんどかんと二回、耳がきーんと鳴ったかと思うと、彼女の体は猛烈な勢いで後ろへ持っていかれた。もし、舞台の柱が爆風を弱めていなければ、彼女の体は宙に巻き上げられ、壁に叩きつけられていただろう。目の前が暗くなった。「見なければ」と彼女がやっとのことで目を開けたとき、叔父のいた場所に一本の黒い杭《くい》が立っていた。目と歯だけがやけに白く、そのほかは鍋底のように黒く燻《くすぶ》っていた。ゆらゆらと揺れながら、一瞬、宙に浮かんだかと思うと、そのままばたんと崩れ落ちた。舞台の塀の上にも黒い杭が思い思いに立っており、一人が転がり落ちると、続けざまに後を追い、あたりは濛々とした黒煙に包まれた。

これは三度のリハーサルで見られなかった光景だ！　易青娥《イチンオー》には胸騒ぎがあった。しかし、こんな大事《おおごと》になろうとは夢にも思わない。

しかし、俳優たちは最後まで演じきった。韓英《ハンイン》や劉闖《リュウチュアン》の主役はみな無事だった。ただ、劉闖《リュウチュアン》の顔半分は鍋底の灰をかぶったようになり、首筋には血が滴っていたが、それを押しての熱演だった。彭霸天《ポンバーティエン》を演じた俳優は、台本通りなら、逃げ出そうとしたところを韓英《ハンイン》の銃に撃たれて死ぬ筋書きだが、高い塀からもんどり打って落ちた後、再び立ち上がることはなかった。

ついに幕が下りた。

舞台に取り残された者たちはみな、なすところを知らず、叫び、嘆き続けている。

「何だ、大砲がどうした？」

人を呼ぶ声がこれに重なった。

「胡留根《ホーリュウゲン》！　胡留根《ホーリュウゲン》！」

胡留根《ホーリュウゲン》は彭覇天《ポンバーティエン》を演じた俳優だ。

「胡三元《ホーサンユアン》、胡三元《ホーサンユアン》」の声に続いて「劉躍進《リュウヤオジン》、劉躍進《リュウヤオジン》」の名。劉躍進《リュウヤオジン》は叔父と一緒に迫撃砲を押して舞台に上がった赤衛軍隊員だ。さらに悲痛な声がかぶさった。

「四、五人倒れている。病院だ、病院へ送れ！」

蜂の巣をつついたような騒ぎとはこのことか。

易青娥《イチンオー》は舞台に這い上がり、倒れている叔父の前に座りこんだ。何人かが叔父を助け起こそうとしていた。だが、叔父の四肢はすでに力なく、死んだみたいに横たわっている。易青娥《イチンオー》は大声で泣き始めた。走り寄った胡彩香《ホーツァイシアン》先生が易青娥《イチンオー》の肩を抱いて「泣くな」と短く言った。まだ死んだわけじゃない。まだ助かるんだと。易青娥《イチンオー》と胡彩香《ホーツァイシアン》は、叔父を担ぎ上げた人たちの後について病院へ行った。

観客もみな事故が起きたことを知り、去りやらずにささやき交わしている。大砲が爆発したらしい、何人も死んだと。劇団員が負傷者を担いで走る後を観客が追って走った。

この夜、県城はこの話で持ちきりになった。重傷者が担ぎこまれた病院は、駆けつけた見舞客、見物人であふれていた。もともと小さな町だからほとんどが顔見知りで、特に劇団員は人気者だった。爆死だと？　なぜ、芝居でこんなにたくさん人死《ひとじに》が出るんだ？

公安当局もすぐ駆けつけた。

黄《ホアン》主任は町のお偉方に付き添って舞台を見ていた。舞台の大音響に驚き、不審な声を出した。何でこんな音が必要なんだ。何か起きたらどうするんだと。主任は何、大丈夫ですよと答えた。すべて「この目で」「繰り返し」「念入りに」検査《チェック》した上、三回のリハーサルも無事でしたから、万に一つの間違いもありませんと。

幕が下り、急いで幹部たちを送り出そうとしている黄《ホアン》主任に、舞台からスタッフがあたふたと駆け寄って、死亡者が出たことを伝えた。主任は慌ててそのスタッフの手を握り、大きな声を出すなと制した。県の幹部をジープに見送った黄《ホアン》主任が舞台に取って返すと、すでに朱継儒《チュジールー》が現場の指揮をとっており、重傷者は全員、病院に搬送されていた。

黄《ホアン》主任が病院に着くと、病院の廊下に四、五人がベッドに横たわっているほか、自分の顔を押さえている者、腕をだらんとさせている者、足を引きずっている負傷者たちの姿が見えた。救急診療室には入りきれず、当直医は大慌てで非番の応援を電話口に叫んでいる。病院の廊下はどこも重傷者のうめき声、取り乱した家族や見舞客の泣き声や声高な話し声、狭い中を行き交う病院や劇団の関係者でごった返している。朱《チュ》副団長は先に来ており、医師や看護師と救急診療の段取りについて打ち合わせをしていた。

黄《ホアン》主任は来るなり、険しい声を出した。

「胡三元《ホーサンユアン》はどこだ？　胡三元《ホーサンユアン》はどこだ？　何でこうなった。最悪の事故だ。どうしてくれる。ただでは済まないぞ。お前が元凶だ」

誰かが胡三元《ホーサンユアン》を指さした。見ると、胡三元《ホーサンユアン》は全身黒焦げとなり、口も鼻もひしゃげ、息も絶え絶えのありさまだ。一瞬鼻白《じろ》んだ黄《ホアン》主任は胡三元《ホーサンユアン》をにらみつけ、救急治療室へ入っていった。

易青娥《イチンオー》は叔父を見るなり、駄目かも知れないと思った。口も肩も脚もぴくぴくと引きつらせ、体全体が縮《ちぢ》かんでいる。恐ろしくなった彼女は震える手で叔父の顔を撫でた。白目を剥き、上下の唇はめくれたまま反っ歯が覗いている。黒く焼けただれた顔の中でそこだけが異様に白く、身内の者でも怯《おび》えてしまう。どこかをさまよっている叔父の魂を、易青娥《イチンオー》は懸命に呼び返そうとした。

「叔父ちゃん、叔父ちゃん、目を覚まして、死んじゃいや。恐いよ、恐い、どうしたらいいの？」

易青娥《イチンオー》の恐さは幾重にもわけがある。一つに、死んだ人が恐い。二つに、叔父が死んだら知らない土地で一人になることだ。この病院に担ぎこまれ、廊下のコンクリートの床に寝かされたとき、彼女は床の上に跪いて泣き崩れ、胡彩香《ホーツァイシアン》にいくらなだめられても身を起こそうとしなかった。しばらく経って、叔父は搬送用ベッドに乗せられて救急治療室に入った。そこは外部から隔てられ、家族の入室は許されない。彼女は治療室の入り口に立ち、ガラス越しに何度も中を覗いたが、何も見えなかった。時折、すさまじい悲鳴、叫び声が伝わってくる。彼女には聞くに耐えないものだったが、それは叔父の声ではなかった。もし、それが叔父の声だったら、彼女はかえって安心しただろう。しかし、叔父は一言も発しなかった。

このときから公安局の捜査官が目に見えて増え、十数人を数えた。彼らは至るところで聞き出しにかかり、何かをしきりに書きつけていた。易青娥《イチンオー》のところにも来たが、何を聞かれても頭をでんでん太鼓のように振るばかりで、すぐ泣きだし、何を言っているのか本人にも分かっていない。黄《ホアン》主任も今度ばかりは堪《こた》えたようだ。全体集会を招集したときの覇気が影を潜めた。ぼんやりしている時間が長く、ため息が多くなった。この劇団の責任者は誰かと公安の捜査官が尋ねたとき、黄《ホアン》主任は踵《かかと》を合わせてこつんと鳴らし、「気をつけ」の姿勢を取った。「はい！」と返事して、まるでいきなり人前に引っ張り出されたかのような緊張ぶりだ。主任は公安に繰り返し次のように語った。

「私は繰り返し集会を開き、繰り返し強調し、繰り返しチェックを入れ、繰り返し繰り返し念を押しました。それは安全を守ること、安全の上に安全を期すことです。しかし、彼らは聞き入れようとはしませんでした。ここに階級闘争の新局面を見ないわけにはいきません。則ち人民に対する敵対的矛盾の現れと思われます」

黄《ホアン》主任は、公安からのどの問いかけに対しても同じ答えを繰り返している。病院の廊下に詰めかけ、これを聞いていた団員たちに緊張と動揺が走った。易青娥《イチンオー》は「階階級闘争の新局面」が何かを知らない。みな声をひそめて議論している。それは罪状認定をする上でその政治的性質「定性」を見ようとするものだった。

(注) 定性　政治的な誤りを犯した者や犯罪者に対して、その問題の性格づけを行うこと。性格づけとは、その行為の性質が人民内部の矛盾に属するものか、あるいは敵対矛盾に属するものかを決めることとされている。

もし、胡三元《ホーサンユアン》の行為が故意の犯行と見なされ、人民に対する〝敵対矛盾〟と位置づけられたなら、「凶悪犯（敲頭《こうとう》案）」として〝じょっぴかれる〟のは間違いないぞということのようだった。

(注) 凶悪犯（敲頭案《こうとうあん》）　一九九〇年代の中国で女性を夜間、ハンマーなどの鈍器で後頭部を強打する強盗殺人事件が頻発した。

易青娥《イチンオー》は「敲頭案《こうとうあん》」が何か知らない。胡彩香《ホーツァイシアン》先生に尋ねると、

「そんなの誰かの寝言だよ」

易青娥《イチンオー》は知らず知らず失禁し、膝の下までズボンを濡らしていた。やせ細った体を支える枯れ枝のような脚は、もはや歩くのもやっとだった。胡《ホー》先生は中庭に置かれた長石《ちょうせき》に易青娥《イチンオー》を座らせ、胸の中に抱きしめると、易青娥《イチンオー》の小さな手、腕、みぞおちあたりを撫でさすった。易青娥《イチンオー》は胡《ホー》先生の腕の中で丸めた体を戦慄《わなな》かせている。

この夜、劇団の全員が病院に集まった。廊下や中庭に数人ずつ立ち、あるいは座ったり膝に伏せたりして、救急室の情況を聞こうとしていた。夜中過ぎ、誰かが言った。三人が危ない。最も危険なのが彭覇《ポンバーティエン》天役の胡留根《ホーリュウゲン》、その次が叔父の胡三元《ホーサンユアン》、そして叔父と一緒に迫撃砲を押した劉躍進《リュウヤオジン》だった。ほかの二人は重傷ではあるが、ほとんどが外傷で命の危険はなさそうだ。劉闖《リュウチュアン》を演じた俳優らの傷は浅く、さらに十数人は入院するまでもなく包帯をしてもらうと全員早々に帰宅していった。

このときまでに暴発時の情況がはっきりと見えてきた。まず、叔父の大砲に詰められた火薬は確かに増量されており、迫撃砲を爆裂させるに十分だった。さらにもう一カ所、砲弾の落下地点に仕込まれた火薬は、はるかに適量を超えて、ドラム缶を木っ端微塵に粉砕しただけでなく、その破片は観客の頭を飛び越えて二階席の窓ガラス破ったという。

公安は劇場の現場を封鎖すると共に、劇団の執務室を数室空けさせると、そこに捜査班を常駐させた。初動捜査が始まると、全劇団員は連日連夜、根掘り葉掘りの聞き取り調査の攻勢にさらされることになった。

胡三元《ホーサンユアン》の罪状は意外に早く、劇団内部に二つの観測がささやかれ始めた。一つは黄《ホアン》主任が主張した「階級闘争の新しい動向」、則ち人民に対する敵対的矛盾で、胡三元《ホーサンユアン》の行為は故意の犯行とみなされる。その動機は現職を停止され、一年間の保護監察処分を受けたことを逆恨みして、社会に対して報復の機会を狙っていたと見なされるのだ。劇団の噂話にはさらに尾ひれがついた。〝幸いな〟ことに爆死させられたのが悪玉の彭覇《ポンバーティエン》天で、善玉の韓英《ハンイン》や劉闖《リュウチュアン》ではなかった。もし、韓英《ハンイン》や劉闖《リュウチュアン》が狙われていたなら、犯人の隠された意図は火を見るより明らかに

なるだろうと。

もう一つの見方はこうだ。胡三元《ホーサンユアン》は元々神がかった人物で、出たがり、目立ちたがりの性癖がある。何をするにも身振りだけ大きく、大向こう受けを狙っている。今回も火薬を多く仕込んで、一発、派手に打ち上げようとしたのはいいが、とんだ番狂わせの当て外れ……。公安は演劇人の物見高さとおしゃべり好きに閉口して釘を刺した。状況の分析は捜査官に任せて、皆さんはどうか事実と証拠だけを提供して下さい。それと胡三元《ホーサンユアン》の最近の言動を細大洩らさずよろしくと。

易青娥《イチンオー》も公安から何度も呼び出された。叔父が最近言ったこと、したことを話せという。そう言われても、叔父は別に何も話していないし、何もしていない。ただ思い当たることは、自分の自慢話、手柄話を面白おかしくするようになった。太鼓が駄目なら道具方がある。誰にも負けない仕事をした。やらせりゃやれちゃうんだから、俺ってしょうがないよな。今度は目の覚めるような場面を見せてやる。驚くな。ここ（頭）が違うんだから、お前の叔父さんは天才だ！

ある人の分析によると、この一件は人死《ひとじに》が出るかどうか、出たら出たで、出なけりゃ出ないで収まり方ががらりと変わる。だからみんなは病院から目が離せないんだ。彭覇天《ポンバーティエン》を演じた胡留根《ホーリュウゲン》はもう何日も意識不明、外傷だけでなく内蔵もやられている。身丈よりも高いところから、でんぐり返って大量の脳内出血、医者はいつ死んでもおかしくないという。劉躍進《リュウヤオジン》は大砲の反動で一丈（約三メートル）もぶっ飛ばされて砲身の破片が太腿に刺さり、睾丸《きんたま》をかすめた。そこが腫れ上がり、皮つきのクルミみたいなアザができたとよ。易青娥《イチンオー》の叔父の胡三元《ホーサンユアン》は火薬で顔が焼けただれ、砲身の破片が一つは胸に、もう一つは腹に食いこんだ。はみ出した大腸をまた押しこんだとよ。

易青娥《イチンオー》は三日三晩眠らずに叔父を見守った。四日目の早朝、突然、誰かの叫び声がした。最も重篤だった胡留根《ホーリュウゲン》の病勢が急に改まり、死んだという。これによって事件の展開が一変し、公安は直ちに、看護されていた叔父を重罪犯として身柄拘束に踏み切った。手錠がベッドの台につながれ、叔父の病室は何人たりとも入室が禁じられた。易《イ》青娥《チンオー》は仕方なく入り口の外で寝泊まりした。一日また一日が過ぎ、涙は乾くことなく、目に入るもの、耳に入るものみな彼女を驚かし、脅《おびや》かした。ある者は彼女に面と向かって言った。

「胡三元《ホーサンユアン》は早く死んだ方が幸せってもんだよ。それが本人のためでもある。生きたところでどうせ、落花生《ピーナッツ》食らってお陀仏だからね」

易青娥《イチンオー》は後に落花生が死刑の「銃弾」だと知る。

胡三元《ホーサンユアン》はしかし、死ななかった。胡留根《ホーリュウゲン》が死んだその日の夜、叔父は蘇生した。叔父は目を開けるなり叫んだ。管《くだ》を外せ、俺を殺せ。しかし、公安は片時も彼から離れず、見張りを続けた。叔父は死ぬに死ねなかった。それから半月経ち、叔父は足かせをつけられて病院から連れ去られた。

誰かが言った。死刑囚にしか足かせはつけられないと。すると、叔父は死刑囚なのか。じゃらじゃらと鉄の鎖の音がして、彼女の魂はどこか遠くへ飛んだ。

易青娥《イチンオー》は公安の後を追った。見ると、叔父は護送車の中に押しこまれるところだった。

彼女はまた叔父を追った。長いこと走って、レンガの破片に足を取られ道路に突っ伏した彼女を残し、護送車ははるか遠くへと走り去った。彼女は気を失った。

十五

易青娥《イチンオー》が昏睡から醒めたとき、翌日の夜中を過ぎていると胡彩香《ホーツァイシアン》先生が教えてくれた。発熱して口に水泡ができ、喉から出血していた。

胡《ホー》先生は言った。

「もう自分を責めるのはよしなさい。あなたの叔父さんはあんな男なの。一生、じたばたしながら暮らすのよ。さっさと思い切りなさい。あなたはまだ小さいんだから、巻き添えを食うことはない」

易青娥《イチンオー》が開口一番に発した言葉は「叔父さんは銃殺になるの？」だった。

最近、劇団員は寄ると触るとこの話をしている。胡《ホー》先生からもきつい言葉が返ってきた。

「銃殺だろうが何だろうが身から出た錆よ。これが運命なの。かかずりあうのはもうご免だわよ。神がかって、手ばかりかかって、あんな厄介者、どうしようもないわよ」

易青娥《イチンオー》は泣いた。泣きながら壁に向かって身をよじり、胡《ホー》先生に背を向けた。胡《ホー》先生が手を伸ばしても振り向こうとしない。胡《ホー》先生はその背筋を撫でさすりながら、ふと気づいた。

「まあ、あなたの背中、ご覧なさい。痩せてやつれて、背骨が算盤玉《そろばんだま》みたいに浮いている。泣いてばかりいるとね、命が段々はかなくなっていくのよ」

易青娥《イチンオー》はそれでも泣き続けている。別れしなに見た叔父の顔が頭に焼きついて離れない。すっきりさっぱりを絵に画いたような顔がどうして見るも無残に荒れ果てるのか。手入れの行き届いた五分刈りの頭、二本の八重歯を除けば、ちゃんとさまになった男前で、故郷の九岩溝《ジョウイエンゴウ》では一番の人気者だった。今では面《おも》変わりして、額から顎にかけて全体が黒ずみ、首までも黒みが勝り、特に右半分は鍋底のようになってしまった。医者の話では、それは火傷《やけど》の跡で、公安局に連れ去られた日は、かさぶたに変わっていた。しかし、皮膚は黒い何かが深く染みついている。目を見開いたり、口を開くと黒と白があまりに際だって、知らない人はびっくりするどころか怖じ気づくだろう。

でも、叔父はいつも人を笑わせるのが好きだった。胡《ホー》先生の夫の張光栄《チャンゴアンロン》から鉄梃《かなてこ》みたいなパイレン（パイプ・レンチ）で痛い目に遭わされたときも、胡《ホー》先生に笑って冗談を飛ばしていた。

「あんたの旦那張光栄《チャンゴアンロン》は本職の腕で俺の〝蛇口〟を修理してくれた。大丈夫、蛇口はちゃんと使える。何ならここで試してみようか」

胡《ホー》先生は「いい加減にしてよ」と言った。叔父は張光栄《チャンゴアンロン》の商売であるパイレンを胡《ホー》先生に返して言った。

「物騒な代物《しろもの》だが、あんたの旦那に渡して言ってくれ。毎日しっかり仕事をしろよと。俺の蛇口はいつもじっとしていられない。すぐ暴れたがる。また故障して修理を頼むときはすぐ飛んできてくれよとな」

易青娥《イチンオー》には叔父が何の冗談を言っているのか分からなかったが、叔父は激痛に耐え脂汗を流しているときでさえ人を笑わせようとする。そんな性格が易青娥《イチンオー》は好きだった。叔父はどんな苦痛も笑い話に変えてしまう名人だ。今回の大砲事件が起きてから半月、まだ冗談口一つ叩けず、口を開けば「殺せ、俺を殺してくれ」しか出てこない。

叔父が公安に連れ去られた日、病院の通路に劇団の人が何人か立っていた。彼らは重傷者の付き添いを劇団から命じられた人たちだった。一人の病人に二人配置されていた。一日三交代制で、夜は男、昼間は多く女だった。宿直者の中に米蘭《ミーラン》がいた。米蘭《ミーラン》は易青娥《イチンオー》に会釈を送ってきた。しかし、胡彩香《ホーツァイシアン》先生は普段から米蘭《ミーラン》の悪口ばかり言っていたから、易青娥《イチンオー》は彼女を避けて遠くに離れた。易青娥《イチンオー》は米蘭《ミーラン》を恐れてさえいた。というのも、米蘭《ミーラン》は劇団の看板女優で、今回は主役の韓英《ハンイン》を演じて、人気も実力もうなぎ登りだった。易青娥《イチンオー》にとって米蘭《ミーラン》が天に輝く星だったら、自分は地を這う虫だ。だから、米蘭《ミーラン》の顔をまともに見ていられない。特に叔父が大砲事件を起こしてからは、米蘭《ミーラン》の姿を見るといつもこそこそと逃げ出していた。それなのに、米蘭《ミーラン》は自分の方から笑顔を投げかけてくる。易青娥《イチンオー》は身の縮む思いで、こわばった笑顔を返すのがやっとだった。米蘭《ミーラン》はきっと叔父を恨んでいる。そう思っていた。だって、前評判の高かった舞台がたった一回で中止に追いこまれ、不発に終わってしまった。米蘭《ミーラン》が渾身の力で作りあげた舞台が叔父の一発の砲撃で雲散霧消してしまったのだ。きっと叔父を呪い殺したい気持ちだろう。まして米蘭《ミーラン》は黄《ホアン》主任の奥さんと仲がいい。黄《ホアン》主任が叔父を目の上のたんこぶと思っているように、米蘭《ミーラン》は叔父を疎ましく思っているに違いない。

叔父が公安の護送車に乗せられたとき、米蘭《ミーラン》はその日一番に病院に来て叔父の前に姿を表した。易青娥《イチンオー》が叔父の脚にしがみつき、「行かないで」と大泣きを始めたとき、米蘭《ミーラン》は腰を屈《かが》め、易青娥《イチンオー》の手を自分の手で包みこんだ。ゆっくりと易青娥《イチンオー》を叔父の体から離すと、今度は自分の胸の中に抱きしめたのだ。このとき、米蘭《ミーラン》の目の中に涙の花がぱっと散るのを易青娥《イチンオー》は見た。そしてこのとき、叔父がついに口を開き、米蘭《ミーラン》に語りかけたのだ。

「姪を……頼む。可哀想な子だ。こんな小さくて……面倒かけるが、よろしく頼む」

ぼそっとした声にじゃらじゃらと足かせの音が被《かぶ》さった。叔父は米蘭《ミーラン》と劇団の人たちに向かって膝を折り、深々と頭を下げた。居合わせた者たちはみな驚いた。あの胡三元《ホーサンユアン》が頭を下げた。一生あり得ぬことだと思っていた。すぐ警察が叔父の体を起こした。易青娥《イチンオー》は叔父にしがみつこうと駆け出したその瞬間、米蘭《ミーラン》からさらに強く抱き止められた。それでも彼女は米蘭《ミーラン》の腕を振りほどき、叔父に駆け寄ろうとしたが、警察はそれより早く何人かで叔父を挟みこみ、小走りで鉄格子の護送車の中に連れこんだ。車のドアを閉めるどすんという重い音が響き、易青娥《イチンオー》はなおも後を追ったが、やがて気を失って倒れる。

米蘭《ミーラン》は易青娥《イチンオー》を劇団に連れ帰り、胡彩香《ホーツァイシアン》の手に渡した。ベッドに突っ伏した易青娥《イチンオー》に、胡彩香《ホーツァイシアン》は何度も言って聞かせた。あなたの叔父さんは運命に見込まれたのよ。蛇に見込まれたカエルのように、もうどうにも逃げられない。胡彩香《ホーツァイシアン》はさらに続けた。

「あなたも叔父さんの姿を見たでしょう。あの腐れ大砲に取りつかれ、のぼせ上がって、誰に鶏の生き血を注射されたか知らないけれど、鬼に魂を抜かれたら、鬼と一緒に走り続けるしかないのよ。いくら呼んでももう戻らない。

(注)鶏の生き血療法　生まれて一年の雄鳥の血を絞り人に注射すると元気回復剤になるという文革期に流行した民間の健康法。当初、政府によって禁止されたが、後に承認された。現在は異常に興奮している人を皮肉る言葉。

私はあいつの襟首つかまえて何度罵った？　怒鳴り方がまだ足りなかったのかしら？　小才をひけらすんじゃね

えよ、のぼせるんじゃねえよ。目を覚ませ。でも、あいつは何をやってもやり過ぎる。やってもやっても、まだ足りない。懲りようとしない。とうとうあの腐れ大砲と心中だ。あいつがいくつ花火を打ち上げても、川の中にぽしゃるだけ、英雄にはなれっこない。韓英《ハンイン》にも及ばない。劉闖《リュウチュアン》にも及ばない。女狐の米蘭《ミーラン》にさえ及ばない。相変わらず保護監察で首の皮一枚で娑婆《しゃば》につながっている胡三元《ホーサンユアン》でしかない。飯炊きの、庭掃除の、道具担ぎの下働きの胡《ホー》三元《サンユアン》でしかない。言っても言っても、あいつは耳を貸さない。鬼に鎖を首に巻きつけられて引き回されていたのよ。あの大馬鹿者野郎、地獄でもどこへでも勝手に行っちまえ！」

胡彩香《ホーツァイシアン》の叔父に対する悪罵はとどまるところを知らなかった。だが、易青娥《イチンオー》は別のことを考えていた。胡《ホー》先生はそう言うけれど、それは百も千も万も違う。叔父が自業自得だ、とち狂いだ、死にたがりだ、何と言われようと、彼女は叔父のことを考え続けた。次第に食が細り、寝つけなくなり、胡彩香《ホーツァイシアン》先生に駄々をこねるようになった。もう九岩溝《ジョウイエンゴウ》に帰りたい、母に会いたい、劇団で辛抱するのはもういや、芝居の修行は死んでもいや。

だが、胡彩香《ホーツァイシアン》先生は断じて易青娥《イチンオー》の帰郷を許さなかった。胡《ホー》先生は言った。

「一年の課程はもうすぐ終わり、本試験が待っている。この試験で一生が決まるのよ。もし、適性なしとなったら即放校、即退団よ」

胡《ホー》先生はさらに続けた。易青娥《イチンオー》の芸の筋はよい。将来の見こみがある。無駄に過ごしたこの半月を取り戻さなければならない。気を引き締めて復習し、いい成績を取らなければ、叔父さんの期待に添えない、それでいいのかと。

易青娥《イチンオー》はすっかりやる気をなくしていた。この仕事は砂を噛むような毎日で、何を見ても面白くもおかしくもない。九岩溝《ジョウイエンゴウ》で羊の番をしている方がずっと楽しかった。そして、彼女の叔父がここでのすべてを台なしにしてしまった。同級生たちに合わせる顔がない。彼女は知っている。自分が同級生たちの除《の》け者、笑い者にされていることを。数日不在をしたときには、彼女の洗面器が誰かの尿瓶《しびん》代わりに使われていることもあった。とりわけ、叔父が足かせをされて鉄格子の護送車に乗せられたと聞いたとき、みんなはこの世ならぬものを見たという表情をした。足かせは銃殺刑に処せられる囚人がさせられるものだ。それに公安は叔父の罪状を「人民に対する敵対的矛盾に属する」と認定したという。まるで彼女までが銃殺を待つ死刑囚になったような眼差しだ。彼女がトイレに入ると、同級生たちはみな用の途中でも、さっとズボンを上げ逃げるように出て行く。もうすぐ疫病神にされてしまうだろう。

もう出て行こう。もう修行はお終い。

逃げるなら夜だ。昼間は人に見られるのが恥ずかしい。

しかし、彼女は逃げなかった。胡彩香《ホーツァイシアン》先生の引き止めは有無を言わさず、どうしても本試験を受けろということだった。

「あなたはあなた、叔父さんは叔父さん。あなたは正式な入団試験に受かり、自分の仕事を持ったのよ。これをみすみすなくしていいの？　あなたはまだ幼くて分からないだろうけれど、この世でちゃんとした仕事を探すのがどんなに難しいか少しは考えなさい！」

彼女は泣いた。しかし、稽古場には出なかった。やはり合わせる顔がない。胡《ホー》先生は引き続き説得を試みた。

「十一、二歳の小娘とあなたの叔父さんをいっしょに考えるのがどうかしてる。誰もあなたなんかどうとも思っていない。それに、あなたは何を思い詰めているか知らないけれど、あなたの叔父さんはまだ銃殺と決まったわけじゃないのよ。せいぜい過失致死罪ね。死にたくたって死なせてくれないわよ。出てくる希望があれば、どんな大騒ぎもひとときのこと、すべては過ぎていくのよ。あなたの修行次第で将来は堂々と舞台に立てる。そのとき、あなたを笑った人、蔑《さげす》んだ人を見返してやりなさい。あなたの叔父さんが出てきて、あなたのためにとっておきの太鼓を叩いてくれるでしょう。今はどんなに悔しくてもどんなに辛くても、歯を食いしばって辛抱するしかない。そしたら、すべては過去のことになる」

胡《ホー》先生はそう言ってくれたのに、彼女はやはり稽古場に出なかった。

しかし、その夜、あるできごとがあり、彼女は劇団に留まり、本試験を受けることを決意した。

易青娥《イチンオー》は胡《ホー》先生のベッドに入り、また逃げ出す算段をしながら寝たふりをしていた。すると数人の団員がこっそりと胡彩香《ホーツァイシアン》先生の部屋に入ってきて何ごとか話しこんでいる。部屋は暑いのに、窓を閉め切っている。一人が読み、みんな聞いている。易青娥《イチンオー》は最初、気にもとめないでいたが、その内容は彼女の叔父に関わることだった。

もとより胡三元《ホーサンユアン》は問題の多い人物です。しかし、彼の行為は故意になされたものではありません。劇団の一部にこれを「階級闘争の新局面」として故意の破壊、故意の殺人と認定する声もあり、私たちはこれを重く受け止めた上で言上させていただきます。私たちは劇団の〝革命的大衆〟です。この事件の全過程を承知しております。胡三元《ホーサンユアン》は資産階級の誤った思想に災いされ、浅薄な優越意識を誇示せんとして大砲の発射に至ったその愚挙は瞬時にして潰《つい》え去りました。これを以て罪一等減じる寛大なご処置をお願いする次第です。彼は虚栄的思想の赴くまま前後を見失い、火薬の増量という軽挙に出たことは否めません。自分が爆死するやも知れぬ危険にさえ思い至らなかった浅慮は笑止の沙汰ですが、これがもし故意の犯行であるなら、自分の命を道連れにすることは到底考えられません。私たちは胡三元《ホーサンユアン》の有罪を否定するものではありませんが、これが死を以て償うべき罪とは思えません。どうか貴局におかれましては劇団に対する再調査の労を煩わせたくお願い申し上げます。事件の発生当時は人みな動揺を来たし、出過ぎた発言も多々見受けられましたが、冷静を取り戻した今、私たち劇団員の大多数は事実を重んじ、真摯なる態度で協力する覚悟を新たにしております。もう一つ、聞いていただきたい情況があります。胡三元《ホーサンユアン》はわが陝西省において唯一無二の司鼓《スーグー》（鼓師）であることです。彼が専門業務に没頭する余り、政治意識の欠如、政治学習の不足を指摘されておりますが、その天分、彼の芸術的手腕は畢竟《ひっきょう》するに我らが党と国家が養成したものであります。死を与えるには余りにも惜しい才能です。武道の言葉に「寸止め（原文・刀下留人＝刀下に人を留める）」という言葉があります。ここに謹んで寛大なご処置を再度お願い申し上げる次第です……。

この「寸止め」という言葉をめぐって一同は長い時間を費やした。芝居の中では常用されるが、今は「刀」ではなく「鉄砲玉」の時代だ。「銃下留人」がふさわしいのではないかと声もあったが、こんな成句はない。最後はやはり「刀下留人」に落ち着いた。この言葉は捜査や裁判に携わる者に対して芝居の「お裁きの場」を思い起こさせ、同情心や正義感を訴える助けになるのではないかという発言もあった。これを言ったのは痩せて眼鏡をかけた『洪湖赤衛隊』の演出家だった。この文章を起こしたのも、どうやら彼のようだった。

最後に議論になったのは、ここに集まった有志の実名を書くかどうか、そして「革命的大衆」という語を用いるのがふさわしいかどうかで、これに長い時間をかけた。実名を記して、この案件が覆らなかったとき、まずいことになるのではないか。殺人の実行犯を庇《かば》い立てしたことの責任が再調査されるのではないか。公安の追求がなかったとしても、この嘆願書が黄《ホアン》主任に転送されたら、ややこしい話になるのではないか。黄《ホアン》主任がまた強気に出て「階級闘争の新局面」の自説を曲げなかったら、胡三元《ホーサンユアン》は故意の確信犯になってしまう。黄《ホアン》主任と対立したら、「料理屋の食べ残しを持って帰る（余計なことをして責任を取らされる）」ことになる。

しかし、胡彩香《ホーツァイシアン》先生の決意は固く、全員実名の表記を主張した。

「ふん、何が〝革命的〟で、何が〝大衆的〟だ。笑わせるんじゃない。こんな嘘っぱち書いたら、鼻で笑われてゴミ箱行きがオチだ。みんな胡三元《ホーサンユアン》の親戚か片割れだと思われるよ。実名を出そう。多ければ多いほどいい」

痩せの演出家が言った。

「今になって、みんなが言い出した。俺たちは何をやってるんだって。首つりの足を引っ張ろうってのか。俺たちも落ちたもんだよ。腰抜け揃いだ。ここで胡三元《ホーサンユアン》を見殺しにしたら、末代の恥だぜ。劇団の中庭には鬼が棲むか蛇《じゃ》が棲むかってな。だが、胡三元《ホーサンユアン》が簡単に俺たちを許してくれるかな？　もし、最悪のときが来たら、俺たちは一生、寝覚めが悪い」

胡《ホー》先生は嘆願書の筆頭に自分の名前を書くと言い張った。

「悪くいったって、せいぜい自分の首が落ちるだけだ。どうってことない」

さらに議論は紛糾して、誰かが言い出した。

「いや、署名はこの有志だけでなく、もう一人必要だ。大事な人、忘れていませんかって。有志のみんなを守ることにもなるぞ」

「もう一人って誰だ？」

「米蘭《ミーラン》」

胡《ホー》先生はきっとなって言った。

「駄目だ。あんなお騒がせ女。じゃ、私の名前は出さないよ」

みんな自分の台詞を忘れたみたいに黙りこみ、座が白けかかったときに演出家が言った。

「米蘭《ミーラン》、なるほど、もっともな話だ。米蘭《ミーラン》の名前を出すことに意味がある。重しがつくぞ。」

演出家は胡彩香《ホーツァイシアン》の気持ちを思いやりながらも説得にかかった。これは〝妙手〟だ、決め手になると。胡《ホー》先生は黙りこくっている。誰かが首を傾《かし》げていった。誰が米蘭《ミーラン》に頼みに行くんだ？　米蘭《ミーラン》が承知するかな？　これは猫の首に鈴をつけに行くようなものだ。やばい、やばい。いや、そんなことないと誰かが話し出した。胡三元《ホーサンユアン》が連れて行かれるとき、奴は米蘭《ミーラン》に頭を下げ土下座して涙ながらに頼んだそうじゃないか。姪っ子をどうかよろしくと。

彼がこの話をせずにいたのは胡彩香《ホーツァイシアン》がまた腹を立てると思ったからだった。これを聞いた胡彩香《ホーツァイシアン》はさらに激していった。

「胡三元《ホーサンユアン》、あのくたばりぞこないめ。味なことをしやがって。見直したよ。人を見下すことしか知らない男があの女狐に土下座したってか。あの腑抜け野郎が今際《いまは》の際に男気見せたとさ。胡《ホー》家の先祖が恥ずかしがって、お墓からさまよい出るんじゃなかろうか」

痩せの演出家が言った。

「あいつは姪っ子にめろめろだからな。あの鼻っ柱の強い男が見栄も外聞もなく人に頭を下げ、膝をついたんだ。男の膝の下を掘ってみろ、金が埋まっているというからな」

易青娥《イーチンオー》はこのとき、みんなの目が一斉に自分に注がれているのを感じた。だが、寝たふりをして、じっと固まっていた。

座は一時静まったが、胡《ホー》先生が突然口を開いた。

「分かった。私があの女に頼みに行くよ。

みんなは驚き、訝《いぶか》った。

「あんたが行くのか？」

「ああ、そうだよ。おらが行く。必ず署名させる。胡三元《ホーサンユアン》はあの女のために、いい太鼓を叩いているからな。癪だけど、何度もさ。そんじゃ、ちょっくら行くべいか」

大きなかさぶたが一つ、がさっと剥がれた感じと言おうか、胸のわだかまりがすっと解《ほど》けたみたいに、みんなの表情がいっぺんに明るくなり、場が弾んだ。誰かが提案した。

「この部屋は暑い。ちょっと出て、冷えた甘酒、飲みに行かないか」

みんないそいそと部屋を出て行った。

易青娥《イチンオー》は胡《ホー》先生が部屋に鍵をかける音を聞いた。もしかして、彼女を閉じこめたのかも知れない。

易青娥《イチンオー》はずっとこらえていた涙を流れるに任せ、胸に温かいお湯が満たされるのを感じた。劇団の人たちは叔父を嫌っているのでも恨んでいるのでも見放しているのでもなかった。たくさんの人が叔父のために話し、叔父の命を守ろうとしている。彼女は自分に言い聞かせた。私はどこにも行かない。この結果を見届けるまでは。

可哀想な叔父！　顔が焼けただれ、腸をはみ出させ、足かせをはめられた叔父……

胡《ホー》先生や仲間たちが冷たい甘酒を飲みに出た後、誰かがドアを何度か叩いた。最後のノックを待ってすぐ易青娥《イチンオー》は答えた。胡《ホー》先生は今出かけていますと。ドアを叩いた客は何と米蘭《ミーラン》だった。胡《ホー》先生が鍵をかけて出かけたのを思い出し、易青娥《イチンオー》には勢いよく寝返り打って立ち上がった。米蘭《ミーラン》をこのまま帰したくなかった。

「米《ミー》先生、胡《ホー》先生は今お出かけです。鍵を掛けて行きました。すぐ戻ると思います」

「ははあ、また何か企んでるな。分かった、もう少ししたら、また来る。実はあなたに用があるのよ」

胡《ホー》先生はすぐ戻ってきた。彼女に冷えた甘酒を買ってきてくれた。飲むと、これまでふさがっていた胃が気持ちよく開くのを感じた。そこへ米蘭《ミーラン》が来た。手に魚のスープを持っていた。今日の午後、泥沼で捕れた鯽魚《じぎょ》（フナの一種）を、とろ火でじっくり煮たという。この子は毎日ろくに食べていないでしょ。こんながりがりに痩せて、これからは食養生よと米蘭《ミーラン》は言った。

易青娥《イチンオー》のぽたぽたとこぼした涙が、甘酒に落ちた。

米蘭《ミーラン》は胡《ホー》先生の部屋にめったに来ない。用があるときは入り口で伝えるとすぐ帰っていった。去年は『洪湖赤衛隊』の稽古に入ったときに一度だけ来たことがある。胡《ホー》先生に教えを乞うためだった。歌詞の息継ぎがうまくいかず、歌い通せないという。胡《ホー》先生は米蘭《ミーラン》を座らせようともせず、どうでもいい話で、出て行けがしの態度をとった。

米蘭《ミーラン》が帰った後、胡《ホー》先生は腹立ちまぎれの悪態をつき、自分一人で笑った。

「息継ぎもろくすっぽできないで主役を張ろうってかい、十年早いってんだよ。おっぱいとお尻で芝居ができるほど、この世界は甘くないんだよ！」

ところが今日、胡《ホー》先生は百八十度の転換をした。腰掛けを出し、砂糖水を勧め、落花生の皮を剥いて食べさせた。米蘭《ミーラン》は呆気にとられている。

ついに胡《ホー》先生は本題に入った。話題が叔父の身の上に及んで小当たりに当たり、米蘭《ミーラン》の叔父に対する同情と信頼感を引き出しながら、あの事故は叔父の故意によるものであるはずがないところまで話をこぎ着け、やっと嘆願書署名の糸口を探り当てた。だが、率直には切り出さない。

「署名しなくても、そりゃ構わないのよ。でも、冤罪《えんざい》で無念の死を遂げた胡三元《ホーサンユアン》の心中いかばかり、魂魄《こんぱく》この世にとどまりて、無間《むげん》の闇に踏み惑う。恨み晴らさでおくべきか……」

胡彩香《ホーツァイシアン》先生の話は段々芝居がかってきた。

「ああ、人よ人、この世のことはみな人の作りなせしもの。天、これを見そなわし……」

胡《ホー》先生の話が終わらないうちに米蘭《ミーラン》が遮った。

「じれったいわね。下手なお芝居、やめなさいよ。私が署名しないとでも思っているの？　それともA班をあなたに譲るよう、あなたの目の前でサインさせようっていうの？」

言い終わると、米蘭《ミーラン》は卓上の嘆願書にさらさらと署名した。万年筆をぽいと放って立ち上がるなり、さっさと行ってしまった。

米蘭《ミーラン》が行ってすぐ、痩せの演出家と何人かの有志がやって来た。「首尾はいかに」と聞かれて胡《ホー》先生はほっとため息をつきながら言った。

「ほら、彼女をだまくらかしてサインさせた。こんなとき、A班かB班かと角突き合っていられないからね。あいつ、私の目の前で堂々とサインしたわよ。まるで本物の韓英《ハンイン》みたいだった。さすが女傑だわよ。ほら、これよ」

易青娥《イチンオー》はこの夜、ぐっすりと眠った。この中庭に来て、心置きなく眠れたのは一度もないと思いつつ、いつしか寝入っていた。

易青娥《イチンオー》は訓練を再開した。同級生たちは相変わらず後ろから指をさし、つつく真似をしている。特に女生徒たちは彼女と組んで柔軟体操《ストレッチング》をやりたがらなくなり、槍対槍、刀対刀、棒対棒の立ち回りも、彼女を相手に選びたがらなくなった。やむなく男の生徒が相手を務めることになったが、男子生徒が繰り出す力はずんと重たく、しかも滅法速い。受け損ね、かわし損ね、したたかに打ちこまれて、うっと息を詰まらせる場面はざらにある。それでも彼女はめげなかった。なにくそと立ち向かった。それを叔父が望んだからだ。叔父が生きてさえいたら、彼女は何でも耐えられると思うと力が湧いてきた。

本試験まで一年を切って、みんなは俄然、本気を出し特訓に励んだ。もともと痩せて小柄な易青娥《イチンオー》は、叔父への心労が重なって、吹けば飛ぶような頼りなさだ。さらに暑さと疲れが加わって追いこみに耐えられそうになく、以前より明らかに力が落ちている。腕立て倒立も以前なら二十分は持ちこたえられたが、今は十分がやっとだ。仰け反りは以前なら三十回は軽かったが、今は十回やるとがっくりきて、内蔵が引きつれそうになり、同級生の誰にも負けないと思っていた実技があきらかな劣勢を示している。

こんなときに公安の捜査官がまた劇団に乗りこんできた。叔父のことで全員に聴取が始まった。黄《ホアン》主任は捜査官を迎えて集会を開き、一席ぶった。

「胡三元《ホーサンユアン》につきましては、当劇団の階級闘争が新局面を呈し、問題は重大性を帯びております。劇団員の諸君は曇りのない目で公安への協力を通し、革命の大事業をなし遂げてもらいたい」

一方、公安の口ぶりは淡々としたものだった。眼鏡をかけ、ひょろりと背の高い主査が挨拶した。

「この案件はご承知の通り、長い時間をかけて大詰めの段階に立ち至り、真の解決を得るために私どもは今一度大衆の路線に立ち返ることに決しました。どうかみなさん、実事求是《じつじきゅうぜ》（事実に基づいて真実を追求すること）の大原則に則り、空想で事実を曲げることなく、余計な塩や酢を加えることなく、ことに当たっていただきたい。勿論、事実を隠蔽したり、大事を矮小化するのはもってのほかであります。これは人命に関わる大事でありますから、これからご提供いただく証言や証拠に一人一人、責任を負っていただきます」

公安局の十数人が四、五日かけてほぼ全員から聞き取りを行い、それを篩《ふるい》にかけるような粘りを見せた。易青娥《イチンオー》も午前中みっちりと話を聞かれた。話し終えると、拇印をつかされた。十数ページに及んだ陳述書の一枚一枚に拇印を押し、言い間違いの箇所にも訂正印を求められた。

その数日間、易青娥《イチンオー》は一日中、中庭の動向、噂話やさりげないささやきに耳を澄まし、神経を尖らせた。太鼓打ちの郝大錘《ハオダーチュイ》とその仲間が頻繁に額を寄せて相談し、黄《ホアン》主任の家へ行って話しこんでいるのを知り、その密談から出てきた郝大錘《ハオダーチュイ》が腹立ちまぎれの大声で喚き散らすのを聞いた。

「胡三元《ホーサンユアン》の証拠が崩された。くそっ、何が法律だ！」

公安が来て三日目の夜、痩せの演出家と有志の何人かが胡《ホー》先生の部屋に来て、夜中過ぎまでひそひそやっていた。易青娥《イチンオー》が聞き取れたのは、米蘭《ミーラン》を立てて黄《ホアン》主任に手を回そう。主任の態度を変えさせるんだ。そして胡《ホー》先生が「やはり私が行く、米蘭《ミーラン》と話をつける」と言った。この日の夜遅く、胡《ホー》先生がやっと戻った。翌日の早朝、痩せの演出家たちがやって来て、ドアも開けるのももどかしく昨夜の首尾を尋ねた。胡《ホー》先生は答えた。

「うまくいった。黄《ホアン》主任に話を伝えてもらう。胡三元《ホーサンユアン》をいくら追い詰め、陥れようとしても、証拠は崩れた。無理筋はもう通らない。落としどころを探そうとね」

公安が引きあげるとき、胡《ホー》先生の話によると、黄《ホアン》主任は彼らにべったり寄り添ってまた戯言《たわごと》を並べていた。

「わが劇団の多数を占める革命的大衆の意識は高く、彼らは胡三元《ホーサンユアン》の本性を見破っています。しかし、一部の人間にはさらなる教育が必要です。文化程度が低く、度し難い連中ですからね」

そしていよいよ易青娥《イチンオー》に本試験の日が来た。思い通りに行かなかった。胡《ホー》先生は焦って易青娥《イチンオー》に尋ねた。どうした。いつも通りにやればどうってことないのに、舞台に上がると、めためただ。これじゃ私の面目丸つぶれだよと。

本試験の三日目、突然劇団から通知が来た。明日、全劇団員が「公捕《こうほ》・公判《こうはん》」に参加する。訓練生も加わって見学するようにとのことだった。そして、胡三元《ホーサンユアン》の判決も下されると陰の声も伝わってきた。

（注）公捕・公判　公捕は公開の場で逮捕すること、公判は公開の場で判決を言い渡すこと。犯罪者の市中引き回しと公開処刑を伴ったため、一九九三年に最高人民検察院は「公捕」について「採用すべきではない」との見解を示し、一九八八年には最高人民法院、最高人民検察院、」公安部は「被告人、被疑者の街頭引き回しを断固禁止するについての通知」を出したが、全面的な禁止には至らなかった。

十六

公捕・公判は県の運動場で行われ、全町民が招集された。運動場にはトラックコースとフィールドのバスケットとバレーボールのコート、さらに観客のためのスタンドが併設されている。県のスポーツ大会のほとんどがここで開催され、各種慶祝行事、記念大会にも利用されている。公捕・公判の大会が運動場で開かれるのは、重要犯罪人が引き出され、特に死刑囚の銃殺刑が執行されるとあって、多くの人出が予想されるからだ。犯罪者の中に胡三元《ホーサンユアン》が含まれていることも話題をあおり立てた。劇場の舞台で本物の大砲をぶっ放して、死人を出した〝あの男〟を知らぬ者はない。当日は早朝から数両の宣伝カーが繰り出し、県城の通りをくまなくゆっくりと走った。ラウドスピーカが女性のきんきんした、まくし立てるような声を流している。

全県の広範なる工農兵の同胞、広範なる革命幹部、教員、学生及び全県の最前線で英雄的な戦いを続けている革命的大衆、町内会の住民各位にお知らせします。本日午前十時、県の運動場におきまして、公捕・公判の大会を挙行します。婦女暴行犯、強盗・窃盗犯、毒殺犯、放火犯、爆発物不法取り扱い犯、公共施設破壊犯、国家財物毀損《きそん》犯、革命思想の破壊分子、革命的生産活動の破壊分子、反革命的反動分子たちに対し、法に基づいた公開逮捕を行い、公開判決を申し渡します。人民に害悪を及ぼす非道なる振る舞い、悔いを知らぬ悪行に対して、当法廷は極刑を以て報います。頑迷にして改悛の情なき者たちに猛省を求め、今こそ鉄槌を下すときが来たのです！　すでに罪を犯し、身をひそめている者は直ちに自首して下さい。人民の法廷は血も涙もあります。寛大な処置を以て報いるでしょう。未だ犯罪を犯さずとも、悪の道に走ろうとする者は直ちに心改め、更生の道に引き返して下さい。改心すれば救われます。人民は見ています。その目に寸分の狂いもありません。空《から》頼《だの》みにその日を送り、僥倖《ぎょうこう》を当てに生きる者は、必ずや法の懲罰に泣く日が来るでしょう。本日の公捕・公判に引き出された者は四十六名、まさに生きた例証、社会の反面教師であります……。

女性の声が終わり、男性の声が始まった。

公捕・公判大会の参加要項を発表する。

一、県所属のすべての機関・団体は、配分された指定の区域へ時間厳守の上、整列入場のこと。割り込みや列を乱す行為は不許可。他団体の区域を占拠してはならない。

二、幼稚園教師と児童、市立小学校の教師と生徒、市立中学校の教師と生徒、県立中学校の教師と生徒は指導教諭の引率の下、午前九時半前に整列入場し、指定の場所に着席のこと。

三、所属団体を持たない町民、専業農家、退職者、遊休人士《じんし》は、諸団体の西側、指定の範囲内に着席のこと。腰掛けを持参していない者は、持参者の外部に自覚的に整列し、立ったまま参会のこと。

四、遅刻、早退は不許可。私語は不許可。濫《みだ》りに大声を発しないこと。濫《みだ》りに会場内を移動、徘徊しないこと、本大会と関係のないすべての行為を禁止する。

五、すべての参会者は、公安執行吏及び民兵の統一的な指揮に従うこと。その指揮、制止を無視し、故意に対抗せんとする者には退場を求め、その上で強制的な排除、或いは法に則り捕縛等の厳正な処置を留保する。

六、囚人護送車が町内を示威行進する際には会場外での参観が認められるが、これにつきまとい追尾、追送してはならない。また、車上の人民解放軍兵士、公安、司法警察、さらには犯罪者たちといかなる形であろうとも挨拶や接触を試みてはならない。違反する者には法に基づいて厳格な処置を実行する。

七、処刑の執行は県城東の河川敷で行われる。判決言い渡し後、護送車が刑場まで市内を緩行運転、減速行進を行う。事前の講習を受けて刑場に赴く革命幹部、教師、学生、一般大衆は定められたコース、区域を通って刑場に入り、刑の執行を見証する。指揮官、公安執行吏の指示に従わない者は、法に基づく権利によって現場から退去せしめるものとする。刑の執行を故意に妨げ、法に抵触する行為をなさんとする者に対して、緊急事態を終息せしむるためのあらゆる権利を留保する……。

易青娥《イチンオー》が昨夜、今日の公捕・公判大会に叔父が出廷すると聞いたとき、度を失って一晩中まんじりともせず、さんざん聞かされたありとあらゆる風説を次々と思い起こした。銃殺、執行猶予つきの死刑判決、無期懲役、懲役二十年、懲役十年……、ある人は少なくても懲役七年だと言ったが、それは情状酌量と過失殺人が認められたときに限るという。訓練生に対して昨夜、通知があり、明朝九時、各自腰掛けを持って運動場に集合し、整列入場するようにとのことだった。叔父はどうしても銃殺にされるのかと胡《ホー》先生に尋ねると、先生は答えた。

「何ともいえないけれど、県の中隊からどんな状態で引き出されるかは分かった。銃殺者は一番前のトラックに一人一台、解放軍県中隊の兵隊三人に体を抑えられ、銃に実弾をこめた兵隊に両側を固められて身動きができない。頭が運転席上部の屋根に押さえられており、顔ははっきりと見えない。背中には自分の名前を書いた法冊《ほうさく》が差しこまれている。これから正式に死刑の判決を受けるとすぐ、名前の上に赤インクの×印《ばってん》がつけられるという。受刑者を乗せるトラックは死刑、執行猶予つきの死刑、無期懲役の受刑者には一人に一台、十年以上の懲役は三人に一台で、前列に一人、後列に二人が押しこまれる。十年以下は六人に一台で、前列に二人、後列に四人が押しこまれる。見張りの看守は一人の犯人の後ろに二人が配置される。受刑者の縛られ方は死刑囚以外ゆったりしており、頭を上げて周囲を見回すことができる。

易青娥《イチンオー》は翌日の早朝暗いうちに起き出した。団長や班長からやかましく行動を規制されていたにもかかわらず無視を決めこみ、公安中隊へと走って叔父が出るのを待った。

彼女が着いたとき、辺りには誰もいなく、七時を過ぎると、十数両のトラックがゆっくりと中隊中庭に集まった。八時を過ぎると、腕章をつけた公安執行吏が数を増した。中庭が人で埋まると、公安執行吏が部外者の追い出しにかかった。易青娥《イチンオー》は気づいた。集まった中には物見高い見物人もいるが、犯人の身内らしく頭を抱えて泣いている人もいる。七十歳過ぎの老婆は何人かに体を支えられ、しわくちゃになったハンカチは涙でぐっしょり濡れていた。易青娥《イチンオー》は一緒に追い立てられながら、土手の後ろに隠れて腹ばいになった。ここは警戒線の外だったが、中の様子が手に取るように見える。街宣車が何台も出たり入ったり、ラウドスピーカーの甲高い音が彼女の背中の上を過ぎていった。ついに中隊の緑の鉄門が開かれた。

　まず出てきたのは、「指揮」と大書され、鉄格子でそれと分かる白い護送車だった。次いで黒い護送車、幌かけジープと続き、さらに大型のトラックが姿を現した。易青娥《イチンオー》の心臓は強い力でぎゅっと握られ、そのまま固まった。ここから遠く、人の顔は、はっきり見えない。荷台に一人の囚人が立ち、胡《ホー》先生の言った通り、三人の兵士が後ろから体を抑え、銃を構えた兵士が両側を固めていた。易青娥《イチンオー》が緊張で身をすくめたとき、さっき見かけた老婆が「息子よ」と一声叫ぶなり、地面に倒れ伏した。だが、易青娥《イチンオー》の心はすっと軽くなった。叔父ではなかった。二両目のトラックが出てきた。一人の男が縄を首から胸に回され後ろ手に縛られている。

　背中の法冊《ほうさく》には赤い×印《ばってん》と見る間もなく、いきなり兵士たちからぐいと頭を押さえこまれた。きっとその人は、ちょっと体を動かしたくなっただけなのに、頑丈な兵士から力任せの仕打ちを受けたのだ。だが、易青娥《イチンオー》はほっとした。この人も叔父ではない。この人は叔父より年齢が高く、頭髪は真白だった。三両目の車が来た。この人も銃殺刑だ。背中に法冊《ほうさく》を挿しているが、足が萎えているのか、立っていられない。解放軍兵士が三人がかりで体を立たせようとするが、そのそばから頽《くずお》れていく。兵士たちはいっそのことと、両脇からその人を丸太《まるた》のように抱え、その人の足は宙に浮いた。背は叔父より低く、もっと叔父らしくない。

　次に着たトラックは一両に今度は三人の囚人が乗っていた。易青娥《イチンオー》の目から涙がこぼれた。これで分かった。少なくとも叔父は銃殺刑ではない。次の叔父探しが始まった。彼女に向かっている人は違うようだ。前を向いている人もやはり違う。だが、河の方を向いている人は顔が見えないが、背中の感じが違う。叔父はがっしりと背が高く、背筋もぴんとしている。しかし、その人は背を丸め、腰を落としてS字型の体形だった。

　次のトラックはまた一両に三人が乗っていた。ここにも叔父は乗っていなかった。見落としてしまったのだろうか？　もう何ヵ月も牢に閉じこめられていたのだから、体つきも変わってしまうだろう。見分けることはできるだろうか？　次も一両三人のトラックが来た。やはり叔父の姿が見えない。彼女は焦った。もしかして、これまでの三両に叔父が乗っていたのかも知れない。彼女の頭がぶーんと鳴った。もう一度思い出してみよう。死刑囚を乗せた最初の三両から記憶をたどり始めたが、やはり違う。三人とも間違いなく叔父ではない！　そう思ったとき、今度は一両六人のトラックが来た。彼女は目を見開き、一人一人に目を凝らした。はっきり見えた前列の二人は叔父ではなかった。彼女に向かった二人も見間違えようがない。叔父とは似ても似つかなかった。河に向かった二人の後ろ姿は叔父とは違う。トラックは次第にスピードを上げ、彼女の前から走り去った。

それからさらに四両目、六人を乗せたトラックに、彼女は一目で叔父の姿をとらえた。

叔父は前を向き、彼女の側に立っている。縄が叔父の両腕をゆるく縛っている。叔父はまっすぐ立っている。やっぱり胡《ホー》先生の言った通りだった。叔父は身軽そうに立ち、四方に落ち着きなく視線を走らせている。久しぶりに見る叔父らしい姿だった。急に目の前の風景が潤み、滲《にじ》んだ。彼女は大声で泣きたい気分だった。

叔父の顔は相変わらず黒々としている。唇は八重歯を隠しきれていない。黒い顔に真っ白な歯、紛れもない叔父だ。顎をしゃくり、肩をそびやかし、昂ぶった表情は太鼓を叩くときと同じ身構えだ。左右に素早く走る視線は、「どうだ、俺を見ろ」と客席を睨《ね》めつける得意のポーズだ。彼女は大声で叫んだ。

「叔父ちゃーん！」

しかし、彼女の声は、ラウドスピーカーの甲高い声、トラックのエンジン音、トランジスタラジオの騒音、しきりに吹き鳴らされるホイッスルの音にかき消された。叔父はもしかして、土手で腹ばいになっている彼女をちらと見たのかもしれない。彼女はそんな気がしたが、トラックはみるみるスピードを上げて走り去った。彼女は道路に向かって走り出し、叔父の後を追った。次の彼女の企みは、何が何でも叔父に彼女を気づかせることだった。

易青娥《イチンオー》が護送車の車列に追いついたのは、もうすぐ東関正街《ドングアンジョンルー》に入ろうとするところだった。

街は腰掛け持参の人々で埋め尽くされ、車列はもうスピードを出せないでいる。運動場へ向かうはずの人波は、犯人護送車に気づいて足並みを乱し、わっと車列を取り囲んだ。警察と民兵は手をつないでピケット・ライン（警戒線）を引き、二本の通りの間を遮ろうとした。今日は犯人の顔ぶれが多彩で、人寄せの話題にこと欠かない。その賑わいを見物するため腰掛け持参で行列し、歩いていた人たちが突然向きを変え、車列目がけて走り出したのだ。お目当てはやはり最初の三両で、群がる人が特に多い。三人の死刑囚の〝生《なま》主演〟だ。どんな顔をしているのか、どんな生き方をして、とどのつまり〝落花生（銃弾）を食らう〟羽目になったのか、人々の興味は尽きない。もう一両、注目の的《まと》は叔父の胡三元《ホーサンユアン》を乗せた車だった。胡三元《ホーサンユアン》の様子を見るなり、みんな口を開けて笑った。劇場の舞台で本物の火薬を爆発させた犯人がこのなり、このざまだ。人々が手に手に指ささなければ、見分けがつかなかっただろう。走り出した人群れの中、遠くから子どもたちの声がかかった。

「胡三元《ホーサンユアン》、劇団の！」

「胡三元《ホーサンユアン》、太鼓打ち！」

易青娥《イチンオー》は叔父の車に追いついた。小柄な体が人垣の中に埋もれ、その隙間からしか覗けない。それでも彼女は見た。顎をしゃくり、頭を高々とそびやかす叔父の姿を。それが解放軍の兵士の癪に障ったのだろうか。兵士は叔父の頭を押さえつけようとした。しかし、叔父はその手を押し返すようにぐいと顎をしゃくり、頭を擡《もた》げた。顔が大砲の火薬で黒く焼かれているだけでなく、顎の下半分も真っ黒だ。トラックの下から見上げると、特に下顎の黒さが目立った。この場面に間に合った人たちはみなうれしがって見ている。誰かが声をかけた。

「おーい、胡三元《ホーサンユアン》、頭はしっかりしてるじゃないか」

叔父は周囲を見渡した。誰かを探しているようだ。易青娥《イチンオー》は叔父の目の届くところまで進もうと足掻《あが》き続けた。車列が少し進んだところで彼女は新しい足場を得た。

車列の先頭は県城の中心部に達し、十字路にさしかかったところで止まり、とうとう身動きできなくなった。だが、公安執行吏の警官はかえって居丈高になった。易青娥《イチンオー》は何度もトラックの前に出ようとしたが、何度も押し返された。警官と民兵のピケット・ラインが人垣と面と向き合って揉み合いになったとき、彼女は背の低いのを利用して警官の脇の下をするりとくぐり抜け、トラックの前に飛び出した。そこにはもう誰もいない。彼女はトラックの荷台向かって大声を出した。

「叔父ちゃん、叔父ちゃん！」

叔父はとうとう姪に目を止めた。浮かべた笑みはややぎこちなく、大きく頷いてみせた。このとき、背の高い民兵がまるでヒヨコを捕まえるような手つきで、彼女を両手でひょいと抱きかかえ、人垣の中にぽいと放りこんだ。彼女はまた人波の奔流に巻きこまれた。

車列はまた動き出した。叔父は振り返ろうとしたが、解放軍の兵士に力ずくで前を向かされ、そのまま見えなくなった。

だが、易青娥《イチンオー》は満足だった。叔父が銃殺刑でないことが分かっただけでなく、叔父の顔まで見ることができた。おまけに叔父が彼女を見つけてくれた。叔父の気分も上々のようだ。これが何よりも彼女をほっとさせた。彼女はもう人混みに分け入ることなく、車列の進行に従ってゆったりと歩いた。車列の示威行進はさらに数条の街区を越え、彼女はその後に続いて運動場に入った。

運動場はすでに黒山の人だかりだった。誰かが一万人を超えると言った。まだ早朝だというのに、九月の太陽はじりじりと肌を焦がし、新聞紙をかぶって日除けにする人もいれば、上着を脱いでターバン代わりに顔や頭に巻きつける人もいた。だが、大会が始まる前に〝かぶりもの〟はすべて取り外すようラウドスピーカーがやかましくがなり立て、一万人超の参会者の頭上を初秋の太陽が容赦なく照りつけた。道路から会場を見ると、整然と排列された座席に人々が居ずまいを正し、前後左右に直線が引けそうだ。周辺で立っている人も隊形を組まされ、少しでも乱れが出ようものなら公安吏や民兵が飛んできて、整列させられている。易青娥《イチンオー》は席には着かなかった。ずっと叔父の車と行動を共にしてきたのだから、これから叔父と顔を合わせ、視線を交えるどんな機会がないとも限らない。

十数両の護送車は運動場の近くにずらりと並んでいた。囚人たちは車から降ろされると、臨時に設営されたテントの中に収容されたが、易青娥《イチンオー》が勝手に近づくことはできない。テントを大きく囲んで、長短不揃いな竹の柵に赤く染めた縄が張りめぐらされ、これが警戒線ということだった。民兵や解放軍の兵士が銃を構えて警護していた。

突然、開廷を告げる大音声《だいおんじょう》が響き当たった。ずらりと並んだテントの前面が、まるで舞台の幕が上がるみたいに一斉に開き、中から威容を整えた隊伍が現れた。すでに配置につき、きっと身構えて開幕を待っていたのだろう。行進が始まった。一人の囚人に銃を構えた二人の解放軍兵士がついて護送する。囚人と囚人の間の距離は寸分の違いもない。彼らはまず大会を司る主席の前へ向かう。易青娥《イチンオー》は道路から叔父を見守った。列のほぼ中央、落ち着きのない視線を辺りに這わせている。一両に一人ずつ乗せられていた三人の囚人は最後尾から続く。歩を進めるごとにじゃらじゃらと足かせの鉄鎖の音を響かせていた。易青娥《イチンオー》が道路から数えた囚人の数は四十六人で、長い列をなしていた。解放軍の兵士は二百人ぐらい、多くは隣県から動員されてきたと聞いた。

大会会場では一人一人判決が言い渡されている。ラッパの音がラウドスピーカーの中でくぐもったり、ひび割れたりして、判決文の読み上げも聞き取りにくかった。易青娥《イチンオー》にはほとんど理解不能だったが、彼女は叔父の心配しかしていない。

ついに叔父の名前が読み上げ得られた。二人の解放軍兵士が叔父の体を前へ押しやる。叔父が顔を上げると、クスクス笑いが会場の底の方から湧き上がった。人のことだと思ってと、易青娥《イチンオー》は腹を立てた。解放軍の兵士は、しゃにむに叔父の頭を押さえつけた。だが、叔父はそれをことともせず、すぐ頭を振り立てた。笑い声はまた足元を伝って会場全体に広がり、もう止まらなかった。ラッパの音に裁判官の濁声《だみごえ》が重なった。

「静粛に。会場の規律を守って下さい」

ラッパの音が続く中、ぼそぼそと判決理由が読み上げられた。叔父は革命的生産を破壊し、その手で舞台を破壊するという愚挙に出た。極めて低劣な事件で、その影響は看過できないものがある……、いつ終わるとも知れぬ話は易青娥《イチンオー》を震え上がらせるに十分だった。話はまだ続く。この暴発事件は多くの死傷者を出したが、裏付け捜査を重ねることにより、胡三元《ホーサンユアン》に殺人の意思はないことが判明、過失による殺人と断定するに至った。よって本件は過失殺人罪に問うと決した。判決は懲役五年。易青娥《イチンオー》が想像していたより何倍も軽い。叔父の命はこれで完全に保証され、彼女自身が生きていく面子と勇気も同時に与えられた。叔父の判決が終わって、彼女は道端の石を探して腰を下ろした。ここで叔父のトラックを見送ろうとしたが、それよりも叔父の顔をまた一目見たかった。

芝居と同じで、主役の登場は終幕になる。三人の〝足かせ組〟に最後の審判が下った。この裁判劇で叔父に与えられた役はせいぜい将軍の旗持ちといったところだった。彼らがどんな罪を犯したのか、どうして〝落花生を食らう〟ことになったのか、彼女はまた耳をそばだてた。一人目は強盗殺人の嫌疑だった。殺人は未遂に終わり、判決は死刑だったが、二年の執行猶予がついた。二人目は実の母親を殺した嫌疑だった。これを聞いた易青娥《イチンオー》はさっと立ち上がり、会場に入った。この〝人でなし〟がどうして実の母親を殺せるのか、じっとしていられなくなったのだ。後で彼女は知ることになるのだが、この犯人は母親とある山の山頂で二人暮らしをしていた。山の麓に住む家から入り婿の申し出があった。だが、その家には飯を飯を炊く鍋一つなかった。嫁になる女は「手ぶらで来たのか」と男をなじり、実家の母親の鍋を持ってくるよう言いつけた。だが、母親は何としても渡さない。鍋は二つある。一つは飯を炊く鍋、もう一つは豚の餌《えさ》を煮る鍋だ。持っていかれたら、暮らしが立たない。しかし、息子は何としても持って行くと言い張り、二人は殴り合いになった。息子は竈《かまど》に乗せてあったトウガラシを計る分銅《ふんどう》で母親の頭を何度も殴った。母親はその場で息絶えた。息子は鍋を担いで行き、婿として迎えられた。母親の死体が発見されたのは半月後だった。母親の姿が見えないのを訝った知人が行ってみると、彼の母親の撲殺死体があった。易青娥《イチンオー》は全身の震えを止められなかった。この犯人は死刑を言い渡されるや、すぐ執行された。

三人目はこの日最後の判決だった。百人以上の教師を管理している区の幹部だった。品性下劣、悪辣な手段を弄し、数十人の女性教師と性的関係を持った。その中の多数は無理強いだったという。判決は死刑、即時執行となった。

（注）区の幹部　中国の行政は省・市・区・県・郷・鎮・村・荘の順に区分されている。

胡彩香《ホーツァイシアン》先生の言った通り、二人の背中の法冊《ほうさく》に赤インクの×印《ばってん》が直ちに書き込まれるのを易青娥《イチンオー》は見た。途端に会場は騒がしくなり、たくさんの人が道路に走り出した。刑場で死刑の執行を見物するためだ。易青娥《イーチンオー》は銃殺刑など見たくもなく、ただ叔父の顔が見たかった。

彼女は叔父の乗ったトラックを追って走り続けた。すべてのトラックが刑場に向かって走っているが、死刑囚の車を除き、すべてのトラックが死刑の執行を見物するためだった。彼女が来たくもなかった刑場に走りついたとき、パンパンと二つの銃声を聞いた。遠くで二人の死刑囚が砂地に倒れこんだ。その瞬間、彼女は見てはならないと思い、自分の目を覆った。だが、自ら指の隙間を空けてしまい、とうとう、やはり、見てしまった。二つの銃声の直後、二人の頭から二本の血柱がぴゅうと立ち、顔を地面に打ちつけるように、どうとのめるさまを。

ほんのいっときの光景の中、彼女は叔父の姿を認めた。頭を深く垂れていた。見物人が詰めかける中、叔父は決して頭を上げようとしなかった。

その後、叔父はまたトラックに乗せられた。警察車が先導し、前行く車を「そこ退《ど》け！」と怒鳴りながら高速で走り去った。

彼女はとうとう叔父と顔を合わせることがかなわなかった。彼女が何度も見たのは、人群れの中に人を探し続ける叔父の姿だった。

十七

易青娥《イチンオー》は今日から教練に復帰した。突然、頭がすっと軽くなり、首を伸ばすと、実技の型がぴしゃりと決まる。何かよいことがあったときの気分だ。もう〝ちんちくりんの大頭〟とは呼ばせない。それというのも、易青娥《イチンオー》の頭のしこり、首の重しが嘘のように取れ、身も心も解放されたからだ。叔父が〝落花生を食らう〟と、みんなはまるで決まったことのように言い、胡彩香《ホーツァイシアン》先生まで頼りなかった。誰がどこから聞き出してきたのか、叔父の事件は罪状認定が分かれ、重ければ死罪、軽ければ過失殺人罪だなどと、したり顔でよくも言ったものだ。昨夜、太鼓打ちの郝大錘《ハオダーチュイ》が中庭で大酒を飲んで荒れ、大声で喚き散らした。

「胡三元《ホーサンユアン》め、太い野郎だぜ。落花生一発じゃくたばらねえ。こうなりゃ、ダムダム弾（使用禁止になった残虐兵器）を持ってこい、全身蜂の巣だ」

しかし、叔父には落花生のひとかけらも飛ばなかった。顎をしゃくり頭をそびやかして、まるで舞台で太鼓を叩いているみたいだった。黒い顔と白い歯はご愛敬だったけれど、いつもの悪ふざけで見物客を笑わせ、喜ばせていた。叔父の面目躍如。姪の私も鼻が高い。

胡彩香《ホーツァイシアン》先生が言うには、重要会議の後、黄《ホアン》主任は必ず討論会を開き、その日のうちに報告文を書かせるのに、今回はどうしたことか、何も言って来ない。いつもなら折り畳みの椅子を持って中庭を歩き、おしゃべりの輪に割って入るのに、今回は一言も口をきかない。外出から帰るなり、団長室に鍵を掛けて引きこもった。かんかん照りの太陽に当てられて頭痛を起こした、これから昼寝するとみんなに言い残して。

胡彩香《ホーツァイシアン》先生の部屋には団員がたくさん押しかけて、話が尽きない。胡三元《ホーサンユアン》は悪運が強い。誰の想像も裏切って、あんな軽い刑とはね。消息通を自認している人が言った。

「〝胡三元《ホーサンユアン》事件〟は県や省は勿論、北京まで震撼させた。罪状認定は予断を許さなかったが、我々の書いた嘆願書がものを言ったのは間違いない。公安局や裁判所の人間がみんな言ってる。劇団員の大多数が胡三元《ホーサンユアン》の故意ではないと認めた。彼は普段、神がかったところがあり、出たがりの目立ちたがりだったとね」

痩せの演出家が安堵の息をついて言った。

「ほっとした。俺自身が救われた思いだよ。みんなからさんざん言われたからね。胡三元《ホーサンユアン》が死刑にでもなってみろ、お前は一生重い借りを背負って生きていくことになるってな。俺が芸術のためとか言って奴に本物の大砲を作らせたからだ。確かに要求のレベルは滅茶苦茶だった。本物と寸分違《たが》えるな、特殊効果で観客を震え上がらせてやれ……」

胡《ホー》先生がちくりと針を刺した。

「みんなあんたのせいだよ。胡三元《ホーサンユアン》がこうなったのは」

誰かが言った。

「いや、演出家が言わなくても、胡哥《ホーあに》いはきっと、とんでもないことをしでかしたね。何せあの性格だから、番狂わせが大好きなんだ」

この日、劇団の中庭は前庭も後庭もこの話で持ちきりで、大議論になった。誰もが口にしたのは、何が「故意の殺人」で、何が「未必《みひつ》の故意」かということだった。未必とは自分から積極的に意図しないが、こうしてこうすりゃこうなるものと知りつつこうなったというのなら、不倫はどうなのか。婦女暴行はどうなのか。「故意」なのか「未必の故意」なのか？　その差は何なのか？

また、「民衆の怒り」とは何か。犯人を殺さなければ、民衆の怒りは収まらないものなのか。お前は民衆の一人としてどう思う？

銃殺された二人の犯人のうち、不純な異性関係を持った区の老幹部は、死んでも〝真ん中の足〟は萎えることなくぴんぴんしており、立派な体を持っていたということだ。一方、母親殺しの男は、刑場についたときから糞小便を垂れ流してズボンの中はぐちゃぐちゃ、銃殺される前から死んだも同然で、両足はだらんとして、数人がかりで引きずられるままだった。ホイッスルが鳴って警戒が解除されたとき、見物人は死体見たさに一斉に走り出し、後から後から押し寄せる中、犬が死体の糞を食っており、死体の上に次々と将棋倒しになって嘔吐する者が続出した。劇団の誰かが言った。

「人の血は腥《なまぐさ》いものと聞いていたが、とにかく臭いものだよ。悪臭といっていい」

だが、話が叔父の胡三元《ホーサンユアン》に及んだとき、みんな笑い出さずにいられなかった。胡三元《ホーサンユアン》は本気で芝居している。知らないのか。奴は『マクベス』の黒人役で出場したんだ。見事なメーキャップではないか。奴が胸を張り、白い八重歯を剥き出しにしたのは笑いを取ろうとする〝未必の故意〟だった。団員たちはまた、叔父が護送車で示威行進したときの路上演技《パフォーマンス》、公判会場での寸劇《コント》など、笑いの種にならないものはなかった。最後に誰かが言った。胡三《ホーサン》元《ユアン》は牢に戻ったら同房の者に殴られるのではないか。大会の規律を笑いで乱した罪でね。誰かがこれに答えた。顔は大砲の火傷《やけど》だし、胡三元《ホーサンユアン》は故意に「ひょっとこ」の顔を作ったのではないから、無罪放免だろうと。

この夜から易青娥《イチンオー》は訓練生の宿舎で眠ることにした。銃殺にならなかった叔父を彼らがどう言うか、彼女はわざと見てやろうと思っている。その一人がまさに叔父を槍玉に挙げていた。一人の人間を爆殺させて、その命を償わなくていいのか？　易青娥《イチンオー》に気づくと、すぐ公判会場に引き出された女泥棒に話題を切り替えた。女の囚人がいたとは、易青娥《イチンオー》はずっと気づかずにいた。服装や髪型からも見分けがつかなかった。ただ、彼らが言うには、その女泥棒は男のような灰色の身なりで、頭髪を剃り上げており、裁判官が「性別は女性」と言ったとき、法廷に「まさか」の失笑が漏れた。その女が盗んだ品は、隣家のラード五斤、鶏二羽、卵若干、生産隊のトウモロコシ二十五斤、ジャガイモ四十斤、サツマイモ四十七斤、さらに公社の厨房から塩漬け豚の燻製一塊《ひとかたまり》、米六斤、塩六斤、菜種油一斤八両、公社幹部の家から米穀通帳四十斤、綿布購買証一丈四尺、棉花証七両、さらに派出所の入り口に干してあった掛け布団二枚、シーツ一枚、枕一つ、この常習犯に懲役七年の判決が下され、みんな当然だと言った。

（注）通帳　中国の一九五〇年から八〇年代にかけて、食料や生活物資、日常の必需品はソ連のやり方に倣い、配給切符、購入チケット、通帳などがなければ買えなかった。米は粮票、布は布票、棉花票、煙草は煙票などのほか、油票など。

誰かが言った。

「こそ泥なんか銃殺しちゃえばいいのよ。はた迷惑ったらありゃしない」

ひとしきり議論になって、楚嘉禾《チュチアホー》が言った。

「今度の裁判の四十六人はみんな銃殺刑にすべきだった。一人たりともこの世に残しちゃいけないのよ。みんなろくでなしの疫病神なんだから。」

易青娥《イチンオー》は思った。これは私に聞かせようとしていると。

みんなが寝静まった後、彼女は一人、暗闇に目を見開いていた。誰から何を言われようと、今日は彼女にとって最良の日だった。叔父が死ななかったこと、これは天ほど大きいできごとだった。しかも叔父と顔を合わすこともできたのだ。ラジオは言っていた。家族が犯人と接触を持つことは許されない、これは犯罪なのだと。しかし、彼女は無理を承知で会った。叔父は長いこと彼女を見つめてくれた。それだけで彼女は満足だった。何と言われようと、何と見られようと、彼女は今日の四十六人に対して心から「可哀想」と思っていた。これは資産階級的反動思想《ブルジョワ》かもしれない。悪人の考え方なのかもしれない。しかし、彼女はこの人たちが哀れで仕方がなかった。

何年も経って彼女が陝西省の古都・西安の大スター・憶秦娥《イチンオー》になったとき、何度も慰問活動を試みている。自分から望んで刑務所に出向き、演じ、舞い、歌った。死刑囚の前で何度も歌い、満面の涙で迎えられた。

この夜、夜半過ぎに中庭で突然、酔っ払いの蛮声と暴れる音がした。水場（共用の流し台）を照らす電球がレンガをぶつけられ、事務室の窓ガラスも割られてしまった。易青娥《イチンオー》はすぐ分かった。この酔っ払いは太鼓打ちの郝大鍾《ハオダーチュイ》だ。

郝大鍾《ハオダーチュイ》は叔父とうまくいっていないことを彼女は知っている。叔父は郝大鍾《ハオダーチュイ》を太鼓打ちとは認めておらず、余暇活動の素人ぐらいにしか思っていない。叔父が劇団員を〝腐れ根竹〟と罵るのは、相手をプロと認めているから言うことで、郝大鍾《ハオダーチュイ》は雑草の根っこにもならない。後で知ったことだが、郝大鍾《ハオダーチュイ》は胡彩香《ホーツァイシアン》や米蘭《ミーラン》と同期の入団だった。彼は最年少で、背も低かった。入団試験の成績はびりっけつで、初め演技を学んだが、喉がよくなく、楽隊の太鼓打ちに転じた。叔父の胡三元《ホーサンユアン》の入団は郝大錘《ハオダーチュイ》より数年早く、自然、師匠格になったが、郝大錘《ハオダーチュイ》にはほとほと手を焼いていた。飽きっぽく「網を打つのは三日に一度の漁師」の怠け癖に加え、素行の悪さは手がつけられない。夜になると元気が出て、街をふらつき、酒癖の悪さで恐れられた。あるときは他家の犬を捕まえ、麻袋をかぶせて棒で滅多打ちにし、鍋にして食べてしまった。またあるときは、どこかの家猫の生皮を剥いで火に烤《あぶ》り、酒の肴にしたり、中庭でネズミを捕まえて石油をかけ、生きたまま尻尾に火をつけたこともある。ネズミは火だるまになって庭中を駆けめぐった後、黒い炭《すみ》の固まりになった。叔父は郝大錘《ハオダーチュイ》を怒鳴りつけた。

「この罰当たりが！　ネズミとて命がある。どんな命も生きてこそ、つないでこその命だ。無闇に殺すものではない」

叔父は郝大錘《ハオダーチュイ》を毛嫌いし、小馬鹿にして、太鼓の話になると、黙って頭を振るだけだった。これに対して、郝大錘《ハオダーチュイ》は見こみがないにしても、胡三元《ホーサンユアン》の弟子ではないかと諌める人もいたが、叔父はそんな話には乗らない。

「いやいや、ちょっと待って下さい。今どき、師匠だの弟子など流行《はや》りませんし、私はこんな弟子を持った覚えはない。世間に顔向けできませんからね」

この二人の相性が悪いにせよ、すぐ癇癪を起こし、相手をやっつけにかかる胡三元《ホーサンユアン》も胡三元《ホーサンユアン》だ、二人の間がさらに険悪になるのも無理はないという陰口もある。胡三元《ホーサンユアン》が汚い手を使って俺を〝干し（仕事を与えない）〟、追い出しにかかっていると郝大錘《ハオダーチュイ》があちこち触れて回っているが、郝大錘《ハオダーチュイ》の仕返しも相当なものだ。彼は司鼓《スーグー》（鼓師）の助手として演奏台に演奏台の下準備をするが、あるとき叔父の椅子の脚に仕掛けをした。叔父は一旦演奏が始まると、もう何も眼中にない。興に乗ると尻も動き出す。急テンポに乗って尻が激しく上下する。椅子は恐らく悲鳴を上げているのだろう。椅子の脚がばらけ、演奏者が椅子もろとも台の下に転げ落ちる場面がよくあった。郝大錘《ハオダーチュイ》の仕業は明々白々、叔父には郝大錘《ハオダーチュイ》の気持ちが鏡に映すようによく見える。彼に対する出方に手加減がなくなった。

郝大錘《ハオダーチュイ》がまた先手を打った。彼が打つ小鑼《シャオルオ》（シンバル状の小型の銅鑼。鳴らすときは左手で内側の縁を押さえ、右手の撥で打つ）が叔父の演奏とちぐはぐになっている。わざと間《ま》を外しにかかっているのは明らかだった。苛立った叔父は指揮棒代わりの撥を振りかざし、うっすら口を空けて見上げる郝大鍾《ハオダーチュイ》の、その口元目がけて打ち下ろした。大鍾《ダーチュイ》の犬歯の半分が飛び散った。危うく上演中止になるところだったが、この手の話は中庭のくず籠《かご》いっぱいほどもある。易青娥《イチンオー》は郝大鍾《ハオダーチュイ》の面白くない気持ちは分からないでもない。彼は今夜もまた、電球を割り、ガラスを破り、庭を荒らし回って蛮声を張り上げている。

「何が裁判だ。笑わせるな。法律なんかくそ食らえ。牛の角かと思ったら大間違い。老けた雌豚のおっぱいだ。ふにゃふにゃだよ」

郝大鍾《ハオダーチュイ》がどんなに暴威を振るおうと、彼の力では叔父の運命を変えることはできなかった。彼女はふと思った。叔父が一日中肩を怒らせ、あたりを凶相で睨《ね》め回していたのは、郝大鍾《ハオダーチュイ》とその仲間たちに見せつけていたのかもしれない。人を刑場に送って一丁上がり、してやったりと喜ぶのはまだ早いぞ。どっこい、こっちはぴんぴん生きている。どうだ悔しいか？

しかし、運命は皮肉だ。易青娥《イチンオー》は束の間の慰藉《いしゃ》を得たものの、またすぐ次の災禍に見舞われる。黄《ホアン》主任は劇団の全体集会を招集し、「裏口入団反対」運動の開始を宣言した。易青娥《イチンオー》は夢にも思わなかったが、一夜のうちに彼女自身が「裏口入団反対」の生贄《いけにえ》にされることになる。

易青娥《イチンオー》が十二歳になったばかりのときだった。

十八

話は訓練生第一学年の本試験の選考結果から始まる。

叔父の一件で気落ちしていた易青娥《イチンオー》に、練習の遅れと準備不足は明らかだった。胡彩香《ホーツァイシアン》先生の再三の説得にあって全科目の試験に参加はしたものの、総合得点は下位にがた落ちした。以前は三位以内に食いこんでいた身体訓練——股割り、仰け反り、刀や槍の武器を持った立ち回りのほか、一口に宙返りと呼ばれる技の完成形——空中で一回転してぽんと立つ翻筋斗《もんどり》、もんどり打って背中で着地する毛吊《マオディアオ》、そして横ざまに転がって左肩で着地し、くるりと向きを変える摔搶背《シュアイチアンベイ》など、いずれも鍛え抜かれた体と研ぎすまされた感覚、そして辛苦の修練が生み出す高難度の技は毯子功《タンズゴン》（絨毯技《ブランケットスキル》）と格闘技の花とさえ呼ばれる。こういった易青娥《イチンオー》の得意だったはずの科目でさえ十位以下に落ちてしまった。所作や立ち居振る舞いの表現力はこれまで通りの中位だったが、歌唱力や発声、滑舌《かつぜつ》（発声練習）、口跡《こうせき》（台詞回し）はまったく力を出し切れなかった。というわけで総合成績は女子の二十七位、かろうじて最下位から四番目だった。

易青娥《イチンオー》は自分でもまさかこんなひどい成績とは思ってもみなかった。胡彩香《ホーツァイシアン》先生の見方では、〝お嬢〟は最近ずっと腕を落としてきたけれど、よくぞここで踏みとどまったというものだった。というのは、採点者の中に、胡《ホー》三元《サンユアン》に悪意を持つ者がいて、その姪っ子に八つ当たりし、マイナス点をつけている。現に、本試験の担当教師の中に郝大錘《ハオダーチュイ》の飲み仲間が二人もいる。しかし、結果が張り出されてしまったからにはもう誰も手をつけられない。黄《ホアン》主任は成績下位の者には放校、退団もあり得ると言ったが、悲観するのはまだ早い。というのは、易青娥《イチンオー》の下にまだ三人いるからだ。まさか四人まとめて放校はないだろうと。

これを待っていたかのように、黄《ホアン》主任は集会のための手を打ち始めた。まず「付け届けを許すな」、「裏口取り引きを許すな」の新聞報道《キャンペーン》を教材として日々学習に努めよとのお達しだった。寧州県劇団の〝風紀の乱れと不健康な風潮〟が、今度は胡三元《ホーサンユアン》の姪の裏口入団の不祥事となって火を噴こうとは誰も思っていなかった。劇団は早々に結論を出し、発表した。

政府は今度は胡三元《ホーサンユアン》を刑事犯として拘束した。劇団員たる条件を満たさない姪を入団させようと、入団試験の前後、組織に反し、指導者に背いて幾多の不正工作を行った。一部幹部の弱みにつけこみ、審査の段階で不当な高得点を与え、演技者たる適性をまったく持ち合わせない者を情実によって一歩一歩引き入れた。あまつさえ、最終審査において胡三元《ホーサンユアン》は卑劣な手段を講じて会議を盗み聞きし、審査員に対して低劣な目配せなどの圧力を加え、姪を邪魔する奴はただではおかないなどあからさまな強迫の言辞を弄し、ついにあってはならぬ裏口入団を押し通したのである。叔父の手引きによって入団を果たした易青娥《イチンオー》が俳優たる素質、適性、技能、すべての条件を欠いていることは、この一年間の試験の結果が証明している。この処分は時代の新しい形勢に照らして、退団が相当と思量する。

易青娥《イチンオー》の処分は瞬く間に劇団中に知れ渡った。

胡彩香《ホーツァイシアン》先生は怒りの余り、持っていた落とし卵《ポーチドエッグ》の甘酒煮をばったと取り落として言った。

(注)落とし卵《ポーチドエッグ》の甘酒煮　地方によって製法が異なる。四川では甘酒と適量の水を煮立たせて鶏卵を解きほぐし、頃合いで碗に移す。それにラード、砂糖などを加える。広西では煮立ったお湯に黒砂糖やショウガ、鶏卵を入れて解きほぐす。碗に盛ってから、甘酒を入れる。

「ここまでやるか！　閻魔様は貧乏人からもむしり取るというが、こんな子どもをいじめて何が面白い。人の心を持っていないのか！」

痩せの演出家は胡彩香《ホーツァイシアン》の怒りを静めて言った。

「今怒ったら負けだ。それよりも蛇の七寸（心臓）をぎゅっとやろう。いちころだ」

二人は同時に米蘭《ミーラン》を思い浮かべた。

胡《ホー》先生は米蘭《ミーラン》と話し合った。

後になって易青娥《イチンオー》は胡《ホー》先生から聞いた。

「米蘭《ミーラン》はあなたのこと、とても心配してる。劇団を辞めさせられそうだと話したら、それはあんまりだって。あの子は決して劣っていない。立ち回りは頑張ってるだけあって見どころある。武旦《ウーダン》（女性の立ち回り役）がはまり役かも。田舎へ追い返すなんて、いくら何でもそれはない。分かった。黄《ホアン》主任に話すと言ってくれた」

そこで舞台が回ったが、それは何とも泣くもならず、笑うもならずといった配転（配置転換）だった。易青娥《イチンオー》は俳優の研修班を外され、身分は〝厨房つき〟で、竈番《かまどばん》と調理の下働きに回されることになったのだ。

誰かが言った。これは〝幼年工〟、未成年者の不法就労だ。違法ではないか！　しかし、黄《ホアン》主任の見解は次のようなものだった。

「違法とおっしゃいますが、俳優の修業の方が炊事係よりはるかに過酷で、児童虐待ではありませんか。特殊な業態ですからね。胡三元《ホーサンユアン》が裏口入団をやらかした親戚の子を団に留め置くのは、寛大を旨とするわが団の懐の深さですよ。厳格に実行したなら、年端も行かぬ子に布団一枚背負わせて故郷に追い返すような仕打ちですから、情において忍びない。貧しい農村出身の子を劇団の公職に留め置いて、調理の実習をさせることは、金《かね》のわらじを履いてでも探したいほどの美談ではありませんか？　私は情理にかなった計らいだと思いますがね」

いつも人から指図され、操られ、行動を割り振られている人間がそれと気づくのは、最後の一人になったときだ。仲間はもういない。だが、そうなってからはもう手遅れ、もう挽回がきかないのだ。

劇団の中庭にそれが知れ渡って数日後、研修生全員の耳にも入った。易青娥《イチンオー》が炊事班に追い払われる！　だが、当の本人はそれをぼんやり聞いているだけだった。太鼓の中に閉じこもっているようなもので、外の音が聞こえない。楚嘉禾《チュチアホー》は聞こえよがしにこう言った。

「へえ、よかったじゃない。これからおいしいものが好きに食べられるんだから」

易青娥《イチンオー》はそれがどういう意味か分からず、あまり気にもとめなかった。劇団から正式に言い渡される前に、胡《ホー》先生がそっと易青娥《イチンオー》に伝えた。あなたは厨房の火の番をするのよ。易青娥《イチンオー》は尋ねた。でも、臨時でしょ？　以前、叔父が厨房の賄い役になった。彼女もそれを手伝った。いずれも臨時の仕事だ。彼女は厨房の仕事が気に入っていた。
しかし、胡《ホー》先生は答えた。それは臨時ではなく、配転で〝商売替え〟、これから永遠に料理を作っていくのよ。ここで彼女の頭がぶーんとうなり始め、ぼんと破裂した。易青娥《イチンオー》は言った。私は〝飯炊き〟になんかなりたくない。九岩溝《ジョウイエンゴウ》にいたとき、飯炊きになるのは能のない奴、先の見こみのない奴が泣く泣くやる仕事だと聞かされていた。女たちも家で飯炊きをやりたがらなかった。それよりも山で出面《でめん》仕事（日雇い労働の賃仕事）をした方が男も女も同じ賃金がもらえるからだ。胡《ホー》先生は言った。

「当分は変えられそうにない。そのうち、あなたに会いに来る人がいる。だから、あなたは先に行って待ってなさい。先は長い。短気を起こしちゃ駄目だよ。炊事班に入っても、お稽古を捨てちゃ駄目。将来、必ず役に立つときが来るから。私たちは必ず、あなたが戻れるようにするから、泣き寝入りすることはない。この世のことは何だって逆転できる。いつになるかは分からないけれど、あなたの運がそれを呼び込む。やられたらやり返せ」

胡《ホー》先生が何と言おうと、易青娥《イチンオー》は飯炊きになるのがいやだった。面目丸つぶれ。母親に何と言おうか？　父親にも会わせる顔がない。姉や九岩溝《ジョウイエンゴウ》の人たちに何と言いつくろおうか？　みんな彼女が劇団に入って修行していることを知っている。それが舞台に立たずに飯炊きになった？　いやだ、いやだ。いっそのこと家に帰って羊の番をし、豚を飼おう。羊や豚からいじめられることはない。でも、そんなことしたら、研修班の同期生たちにそれ見たことかと後ろ指を指される、本試験が終わって、できの悪かった子たちはみな楽隊に回された。笛やラッパや胡弓（二弦）、三弦、中阮《ちゅうげん》（四弦）、洋琴（打弦楽器）、太鼓や銅鑼叩きの修行を一からやり直す。でも、これまでの修行より楽そうだ。手を動かせば音が出るし、楽隊員が舞台で発するオーラも心地いい。ただ、叔父がいない。たとえ楽器に〝商売替え〟したくても、叔父はおそらく「うん」とは言うまい。彼女はいやいやながら役者にされて、今はそれよりもっといやな飯炊きにさせられようとしている。

　それからすぐ、劇団上層部から易青娥《イチンオー》に呼び出しがかかった。

話を切り出したのは、訓練班の万《ワン》主任だった。訓練班が劇団と県中学校の分宿状態になっているのを解決するために、どこかの公社から転勤になってきた。万《ワン》主任は笛の名手といっていい。『東天紅』や『大河よ波平らかに（一条大河波浪寛）』をよく吹き、幹部の中では「演劇通」と目されて、劇団に配置されることになったらしい。学生たちと話をすることはめったになく、朝から晩まで部屋の中で笛を吹いている。劇団の人に言わせると、彼の演奏は、音調が〝インドから外モンゴルまで〟飛ぶそうだ。叔父の胡三元《ホーサンユアン》は〝この手の〟人物を訓練班の主任にするのは、木に竹を接ぐようなものだとこき下ろしたが、彼は任務に就き、黄《ホアン》主任は彼を誉めそやした。万《ワン》主任は厳粛な面持ちで話を切り出した。湯飲みにどっさりお茶っ葉を入れ、蓋で上手に押さえ、首を振りながらちゅうちゅうと音立てて飲んでいる。

易青娥《イチンオー》は部屋に入り、椅子に座ることもできず、もじもじと立っている。手や足をどこに置いていいやら分からず、指で鼻の穴を押さえていた。万《ワン》主任は二つ咳をして彼女に尋ねた。

「君は易青娥《イチンオー》というんだね」

易青娥《イチンオー》は恐る恐るうなずいた。

「叔父さんは胡三元《ホーサンユアン》だね」

易青娥《イチンオー》はまたうなずいた。

「この人物は、ええと、何と言うか、実の叔父さんですか？」

易青娥《イチンオー》はやはりうなずいた。

「どんな叔父さんであろうと、まあ、いいか。君は自分のことが分かっているかね？」

易青娥《イチンオー》は首を横に振った。

「やっかいなことだ。銃口の前に立っているようなものだ。〝付け届け反対〟、〝裏口取り引き反対〟というのを知っているかね」

易青娥《イチンオー》は首を横に振り、また縦に振った。知らないというのも気が引けた。黄《ホアン》主任が集会で新聞の記事を読み上げた。それを確かに聞いているからだ。

「君の情況は〝裏口取り引き反対〟の、まあこの類型に属する。君の叔父さんは無茶な手を使って無用な騒ぎを起こし、無理を通した。つまり、君を裏口から劇団に入れた。現在の情勢は非常に厳しい。放校、退団の要求が出されても逆らえない」

易青娥《イチンオー》は一言も発しなかった。片足をもう片方の上に乗せてぎゅっと押しながら次の言葉を待った。

「しかし、劇団上層部は君に温情を以て報いることにした。おめでとう。君は農村の戸籍を離れ、国家から給与が支払われることになった。君を厨房で雇い、料理人の修行を始めてもらう。これは悪い話ではない。農村ではいくらやりたくても、おいそれと手に入る職業ではない。早速明日から始めてくれ給え。厨房にはもう話をつけてある。まずは火を起こすことから始めて、ジャガイモやネギの皮むき、野菜の下処理、食器洗い、それからおいおいと料理作りを勉強してもらおう。これは重要な仕事だぞ！　革命という大事業に貴賎はない！　君が劇団随一の炊事班員になってくれることを信じている……」

万《ワン》主任の話が終わらないうちに、易青娥《イチンオー》はたまらなくなってわあわあと……泣き始めた。泣いているうちに体の力が抜けてしまい、床にぺたっと座りこんでしまった。

「私は……私はご飯が作れません……」

「できなくても学ぶことはできる。天生とは何か？　たとえばこの笛だ。私は初め、まったく笛ができなかった。一歩一歩、倦《う》まず弛《たゆ》まず学んだ。できないことはない。今、私はここまで吹きこなせるようになった。おかげで県の指導部としての地位を得、笛のお陰で、飯を食い酒を飲み、いっぱしの〝芸能通〟と呼ばれて、この劇団に迎えられた。この世に天才と呼ばれるものは存在しない。天才とは刻苦勉励の上に生まれるものだ」

「私は……ご飯なんか作りたくありません……」

易青娥《イチンオー》は泣きながら言った。

万《ワン》主任はいきなり机を叩き、声を荒げて易青娥《イチンオー》を叱りつけた。

「料理人はいやだと？　この処置が不満だと？　いやなら、さっさと布団を担いで田舎へ逃げ帰れ。止めはしない。下らない個人主義にとらわれて、資産階級《ブルジョワ》思想に染まった悪しき見本がこれだ！　あの反省を知らない唐変木、胡《ホー》三元《サンユアン》に教わったのか？　私は君のためを思って忠告しているんだ。本来なら君を放校、退団の厳罰に処すべきところだが、黄《ホアン》主任が突然お情けを下され処分を撤回した。君の身丈に合った仕事は何か、考えに考えた。門番の手伝いは無理だ。庭掃除はどうか。これなら仕事の量も多くない。しかし、将来のため手に職をつけさせようとした温情が気に食わないのか？　選り好みをするのは君の叔父さんのお仕込みか？　組織に楯突き、不平たらたら、足るを知らない。違うかね？　これ以上駄々をこねるんなら、さっさと荷物をまとめて田舎へ帰りなさい。気の済むようにしたらいい。これは組織の決定で、考え抜かれた決定なんだ。君は組織をゴムの判子《はんこ》だと思ってはいないか？　組織というものは都合よく伸びたり縮んだりしないんだ。これ以上は言わない。後は自分で考えなさい。私の言ったことをよく考えて、ここに残るなら結構、残りたくないなら、すぐにも田舎へ帰りなさい」

万《ワン》主任は手をひらひらさせて出口を示した。易青娥《イチンオー》はこれ以上口を挟まず、やっと身を起こし、部屋を出た。

彼女はその足で胡彩香《ホーツァイシアン》先生の部屋へ向かった。胡《ホー》先生は彼女をきつく抱きしめ、涙を流しながら言った。

「お嬢、胡《ホー》先生の話を聞きなさい。青山あれば、薪の憂いなしっていうでしょ。青山はこの劇団。私たちはこの劇団で食べていかなければならないのよ。でも、今は打つ手がない。あなたは芽吹いたばかりの新芽。まだまだ先が長い。いいこと？　先生の話を聞いて頂戴。今は黙って調理場へ行きなさい。この胡《ホー》先生がついているんだから、恐いものなしよ！」

この夜、易青娥《イチンオー》は人生一番の決心をした。

もうやめたっと。家へ帰ろう。

もう誰にも相談しない。

十九

易青娥《イチンオー》は、夜中過ぎに劇団を出ることにした。決めたからには、もうぐずぐずしていられない。

この決心は胡彩香《ホーツァイシアン》先生の部屋を出てすぐ彼女の頭の中を満たした。これまでに何回もそう思いながら、あちこちに気を遣いすぎて吹っ切れないでいたが、もうきっぱり思い切った。今度こそ、やるしかない。彼女はなりをひそめ、宿舎の規則に従って定時にベッドに入った。消灯になっても、みんなは易青娥《イチンオー》の話で盛り上がっている。裏口入団から始まって、料理人を「賄い婦」とか軍隊の「炊事兵」とか見下して面白がっている。誰かが言った。易《イ》青娥《チンオー》が炊事場に入ってもどうせ長続きしない。すぐ逃げ出すわよ。私はご免だな。いくら食べたいものを好きに作れるといっても、私たち俳優って、みんな働くのが嫌い。食いしん坊の怠け者にできているから、とても勤まりっこないと。

易青娥《イチンオー》はこれを聞いて心が冷え、ひりひりと痛んだ。みんな自分が研修生であること、俳優の卵であることが当たり前だと思っている。何て気楽なんだろう。いいご身分だ。言いたい奴には勝手に言わせておけ。俳優気取りでいるがいいさ。どうせ住む世界が違うんだ。もう何を言われようと気にしない。私は家に帰る。私がいなくなったら、また好きに噂するがいいさ。

持ち帰る品物はみんなに気づかれないよう、とっくにビニールの大袋に（蛇皮口袋《シャーピーコウダイ》）入れてある。みんなが寝静まるのを待って、起き出そう。箱は置きっぱなし。後で父親に取りに来てもらえばいい。叔父には黙って行く。叔父のところにもたくさんの荷物を残しているから、後でまとめて始末すればいい。

正門は守衛のお爺さんが一晩中見張っているから通れない。起きているのにいびきをかいたり、寝たふりをして起きている。以前、ある人が背景を作る木材を盗み出した。守衛は地響きしそうな大いびきをかいている。しめしめと思っていたら、翌朝、黄《ホアン》主任に呼び出され、あの木材はどこへ運び出したと詰問された。彼は懸命に白を切ったが、黄《ホアン》主任は彼が門を出た時間、木材の形、材質、寸法まですらすらと言った。門衛の老人は只者ではないと中庭の住民は思い知らされた。

易青娥《イチンオー》はまず女子トイレへ行くふりをした。中庭の垣根に割れ目があり、彼女の力でも乗り越えられるのを知っている。トイレに身を潜め、周囲の動静を窺った。今だ。身を躍らせて飛び上がり、難なく塀を越えたつもりが、落ちたところは住民の豚小屋の囲いの中だった。豚はふんふんと鼻を鳴らしたが、起き出しては来なかった。彼女は慌てて這い出し、全身、豚の糞臭にまみれながら町を出た。

彼女は自分が来た道のおおよその見当をつけ、その方向へひた走った。空はまだ暗かったが、少しも恐くなかった。自分に恐いものはもう何もないと思った。お金は持っている。バスに乗り、誰にも追いつかれないよう、できるだけ遠くへ行こう。自動車道路でバスを待ち、どのくらい待ったか分からないほど待たされて、やっとバスが来た。バスはおんぼろで窓ガラスが何枚も割れており、あてがった段ボール紙が風にばたばたと鳴っている。彼女が乗ると、車掌は鼻をふさぎ、「臭いぞ」と言いながら彼女の上着と靴下を脱がせ、一番後ろの席に座らせた。バスは曲がりくねった山坂を喘ぎながら登り、また下り、彼女は悪路の揺れに身を任せて固く目をつぶり、九岩溝《ジョウイエンゴウ》のふもとの公社に着いたとき、胃の中のものを胃液と共にすべて吐き出した。日はもうとっぷりと暮れている。お金はまだ残っているが、宿代を惜しみつつ、家への土産を忘れなかった。灯りをつけた売店で、母親に黒砂糖一斤、父親に「羊群」の煙草二箱、姉に蝶々の形をしたヘアピンを買った。ビニールの大袋の背にくくりつけて歩き出し、朝方やっと九岩溝《ジョウイエンゴウ》の丘に登り着いた。

家にはもう一年以上帰っていない。家には電話はないし、便りも来なかった。叔父と一緒に家を出たとき、叔父は両親に向かって噛んで含めるように念押しした。家に死人でも出ない限り、この子に、ああだ、こうだ言ってくるな。町の劇団に入ったからには、何もかもおっぽり出して修行に打ちこまなければ駄目なんだ。下らない用事でこの子の足を引っ張るな。県城ではこの叔父がついている。安心しろ。俺に手紙をくれてもいいが、返事はあてにするな。どうにもならないことがあったら、公社に電話しろ。劇団の胡三元《ホーサンユアン》と名前を出せば、何でも言うことを聞いてくれるからな。だが、気軽に電話するな。電話は非常の時だけだ。ここまで言われたら、電話もしにくいし、手紙も書きにくかろう。こうして一年以上経った。しかし、易青娥《イチンオー》にしてみれば。母を恨みたくなる。父を恨みたくなる。姉を恨みたくなる。この招弟《チャオディ》のことは忘れてしまったの？　きれいさっぱり忘れてしまったの？　手紙一通、電話一本寄こしてくれないなんて、もしも、この招弟《チャオディ》がどこかで死んでしまったらどうなるの？　家路近く、彼女はあふれる涙を抑えられなかった。

易青娥《イチンオー》は山道を歩くのには慣れている。家にいた頃、生産隊の農産物の分配があの山、この山で行われた。トウモロコシ、ジャガイモ、サツマイモの分け前にあずかるために夜道を厭わず出かけたものだ。父も母も姉も、そして彼女自身も少なからぬ重さを背負い、幼い彼女には肩掛けの笊《ざる》に半分ほど入れてくれた。それでも一度は、収穫を終えた大豆の茎を二十キロ以上も背負ったことがある。大豆の茎は豚小屋の敷き藁代わりに使い、肥料にもなった。

山道は恐くなかった。一つには歌を歌って自分を元気づけるから。二つには山道の用心を知っているからだ。山道はあちこちから通じているから、夜は松明《たいまつ》を灯さなければならない。先頭を行く彼女は耳を澄まし、物音を聞きつけたら、「誰か来る」と父母に知らせ、急いで近くまで来てもらう。すると、その人影は、ははあ、この子は大人と一緒なんだと察しをつけるのだ。相手が獣だったら、松明を高く掲げて向かっていく。どんな凶暴な獣も火を見ると逃げていく。だから、易青娥《イチンオー》も松明に火をつけて山頂を目指した。一晩中誰とも出会うことがなく、かさりとの物音もなかった。

家の前に立ったとき、中から赤ん坊の泣き声がした。まさか自分の家から聞こえてくるとは信じられなかった。耳を澄ますと、母親のあやす声、父親の咳払いも聞こえる。彼女は玄関を叩いた。父親の誰何《すいか》に、彼女は「私……、招《チャオ》弟《ディ》」と答えた。父親が扉を開けた。

ランプの灯りの下で母親がスカーフをかぶり、胸に生後一ヵ月ほどの赤ん坊を抱いていた。生まれたばかりだ。母親は尋ねた。

「こんな夜の夜中に、何ごとだい？」

易青娥《イチンオー》はこらえきれず、母親に取りすがって大声で泣き始めた。父親は熱いタオルを手渡してくれた。彼女は顔を拭くのも忘れて泣き続けた。何も言葉にならず、ただ泣きたかった。泣いて、泣いて、幼児のように長いこと泣き続けた。すると、母親のふところの赤ん坊もつられて泣き始め、母親が口を開いた。

「泣くでない。お前の弟はまだひと月にもならない。お前が泣くからびっくりしたんだろう。子《ね》の刻（午後十一時～午前一時）に泣くと鬼が来るぞ」

易青娥《イチンオー》はやっと分かった。父親と母親が姉を「来弟《ライディ》」、自分を「招弟《チャオディ》」と名づけたのは、この子のためだったのだ。この易《イ》家の跡取りを、姉妹の名前でこうして「招き寄せ」たのだ。それにしても、彼女が行って一年とちょっとで弟が生まれるとは、思ってもみなかった。道理で娘のことまで気が回らなかったわけだ。彼女はしゃくり上げながら泣き止んだが、わが家に帰ってきた気持ちの高ぶりは、まだまだ収まらなかった。父親が尋ねた。

「お前の叔父さんが何かしたのか？」

易青娥《イチンオー》は真っ赤に泣きはらした目でうなずいた。父親は言った。

「わしと母さんは、ラジオで事件を聞いた。懲役五年だとな」

易青娥《イチンオー》が話す先に母親が怒り始めた。

「あの出来損ないめが。首でも何でも刎《は》ねられちまえ。芝居で大砲ぶっ放して、しょっ引かれるなんぞ、一体、どの世界にある？　この家から縄付きを出そうとは情けなくて涙も出ない。世間さまを騒がせ、ご先祖様に合わせる顔がない。牢屋にぶち込まれ、鉄砲玉食らおうが自分の勝手だが、姪っ子まで劇団に連れ出して、泣きの涙の巻き添えにすることないだろう。どうせ、ろくな者にならないと覚悟していたが、あのとち狂《ぐる》いは死んでも直らないよ」

易青娥《イチンオー》は母親が叔父を罵るのを聞いて、あまりいい気持ちがしなかった。

「叔父ちゃんは過失の罪なの。故意じゃないの」

「故意だろうが過失だろうが、他人様が命をなくしてるんだ。一生、申し開きはできない。子どものころから手がつけられなかった。小鳥を捕まえると羽根をむしるわ、竹竿で蜂の巣をつついちゃ、村の何十人が刺されちまうわ、隊長の家の漬け物樽に小便をするわ、学校の屋根から教員室にもぐりこんで、零点をもらった試験用紙に「一」と「〇」を書きこんで百点にして見せびらかすわ、末恐ろしい子どもだった。劇団の仕事が始まって厳しく仕込まれたら、ちっとはましな人間になるかと思ったら、悪くなる一方だ。烏《からす》はやっぱり烏で、鷹でも鳶《とんび》でもなかった。当てにしたのが間違いだった。いっそひと思いに銃殺刑にしてくれた方がよっぽど世のためになったのに……」

怒りに任せてまくし立てる母親に、易青娥《イーチンオー》はどう受け答えしていいか分からない。母親は易青娥《イーチンオー》に尋ねた。夜の夜中に帰ってきて、何かあったのか？　易青娥《イーチンオー》は何も言いたくなかったが、問い詰められてしぶしぶ話し出した。もう芝居の修行はさせてもらえず、調理場に入れられて飯炊きの下働きをさせられると聞かされた両親は言葉を失い、しばらく黙りこんでしまった。父親が言った。

「もう眠いだろう。話は明日にしよう。もうすぐ夜が明ける」

彼女は眠くてたまらなかった。姉の部屋で眠った。姉は学校の寄宿舎に入って帰っていない。

その日の夜、両親は一晩寝ずに相談した。結論は、町で仕事が続けられるなら、たとえ飯炊きであろうが、この田舎では「提灯を灯して探しても見つけられない」おいしい仕事だ、やめることはないというところに落ち着いた。何と言っても、家を出て外で働き、しかも国から給金をもらえるのだから、こんなありがたいことはない。飯炊きなど誰にでもできる、何の苦労があるものか。易青娥《イーチンオー》の父親は人民公社の料理人の口を得るために、義理の弟の胡三元《ホーサンユアン》に口利きを頼んだが、結局は胡三元《ホーサンユアン》の弟に持っていかれてしまった。しかも常雇いではなく臨時雇いの仕事だった。招弟《チャオディ》（易青娥《イーチンオー》）はまだ幼く、飯炊きの修行も楽ではなかろうが、まだ十二歳かそこらで一生食いっぱぐれのない定職にありつけるのは、九岩溝《ジョウイエンゴウ》では望んでも得られない夢のような話ではなかろうか？　何であろうと、娘を町へ帰そうと、夫婦が一晩かかって出した結論がこれだった。

翌朝早く、羊の囲いに彼女の羊を見に行こうとした易青娥《イーチンオー》に、父親は言った。羊はもうとうにいない。どうしてと尋ねる彼女に、父親は「尻尾《しっぽ》切り」だと答えた。

易青娥《イチンオー》は何のことか分からず、なぜ羊の尻尾を切るのかと尋ねると、「羊の尻尾を切ってどうする？　資本主義の尻尾を切るんだ。人民公社は本気でやる気だ。全部の農家を調べ上げて、わが家は豚一頭だけ飼育を許され、羊は年末までよく肥らせてから人民公社に返還するよう命じられたという。

（注）羊の尻尾切り　文革中、農民の私有制限が徹底して行われ、自留地、羊、家庭菜園、果樹などは「修正主義の根っこ、資本主義の尻尾」とされ、農民の経済活動に打撃を与えた。後に「尻尾切り」は四人組の罪状の一つとされた。

易青娥《イチンオー》は羊のいなくなった囲いを見た。雑草が茂るがままに放置され、彼女は荒れる農地の寂しさを感じずにはいられなかった。

この日、姉が帰ってきた。今、寄宿舎から初級中学（日本の中学校に相当、この上は高等中学＝日本の高校）に通っている。母親は言った。初級中学を終えたら、勉強は終わり。家で弟の面倒を見、豚の世話をすることになる。母は女の子に勉強は無用という。勉強させ、卒業させても、さっさと嫁に行かれるのは割に合わないという考えだ。しかし、姉は高校中学へ進んで勉強を続けたいと言う。

易青娥《イチンオー》は土産のヘアピンを手渡した。姉は喜んだ。易青娥《イチンオー》も姉に礼を言った。去年、家を出るときに姉のお気に入りの洋服を着ていった感謝の気持ちだ。姉は言った。

「本当言うと、私は怒って泣いたわよ。でも、ほかでもない自分の妹が着て行くんだから、門出のお祝いと思わなくちゃね。泣くことないわよ」

易青娥《イチンオー》は姉に尋ねた。私が行ってから誰も私のこと心配なんかしてなかったでしょうと。姉は答えた。

「罰当たりなことを言っちゃいけない。母ちゃんは毎日毎日泣きの涙。一ヵ月以上、思い出しては泣き、泣いては思い出し、昼間は涙で濡れた枕を干し、夜はまたその枕を涙で濡らすのよ。母ちゃんは何度も公社へ電話をかけに行った。何回かは通じなかったけれど、何回かは通じた。でも、出たのは叔父さん。母ちゃんを叱りつけて、下らないことで一々公社へ来るんじゃない。金の卵でも抱いてるつもりか、未練がましい、めそめそするな。修行の邪魔だ。娘を一人前にしたいんだろう？　その女々しさが娘を駄目にするんだと、もうさんざんよ。叔父さんは公社の人に、家に死人でも出ない限り二度と電話の受け付けをしないようと言ったそうよ。それきり、母ちゃんは公社へ行くのを止めた。それから叔父さんがあの事件を起こしたものだから、母ちゃんは髪の毛を掻きむしり、のたうち回って大荒れに荒れた。どうしても県城へ行く。行ってお前とも会って話をするって言い出したけれど、産後一カ月でしょ。父ちゃんが行くことにした。そしたら、招弟《チャオディ》、お前が先に帰って来たというわけ」

今度は姉が聞き出しにかかった。今回帰ってきたのは何があったの？　易青娥《イチンオー》は劇団の調理場で下働きをさせられそうなことを打ち明けた。姉はしばらく考えこみ、そして言った。

「あんたはまだ小さいから調理場の仕事はきつくて辛いかも。でも、私だったらできるかも」

この日は朝食を終えると、両親は易青娥《イチンオー》とおしゃべりしながら、意を決したように彼女の仕事の話を切り出した。父と母はが言うには、やはりお前は劇団へ帰った方がいい。確かな飯の種を逃すのは惜しい。ここまで聞いて、易《イ》青娥《チンオー》は泣きだした。私はどうしても帰らない。娘は言い返す。ここで弟の世話をしながら豚を飼う。しかし、両親は町で仕事をした方がお前のためだと言って譲らない。あれが仕事だって？　ただの飯炊きでしょ。母は言う。お国からお給金をいただく立派な仕事だ。話はここで行き詰まった。易青娥《イチンオー》は立ち上がり、家を出て丘に登った。茅《かや》刈りを終えた原っぱに、こびとの隠れ家のような三角帽子の茅ボッチが並んでいる。彼女はその一つに身を投げかけ、中へもぐりこんだ。また泣けてきた。両親はもう娘のことは可愛くないんだ。後継ぎの息子が生まれたし、〝身を持ち崩そう〟としている娘を正道に戻し、どうしても炊事場の火の番にしたいんだ。ひとしきり泣いてから彼女は起き上がった。空に浮かぶ白い雲を見ていると、羊を追っていた心楽しい日々が浮かんでくる。彼女は決心した。父や母が何と言おうと、二度と町には戻らない。父や母はもう自分を必要としていない。たとえ乞食になっても、劇団の飯炊きなんかやらないぞ。

夕暮れ時になって、大声が山に響いて木霊《こだま》した。戻ってこい。劇団の人がお前を探しに来た。胡《ホー》という先生、米《ミー》という先生が来たぞ。さっさと帰ってこい。続いて、胡《ホー》先生と米蘭《ミーラン》の彼女を呼ぶ声が聞こえた。一瞬逃げ出そうとしたが、それはまずい。彼女は茅ボッチから這い出した。

二十

まさか胡《ホー》先生と米蘭《ミーラン》がわざわざ会いに来てくれるとは思ってもみなかった。それに教練の男教師、そして先生方を率いてきたのは朱継儒《チュジールー》副主任、事務局の総元締めだ。易青娥《イチンオー》が全身、茅の枯れた葉っぱや茎のきれはしにまみれ、ぼんやりと四人の前に立ったとき、胡《ホー》先生が飛び出してきて、易青娥《イチンオー》の尻を叩きながら言った。

「この子ったら、本当に何てまあ、心臓が止まるかと思ったわよ」

易青娥《イチンオー》の尻を叩きながら、胡《ホー》先生の声は泣き声に変わった。

客たちは真ん中の部屋に座ってもらった。母親は遠来の貴賓のため、トウモロコシ入りの混ぜご飯を炊き、香ばしい香りが室内に満ちた。とっておきの豚の燻製肉を煮、つぶした母鶏をごとごとと煮こみ、ニラと卵を炒めた。なけなしの材料をありったけ出して、七、八皿のもてなしとなった。主客《しゅかく》は食卓を囲み、易青娥《イチンオー》が姿を消した後の劇団の大騒ぎが恰好の話題となった。

易青娥《イチンオー》出奔の夜、隣のベッドの女生徒が小用に立ち、彼女の姿が見えないのに気づいた。明け方近くまた小用に起きると、やはり彼女のベッドは空《から》のままで、足元に置いてあったあの大きなビニールの袋も見えなくなっている。さあ大変と隣の生徒を起こし、その生徒がまた隣を起こして、すぐの間に女生徒全員が騒ぎ始めた。ある女生徒はまるで見ていたかのように、易青娥《イチンオー》が寝る前に何やら思わせぶりに品物をビニールの袋に詰めていたと話した。班長の楚嘉禾《チュチアホー》はすぐさま当直の教師に伝え、黄《ホアン》主任の耳に達した。

黄《ホアン》主任は恐れた。十一、二歳の子ども、しかも女の子が夜中に姿を消した。もし、何か起きれば劇団にとって厄介なことになる。劇団としては当分、何ごともなく、なりをひそめていたい。胡三元《ホーサンユアン》が劇団の不面目を世にさらしたこの一年あまり、県の指導部会でも針のむしろに座る思いだった。出席者の点呼を取るとき、いつも人の背中に隠れて議長と目を合わせないようにしている。易青娥《イチンオー》は取るに足らない女の子だが、一旦ことが起きたら、劇団が児童虐待、魔の巣窟みたいに喧伝《けんでん》されかねない。県城は小さな町だから、もの乞いが人を殴ったニュースでも、あっという間に全町、全県に知れ渡る。まして、劇団を見る世間や上層部の目が一段と厳しくなっている折、どんな小さなことでも、用心に用心を重ねなければならなかった。

黄《ホアン》主任は夜明けを待たず、緊急会議を招集し、易青娥《イチンオー》捜索の布陣を固めた。研修生全員は市街地の大通りをしらみつぶしで当たる。その他の全団員は駅や近くの道路、三叉路の入り口に配置された。黄《ホアン》主任は自ら大きな湯飲みに茶葉をどっさり入れて濃い茶を煎じ、中庭の真ん中にでんと腰を据え、陣頭指揮をとった。九時を過ぎて各所から報告が相次いだが、易青娥《イチンオー》の人影、足取りは杳《よう》として知れなかった。誰かが九岩溝《ジョウイエンゴウ》の生家に帰ったのではないかと言った。勿論、黄《ホアン》主任の考えになかったわけではない。誰を差し向けるか、黄《ホアン》主任の決断は早かった。朱継儒《チュジールー》副主任を筆頭に男性教員一人、そして米蘭《ミーラン》と胡彩香《ホーツァイシアン》をメンバーとする工作班が九岩溝《ジョウイエンゴウ》に急行した。

それから何年も経って、黄《ホアン》主任が劇団を去り、易青娥《イチンオー》が立役者を張ったとき、朱継儒《チュジールー》がこのときの実情を話した。

「黄正大《ホアンチョンダー》が我々四人を九岩溝《ジョウイエンゴウ》に差し向けたのはそれなりの腹づもりがあったからです。胡彩香《ホーツァイシアン》はあなたの叔父さんと関係がよく、あなたとも親しかった。あなたの実家に迎えてもらうには最適の人物です。というのは、彼は恐れていました。九岩溝《ジョウイエンゴウ》へ行って万が一、胡三元《ホーサンユアン》のような乱暴者、無法者に襲われ、鋤鍬《すきくわ》や棍棒で大怪我させられてはたまりませんからね。胡彩香《ホーツァイシアン》なら間に立って、まあまあと仲を取り持ってくれると踏んだわけです。米《ミー》蘭《ラン》の場合は自分から行くと黄《ホアン》主任に談じこみ、主任も了承しました。黄正大《ホアンチョンダー》は米蘭《ミーラン》を手中の〝駒〟と見ていました。米蘭《ミーラン》は胡彩香《ホーツァイシアン》と違って胡三元《ホーサンユアン》側に寝返ることなど絶対にあり得なく、いつまでも劇団幹部に義理立てすると、黄《ホアン》主任はまあ、たかをくくっていたのでした。米蘭《ミーラン》を忍びこませて敵情を読み、有利にことを運ぼうとしたのです。男の教師は武術の心得があり、拳法の一撃で相手を仕留めますから、いわば用心棒の役です。しかし、この人物は武道一本槍、あなたの叔父さんの仲良しでもなく、あなたの処分のことだけを考えていればそれでいい。

私に与えられた任務は明確、かつ厳しいものでした。一つ、あなたを見つけ出すこと。たとえ死体になっていてもです。二つ、責任の所在を明らかにすること。劇団には何の落ち度もなく、誠意と努力は惜しまないことを、繰り返し易《イ》家の家長に言い聞かせることです。三つ、処分の内容、意味をはっきりと申し渡すこと。あなたには俳優修業を続ける素質、才能がなく、厨房への配置替えは劇団の温情であることを明確に伝えることです。四つ、最も望ましい決着はあなたを劇団に戻さないこと。あなたが生家に戻りたいと願うなら、その通りに計らい、二度と劇団復帰を認めないことです。この場合、生家には見舞金として適正額を支給します。これが双方にとって、一番後腐れのない解決法でしょう。黄正大《ホアンチョンダー》は見舞金の限度は百八十元を超えてはならないとのことでした。これは研修生十カ月分の生活費に相当します。この額は当時にあって、決して低くはないと言うべきでしょう」

　このようにして四人の訪問客が易青娥《イチンオー》の家に現れた。想像とはまるで違い、ことは単純明快に進んだ。人相の悪い男が出てきて怒鳴ったり、乱暴したりすることなく、鶏をつぶし、肉を煮て歓待に努めた。易青娥《イチンオー》の母は彼らを家に迎え入れてから、胡三元《ホーサンユアン》と易青娥《イチンオー》の至らぬ点、過ちを一つ一つ数え上げて詫びを入れた。

「私どもの罰当たりな弟、ふつつかな娘が劇団にとんでもない面倒をおかけして、一家末代の恥、世間に顔向けならず、何とお詫びしたらいいか、本当に本当に申しわけございません。なのに、劇団のみなさまから情け深い言葉をかけていただいて、娘を厨房に残していただけるのは何とありがたいことか、この通りこの通り、お礼申します。ろくな芸のできねえ者が己《おのれ》の分をわきまえず、何とも見苦しいところをお見せして、母親として顔から火の出る思いです。どうかどうか堪忍なさって下せえまし。山家《やまが》の婆《ばばあ》が偉そうなことを言って申しわけねえが、飯炊きの仕事は誰恥じることのない、名誉ある革命の大事業です！　私どもの生産大隊の会計は、倅《せがれ》を区の学校の食堂で働かせようとして村ぐるみで裏口、袖の下、いろいろやって、恥ずかしながら、すかくらいました。それに引き換え、娘が県城の食堂で働くことが許されたのは、我が易《イ》家の先祖供養の甲斐あって、いやいや、何よりも劇団のみなさまのご温情のお陰です。娘はまだ幼く、わきまえのない子ですが、どうか遠慮なく叱りつけて、お引き回し下さいまし。お申しつけあり次第、直ちに娘を差し向けます。革命の大事業は、私ども山間僻地の人間にとっても重大なる任務です。革命の精神を忘れることなく、これからも一歩一歩、前進して参ります。どうかよろしくお願いいたします！」

母親は一世一代の熱弁を振るったが、易青娥《イチンオー》の父は一言も口を挟まず、二階に干した豚の燻製肉を下ろし、鶏をつぶし、また隣家へ行って頭を下げ、サトウキビの焼酎を借りてきた。一家あげての熱誠に、訪問者の誰もが感じ入っていた。

四人が易青娥《イチンオー》の家に近づいたとき、武道家の教員は腕時計を外し、これから起こり得る戦いに備えた。まさか、こんなにやさしく迎えられ、棉花にくるまれるようなもてなしを受けるとは思ってもいなかった。心づくしの料理も口に合い、トウモロコシの焼酎に目をとろかせ、「これでよし、残るは易青娥《イチンオー》の説得だ」と、この家の家長の意思に沿い易青娥《イチンオー》の劇団復帰を働きかけるつもりだ。

朱継儒《チュジールー》が後になって言ったことは、易《イ》家の家長の出方は、黄《ホアン》主任の意にかなうものではなかったということだった。主任は内心、易青娥《イチンオー》が劇団に戻らないことを望んでいたのだが、男性教師はすっかり酔いが回って易青娥《イチンオー》の説得は胡彩香《ホーツァイシアン》と米蘭《ミーラン》の仕事になってしまった。

胡《ホー》先生と米蘭《ミーラン》は易青娥《イチンオー》を戸口の外の道路っ端《ぱた》に連れ出し、説得にかかった。

易青娥《イチンオー》は言った。ここから山頂はすぐそこ、星や月が手の届くところにあるから、行って星を摘んで手かごに入れましょうと。胡《ホー》先生と米蘭《ミーラン》は「素敵ねえ、夢みたい」と喜んだ。この二人が劇団で話し合ったりすることはめったにない。米蘭《ミーラン》が胡《ホー》先生をどう思っているかはよく知らないが、胡《ホー》先生ときたら、米蘭《ミーラン》を女狐とか何とかめったやたらにこき下ろしている。今夜は県城からはるか百数十里離れた九岩溝《ジョウイエンゴウ》の山の中、老木の切り株に腰掛けて、相手を怨むでなく、責めるでなく、争うでなく、侮《あなど》るでなく、嘲《あざけ》るでなく、今一番大事な話を心をこめて始めようとしている。それは易青娥《イチンオー》にしっかりといい聞かせることだ。こうして二人の意見は〝高度なレベル〟で一致を見た。

まずは易青娥《イチンオー》を劇団へ連れ帰ること。これさえできれば、後のことは二人の大女優の力をもってすれば、造作のないこと、どのようにでも変えられる。二人は確信している。易青娥《イチンオー》がまれに見る逸材だということ、金《きん》の光は隠そうとしても隠れないということだ。連れ戻して磨きをかけよう。とりあえずは調理場に入れ、その傍ら歌唱、台詞、立ち回りの稽古をつけ、いつか舞台に立つ日に備えよう。

易青娥《イチンオー》は知っている。この二人の大女優が立役者として劇団で占める位置、その存在感は圧倒的だ。ときに主役を争い、ときに火と水のように相容れない。しかし、今夜は月影星影、山頂に降り、ものみな平静で、温順だった。三人は手をつなぎ、道路っ端《ぱた》で語らい、木の切り株に憩い、そして山頂から黒々と静まる山並みを見渡した。ここは易青娥《イチンオー》が羊を追って、誰にも邪魔されないお気に入りの場所だった。胡《ホー》先生は気持ちが高まるまま突然歌い出した。米蘭《ミーラン》もこれに和した。胡《ホー》先生は米蘭《ミーラン》に息継ぎの場所を数ヵ所訂正した。これは米蘭《ミーラン》がいつか胡《ホー》先生に教えを乞うた場所だった。米蘭《ミーラン》先生は迷いが吹っ切れたみたいに、のびやかに声の限り歌った。これぞ「字正腔円《じせいこうえん》」にかなった歌い方だった。

（注）字正腔円《じせいこうえん》　中国伝統劇で最も重んじられる歌い方の規範。その土地の発音・発声が正しく、節回しが円《まど》か（なめらか）という意。大阪弁の抑揚と義太夫節が不可分の関係にある日本の「文楽《ぶんらく》」にもたとえられる。

二人の女優は山頂で抱き合った。

それから何年経っても、易青娥《イチンオー》はこの美しい夜の光景を忘れない。月円《まど》かに星またたく夜の底で歌声が揺蕩《たゆた》い、幾重にも重なる山並みに響いた。三人はまるで透明な湖の中で遊ぶ人魚《マーメイド》のようだった。

九岩溝《ジョウイエンゴウ》の人たちは今日、県の劇団から二大名花がこの僻村に来ていることを知らない。翌日彼らが帰った後、村人たちは語り合った。昨夜、九岩溝《ジョウイエンゴウ》に劫《ごう》を経た狐が仙女となって現れた。その歌声の何と婀娜《あだ》なことか。この世のものとは思われない。トランジスタラジオでしか聞いたことのない美声だった。実は県の劇団から二大女優がやって来て得意の喉を披露したと聞いて、村人はみな易《イ》家を恨んだ。一声聞き、一目拝ませてもらえれば、耳の法楽目の保養、冥土の土産にすることができたのにと。易青娥《イチンオー》の母親は得意を抑えきれない。

「息子が生後一ヵ月を迎えたお祝いに県城からわざわざ駆けつけてくれたのさ。大物の顔合わせで警備が大変だから、内輪で済ませてもらったんだよ。何せ、女優一人にボディガートが一人ついてきたんだからね」

村人たちは舌を巻いて帰った。

易青娥《イチンオー》は誰に大見得を切ることもなく、素直に劇団の人たちと一緒に帰った。

二十一

易青娥《イチンオー》は劇団に戻るとすぐ、厨房主管の裘《チュウ》存義《ツンイ》にともなわれ、厨房入りした。

道々、裘《チュウ》主管が彼女に言った。

「こんなかわいこちゃんなのに不憫なことだ。叔父さんを持つのも善し悪しだ。しかも、よりによってあの胡三元《ホーサンユアン》とはな。苦労なことだが、炊事場暮らしも、まあ、運命と思って諦めるんだな。あんな叔父さんと思っているだろう。だが、大した男だぞ、あんたの叔父さんは。あの腕前はなかなかどうして半端じゃない。ここらのへなちょこ劇団を蹴散らして、わが劇団が威張っていられるのも、あんたの叔父さんのお陰だからな」

易青娥《イチンオー》はため息をついた。これは彼女の癖になっている。裘《チュウ》主管は言った。

「そうか、そうか、辛いだろう。何、大丈夫、ここではもう歌わなくていいんだ。調理場で手に職つければ、生涯食うに困らない」

易青娥《イチンオー》は話の接ぎ穂を失った。

易青娥《イチンオー》が厨房を手伝ったことがあるといっても、叔父の言いつけでネギやニンニクの皮むき、鍋や食器を洗ったりで、裘《チュウ》存義《ツンイ》には会ったことがなかった。みんな彼のことをよく知っていているが、彼を呼ぶときはその名前をもじって、「チュウチュウネズミ」とよんでいる。彼女には何のことか分からない。彼とはこれまで一言も話したことがなかったが、彼の話し方の中に、ほっこりと心を温める何かがあった。

裘《チュウ》主管は見た目五十過ぎ、洗いざらしで白っぽくなった藍の帽子をいつもかぶり、腕抜き（袖のカバー）も同じ色をしていた。度の強い近視鏡をかけ、眼鏡のつるの片方が半分ちぎれて麻の紐でつないでいた。裘《チュウ》主管はいつもバネ秤《ばかり》を手放さずに、一年春夏秋冬《しゅんかしゅうとう》着続けているぞろっとしたつなぎの中国服（長袍《チャンパオ》）のポケットにしのばせている。ポケットは二つついていて、やたらと大きい。食材の買い出しに行って、両手の籠いっぱいにして、入りきらないニンニクやショウガ、胡椒、トウガラシなどをポケットに詰めこんでいる。易青娥《イチンオー》が炊事場に入っていた時期、裘《チュウ》主管は竈《かまど》の回りをぶらつくのが好きで、じろじろ見回しながら鼻をくんくんさせて嗅ぎ回っている。裘《チュウ》主管が姿を消すと、料理人たちは、「チュウチュウネズミ」がやっと行ってくれた」とため息をついていた。

易青娥《イチンオー》が厨房に入ったとき、料理長の宋光祖《ソングアンズー》、副長の廖耀輝《リャオヤオホイ》は朝食の作業にかかっていた。裘《チュウ》主管が二人に易《イ》青娥《チンオー》の紹介を始めた。

「こちらは胡三元《ホーサンユアン》の姪御さんの易青娥《イチンオー》。仕事が変わってこの炊事場に配置替えになった。今日から正式な勤務が始まる。こちらが宋《ソン》師匠、こちらが廖《リャオ》師匠、これからお前の親方だ。お前の叔父さんより年上だし、親方を親とも思って働いてくれ」

易青娥《イチンオー》はぺこりと頭を下げた。お互いもう知り合いの仲だ。宋光祖《ソングアンズー》師匠が言った。

「この子には前にも手伝ってもらった。気心は知れてる。気働きのできる子で、体もよく動く。いい子だが、いかんせん子どもだ。長続きするかなあ」

裘《チュウ》さんは答えた。

「俺にはどうにもならない。上の決めたことだからな」

廖《リャオ》師匠が言った。

「ここじゃ百人からの人間が口を開けて待ってる。俺と師匠二人っきりできりきり舞いだ。朝は朝星、夜は夜星、人をロバみたいにこき使ってくれるが、ロバだってへこたれるってもんだ。人をくれ、人をくれと言い続けて、待った甲斐があったと思ったら、来たのはまだ皮の青いクルミだ。皮は剥けないし、実はまだ食えねえ。これじゃ砂団子のお供えだ。地獄の鬼も大笑いだぜ」

裘《チュウ》主管はやり返した。

「黙って聞いてりゃ、きいた風な口叩くんじゃねえ。組織の決定だと言ってるんだ。おう、できるもんなら、上にいちゃもんつけてこい。ここで通用するのはな、〝服従〟の一文字だ」

廖耀輝《リャオヤオホイ》は力なく言い返した。

「そいつは一文字じゃなく、二文字じゃないですかい」

宋光祖《ソングアンズー》師匠が話を引き取った。

「分かった。気持ちよくこの子を引き取りましょう。力仕事は無理だから、火を起こして、鍋を洗って、野菜のクズを棄てて、大いに働いてもらいましょう。〝お嬢〟、歓迎だ！」

宋《ソン》師匠が先頭切って拍手した。続いて廖《リャオ》師匠がエプロンから手を出し、ぱちぱちとしけた音を出した。廖《リャオ》師匠は普段、両手をエプロンに隠して立っているのがおきまりのポーズだった。

易青娥《イーチンオー》はこうして新しい職場に迎えられた。

彼女はどこから手をつけたらいいか分からない。廖《リャオ》師匠が指揮を取った。

「その葱を剥いてもらいましょうか」

易青娥《イーチンオー》は葱の皮剥きに取りかかった。

裘《チュウ》主管は朝食の味見をしながら言った。

「最近、賄《まかな》いに文句が出ているぞ。どうやら黄《ホアン》主任に告げ口があったらしい。今朝も主任の奥方から言われた。このところ料理の味が落ちてるって聞いたけれど、どうしたの？　大丈夫かしらってな」

廖《リャオ》師匠が怒りだした。

「あの尻でか以外に誰が言っていくもんですか。だけどよ、大盛りぺろりと平らげといて、まずいはないでしょうに」

「お前は誰のことを言ってるんだ？」

裘《チュウ》主管は眼鏡を持ち上げ、にわかに口調を引きしめた。

「黄《ホアン》主任の奥さまに腹を立てているのか？」

「いえ、いえ、いえ、黄《ホアン》主任の奥さまをどうのこうのなんて恐れ多い。口が裂けてもも言うもんですか。ただ、上司に取り入って、ろくでもないことを吹きこむ奴らのことを言ってるんですよ。料理がまずいんなら、いつ、どの料理がまずかったのか言ってみろってんだ。あ、もしかして、料理にかこつけて、俺たちに難癖をつけてるのかも。盛りつけが悪いだの、あ、あ、肉がない、肉はどこに隠れた、どこへ飛んで行ったとかね。そうか、もしかして、連中は俺たちを鶏泥棒と言いたいんだ。油泥棒と言いたいんだ。ふざけるな。本当の鶏泥棒、油泥棒はどこにいる？」

　廖《リャオ》師匠の言い方はねちねちとからむようだ。裘《チュウ》主管は廖《リャオ》師匠をたしなめた。

「おい、おい。料理人の分際で余計な口出しをするもんじゃない。人に意見できる立場か？　虎の尾を踏むな。誤りがあれば、謙虚にこれを認め、なければないで一層の努力をする。これだよ。だがな。お前は俺に考えがないとでも思っているのか？　芝居やってる連中はみな頭でっかちで、俺たちに考える頭がないと思っている。だが、お前たちの作っている芝居は何だ？　人さまに見せられる代物《しろもの》か？　俺たちに文句をつけられるのか？　厨房は一日二回の飯、きちんきちんと一度も欠かしたことはない。だが、お前たちの舞台はどうした？　この半年、ろくな芝居も作らず、屁のような歌を歌って、やっと初日を開けたと思ったら、ぽんと爆発、舞台はぱあ、人死に騒ぎときた。自分たちのことは棚に上げて、厚かましくも厨房に噛みついてきた。だが、厨房にやましいところは何もない。革命と生産、二つながら、過ちを犯さずにやり遂げてきた」

　裘《チュウ》主管はバネ秤で緑豆《りょくとう》を量りながら、鬱憤を晴らしている。

　廖《リャオ》師匠は裘《チュウ》主管の話を引き取っていった。

「よくぞ言って下さった。それでこそ俺たちの上司、やっと話が通じた。同じ舞台に立ってくれた。おっしゃることは百も千も万もその通り。芝居の奴らは何をやって来た？　革命と生産はどうなった？　食うことばかり、がっつきやがって。料理にいちゃもんをつける悪い風潮は断固粉砕、黄《ホアン》主任にお願いして、がつんと言ってもらいましょう。綱紀粛正だ」

「分かった、分かった。我々は地道にやっていくしかない。尺取り虫の歩みを続けていこう。俺たちの厨房にも確かに問題はあるが、自らを省み、自ら改め、自ら行動を起こして食事の質をさらに高めていこう」

裘《チュウ》主管が言い終わらないうちに、廖《リャオ》師匠が尋ねた。

「お言葉ですが、改めるって何を改めるんですか？　高めるって何を高めるんですか？　一人当たりの食費は一人一ヵ月たったの八元（約百六十円）、いくら知恵ある嫁でも米がなければ飯は炊けない。必要条件が満たされずにどうして料理が作れますか？　俺たちは毎日毎日、鶏泥棒たちに肉を食わせ、餃子を包んでいる。しかし、ものがなければ、宋《ソン》師匠の尻の肉を削って煮込んだり、炒めたり、餃子の餡を作って食わせるわけですよ。それでも奴らは文句をつけてくる。くず肉は脂身が少なくてぱさぱさしている、固くて歯が折れるとかね」

裘《チュウ》主管が思わず笑った。易青娥《イチンオー》も笑った。

宋《ソン》師匠が言った。

「廖《リャオ》師匠はいつも言いすぎ、やり過ぎ、時と所を心得ない」

裘《チュウ》主管が言った。

「嘘や強弁、はったりは必ず自分に帰ってくる。しかし、料理は品質を語るしかない。奴らの芝居は社会主義に混ぜ物をしているが、我々は正直一筋だ」

宋《ソン》師匠が言った。

「ご安心下さい。俺たちは良心に従って仕事します。口に入れるものを作るのが仕事ですからね。やたらに愛や恋を語ることじゃない」

裘《チュウ》主管がまた言った。

「この緑豆《りょくとう》、一回に一斤半（八両）では多過ぎないか？　値が張るからな」

廖《リャオ》師匠はエプロンの中で腕を組んで言い返した。

「あれあれ、さっき料理は品質を語るしかないと言った人が、今度はトウモロコシスープの緑豆をけちろうってんだ。それじゃ自分で自分の頬っぺをひっぱたくようなものじゃないですか」

裘《チュウ》主管は言った。

「まあ、緑豆は味の引き立て役だからな。それじゃ、一斤二両でどうだ。月末にまた大赤字では困るからな」

言いながら裘《チュウ》さんはお椀に半分ほどの緑豆を両手にすくって長袍《チャンパオ》のポケットに戻してからまた計り直した。「これでよし」とつぶやくと、手の埃をパンパンと叩いてこの場を後にした。

裘《チュウ》主管が出て行くと、廖《リャオ》師匠が大きなため息をついていった。

「やれやれ、やっとチュウチュウネズミのお帰りだ。見ろ、本当に頭の黒いネズミだよ。今日は緑豆を囓って、巣穴にお持ち帰りときた」

これまでの長ったらしい会話は裘《チュウ》主管と廖《リャオ》師匠の息詰まる攻防だったのだ。

宋《ソン》師匠が言った。

「火が弱い。すぐ熾《おこ》せ」

廖《リャオ》師匠がすぐさま易青娥《イチンオー》に命じた。

「すぐ熾《おこ》せ」

易青娥《イチンオー》は竈《かまど》へ行き、火をかき立てた。

竈の焚き口はもう扱い慣れている。火の番はお手のものだ。焚き口の前は意外なほど広々として、調理場とは壁で仕切られている。以前は薪を燃やしていたというから、優に一室を越える広さが与えられ、薪がどっさり積み上げられていたのだろう。今は燃料が石炭に変わり、石炭は別な場所に保管されているから、ここにぽっかりと大きな空間が取り残された。易青娥《イチンオー》は竈の前を行ったり来たりするのがうれしくてたまらない。この広さなら稽古場として不足はない。前転、側転、飛び蹴り、回し蹴り、舞台をぐるり一周の早足の練習だってできる。

易青娥《イチンオー》を喜ばせたのは広さだけではない。この彼女だけの領分に鍵を掛けられることだった。入り口を閉じても窓があり、風を入れられる。しかも〝照明〟だってつけられるのだ。

このまま一生、火の番するのも悪くない。ただし、一生誰の顔も見ないで暮らせたらだ。でも、そんなことはできない。調理場に入ったことを「よかったね」と言ってくれても、みんな口先だけで腹の中ではせせら笑っている。

彼女はこの穴蔵から何としても飛び出したかった。このまま埋もれていたら生き恥をさらすだけだ。誰よりも同期生たちを見返してやりたかった。

劇団は当時、一日二食制で、午前十時と、午後四時半、夜公演があれば終演後に夜食がつく。

調理場はリハーサル室の隣にある。彼女が火の番をし、野菜をより分けているときに、同期生たちはダンスのステップを踏み、仰《の》け反《ぞ》りの嬌声を上げ、舞台の所作を身につけている。休憩が何回もあって、その都度、中庭に飛び出して遊び、厨房をのぞきこんで何を作っているか当てっこしたりする。特に楚嘉禾《チュチアホー》は、易青娥《イチンオー》が厨房に入った第一日に、わざと盛りつけのカウンターに首を突っこみ、「娥《オー》ちゃん、何かおいしいもの、作ってくれた？」と嫌がらせを言った。易青娥《イチンオー》は腹を立て、彼女の「竈の間」に引っこんで二度と顔を出したくなかった。

しかし、彼女は人手不足だった厨房の新入りで、三人の炊事班の一員となったのだから、火の番だけをしていればよいというものではない。竈の前から調理場、食堂へ、厨房の内外《うちそと》、仕事は山ほどある。宋《ソン》師匠はそんな彼女を気遣っていた。自分が保存していた腕抜き（袖のカバー）やエプロンを引っ張り出し、裁縫屋に頼んで小さく仕立て直して彼女に与えた。だが、彼女はどうしてもそれを身につけようとはせず、教練用の制服を着続けた。廖《リャオ》師匠は言った。

「もうお稽古しなくていいのに、まだ稽古着を着てる。どういうわけ？　腕抜きつけなさいよ。エプロン着なさいよ。晴れて俺たちの仲間入りしたんだ。どんな仕事にも、何をやるにも、それに見合った恰好というものがある」

何を言われようと、易青娥《イチンオー》は頑として腕抜きをつけず、エプロンを着なかった。

易青娥《イチンオー》は何がいやだというのではないが、もう一つ耐えられないことがあった。それは二人の師匠が何かというと大声を張り上げることだった。宋《ソン》師匠は「火を熾《おこ》せ！」、廖《リャオ》師匠は「野菜を選《よ》れ！」、野菜を選り分けると、今度はまた「火が消えた！」の叱声が飛ぶ。調理場はいつも二人の師匠が彼女を呼び、叱咤する大声が飛び交った。宋《ソン》師匠が「お嬢！」と呼べば、廖《リャオ》師匠は「娥《オー》ちゃん！」と叫ぶ。調理場は雑音が多いから、師匠たちはさらに喉を張り上げる。一声叫べば厨房だけでなく中庭まで響き渡る。彼女はそれがいやでいやで死にそうだった。

彼女が新しい日常になれ始め、人と誰彼なく顔を合わせるのも気にならなくなったころ、厨房という職場環境は舞台の稽古ほど単純ではないことに気づかされた。二人の師匠の人間関係は、見かけとはまるで違い、そのややこしさに比べたら、女生徒たちの宿舎はやはり〝お子さま〟の世界だった。

宋《ソン》師匠と廖《リャオ》師匠のどちらが料理長でどちらが副手なのか、その角突き合わせはもはや理屈を越えていた。

二十二

山育ちの易青娥《イチンオー》は世事《せじ》に疎い子で、どうでもいいことにかかずらう習慣はない。だが、厨房に入って難儀したのは、二人の師匠が彼女の前で互いに相手の非を鳴らすことだった。廖《リャオ》師匠は口を開けば宋《ソン》師匠への恨み辛みをあの口うるささでぶちまける。できるだけ二人には近づかず、命じられたことだけを、はいはいと聞くようにしていた。仕事が終わると、竈《かまど》の焚き口の前、彼女だけの稽古場である「竈の間」に鍵を掛けて長いこと閉じこもるか、中庭を抜け出て河のほとりをぶらぶらするかで時間をつぶしていた。あるとき、解放軍中隊のあたりまで足を延ばしてみた。もしかして、叔父の姿が見えるかも知れないと思ったのだが、後で聞いた話では、判決を言い渡された囚人は〝労働改造〟地区へ連れられ、レンガや瓦を焼く窯で働かされているらしい。彼女が劇団の正門を出るとき、守衛の老人はいっかな外出を許そうとはしなかった。だが、冬は守衛室を暖める炭団《たどん》の火起こしが面倒と見えて、彼女の竈にしょっちゅうやって来て火種を分けてもらうようになった。彼女は喜んで手助けして世話を焼く。それ以来、彼女だけ正門の出入りが自由になった。同期の研修生には与えられない特権だった。

胡彩香《ホーツァイシアン》先生と米蘭《ミーラン》は、易青娥《イチンオー》に修行をやめさせまいと、当時の人気小説の主人公「飯炊き少女」にだけはなってくれるなと口を酸っぱくして言った。当時の彼女としては、飯炊きは飯炊き、いいの悪いのって話じゃないと思ったりする。飯炊きだって考え方一つで気楽な稼業にもなる。それなら、舞台に立つことって何なんだろう。〝必死こいて〟修行するのは舞台に立つため。それもとどのつまりは生きるため、衣食のためだ。彼女は思う。ここに来てから、ひもじい思いも寒い思いもしたことがない。厨房で働いているのだから、ほかの人より少しはましなものを食べている。着るものにも不足はない。一ヵ月十八元の給金も使い切れない。寒い思いをすることもない。竈の焚き口の前で暮らしているのだから、自分で火を熾し、自分で暖を取っている。思い煩うことは何もない。確かにこの仕事、そう楽ではない。疲れることは疲れる。しかし、この疲れは芸の修行と比べてどうだろうか。五十歩百歩、どっこいどっこいではないか。たった一つ、彼女の心をかすめる不安があるとすれば、それは宋《ソン》師匠と廖《リャオ》師匠の不仲だった。これは避けられないどころか、日増しに抜き差しならなくなっている。彼女がその場に居合わせないとき、どんな収まり方をしているか知らないが、彼女の前で派手に店開きすると、引くに引けない意地の張り合いとなって、怯えた彼女はどこかに姿を隠したくなる。

それは彼女が厨房に入ってそれほど経っていない日曜日のことだった。宋《ソン》師匠は休暇を取って生家へ帰った。炊事班員が休みを取れるのは日曜日だけだった。この日は外出する劇団員が多く、食堂で食事する人は滅多にいないからだ。宋《ソン》師匠の生家は農村にあった。毎月一回決まって里帰りする。土曜日の夜に調理場をきれいに片づけてから出かけ、日曜日の夜に帰ってくる。その日は彼女と廖《リャオ》師匠の二人だけで現場をまかなった。決まって廖《リャオ》師匠のぶつくさが始まる。

「月に一度の里帰り、せっせと女房孝行ご苦労さまと言いたいが、もちっと甲斐性がありゃ、こんなところで捨て扶持《ぶち》もらうよりちゃんとした町暮らしができただろうによ。何の手柄を立てたか知らないが、肩の骨を折って名誉の負傷が泣いてらあ。俺より何年も後に転がりこんで、勝手に料理長でございとふんぞり返ってよ。ふん、任命した奴の面《つら》が見たいよ。女房一人呼び寄せられない屍《かばね》さらして、料理に塩もふれない料理長がどこにいる？　俺だったら恥ずかしくて、井戸に身投げするね。よくもまあ、人の前をうろちょろできるものだ」

易青娥《イチンオー》は受け答えしない。ずっとうつむいたまま、練った小麦粉をちぎっては猫の耳（親指の爪ほどの大きさで、イタリアンのニョキに似たパスタ）を作っていた。だが、中心が薄く縁の盛り上がった形がうまく作れずにいた。休日の食堂は人影もまばら、廖《リャオ》師匠にしてみれば暇にまかせて目先の変わった料理を作れるし、宋《ソン》師匠の目を気にせずに自分の腕前を発揮できる。彼はそれを見てほしい。「まあ、おいしい。宋《ソン》師匠が作るよりずっと味がいい。さすが廖《リャオ》師匠ね」の声を催促しているかのようだった。黙っている易青娥《イチンオー》に廖《リャオ》師匠が言った。

「どうした？　宋光祖《ソングアンズー》に口止めでもされたのか？」

「いえ、猫の耳がうまくいかない。釣り合いがとれなくて」

易青娥《イチンオー》は廖《リャオ》師匠の話を躱《かわ》そうと思っている。

「釣り合いなんかどうでもいい。黄《ホアン》主任、まだ来ないな。昼は食堂で取ると言っていたのに。俺はこれから魚釣りに行く。チュウチュウネズミの御大《おんたい》もいない。残っているのは行くあてのない女の餓鬼どもだ。その、猫の耳でもあてがっておけ。こりゃ何だと、首をかしげて笑ってくれるだろう」

易青娥《イチンオー》はまだ黙ったままだった。

廖《リャオ》師匠は鍋のジャガイモを煮ながら言った。

「お前は宋光祖《ソングアンズー》がここを仕切ってもいいと思ってるのか？　誰が見ても立派な料理長だと思ってるのか？」

易青娥《イチンオー》は答えた。

「分からない。私の師匠は二人いて、二人とも料理長だから」

「娥《オー》ちゃん、それは違う。ここにはまだ料理長はいない。宋光祖《ソングアンズー》は料理長を気取って李玉和《リーユイホー》（革命模範劇『紅灯記』の主人公）なんか歌っちゃってるけど、誰も認めていないぞ。あいつが来る前までは俺が料理長で、手下《てか》に口のきけない男がいたんだが、奴が来てその男は辞めさせられちまった。軍でどんな勲章もらったか知らないが、うやむやのうちに奴が俺の頭の上に居座った。しばらくして分かったよ。奴は料理はまったく何もできない。軍でやっていたのは豚の飼育係だった。以来、ずっと俺は手取り足取り料理を教え、その弟子が料理長になり、師匠の俺は二番手というわけだ。どう思う？　とんだお笑いだよな」

易青娥《イチンオー》はやはり言葉を返さなかった。廖《リャオ》師匠は怒りを滲ませて言った。

「何だ、木偶《でく》の坊みたいに黙っちまって。うんとかすんとか言ってみろ。このことは、裘《チュウ》存義《ツンイ》には何度も話した。あいつは一匁《もんめ》二匁の計算はうるさいけれど、大事なことは知らんぷりだ。お前は宋光祖《ソングアンズー》につくもよし、この俺につくもよし、どっちにつくか、とくと考えるんだな。今の料理長の言うことを聞くのはもう誰もいない。旗のない旗竿だよ。裸ん坊で立っているだけだ」

易青娥《イチンオー》にとってこれは難題だった。本当のところ、彼女にとって宋《ソン》師匠の印象はとてもよかったからだ。宋《ソン》師匠は口数は少なく、人のいやがる仕事も率先してやる。朝一番に出勤して、帰るのは最後の一人だ。冬の寒い朝、冷えきった竈の火起こしを手伝ってくれるのも宋《ソン》師匠で、いつも何くれとなく彼女を助けてくれる。特に昨夜灰に埋めた種火が消えているとき、火を熾すのは易青娥《イチンオー》の手に余る。宋《ソン》師匠は焚き口に頭を突っこみ、火吹き竹を根気よくふうふうと吹き、火がぽっと灯ったところで彼女に石炭を入れさせる。自分は調理場へ行き、お湯を沸かして料理に取りかかる。夜は鍋、釜、竈、食器の果てまで点検し、厨房に鍵を掛けて帰途につく。

廖《リャオ》師匠は包丁の名人だ。ジャガイモの薄切り、千切りはお手のもの、包丁を宙に舞わせ、自分は涼しい顔でその目を遠くに遊ばせている。手が止まったとき、最後の一片、最後の一筋まで同じ薄さ、同じ細さでずらりとそこに並んでいる。饅頭《マントウ》の蒸し加減も神の手だ。饅頭の中に張《みなぎ》るのは〝気〟だという。気が丸ければ、雪白《ゆきじろ》の肌もふっくらと張りよくまた丸い。餡《あん》がべたついたり、崩れたり、背中が裂けたり、底がへたったりするのは下の下だ。二人の料理人が高い台に乗り、「籠《かご》出し！」と声を合わせる。一籠目、気が丸い、肌も丸いぞ。二籠目、気が丸い、肌も丸いぞ。七、八籠目、誰もが今日のできをほめそやす。

こういった見せ場以外、廖《リャオ》師匠はいつも両手を腹の前のエプロンの中で組み、おしゃべりしながら「火を熾せ」、「火を消せ」と叫んで回る。エプロンの中の手は、鍋を洗ったり、野菜を洗ったりに使うことは滅多にない。特に冬は、中庭の氷った水場で手を赤くして野菜を洗ったり、凍りついて水の止まった水道の蛇口やパイプを暖めなければならない。こんなとき、宋《ソン》師匠は新聞紙を集めて燃やし、蛇口を火であぶる。その後で易青娥《イチンオー》を手伝って一緒に野菜の水洗いをしている宋《ソン》師匠の姿は、廖《リャオ》師匠の目にさぞいまいましく映ったことだろう。

「野菜洗いを二人がかりですることはないでしょう。そこは娥《オー》ちゃんに任せて、こっちを手伝って下さいよ。いくらでも本業の仕事があるんですからね」

宋《ソン》師匠の気配りに抜かりがない。廖《リャオ》師匠の声がかかるや、さっと廖《リャオ》師匠のところへ駆けつける。宋《ソン》師匠は何度か彼女に話した。

「廖《リャオ》師匠は要領がいい。余計なことには手を出さない。そういう人だと思えば、腹も立たないだろう。それが分かっていればいい。人より多く体を動かしても死ぬことはないからな」

廖《リャオ》師匠は彼女に面と向かって言った。宋光祖《ソングアンズー》に近づくな。奴を部下のいない司令官にしてやると。

気がつくと、宋《ソン》師匠追い落としの策が目立って多くなっていた。

まず炒め物を作るとき。廖《リャオ》師匠が材料を切りそろえて、宋《ソン》師匠の点検を受ける。これが廖《リャオ》師匠には耐えがたい屈辱だった。

「軍で豚を飼っていた人間が除隊すると〝料理長〟だとよ。劇団の飯がみんなに喜ばれているとでも思っているのかな？」

廖《リャオ》師匠は宋《ソン》師匠の〝料理長〟にずっと不満をたぎらせている。しかし、宋《ソン》師匠は〝料理長〟を続けた。廖《リャオ》師匠は材料を切りそろえ、葱やニンニクを準備してから両手をエプロンの中にしまい込み、後は「お手並み拝見」と、いつものポーズで傍観を決めこんだ。大鍋で作る大人数の炒め物のとき、フライ返しでなくシャベルを使う。宋《ソン》師匠は一鍋ごとに玉の大汗を滴らせ、冬だというのに腰のタオルで何度も拭いながらの苦闘となった。廖《リャオ》師匠はじっと易青娥《イチンオー》の顔を見守りながら宋《ソン》師匠のやり方を笑った。

「宋光祖《ソングアンズー》がやると、ジャガイモの細切り、薄切りはべたっと重たい。なぜか分かるか？　酢を入れるときを間違えている。火が通り過ぎているんだ。それじゃジャワ島はほど遠い（ジャガイモはインドネシアのジャカルタ原産とされている）。だが、あいつに教えちゃならないぞ。懲らしめてやらなくちゃな。お前にはこの師匠が教えてやる。いいか、ジャガイモの細切りと千切りに酢を入れるのは、炒めてから三、四の頃合いだ。五じゃ遅すぎる。三、四だぞ。これがさくっと、かりっとあげるコツだよ。宋光祖《ソングアンズー》がやっているのはカボチャを炒めるのと同じだ。べちゃっとして、歯なしの婆さんにはちょうどいいがな。みんなが意見しても、あいつは聞こうとしない。鍋がでかいからこうなるんだと言い張るが、実は腕前の問題だよ。まあ、豚を飼ってたんじゃ、こんなものかな」

易青娥《イチンオー》は宋《ソン》師匠に教えようと思ったが、言えなかった。だが、ある日、意を決して宋《ソン》師匠の耳に入れた。宋《ソン》師匠は酢を入れる時間を早めた。ジャガイモの薄切りは俄然、さっぱりと歯ごたえよく、みな「これだよ」とほめた。裘《チュウ》さんも「うまい」と言った。廖《リャオ》師匠は不機嫌になり、彼女に当てこすりを言った。

「お前の口はレンコンの穴よりまだ多い。すぐ洩らしちゃうんだな」

寒冬の十二月が来た。白菜の出盛りとなり、ほかの野菜は姿を消した。毎食、白菜の酢あんかけ、白菜の煮付け、豆腐の白菜巻きなど、廖《リャオ》師匠は白菜を切り、速射砲のように刻み豆腐をすぱすぱと押し切りして、包丁の冴えをひけらかす。そして〝料理長〟の仕上げを待ち、豆腐と白菜いりの包子《バオズ》ができた。食堂から悲鳴に近い叫び声が起きた。「塩屋の親爺を叩き殺せ！（塩辛くて食えるか）」

ある者はテーブルにぶちまけ、ある者はわざわざ食堂のカウンターに捨てに来た。裘《チュウ》主管は会議を開いて手厳しく注意した。

「諸君らは最近どうした？　立て続けに塩加減を間違えて、らしくもないぞ。ぱらりと一振り、塩梅よくやってこそ料理人の面目だ。それができなくて調理場に立てるのか？　猛省を促す。三日以内に塩の塩梅を正せないなら、人を換えるまでだ」

宋《ソン》師匠はすぐに過ちを認めた。自分の手で犯した過ちは必ず自分の手で正すと申し出た。廖《リャオ》師匠は宋《ソン》師匠をかばって言った。

「宋《ソン》師匠のせいとばかりは言えない。白菜は塩分を吸わず、ほとんどスープに融けこんでしまうから、余計塩辛く感じるんです」

裘《チュウ》主管は言った。

「馬鹿なことを言うな。冬はどこだって白菜に決まってる。料理人が塩加減を間違えたなど聞いたことがない。塩屋の親爺を叩き殺せなどと、どこの食堂、どこの料理人がそんな騒ぎを起こしているんだ。原因が自分にあるんなら、すぐ改めてくれ。その上でみんなに了解してもらおう」

宋《ソン》師匠は白菜の一株また一株、秤で量り、塩を一両また一両、量りながら振った。今度は味が薄いといわれ、次の回は塩をほんの少し足した。すると、またもや塩屋の親爺を叩き殺せの大合唱。宋《ソン》師匠が自分で味見すると、やはり塩辛く、口に入れられたものではない。

易青娥《イチンオー》は機転の利く子だ。宋《ソン》師匠が料理を終えた後、食材入れのボールなどを載せた台の陰に身を置き、見るともなく回りの情況に視線を走らせた。宋《ソン》師匠が使い終えたシャベルとブラシを水場で洗っているとき、廖耀輝《リャオヤオホイ》が体を横にして塩を一つかみした。それを食材のボールにばさっと入れ、何度かかき回したのだ。それから杓子ですくったスープを舌に乗せ、その塩辛さに顔をしかめ、そして「してやったり」の表情を作った。見られているとは思っていない。易青娥《イチンオー》は床にうずくまってジャガイモの皮を剥いていた。廖耀輝《リャオヤオホイ》は言った。

「これまでだ。塩屋の親爺は今日、叩き殺される」

易青娥《イチンオー》はこれをみんなに話そうとした。だが、廖《リャオ》師匠からどんな仕返しをされるか分からないので、その場は黙っていた。二日過ぎて、みんなの叱声に恐れをなした宋《ソン》師匠は、塩を振る手に震えが来て柄杓を取り落としそうだった。易青娥《イチンオー》は一計を案じた。料理を作り終えた宋《ソン》師匠が道具を洗いに出ないよう、彼女がさっさとシャベルやブラシを持って水場で洗った。宋《ソン》師匠は食事が始まるまで竈や調理場を見ていることができる。この期間、塩売り親爺の騒ぎは静まったかに思えたが、やがて別の問題が起きる。宋《ソン》師匠の料理長の座は劇団員たちの中だけでなく、裘《チュウ》主管の中でも動揺をきたし始めていた。

大晦日になって、年越しに欠かせない定番の揚げ物が用意された。だが、宋《ソン》師匠が〝料理長〟の采配を振るったサツマイモの揚げ団子に無残なひび割れが入った。炸面《ジャーミエン》葉子《イエズ》（さくさくした一種のスナック菓子）が乾いてかちかちになり、焼け焦げができていた。また、陝西省の美食の一つ、深鉢の蒸し肉は三枚肉（バラ肉）がさっぱりと口の中でとろけ、粉蒸肉《フェンジョンロウ》は羊の肉に小麦粉をまぶして長時間蒸し、肉の柔らかみと旨味を引き出す郷土料理だ。しかし、いずれもなぜか醤油味が重く肉の固いこと、本来の製法からするとあり得ないことだった。肉餃子は鍋から出すとすぐ崩れ、元宵節（一月十五日）に食べる元宵《ユアンシャオ》（餡入りの糯米《もちごめ》団子）は煮ると溶けてしまった……。ものになったのは一つもない。宋光祖《ソングアンズー》は全身汗みどろ、裘《チュウ》主管にすみません、すみませんを繰り返し、私は鬼を見てしまったんです。突然料理が作れなくなりましたと言葉も覚束《おぼつか》ないありさまに、廖《リャオ》師匠がその場を収めようとした。

「宋《ソン》師匠は頑張りました。これは絶対故意ではありません。長い間一緒にやって来て今日は一体どうしたことか、よく分かりません。今日までひたすら頑張り続けて精根尽きたのでしょう。宋《ソン》師匠は豚を飼っていたときのことをおっしゃっていましたが、何か悩みがあったのでしょうか。豚については実にお詳しく、軍にいらしたときは立派に任務を果たされました。人が一行《いちぎょう》に励めば鬼神をも動かし、いかなる壁も打ち破ると申しますが……」

後になって、厨房はまた大きな事故を起こす。そのとき、宋光祖《ソングアンズー》は料理長の任を解かれ、廖耀輝《リャオヤオホイ》が晴れて料理長となった。

二十三

春になって、新さや豆が出回った。裘《チュウ》主管はその日、籠いっぱいのさや豆を買って帰った。高いのなんのって。いや、高いのがなんだ。みんなに新鮮な野菜をたらふく食わせよう。一冬白菜責めでみんなげっそり、顔は土気色だ。さや豆をどう料理するか。裘《チュウ》主管は炊事班を集めて意見を徴《ちょう》しながら、まず廖《リャオ》師匠に目をやった。廖《リャオ》師匠は言った。

「料理長にお考えがあるのでは。ご指示があれば、どのようにでも致します。出過ぎたことは致しません。しきたり通り料理長のご意向を伺って下さい」

裘《チュウ》主管は宋《ソン》師匠に意見を求めると、宋《ソン》師匠はちょっと考えてから言った。

「烙鍋盔饃《ラオグオクイモー》はどうでしょうか。そら豆やカボチャ、ジャガイモを別に煮て、緑豆《りょくとう》のスープを添えましょう。排骨《パイグー》(骨付き肉)の出汁《だし》とくれば言うことなし。肉はなくても旨味は十分です」

(注) 烙鍋盔饃《ラオグオクイモー》　小麦粉をこね、クレープ状に焼いたもの。厚さ〇・一ミリ、大きさは三十センチほどの円形で、野菜などの具を挟んで食べる。中国西北部の伝統的な軽食。烙餅《ラオビン》、薄餅《バオビン》とも呼ばれ、立春に食べるものを春餅《チュンビン》といい、さや豆を用いれば春の気分にふさわしい。

裘《チュウ》主管は「それだ」と言い、おもむろに捧げ持ってきたのが、肉をこそげ、つやつやと光る数本の骨だった。すぐ弱火でことことと煮始めた。

易青娥《イーチンオー》はジャガイモの皮を剥き、さや豆から豆をひねり出し、竈《かまど》の火をかき立てている。廖《リャオ》師匠はジャガイモの薄切りを作り、カボチャの皮を剥き、ショウガとネギ油のたれにとりかかった。宋《ソン》師匠はそれを〝料理長〟の目で点検し、さらに烙鍋盔饃《ラオグオクイモー》の薄焼きを作りながら骨付き肉の煮出しを見張っている。これにまず緑豆、次いで炒めたモツを加えてスープ煮にする。その傍ら、さや豆、カボチャ、ジャガイモを別の鍋で炒める。仕上げはこの双方を合わせ、葛引きをしてなめらかなとろみをつけるのだ。宋《ソン》師匠と裘《チュウ》さんが骨付き肉にこだわった通り、その香りは、嗅ぐ者の胃袋を鷲づかみにする。稽古場で汗を流していた訓練生や俳優たちはみな上の空になり、早々と切り上げる。食堂に殺到して長い行列を作り、箸で磁器の茶碗を無茶苦茶に叩き「早く早く」と催促する。宋《ソン》師匠はその勢いに押されて開始時間を繰り上げた。

その結果。食事が終わって間もなく数人が腹痛を訴えた。続いて嘔吐と下痢、また数人が同じ症状を繰り返し、一、二時間のうちに五十数人が病院の廊下に横たわることになった。また〝劇団の病院騒ぎ〟が狭い県城を揺り動かし、制服制帽の物々しい連中が病院にひしめき合った。

黄《ホアン》主任の怒りは激しかった。

「また鬼が出た。劇団はたたられているのか、いや、甘やかされ、たるみきっているんだ。手ぬるいやり方ではもう駄目だ。徹底調査しろ！」

翌日早々、調査の結果が明らかになった。そら豆の生煮えがその原因だった。黄《ホアン》主任自ら厨房の会議に乗りこんだ。まず宋《ソン》師匠が痛切な〝自己批判〟を表明した。裘《チュウ》主管も自分の責任を認め、管理不行き届きを謝罪した。廖《リャオ》師匠も発言し、自分にも責任がないとは言えない。少なくとも宋光祖《ソングアンズー》同志に適宜注意を喚起すべきであったが、食事の開始時間を守らずに一存で繰り上げたことは規律の違反の誹《そし》りを免れないと。

「食事の開始時間は指導者の決定であり、決して忽《ゆるが》せにしてはならないものです。私たち炊事班員はこの覚悟をもって指導者の決定を遵守して参りました。然るに、指導者に従うことなく一存でことを運ぶことの過ちが今明らかになりました。宋光祖《ソングアンズー》同志、これは重大な過ちではありませんか？」

そして廖《リャオ》師匠はさらに強調した。

「私たちの厨房に対して日ごろ黄《ホアン》主任と裘《チュウ》主管から並々ならぬお心遣いをいただいておりましたが、私たちの不注意がそれを無にし、かえってご心痛をかける結果となったことはまことに申しわけありません！」

廖《リャオ》師匠は言いながら鼻をすすり上げ、エプロンを持ち上げて隠していた両手を出し、鼻を拭った。この後、易青娥《イチンオー》に発言の順が回った。彼女はびっくりして頭をでんでん太鼓のように振り、突っ伏して頭を両脚の間に埋めたまま動かなくなった。さらに発言を促されたが、彼女はついに一言も発しなかった。黄《ホアン》主任は会議を総括し、最後の決定を下した。

廖《リャオ》師匠は料理長に任命された。

宋光祖《ソングアンズー》は解放軍時代の功績を認められ、助手として職場にとめおかれたが、二番手の立場が継続されるかどうかは彼の〝思想的な問題〟の解決後に改めて考慮されることになった。

この後、廖耀輝《リャオヤオホイ》は易青娥《イチンオー》にこっそりと話した言葉は一生忘れることはなかったが、思い出す度におかしく、また哀れだった。

「娥《オー》ちゃん、分かるか？　俺はついに天下を取った。王朝が変わったんだよ！」

廖耀輝《リャオヤオホイ》は料理長の任についてまず手をつけたのは、宋光祖《ソングアンズー》と一緒に住んでいた部屋の場所取りだった。

二人は厨房からすぐ近くに一室を共有していた。ウナギの寝床のように細長く、間を竹垣が仕切っていた。内側はやや広く、外側はやや狭い。内側は窓があり劇団の後庭に面し、外側の部屋にも窓はあったが、劇団の前庭に接していた。但し、前庭は水場に近く、一日中騒がしい。どう見ても内側の方が外側より条件がよさそうだ。以前、宋《ソン》光祖《グアンズー》が内側を占めていたのは、料理長として休息が必要だという口実だった。

「さや豆事件」後、料理長になった廖《リャオ》師匠は、「最近、疲れがとれない」が口癖になった。前庭の騒ぎはいつもながら、一晩中ぽたぽた滴る水場の水が耳について眠れないと言う。〝料理長〟として気分が集中しないとぼやき始めた。あるとき、濡れタオルを頭に巻いて出勤してきた。頭が破裂しそうに痛い。包丁は思うに任せず、火加減の勘も働かず、〝料理長〟はとてもやれそうにないと。

これを聞いた宋光祖《ソングアンズー》は自分から言い出した。内側の場所に移ってはどうかと新料理長に勧めると、彼は遠慮深くなかなか応じなかったが、宋《ソン》師匠も後に引かない。押し問答の末、新料理長は宋《ソン》師匠の申し出を受け入れた。

その日、廖《リャオ》師匠は易青娥《イチンオー》を呼び出して調理場に何がない、かにがないと言い始め、際限もなく言い立てて、易青娥《イチンオー》と宋《ソン》師匠は夜遅くまで細々《こまごま》と調理場の整理に追われた。

二人の師匠がまだ場所の交換をしていないころ、易青娥《イーチンオー》はこの部屋に二度呼ばれている。二度とも廖《リャオ》師匠の呼び出しだった。一度目は飴を取りに来いという。彼女は行かなかった。廖《リャオ》師匠は口を突きだして合図を送り、しきりに目配せしている。これは必ず来いという意味だ。一つは師匠が呼んでいるのになぜ来ないのか？　もう一つはこんなことでぐずぐず、すったもんだして人に見られたらみっともないということだった。彼女は抗しきれず、部屋に行った。宋《ソン》師匠は地響きするようないびきをかいて眠っていた。廖《リャオ》師匠は、田舎の人が煮詰めたというサツマイモの飴をハンカチに包んで渡してくれた。飴の中にクルミやゴマが入っていた。包丁で切ると、中身は炒めたトウモロコシ粉でくるんである。サツマイモもトウモロコシも歯にくっつかず、香ばしくておいしかった。母親はよく子どもたちに飴を作ってくれたが、その後、サツマイモが全国的な食料不足の中、作ってくれなくなっていた。遠慮する彼女に廖《リャオ》師匠は無理に持たせ、彼女は嬉しかったがそんな素振りを見せずに受け取った。だが、廖《リャオ》師匠はまだ帰してくれず、腰掛けの端で腰を浮かせている彼女を無理に座らせて言った。

「見ろよ。豚そっくり、お前の家の豚もこんないびきをかいたか？」

易青娥《イーチンオー》は声をひそめて笑った。廖《リャオ》師匠も笑って言った。

「毎日豚と一緒に暮らしているようなもんだ。たまらないよな。横になったとも思ったら、もう眠ってる。眠ったと思ったら、もう高いびきだ。眠ったまま死んじゃうんじゃないか。死人より死人みたいだ。何という星のめぐり合わせかね。一生、悪い夢に取りつかれているみたいだ。なあ、監獄とどこが違う？　百人以上の胃袋をあずかって責任重大だというのに、このお方はまるで頭を使わない。使ってないよ。使っても無駄に使っている。豚の頭じゃ、使わない方がましだ。どう思う？　こんな上役を持って、俺たち、やってられるか？　劇団の皆さんはいつまでも黙っていると思うか？　文句が出て当たり前だよな」

易青娥《イーチンオー》は何を言われても黙って聞き、ときに笑った。笑うと、痩せているから口が特別大きく見える。廖《リャオ》師匠には頭の弱い小娘に思えたのだろう。話を諦め、帰ろうとする彼女をもう引き止めなかった。廖《リャオ》師匠から次に呼ばれたのは、宋《ソン》師匠が「塩屋の親爺事件」を起こしてからだった。宋《ソン》師匠は突然、料理を終えても調理場を離れず、食材入れのボールから目を離さなくなった。廖《リャオ》師匠は彼女があっちについたり、こっちについたり、告げ口したのかと疑った。このガキめ。宋《ソン》師匠が帰るのを待ち、彼女を呼び出して長いことねちねちと問い質《ただ》した。易青娥《イチンオー》はまるで永遠に彼女の顔に貼りついたかのような、ぼんやりした表情を浮かべ、おし黙っている。問い詰められると、突っ伏して頭を太腿の間に埋め、身動きしなくなる。廖《リャオ》師匠はお手上げになり、それでも、氷砂糖を一つかみ与え、強い口調で持って帰れと言い、念押しした。

「お前を可哀想だと思えばこそだ。こんな幼くて頼る者もなく、これからはこの師匠を親とも頼んで何でも相談してくれ。一生面倒見てやるからな」

二人の師匠が場所を取り換えてから、易青娥《イチンオー》はもう一度廖《リャオ》師匠に呼ばれた。宋《ソン》師匠は外側の部屋で相変わらず高いびきをかいている。みると、拳が半分入りそうな大口を開けている。彼女は思わず笑おうとして、手の甲を口に当てた。彼女が奥の部屋に進むと、廖《リャオ》師匠はベッドによりかかって水タバコを吸っていた。音立てて深く吸いこみ、彼女を見ると、煙管《きせる》の吸い口をぷっと吹いて、赤い火の玉を遠くに飛ばした。話というのは、まず宋《ソン》師匠のことだった。

「このいびき、聞かされる身にもなってみろよ。爆睡して、殺されても気がつかないだろう。慣れたとはいっても、眠れないこともあるよ。娥《オー》ちゃん、今日来てもらったわけは分かるかな?」

易青娥《イチンオー》は首を振った。師匠はまた水タバコに火をつけていった。

「どうだ、包丁の使い方、教えてやろうか。宋光祖《ソングアンズー》に教わっても無駄だぞ」

易青娥《イチンオー》は片足の爪先でもう片方の踵《かかと》を蹴りながら言った。

「私は火の番でいいんです。それと野菜のより分け、ネギとニンニクの皮むき……」

廖《リャオ》師匠は彼女の言葉を遮って言った。

「情けないこと言うな。竃の前をうろちょろして一生走り使いで追い回され、こき使われて飯炊き婆さんで終わる気か。竈の焚きつけや火の番はあの宋光祖《ソングアンズー》でもできる。軍隊で豚の餌を作っていたんだろう。材料ぶち込んで火をつけりゃ一丁上がりだからな。今じゃ化けの皮が剥がれてよ。お前と同じ俺の手下《てか》だ。これからはお前がやることはあの男にもやらせる。もう昔と違うんだ。あいつにいつまでも料理長面《づら》させておくのは、第一お前に対して不公平というものだろう。分かるか？」

易青娥《イチンオー》は片足の爪先でもう片方の踵《かかと》を蹴りながら言った。

「私は……火の番が……好きなんです」

廖《リャオ》師匠は呆れて手を振りながら言った。

「お前は壁土にもならないただの泥だ。分かった。火の番をしてろ。ただし以後、大鍋を洗うことは許さん。腰掛けに乗って洗うのは見てられない。頭からひっくり返ったらどうする。責任を取れないからな」

ここまで言ったところで、宋《ソン》師匠が寝返りを打った。もうすぐ目を覚ます。廖《リャオ》師匠はまた氷菓子を一つまみ彼女に与えて手を振り、行けと合図した。

彼女がほっとしたのは、宋《ソン》師匠が悪意の罠をしかけられ、これだけ痛い目に遭わされても、いっこう気にかけていない、らしいということだった。これまでやってきた通り、やることはやるということかもしれない。一方、廖《リャオ》師匠が料理長になって、料理の質も品数も大変わりした。まず当然ながら「塩屋の親爺」問題が消えてなくなった。蒸した饅頭《マントー》が増えた。朝食は糊湯《ホータン》（トウモロコシのお粥）か湯麺《タンミエン》だったのが油炸饃片《ヨウジャーモーピエン》（饅頭《マントウ》を溶き卵に浸して黄金色に揚げ、フレンチトースト風にスライスしたもの）を添え、麺《めん》もただの麺ではなく、陝西風味の油潑麺《ヨウポーミエン》（ネギやサンショウの薬味に沸騰した菜種油をかけ、酸味と辛味をひきたてた麺料理）、あるいは臊子《サオズ》撈麺《ラオミエン》（つけダレにさいの目切りの肉をトッピングした“つけ麺”）だ。昼食はこれまで蒸し饅頭《マントウ》、お粥に炒め物一品あるいはピリ辛の醤みそをくるんだ烙鍋盔饃《ラオグオクイモー》（上巻一八九ページ参照）だったが、これに豆腐乳（発酵させた豆腐に塩味をつけたもの）一人前を加え、烙鍋盔饃《ラオグオクイモー》のピリ辛の醤《みそ》には漬け物の千切りが加わった。それだけではない。お粥の種類も増えた。赤ナツメ入りの粟粥《あわがゆ》、ユリ根入りの白粥、ぷちぷちと粒だったトウモロコシスープなど厨房と食堂の活況が誰の目にも明らかになった。「いい仕事している」と廖《リャオ》師匠の評判は上がる一方だ。廖《リャオ》師匠は、宋《ソン》師匠がいるときには「宋《ソン》師匠のおかげです」と言い、いないときには「芝居は主役の腕次第、料理は料理長の腕次第ってね」

誰かが廖《リャオ》師匠を焚きつける。

「鉄砲に製造番号があるように、人にも製造番号が決まっていて、それが持って生まれた運命（風水の数霊理論）です。同じ料理人でこうも運命が変わるとは、まさに月とすっぽんだ」

廖《リャオ》師匠は言う。

「昔の私は取るに足らない屁みたいなもの。まあ、これからの仕事を見て下さい」

この後すぐ、黄《ホアン》主任は劇団の集会で廖耀輝《リャオヤオホイ》料理長を誉めちぎった。劇団の組織、規律、作風を正し、厨房の〝革命工作〟を成功に導き、面目を一新したというもので、厨房は意気軒昂、廖耀輝《リャオヤオホイ》の鼻息は荒い。

易青娥《イチンオー》は子どもながら廖《リャオ》師匠のやり方に対して、自分なりの考えを持っていた。ただ、それを口にしなかっただけだ。宋《ソン》師匠はあれだけひどい目に遭わされているのに、顔にも態度にも表さない。易青娥《イチンオー》が朝一番、竃に火をつけようとしてなかなかついてくれず、時間ばかり経つときが何度もある。泣きたい思いでいるときいつも宋《ソン》師匠が来て助けてくれた。これを見た廖《リャオ》師匠が言った。

「竃の火起こしはこれから宋《ソン》師匠にやっていただきましょう。何たって元料理長、竃の飯は伊達には食っちゃいない。お前がいくらやっても鍋の水はことりともしないが、師匠がやれば、あっという間にぐらぐらだ」

あるとき、熱々の饅頭《マントウ》を蒸籠《せいろ》から取り出すとき、宋《ソン》師匠は蒸気を浴びて腕半分がただれ、水泡を作ってしまった。それでも廖《リャオ》師匠は宋《ソン》師匠に大鍋を洗わせた。易青娥《イチンオー》は自分からさっと大鍋用の箒を持ち、腰掛けを竃にかけて鍋を洗い出した。廖《リャオ》師匠は言った。

「娥《オー》ちゃん、お前にはお前の仕事がある。人の仕事を取っちゃだめだよ」

しかし、易青娥《イチンオー》は耳を貸さず手を止めなかった。廖《リャオ》師匠は不機嫌になり、「ガキが」と舌打ちしたが、彼女は最後まで洗い通した。二日後、田舎の実家から帰った宋《ソン》師匠は竃の焚き口に呼んで言った。

「うちの嫁さんがこの布靴をお前にってさ。調理場で履いてくれ。ここの仕事は楽じゃない。朝から晩まできりきり舞いだ、誰だって夜には足がむくむ。布靴を履けば、少しは楽になるだろう」

遠慮する易青娥《イチンオー》の手に宋《ソン》師匠は無理に持たせた。彼女は普段、宋《ソン》師匠とはほとんど口をきくことがなかったが、この日、どうしても話したくなった。

「師匠、聞いて下さい。私、仕事はいくらでもできます。どんどんやらせて下さい。無理すると……、また、どんな目に遭わされるか」

宋《ソン》師匠は言った。

「言いたいことは分かっているよ。ありがとう。人間はいろんなものを背負って生きている。どうってことないさ。ただ、人の道を外したら、神さまは黙って見ちゃいないってことだよ」

彼女は黙ってしまった。

この後、劇団は新しい事態に見舞われる。これまで封建制の遺物とされた〝古劇〟が〝解放〟されることになったのだ。

古劇が何なのか、解放が何なのか、易青娥《イチンオー》はまるで知らない。裘存義《チュウツンイ》主管の話を聞くと、これは大変なことなのだと、天地がひっくり返るほどのことなのだということだった。

二十四

旧暦の「六月六《リュウユエリュウ》」、六月六日は虫干しの日だ。一九七八年のこの日、劇団の中庭いっぱいに数十箱の衣装が干しに出された。けばけばしく珍妙としか言いようのない、時代離れした衣装だった。裘《チュウ》主管は、これが「古劇」の衣装だと言った。

（注）古劇　中国古来の伝統を受け継ぐ舞台芸術。日本でもなじみ深い京劇、昆劇（中心地・江蘇省）、川劇（中心地四川省）、越劇（中心地・浙江省、上海）、そして本書の影の主役となる秦劇《しんげき》＝秦腔《チンチアン》（中心地・陝西省）など、各地の方言と節回しで上演される地方劇。その数は中国全土で一口に三百種ともいわれるが、現代も増減、盛衰が続いている。なお、古劇の中で京劇のみ、その成り立ちによって地方劇と呼ばれない。上巻巻末の作者書き下ろしエッセイ『秦腔《チンチアン》は命の叫び』参照。

この日、裘存義《チュウツンイ》厨房主管の働きは目覚ましかった。起床するが早いか、易青娥《イーチンオー》、宋《ソン》師匠、廖《リャオ》師匠を呼び集めた。今日は六月六《リュウユエリュウ》、衣装を風に晒《さら》す日だと。中庭にロープやワイヤーが縦横に張りめぐらされた。不思議なことに、守衛の老人まで張り切り出して自分から梯子《はしご》に登り、踏み台に乗り、風采の上がらない老人にしては妙にかいがいしい。ほらほら、衣装が地面に垂れるだろうと、ロープを思いきり引っ張ったり、ワイヤーが低いと指図したりする。頃やよしと、裘《チュウ》主管は年長の男子学生たちに命じて、厨房二階の保管室から埃《ほこり》まみれの衣装箱をロープで吊り降ろさせ、守衛の老人は布巾を持ち出して一箱一箱、入念に埃を払っている。裘《チュウ》主管は思いをこめて言った。

「一九六四年の暮れ以来、十三年ぶりだ」

（注）古劇の上演禁止　一九六四年　この年の六月、中国文化部（日本の省に相当）は「現代京劇競演大会」を開き、一九六六年の文化大革命発動後に「革命模範劇（様板戯《ヤンバンシー》）」として賞揚される『紅灯記』『奇襲白虎団』『智取威虎山』『海港』『沙家浜』などを上演した。同年十月には毛沢東主席ら指導部は相前後して大型音楽舞踊史詩『東方紅』と後に革命模範劇とされるバレエ劇『紅色娘子軍』を観劇して文芸界における大変革を予告するものとなり、この年以降、古劇の上演は許さ

れなくなった。文革以後はほとんど上演されなくなったが、一部の作品や歌曲は〝名作〟として上演されることも多い。

守衛の老人が応じた。

「まったくなあ」

二人は箱を開け始めた。

出てきた衣装は、易青娥《イチンオー》が見たことのないものばかりだった。

裘《チュウ》主管と守衛の老人が箱を開ける手ももどかしく、せっせとロープやワイヤーに吊しているのを見て、易青娥《イチンオー》は呆れてしまった。箱を担がされた学生たちもぽかんと見ている。廖《リャオ》師匠はいつもエプロンの中にしまっている両手を出し、衣装を一枚一枚ひっくり返しては仔細に見つめている。

「この衣装、古いだけじゃない。細工がすごい。ほら、みごとだろう。この金の刺繍、おお、さながら、のたうつ龍の如しってね。今の人間には逆立ちしたってできっこない」

易青娥《イチンオー》は廖《リャオ》師匠が元、仕立てをやっていたことを知っている。針と糸の仕事には目が利くのだろう。宋《ソン》師匠が尋ねた。

「古劇がまたやれるんですか？　古劇は階級の敵じゃなかったんですか？　牛鬼蛇神《ぎゅうきだしん》（妖怪変化）だの何だのって、さんざんに言われましたよね。〝演劇も老いたる牛の如く人民に尽くせ〟と言われたのは、どうなったんですか？」

廖《リャオ》師匠が宋《ソン》師匠の話を断ち切るように言った。

「あんたは古劇の何を知ってるんだ？　美男美女が出てきたら妖怪変化か？　包公《バオゴン》（北宋の名裁判官）や寇準《コウチュン》（北宋の重臣。後に宰相。明代の小説『楊家将演義』では楊一族を助ける忠臣として描かれている）は妖怪か？　岳飛（南宋の武将。北方の金と戦って軍功をあげるが、政敵・秦檜によって謀殺される）や楊家《ようか》の武将たちはみな妖怪か？

（注）『楊家将演義《ようかしょうえんぎ》』　北方の征服王朝・遼《りょう》と戦い、滅亡した北宋の楊一族の悲劇を描いた講談・講釈風小説。

廖《リャオ》師匠はこの場から宋《ソン》師匠の追い出しにかかった。

「宋《ソン》師匠、あなたは調理場の方をお願いします。ここは娥《オー》ちゃんが残って、ちょっとの間、裘《チュウ》主管を手伝ってもらいます。朝食はさや豆浅漬け入り臊子《サオズ》麺《ミエン》、油撥《ヨウポー》辣子《ラーズ》（辣油《ラーヨウ》の一種。陝西省でこう呼ばれる）を忘れないで下さいよ。これがないと必ず文句が出る。ぶつぶつ言われるのはいやですからね。あ、いやいや、これは、もうちょっとしたら私が作って差し上げます。料理長の仕事ですからね。師匠はトウガラシをすりつぶして茶碗にでも入れておいて下されば結構」

宋《ソン》師匠はこの場を去った。

この日の朝、劇団の中庭は満艦飾だ。名宝珍品の展示会のようでもあった。劇団員が総出で。ぞろぞろ歩きながら、触ったり、持ち上げたり、広げたりしている。裘《チュウ》主管と守衛の老人は声をからして劇団員たちに呼びかけている。見るだけだよ。こら、触ったら駄目だ。やたらにいじくらない。十何年もほったらかしになっていたんだ。汚れた手で触ったり、引っ張ったりしたら、すぐぼろぼろになる……。裘《チュウ》主管と守衛の老人は見物人を追い払いながら、噴霧器を持ち、一着一着丁寧にアルコールを吹きつけていた。

若い団員たちはこの衣装がどんな役、どんな場面で着られたか知る由もない。中庭の空を背景に地に伏す龍、天《あま》翔《かけ》る鳳凰、仙郷の金鳥銀雀《きんちょうぎんじゃく》が風にひるがえり、宮廷の高官が着る礼装は腹に帯のような「輪っか」をぶら下げており、これは「玉帯」と呼ばれて表面に不揃いの玉石が嵌めこまれている。団員の疑問が出たものに「大靠《ダーカオ》」と呼ばれる鎧《よろい》の衣装があった。武将が戦場で身につけるもので、背中に旗指物《はたさしもの》のような三角形の小旗を四本挿している。これは何か、何のためのものかという質問だった。戦場で邪魔にならないか？ 立ち回りをわざわざ動きにくくすることはないのではないか？ 裘《チュウ》主管は情けなさそうな顔で答えた。

「まるで分かってないなあ。ちゃんとした衣装を着けてこそ、大《おお》芝居《しばい》の舞台だ。そこいらの小《こ》芝居《しばい》とは格が違う。衣装は何百年かけて生成発展してきた。一点一点に曰《いわ》く因縁、故事来歴がある。これが芸術ってもんだ」

誰かが尋ねた。

「それじゃ、話劇（日本の新劇に相当する現代の会話劇）の衣装は芸術じゃないのかな？」

「話劇の歴史を見ろ。いくら長いったって中国でたかだか四十数年。将来再演だ、三演だとなったとき、生活が変われば衣装も変わるだろうが。変わらずに伝えられるものが本当の衣装だ。今の芝居にはそれがない」

「冗談でしょう。現代人に赤や緑のぞろりとした衣装つけてやれっていうの？　それこそ大笑いよ。満場爆笑の渦だわ」

これを言った女性に守衛の老人が反論した。

「お嬢さん、あんたはまだ見たことないだろうが、この衣装を着けてこそ、芝居は芝居になる。芝居は初めて見るに耐えるものになるんだ」

このとき、黄《ホアン》主任が庭に入ってきた。誰がこんなことをさせたのかと聞き、「私です」と答えた裘《チュウ》主管にさらに尋ねた。

「誰に断ってこんなことをするのかね？」

「ラジオで聞いたんです。もう方々で始まっているようです」

「方々ってどこだ？」

「川劇（四川省と雲南・貴州の一部で上演されている地方劇）では今年の初めに見取《みど》り（見どころの一段を抜き出して上演）でやったそうです。四川省に兄弟弟子がいて、手紙で教えてくれました。何でも、北京の中南海（中国共産党中央委員会の所在地）の許可が下りて、わざわざ四川まで見に来るそうです」

もの言いたそうだった黄《ホアン》主任は黙ってしまった。

この後、劇団の雰囲気は次第に変わっていく。みんなどこかよそよそしい。話し相手が何を考えているのか、互いの心にすきま風が吹き始めている。特に秋に入ってから、あれっと思うようなことがあった。黄《ホアン》主任の話し方に段々と精彩が乏しくなった分、劇団員の態度が荒っぽくなった。全体集会に平気で遅れてきたり、途中でさっさと帰ってしまったりする劇団員も出てきた。黄《ホアン》主任がある人間を批判すると、その人はその場で面と向かった反駁《はんばく》した。

「納得いきませんね、時代が変わったんですよ。主任がおっしゃるのは〝四人組〟のやり方でしょ。いつまで続くと思っているんですか？」

　集会の招集は次第に間遠になった。

　最大の変化は、数人の男がまるで手品師かペテン師みたいに突然、劇団の中庭で存在感を発揮し始めたことだ。それは恐るべきすごみを帯びていた。

　その口火を切ったのはまず裘存義《チュウツンイ》厨房主管。第一の怪人だ。

　誰もが知っての通り、裘存義《チュウツンイ》は厨房主管でしかなかった。バネ秤をいつもポケットに入れ、一匁《もんめ》二匁の目方にやたらこだわり、奉られたあだ名は「チュウチュウネズミ」だった。それが人を罵る悪い意味だったことを易青娥《イチンオー》は初めて知った。確かに食堂の品揃えやボリューム、味はずっとお粗末なもので、団員たちはいつも不満を漏らしていた。劇団内部に張り出された「大字報《ダーズーバオ》」で砲撃される回数が一番多かったのは裘存義《チュウツンイ》だった。

（注）大字報《ダーズーバオ》　壁新聞。大きな紙に手書きで意見や主張を述べ、大学や政府機関、職場の壁や街頭におびただしく張り出された。一九五七年の反右派闘争、六六年からの文革中に世界のニュースのスポットを浴びたが、一九八〇年に禁止された。

　あるときは大字報《ダーズーバオ》に書き出された裘存義《チュウツンイ》の名前の上に赤い×印がつけられ、食堂を食い物にした世界最大の汚職犯だと字報《ズーバオ》砲が炸裂した。竃の上の〝おいしいところ〟は自分の口の中、あるいはふところの中に入れ、劇団員はその皿の縁を舐めるしかないと猛攻撃したが、いかんせん何の証拠もなく、字報《ズーバオ》砲は口先だけの空砲に終わった。現に裘存義《チュウツンイ》個人はいつも行列の最後に並んで盛りつけをしてもらうと、人の多いテーブルに混じって食べる。皿の中は公明正大、見られて困るものは何もなく、団員たちに咎めだての口実を与えなかった。トウモロコシのお粥や米飯のお焦げなど、みんなが奪い合いになるものは、彼は一口も口をつけなかった。こうして彼は厨房主管という職権を守ってきたわけだが、途中の一時期、外されたことがある。どこからか人が来て厨房主管の任についたものの、三ヵ月でやはり「チュウチュウネズミ」の方がまだましとなり、晴れて現職に復帰したのだった。

　六月六日の虫干しの日が過ぎて、易青娥《イチンオー》は初めて知った。裘存義《チュウツンイ》はもともと厨房の人間ではなく、十三年前は「大《ダー》衣箱《イーシアン》」を管理する仕事をしていたのだ。

（注）大衣箱《ダーイーシアン》　旧時の劇団は衣装、かぶり物、靴、小道具類、化粧用品などをすべて専用の箱に分けて保管していた。衣装箱は「大衣箱《ダーイーシアン》」から「二衣箱《アルイーシアン》」、「三衣箱《サンイーシアン》」まで、「頭帽箱《トウマオシアン》（盔箱《クイシアン》）」は冠物《かぶりもの》やつけひげ、「把箱《バーシャン》」は旗、刀剣類、「雑《ザー》箱《シャン》」には化粧用品などが収納された。古劇の舞台は、それぞれの箱に入った衣装、小道具だけで題材の異なるすべての演目、あらゆる劇的状況《シチュエーション》に対応し、独自の表現様式を確立した。現代劇のように登場人物に合わせたリアルな衣装がその都度デザインされることはなく、古劇の俳優はその象徴的デザインの衣装、小道具しか身に帯びることを許されない。現代劇に見られるリアルな舞台装置、背景の助けもなく、自分の存在感と演技力だけで観客の想像力をかき立てるのが腕の見せどころだった。現代のリアリズム演劇の「写実的」な舞台とは対極的な表現世界で、さきほどの裘《チュウ》主管と若い劇団員の考え方の食い違い、おかしみはここから生まれている。

易青娥《イチンオー》は長じてから理解するのだが、大衣箱《ダーイーシアン》に入る衣装はまず何と言っても大蛇《うわばみ》が金糸で刺繍されている蟒袍《マンパオ》だ。皇帝や宰相、将軍、后妃《こうひ》だけに許されている。次いで、宮廷の役人たちの礼服や僧衣、深窓の令嬢や若奥様の上着など主演級の衣装で、いずれも水袖《シュイシュウ》（袖にたたみ込んだ白く長い薄絹）がつく。これをぱっと宙に飛ばすと、舞踊的な効果は勿論のこと、激しい感情表現、うねるような感情の増幅に用いられるのが味噌で、人間の感情、心の奥に秘められた思いは、こうして現代劇にはない様式美を与えられるのだ。大衣箱《ダーイーシアン》の役柄は多い。主演俳優に仕える役柄もまた多い。これらの衣装を束ね、二枚目の立役《たちやく》（主役）が着る衣装から〝その他大勢〟に至るまで、たちどころにさばいてみせる大衣箱《ダーイーシアン》管理者・裘存義《チュウツンイ》の地位、権力が突出して高かったのも十分うなずけることだった。

二衣箱《アルイーシアン》には靠《カオ》と呼ばれる将軍が着る鎧《よろい》（背中には四本の小旗が挿してある。一本で四騎の軍勢を表し、四本で十六騎の軍勢を率いていることになる）、帝王や皇女の夫、高級武官が着用する戦闘服、二枚目の立ち役が空拳あるいは短刀で立ち回りを演じる短衣、薄地の戦闘服、そして大将について走り回る旗持ちの跑龍套《パオロンタオ》などが入る。跑龍套《パオロンタオ》はその他大勢の役で、この言葉は端役を演じること、人の走り使いをする意にもなる。三衣箱《サンイーシアン》には彩褲《ツァイクー》と地ばれる派手な柄物のズボン（出演者全員がはく）、綿入れの一種の肉襦袢（日本では肉付きをよく見せるためだが、中国ではベスト型衣装の型崩れを防ぐために用いられる）、靴、靴下が入る。頭帽箱《トウマオシアン》（盔箱《クイシアン》）には兜、頭巾、帽子などの冠物《かぶりもの》やつけひげが入る。雑箱《ザーシャン》には化粧用品や化粧台の備品が入る。

大衣箱《ダーイーシアン》を管理する裘《チュウ》存義《ツンイ》は、元はと言えば青年役者で、役どころは三国志の関羽《かんう》のように顔を赤く隈取った紅《ホン》生《ション》だった。ところが、変声期で声が出なくなり、大衣箱《ダーイーシアン》に回されたのだった。文革期、二衣箱《アルイーシアン》や三衣箱《サンイーシアン》、頭帽《トウマオ》箱《シアン》のほとんどが焼かれてしまったが、大衣箱《ダーイーシアン》だけは隠し場所を転々として、ついに隠しおおせ、一九七八年の六月六日、虫干しの日に日の目を見た。劇団員たちは寧州県劇団の底力、守り通した財産の重さを改めて思い知らされた。

突然の復活組、第二の怪人は守衛の老人だ。

彼の名は苟存忠《ゴウツンチョン》。普段「苟爺《ゴウじい》」と気軽に呼ばれ、中には「苟師《ゴウシ》」と呼ぶ人もいるが、易青娥《イチンオー》は、はっきりと聞き取れず、「狗屎《ゴウシ》（犬の糞）」と聞こえることもあった。わざと紛らわしく発音する人もいるからだ。というのも、この老人は人からあまり好かれていない。〝カミソリ〟と恐れられる明敏な頭脳と目の不気味さだ。その目は空を見ているのに開いているのか閉じているのか、監獄の看守さながら、うかがい知れぬものがあり、その眼差しの深い井戸の底はもはや何も映していない静けさと暗さがあるからだ。ときには上司へ「ご注進」、「密告」に及ぶ。「死にそこない」、「もうろく爺さん」と陰口されるのも無理はない。

だが、六月六日の虫干し以来、劇団の中庭で秘かにささやき交わされ、静かに広まっている噂がある。苟存忠《ゴウツンチョン》は古劇華やかりし時代、今を盛りと時めき、人気絶頂の女形《おんながた》だったという。当時「存字派《ツンズーパイ》」の大名跡《みょうせき》を張り、一世を風靡したのがこの苟存忠《ゴウツンチョン》だったというのだ。

（注）存字派《ツンズーパイ》　一流派の芸風を代々受け継ぐ者が、自分の属する世代をはっきりと示すために、芸名の中間に同じ文字を用いて流派の中の長幼、序列を明らかにすると共に同世代の結束を強める。ここで登場するのは「存」の字の世代で、厨房主管の裘《チュウ》存義《ツンイ》、守衛の苟存忠《ゴウツンチョン》、武道家の周存仁《チョウツンレン》、演出家肌の古存孝《グーツンシャオ》の面々だ。

苟存忠《ゴウツンチョン》は明るく活発な娘役（花旦）、華やぎ、香り立つようなお嬢さま役（閨門旦）をこなしただけでなく、武芸に優れた女性役（武旦）、しかも騎馬抜刀、大車輪の立ち回り、気位も身分も高く意気盛んな女英傑を演じてきりりと所作を決め（刀馬旦）、「文武遮るもののない男・女役者」と、やんやの喝采で迎えられた。十数歳でこの道に入ったときから祝儀、心づけが乱れ飛び、鈴の音の鳴り止むことがなかった。当時は祝儀のある度に景気づけと楽屋の役者と観客に知らせるために盛大に鈴がならされたという。

しかし、苟存忠《ゴウツンチョン》は文革が始まる直前から劇団の守衛を務めて十三年間、ずっと着続けた木綿の外套はシミかカビのようなものに覆われて、すでに何色《なにいろ》か分からなくなっている。ある人は「緑青《ろくしょう》が吹いている、さすが年代物、歴史的骨董品」と茶化し、ある人は「ただの黒カビ」と、にべもない。色は灰色でもなく、黒でもなく、やはりねずみ色が一番近い。外套の角という角からは綿がはみ出し、本人に繕う意思がないから、欠けた虫歯みたいに飛び出すままになっている。

だが、六月六日の虫干しの日を期して、彼の中で何かがぽっと弾け、目に生色が宿ったように思われる。夏の間は団扇も使わず、猿股《さるまた》のゴムを引っ張り引っ張り風を入れて涼を取っていたのが、秋の声を聞いた途端、まず身ごしらえが変わった。四つのポケットと五つボタン、中国の指導者が正装として用いる灰色の「中山服」をりゅうと着こなし、その下のワイシャツの襟はぴんと張り、袖口も清潔そのものだ。黒の革靴はぴかぴかに磨き込まれ、特にすっきりと櫛目の通った髪の毛は、口の悪い連中に言わせると「ハエも滑り落ちるほど手入れが行き届いている。朝は濃いお茶で喉を湿らせてから発声の練習に及ぶ。耳に手を当てるのは、おそらく外の音を遮断するためだろうが、その仕種が品よく決まり、貞節な夫人役「青衣《チンイー》」の色気をにじませる。喉を細く絞め、「イイイ、アアア」と長く引いた声は紛れもなく女の声だった。

突然の復活組、第三の怪人は寧州県劇団の門前にある劇場の守衛・周《チョウ》師匠だ。

人々は後になってその名を知る。周存仁《チョウツンレン》。かつて苟存忠《ゴウツンチョン》、裘存義《チュウツンイ》と同じ旅の一座に拾われ、育てられた仲だ。劇団門前の劇場とはいっても、普段芝居や映画がかかっているわけではなく、その鉄の門はずっと閉ざされたままで、周存仁《チョウツンレン》が中で何をやっているのか誰も知らず、見た人もない。劇場自体が謎めいた存在なのだった。この老人が武術の達人だという人もいる。それが証拠に、棍棒がびゅんびゅんと風を切る音、ほっ、はっと口を突く気合いがいつも伝わってくる。もし、劇場の塀によじ登って中をのぞく人がいたら、木の腰掛けに端座している周存仁《チョウツンレン》と目が合い、その射すくめるような視線ではったとばかりににらみつけられたなら、金縛りにあったように身動きがならないだろう。手中の棒はしごく手も見せず、ぐいと一ひねりすると、一直線に宙を切り、その人の顔すれすれの瓦の縁《へり》を打ち砕いている。その棍棒は決して人を傷つけない。だが、棒の落下地点を見よ。その人から二寸（六センチ）と離れていないだろう。のぞき見の不届き者は腰を抜かして塀の外に落ち、尻をしたたかに打つことになる。

周存仁《チョウツンレン》は六月六日の虫干しの日以来、劇団の中庭に入り浸り、「存」の字の仲間と密談に余念がない。その相手はほかならぬ苟存忠《ゴウツンチョン》と裘存義《チュウツンイ》。三人は額を寄せて夜中過ぎまで話しこんでいる。その企みの一つは散逸した「台本の補綴《ほてい》」だった。失われた古劇の台本をつなぎ合わせ、全幕の通し上演をもくろんでいる。何よりの強みは、台詞の一つ一つがすべて彼らの頭の中に叩きこまれているということだった。長年棚ざらしにされ埃をかぶっていた古物の「がらくた」に出番が回ってきたのだ。

さらに四番目の怪人が登場した。その名は古存孝《グーツンシャオ》。

みな「存《ツン》」の字の同世代だ。「存派《ツンパイ》」は総勢三十数人の兄弟子、弟弟子の集団だ。師匠が「存《ツン》」の字の後に「仁・義・礼・智・信」、「温・良・恭・倹・譲」、「孝・悌・節・恕・勇」、「忠・厚・尚・勤・敬」などの〝徳目〟を順に加えて命名する。すでに多くの同世代が物故したが、こうして「忠・孝・仁・義」の四文字が並んだのだから、実に意味深い顔ぶれが揃ったことになる。四人は飛び散った美玉がもとの一つながりに戻ったような喜びようだった。四人の中心格として自他共に認め、君臨するのはやはり古存孝《グーツンシャオ》だった。

古存孝《グーツンシャオ》が劇団の中庭に顔を出したとき、黄色い軍用の外套を着ていた。軍用といえば色は緑に決まっているが、黄色は黄色で「これもあり」かと思わせられる。本物の羊毛入りだった。ただ、どうかなと思うのは、季節は霜が降りたばかりで、ぽかぽかと温かい、それでも古存孝《グーツンシャオ》はこの外套を着て現れた。羽織《はお》っているだけだと言うが、この人物は肩を前後に揺する癖があり、外套はすぐするりと滑り落ちる。すると、〝お付き〟らしい人物がまるで待ち構えていたかのように受け止めるのだ。古存孝《グーツンシャオ》が来たとき、一人の男がいつも影のようにつき従っていた。古《グー》存孝《ツンシャオ》の甥っ子で、一人なのに「四団児《スートアル》」という若者だ。普段は身の回りの衣食住行《いしょくじゅうこう》（孫文は人生必須の衣食住に行路

＝交通を加えた）すべての面倒を見ているらしい。

古存孝《グーツンシャオ》は「存《ツン》」の字派の中で、立ち回り（武生《ウーション》）にかけて右に出る者はないとみんなが口を揃える。いや、「武戯」の立ち回りだけではない。「文戯」の唱わせてよし、語らせてよし、文武を股にかけ、その上、台本を読み解き、役者に振りをつける今の言葉いうと演出力は余人の追随を許さないともっぱらの評判だ。博覧強記、芝居を語らせると、とどまるところを知らず、裘存義《チュウツンイ》の言によると、古存孝《グーツンシャオ》の頭の引き出しには三百本以上、全幕通しの古劇台本が詰まっているという。今や全国各地の劇団から引っ張りだこで、引き抜き、招聘の誘いが跡を絶たないという売れっ子ぶりだ。その彼がなぜこの劇団の中庭に姿を現したかというと、彼の兄弟弟子、荀存忠《ゴウツンチョン》、周存仁《チョウツンレン》、裘《チュウ》存義《ツンイ》がいるからにほかならない。

〝あの〟古存孝《グーツンシャオ》は必ず寧州県劇団に来ると、裘存義《チュウツンイ》は夏のうちから自信ありげに劇団中に吹いて回っていた。易《イ》青娥《チンオー》はどんな人物か見当もつかない。だが、劇団の先輩で知らぬ者はなかった。十数年前、関中《かんちゅう》（西安を中心とする渭水《いすい》流域の大文化・経済圏）で知らぬ者のない超大物で、西安易俗社にも客演したこともあるという。

（注）西安易俗社　一九一二年（民国元年）、当時の演劇改良運動を背景に生まれた地元秦腔《チンチアン》の専門劇団。伝統芸の継承と俳優の養成、観客の啓発にも力を尽くし、女性の纏足《てんそく》、アヘン吸飲、売買婚などを戒め、愛国主義を宣揚する演目を数多く創作した。魯迅がこの演目をみて絶賛したことも知られている。

当時の進歩的知識人によって設立された西安易俗社の社則、内部統制は厳格で、古存孝《グーツンシャオ》は到底この中に収まりきらず、ふらりと全国漫遊の旅に出る。古存孝《グーツンシャオ》は必ず寧州に来ると裘存義《チュウツンイ》は言い続けたが、誰もがまさかと半信半疑だった。古存孝《グーツンシャオ》が姿を現さないまま季節は秋を迎え、古存孝《グーツンシャオ》は某大劇団に引き抜かれたと裘存義《チュウツンイ》が言い出したとき、もう誰も相手にする人はいなくなった。裘存義《チュウツンイ》は黄《ホアン》主任の耳にも何度となく吹きこんでいたと劇団員は語っている。しかし、黄《ホアン》主任は聞く耳を持たなかった。それというのも、黄《ホアン》主任は古劇の復活という事態に対処できずにいたのだ。毎日新聞記事をあさり、ラジオに聞き耳を立て、「参考消息」を研究していた。後日談になるが、万年副主任から劇団長になって、日陰の身からやっと本妻の座を射止めたと陰口された朱継儒《チュジールー》の話によると、黄正大《ホアンチョンダー》はその時期、ただ茫然自失、四顧溟濛《しこめいもう》、方向を見失っていたという。

(注)参考消息　新華社発行の日刊紙。「消息」はニュースの意。海外の通信社、新聞社が報じているニュースのダイジェスト版。「内部刊行物につき、取扱い注意」の断り書きがあり、外国人は購読できなかった。

そして季節は初霜が降りる時期になった。古存孝《グーツンシャオ》はついに待ちきれなくなって自分から寧州県劇団に飛びこんできた。彼は守衛室に入り裘存義《チュウツンイ》の顔を見るなり、うっと言葉に詰まり、はおった黄色い軍用外套をぶるぶる震わせて付き人「四団児《スートアル》」の手の中にずり落とした。思いの丈《たけ》を振り絞るような声が出た。

「黄正大《ホアンチョンダー》同志に会いたい」

裘存義《チュウツンイ》は気を昂ぶらせている古存孝《グーツンシャオ》を抑えにかかった。

「まあ、慌てない、慌てない」

裘存義《チュウツンイ》はすぐさま黄《ホアン》主任に取り次いだが、主任は面会を断った。そのときの古存孝《グーツンシャオ》の怒りは多くの人の語り草となっている。別に来たくて来たわけではない。それを食い詰めた押しかけ浪人の如きあしらいを受けたのは心外だと憤激し、すぐさま席を蹴ろうとした。自分の才を恃《たの》み天下の形勢を観望していた古存孝《グーツンシャオ》は、どうやら自分を諸葛孔明になぞらえていた節がある。〝三顧の礼〟で迎えられ、勇んで山を下り天下に打って出るつもりがとんだ軽はずみ、恥さらしに終わった。熱い顔の火照りが冷たい尻っぺたで汚されたような屈辱だった。苟存忠《ゴウツンチョン》、周存仁《チョウツンレン》、裘存義《チュウツンイ》は懸命になだめ、引き止めようとした。裘存義《チュウツンイ》は芝居の台詞のように語りかけた。

「騙されたと思って見ていてくれ。古劇はすぐ観客の心に火をつける。その勢いは誰も止められない。燎原の火の如く全国に燃え広がるだろう。その暁、古存孝《グーツンシャオ》は偉大な指導者として天帝の賓客の座が与えられるんだ」

この時期、劇団は一種荒《すさ》んだ、ばらけた気分に覆われていた。厨房では一日中、古劇の話に花を咲かせている。廖《リャオ》師匠は大地主の家に仕えて裁縫師をしていたから、芝居は結構な数を見ており、台詞のさわり、歌のさびをいくつも覚えていた。当時は自分の邸内に舞台をしつらえ、劇団まで持つ地主もいたからだ。裘《チュウ》主管は劇団の内外で「存《ツン》」の字派の世話をせっせと焼いている。古存孝《グーツンシャオ》の食事は自分で部屋まで運ぶ熱の入れようだった。廖《リャオ》師匠は古劇の話をさせたらとめどがなく、貴公子と深窓の令嬢のラブロマンスが大好きと言って易青娥《イチンオー》を面白がらせた。彼のお気に入りは「お嬢さまのお部屋に忍びこむ」とか「花園を騒がす」とか「垣根にたたずむ」とかいった場面だった。だが、ある日突然、黄《ホアン》主任が古劇も「存《ツン》」の字派の老芸人も「大っ嫌い」だと言った話が伝わってきた。廖《リャオ》師匠は、はたと困った。もう人前でとくとくと古劇の講釈したり台詞《せりふ》の声色《こわいろ》を真似たりがやりにくい。話して聞かせる相手は易青娥《イチンオー》ぐらいしかいなくなる。黄《ホアン》主任の古劇嫌いは宋光祖《ソングアンズー》師匠にまでとばっちりがいった。宋《ソン》師匠の豚の脳みそに芝居を語っても分からないから豚でも飼わせるがよかろうと言ったという。

　すると間もなく、厨房の実権を握った廖《リャオ》師匠が養豚の新事業を始めようと言い出した。劇団は所帯が大きく、残飯や野菜クズ、台所の廃物をほかの豚飼いに卸すのはもったいないと、裘《チュウ》師匠に頼んで豚を二頭買い入れ、トイレの側に豚小屋を作って宋《ソン》師匠に世話をさせることにした。宋《ソン》師匠ならこの困難な新事業を立派にやり遂げられると。

　こういった動きの中、劇団はめまぐるしく変わっていった。廖《リャオ》師匠と宋《ソン》師匠の立場が入れ替わって易青娥《イチンオー》を困らせるといったことだけでなく、芝居作りの現場や訓練生のレッスンなど劇団の日常にも古劇解放の影響が及び始めていたのだ。裘存義《チュウツンイ》は稽古場の訓練生を見て、随分と思いきったことを言った。

「お嬢さま方のあんなお稽古ごっこ、これからはもう通用しない。仲好しごっこのおままごとじゃ、古劇のその他大勢役も勤まらない。一から鍛え直しだね」

　古劇の〝芸〟とか〝芸の下地〟が何なのか、易青娥《イチンオー》には分からない。それはともかく、まるで旧時代に戻ったかのような、棒でこづかれ、怒声を浴びせられ、何度でもやり直しをさせられる稽古の厳しさに、劇団員は少なからず恐慌をきたしている。

　太鼓打ちの郝大錘《ハオダーチュイ》は酔っ払って何度も中庭で叫んでいる。

「やい、妖怪変化、魑魅魍魎《ちみもうりょう》、人民の敵！　地の底からぞろぞろ這い出してきやがってとっと失《う》せやがれ！　二言目にはいい芝居、いい芝居。何がいい芝居だ！」

　果たせるかな、裘存義《チュウツンイ》の流した話が伝わってきた。半年間、耐えに耐えた古存孝《グーツンシャオ》がついに大癇癪を起こしたというのだ。黄《ホアン》主任は彼を迎え入れるどころか、会おうともしない。その代わり、副主任の朱継儒《チュジールー》に預けて一席設けさせ酒と料理でその場しのぎをしようとしている。全国各地で本格的な古劇の稽古が始まっているというのに、寧州県劇団は押しても引いてもびくともしない。黄《ホアン》主任はズックの寝椅子に横たわったまま「慌てない、慌てない、まずは様子をみてからだ」を繰り返している。だが、とうとうこれ以上時間稼ぎができなくなった。新聞やラジオが連日、どこの地方劇が復活して稽古を開始したと伝え、決め手になったのは、県の上層部が劇団に口出ししてきたことだった。逃げ場を失った黄《ホアン》主任はついに朱継儒《チュジールー》を引っ張り出し、〝老芸人〟たちのご機嫌伺いを命じ、なおも釘を刺して言った。

「多幕ものは駄目だ。小手試しに一幕ものをやらせて、話はそれからだ」

黄《ホアン》主任の要求はこれだけでなかった。どの芝居をやるかについては、能《あた》う限りこれまで上演された中から無難なものを選ばせ、くれぐれも問題を起こしてくれるなということだった。

二十五

劇団はまた変わり、別の人物にスポットが当たる。易青娥《イチンオー》の仕事は竈《かまど》の番、飯炊きの雑用に変わりないが、別な仕事が増えた。豚の世話だ。二頭の豚はまだ小さくても、とにかくよく食べ、餌を一日に数回与えなければならない。廖《リャオ》師匠の方針通り、豚の飼育の責任者は表向き宋《ソン》師匠だが、厨房の仕事は相変わらず超忙しく抜けるわけにはいかず、易青娥《イチンオー》にその負担がかかってきた。ただ、豚の餌を鉄の桶二つにぎっしり入れて運ばねばならず、この重さは幼い易青娥《イチンオー》の手に余る。宋《ソン》師匠が先に二つの桶を運んでくれ、易青娥《イチンオー》はその後に行って餌を分けてやればよかった。

易青娥《イチンオー》が厨房の手伝いに入ってから、彼女と宿舎の研修生との関係が微妙に変化した。最初は大いに易青娥《イチンオー》を囃したてた。よかったわねえ。歌のレッスンより大変そうだけれど頑張って。でも、これからは食べるために歌わなくていいんだから幸せよ。それに今は歌いながら料理の修行もできる。これこそ共産主義の理想に一歩近づいたんじゃないかしら。易青娥《イチンオー》はこんな嫌みに取り合うつもりはない。ただ、研修生たちの本音がよく分かる。自分の優位を見せつけ、〝芝居漬け〟というぬくぬくした安定、毎日の楽しみと潤いがあるからこそ、こんな気楽な、どうでもいい話ができるのだ。他人の痛みは百年耐えられるとはこのことだ。もし、彼女たちの誰でもいいから一人を厨房に入れたらどうなるだろうか。身も世もなく劇団がひっくり返るような大騒ぎになるだろう。しかし、易青娥《イチンオー》はじっと耐えなければならない。叔父が獄舎につながれている間は。

一方、ある研修生は本気で易青娥《イチンオー》を頼りにし、厨房で頑張ってほしいと願っている。だが、それも訓練生には盛りつけが少なかったり、中身に差がつけられたりしているから、少しでも研修生の気持ちが分かる仲間、味方が欲しいというわけだった。学生たちの議論の的になっているのが廖《リャオ》師匠だった。廖《リャオ》師匠は盛りつけの度に相手の目の中をのぞくような、値踏みをするような目つきをする。あるとき、柄杓の縁に脂身のよい肉がのっていたとする。

相手が誰か、美人か、お眼鏡にかなえば、柄杓はぽんと気前よく相手の皿に伏せられる。気に食わない相手だと、その肉は柄杓の中で篩《ふるい》にかけるみたいにぐずぐずと揺すられ、鍋に戻されてしまう。あるときは、柄杓に目がついているみたいに鍋の中をすいすいと選《え》り分け、肉やよい具材がまるで旧知の間柄のように揃って柄杓の中に吸いこまれ、お気に入りの皿に振る舞われるのだ。またあるときは柄杓の出会う相手が白菜の硬い芯だったり、大根の皮だったり、漬け物の皮ばかりだったりする。それが自分の皿に盛られたとしても怒ってはならない。廖《リャオ》師匠を白い目で睨んだり、罵ったりしようものなら、次の回はもっとひどいしっぺ返しをされるだろう。

研修生の中で、まあまあましな部類の女子たちは易青娥《イチンオー》が厨房に入ったことに対し、自分もおこぼれにあずかれると素直に期待したが、後にそ裏切られることになる。易青娥《イチンオー》に与えられた仕事は竈の火の番、鍋を洗い、野菜を洗うだけ、これでは飯盛りどころか、杓子に近づくことさえできない。食事どきになると、易青娥《イチンオー》の居場所には目に見えない閂が下ろされ、つっかい棒がかけられている。肉入りの料理や餡入りの包子《パオズ》は間違っても彼女の口には入らない。彼女がそこにいるのは、宋《ソン》師匠や廖《リャオ》師匠に汗ふきのタオルを渡したり、まな板を拭いたり、たたき台を洗ったりの半端な仕事に過ぎなかった。食券を受け取るのでさえ宋《ソン》師匠の役目で、研修生たちは彼女の仕事に何の救いも見いだせなかったのだ。

易青娥《イチンオー》は宿舎の入り口近くにベッドを与えられている。朝は早く、寝るのは遅い。始業時間がまったく異なっているから、お互い顔を合わせる時間は多くない。一緒にいる時間といえば、眠っているときだけだ。宿舎にネギの臭いがする。あら、いやだと言い出す訓練生が出た。ネギのみじん切りの臭いよ。ニンニクも臭うわね。ニンニクの芽の臭いよ。何だか漬け物臭い……。こういった声はすべて易青娥《イチンオー》に向けられている。易青娥《イチンオー》は体を洗ってから宿舎に帰ることにした。冬には鍋に湯を沸かし、竈の間の入り口には心張り棒をかけ、全身に石鹸を何度もこすりつけて念入りに洗った。それでも言う人はいた。豚の臭いがする。二頭も飼ってるんだから仕方ないわよ。ネギやニンニクや漬け物は臭わないわ。でも、米のとぎ汁、下水の臭いがする。いや、何だか酸っぱい臭い、残飯の臭い、野菜の腐った臭いよ……。楚嘉禾《チュチアホー》はマスクをして寝るようになり、これを見た易青娥《イチンオー》はもうここには住めないと覚悟を決めた。引っ越しするしかない。

胡彩香《ホーツァイシアン》先生に相談したら、先生は自分の部屋に来いという。しかし、先生の部屋へ、どうして行けようか。易《イ》青娥《チンオー》には一カ所だけ、心当てがあった。ただ、裘《チュウ》主管や廖《リャオ》師匠の了解が得られるか分からない。

その場所とは、竃の前だった。

易青娥《イチンオー》が言う「竃の間」は随分広い。卓球台を置いていたこともあった。以前は出勤前にこっそりと卓球をしている人もいたと聞いたことがある。これが指導部に知れて持っていかれ、片づけられてしまった。昔は数十束の薪やたきぎが堆《うずたか》く積まれていて、窓がついているし、何よりもここには人が来ない。彼女にとって恰好の隠れ場所だった。このことは宋《ソン》師匠に相談したことがある。しかし、それは難しいだろうというのが返事だった。どうして女の子を竃の前に住まわせられるか？　農村ではたまに物乞いの女を竃の前で寝かせることはあっても、人に聞かせられる話ではない。それに危険だ。火事を出したらどうする？　しかし、易青娥《イチンオー》はここに住むと決めていた。今度は廖《リャオ》師匠に聞いてみた。廖《リャオ》師匠も同意しなかった。

「お前はれっきとした国の劇団の従業員だ。従業員には住宅が支給される。それなのに何で竃の前で寝なくちゃいけないんだ？　それは我々革命的厨房の従業員に対する不公平を意味する。それは我が厨房の面汚しになるんだ」

この後、易青娥《イチンオー》は裘《チュウ》主管の機嫌がいい日を見計らって話しかけた。「隣の県はどの劇団も古劇を上演するんですってね」と持ちかけ、「古劇の勢いはもう誰も止められないんでしょ」と、裘《チュウ》主管の口癖をわざわざ引き合いに出して気を引いた。相手が何か話したそうになったのを見て、彼女は竃の前に住みたい気持ちを打ち明けた。ここの方が毎朝火を起こすにも料理の支度にも便利だからと訴えた。裘《チュウ》主管は竃の前へ行き、見るだけは見たが、答えはやはり否《いな》だった。まずは安全の問題だ。失火を出したら、この裘《チュウ》主管、どう責任を取る？　易青娥《イチンオー》の頑張りにも拘わらず、誰からも同意を得られなかった。宿舎に戻るつもりはない。えい、こうなったら、やるしかない。

易青娥《イチンオー》は夜中の十二時近く、引っ越しを決行した。冬のさなか、中庭に人影はない。まず宿舎のベッドの床板を剥がし、「竃の間」へ運んだ。それを固定させると、舞台裏へ行って背景のセットの中から手ごろな大きさのパネル

（突っ支い棒がついている）を選び出して自分の居住空間を囲み、目隠しにした。これで彼女だけの小宇宙の完成だ。ただ心配なのは、あまり立派に作りすぎると、人に見られたら、資産階級《ブルジョワ》の悪しき影響によるものだと批判されかねないことだった。

外は厳冬の風が吹きすさんでいる。彼女は背景の布を窓に貼り、すきま風を防いだ。この空間の大装置は何と言っても三つの大竈だ。二つには種火が仕込んであり、明るい炎を見せ空間全体をほかほかと暖めている。これだけでも宿舎よりずっとました。宿舎ではみんなニクロム線入りの毛布やゴム製の湯たんぽを持っている。彼女はそんな毛布を持たず、胡《ホー》先生からもらった湯たんぽしかなかった。宿舎はだだっ広い上に、入り口近くはすきま風が吹きこんでいつも寒かった。湯たんぽで足先をいくら暖めても、冷気がしんしんと身にこたえた。ここなら湯たんぽを足の裏に置けば、全身は汗ばむほど温まるだろう。

この夜、彼女は夢を見た。こんな素敵な夢はずっと見たことがない。易青娥《イチンオー》はふるさとの九岩溝《ジョウイエンゴウ》に帰っていた。彼女は一群の羊を従えていた。数百頭もいる。いや、数千頭の羊が九岩溝《ジョウイエンゴウ》の両岸を埋めている。みんな彼女の家の羊だ。彼女は数え始めた。数えても数えても数え切れない。羊たちは彼女を取り巻いている。最初、彼女は地上に立っていたが、いつか羊の背に乗せられ、横たわっていた。ころころ転がると、羊の毛の柔らかさ、暖かさが背中に伝わってきた。しばらくすると、彼女も羊に変身していた。羊たちはみな彼女を取り巻いてぐるぐる回っている。彼女は羊たちに命令する。東山へ行こう。東山の草を食べよう。すると、羊たちは一斉に東山へ向かう。彼女は、また命令する。西山へ行こう、西山の草を食べよう。すると、羊たちは一斉に西山へ駆け出す。山には食べきれないほどの草が生えており、どれも柔らかく瑞々しい。草を食べ終えると、ごろりと横になって日向ぼっこだ。太陽の光は何て暖かいんだろう。羊たちの毛を照らし、金色に輝かせている。やがて母親が来た。父親も来た。姉も来た。みんな彼女に尋ねる。どうして羊になってしまったのかと。彼女は笑うだけで、答えない。その笑顔も太陽にきらきらと輝いている。母親は早く人間に戻っておくれと哀願し、姉も早く人間に戻るようにと言う。でも、父親は、もし、お前がうれしいのなら、羊になるのもいい、ずっと幸せな羊でいるがいいさと……。

易青娥《イチンオー》が幸せな羊の世界から目覚めると、宋《ソン》師匠が来て火を起こしながら、彼女を起こした。

「お嬢、どうやって引っ越した？　まあ、いいか。暖かいし、火の用心にもなる。何たって竃の前だからな」

後から廖《リャオ》師匠がやって来た。

「お前、それでもやっぱり越してきたのか。呆れたな」

彼女はいつものやり方を発揮する。誰が何と言おうと、頭を垂れ、指先で鼻の穴をつつきながら片方の足の爪先でもう片方の踵《かかと》を蹴っている。廖《リャオ》師匠が諦めたような声を出した。

「言い出したら聞かないんだ。こんな強情な娘、見たことない」

すぐ裘《チュウ》主管が顔を出した。これはやっぱりまずいよ。戻ってくれないと困るなあ。易青娥《イチンオー》は俯いたまま、やはり指先で両方の鼻の穴をつつきながら片方の足の爪先でもう片方の踵《かかと》を蹴る動作を繰り返す。おし黙り、一言も発さない。みんなはこそこそ相談しているようだった。まさかここまでやるとはなあ。しょうがないよなあ。こうして、易青娥《イチンオー》は宿舎の密空間から逃れ、竃の前に安住の地を得たのだった。

自分の空間を持ってから研修生たちとの過度な接触も減り、彼女の心に落ち着きが戻ってきた。忙しい一日が過ぎ、「竃の間」の両開きの門に閂《かんぬき》をかけると、彼女の心に得も言われぬ愉快感がわき起こってくる。寧州という大きな町に住み、自分で閂をかけられる安楽な住みかを持ったのだ。

胡《ホー》先生と米蘭《ミーラン》は九岩溝《ジョウイエンゴウ》まで彼女を追いかけたときの約束を忘れていない。彼女を助けて芝居と歌の修行に道を開くということだ。彼女が厨房勤めになってから、胡《ホー》先生と米蘭《ミーラン》は何度も誘い、催促もしたが、彼女は一日の仕事を終えてぐったりしている。ひたすら横になりたいだけで口をきくのも億劫な様子だ。そんな彼女を見ると、二人の女優はつい不憫になり、声かけを遠慮していたのだった。

新しい住みかで自分と向き合う機会を得た易青娥《イチンオー》の心に動くものがあった。やってみようか。これまで意固地になって自分の心を閉ざしてきた。飯炊きだって何だっていい、そんな投げやりの気持ちもあった。だが、廖《リャオ》師匠が〝調理長〟になってから「自分はこれでいいのか」と思うようになっていた。飯炊き婆さんで終わるのはいやだ。

竃の前に立つと、体が自然に動いた。股割り、仰け反り、顔の筋肉をさまざまに動かし表情の練習もやってみた。大丈夫、まだまだできる。誰も見ていないから、安心して大胆になれた。古劇がどんなものか、彼女はまだ何も知らない。裘《チュウ》主管に聞くと、古劇の歌は人の心を満たすという。優れた芸は、おいしい料理のように人を幸せにするという。それが芝居なのだと。しかし、と裘《チュウ》主管は続ける。古劇を歌いたいなら、今の役者は修行が足りない。舞台に上がったら、恐らくまともに立っていられないだろう。その日、苟存忠《ゴウツンチョン》も同じようなことを言った。

「役者で大事なのは二本の足だ。今の役者を見てみろ。まるで棉花みたいにふにゃふにゃだ。体に心張り棒が通っていない。あれではまともに立てないし、まともな歌が歌えるはずもない」

易青娥《イチンオー》が好きな武技の決め技に天空蹴り「朝天蹬《ちょうてんとう》」がある。上方に向けて打撃を仕掛ける訓練で、体の柔軟性、持久力、平衡感感が試される難度の高い武術の脚技《あしわざ》だ。まず片脚を踏みしめて上体を起こし、もう片脚の爪先を体側に沿ってぴんと上げ、足の裏を天に向ける。さらその足先が肩を越え耳をかすめて後頭部へ、一直線に伸びなければならない。女生徒のほとんどはこれを好まない。まず足がまっすぐに伸びず、伸ばしたつもりでも、胸が圧迫されて前屈みになったりする。S字型の足の持ち主はまっすぐ立っていられずに軸足が乱れ、大抵はここで体形を崩すのだ。教師の要求は脚を伸ばしたまま一分間辛抱しなければならないのだが、これをマスターした研修生はまだいない。しかし、易青娥《イチンオー》はできる。彼女は片脚を頭頂まで伸ばし、五分間辛抱できる。もう一方の脚は地面に打ちこんだ杭みたいに微動だにしない。すらりと伸びた体形で終始、端正なポーズを決め、空中に凝固したかに見えるのだ。

ある日の早朝、彼女は竃の焚き口と向き合っていた。今日は竃が三つとも機嫌よく燃え立ってくれた。まるで彼女に笑いかけてくれたみたいですっかり嬉しくなり、弾む心で「朝天蹬《ちょうてんとう》」の大技《おおわざ》が出た。そこへいつも「老頭児《ロートル》」だの「苟爺《ゴウじい》」と呼ばれ、小馬鹿にされている守衛の老人苟存忠《ゴウツンチョン》が守衛室の炭団《たどん》に火を起こすため火種をもらいにやって来た。彼女の脚技《あしわざ》を見て「アイヤー」とびっくりし、急《せ》きこんで尋ねた。

「お嬢、ちと尋ねるが、今の脚技、どこで習い覚えたぞ?」

易青娥《イチンオー》があわてて脚を引っこめると、苟存忠《ゴウツンチョン》はそれを押しとどめていった。

「どれ、この老師に今の脚技、今一度見せてもらえるかの？」

易青娥《イチンオー》は決まり悪くて尻込みした。しかし、この老人は執拗だった。やらねばただではおかない剣幕だ。彼女は仕方なく数回やって見せた。苟存忠《ゴウツンチョン》は呆気にとられて立ちつくしている。

「お嬢、いい技《わざ》、見せてもらった。この苟《ゴウ》老人ともあろう者が、不覚にも見過ごしていた。ところで、ものは相談だが、お前さん、武旦《ウーダン》（立ち回りの女形《おんながた》）をやってみるつもりはないかえ？　もし、やる気なら、この老師が教えて進ぜよう。任せておくがよい。とびきりの武旦《ウーダン》に育ててみしょうぞ」

易青娥《イチンオー》は知っている。この老人は守衛なのに、最近突然、化け始めた。身の回りがよく片づき、身ごしらえがこぎれいになり、舞台のメイクをしたり、鏡を手放さず、時には蘭花指《らんかし》の練習をしている。劇団の人間はこれを見て、ひっくり返って手足をばたばた、死ぬほど笑い転げるのだ。

（注）蘭花指《らんかし》（ランホアジー）　人物の性格と心の揺れを同時に表す指の技。その形が蘭の花に似ているところからこの名がつけられた。京劇の近代化を進めた梅蘭芳らによって編み出され、旦《ダン》（女形《おんながた》）の芸域を広めた。五十もの型があり、それぞれに美しい名がつけられている。

この苟《ゴウ》老人はかねて弟子を取りたいと洩らしていたが、劇団の人間は誰も本気とは思わず、笑い話と聞き流していた。易青娥《イチンオー》にしても、まさかその弟子の話が自分のところに来るとは夢にも思っていない。易青娥《イチンオー》は弟子入りの話を受けるとも受けないとも答えなかった。自分は飯炊きの身分だから、受けるとか受けないとか、自分の決めることではなく、どうでもいいと思っていた。ただ、それをはっきり言うわけにはいかず、礼儀上、頷いて見せただけだったが、苟存忠《ゴウツンチョン》はそれを真に受けた。

二十六

「門番風情が」と蔑まれ、おい、老頭児《ロートル》、苟爺《ゴウじい》などと気安く呼ばれていた苟存忠《ゴウツンチョン》がいきなり飯炊きの易青娥《イチンオー》を弟子にすると言いだした。中庭のみんなは吹き出し、吹き出したついでに歯を飛ばすほど大笑いした。胡彩香《ホーツァイシアン》先生まで駆けつけて、「返事したの？」と問い詰める。どう返事したのか、易青娥《イチンオー》自身、覚えていない。どうせ自分は下っ端の「賄い方」、いてもいなくても同じという思いがあったから、口を押さえて素っ頓狂な笑いでごまかした。胡《ホー》先生はそれを「受けた」と受け止めた。

「この子ったら、竃《かまど》の灰をかぶって顔に火ぶくれ作って今度は何？　あの小汚い老人と一緒に蘭花指《らんかし》をやらかそうってわけ？　枯れた喉をすぼめてピーヒャララーって、ああ、気持ち悪い。寒気がする。地獄の鬼だって裸足で逃げ出すわよ。あなたにも面子《めんつ》ってものがあるでしょう。よりによってあの耄碌《もうろく》爺さんの弟子になるなんて劇団中《じゅう》の物笑い、いい酒の肴、ご飯のおかずよ」

易青娥《イチンオー》も笑った。笑いながら、口に当てた手の甲を歯でかりかりと噛んだ。噛みながら、苟存忠《ゴウツンチョン》に会い、自分が弟子になったことをあちこちに言いふらさないでと頼もうと思ったが、その勇気はなかった。それでも彼女は守衛室に入った。苟存忠《ゴウツンチョン》は蘭花指《らんかし》の「雨潤《うじゅん》」であろうか、人指し指で相手を指し非難の気持ちをこめたポーズで彼女を迎えた。

「お嬢、この老師を師と仰ぐ叩頭の礼をお忘れか」

易青娥《イチンオー》は恥ずかしさが先に立ち、「エ、エー？」と口を押さえ、素っ頓狂な笑いでごまかそうとした。守衛室には裘存義《チュウツンイ》主幹が座っていた。〝演劇の百科全書〟古存孝《グーツンシャオ》も並んでいる。劇場守衛の武道家周存仁《チョウツンレン》も来ていた。周《チョウ》存仁《ツンレン》が言った。

「何たる不作法。これでもこの小娘を弟子にとろうってか。小便臭い娘が叩頭の礼とは洒落にもならないぞ」

彼女は怖じ気づき、逃げ帰ろうとした。裘《チュウ》主管が言った。

「本当にこの子が武旦《ウーダン》(立ち回りの女形《おんながた》)をやれる〝玉〟だと睨んだのか?」

苟存忠《ゴウツンチョン》は勢いこんで話した。

「足腰は申し分ない。辛抱もいいし根性もある。武旦《ウーダン》に打ってつけの素材だ。それと、まだある。諸兄のご眼力で看破なされたかどうか、今はあの幼顔《おさながお》に隠れているが、目と眉にぞくっとする色気が薄雲のようにかかっている。一旦長《ちょう》ずれば、顔の土台がいい上に、あの鼻の高さ、大化けすること請け合いだ。お疑いなら、十五、六歳になったらもう一度ご覧あれ。せっかくの美人《メイレン》の卵、ここでつぶすのはもったいない。我々の力で孵化させてやりたいものですな」

易青娥《イチンオー》はこれ以上聞いていられなくなって逃げ出した。竃の間に入る前に鏡を取りだし、自分の顔をしげしげと見た。美人《メイレン》の卵、というほどのものはどこにも見当たらない。鼻は確かに高い。母親はいつも言っていた。鼻が高いのは自慢にならない、間抜けに見える。外国映画を見ると、顔の真ん中に鼻がでんとのさばって、不格好ったらありゃしないと。

苟存忠《ゴウツンチョン》が彼女を弟子にしたことは廖《リャオ》師匠も知っていた。やはり面白くない。その日、宋《ソン》師匠は自室に帰り、外側のベッドで高いびきだった。廖《リャオ》師匠も内側の居所に彼女を連れ、聞き出しにかかった。

「苟爺《ゴウじい》の弟子になると返事したのか?」

易青娥《イチンオー》はいつもの手しかない。返事したのかしなかったのか、手の甲を口に当て、だんまりを決めこんだ。片方の足の爪先でもう片方の踵《かかと》を蹴ったり蹴らなかったりしている。廖《リャオ》師匠は言った。

「いいか、よく聞け。あの苟爺《ゴウじい》に飯が作れるか? 料理長が勤まるか? 役者が門番に身を落とし、薄《うす》らな目玉《めんたま》ひんむいて何の番をしてきた? 役立たずの門番が今度はお師匠様でございますだと? 笑わせるな。自分は重たいものを担がずに、涼しい顔して今度は人さらいの真似か。人の職場の大事な娘っ子をかっさらって、すたこら逃げ出す気かよ。あの爺さん、十何年も前に役者の足を洗ったのに、まだ女形《おんながた》を気取ってやがる。いい年こいて、形《かた》は形でも形なしだ。人間のやることじゃない。あんな王八蛋《あんぽんたん》についていくんじゃない。人間の悪い行いを人に見せるのが役者の仕事だ。ろくなものにならないぞ。いずれお化けみたいな蘭花指《らんかし》をやらされるだろうが、それよりも、ここでまな板の仕事、包丁の技《わざ》を学ぶんだよ。鍋に手を焼かれ、包丁に手を切り損なうだろう。しかし、俺たちはまっとうに世の中を渡る職人だ。あんな男か女か分からない化け物の後を追って地獄を見るよりも、ここで地道に堅気《かたぎ》の道を歩くんだ」

易青娥《イチンオー》は何も話さなかった。いつものように片方の足の爪先でもう片方の踵《かかと》を蹴ったり蹴らなかったりしている。廖《リャオ》師匠は彼女に氷砂糖を一つかみ渡して「行け」と手まねした。彼女は廖《リャオ》師匠から氷砂糖をもらっても嬉しくない。廖《リャオ》師匠の手は氷砂糖をつかむ前に首筋のくぼみを掻きむしり、爪の間に白い表皮を残している。彼女は廖《リャオ》師匠の部屋を出ると、氷砂糖を豚小屋の桶に放り入れた。

寧州県劇団はついに古劇の稽古に入った。初演の作品は『水滸伝』から『雪夜梁山に上がる』が選ばれた。

(注)『雪夜梁山に上がる』『水滸伝』第十一回の場。宋の都で近衛兵の槍術指南として勇名を馳せていた林冲《りんちゅう》は、美しい妻を権力者の養子高衙内《こうがない》に奪われ、さらに命をつけねらわれて梁山泊に身を投じる。林冲は妻を救け出し梁山へ迎えようとしたが、高衙内に縁組を迫られ続けた妻は、ついに耐えきれず自害した後だった。梁山は山東省西部の梁山県にかつてあった大沼沢地。この天険の地を根城として世に入れられない英雄・豪傑・盗賊たちが立てこもった。中でも北宋末期（十二世紀初頭）に河北で蜂起した宋江の反乱軍は宋朝を大いに苦しめ、やがてこの史実をもとに、さまざまな英雄・豪傑譚が語り継がれて明の初め、宋江や林冲ら一〇八人の好漢を主人公とする小説『水滸伝』にまとめられた。

古劇を知り抜き、そのどんな小径《こみち》、木叢《こむら》にも通じ、風のそよぎに耳を澄まし、葉末《はずえ》の滴《しずく》にも目を凝らす四人の老芸人たちを中心に、台本読み解きの達人で名うての論客、古存孝《グーツンシャオ》が『雪夜上梁山』の場を中心に再構成し、台本を仕上げた。劇団員のほとんどが古劇の何たるかを知らない状態で、稽古は捗らず、すぐ手詰まりになった。まるで三歳の童子を相手に講釈を垂れているようなものだ。やむなく古存孝《グーツンシャオ》は主な場面をつないだ後、稽古の〝駄目出し〟、細部の仕上げは役柄に応じて老芸人たちに任せることにした。苟存忠《ゴウツンチョン》は旦《ダン》（女形《おんながた》）、周存仁《チョウツンレン》は武戯《ウーシー》（立ち回り）、裘《チュウ》存義《ツンイ》は念《ニエン》（台詞）と唱《チャン》（歌）の文戯《ウェンシー》、そして群衆シーンがが担当だ。登場人物が多くて劇団員だけではまかなえず、最後は宋《ソン》師匠、廖《リャオ》師匠と易青娥《イチンオー》まで狩り出され、〝その他大勢〟を演じることになった。老芸人は声をからし、何人かは二、三日で喉をつぶした。だが、稽古は噛み合わず動き出す気配を見せない。回り始めたかと思うと、俳優はなれない古劇の演技に照れたり、笑い出したり、その都度大騒ぎだ。

易青娥《イチンオー》はこの時期、厨房のことはもう念頭になかった。暇があるとすぐ稽古場の窓の下で爪先立ちして中をのぞきこんでいる。一体、何ごとが始まったのか。彼女の目の中に圧倒的な存在感で迫ってきたのが古存孝《グーツンシャオ》だった。もう三月の声を聞いているのに、黄色い外套を相変わらず羽織り続けている。その演出論、演技指導の滔滔たる講釈が始まると、肩をそびやかし、篩《ふるい》のように揺り動かす。黄色い外套が落ちかかると、古存孝《グーツンシャオ》が「おーい、四団児《スートアル》、四団児《スートアル》」と呼びつける。相手を付き人呼ばわり、助手呼ばわりは開明的な劇団の中ではよろしくないとあって、この「四団児《スートアル》」の名が呼ばれる。外套は待ち構えていた付き人のふところにはらりと落ちるのだ。

「四団児《スートアル》」の姓は劉《リュウ》という。その目は芝居の稽古を見ていない。古存孝《グーツンシャオ》の背中から目をそらさず、黄色い外套がずり落ちるのを取り落としたことは一度もない。古存孝《グーツンシャオ》の身振り手振りが終わると、見事な間合いでその肩にひらりと着せかける。しばらくして古存孝《グーツンシャオ》がまた激越な口調で語り始め、また肩を一揺すりする。劉四団児《リュウスートアル》はまた外套をさりげなく受け止める。古存孝《グーツンシャオ》が語り終えると、劉四団児《リュウスートアル》はあたかも後輪が前輪の轍《わだち》を忠実に踏むように、また材木の枘《ほぞ》が枘穴《ほぞあな》にぴしゃりと収まるように外套を寸分違えずその肩に戻すのだった。易青娥《イチンオー》が厨房の仕事に追われながら稽古場のぞいた回数は一日数回しかないが、古存孝《グーツンシャオ》が外套をふるい落とすのは十数回に及んだ。ある劇団員はこれを笑って、古存孝《グーツンシャオ》の外套は体を温めるためではなく、格好をつけるポーズで、やる気をかき立てるためだと言った。

今度の稽古入りをしてから、胡彩香《ホーツァイシアン》と米蘭《ミーラン》の関係がまたおかしくなった。この作品は女性の役が少なく、そして重い。梁山泊の英雄林冲《りんちゅう》の妻で、彼の上司の養子に奪い取られる役だ。古存孝《グーツンシャオ》は黄《ホアン》主任のご機嫌をとるために配役のとき、こんなこんなことを言ったらしい。

「稽古がうまくいくかどうかは配役次第です」

古存孝《グーツンシャオ》はさらにこんなことも言ったと劇団に広まった。

「配役の決め手は政治です。昔の一座も同じ手を使いました。座長のお気に入りが誰かということですね」

これを聞いた胡彩香《ホーツァイシアン》の怒るまいことか。あの老いぼれ犬、昔から悪い連中とつるんで、よっぽど甘い汁を吸ってきたんだろうと息巻いたが、林冲の妻の役は古存孝《グーツンシャオ》の献策通り米蘭《ミーラン》に決まり、旦《ダン》（女形《おんながた》）の演技指導は当然の如く守衛の苟存忠《ゴウツンチョン》に任せられた。だが、苟存忠《ゴウツンチョン》は米蘭《ミーラン》の所作に切れ味がないと言った。お尻が重くちゃ駄目なのよ。大足の女が大股でどたばた歩いちゃ、もういやっ、ぶち壊しよ。あと三年、みっちり修行して出直していらっしゃいと。

苟存忠《ゴウツンチョン》が指摘したのは俳優が舞台空間を独り占めし視線を集め、舞台いっぱいに大回りする圓場《えんじょう》（ユアンチャン）の場だった。苟存忠《ゴウツンチョン》は言う。

「ここはすーっと行くの。体が揺れちゃ駄目。水面を滑る白鳥のようにすーっとね。上半身はぴくりとも動かない。観客には足の裏が滑っているようにしか見えない。でも、足はスカートから少しでもはみ出ちゃいけない。そうでなきゃ、観客は何のために金を払って劇場に来るのよ。この名人芸を見るためでしょ。それ行け、それ走れ、それ撃て、ずきゅーん、ばきゅーん、どたん、ばたん、半ズボンで鉄砲担いで舞台を走り回るのは『大寨に学べ』の娘隊長（上巻四二ページの注釈参照）でしょうが。おー、いや。味も素っ気もありゃしない。興ざめもいいところよ。私たち、村の草芝居やってんじゃないわよ」

苟存忠《ゴウツンチョン》はこう言いながら、自分でやって見せた。その歩みの楚々たること、小首を傾《かし》げる仕種《しぐさ》の臈《ろう》たきこと、小鳥が尾羽を上げるような指遣いは音に聞く梅蘭芳《メイランファン》の蘭花指《らんかし》だ。腰のくびれ辺りにあるという腰眼《ヤオイエン》が揺れ、それが瞬《まばた》きのように見る者の目を奪う。そして一声高く裏声で響く陝西《せんせい》方言の一言、聴く者をぞくりとさせる決め台詞だ。

「我把你个贼呀《ウォバーニーゴゼイヤー》！（なんていやな人！）」

これを見ていた劇団員はみな驚喜し、拍手と共にどっと笑い崩れ、笑いながら感涙にむせんでいた。劇団員なら分かる。これが一芸の極みなのだ。

「存《ツン》」の字派の老芸人に逆らい通し、彼らを〝四人組〟と罵倒した男もいた。太鼓打ちの郝大錘《ハオダーチュイ》だ。今回の古劇公演に司鼓《スーグー》（鼓師）の座を与えられ、古存孝《グーツンシャオ》は楽隊との音合わせを試みた。数日経ったところで音《ね》を上げたのは古《グー》存孝《ツンシャオ》で、鼓師の交代を申し入れた。郝大錘《ハオダーチュイ》の太鼓では芝居がぶち壊しになると手厳しい。易青娥《イチンオー》の叔父が去ってから、劇団に鼓師は郝大錘《ハオダーチュイ》一人しか残っていなかった。見習いはいるが、まだ使いものにならない。古存孝《グーツンシャオ》はキャスティングの際は甘い顔を見せもしたが、いざ稽古に入るや、鬼の形相に変わった。ただ、郝大錘《ハオダーチュイ》という男の素性や癖のある性格を見抜くことはできなかった。郝大錘《ハオダーチュイ》の太鼓の腕前は「馬の尾《しっぽ》で豆腐を縛る」――要するに箸にも棒にもかからない役立たずということだが、この郝大錘《ハオダーチュイ》という男、一度ヘソを曲げると一筋縄ではいかない。劇団の誰もが知っていることだが、受けた仕打ちの仕返しは倍返し、いや、それ以上だ。陰険なだけでない。ついに暴力沙汰に及び、古存孝《グーツンシャオ》の顔面に一発、鉄拳が炸裂した。古存孝《グーツンシャオ》はおびえ、付き人の劉四団児《リュウストアル》のふところにもぐりこんで言い返した。

「やったな、やったな、老人相手にいい腕だ。やれよ、やれるものなら、やってみろ」

老知識人の遠吠えに対して、郝大錘《ハオダーチュイ》はまさかのことに本気で報いた。一発だけでなく、ぱんぱんぱんと立て続けに横面を張り、気位の高い老芸術家の面子《めんつ》をも踏みにじった。そればかりか、大木を輪切りにした調理場のまな板ほどもある古存孝《グーツンシャオ》の尻に思うさま蹴りを入れた。古存孝《グーツンシャオ》はその場に泥のように横たわり、数人がかりでも動かせない。郝大錘《ハオダーチュイ》は古存孝《グーツンシャオ》を見捨て、稽古場を出しなに吐き捨てた。

「おい、老いぼれ、あの黄色い外套がえらくお気に入りのようだが、俺はあのぶるぶるっと篩《ふるい》にかけるのを見ると、頭がくらくらっとするんだ。俺を嫌ってくれて結構。それで芝居ができないんなら、とっとと失《う》せやがれってんだ」

稽古は止まったきり、三日経った。朱継儒《チュジールー》副団長が事態の収拾に乗り出した。郝大錘《ハオダーチュイ》には、何が何であれ、とにかく頭を下げ、詫びを入れろと説得した。郝大錘《ハオダーチュイ》がこれほど強情な男だとは誰もが思わなかった。頭を下げるのは死んでもいやだという。結局、朱継儒《チュジールー》が自ら這いつくばって古存孝《グーツンシャオ》に頭を下げたわけは、劇団には郝大錘《ハオダーチュイ》のほかに太鼓打ちがいなかったからだ。その辺のところをどうかお汲み取り願いたいと、最後には白砂糖二斤、菓子折二箱、そして西鳳酒《シーフォンチュウ》（陝西省宝鶏市鳳翔県特産の高級白酒）二本を持参するに及んで、古存孝《グーツンシャオ》はやっと稽古場に姿を現した。以来、羽織った黄色い外套をぶるぶるっと篩《ふるい》にかける光景は滅多に見られなくなった。時々、無意識に肩をそびやかし、揺すりかけることがある。きっと郝大錘《ハオダーチュイ》の顔を思い出すのだろう。その動作は途中でぴたっと止まり、中空に凝固することがある。

易青娥《イチンオー》は、彼女の炊事班まで狩り出され、衣装を着けて舞台に立つと聞いたとき、興奮を禁じ得なかった。どんな衣装を着るのか、習い覚えた股割り、仰け反り、天空蹴りの技が使えるかどうかはどうでもよかった。「竈の間」に閂をかけると、ひたすら練習に打ちこんだ。楽隊の演奏と舞台稽古の動作がやっと噛み合うようになったとき、炊事班にもお呼びがかかった。宋《ソン》師匠と廖《リャオ》師匠はその他大勢、旗を持って走り回る兵隊の役だ。「カラスの泣き声の役だよな」と廖《リャオ》師匠は自嘲して言った。二人の師匠の役は顔のメイクもなく、手にした一尺ほどの旗で顔を隠せる寸法だ。主役が登場のとき、その他大勢役は舞台の袖で「おおおお」と鬨《とき》の声上げる。舞台に出ると、それっとばかりに主役を囲み「おおおお」と叫びながら駆け回る。舞台右手から退場するときも「おおおお」と叫んで出番は終わる。「カラスの泣き声役」とはうまく言ったものだ。

易青娥《イチンオー》は背が低く形《なり》も小さい。それでも役がついた。「群衆若干名のうち孫を連れた老女の孫」という役だ。彼女が扮するのは一人の孫娘で、お婆さん役に手を引かれている。股割り、仰け反り、天空蹴りの技はいらない。前へ前へと逃げていく群衆の一人なのだ。

上演時間は長く、四時間近くもある。彼女の出番は後半だった。小さな役だけれど、うまく演じようと、易青娥《イチンオー》は「竈の間」で繰り返し練習した。難民たちが舞台を早足でぐるぐる回る「圓場《えんじょう》を跑《かけ》る」場だ。初日の幕が上がった。彼女は楽屋で待った。待っているうちにぼんやりして、出番が分からなくなった。お婆さん役が出番を終えて戻ったとき、楽屋の隅で居眠りしている彼女を揺さぶって言った。

「何て子だよ。このうすらぼんやりが。自分の出番を忘れて、それでも役者かい」

この夜のできごとは「事故」として処理され、易青娥《イチンオー》は芸名を取り上げられた。出番を間違えることを業界では

「出とちり（失場《シーチャン》）」というが、これが重大な事故であることに違いはない。その夜の出演料一角（一元の十分の一）を差し引かれただけではなく、古存孝《グーツンシャオ》からみっちり油を絞られ、「始末書（自己批判書）」を書かされた。一行十数字だが、彼女にとって何年経っても忘れられない思い出だ。

古先生《グー》　私は出番を忘れて眠ってしまいました。反省して二度とないよう気をつけます　易青娥《イチンオー》

これが秦腔《チンチアン》稀代の名優、「憶秦娥《イチンオー》」の初舞台だった。別の人にメイキャップをしてもらい、衣装も着せてもらったのに、舞台に上がることはなかった。楽屋で居眠りという失態をしでかしてしまったのだ。「群衆若干名のうち孫を連れた老女の孫」の役で、「圓場《えんじょう》を跑《かけ》る」の場を逃したのだった。罰金は一角、自己批判の証拠も保存されている。

二十七

易青娥《イチンオー》は、苟存忠《ゴウツンチョン》が自分を弟子にした本心は、竈《かまど》の火種を機嫌よく分けてもらうための方便だと疑っていた。しかし、この老人は大真面目だった。毎朝早くから「竈の間」にやって来ては練習を点検した。彼が来る前に竈の火を起こし、まず足の屈伸、次は蹴りを八十回から百数十回、そして逆立ち。このころになると、決まって苟存忠《ゴウツンチョン》が姿を現す。種火を移しながら、彼女の腰、太腿、足先、両腕をぱんぱんと叩く。彼女は尻を引きしめ、腰に力を蓄え、太腿から足の甲までぴんと直立させる。逆立ちは以前なら十分か十五分がやっとだったが、いまは三十分以上も辛抱できる。

ある日、彼女が逆立ちをしながら腰の疲れにふらふらしていると、やってきたのが苟存忠《ゴウツンチョン》だった。手に絹のベルトを持っていた。種火を移すのはほったらかしにして、彼女にこのベルトを締めさせた。ベルトはよく洗ってあったが、縁《へり》はけば立っている。明らかに古いものだった。よく使いこんであり、ぴったり感があった。苟存忠《ゴウツンチョン》が言うには、師匠譲りのもので、本物の練り絹だ。小指ほどの厚さで、箍《たが》をすっぽりはめられたような感じがした。しかし、しなやかで体によく馴染んだ。

苟存忠《ゴウツンチョン》は彼女に大きく逆立ちを打たせた。どんな感じかと尋ねられ、彼女は答えた。

「腰がしっかりしました。心棒が入ったみたい」

「うん、それでいい、それでいい。どんな技も腰の力で決まる。いいか、その勘どころをつかむんだ」

その日の朝、苟存忠《ゴウツンチョン》は彼女に多くを語ったが、すべては「倒立」から始まると言った。

「人が逆立ちしたとき、体を支えるのは腕の力だけではない。もっと大事なのは、腰だ。腰の均衡だ。腰に心張り棒が入れば、いくらでも辛抱できる。腰に力がないのを腰抜け、腰砕けという。舞台に上がっても、蛇の水泳ぎ、あれはただくねくねしているだけだ。『大寨に学べ』の娘隊長が天秤棒を担いで出てきても、あのへっぴり腰では腰曲がり婆さんの縁日見物だ。あっちふらふら、こっちふらふら、死人が化けて出たのと変わりない。この劇団に旦《ダン》（女形《おんながた》）と呼べる女優がいるかな？　旦《ダン》とは何か？　旦《ダン》とは一座の目だ。画竜点睛《がりょうてんせい》、分かるか？　そうだ、その瞳《ひとみ》だ。旦《ダン》とは一座を照らす灯火《ともしび》だ。胡彩香《ホーツァイシアン》や米蘭《ミーラン》を一座を支える大黒柱と呼べるかな？　それだけの足腰の強さが備わっているか？　それが正真正銘、旦《ダン》を演ずる女優の土性っ骨だ。だがな。わが劇団の女優たちは、舞台に上がるときは銅鑼や太鼓に囃されて秧歌《ヤンゴー》（陝西・山西地方の田植え踊り）を踊り、大寨の段々畑を耕し、はだしの医者が薬草を摘み、女民兵に扮して逃亡犯をねじ伏せるのは得意だが、舞台に上がったときから腰が引け、尻が落ち、足が萎えている。これではせっかく美人に生まれついたご面相が泣くというものだ。客は芝居を見に来るんだ。役者の芸、手練の技を見に来るんだ。顔じゃない。顔を見たいのなら、国営商店の売り子を見に行け。郵便局や銀行の窓口へ行け。胡彩香《ホーツァイシアン》や米蘭《ミーラン》に負けない美人がたくさんいるぞ。客はなぜ二角、三角の身銭を切って芝居を見に来るか？　何時間もじっと固い椅子に縛られているか？　女優の顔を見るためか？　お嬢、米蘭《ミーラン》が林冲の女房を演《や》るのを見て、どう思った？　見られたざまじゃなかったな。道士服を着て「圓場《えんじょう》を跑《かけ》る」で亭主の林冲を追いかける場は、えっちらおっちら牛の山登りだ。見る方はたまらない。演る方はもっとたまらないだろうな。どこがいけない？　足腰だよ。鍛え方が足りないんだ。米蘭《ミーラン》と胡彩香《ホーツァイシアン》が林冲の妻をやりたくて火花を散らしたそうだな。胡彩香《ホーツァイシアン》は歌はうまいが、足腰は米蘭《ミーラン》とどっこいどっこいだ。守衛室にいて何が分かると思うだろうが、稽古場や舞台で一目見たら、分かってしまうのさ。二人とも五十歩百歩、やり合うんなら、技で決めろ、芸の力で勝負しろってんだ。陰で足の引っ張りっこをしたって屁の突っ張りにもならん。お嬢は知っているか？　わしらがあの時代、「圓場《えんじょう》を跑《かけ》る」でどんな稽古をさせられたか知るまい。膝の間に箒を挟ませられたんだ。一歩歩いたら、箒がバタリと落ちる。朝早くから師匠は藤づるのステッキを持って待ち構えている。箒がバタリ、藤づるがピシリ、バタリ、ピシリ、腰をひねる、ピシリ、尻が落ちる。ピシリ、腕が揺れる、ピシリ、頭が揺れる、ピシリ、肩が揺れる、ピシリ、朝の稽古に遅れようものなら、もう半殺しだ。「存《ツン》」の字派の芸人たちがなぜ大西北（陝西、甘粛、寧夏、青海、新疆の総称）で押しも押されぬ存在になったか？　それはとにもかくにも、師匠が非道《ひど》かったからだ！　今はどうだ？　わしの師匠が今ここにいたら、こんな弟子ども、とうに見放して投げ出していただろう。弟子は弟子で痛いのも辛いのもご免だ。自分は教師よりもできると思いこんでいる。さあ、どう鍛える？　下手をすると、学生の間からレンガ飛んでくるからな……。この老師がお前さんを気に入ったのは、一つ目に賢い子だからだ。まだいたいけなうちから世の辛酸を知っている。かわいそうだが、可愛くもある。これは得な性分だぞ。かわいそうでも可愛くない子がいっぱいいるからな。二つ目に気に入っているのは隠れた力があるからだ。今回の研修生の中ではお前さんが一番見こみがある、同期のてっぺんを目指せるだろう。誰もお前さんのような目力《めぢから》を持ってないからだ。これは教えようとして教えられるものではない！　これは一種の念力のようなものだと言っても、お前さんには分かるまいがな。三つ目に気に入ったのは、お前さんは苦労のできる子だ。これはこの商売の〝元手〟のようなものだからな。苦しみを厭《いと》うては、人の上に立つことはできない。お嬢よ。この三つをしっかりと覚えておくんだぞ。これを守って、もし芽が出なければ、この老師、竃の前で首をくくって詫びようぞ」

　苟存忠《ゴウツンチョン》の話に易青娥《イチンオー》は感動し、目に涙が湧いてきた。この時期、彼女は技に励み、芸の道に進もうとはしているが、自分がそう思っているだけで、先は茫洋としてとらえどころがない。やめてしまっても誰からも文句は出ない。飯炊きの雑用が待っているだけだ。これはしかし、彼女の望む道ではないし、将来の計はここにはない。時には運命かと思うし、時にはこんな運命は絶対にいやだと思う。特に廖《リャオ》師匠が料理長になってからは厨房にいることが次第に苦痛になってきた。しかし、芸の道に入って修行を積んでも、ものになるかどうか誰にも分からないのが芸の道なのだ。胡《ホー》先生や米蘭《ミーラン》でさえ苦しみ、悩みながら精進している。自分なんかに及びのつく世界とは到底思えない。しかし、苟存忠《ゴウツンチョン》という人物がわざわざ自分を名指ししてくれた。彼女に対して思いがけない言葉をかけ、思いがけない道を指し示してくれたのだ。これほどの励みはあるだろうか！　劇団に入ってもうすぐ三年になる。易青娥《イチンオー》がこの道を進むことにこんなに肯定的な評価を下してくれた人はほかにいるだろうか？　ありのままの彼女を認め、とにかく「前へ進め」といってくれたのだ。彼女は喜び、泣き、叫びたかった。しかし、それはできない。ここは厨房で彼女の職場なのだ。しかし、自分が飯炊きの雑用係なのだと思うと、これから開けそうな世界が信じられないくらい嬉しかった。彼女は声を忍んで泣いた。

一方、苟存忠《ゴウツンチョン》を見下す人がいる。これまでは「たかが門番風情」だったが、今は「老け女形《おやま》」の怪物で「奇人・怪人・変人」の部類に列せられている。しかし、彼は易青娥《イチンオー》を気に入ってくれて、彼女を芸の世界の逸材と認めてくれたたった一人の住人だ。そして「もし芽が出なければ、この老師、竃の前で首をくくって詫びる」とまで言ってくれた。易青娥《イチンオー》はここまで自分を重んじてくれる人の前で跪《ひざまず》き、伏し拝みたくなった。

彼女はその日の朝を忘れない。たとえ目の前の人物が緑色の〝提灯ブルマー〟をはき、ピンクの刺繍つきの高脚靴をつっかけ、その靴に赤い房がついていようとも、彼女は得意の倒立の姿勢からきりりと見得を切り、うやうやしく苟《ゴウ》師匠の足下に跪くと、満面の涙で語りかけた。

「老師、どうか私を芸の道にお導き下さい」

「よかろう。お嬢よ、心ゆくまで学ぶがよい」

「私は本当にものになりましょうか?」

「もし芽が出なければ、この老師、竃の前で首をくくって詫びようぞ。この老師に二言はない!」

何と真実のこもった言葉だろうか。易青娥《イチンオー》は涙ながらに地面にひれ伏した。

それから何年経っても、易青娥《イチンオー》は苟《ゴウ》老師のこの言葉を思い出す。老師の首には青筋が立っていた。青筋をぴくぴくさせながら老師は言った。

「旦《ダン》を演ずるからは、平常の生活でも演じ、装い、歌わねばならぬぞ。いつも人に見られているからして、居ずまいを正し、その所作は、いと雅《みやび》に、ゆかしくなければならぬ。一言しゃべるのに、額や首に青筋など決して立ててはならぬぞ」

その日の朝、苟《ゴウ》老師は顔にも首にも青筋を立て、皮下の血流をどくどくと波立たせていた。易青娥《イチンオー》はは今なら分かる。そのとき彼が演じていたのは旦《ダン》ではなく、「黒頭《ヘイトウ》」だったからだ。

(注)黒頭《ヘイトウ》　黒を多く用いた隈取りをして、正義、剛直、時に粗暴、凶悪、そして得体の知れない不気味さを秘めた男の役ど

ころを演じる。その一つ「包公《パオゴン》」は北宋の名判官の名。胸のすく〝大岡裁き〟で喝采を博した。隈取りをする役柄は広く「浄《ジン》」あるいは「花臉《ホアリエン》」と呼ばれる。

易青娥《イチンオー》は新しい師匠を得て、「お嬢乱心」の時期に入る。

「お嬢乱心」とは、廖《リャオ》師匠の命名だ。

苟存忠《ゴウツンチョン》が勝手に厨房の人事に手を突っこんだことに、廖《リャオ》師匠の胸は平らかではない。易青娥《イチンオー》を呼び出して意見したが、効き目はなかった。易青娥《イチンオー》の起床時間はどんどん早くなり、「竈の間」には閂がかけられている。廖《リャオ》師匠は入り口で聞き耳を立てた。中は火が燃えさかる音、そして人がはあはあ、ひいひい、荒い吐息がする。戸を叩くと、火が鍋底を舐めるごーという音しかしない。押し開けて入ると、易青娥《イチンオー》が汗みずくになって、流れる汗を拭いてもいない。廖《リャオ》師匠は尋ねた。

「どうした、朝っぱらから大汗かいて」

易青娥《イチンオー》は答えない。いつもの手で、手の甲を口に当て、笑っているようでもあり、泣いているようにも見える。廖《リャオ》師匠は本気で腹を立てた。何度も苟存忠《ゴウツンチョン》にねじ込んだが、苟存忠《ゴウツンチョン》はどこ吹く風だ。いや、それどころか廖《リャオ》師匠に逆ねじを食わせようとした。そんな了見の狭いことでどうする？　せっかくの逸材、その将来を閉ざしてもいいのかと。ある日の早朝、苟存忠《ゴウツンチョン》がいつもの通り「圓場《えんじょう》を跑《かけ》る」場の稽古をつけているとき、「竈の間」に立ちふさがったのは廖《リャオ》師匠だ。易青娥《イチンオー》がただの役立たずの釘か、それとも鉄材という有用な素材であるかの大激論を闘わすことになった。

「苟爺《ゴウじい》、ちょっと聞くが、お前さんとこの守衛室はいつでも誰でも勝手にささり込んで、どたばたおっ始めて構わないのかね？　悪いがここは厨房、ましてや大竈の真ん前だ。料理人が命をかけて火を守り、革命的生産の現場を支え、その安全を守る大事な場所だ。そこを朝っぱらからきんきらきんの緑のパンツ、ピンクの高脚靴をつっかけて、竈の神さまもさぞ驚きなさるでしょう。もし、ここで火の不始末を起こしたら、責任を取るのは色気違いの老《ふ》け女形《おかま》、それともこの廖耀輝《リャオヤオホイ》でしょうか？」

廖《リャオ》師匠は勝ち誇って両手をエプロンの中で組み、背中を斜めに入り口の扉にもたせかけた。

苟存忠《ゴウツンチョン》は廖《リャオ》師匠が因縁をつけに来たことは百も承知で少しも弱みを見せず、芝居の節をつけて答えた。

「火を出してしもたら、あたしが責任とりましょう」

「あんたが責任を？　色気違いの老《ふ》け女形《おかま》がどんな責任を取るのかな？　これは大変だ。出るところへ出て、白黒つけようか。だがね、裁判所でズボンの前ボタンが外れて、雄か雌か分からない品物が見えたら、どんな顔して拝めばいいのかな？　ここは俺の顔を立ててくれなくちゃ、俺だって堪忍袋の緒を切るよ。そのときになって、泣きっ面をかくなよ」

廖《リャオ》師匠の話に不穏な影が見えた。

易青娥《イチンオー》はおびえて膝の間に挟んだ箒を床に落とした。「圓場《えんじょう》を跑《かけ》る」場の練習に用いた箒だ。

苟存忠《ゴウツンチョン》は慌てず騒がず、ゆっくりと箒を拾って言った。

「廖耀輝《リャオヤオホイ》、お前も俺と同じだ。長いことこの劇団で愚にもつかない黒頭《ヘイトウ》の役（前出二二八ページ）をやってきたからな。だが、俺はここですぱっと本業に戻る。だが、お前は料理長になって人が変わった。こんな風にな。まあ、聞けよ。俺はこの子のためを思って言ってるんだ。この子は伸びる素質を持っている。捨て置くには惜しい。お前はこの子の手を縛って、一生竈に縛りつけておくのか？　飯炊きにしておくのか？　師匠、あんたを男と見こんで頼む。太っ腹を見せて、伸びる才能を何とか伸ばしてやれないものか？」

廖《リャオ》師匠は苟存忠《ゴウツンチョン》の話を遮って言った。

「苟爺《ゴウじい》、飯炊きがどうした？　役者が何だ？　お釈迦様でも孔子様でも老師様でも、役者は飯炊きの下と相場が場決まっているんだ。二言目には飯炊きと言って馬鹿にしてくれるが、この廖耀輝《リャオヤオホイ》の目から見たら、あんた苟存忠《ゴウツンチョン》はこの世じゃ日の目を拝めない妖怪だ。死んでも成仏できず、眠る墓のない箒星《ほうきぼし》（彗星）だ」

これを聞くや、苟存忠《ゴウツンチョン》は持っていた箒を廖《リャオ》師匠の足元に投げつけ、箒を指さして廖《リャオ》師匠に言った。

「誰が箒星だと？　誰が箒星だと聞いているんだ」

次の瞬間、易青娥《イチンオー》の見るところ、苟《ゴウ》老師の人指し指と小指が宙に舞うと、それが『雪夜に梁山へ上がる』に登場する林冲の妻の指先に変わった。自分を奪い夫を亡き者にしようとする高衙内《こうがない》に対する怒りと悲しみが蘭花指《らんかし》となって表現されたのだ。そうか、指の動きで人の心を表わせるのだ。その名の通り、こんなにも美しく、こんなにも気品を持って。

廖《リャオ》師匠はすかさず苟存忠《ゴウツンチョン》の蘭花指を指さして言った。

「ほら見ろ、よく見ろ、これが生きた妖怪の証だ。とうとう正体を現した。爪にまで口紅を塗って気色の悪い。見ろよ、易青娥《イチンオー》。お前はこんな人間を師匠に選んだんだ。厨房の恥、面汚しだと思わないか！」

易青娥《イチンオー》は苟存忠《ゴウツンチョン》の偏屈な性格からして、劇団員といつかこんな衝突を起こすと思っていた。しかし、思いもよらないことが今、目の前で起きている。彼は突然、蘭花指を引っこめると、なよなよとしなを作り、女の台詞回しで言い始めたのだ。

「何とでもお言い、どうせお前さんには分かりっこないよ。だがね、廖耀輝《リャオヤオホイ》。私たち、いつまでもとんがらかっていないで、もっと和やかに話し合おうよ。この子が芝居をやるの、どこが気に食わないのさ。あんたの仕事の邪魔にもなるわけじゃなし、あたしだって別に、この子を取って食おうってわけじゃない。この子が芝居の世界で手に職をつけるのも食うためじゃないか。それのどこがいけないってのさ。廖《リャオ》師匠、さあ、言っておくれよ」

廖耀輝《リャオヤオホイ》は苟存忠《ゴウツンチョン》が急に下手に出たのを見て、口調を和らげた。

「師匠がそこまで言うのなら、俺も正直に言うよ。この厨房には誰も来手がいないのさ。やっと半人前にもならない小娘が来たと思ったら、あんたが地獄の使いみたいに甘い言葉でたらしこんでその気にさせちまった。あんたも年取って。おとなしくしてりゃいいのによ、見栄も外聞もなし、門番の仕事もほったらかして、何でこんな小娘に入れ揚げるのか、今の仕事が飽きちまったのか？　どうして一つところにじっと収まっていられないのか、そこんところが分からねえ。俺がこのおんぼろ炊事場を任されて、あちこち手をつけようと思っていた矢先、あんたが来て引っかき回して、みんなのやる気はまるでなし、気持ちはばらばらだ。しかし、この娘は竈の焚きつけはうまいし、野菜の選り分けもうまいし、豚の世話もうまい。せっかくここまで来たのに、あんたが滅茶苦茶な銅鑼を鳴らすから、厨房はもうがたがただ……おいおい、俺に何を言わす気だ？　この疫病神！」

「あたしは何も銅鑼など鳴らしていない。すべてはこの子のため、この劇団のためだよ」

「苟爺《ゴウじい》、劇団には何十人も女の子がいる。よりどりみどり好きな子を連れて行けばいい。俺の手下《てか》、俺の弟子に手を出すことないだろう。もう一度言う。易青娥《イチンオー》は組織の決定で厨房に配属されたんだ。芝居をやらせるためじゃない。苟存忠《ゴウツンチョン》が死のうが生きようが、どんな騒ぎを起こそうが、龍になろうが鳳凰になろうが、雌《めす》のふりして旦《ダン》をやろうが、どうぞ勝手にやってくれ。だがな、ここ厨房の一畝《いっぽ》二《に》分《ぶ》は俺の領分だ。誰の指図も受けないぞ。いいか、易《イ》青娥《チンオー》には断じて芝居をやらせない。ましてやあんたの弟子などもってのほかだ。それとも、この窓押っ広げ、中庭のみなさん呼ばわって聞いてもらいましょうか。以後、ここへの出入りはご遠慮いただき、竈の種火の持ち出しも俺の許可を得てからにしてもらいましょうか」

　廖《リャオ》師匠は言い終わると、開き戸を力任せに蹴飛ばした。扉は一度閉まってまたはね返り、もう少しで苟ゴウ老師の鼻に当たるところだった。苟《ゴウ》老師は頭を振りながら言った。

「あんな男を使っているようじゃ、この劇団の先は暗いね。あいつ今は飯炊きだが、元はと言えば、地主の妾の胡《ホー》整《ジョン》という女と駆け落ちして一度地獄を見た男だ。この老師が妖怪なら、あの男も妖怪だ。お嬢、あいつに構わず自分の道を行け。ここで稽古ができなければ、中庭でやるまでさ。自分を何様だと思ってやがる。あんな男の言いなりになることはない」

　苟存忠《ゴウツンチョン》老師は帰りしな、廖《リャオ》師匠を真似て開き戸を思うさま蹴飛ばした。しかし、廖《リャオ》師匠の履いた靴はスエードとコーデュロイの厚手の靴で、老師の繻子《しゅす》の靴は舞台用の刺繍入り、底が紙のように薄かった。蹴りを入れた途端に痛みが脳天に伝わり、鴇色《ときいろ》（淡紅色）の房は、粗雑に作った扉の釘に絡まり、引きちぎられてしまった。

　易青娥《イチンオー》の前に大きな力が立ちふさがった。苟存忠《ゴウツンチョン》がいくらしゃかりきになっても、廖《リャオ》師匠が頑として聞き入れず、裏に手を回して邪魔を入れている。易青娥《イチンオー》は胡彩香《ホーツァイシアン》先生に相談せざるを得なかった。胡《ホー》先生は廖《リャオ》師匠に対し泣き落としに出た。いたいけな女の子に憐れみの手をと訴えたが、廖《リャオ》師匠の返事はにべもない。

「調理場は人手不足なんですよ。一本の大根は一つの穴にしか生えないって言うけれど、あの子は苟爺《ゴウじい》に取りつかれてから、二心《ふたごころ》を持っちまった。もう滅茶忙しくて、身も細るってのはこのことですよ。私もあの子のために大概のことは大目に見てきましたよ。でも今さら憐れみの手をと言われても、この手は料理を作る手なんですよ。この手に言うことを聞けと言われも、もうどうにもなりませんね」

廖《リャオ》師匠はこうも言った。

「私があの子の邪魔をしているみたいに仰いますが、私も組織の人間ですからね。組織の決定を右から左へ聞き流せますか？　厨房も組織の歯車の一つなんです。上司の人事に〝否《いな》〟と言えますか？　指導部は易青娥《イチンオー》を炊事係として配置したんです。それをどうして、私が色気違いの老《ふ》け女形《おかま》にあの子を差し出さなければならないんですか？」

しかし、胡彩香《ホーツァイシアン》先生は諦めなかった。なおも廖《リャオ》師匠につきまとい、あの子に芝居を続けさせる〝抜け道〟はないものかと迫った。廖《リャオ》師匠はこの言葉の裏の裏まで読んで答えた。

「胡彩香《ホーツァイシアン》さんはとっくにお分かりでしょう。この件がどこでどうしてこうなったか。娥《オー》ちゃんが厨房に回されたのは黄《ホアン》主任のご処置です。主任は胡三元《ホーサンユアン》が気に食わず、姪子が巻き添え食らって研修班から外されたんです。私がもしあの子を研修班に戻したら、主任と対立することになりませんか？　この廖耀輝《リャオヤオホイ》も考える頭を持っていますからね。主任と力ずくで張り合ってどうなるんです？　劇団中の肝っ玉を借りてきても劇団の一番手には逆らえませんね」

ここで廖《リャオ》師匠は話を変えた。

「もう少し言わせていただければ、あなたは娥《オー》ちゃんと一番の仲好し、いわば親代わりだ。忠告を聞いて下さい。あれだけ見込まれた子が、何をわざわざ苟爺《ゴウじい》ごときに弟子入りしなくちゃいけないんですか。男にあらず女にもあらず、こんな代物から何を教わろうってんですか？　もう一つ、よろしいですか。芝居、芝居と血道を上げて、芝居が飯作りと比べて、一体なんぼのものなんですか？」

胡彩香《ホーツァイシアン》は廖師匠から本音を〝有《あ》り体《てい》〟に聞かされて、これ以上何も言えなくなってしまった。それに胡彩香《ホーツァイシアン》の心の中で苟爺《ゴウじい》に対して好きになれないものを感じていたのも本当だった。

一方、苟存忠《ゴウツンチョン》は廖耀輝《リャオヤオホイ》に対して巻き返しを図ろうと米蘭《ミーラン》を訪ねていた。米蘭《ミーラン》は、苟存忠《ゴウツンチョン》から林冲の妻を演ずる手厳しい指導を受けたことに一方《ひとかた》ならぬ恩義を感じていた。それもあるが、それ以上に易青娥《イチンオー》のことは捨て置けない。米蘭《ミーラン》は考えるまでもなく厨房の廖《リャオ》師匠のもとへ赴いた。

廖《リャオ》師匠は尻にも眼がついていると言われるぐらいの情報通だ。米蘭《ミーラン》の背後に黄《ホアン》主任と彼の妻が控えているのは先刻承知している。もしかして、米蘭《ミーラン》の話すことは黄《ホアン》主任の意思かも知れない。そうでなくても、黄《ホアン》主任はこのことをすでに知っていると思って間違いはなさそうだ。廖《リャオ》師匠とて引きどころは心得ている。そして、元々考えていた最終案を出した。易青娥《イチンオー》はこれまで通り厨房の下働きと豚の世話を続けるなら、芝居の修行をすることは差し支えなかろう。但し、本業はあくまでも炊事係だと。

しかし、廖《リャオ》師匠の心の中では、易青娥《イチンオー》が苟爺《ゴウじい》に弟子入りすることへの小さからぬわだかまりがずっとしこっている。苟存忠《ゴウツンチョン》はこれ以後、「竈の間」で種火をもらうことをぴたりとやめ、食事も廖《リャオ》師匠と顔を会わせることを避けるようになった。食堂より守衛室で粥を煮たり、包子《バオズ》を烤《あぶ》ったり、ジャガイモやサツマイモを煮たりして調理場に足を向けなくなった。廖耀輝《リャオヤオホイ》の顔を見ると、その馬面が尿瓶《しびん》に見えて仕方がないと人に話している。

二十八

荀存忠《ゴウツンチョン》が初めて易青娥《イチンオー》に教えた作品は、『焦賛《しょうさん》を打つ』だった。

（注）『焦賛《しょうさん》を打つ（打焦賛）』　焦賛は北宋の名将。契丹族が建国し版図を河北に拡大した遼の国と戦って戦功を上げる。『楊家将演義』では猛将・孟良と並んで楊家将の双璧と称された。この作品では、可愛らしい少女が敵の大将の首を取りたいと前線に現れる。腕試しの相手となった強面《こわもて》の将軍・焦賛を得意の棒術でさんざんに打ちのめすというコミカルな物語。立ち回りの高度な技の数々と伝統的な様式美をしっかりと見せる名作とされている。

これは『楊家将』シリーズの武戯《ウーシー》（武劇）で、荀存忠《ゴウツンチョン》はこれを選んだ理由を易青娥《イチンオー》に語った。

「お嬢、いろいろ考えたが、まず『焦賛を打つ』を教えようと思う。一つにはこれは立ち回りの名作ということもあるし、駆け出しの役者を鍛えるのには武戯《ウーシー》が一番だからな。高度な技を存分に使えるし、歌あり、語りあり、笑いあり、一気に大立ち回りに持っていく。芝居の世界に目が開くことだろう。どうだ、お嬢には持ってこい、打ってつけの作品だ。いいか、立ち回りが重んずるのは感覚を研ぎ澄まし、呼吸を整え、力を丹田《たんでん》に蓄えることだ。これを精《せい》・気《き》・神《しん》という。役者がこの姿勢、身構えを体得できたなら、いつか文戯《ウェンシー》（台詞と歌唱のみのシリアス・ドラマ）をやるとき、〝目に見えぬ甲冑《かっちゅう》〟を着た役者になれる。目に見えぬ甲冑、分かるかな？　舞台の立ち姿、美しい居ずまい、魔法の衣装だ。これがいかに大事かは、役者を見れば分かる。ある役者は舞台の下ではいかにも格好をつけ、ご大層な構えだが、舞台に上がってちょっと身動きしただけで化けの皮が剥がれる。性根《しょうね》の卑しさが見えて見えだ。なぜか？　〝目に見えぬ甲冑〟ができていないからだ。いい役者になるためには必ず、武戯《ウーシー》で体と性根を鍛えるところから始めなければならない。次に『この作品のもう一つの見どころ、演じどころだが、主役は楊排風《ようはいふう》という飯炊きの可愛らしい女の子だ。お前なら飯炊き女の気性や性分が分かる。役の心をつかめるだろう」

苟《ゴウ》老師が言い終わらぬうちに易青娥《イチンオー》が口を挟んだ。

「私は……飯炊き女はやりたくない」

「なぜだ？」

「どうしても……やりたくない」

「なぜだ。主役だぞ。飯炊き女では聞こえが悪いからか？　楊排風《ようはいふう》は『楊家将』の中では超人気の役だぞ。飯炊き女から身を起こし引き立てられて将軍となった。それなら、関粛霜《かんしゅくそう》は知っているか？」

易青娥《イチンオー》は頭《かぶり》を振った。苟《ゴウ》老師が言った。

「やれやれ。そうか、お前たちはまだひよっこだったな。しかし、関粛霜も知らないとはな。関粛霜は京劇の立ち回りをやらせたら、右に出る者のない大物役者で、その当たり役がこの楊排風なんだ。ただのちょい役じゃないぞ。この作品の本題（全幕通しのタイトル）は『楊排風《ようはいふう》』、主役の名前が本題になった。『焦賛《しょうさん》を打つ』はその一幕なんだ。まずお前にこの一幕をみっちりと仕込み、仕上がったら全幕通しの本公演に持っていく。どうだ。お前はこの一本だけで寧州県劇団の立役者、看板女優になれる。一生、左うちわで、栄耀栄華の暮らしが待っている」

易青娥《イチンオー》はやはり首を横に振った。

「どうした？　やりたくないのか？」

「私は白娘子《はくじょうし》をやりたい」

苟《ゴウ》老師は思わず目を見張った。

（注）白娘子　古今の名作『白蛇伝』の女主人公。峨眉山で千年の修行をした白蛇の精・白娘子は人間界の恋愛に憧れ、妹分の青蛇と人間に変身、白娘子は白素貞《はくそてい》、青蛇は小青《そうせい》と名乗って風光明媚な杭州の西湖を訪れる。そこで人間の青年許仙《きょせん》と同じ船に乗り合わせる。しかし、金山寺の法海《ほうかい》和尚は白娘子の正体が人間ではないと見抜いたところから白娘子と法海の壮絶な戦い、波瀾万丈の物語が始まる。俳優にとって難度の高い古今の名作。

易青娥《イチンオー》は心の中にあった思いを一気に話した。人の話によると、女優がやりたがる古劇の役は白娘子が一番、極めつきらしい。その技を身につけられるものなら、やってみたい。飯炊き女の芝居はやはりやりたくない。元々、飯炊き女なのだから、やれと言われればやらないわけではないが、やはりやりたくない。

苟《ゴウ》老師はふっと笑って言った。

「お前さんは、畑の瓜というか、はしこい小猿というか、知恵の回る娘だけれど、やはりまだうぶ毛の生えた冬瓜《とうがん》だ。のっけから白娘子ときた。恐れ入ったね。白娘子は文武兼備の役柄だぞ。お前はその芝居ができるのか？　お嬢よ。飯だって一口一口食べる。水だって一口一口飲む。お前さんはまだこの老師に入門したばかりだよ。一気に白娘子を飲みこめるかな？　ここは老師の話を聞いて、一歩一歩行こうじゃないか。『焦賛《しょうさん》を打つ』の一幕をやっつけたら、目指すは『楊排風《ようはいふう》』の全幕通し公演だ。白娘子はいずれやらねばならんが、それまで大事に取っておこう。まずは周存仁《チョウツンレン》老師に棒術のご指南をいただこう。棒術は千変万化、奥が深いぞ。それがものになれば、お前の出番を作ってやる」

易青娥《イチンオー》も強情を張っていられない。おとなしく周存仁《チョウツンレン》老師に棒術の入門をした。

周存仁《チョウツンレン》老師は劇場の守衛だ。劇場と劇団の中庭は通用門でつながっているが、普段は鎖で閉ざされている。周《チョウ》老師は快諾してくれた。毎日決まった時間に通用門を開け、彼女を入れた後また鎖をかける。劇場の中庭は静かで広々としている。ここが周《チョウ》老師の教場となるのだ。

たった一本の棒がこれほど変幻自在な技を仕掛けてくるとは。如意棒一閃、百花生ず。易青娥《イチンオー》は目の覚める思いだった。しかも、これはただの棒ではない。藤づるをあぶって作る舞台用の小道具だ。藤づるなら九岩溝《ジョウイエンゴウ》にいくらでもあり、山奥に自生して一メートル以上の長さになる。これを熱い灰の中で焼き、何本かまとめて柱に巻きつけ、時間をおくと柱のようにまっすぐになる。これを持つと、柔らかく手に馴染むだけでなく強い弾性が伝わってくる。周《チョウ》老師がしごいて一振りすると、棒はひゅーと鳴ってラッパ状の花を描く。周《チョウ》老師が棒を引きつけて宙に放った後、自分は地に身を投げ出して一回転、と思うと、棒はその手に吸いこまれている。棒が軸になって周《チョウ》老師の体がすっと浮いたかと思うと、老師はその周りをぐるぐると飛び始めるのだ。それから何年経っても、易青娥《イチンオー》ははっきり覚えている。それは目くらましの幻術としか言いようがない。彼女にとってまさに目くるめく体験だった。

周《チョウ》老師は彼女に範を示した後、荒い息を吐きながら言った。

「お嬢、この周《チョウ》老師は老いた。もうすぐ還暦、体がついてこない。身を賭して積んだつもりの修練が、すっかり鈍《なま》ってしまった。わしはこの技を墓場に持って行くつもりはない。お前の肩におろして、身軽になってあの世に行く。だが、言っておくが、生中《なまなか》な心得ではいかんぞ。わしの心配を見越して、お前の苟《ゴウ》老師、裘《チュウ》老師は言った。この子は聡《さと》い子だ、苦をしのげる子だ。私の持てる技すべてを伝えろと。苟《ゴウ》老師の頼みとあれば、是非もない。それを信じよう。しかし、恥ずかしながら、わしが学び遂《おお》せたこと、これから学ぶこと、これが何ほどのものか心許《こころもと》ない。そこで頼みがある。この老人に学んだとは、どうか人には伏せてもらいたい。決して口外ならぬ。人に知られたら、わしは恥じて死なねばならぬからな。街のごろつき程度のお遊びならお茶の子さいさい、いつでもご覧に入れよう。あの連中をちょいちょいと打ちのめすこともできる。だが、やればやるほど奥の深いのが棒術だ。妙諦《みょうてい》は守りにあり、刀槍不入《とうそうふにゅう》（刀や槍を寄せつけず）、針挿不進《しんそうふじん》（針を通さず）、水潑不進《すいはつふじん》（水をも弾き）、その境地はさながら童女の蓮花朶朶《れんかだだ》（蓮花の揺れるが如く）、童子の風車呼呼《ふうしゃここ》（からからと風車の回る如し）だ。案ずるな。奥義《おうぎ》はこの嚢中《のうちゅう》にしまってある。おいおいと自分のものにしていけ。肝心なのは、最初の迷い、難関を乗り越えることだ。ここでつまずかなければ、後はただ規範に則り、ひたすら老師の示す道を進め。武戯を学ぶのに秘訣はあるいえばある。ないといえば何もない。一言で言えば、習うより慣れよ、一事に通じれば万事に通ず、要はコツをつかむことだ。さすれば、雨上がりにナズナを摘むが如し、摘めよ、摘め、お前の籠を満たすのだ……」

易青娥《イチンオー》は仕事の合間を縫って棒術の修行に三ヵ月を費やした。登場から退場まで一連の技だ。ある早朝、苟《ゴウ》老師はその稽古を周《チョウ》老師の教場で見た。彼女がひゅるひゅると棒と一体の回転を始めたところだった。ごろごろ転がったかと思うと、いきなり大跳躍をし、脚を飛ばしながら急旋回に移る。藤づるの棒は体に貼りついたみたいに易青娥《イチンオー》と同体になり、水潑不進、蓮花朶朶の見得を切ったとき、苟《ゴウ》老師はこれを呆気にとられ、我を忘れて叫んだ。

「よっしゃ、よっしゃ、やった！　お嬢、ものにしたな。わしも面目が立った。劇団にお披露目だ。今日から稽古は公開にする。劇団にかなう奴はもう誰もいない。問題は相手役の焦賛《しょうさん》だが、劇団の連中では手も足も出まい。周《チョウ》存仁《ツンレン》老師にはご苦労だが、ここ一番、焦賛役をお引き受けいただけないか。周《チョウ》老師は立ち回り役も道化役も限取りの敵役《かたきやく》も豪傑役も一渡りこなしてきた。目をつぶっていてもできるだろう。併せて、劇団の共演者を選び、役者たちに台詞をつけ、演技をつけてもらえないか」

易青娥《イチンオー》が『焦賛《しょうさん》を打つ』の稽古をしているとき、劇団も古劇の新作に取りかかり、研修生たちも狩り出されていた。しかし、全幕通し公演というわけにはいかない。折子戯《ジャーズシー》と呼ばれる見取《みど》りの一幕物だった。総監督で文芸顧問格の古存孝《グーツンシャオ》は言った。

「研修班の子どもたちはさし当たり、入門の手ほどきといこう。折子戯《ジャーズシー》を取っかかりに特訓だ。無理な木登りは怪我の元、小猿の木登りは赤い尻をさらして赤っ恥をかくだけだからな」

易青娥《イチンオー》はずっと誰にも見せず、こっそりと練習していた。だが、廖《リャオ》師匠は彼女に次々と仕事を与え、出勤後の時間に空きがないようにしただけでなく退勤後は「竈の間」に鍵を掛けてしまった。それだけでない。廖《リャオ》師匠と一緒に街に出て芝麻餅《ジーマビン》（ゴマをふりかけた焼き菓子）や糖酥餅《タンスービン》（きな粉やすりゴマで作った砂糖菓子）の作り方を見習ったり、ほかの政府機関がどんな豚の飼い方をしているかを見学させようとした。宋《ソン》師匠は他所《よそ》の豚小屋を見ても参考にならないと言った。それぞれの実情に合った飼い方があるはずだと。だが、廖《リャオ》師匠は耳を貸さず、宋《ソン》師匠の言い方には謙虚さ、学ぶ気持ちがないと批判した。

「俺たちの飼い方が正しいというのか？　よその豚を見てみろ。みな丸々肥えているぞ。背中の脂身が五、六寸はある。俺たちのはどうだ？　小猿みたいで、逆立ちだってできそうだ。俺たちは玄奘三蔵の精神に習い、虚心に他人の経験を学び取らなければならない。自分の城に閉じこもって、ぬくぬくしているときではないんだ」

その時期、廖《リャオ》師匠は炊事班員を引きつれて数十カ所の国家機関を訪ね、豚の飼育状況を視察していた。ある日、国家機関の気象台で柵の中に百五十キロほどに肥え太った豚を見つけ、感激した廖《リャオ》師匠は柵を跳び越えた。背中に手をあてて肥肉のつき具合を計ろうとしたところ、手の指先をがぶりと噛まれ、その上、足首を百五十キロの巨体に踏まれて捻挫してしまった。宋《ソン》師匠に担がれ、うんうんと唸りながら劇団へ帰る羽目となったが、二ヵ月以上に及ぶ県城各機関の食堂見学と実習、特に養豚の視察と体験学習はこれで終わりを告げることになった。

師匠の足首は、包子《バオズ》の生地が発酵したみたいにふくれあがった。宋《ソン》師匠と易青娥《イチンオー》は先に病院へ運んでレントゲン写真を撮ってもらった。医者は骨折はしていないが、筋肉や靭帯《じんたい》に重度の損傷が見られるという見立てだった。豚に噛まれた二本の手指は看護師がきれいに洗ってガーゼを巻き、薬を処方してもらって居室に帰った。廖《リャオ》師匠は宋《ソン》師匠に負《お》ぶさって尻が垂れ下がり、それを易青娥《イチンオー》が後ろから支えた。居室に帰り着くや、痛みに耐えかねて子どものように泣き叫ぶ廖《リャオ》師匠を、宋《ソン》師匠が慰めて言った。

「師匠、師匠、泣かない、泣かない。すぐ痛くなくなりますからね。黒砂糖はいかがですか。産褥についている息子の嫁に買ってきたんですが、ちょっと嚙ってみませんか?」

廖《リャオ》師匠は首を振り、ベッドの枕元にある引き出しを指さして見せた。易青娥《イチンオー》はその意とするところを理解している。中に氷砂糖がしまってあり、鍵がかかっている。廖《リャオ》師匠は腰の鍵束をがさごそ長いこと探り、中から一つを抜き出して彼女に開けさせた。中にはさまざまな形の缶が並んでいた。廖《リャオ》師匠は、あ、痛たたと悲鳴を上げながら、外側のそれだと言った。易青娥《イチンオー》がその四角いケースを開けると、やっぱり氷砂糖だった。廖《リャオ》師匠は易青娥《イチンオー》にその一つを自分の口にと命じ、彼女は小さいのを選んで廖《リャオ》師匠の口にぽんと入れた。廖《リャオ》師匠はがつんと音立てて噛み砕き、幸せそうな顔して、手指や足首の痛みを忘れたかのようだった。廖《リャオ》師匠は口を尖らせて易青娥《イチンオー》に合図を送った。宋《ソン》師匠と彼女自身に氷砂糖を分けるようにとのことだが、宋《ソン》師匠も易青娥《イチンオー》も遠慮した。廖《リャオ》師匠は彼女に引き出しの鍵を掛けさせ、その鍵をまた腰の鍵束に収めた。

料理長として陣頭指揮に当たる廖《リャオ》師匠は、突然手足が不自由になり、ベッドからの遠隔指示《リモートワーク》となった。しかし、彼は毎日ミーティングを開いてその日の反省、総括をし、翌日の段取りを打ち合わせた後、朝食、昼食のメニューを自分で決めた。これがまた宋《ソン》師匠の仕事になったのだ。廖《リャオ》師匠は毎回の食事内容が心配でならず、宋《ソン》師匠が炒め料理を易青娥《イチンオー》に命じて直ちにベッドに運ばせた。廖《リャオ》師匠はそれを点検、味見した後、調理と配膳を許可した。その中で技術的難度の比較的高いもの、蒸し包子《バオズ》とか餃子、肉炒め、肉そぼろのナス煮込みなどは、しばらく見合わせとなった。しかし、これでは宋《ソン》師匠の立場がない。易青娥《イチンオー》には分かる。はっきり言ってこれは宋《ソン》師匠への嫌がらせなのだ。食堂の評判は廖《リャオ》師匠が料理長になってからぐんとよくなり、これは先任の宋光祖《ソングアンズー》の無能を見せつけたということになっている。廖《リャオ》師匠が脚を痛めて寝込んだ一週間、食堂は〝悪と無能がはびこった旧社会に逆戻り〟したことを印象づけなければならないのだ。宋《ソン》師匠は今、豚の飼育係に回されたことになっている。劇団員たちの評判がどうであれ、宋《ソン》師匠は廖《リャオ》師匠の指図に従い、その中で努力するしかなかった。しかし、裘《チュウ》主管にはこれが見え透いてならず、わざと宋《ソン》師匠に回鍋肉《ホイグオロウ》（塊で煮た豚肉を薄切りにして野菜と炒めたもの）と蒸し饅頭を一回ずつ作らせた。

　廖《リャオ》師匠はベッドで飛び上がらんばかりに怒った。

「回鍋肉が聞いて呆れた。鍋底を焦がしただけの代物だ。宋光祖《ソングアンズー》の先祖が墓で泣いているぞ。この豆腐包子は何だ。餡《あん》の味つけどころか、生地の発酵が足りないから、蒸してもぱさぱさしている。誰の手がこねた？　これでも包子か？　上が口を開け、下は尻抜けだ。これは包子ではない。すかすかの笊《ざる》だ、穴杓子《あなじゃくし》だ。見るも汚らわしい猿の尻だ」

　宋《ソン》師匠が〝仕切った〟回鍋肉の肉も包子も易青娥《イチンオー》には味よく感じられた。しかし、廖《リャオ》師匠がそう言うのだから、誰にもどうにもならなかった。

　宋《ソン》師匠が〝料理長〟を代行した十数日間、裘《チュウ》主管は厨房に助っ人を入れただけでなく、時には自分が何くれとなく手伝った。これが易青娥《イチンオー》には大助かりで、職場の雰囲気も快適だった。宋《ソン》師匠は彼女が芝居の稽古入りしたことを知っており、彼女を励まして言った。

「お嬢、芝居をやるからにはやり通せ。劇団で飯を作るのは大飯店のコックとは違う。老舗の屋号を背負い自分の将来をかけて腕を鍛えるから、名人と呼ばれ、料理長の名が与えられる。俺や廖《リャオ》師匠が厨房で働くのは名をなすためではない、食うためだ。年いっても食べていくためにはやはり、ほどほどでなければ身が保たない。しかし、お前はまだこんなちっちゃい。すべてが白紙だ。自分の生き方を選べ。芝居の道で生きていくのは、いいといえばいい、悪いといえば悪い。若いときは苦しく、名が出たら出たで、名利の争いは激しく、また辛い。しかし、この道で名を上げるのは役者冥利《みょうり》に尽きるというものだ。これ以上の果報はあるまいよ。お嬢、お前は学校にはろくに行かず、女の身を立て、役者稼業を生業《なりわい》と決めた。よかろう、これも一生だ。役者稼業に食らいつけ。こうとなったら、俺がお前の手伝いをする。お前のために何でもする。廖《リャオ》師匠が何を言おうと気にかけるな。あの口の悪さ、口うるささ、他人の揚げ足取りは閉口ものだが、一生続くだろう。それがなくなれば廖耀輝《リャオヤオホイ》ではない」

宋《ソン》師匠が厨房を仕切って十数日、易青娥《イチンオー》に多くの時間を割いてくれたが、廖師匠は一再ならず彼女を呼びつけた。廖《リャオ》師匠と宋《ソン》師匠の居室は厨房から壁一つ隔てるだけ、大声を上げれば、中庭中に響き渡る。まして廖《リャオ》師匠がわざと声を張り上げれば、誰もが廖《リャオ》師匠は病床にあり、重傷を押して遠隔指示《リモートワーク》に励んでいると思うだろう。易青娥《イチンオー》は何回かは聞こえないふりをして居室に行くと、廖《リャオ》師匠は明らかに機嫌が悪い。剣突《けんつく》を食わせるような口調で、

「どうした。俺はちょっとばかりの傷で、二、三日仕事に手がつかなかったが、もう見放されちまったのか？　俺も落ちたもんだ。お前のような小娘にまで無視されるんだからな」

易青娥《イチンオー》は口答えせずに聞いていた。廖《リャオ》師匠はひとしきりしゃべった後、氷砂糖をつまんで彼女の口に入れようとしたが、彼女は口をそらした。廖《リャオ》師匠は言った。

「およよ、怒ったのか？　とんがった口は劇団のすれっからし、やり手の女優みたいで恐ろしいな。どうした。この師匠が恐いのか？　そんなことはない。師匠は娥《オー》ちゃんが可愛いだけだよ」

易青娥《イチンオー》はすぐその場を引き取った

その後、廖《リャオ》師匠は何度も易青娥《イチンオー》を呼び立てた。呼ばれて行かないわけにはいかない。廖《リャオ》師匠はまず宋《ソン》師匠の料理について話した。宋《ソン》師匠は人生が終わりかかってなお、料理は毛ほどの進歩もない。作るものはどれも豚の餌で、臭いをかいだだけで鼻はもげそう、口に入れられた代物ではない。こんな話を長々と続けた後、自分の手指、足首は半月は動かせそうにないことを打ち明け、劇団の全員に罪なことをしたと言った。それから数日後、廖《リャオ》師匠は突然、夜の十時を過ぎて厨房の会議を招集した。会議が終わっても廖《リャオ》師匠は易青娥《イチンオー》を帰さず、相変わらず料理人の包

丁の技などについて長広舌を振るった。宋《ソン》師匠はもう高いびきを始めていた。話が包丁談義から廖《リャオ》師匠の足の状態に移り、片脚が麻痺していることを訴えた。そして易青娥《イチンオー》につまんで見ろと言った。

易青娥《イチンオー》はつまむつもりはなかった。しかし、つまんでみた。つまんでいるうちに、とんでもないことが起こった。

このことは一生、彼女の心の痛みとして残った。

二十九

その日初めて、苟存忠《ゴウツンチョン》は『焦贊《しょうさん》を打つ』のお披露目をした。易青娥《イチンオー》を人前に出し、見せ場のすべて演じさせたのだ。

この場は誰が見ても分かりやすく楽しい。北から攻めこんでくる遼の国（契丹）と戦う宋の国・楊家将《ようかしょう》（宋朝を支える楊家一門の武将たち）の物語、その中でも特に親しまれている一齣《こま》だ。

敵軍を迎え撃つ名将楊延昭《ようていしょう》は息子の楊宗保《ようそうほ》を敵将の韓廷寿に捕らわれ、連れ去られる。延昭は楊家将の中でも双璧と謳われる孟良《もうりょう》と焦贊に援兵の徴募を命じる。ところが、孟良が連れ帰ったのは、天波楊府《てんぱようふ》（首都汴京《べんけい》にある楊家の本家）で竈《かまど》番と飯炊きをしていたという少女楊排風《ようはいふう》だった。彼女は実は楊家本家の奥様に鍛えられた棒術の達人だということを誰も知らない。焦贊は排風を「こんな小娘風情」と侮り相手にしないが、賭けにこと寄せて腕試しをさせられる。「この小童《こわっぱ》め、定めし旅回りの踊り子であろうが、手加減はしないぞ」と強がった焦贊だが、逆にさんざんに打ちのめされてしまう。彼は潔く負けと認め、排風に先陣を譲った。

竈番をしていた少女の武器は火かき棒だった。易青娥《イチンオー》は火かき棒の修練をすでに数カ月前から積んでいた。苟《ゴウ》老師が絶えず強調し続けたのは「手の技《わざ》」、「手の職」ということだった。竈番の少女楊排風からすれば、火かき棒は自分の仕事道具であり、「手についた職」なのだ。だから、自分の神経が隅々に通い、自分の分身のように自由自在に扱える。役者が手に職をつけるということは、芸を身につけることだった。苟《ゴウ》老師は易青娥《イチンオー》がそのための辛抱と苦しみを厭わない性格に満足していた。

「お嬢、お前の棒術がどれだけ芝居に役だっていることか。後はいかに習熟し、練度を高めるかの問題だ。手に職をつけ、職を極め、頭《かしら》となることを「お職を張る」と言う。手に持った棒が目から消え、念頭から去ったとき、棒術は真に身につき、芝居の味つけになるだろう。だが、役とは何か？　役とはその芝居を完全に自分の人生として生きる人物のことだ。それでは楊排風の役、その人生の役目、役割とは何か？　まず楊家将本家の竃番、飯炊き、お前と同じだ。分かるか？　竃番、飯炊きの娘でさえ武芸の道、棒術にかけては誰にも負けない。娘っこがこんなに強いんだから、楊家の豪傑たちの恐ろしさはいかばかりかと、敵どもは震え上がったことだろう」

易青娥《イチンオー》は分かったような分からないようなうなずき方をした。苟《ゴウ》老師は言った。

「楊排風の年齢はそんなにいっていない」

易青娥《イチンオー》はすかさず尋ねた。

「いくつ？」

苟《ゴウ》老師をぐっと詰まった。

「それはまあ、これは芝居だ。細かいことを言うな。まあ、お前と同じぐらいだろう」

「老師、私はまだ満の十五にもならない子どもなのに、戦争に行けるんですか？」

易青娥《イチンオー》はとことん、質問をやめない。

「甘羅（戦国時代の秦の政治家呂不韋《りょふい》に仕えていた）という人は、十二歳で宰相を拝命した。だが、これは昔の人の話だ。今は三十にもなって「圓場《えんじょう》を跑《かけ》る」ができない奴もいるがな。楊排風は　お前と年格好が同じだから、わしはお前にやらせたいと思った。のびのびとやれ。お前は女の子だ。焦賛と戦うときは、女の子の気分で戦え。いたずらしたり駄々をこねたり、わがままいっぱいにやれ。相手が地面に這いつくばったときは子どものように喜んで火掻き棒を振り回せ。棒術百花の舞いだ。子どもの遊びのように無心に、自在にやるんだ。ここで大事なのは人間だ。分かるか？　生きた人物像を見せるんだ。飯を炊き、ちっちゃくて、お茶目で、よく笑い、やることなすことみな楽しくてしょうがない。いつも新しい発見がある。分かるか、これが武芸の真髄だ。たった火掻き棒一本で眼から火花が走り、敵は兜を脱いで降参だ。分かるか？　だがな、焦賛は北辺を守る大将だ。お前の叔父か祖父《じい》さんにも当たる年齢だろう。戦いの場でも礼儀をわきまえなければいかんぞ。一打一打に心で手を合わせ、詫びの心をこめなければならん。相手が屈しなければまた打て。打ち終わったらまた詫びろ。お嬢はいつも老師を敬い、先輩を立てきた。いいか。役を演じるとは何か？　芝居から与えられた役目、役割を考えることだ。分かるか？」

荀《ゴウ》老師は芝居の登場人物、粗筋を話しながら役柄について語り、絶えず模範を示した。易青娥《イチンオー》が意外に思ったのは、もうすぐ六十になるというのに足腰が機敏に反応し、手の動きは表情に富んで腰も柔軟に伸縮する。面白いのは女の子の表情まで研究していることだ。言い逃れしたり、すねたり、口を尖らせたり、あかんべえをしたり、目に物言わせたり、易青娥《イチンオー》の物まねが真に迫って、彼女はいつも笑い崩れてしまう。

荀《ゴウ》老師についてもう一つの大きな発見がある。最近になって眉毛が突然、細く切りそろえられていたのだ。以前守衛をしていたときは、両の眉は死んだ蚕のように眼窩《がんか》の上に横たわって不気味だった。少しずつ手入れしたのだろう。今気づくと、柳の葉のような眉が二筋、品よく並んでいる。特に焦賛を打ち倒して得意の表情を作るとき、眼がくるくると動き、柳の眉が風にひるがえるように耳まで垂れてくるのだ。彼女は知っている。荀《ゴウ》老師の顔の皮膚が緩んで垂れているからだろう。彼女はたまらず、ぷっと吹き出し、笑いにむせながらしゃがみこんでしまう。こんなとき、荀《ゴウ》老師は遠慮なく彼女の尻をぴしり、ぴしりと二度棒で打ち、なぜ笑うかと尋ねる。彼女は言うわけにはいかず口を押さえて笑い続ける。荀《ゴウ》老師ははしびれを切らして、

「老師が老けたと笑っているんだろう。老けてはおられんぞ。これから二、三十年は生きていないとな。ただ生きるだけなく、これまでの分も取り戻さなければならん。ぐずぐずしてはいられない」

易青娥《イチンオー》は驚き、荀《ゴウ》老師の顔をじろじろと見ていられなくなった。

荀《ゴウ》老師は易青娥《イチンオー》の修行ぶりについて、九文字の評価を下した。労苦に耐えるも／理解力に難あり／上達は緩慢、というものだが、さらに九文字を補った。記憶力に優れ／よく励み／基礎力あり。総体評価として三文字を与えた。お利口／お馬鹿／実《じつ》がある。これには特に注釈をつけ加え、「お利口」というのは、確かにお利口だが、「お」がつくだけ可愛いというのが本音だ。「お馬鹿」については確かに馬鹿で、要領が悪く、後で一人悪戦苦闘している。「実」は実直の謂《いい》で、策を用いることがなく、その分、悪い癖もなく、むしろ愚直といえる。

荀《ゴウ》老師は易青娥《イチンオー》だけに稽古をつけていたのではなく、劇団員や研修生にもいくつかの「折子戯《ジャーズシー》（見取《みど》りの一幕物）」

をやらせていた。

劇団の女優のためには『亀山《きざん》に遊ぶ』の中の『蔵舟《ぞうしゅう》（舟にかくまう）』の場を選んだ。

（注）『亀山《きざん》に遊ぶ』　秦劇《しんげき》（秦腔《チンチアン》）の伝統演目『蝴蝶杯《こちょうはい》』の前半部。明代の総督・芦林《ろりん》の息子芦世寛《ろせいかん》は亀山へ遊びにでかけ、老漁夫胡彦《こげん》から大山椒魚《おおさんしょううお》を無理に買おうとして断られ、腹いせに漁夫を殺す。江夏県の知事・田雲山《でんうんざん》の息子・田玉川《でんぎょくせん》はこれを見て義憤に駆られ、芦世寛を戒めようとして殺してしまう。息子を殺された総督は、逃げた玉川に追っ手を放つ。とある川岸に落ちのびた玉川は老漁夫胡彦《こげん》の娘胡鳳蓮《こほうれん》に出会い、舟の中にかくまってもらう。鳳蓮の心意気に打たれた玉川は、彼女に「蝴蝶の杯」を結納として贈って婚約した後、さらに逃亡を図る。玉川を取り逃がした芦林は父親の雲山の首を切ろうとする。これを聞いた鳳蓮は法廷に乗りこんで無実を訴え、雲山の命は救われる。その後、芦林は皇帝の命を奉じて戦陣へ赴く。だが、戦い敗れて落ちのびた先はどこあろう、玉川が名前を変えて潜んでいた土地だった。玉川は芦林を助けて再度戦場に赴き勝利を得る。芦林はこの恩義に娘の鳳英《ふうえい》と鳳蓮《ほうれん》の二人を同時に玉川に娶《めあわ》せる（この一夫二妻の結幕は新中国では一夫一婦に改編されている）。この作品は陝西省の秦腔《チンチアン》だけでなく中国全土の劇団で上演され、特に胡《こ》鳳蓮《ほうれん》の絶唱が朴訥ながらも機知に富み、端正な中に深い情愛をにじませて喝采を得た。

それというのも、胡彩香《ホーツァイシアン》と米蘭《ミーラン》に武戯《ぶぎ》（立ち回り）は明らかに不向きだったからだ。苟《ゴウ》老師によれば、この二人は飲み込みが早いし、勿論歌唱力に不足はない。鳳蓮というヒロインが登場する『蔵舟（舟にかくまう）』はまさに恰好の台本だった。訓練生のためには二場の折子戯《ジアズシー》が選ばれた。『西湖に遊ぶ（遊西湖）』の中の『鬼怨《きおん》』と『殺生《せっしょう》』、もう一つは『楊門女将』から『探谷《たんこく》（谷を探る）』の場だ。

（注）『西湖に遊ぶ（遊西湖）』　南宋の時代、宮廷の高官の娘李慧娘《りけいじょう》は最高学府に学ぶ裴瑞卿《はいずいけい》と恋仲になり、婚約を言い交わす。しかし、宮廷の腹黒い高官賈似道《かじどう》の邪魔が入った。美貌の李慧娘にかねて思いを寄せていた賈似道は彼女を強引に側室にしてしまう。ある日、瑞卿と慧娘は西湖で偶然に再会し、苦しい胸の内を語り合う。これを見た賈似道は激怒して慧娘を廷内で刺し殺し、さらに刺客・廖寅《りょういん》を放って瑞卿の謀殺を図る。冥府をさまよう慧娘の魂は鬼となって白い衣装を身にまとい、恋人との仲を断ち切られた悲しみ、賈似道への怒りと怨みを募らせる。これを憐れんだ戦いの女神・九天玄女は彼女に「陰陽の宝扇」を与えて現世に蘇らせる。ここまでが『鬼怨《きおん》』の場。後半は『殺生《せっしょう》』の場に変わって、慧娘は瑞卿を刺客廖寅から助け出し、賈似道との最後の戦いが始まる。刺客・廖寅《リャオイン》は松明を持って現れる。この殺陣《たて》（立ち回り）

の場は暗闇の中の〝だんまり芸〟という約束ごとになり、慧娘は「火吹き」の絶技を繰り出して渡り合う。「火吹き」は通常、妖怪変化や亡霊登場の場面で見られる技法だが、慧娘《けいじょう》が用いることによって秦腔《チンチアン》ならではの壮絶と悲愴美の世界を作り出す。川劇の変臉と秦劇の「火吹き」は好一対の妙技としてもてはやされている。

（注）『楊門女将』　北宋は仁宗の時代、北からは遼の進攻、西北では西夏との衝突が繰り返されていた。王家を支える武門の名家楊家三代目の当主楊宗保《ようそうほ》は五十歳の誕生日を迎えた日、西夏との戦いで陣没する。敵の策略で迷い谷に誘い出され、矢を射かけられたのだ。折しも宗保五十歳の祝宴を張っていた楊家は悲しみに沈む中、皇帝の弔問を受ける。宮廷の高官たちはすでに浮き足立って和睦を主張し始めたという。これを聞いた宗保の祖母・佘太君《しゃたいくん》は憤激し、百歳の高齢をおして自ら元帥となり、宗保の妻穆桂英《ぼくけいえい》ら楊家の女将たちを率いて出陣を決意する。敵将はまたも宋軍を谷深くおびき寄せようとするが、女将たちはこれを見破った。佘太君はついに桟道《さんどう》を探し出して谷を登り、穆桂英は間道を伝って王文の軍を背後から襲撃する。西夏軍はこの挟み撃ちあって大敗し、敵将も討ち取られる（「探谷」の場）。

『楊門女将』では訓練生の中から六人の武旦（女武者役）が一緒に楊宗保の妻穆桂英《ぼくけいえい》の役を競うことになった。

荀《ゴウ》老師の見るところ、研修生生たちはおしなべて基礎ができておらず、役に食らいついてこない。つい易青娥《イチンオー》を引き合いに出して発破をかけることが多くなった。その姿をまのあたりに見て、同期生たちの間からこれまでの冷笑的な態度が影を潜めた。荀《ゴウ》老師は『鬼怨《きおん》』と『殺生《せっしょう》』は俳優養成のための荒療治、苦行だという。確かに、あのおすまし屋の楚嘉禾《チュチアホー》は「火吹き」を嫌がった。顔に火傷したり、眉毛を焦がしそうで、彼女は何よりも恐がりだった。これまで小生《シャオション》（若い二枚目）役を相手に女王様然と振る舞ってきた彼女は、汚れること、疲れることは自分の柄でないと思っている。

こうして一カ月以上過ぎ、役の適不適は次第に絞り込まれてきたが、基本的な訓練はまだ目鼻がつくに至っていない。荀《ゴウ》老師は楚嘉禾《チュチアホー》に三文字を捧げた。「美／敏／惰」で、まずは美人であることを認め、敏は〝小利口〟で、易《イ》青娥《チンオー》の〝お利口〟とは違う。「惰」は怠惰で、要するに怠け者だ。荀《ゴウ》老師はいつも楚嘉禾《チュチアホー》たちの前で繰り返し言って聞かせていた。

「演技を学ぶということは、易青娥《イチンオー》のように馬鹿真面目、馬鹿正直、馬鹿がつくほどやれということだ。易青娥《イチンオー》は見るからに馬鹿だが、一旦食らいついたら必ず自分のものにしている。しかるに、諸君はどうだ？　今日教わったことは明日そっくり、先生にお返しして、けろっといる。これじゃ、教える方も身が入らないというものだ」

楚嘉禾《チュチアホー》たちにしてみれば、苟存忠《ゴウツンチョン》という人物自体が、鍾馗《しょうき》さまのように門の左右に貼りつける魔除けの札かおまじないみたいな笑うべき存在だったのだ。それが極彩色の〝提灯ブルマー〟にピンクの高脚靴、甲高く引き絞った声、剃り跡も青々とした二筋の眉、今や稽古場は毎日、指鉄砲で「バーン」と公開処刑の標的、大笑いの対象だ。彼の芝居談義、演技の駄目出しを聞かされても、耳を吹き過ぎる風のようにしか聞こえない。易青娥《イチンオー》がしょっちゅう引き合いに出されるのも笑いの種、ギャグのようなものだった。門番が飯炊きに演技指導――まさに割れ鍋に割れ蓋というものだ。

苟《ゴウ》老師も苦々しく思っているが、いかんともし難い。彼はそんなことより多くの思いを易青娥《イチンオー》にかけていた。人を人とも思わない彼ら、彼女たちの目を開かせ、鼻をあかすのは事実をもって示すしかない。

その日、易青娥《イチンオー》は疲れがたまって、ばてかけているのを感じていたが、苟《ゴウ》老師が放してくれず、目線《めせん》の細かい所作を教えられ、帰ってからも練習するよう言いつけられた。易青娥《イチンオー》が稽古用の棒を持って宿舎に着いたところへ宋《ソン》師匠が呼びに来た。廖《リャオ》師匠が厨房会議を開くという。彼女は顔を洗ってすぐ出かけた。

廖《リャオ》師匠はその日、タオルを頭に巻いて、気分がすぐれないと言った。足の腫れは引いていたが、漢方医の出してくれた黒い練り薬を塗っていた。豚に噛まれたところは黒いかさぶたになり、もうすぐ剥がれそうだった。豚の歯形がぽつぽつと残って痛々しい。廖《リャオ》師匠は話しながらかさぶたを掻きむしり、その都度顔をしかめた。廖《リャオ》師匠は言った。

「厨房の仕事は全体として順調だが、問題も多い。まず食事内容だが、団員たちがあれこれ言ってきて、それが黄《ホアン》主任の女房のところにも届いているらしい。用心しなくちゃいかん。俺はあと三、四日もすれば歩けるようになるだろう。明日の朝、光祖《グアンズー》よ（宋《ソン》師匠の名前を呼び捨てにした）、俺を負ぶって厨房へ運んでくれ。椅子を用意して、椅子の前には足を乗せる腰掛けを置いてくれ。明日は一日かけて食事の改善をする。朝の臊子麺《サオズミエン》はナスとニラを追加して、肉とナスをさいの目に切る。まんべんなく、不揃いを出すなよ。辣油《ラーユ》はデパートの純正品を使う。それから生ニンニクを一人に二かけらつけよう。最後に濃いめの麺湯《ミエンタン》（そば湯に似た小麦のスープ。中国北方の習慣）を全員に出す。つゆには鹹水《かんすい》を入れるのを忘れるな（タンパク質が水分になじんで粘りが出る）。午後は米飯に一汁二菜。スープとタマネギ、ニンジンの回鍋肉《ホイグオロウ》だ。新しいショウガを多めに入れてな。それからネギのみじん切り、キクラゲと卵を炒めよう。卵は少し水を加えて固めに炒める。とろとろじゃだめだぞ。箸にのせやすいよう塊にするんだ。スープは、とくと考えたんだが、トマトはどうかな。上にふわふわ卵（蛋花《ダンホア》）を乗せ、エビの皮も入れる。それから〝過《グオ》江龍《ジアンロン》〟、娥《オー》ちゃんは過江龍を知らないだろう。三センチぐらいに切ったネギの輪切りだよ。一生懸命勉強しろ。苟《ゴウ》爺《じい》の蘭花指をちゃらちゃら覚えるよりよっぽど身のため、世のためになる。そうそう、トマトはあんまり大きく切るなよ。芝居ばかりがこの世を渡る技じゃない。まずは包丁だよ。昔、大地主や大家族の家で、ものを言うのは何よりも包丁の技だった。何の不足がある？ へっぽこ役者にはできない芸当だよ。役者が世の中を動かせるか？人に言うことを聞かせられるか？」

誰も何も言わなかった。一人芝居のように、会議は独演会のようにいつまでも続いた。

会議が終わったのは、夜中の十一時を回っていた。宋《ソン》師匠は大きなあくびを立て続けにして、明日の椅子や腰掛けの準備があると言い、易青娥《イチンオー》も腰を浮かしかけたところを廖《リャオ》師匠に呼び止められた。

「ご苦労だが、竈《かまど》でお湯を沸かしてくれないか。足を拭きたいんだが」

宋《ソン》師匠が言った。

「お嬢は休ませよう。お湯は私が沸かしてくる」

だが、廖《リャオ》師匠はそうさせなかった。この仕事はこの子の役割だし、宋《ソン》師匠にお願いするのは恐れ多いと。易青娥《イチンオー》は急いでその場を引き取り、宋《ソン》師匠は居室の「外の間」へ引きあげた。

易青娥《イチンオー》が湯を沸かして戻ったとき、宋《ソン》師匠はもう大いびきをかいていた。廖《リャオ》師匠は言った。

「ほら、聞けよ、この大音響。もう絶好調だ」

このとき、易青娥《イチンオー》は笑わなかった。足の指を拭き終えたら、早々に退散しようと思っている。だが、廖《リャオ》師匠は彼女をつかまえ、彼の太腿も拭くように命じた。彼女は言われるままにした。拭き終わると、廖《リャオ》師匠は言った。片方の足が痺れている。揉んでもらいたいのだがと。彼女は本当にいやだと思った。しかし、言われるままにした。揉んでいると、廖《リャオ》師匠は全身の具合が悪くなったようで、話し声に震えが来た。易青娥《イチンオー》の手が彼の膝をさすっていると、廖《リャオ》師匠はいきなり彼女の痩せた手をぐいとつかみ、自分の肥えた太腿が交叉しているところにあてがった。ズボンはもう脱いでしまい、毛布を太腿にかぶせていた。彼女は渾身の力でその手を振り払った。彼はまた彼女の手を握り、その場所へ持っていこうとして、切れ切れのうわずった声を出した。

「娥《オー》ちゃん、娥《オー》ちゃん、氷砂糖を一箱上げる。箱ごと上げる……」

そう言いながら廖《リャオ》師匠はいきなり起き上がり、易青娥《イチンオー》をベッドに引き倒した。彼女は岸に投げ上げられた鯉のように、すっくと身を起こし、部屋を飛び出そうとした。だが、まさか廖《リャオ》師匠の足はもう痛くなく、手も痛くなく、頭も痛くなく、尻を剥き出しにして彼女を追い、ベッドを飛び降りた。易青娥《イチンオー》は大声で叫んだ。

「宋《ソン》師匠！」

宋《ソン》師匠のいびきは電気がショートしたみたいにぴたっと止まった。彼はごろっと起き上がるなり、どうした、どうしたと、こちら側の部屋をのぞきこんだ。見ると、廖《リャオ》師匠が尻を出したまま、布団にもぐりこもうとしているところだった。宋《ソン》師匠はすぐに事態を理解した。彼はそこにあった椅子を振り上げ、廖《リャオ》師匠の裸の背中目がけて、したたかに振り下ろした。師匠の悲鳴が聞こえた。

「やめろ、おい、光祖《グアンズー》！」

今度は椅子が廖《リャオ》師匠の尻に当たる鈍い音が聞こえた。

三十

このできごとは長い年月、彼女の中で鬱々と発酵し続けた。最終的に伝わっている話はこうだ。名優憶秦娥《イチンオー》（当時は易青娥《イチンオー》）は十四歳の時、一人の飯炊きの男に乱暴されかかった。その男は今、鼻水を垂らす老残の身である。

その夜のことを易青娥《イチンオー》は一生忘れない。何年経っても細部の情景がはっきりと蘇ってくる。

宋《ソン》師匠は彼女の叫び声で目を覚まされ、振り上げた椅子は元々芝居の小道具に使われ、足が一本欠けて三本足になっていた。足のないところを、宋《ソン》師匠はレンガで支え、その上に洗面器を置いて使っていた。この一大事に宋《ソン》師匠は洗面器が乗っていることを忘れて振り上げたため、中の水ごと床にひっくり返った。椅子は廖《リャオ》師匠の頭に振り下ろされるはずだったが、竹を編んだ仕切りに引っかかって勢いを失い、ぽんとしけた音を立てて廖《リャオ》師匠の背中の肉叢《ししむら》に落ちた。廖《リャオ》師匠は素早く身をかわしたつもりだったが、尻までは隠しきれず、そこを宋《ソン》師匠に狙われて二度目の衝撃が襲ったのだった。その白い尻は見るからに悪心《おしん》を起こさせるものだった。水に浸かった動物の腐肉のように膨らみ、柳条《こりやなぎ》で編んだばかでかいバスケットほどにも大きく見えた。椅子はその上でばらばらに飛び散った。この椅子は数年前、『椅子の風波』という芝居で使われた小道具だった。不正な投機取引きで巨額の利益を得た男がその金を椅子の脚と座板《ざいた》の間に隠す。だが、捜査隊の女性隊長が慧眼と名推理を働かせ、犯人も贓物《ぞうぶつ》（盗品）も押さえられて法の裁きにかけられることになった。この作品は好評で数年間ヒットを続けた。数脚の椅子がぼろぼろになり、この椅子は宋《ソン》師匠がゴミ捨て場から拾ってきたものだった。まさか、こんな場面に再登場して再利用されるとは誰もが思わなかっただろう。飛び散った木片が易青娥《イチンオー》の身に降りかかったとき、彼女は廖《リャオ》師匠の「アイヨー、母ちゃん」という声を聞いた。それは今にも息を引き取りそうな消え入るばかりの声だった。

易青娥《イチンオー》は動顛して、ただただ恐ろしく、顔を覆って泣きながら部屋を飛び出そうとした。だが、宋《ソン》師匠が彼女を呼び止めた。

「お嬢、逃げるな。言うんだ。廖耀輝《リャオヤオホイ》はお前に何をした？　恐がるな。大丈夫、僕がついている。きちんと後始末をつけてやる」

易青娥《イチンオー》はは全身に震えが来て一言も喋れなかった。

「言ってご覧。恐がるな。廖耀輝《リャオヤオホイ》は罪を犯した。分かるか？　牢屋へ行かなければならない。もしかしたら、銃殺刑にもなりかねない。何が起きたか、話してご覧。恐がるな」

宋《ソン》師匠が言い終わらないうちに、布団の中から廖耀輝《リャオヤオホイ》の声がした。

「ちょっと待った。宋《ソン》師匠、光祖《グァンズー》よ。勝手なことを言うな。俺はお嬢に指一本触れてないぞ！　嘘だと思うんなら、お嬢に聞いてみろ。言いがかりはやめてくれ。俺は何もしていない」

廖耀輝《リャオヤオホイ》は布団の中で震え始め、ベッドがぎしぎしと揺れた。

「言いがかりだと？　旧社会でお前が地主の妾《めかけ》にしたことは何だ？　新社会でまた性懲りなく悪事を働こうってのか？　天はちゃんと見ているぞ。この子がいくつだと思っているんだ？」

廖耀輝《リャオヤオホイ》は恐慌をきたした。

「宋《ソン》師匠、宋《ソン》師匠、光祖《グァンズー》、光祖《グァンズー》。濡れ衣《ぎぬ》だ。俺は何もしていない」

「何もしてなくて、その裸の尻は何だ？　小汚い尻をさらけて、みっともない。毛を焼いた豚よりまだひどい。この子をもっと恐がらせるのか」

「習慣だよ。ただの習慣だ。俺はずっと、すっぽんぽんで寝てきた。昔、地主の家のことは……災難だった」

易青娥《イチンオー》は顔を覆ったまま部屋を出ようとした。宋《ソン》師匠の大声が響いた。

「この恥知らずが！　吐き気がしてきた。正直に言え。この子に何をした？　お嬢、待ってくれ。このことは、この男がお前の前で正直に話さなければならん」

宋《ソン》師匠はまた易青娥《イチンオー》を押しとどめた。廖耀輝《リャオヤオホイ》が言った。

「そうだ、娥《オー》ちゃんに聞け。俺が何をしたか、この子に聞けばいい」

「二度と娥《オー》ちゃんと呼ぶな。お前にその資格はない。ほとほと見下げ果てた奴だ。さあ言え。この子に何をした？」

「俺は本当に何もしていない。この子に聞け、娥《オー》ちゃん、おっと、違った、お嬢、青娥《チンオー》。言えよ、言ってくれよ。俺はお前を可愛がってきた。その恩を仇で返すのか？」

廖耀輝《リャオヤオホイ》が布団の中から頭をそっと出し、哀れっぽく易青娥《イチンオー》に訴えた。

易青娥《イチンオー》は頭を膝に埋め、泣くばかりだった。

廖耀輝《リャオヤオホイ》は焦り始めた。

「なあ、話してくれよ。泣いてばかりいないで、言ってくれ。宋《ソン》師匠は俺が悪さを働いたと言っている。お前の口から言ってくれ」

易青娥《イチンオー》はついに口を開いた。

「何もしていないだなんて、そんな……」

「俺が何かしたとでも言うのか？　俺は何もしていないぞ。お嬢、嘘をつくな、正直に言え！」

「言ってくれ、恐がるな。僕がお前を守る。ちゃんと始末をつけてやる。こんな獣を恐れることはない」

易青娥《イチンオー》は言った。

「この人は私の手をつかんで、変なことを……」

易青娥《イチンオー》はまた泣き始め、言葉がつかえた。

「言うんだ。遠慮することはない。この畜生がどうしたんだ？」

廖耀輝《リャオヤオホイ》は態度を軟化させた。

「確かに触った。……この子の手を……無闇に触ったりするんじゃなかった……しかし……それ以上のことはしていない。お前はずっと見てたじゃないか。お前の着ているものに指一本触れていない。そうだろう？　俺はこの子をどうともしていない。易青娥《イチンオー》、易青娥《イチンオー》。お願いだ。お前の師匠は悪いことはしていない。頼む。この通りだ」

廖耀輝《リャオヤオホイ》はベッドの上で頭を何度もこすりつけた。

易青娥《イチンオー》はとうとう部屋を飛び出した。

易青娥《イチンオー》は宿舎に戻らず、劇団の中庭を飛び出した。人気のない街をどこまでも歩いた。これは一体どういうことなのか。話によく聞く乱暴されたというのはこのことなのか。もし九岩溝《ジョウイエンゴウ》でそんなことをされたら、その女性は一生世間に顔向けができない。叔父の裁判のとき、一番目のトラックに乗せられたのは銃殺刑で、姦通または強姦の犯人だった。廖耀輝《リャオヤオホイ》に今夜されたことは姦通なのか強姦なのか？　もしかして廖耀輝《リャオヤオホイ》は死刑になるのか？　考えれば考えるほど彼女は恐ろしくなり、劇団に戻るべきなのか、それともどこかへいなくなった方がいいのか、前回九岩溝《ジョウイエンゴウ》に逃げ出したときに続く、二度目の難問だった。

彼女が夜中過ぎまで街をさまよっていたとき、宋《ソン》師匠も彼女を探して歩き回り、やっと探し当てた。

「お嬢、正直に話してくれ。廖耀輝《リャオヤオホイ》はお前の手を触っただけでなく、してはいけないことをしなかったか。本当のことを話してくれ。私は必ずお前を助けてみせる」

「あの人は……私を……ベッドに押し倒して……私の稽古着の帯を……」

「解《ほど》いたのか？」

易青娥《イチンオー》は首を振った。

「いいえ、私の帯はきつく結んであって、解かれませんでした。そのとき私は叫んで宋《ソン》師匠の名を……」

宋《ソン》師匠は突然大きな息を吐き出し、それは安堵の吐息のようで、嬉しそうに話し出した。

「よかった、よかった。お嬢、不幸中の幸いだ。あんな奴の思い通りにならなくてよかった。これでいい、これでいい。あの畜生の言ったことと符合する」

宋《ソン》師匠は言い終わると、易青娥《イチンオー》を自分の子どものようにやさしく頭を撫でた。

「お嬢、お前はどう思う？　私はこのことを繰り返し考えた。乱暴がなかったんなら、このことはなかったことにしよう。あの畜生は本来なら牢屋に送るべきだ。〝強姦未遂〟という罪名で数年は入らなくちゃいけない。だが、待てよ。お嬢の立場から考えるとどうなる？　もし、これを声に出したら、公安部の人間がどさっとやって来て、根掘り葉掘り聞かれた上、廖耀輝《リャオヤオホイ》は連れて行かれるし、お前の人生も揉みくちゃにされる。芝居の道も閉ざされるだろう。分かるか？　私の娘もお前と同じ年格好で、私の心の中ではお前も私の娘だ。何がどうであれ、自分の娘に世間から後ろ指を指されるような思いはさせたくない。ではどうするか。彼の運命は今、私たちの手の中にある。許し難いことだが、私はできれば彼と争いたくない。廖耀輝《リャオヤオホイ》にはこれまで随分な目に遭わされてきたが、今回に限って許してやるのはどうだろうか？　今度、不埒なことをしたら、そのときは料理長の立場も彼の人生もおじゃんになるだろう。どうだ？」

宋《ソン》師匠は彼女を励ますように言った。

易青娥《イチンオー》が一番気になるのは、彼女は果たして廖耀輝《リャオヤオホイ》から乱暴されたのかどうかということだった。

「お前はいい子だ。どこからどこまでも全部いい子だ。大丈夫だとも、何も悩むことはない。お前にはちゃんと明日が待っている。にこにこ顔で待っている。お前もにこにこ顔で行け。昨日、一昨日《おととい》と同じように変わりなく」

易青娥《イチンオー》は宋《ソン》師匠を信じた。宋《ソン》師匠が彼女を騙すはずがない。彼女はこくりと頷き、宋《ソン》師匠と一緒に劇団に戻った。

翌日。彼女はいつも通り早起きして竈《かまど》の焚き口に向かい火を起こした。だが、廖耀輝《リャオヤオホイ》の様子がまるで違う。昨夜の会議で宋《ソン》師匠が命じられたのは、先に椅子と小さな腰掛けを準備し、廖耀輝《リャオヤオホイ》を背負って〝陣頭指揮〟の席にお運びするというものだったが、廖耀輝《リャオヤオホイ》が一人で杖をつき足を引きずりながら現れた。竈の前を通り過ぎるとき、火が燃え上がり炎が鍋の底を舐めるごーという音を聞くと、彼女に向かって頭を下げ、焚き口の中をのぞこうとはせずに調理場へ向かった。

「竈の間」と調理場の間の壁に四角の小さな穴が空いている。竈の火の大小に拘わらず、調理場の話し声はそこから筒抜けに聞こえる。この日、易青娥《イチンオー》は焚き口の前から動かずにいた。廖耀輝《リャオヤオホイ》が調理場で話す声がいつもの十倍ぐらい長たらしく聞こえてきたが、様子ががらりと変わっていた。廖耀輝《リャオヤオホイ》が宋《ソン》師匠に〝教えを乞い〟、支持を求めている。さいの目の肉に甘味噌を入れることの是非についてくどいほど念を入れて大仰にうなずき、また、手打ち麺をゆでるときに鹹水《かんすい》を入れるのは途中なのか、それとも麺をあげるときなのか、わざとらしいほどへりくだっている。宋《ソン》師匠は終始答えず、何を聞かれても「ふん」と鼻を鳴らすだけだった。

そこへ裘《チュウ》主管がやってきて廖耀輝《リャオヤオホイ》に尋ねた。

「足の回復はまだだろう。大丈夫か？」

「宋《ソン》師匠にはご苦労をかけてお気の毒です。寝るのは夜中過ぎで、腰の痛みでうんうんうなっていますからね。私も手を貸さないと倒れられでもしたら、ことですからね」

廖耀輝《リャオヤオホイ》は裘《チュウ》主管にいきなり新しい提案を持ちかけた。

「この際、宋《ソン》師匠に料理長をお願いするのはいかがかと思いましてね。私はやはり二番手でお手伝いさせて下さい。理由はまず宋《ソン》師匠の技が私よりはるかに上で、いえ、お世辞ではなく、特に烙鍋盔饃《ラオグオクイモー》（上巻一八九ページ参照）の焼き加減は私の及ぶところではないし、包子《バオズ》にしろ餃子にしろ、特に糖酥餅《タンスービン》にかけたら宋《ソン》師匠の右に出る者はありません。

（注）糖酥餅《タンスービン》　甘くてパリパリしたパイのような食感で人気のスイーツ。仏典の翻訳を唐高宗からねぎらわれた玄奘三蔵は西域仕込みの「千層酥餅《スービン》」を献上、皇帝はいたくお気に召された。この逸話が長安の都で評判になり、省民の間にも広まったという。

二番目の理由は足と手の怪我で、加えてこの腰も言うことを聞かなくなりました。この尻にもがたが来て座るのもやっとというありさまで、すぐの回復は見こめそうにありません。人前に出られなくて、どうして料理長が務まりますか？　ここは潔く宋《ソン》師匠にお譲りし、私は及ばずながら助手として心からお仕えしたい。劇団の食堂はまた見事に生まれ変わり、劇団員の喜ぶ顔が目に浮かぶようです」

裘《チュウ》主管は驚きの表情を隠せず、「本気か」の問いに廖耀輝《リャオヤオホイ》が答えた。

「裘《チュウ》主管に嘘《うそ》偽りは申しません。私と光祖《グアンズー》は昨日今日の仲ではありませんし、親兄弟より親密です。料理長にはやはりなるべき人になってもらいましょう。これからは光祖《グアンズー》の指揮に絶対服従します。これから何が起きようと、心を一つに団結し、革命を断固なし遂げます。そうだろう、光祖《グアンズー》？」

宋《ソン》師匠は黙ったままだった。廖耀輝《リャオヤオホイ》は一人で話し続けた。

「君は厨房を心から笑える職場にし、職員の心を百二十パーセント解き放ち、厨房を一つに束ねるんだ。君たちは芝居のこと、古劇のことは何も知らないが、そんなことはどうでもいい。厨房の仲間はここにありだ。我々が一つになって一つの旗を掲げよう。厨房の我らはたった今から光祖《グアンズー》の旗のもとに集い、前進を続けよう」

裘《チュウ》主管はまだ半信半疑の表情だったが、口を突いて出る言葉はよどみがなかった。

「よかろう。君たちの団結さえ保たれれば、私から言うことは何もない。厨房の仕事は小さいと言えば小さいが、大きいと言えば大きい。毎日の食事に不満が高まれば、劇団の屋台骨がひっくり返されるからな」

何日もしないで、宋《ソン》師匠は実家に帰った。彼が戻ったとき、廖耀輝《リャオヤオホイ》は自分の荷物を「内側の間」から運び出し、宋《ソン》師匠の荷物を整然とまとめて「内側の間」に運び入れていた。宋《ソン》師匠は言った。

「何もわざわざそこまでしなくても。内であろうが外であろうが、寝れば同じだよ」

廖耀輝《リャオヤオホイ》は言った。

「いやいや、同じではありません。料理長は厨房の〝顔〟、主役ですよ！　職場の指揮をとり、職場の威厳を保っていただきます。どうぞ内側の間でお休み下さい。ここにはここの意味があるんです。眠る以上の意味がね。私だってそれぐらいのことはわきまえています。土鳩《どばと》がカササギの巣を盗むといいますが、私は身のほど知らずの土鳩でした」

宋《ソン》師匠は一言、吐き出すように言った。

「土鳩め！」

三十一

あの事件以来、廖耀輝《リャオヤオホイ》は易青娥《イチンオー》に話しかけようとしなかった。宋《ソン》師匠は厨房の気まずい雰囲気から易青娥《イチンオー》を遠ざけ、また、もっと稽古の時間を与えるため、彼女に火の番だけをさせることにした。裘《チュウ》主管も同意し、廖耀輝《リャオヤオホイ》は拍手して宋《ソン》師匠の英明なる決断に賛意を表明した。お嬢が修行に打ちこめば、厨房から将来大女優が生まれるだろうと。

易青娥《イチンオー》は与えられた時間に一層の精進をし、その進歩は目を見張るばかりだった。

ある日、苟存忠《ゴウツンチョン》師匠は古存孝《グーツンシャオ》、裘存義《チュウツンイ》らを周存仁《チョウツンレン》の劇場の守衛室に呼び集めた。「存《ツン》」の字派老芸人の大集合だ。苟《ゴウ》老師は易青娥《イチンオー》を手招きし、自分の仕込んだ芸を一通り披露させた。老人たちは旗が豆鉄砲食らったように驚いた。古存孝《グーツンシャオ》は手放しで喜んだ。

「何とまあ、寧州県劇団に逸材ありだ。これがあの火焚きの女の子か！　苟爺《ゴウじい》、さすが、大手柄だ！」

古存孝《グーツンシャオ》は苟爺《ゴウじい》に親指を立てて見せた。周存仁《チョウツンレン》老師は言った。

「お嬢は何を教えてもゆっくりだが、確実にものにした。足腰や腕に力がついて、文句なし武旦《ウーダン》（立ち回りの女形《おんながた》）の素材だ」

苟存忠《ゴウツンチョン》は得意そうに頭を振りながら言った。

「驚くのはまだ早い。次なる場、乞うご期待。この子は喉も滅法いい。武旦《ウーダン》だけでなく、歌や台詞《せりふ》回し、所作もうまくなった。あの〝一対の灯《あか》り（二つの目）〟をとくとご覧あれ。棒の行くところ、灯りも行く。何十年やって来た芸人も〝灯りを飛ばす〟までにはなかなか至らない。この子の取り柄は人の話をよく聞くことだ。教えられたことをひたすら稽古する。その一つがこの〝灯り〟だよ。火の番をしながら身につけた。火吹き竹に火掻き棒、どこでも稽古場になり、何でも芸の足《た》し、芸の肥やしにしてしまう。手に職をつけるとはこのことだ」

〝灯り〟とは眼《まなこ》のことだ。老芸人は目を灯りと呼ぶ。苟存忠《ゴウツンチョン》老師は稽古でいつもこれを強調する。俳優の演技はすべて〝一対の灯り〟で決まると。灯りがなければ、俳優の顔は黒い闇に閉ざされ、舞台の光彩は失われる。灯りが灯《とも》ると、人の顔が光り、人物が光り、芝居が光る。俳優が登場し、手の行くところ、灯りが行く。足の行くところ、灯りが照らす。手の火掻き棒が指すところ、灯りが指し示す。灯りと棒と体が渾然一体となったところに光芒が灯り、芝居を見る面白みがある。観客の灯りは役者の目線の先に集中する。役者が登場する。動かない。だが、芝居は始まっている。それは〝一対の灯り〟が放つ光芒なのだ。

灯りとはこういうものだと教えられても、易青娥《イチンオー》には雲をつかむような話だった。だが、それを体得するとっておきの技を苟《ゴウ》老師から授けられた。竈《かまど》の焚き口に隠れてこっそりと練習を始めてもう一年以上経っていた。苟《ゴウ》老師の話だと、昔の老芸人はみな秘かにやっており、これを「こよりの術」という。燃えやすい硝石を塗った火付け用の紙がある。これを中空のこよりに縒《よ》って暗い中で火をつけ、宙に描く光の弧をひたすら目で追うのだ。老芸人の眼球の動きはみなこれで鍛えたという。易青娥《イチンオー》は根が素直だから、街でこの火付け紙をこっそり買ってきて「竈の間」に閂をかけ、猛練習を始めた。ちらちらと瞬《またた》く炎に目を凝らしていると、慣れないうちは目が痛くなり、涙が止まらなくなって白目が結膜炎のように真っ赤になった。しばらく経つと目が慣れて、鏡の中で眼球がくりくりと自在に動き、「目にもの言わす」ようになった。苟《ゴウ》老師は『焦賛《しょうさん》を打つ』の中で特に〝灯りを飛ばす〟見せ場を作った。飯炊き少女の楊排風《ようはいふう》が焦賛と二回目の手合わせをし、焦賛が長々と地面に伸びてしまったとき、排風は子どものように喜び、この〝灯りを飛ばす〟をやってみせた。まず左に「ホ、ホ、ホ」と八回転させ、次に右へ「ソ、ソ、ソ」と八回転させ、さらに左から右へ「ディダ、ディダ」とゆっくり移動させ、次に右から左へ「ディディ、ダダ」と八回移動させる。まだ終わらない。今度は上下に「ププ、リンリン」と飛ぶように八回動かして見せた。四人の老芸人は驚喜して拍手喝采となった。

厨房の裘《チュウ》主管までが歓喜の声を上げた。

「やった、お嬢、やったな。この子は我が厨房の人材だ。将来は我が厨房筆頭の功労者になるだろう」

この後、忠・孝・仁・義四人の老芸人は、今彼女一人で頑張っている『焦賛を打つ』をどう仕上げるかについて相談した。焦賛や孟良の役も決まっていない。彼らの口ぶりだと、この作品を立ち上げたら、まず朱継儒《チュジールー》副主任に見せる腹づもりらしい。それから全劇団員の前でぶち上げ、彼ら老芸人の本領を見せつけてやる。ろくな芝居もできずに人を見下すしか能のない連中の鼻をあかさなければならない。ほら、妖怪変化が出てきたぞ、恐いか。階級の敵がぞろぞろ這い出したぞ。よく見ろ、牛鬼蛇神《ぎゅうきだしん》のお出ましだ。人民をあざむく妖魔、亡霊が昼日中《ひるひなか》、大手を振って歩いているぞ。どんなもんだい、これが古劇というものだ。恐れ入ったか。

彼らはその場で決めた。焦賛役は周存仁《チョウツンレン》、孟良役は裘存義《チュウツンイ》が扮し、古存孝《グーツンシャオ》と苟存忠《ゴウツンチョン》の二人もいつでも舞台に立てるよう同時に稽古に入る。もう一つ申し合わせたことは、稽古の段階ではできるだけ目立たぬよう、むしろ低調を装うこと、とっておきの切り札は最後まで隠しておくことだ。前回、『雪夜梁山に上がる』はことを急いだせいもあって、いろいろぼろを出し、失笑も買った。しかし、実際には劇団員の基礎がまったくできていなかったことによる混乱だった。彼ら老芸人にとっては面目失墜、耐えられない場面をかろうじて切り抜けた思いが強い。今度は彼ら四人が「これでよし」となったときに幕を上げよう。この舞台を見たら、ほとんどの奴らが我が目を疑い、腰を抜かすだろう。古存孝《グーツンシャオ》は厳かに言った。

「腰を抜かすもよし、半身不随、半死半生、寝たきりになるもまたよし、思い知らせてやるまでだ」

老芸人の話に易青娥《イチンオー》もつられて笑った。苟《ゴウ》老師は言った。

「お嬢、あたしたち四人はお前さんに一生の宝物を分けてあげた。あたしたちの心意気さ。大事にしておくれ」

易青娥《イチンオー》は何度も強くうなずいた。

これ以来、裘《チュウ》主管は竃の番を別の職員にやらせ、易青娥《イチンオー》は心置きなく劇場の中に自分を囲いこみ、彼らのしごきに身を委ねた。老芸人たちは時として意見の不一致を見ることがある。顔を真っ赤に染め首筋を怒張させて、とことんやり合う。焦賛役の周存仁《チョウツンレン》と孟良役の裘存義《チュウツンイ》は自分の武器を本気で振りかざし、すんでのことで相手に打ちこむところだった。焦賛は鞭をひゅーと鳴らし、孟良は木製の斧を投げつけようとしたが、周りから取り押さえられて詫びを入れさせられた。年甲斐もなく餓鬼の喧嘩をおっぱじめ、野育ちをさらけ出してみっともないことでした。相方には何とも申しわけない、以後身を慎みますと神かけての誓いだった。だが、周存仁《チョウツンレン》は偏屈で一途《いちず》な男だ。憤懣やる方なく自分の劇場の稽古場からみんなを追い出し、ここは二度と使わせない、やりたけりゃ自分の中庭でも使うがいいやと息巻いた。古存孝《グーツンシャオ》と苟存忠《ゴウツンチョン》は大童《おおわらわ》で仲を取り持ち、最後は苟《ゴウ》老師が街の料理屋に一席設け、酒代も自分持ちでやっと二人を仲直りさせた。

四月の終わりごろ、彼らは朱継儒《チュジールー》副主任を劇団前の劇場へこっそり誘い、自信の舞台成果を見せた。朱《チュ》副主任を驚かせるに十分だった。芝居が終わっても言葉を失ったまましばらく経って、やっと拍手しなければならないことに気づいたようだ。身を起こして演者の一人一人と握手を求め、一人に二度三度強く握り直し、まるで彼らと初めて出会ったみたいな熱の入れようだった。握った手を揺さぶり、思い切り握り締め、易青娥《イチンオー》は三度目のとき、手の感覚がなくなるほどだった。朱《チュ》副主任は言った。

「まさか、まさか、夢にも思わなかった。こんなことをしでかすとはね。実にきめ細かい。実に力がこもっている。しかも実に美しい。久しぶりに堪能したよ。こんなに夢中になって見たのは十何年ぶりだろうか。それにしても、どうやってこの子を見つけ出し、芸を仕込み、ここまで磨き上げたのか、あり得ないことだ。私たちはもう少しでこの子を埋もれさせてしまうところだった。実はこの子を厨房に入れたとき、私は内心忸怩《じくじ》たるものがあった。しかし、どうにもならなかった。下手に口出ししようものなら、こちらの身が危ないですからね。私はどうせ泥の菩薩さま、衆生を救って河を渡ろうなんて料簡を起こしても、自分が先に解けて流されるのが関の山ですよ。あなた方は偉い。名伯楽《はくらく》（名馬、人材発掘の名人）だ。あなたたちがいなければ、この子の人生は終わっていた。なせばなる。名舞台、ここになる！　この子やあなた方の志もなし遂げた。そこでご相談ですが、このことはやはり黄《ホアン》主任に報告しなければなりません。何と言っても、劇団はあの方の一人天下ですからね。どうでもいいことはどうか私にお任せあれ。大事なことはいかようにもご指示下さい。この子を舞台に立たせるのは一筋縄ではいきません。へソを曲げられたら、できることもできなくなりますからね。でも、ご安心下さい。錐《きり》は袋の中でとんがっている。遅かれ早かれ袋を破って出てきます。誰にも邪魔できませんよ。私は力を尽くして工作します。まずは全団員に見せること、しかもできるだけ早くですね。志を立て、旗印を明らかにし、みんなの積極性をかき立て、寧州県劇団を生まれかわらせる大事業になりますよ。このままだらけきった活動をしていたら、その辺の素人劇団にも笑われてしまいますからね。私が焦って頭を掻きむしる度、髪の毛が抜け落ちるんです。見て下さい。ほら、この通り、また、ばさっと」

言いながら朱《チュ》副主任は本当に薄くなった頭髪を一つかみしてみんなの前に見せた。確かに数本の頭髪が指にまといついていた。

一同は朱《チュ》副主任の知らせを待った。半月が過ぎても、音沙汰がなかった。それでも彼らは稽古を続けた。ある日、残念な連絡があった。裘《チュウ》厨房主管の耳に入った話によると、どの部門でもその部門の仕事をすべしというものだった。黄《ホアン》主任が語った話というのはこうだ。

「易青娥《イチンオー》は炊事係で、厨房がその持ち場である。稽古場に入り、劇団の空気を乱すのは許されない。私の持ち場は劇団革命委員会の主任だが、隣の「五金交通・電気機材」会社に出かけ、社長の仕事に口を挟むのが許されないのと同じことだ。何ごとも大事なのは序列と仕事の区割りなんだよ。違うかね？ 林彪は序列を軽んじて主席になろうとし、最後はモンゴルで墜落死した。もし、序列を変えるのなら組織の決定を待たなければならない。然るに君たち臨時雇いの老芸人が組織の同意なく、炊事班の一員の持ち場を変えようとするのは、昔の一座、旅芸人のやくざな気風が抜けないからではないか？ 易青娥《イチンオー》はこれまで通り炊事班員として出勤させて下さい。〝千の仕事があろうとも、私は愛すこの仕事〟だよ！ 革命の隊伍に職業の貴賤はない。あるのは思想的自覚の高低の差だけだ。もし、思想に誤りがあれば、断固これを批判しなければならない。批判的教育の重要性はここにある。以後、厨房の諸君はこの運動を積極的に推進するように。そして易青娥《イチンオー》は心安んじて本業に精進し、実際にそぐわない幻想を振り捨てるように！」

この一撃は易青娥《イチンオー》だけでなく、四人の老芸人を打ちのめした。劇場守衛の周存仁《チョウツンレン》は言った。

「やめた、やめた。俺たちは毎日心血を注いで稽古に打ちこんできた。それがあの明きめくらのご機嫌を損ねたとさ。帰ろう、帰ろう。もうやってられない。劇場の守衛室にいた方がよっぽど気楽でいいや。俺の劇場はここ何ヵ月、公演一本も打たないで暮らしていけるんだから、あの石頭の屁にもならないお説教を聞く義理はない。どうせお嬢の『焦賛《しょうさん》を打つ』をあの豚に見せても分かりっこない。やめた、帰ろう。劇場の入り口に鍵をかけて守衛室で昼寝でもするか」

古存孝《グーツンシャオ》が言った。

「まあ、落ち着け。二言目にはやめただの、帰ろうだの、猪八戒の口真似はよせ。俺たちは玄奘三蔵のお供をしてありがたいお経を取りに行くんだろう。そして望みを遂げた日、猪八戒は晴れて入り婿していた高老荘《こうろうそう》の村に帰れるだろう。何が起ころうが、次の手を考えよう。まずは朱継儒《チュジールー》副主任の話を聞いてみようじゃないか」

古存孝《グーツンシャオ》は苟存忠《ゴウツンチョン》を引っ張って朱継儒《チュジールー》を訪ねた。一体話はどうなっているのか？

彼らが戻って話したのは、朱継儒《チュジールー》が頭にタオルを巻いてしきりに喚いていたということだった。

「さっぱり分からん。あの御仁《ごじん》、とんだ頭痛持ちらしい。頭の時限爆弾が破裂したとさ。ありゃ、当分使いものにならないな」

古存孝《グーツンシャオ》が彼の部屋に入ったとき、朱継儒《チュジールー》は確かに小さな木槌で太陽穴《たいようけつ》（こめかみのツボ）を神経質に叩いていた。部屋の中は漢方薬を煎じる臭いがたちこめ、中庭にまで広がっていた。古存孝《グーツンシャオ》たちはしばらく頭痛の療法について話し合い、やっと本題に戻ったが、朱継儒《チュジールー》はそれでもぐずぐずためらって、最後にやっと事情を話してくれた。黄《ホアン》主任が朱継儒《チュジールー》の提案をにべもなくはねつけたのは、裘《チュウ》主管の話した内容と大差なかった。要するに易青娥《イチンオー》を厨房に戻せということだった。易青娥《イチンオー》はおとなしく飯を作っていればそれでよい。劇団に歌える女優は掃いて捨てるほどいるが、今一番人手に困り猫の手も借りたいのは厨房だと。そう言いながら朱継儒《チュジールー》は、お得意の「嚢中《のうちゅう》の錐《きり》」の話を持ち出して言った。これが彼の結論だった。

「私はお嬢に話しました。お嬢はすでに袋の中でとんがっている錐だ。遅かれ早かれ世に出て頭角を現します。

言って聞かせてやって下さい。ひとまず厨房に戻って次の機会を待ちましょうと」

それから朱継儒《チュジールー》はとってつけたように、思わせぶりにつけ加えた。

「地球は回っています。決して止まることなく、花は紅《くれない》、柳は緑ってね。お嬢は火を焚き飯を炊き、人知れず稽古に励んでいる。これは誰にも止められません。一方、黄正大《ホアンチョンダー》同志ときたら、退勤後、誰に電話しているのか、壁を相手に手を振り回したり、頭をぺこぺこしたり、米つきバッタですよ。何の運動か知りませんがね。何とぶざまな。お嬢の棒術の方がはるかにましですよ。

古存孝《グーツンシャオ》は苟存忠《ゴウツンチョン》は仕方なく家を出た。周存仁《チョウツンレン》は言った。

「何を言っているんだ？　さっぱり分からん。あの野郎、なかなかの食わせ者だが、からきし意気地がない。枯れ葉が落ちたぐらいで、頭に穴があいたような大騒ぎだ。主任にちょっと睨まれると、すくみ上がって、ものも言えないんだ」

裘《チュウ》主管が言った。

「人の下にいる以上、頭は下げねばならん。だが、朱継儒《チュジールー》は頭《ず》の高い男だ。頭を下げさえすれば、何年か前みたいにレンガをぶつけられたり、殴られたり、左遷されたりしなかった」

古存孝《グーツンシャオ》は苟存忠《ゴウツンチョン》を見て言った。

「もういい、この話はやめだ。もっとましな手を考えよう。そうだ、存忠《ツンチョン》。お前は米蘭《ミーラン》と親しかったな。林冲の女房役の稽古もつけているし、彼女《あれ》を通して黄正大《ホアンチョンダー》の女房に話をつけられないか？　黄正大《ホアンチョンダー》に頼みこんで、今回は大目に見てもらえないかと。苟存忠《ゴウツンチョン》老師は言った。

「米蘭《ミーラン》という薬はもう効かないぞ。彼女に最近恋人ができた。陝西省の物資局の役人らしい。稽古にもろくすっぽ顔を出さないで、毎日早出の遅帰り、逢い引きに大忙しだとよ。我々の役には立ちそうにない。黄《ホアン》主任の女房は猛烈に腹を立てて米蘭《ミーラン》の悪口を言いふらしている。あれほど面倒見てやったのに、あの裏切り者、男の甘い言葉の爆弾にころりと転んでしまったとね」

すべての手がかりがなくなった。

易青娥《イチンオー》はまた厨房へ戻り、竈の火を起こしにかかった。

それからすぐ、劇団に下郷（農村公演）の任務が与えられ、易青娥《イチンオー》たち炊事班は先乗り（旅興行の先発）で出発した。

三十二

易青娥《イチンオー》にとって初めての旅公演だった。トラック二台に衣装と舞台道具の箱を三列ずつ並べ、空いたところに劇団員が四列ほど詰めこまれる。演目の『雪夜に梁山へ上がる』は登場人物が特別に多い上に道具類もまた多い。出演者と楽隊の数を削りに削り、道具類もまた減らした。それでも乗り切らず、座りきれない。最後は何とか乗せたものの、炊事道具には積み残しが出た。

それでも炊事道具は少なくなかった。炊事要員は早朝、これをずらっと並べてみた。易青娥《イチンオー》が言うには、これから行くところは秦嶺《しんれい》山脈の最貧地区といってもよく、現地には十数人の炊飯ができる大鍋さえない。一行六、七十人を食べさせるために、二つの大鍋をこちらから運びこむことになった。包丁、まな板、皿、茶碗類はすべて揃え、細々《こまごま》としたものは二つの大きな柳行李に収めた。最後に車に乗せる段になって、やっと荷台の後部に場所を空け、さらに人を詰めて長短の麺の延《の》し棒、さらに柄杓《ひしゃく》類を何度かに分けて積みこんだ。易青娥《イチンオー》は柳行李を一つ預けられ、これを抱いていく。廖耀輝《リャオヤオホイ》は別の柳行李、宋《ソン》師匠とは裘《チュウ》主管はそれぞれ小麦粉二袋、トウガラシ、タマネギまで預けられた。二つの大鍋二つは蒸籠《せいろ》用の布巾で包んだ。これは本来、宋《ソン》師匠が自分で使う道具なのだが、廖耀輝《リャオヤオホイ》が奪うように自分で預かると言い出し、さっさと抱えて運びこんだ。宋《ソン》師匠に重い小麦粉二袋も持たせられないという〝忠義心〟だ。誰かが大鍋を見つけてこれ幸いと座った。廖耀輝《リャオヤオホイ》はその尻を持ち上げさせ、麺の延《の》し棒を一発お見舞いした。その団員は前へ倒れこんで周囲は大笑いになった。

一台のトラックに乗るといっても、人は三人、六人、九人に分かれた。運転席には運転手のほかに二人座れる。一両目の運転席には、まず指揮者格の司鼓《スーグー》（鼓師）である郝大錘《ハオダーチュイ》と『雪夜に梁山へ上がる』主役の林冲を演じる俳優、二両目は朱継儒《チュジールー》副主任と米蘭《ミーラン》だった。黄《ホアン》主任は来ない。県の上級会議が開かれるということだ。普通、農村公演には副主任が一隊を率いることになっている。黄《ホアン》主任が団長格を演じるのは政治的に大きな公演を行うとき、あるいは地区、県レベルの競演が行われるときで、大会の壇上で「団長・黄正大《ホアンチョンダー》」と宣言するためだ。

運転席に座るにはもちろん格が問われる。朱継儒《チュジールー》には誰も異論がない。団長格だからだ。しかし、郝大鍾《ハオダーチュイ》が座るには少し無理があった。司鼓《スーグー》という立場は尊重されるべきだが、彼の演奏を司鼓《スーグー》と認める人はいない。年齢的にもまだ若かった。劇団に年配者はいくらでいる。しかし、座ることは座った。彼を引き立てた後ろ盾の睨みがきいているからだ。主演の林冲役には誰も異存はない。年嵩《としかさ》だし、れっきとした主役だからだ。米蘭《ミーラン》はどうかというと、異論が多い。誰もが業務係長に文句をつけた。林冲の妻を演《や》るといったって、その演技のしまらないこと、臭いこと、場がだれる。それで運転席かよ？　ここで配役《キャスティング》のことを言い出すと、不満の塊りになっているのは胡彩香《ホーツァイシアン》だった。胡《ホー》先生はトラックの荷台に乗せられている。易青娥《イチンオー》の印象だと、そこはあのとき銃殺刑の刑場に向かった死刑囚の定位置だった。本当なら運転席にすわるべき〝要人〟のはずなのだが。

胡《ホー》先生は乗ったときからぷりぷりしていた。林冲の妻ではないにせよ、ほかの別な幕の主役を演じている。主役を張っている時間では負けていない。何をもって運転台という特等席で、何をもって吹きさらしの荷台なのか？知る人ぞ知る、彼女は米蘭《ミーラン》とことごとに張り合って分が悪く、つまり、もはや比較にならないほど劣勢なのだ。米蘭《ミーラン》は超エリートの恋人を探し当て、彼は陝西省の物資局に勤めているという。今回の農村公演に来たくはなかったのだが、朱《チュ》副主任の猛烈な働きかけで引っ張ってこられたという人もいる。劇団では物資局の取り沙汰でもちきりだった。物資局はこの世の楽園、これに勝る働き場所はないという。欲しいものは何でもそこにある。県の物資局の職員は省の物資局に負けまいと、自分の女房を舶来のブランド品で身を飾りたてているという。

農村公演団の車が動き出した。

劇団の移動だと一目で分かるのは、俳優たちはみな奇怪な形の帽子を目深《まぶか》にかぶり、庇《ひさし》を色とりどりのスカーフできつく覆う異様な出で立ちをしているいからだ。これは太陽に晒され風に吹かれて日焼けや顔のひび割れを防ぐためだという。難儀な旅はそれだけではない。車が走ったり止まったりするので、渋滞の中、道路の塵灰《じんかい》や煤煙が噴射されたばかりの排気ガスと一緒に車を包みこんでしまう。たまらずに何人かは上着を脱いで頭をすっぽりと包みこむ。易青娥《イチンオー》が同期生を見分けられないでいたのは、みなこの恰好をしていたからだった。研修生たちは劇団の門を出ると、みな稽古着を脱ぎ、着るものもかぶるものも劇団の女優と変わらなくなった。衣装持ちの楚嘉禾《チュチアホー》は幹部俳優より上等のものを着、白い帽子をかぶって、白いレースのスカーフを垂らしている。おしゃれなだけでなく、太陽を遮り、砂埃を防ぎ、さらに回りの景色もよく見えるのだ。それに比べて、易青娥《イチンオー》は着た切り雀の稽古着で、頭や顔を覆うものは何もない。砂塵が襲ってくると、両手で防ぐしかない。特に彼女がたまらないと思ったのは宋《ソン》師匠と廖耀輝《リャオヤオホイ》の二人で、めいめいが頭にタオルを巻いて帽子をかぶり、車が動き出すと、タオルの両端が顔の両端で風にぱたぱたとはためき、それが映画『トンネル戦の英雄』の中で数人の日本鬼子《リーベン¥グイズ》（日本兵）が地雷を盗むシーンそっくりに見えたことだ。車のみんなを笑わせ、炊事班全員が日本鬼子《リーベン¥グイズ》の役を演じさせられた。彼女は仕方なく後ろ向きに座り、柳行李をしっかりと抱いて、トラック最後部の枠板が、がちゃがちゃ揺れるのを見ていた。というのも、そこは荷台との隙間が広く開いており、『焦賛《しょうさん》を打つ』の大事な道具〝火掻き棒〟が滑り落ちるのを心配したからだった。彼女の前から風景がどんどん後退《ずさ》っていった。

トラックが公演地に着いたとき、易青娥《イチンオー》は全身泥人形のようになっていた。口と目だけが湿り気を帯びてかすかに動いていた。ずっと車酔いに苦しめられ、死ぬ思いで耐えてきた。車から飛び降りると、茅草《ちぐさ》の小さな茂みの陰に胃の内容物を吐いた。

俳優や楽隊のメンバーは小学校の休憩室へ向かった。炊事班は早速仕事に取りかかり、鍋を据え、まな板を固定した。午後四時に夕食を出し、俳優は五時からメイクにかかり、全員一気貫徹、夜公演に突入だ。

上演地はモスリムの村で、二つの県の県境にあった。ここで大きな市が立つ。数年前、農家の自家菜園は「資本主義の尻尾を切る」として多く廃止に追いこまれたが、特別に尻尾切りを免れたモスリムの村は景気がいい。定期市振興の掛け声で県の劇団を呼び、本格的な作品を三日間打ち抜こうという意気込みで、前人気は上々だった。

一行が着く前に町の人が気をきかし、二つの大鍋をかける土の竈を作りあげていた。できたての竈はまだ湿っており、火がつきにくかったが、易青娥《イチンオー》の手にかかると、瞬く間に燃えさかった。ただ、柴が長いままだったので、易《イ》青娥《チンオー》は鉈《なた》を持ち出してばっさばっさと切り始めた。廖耀輝《リャオヤオホイ》が見かねて手伝おうとしたが、彼女は意地になって柴の山を片づけ、力任せに鉈を振るう彼女に近づく隙がなかった。あの一件があってから、廖耀輝《リャオヤオホイ》はずっと彼女を避け、目を合わせようともしない。だが、今回の旅公演で廖耀輝《リャオヤオホイ》はことさらに親切心を見せ、詫び言の一つも言いたい気持ちをにじませていたが、易青娥《イチンオー》は一切無視し、近づく機会を与えなかった。トラックの上でも廖耀輝《リャオヤオホイ》は、風塵を浴びている彼女の頭を気遣い、人に気づかれないようハンカチを彼女に手渡した。彼女はそれには目もくれず、すぐトラックの荷台の下に捨てた。

　廖耀輝《リャオヤオホイ》の宋《ソン》師匠に対する態度は、はっきりと変わっていた。食事どきが近くなって、朱《チュ》副主任が見回りにきたとき、廖耀輝《リャオヤオホイ》は宋《ソン》師匠を立てようと懸命だった。彼は言った

「朱《チュ》主任、ちょっと申し上げたいことがあるんですが、よろしいでしょうか？」

「遠慮なく言ってくれ。私が君たちの意見を聞かなかったことがあるか？」

「いえ、いえ、そんな意味でなく、朱《チュ》主任のご人徳はみんなが承知しています。申し上げたいのは、これから公演旅行で車に乗るときや休息するとき、炊事班のことも考えていただきたいのです。特に宋《ソン》師匠は解放軍で功績を上げ、劇団にお見えになってからも百人以上を賄う厨房をあずかって料理長の大任を果たしてきました。しかし、今回、トラックの荷台に押しこまれ、ろくな休息もとっていません。厨房の料理長たる方がですよ。舞台に立つ方はもちろん大切です。しかし、食べることをおろそかにしてよろしいのでしょうか？　ろくなものを食べないで立派な舞台が勤まりますか？　主役の方、鼓師の方は主任さんと一緒に運転台の特等席にお座りいただくのはもちろん結構ですが、我々の料理長である宋《ソン》師匠にもせめて荷台の前列なりと、何らかのご配慮をいただけないものでしょうか？　いつも私たちが荷台の最後列に身を折り曲げ、身を縮めて詰めこまれています。ご覧の通り、宋《ソン》師匠は旅公演に出たら四六時中きりきり舞い、屁をこいたら踵《かかと》に当たって怪我をするってぐらい運のないお方だ。ほかの方々は、その大勢役までのびのび羽根を伸ばし、宿舎ではちゃんと部屋をあてがわれ、床はとってある、口を開けたら飯《めし》が入ってくる。顔まで洗ってくれる。我々炊事班は丸めた布団を担いで浪々の旅、竈の火で暖をとる。これ

じゃ乞食と一緒でしょ。いえ、どうってことありませんよ。私はどうしろ、こうしろ言ってるんじゃないんです。たとえ主任が私に運転台に座れとおっしゃっても私は座りませんよ。私は宋《ソン》師匠の下で働く身分ですからね。でも、宋《ソン》師匠をへとへとになるまでこき使い、夜は薪雑把《まきざっぽう》の上で丸めた布団を敷いて寝る、こんなことをさせていいんですか？　料理長が十分な休息をとれずに、どうして明日の仕事ができますか？　ここ数日は一日三回の食事を作らなければなりません。ここの調理場をご覧になっていないでしょうが、必要なものが何もないんです。下手すると、宋《ソン》師匠の太腿の骨を煮出さなければならないかも知れない。宋《ソン》師匠は今心を千々《ちぢ》に砕いて考えているんです。これが林冲や林冲の女房より楽な仕事ですか？　主役の皆さんに見ていただければよく分かる。この旅公演の主役はもしかして宋《ソン》師匠ではありませんか？　どの主役よりも荷が重く、しかも疲れる仕事ですよ。朱《チュ》主任、いかがですか。宋《ソン》師匠は踏んだり蹴ったりはありませんか。休ませてあげて下さいよ。これでは可哀想過ぎます。私たちは脇役、いやその他大勢役ですから、焚き火の側でも眠れます。それでも眠らなければならない。しかし、同じことを宋《ソン》師匠にさせてはならない。宋《ソン》師匠は主役も主役、厨房の主役なんですからね。私たちの林冲なんです！　申しわけありません。つい、しゃべりすぎました。どうかお許しを。私たち炊事班はただ、この大きな任務が立ちゆかなくなることを恐れているんです！」

朱《チュ》副主任は廖耀輝《リャオヤオホイ》の長口上を忍耐強く最後まで聞き終えて言った。

「よく分かりました。おっしゃる通りです。これからの旅公演は私が上に乗り、宋光祖《ソングアンズー》には運転席に座っていただきましょう」

「いや、いや、とんでもない。主任さん。そんなつもりで言ったのではありません。主任さんが座らなくて、誰があの特等席に座れますか？　主任さんお一人で二つの特等席に座っていただいてもいいぐらいですからね。私が言いたいのは、旅公演では厨房も一種の主役ではないかということです。ほんの少しだけましな居場所を与えていただきたいだけです。夜のよき睡眠も革命をなし遂げるために大事なことですからね」

廖耀輝《リャオヤオホイ》は両手をエプロンの中にしまったまま朱《チュ》主任を調理場から追い出しにかかった。朱《チュ》主任は言った。

「よく分かりました。今夜は宋《ソン》師匠と枕を並べて眠ることにしましょう」

「いや、それには及びません。ご存じないでしょうが、光祖《グアンズー》のいびきときたら、部屋の壁が落ちるぐらいですからね」

「大丈夫。部屋の壁が落ちたら、家を建て直させましょう」

朱《チュ》副主任はこう言い置いて立ち去った。

廖耀輝《リャオヤオホイ》が宋《ソン》師匠の待遇改善のために大奮闘をしているとき、宋《ソン》師匠は烙鍋盔饃《ラオグオクイモー》を一心に焼いていた。小さな送風機で竈を燃え立たせており、廖耀輝《リャオヤオホイ》の長広舌は多分、一言も宋《ソン》師匠の耳に入っていないはずだ。

夜公演が終わり、夜食を済ませて、宋《ソン》師匠は舞台に夜具を敷いた。朱《チュ》副主任がいくら自室に誘っても、宋《ソン》師匠いっかな肯《がえ》んじなかった。舞台は広々としているし、春と夏の境目、眠るのにこんな快適な季節はない。廖耀輝《リャオヤオホイ》は言った。

「光祖《グアンズー》という人間は階級意識も思想的自覚も高い人です。言い出したら聞きません」

廖耀輝《リャオヤオホイ》も舞台の袖に寝具を敷いて横になった。

宋《ソン》師匠は易青娥《イチンオー》を女子の宿舎で寝かせるよう裘《チュウ》主管に頼んだが、易青娥《イチンオー》どうしても行きたがらず、舞台で寝ると言い張った。宋《ソン》師匠は自分の近くに彼女の寝具を敷かせ、道具箱や衣装箱を引っ張ってきて目隠しにした。宋《ソン》師匠は廖耀輝《リャオヤオホイ》が彼女から離れたところにいるのを見て安心し、横になる前に彼女に言った。

「お嬢、用心して眠れ。何かあったら死ぬほどの大声で私を呼べ」

易青娥《イチンオー》はうなずいた。

翌朝早く、易青娥《イチンオー》は小鳥たちの声で目が覚めた。火を起こすにはまだ時間があり、舞台の前後に人がいないのを確かめると、舞台道具の火掻き棒を取り出し、舞台の前の平場で稽古を始めた。しばらくすると、思いもよらないことに人が集まってきた。易青娥《イチンオー》が型を決めると、意外な近くで拍手が起こり、「好《ハオ》！」の声が上がった。易青娥《イチンオー》はこれまでずっと「竈の間」で練習してきた。人がまだ起きてこない時間、扉には閂をかけている。こんな多くの人の前で稽古を見られるのは初めてだった。あちこちからのかけ声が次第に大きく頻繁に、重なり合ってくる。彼女はこんな展開を想像だにしていない。人がみっしりと寄ってくる空気の圧力、伝わってくる気配が次第に熱を帯び、さらに熱狂を始めた。特に武芸の型に歓声が高まった。練習を続けるうち、客席の半分ほどに人が集まっていた。

彼女の知らなかったことだが、総勢六、七十人の劇団員は小学校の二つの教室に分宿し、教室の窓は舞台前の平場と向き合っていたのだ。平場で歓声が上がる度、何ごとかと起き出して外を見た。そこで易青娥《イチンオー》がとんでもない腕前を発揮している。武芸の型もあり、棒術の決め技もある。風のように速く、雷《いかづち》のように激しい。劇団員たちは窓に群がり、背伸びしてこの光景を見つめた。宋《ソン》師匠と廖耀輝《リャオヤオホイ》はさっきからこの場を見守っている。胡彩香《ホーツァイシアン》や米蘭《ミーラン》もいつの間にか目を凝らしていた。その後、訓練生たちも起きだして見物に加わり、俳優たちも教室から出て易青娥《イチンオー》を見つめている。

「うそ！」と、みな呆気にとられ、信じられない光景に顔を見合わせている。あの山出しのちっちゃな女の子が刀《とう》槍不入《そうふにゅう》（刀や槍を寄せつけず）、水溌不進《すいはつふじん》（水をも弾く）など棒術の技を立て続けに繰り出しているのだ。寧州県劇団はかつてない奇態な場面に直面していた。

決め手になったのは、地元の顔役で興行元でもある制作責任者がそこに居合わせ、見ていたことだった。「見てしまったからにはやってもらいたい」と、直ちに朱継儒《チュジールー》副主任に談じこみ、この少女の出番を作るよう、特に棒術、闘棍の演目を加えるよう交渉を迫ってきた。

朱継儒《チュジールー》は後になって、このときのことを打ち明けている。話が持ちこまれたとき、一瞬「厄介だな」と一瞬思ったが、これこそこちらの思う壺、千載一遇のチャンスではないか。ひそかに喜び、独りごちた。「錐《きり》は袋の中でとんがっており、ついに袋を破った」と。

朱継儒《チュジールー》の企みは手が込んでいた。実は「厄介」どころか矢継ぎ早に二重の手が打たれたのだ。まず裘存義《チュウツンイ》には易《イ》青娥《チンオー》の『焦賛《しょうさん》を打つ』を世に出す腹づもりをひそかに伝えた。地元の顔役も面白がって朱継儒《チュジールー》の芝居に乗ってくれた。次に共演者であり共謀者である古存孝《グーツンシャオ》、苟存忠《ゴウツンチョン》、周存仁《チョウツンレン》三人の老芸人が来ないことにはこの芝居は成り立たない。腹案が決まってから地元有力者の決断は早かった。県城まで迎えに人を出し、往復の交通費などすべて制作側が負担するとまで請け合ってくれた。

このようにして、易青娥《イチンオー》の『焦賛を打つ』は小さな村の〝草舞台〟で大見得を切ることになったのだった。

三十三

苟存忠《ゴウツンチョン》、古存孝《グーツンシャオ》、周存仁《チョウツンレン》の老師たちが村に着いたのは午後の六時だった。三人の老芸人はバスの最後尾に揺られ、車を降りたときは全身黄土高原の砂塵にまみれ、一対の〝灯り（目）〟と口だけがかろうじて見分けられた。三人ともぺっぺっと口に詰まった砂を吐き出している。古存孝《グーツンシャオ》は笑いながら言った。

「一路、素晴らしい歓迎を受けた。まるで泥を腹一杯詰めたミミズだね。だが、この口が歌い、名台詞を吐くんだ」

易青娥《イチンオー》が笑ってしまったのは、三人の老師が宋《ソン》師匠や廖耀輝《リャオヤオホイ》と同じように頭のてっぺんから巻いたタオルを顎で結んで、まるでこの土地の老婆のように見え、地雷を盗みにきた日本鬼子《リーベングイズ》（日本兵）のようにも見えたことだった。

周存仁《チョウツンレン》老師の背中には焦賛《しょうさん》が振るう二本の鞭、苟存忠《ゴウツンチョン》老師は孟良が用いる二本の木の斧を持っている。この兵器はいずれも風呂敷でしっかりと包んであった。古存孝《グーツンシャオ》老師は助手の劉四団児《リュウスートアル》を従えている。若い四団児《スートアル》はバスの中で老芸人の前に立ち、一身で黄砂の猛威に立ち向かっていたのだった。彼は古存孝《グーツンシャオ》からタオルを受け取ると、ばたばたと振って塵埃を払った。

易青娥《イチンオー》は裘存義《チュウツンイ》老師に連れられて、村の東にこの公演のために急遽設けられた臨時停留所へ行き、老師たちを出迎えた。裘存義《チュウツンイ》老師は一行をねぎらって、まずは顔を洗い早めの夕食をとって早めに休んでもらい、明日は朝一番にひと踏ん張り、『焦賛《しょうさん》を打つ』を一度復習《さら》うのはどうかと提案した。すると、古存孝《グーツンシャオ》老師と苟存忠《ゴウツンチョン》老師はまるで申し合わせたかのように「いかん、いかん」と首を振り、苟《ゴウ》老師がみんなの意見を代弁した。

「これは大事な場面だ。お嬢はまだ舞台に上がったことがなく、初舞台でいきなりの初主役だ。お嬢を舞台の晒し者にしていいのか？　大事な娘を嫁に出すようなものではないか。晴れの舞台に花嫁らしく装い、送り出してやろう。そんな間の抜けたことを言ってないで、さあ、新婦お出ましの場だ！」

易青娥《イチンオー》は知っている。老芸人たちの話はいつものことで、賑やかしの趣向、大時代な台詞回しが大好きなのだ。古《グー》存孝《ツンシャオ》が言った。

「しかとさようなら、われらはまずこの顔の、ひどい隈取り拭き落とし、腹ごしらえなど致してから、われらが新婦のために髪を梳《す》き衣装を整え、舞台化粧の算段を致そうか。いざ参ろう」

みんなは心の高ぶりを楽しんでいる。易青娥《イチンオー》は胸に温かいお湯を注ぎこまれたような、全身のしこりが潤《ほと》びるような喜びを感じた。

夜は一幕物を数幕つなぎ、『焦賛《しょうさん》を打つ』班は空き地を探し出したついでにカンテラを借り、『焦賛を打つ』全場の通し稽古をした。老師たちは満足だったが、一つ大問題が残った。それは楽隊との「音合わせ」をまだしていないということだった。歌詞はしっかり頭に入っている。八節の歌詞は易青娥《イチンオー》が胡彩香《ホーツァイシアン》先生に頼んで一字一字の発声、韻律、音調、節回しを繰り返し叩きこまれている。これとは別に「大開場《グランドオープニング》」の締めくくりに海笛《かいてき》（小型のチャルメラ）が定番の旋律を奏でる。その中間には大チャルメラが派手に割って入り、『子どもをあやす』という定番曲に合わせて棒術の『三眼槍』が観客の視線を一挙にさらい、これに馬のいななきがかぶさる。『雪夜に梁山へ上がる』の稽古のときはこういった問題はさほどのことではなかった。だが、『焦賛を打つ』の武技はそう単純ではない。古《グー》存孝《ツンシャオ》老師は言った。

「寧州県劇団の、あのヘタッピィじゃとても手に負えないね。これが昔の一座なら、鼓師は舞台稽古一回ですべて呑みこんで夜の本番をこなしたものさ。役者の目配せ、手振り一つで鼓師はよしきた任せとけ、手下《てか》の鐃鈸《にょうばち》、小銅鑼も〝得たりやおう〟だ。ところが、あの郝大錘《ハオダーチュイ》は何も分かっていない。手許がお留守で、しかも謙虚さがない。名人気取りだよ。打合せも相談もあったもんじゃない」

苟存忠《ゴウツンチョン》老師は言った。

「胡三元《ホーサンユアン》がいてくれたらなあ。あの男は腕がよく、飲みこみも早い」

古存孝《グーツンシャオ》老師は言った。

「昔のことを言っても始まらない。今をどうするか。この穴をどう埋めるかだ」

みんなは相談して、やはりこの場は朱《チュ》副主任の出番だということになった。組織として郝大錘《ハオダーチュイ》に因果を含めてもらおう。夜公演が終わったら、あの大先生、大先生にご足労を願ってこちらの稽古に立ち会ってもらい、段取りをしっかり頭に入れてもらう。明日は鐃鈸《にょうばち》、銅鑼も入れて音合わせとリハーサルを繰り返し、本番のときには古存孝《グーツンシャオ》がお嬢と絡《から》みながら郝大錘《ハオダーチュイ》に合図を送ることにしよう。これなら八、九分、さまになるだろう。

裘存義《チュウツンイ》老師は朱《チュ》副主任に来てもらい、今度の進行案を説明した。だが、まさかのことに、前回郝大錘《ハオダーチュイ》から痛い目に遭わされた朱《チュ》主任は話を聞くなり腰が引けてしまった。すっかり怯《おび》えきって話しても反応がなく、目が宙を泳いでいる。古存孝《グーツンシャオ》が慌てて言った。

「朱《チュ》先生、団長、びしっと言って下さいよ。立ち回りの場で鼓師と呼吸が合わなければ、舞台はお釈迦だ。私はあの男に意地悪言ってるんじゃない。一緒にいい芝居を作ろうと言ってるんだ。それを伝えて下さいよ」

朱《チュ》副主任はうろたえている。後頭部をぴしゃりと叩いて言った。

「私としたことが、そこまで気が回らなかった。まさか郝大錘《ハオダーチュイ》が必要になるとはね」

古存孝《グーツンシャオ》は言った。

「天下の寧州大劇団ともあろうものが、残った鼓師がぽんこつの郝大錘《ハオダーチュイ》たった一人とは情けない」

朱《チュ》副主任は無念そうに言った。

「やってみます。何とかやってみます。郝大錘《ハオダーチュイ》は団の持て余し者で、黄《ホアン》主任の言うことしか聞かないんです。彼には誰も手がつけられません」

古存孝《グーツンシャオ》は言った。

「劇団の体《てい》をなしていない。奴には何を言っても無駄だろう。法があってなきがごとし」

朱《チュ》副主任はやはり郝大錘《ハオダーチュイ》を呼び出せなかった。聞いたところによると、郝大錘《ハオダーチュイ》は酔っ払って学校の教室で喚き散らしたという。

「俺さまは仕事が終わってくたくたなんだ。尿瓶《しびん》ぶら下げて、また来いってか。墓穴からぞろぞろ這い出した牛鬼《ぎゅうき》蛇神《だしん》）、老《ふ》け女形《おかま》が鬢《びん》のちょろ毛で飯炊きの餓鬼をだまくらかして、何の腐れ芝居をやらかそうってんだ。どうしても来いっていうなら行ってやるよ。行って爺《じじい》どもを豆腐みたいにぺちゃんこにしてやる。線香を盛大に焚いて待ってろよ。どいつもこいつもまともじゃない。胡三元《ホーサンユアン》は殺人罪で牢屋入り、その片割れの姪っ子を何でちやほや、寄ってたかって甘やかさなくちゃいけないんだ？　ご先祖に恥ずかしくないのか？　『焦賛《しょうさん》を打つ』だと？　笑わせるな。どうせ打つなら自分の空っぽ頭を叩いてろ」

　まさに始末に負えない荒くれだ。しかし、このままでは上演が難しくなる。朱《チュ》副主任は裘存義《チュウツンイ》を通してモスリムの顔役に〝困った坊やちゃん〟の話を伝え、しかるべき〝お仕置き〟を頼んだ。面白がった顔役は二つ返事で引き受けて郝大錘《ハオダーチュイ》に会い、〝座主〟として意向を伝えた。一つ、郝大錘《ハオダーチュイ》が考え直して仕事をしてくれること。二つ、所定の演目を全団あげて上演すること。もし、『焦賛を打つ』の上演ができなければ、公演料はびた一文払わない。ここで座主の顔がつぶされると、ムスリムには血の気の多いのが揃っているから後が恐ろしい。予期せぬことが起こりかねないと。強面《こわもて》の談判に郝大錘《ハオダーチュイ》は途端にしゅんとなり、駄々をこねなくなった。それに公演料がふいになると、全劇団員の汗と脂の結晶がすべて吹っ飛ぶのだから。

　天が朱《チュ》副主任の味方をしているのか、形勢はまたしても彼の思う壺にはまった。翌日の朝食後、情勢の不利、首筋に薄ら寒い風を感じた郝大錘《ハオダーチュイ》は、ふて腐れながら撥《ばち》を持って姿を現した。無理をして全場面に立ち会い、立ち回りとの「音合わせ」を難儀の末、最後まで通した。業界用語では役者を立て、「舞台上で寄り添った」と言うことになるが、彼は易青娥《イチンオー》に嫌みを浴びせかけた。

「飯炊きをしてりゃ気楽なのに、何が悲しくて歌を歌う？　お前のいかれた叔父さんと同じだな。一生苦労して、どうせ死んでも目が覚めないんだろう」

郝大錘《ハオダーチュイ》に何を言われても、易青娥《イチンオー》は我慢した。郝大錘《ハオダーチュイ》が叔父を嫌い抜いていることを知っている。苟存忠《ゴウツンチョン》老師は彼女に声をかけた。

「お嬢、舞台に立つというのはこういうことなんだ。役者は鍛冶屋の鉄の鍋から燃えて流れる赤い湯玉だ。燃え続け、出会うものをすべて焼き尽くす。それが冷めたら、もう役者ではない。ただの燃え殻だ。蹴飛ばされようが、幕引き如きに侮られようが仕方がない。これがこの世界だと思え」

この夜、易青娥《イチンオー》はメイクをする。胡彩香《ホーツァイシアン》と米蘭《ミーラン》の二人が手伝ってくれた。苟存忠《ゴウツンチョン》が側でつきっきりで口を挟む。彼女の初舞台『雪夜に梁山へ上がる』の群衆役を〝演じた〟とき（舞台に立つことなく居眠りして終わったが）、メイクは流れ作業のように簡単だった。顔に紅《べに》をなすり、眉はさっと一刷毛《ひとはけ》しておしまい。一人に十分もかからなかった。しかし、今度は胡《ホー》先生がすでにたっぷり二時間もかけ、近づいては遠ざかり、左から見ては右に回る。それでもまだ納得しない。米蘭《ミーラン》先生は眉墨の直しにかかった。二人の先生はまるで刺繍するみたいに念入りで、作業は遅々として捗らなかったが、ついに苟存忠《ゴウツンチョン》老師が嘆声を発した。

「あれまあ、お嬢が大化けだ。ここまで化けたか！」

二人の先生は大声で人を呼び、「どう、どう？」と感想を求めた。易青娥《イチンオー》の同期生、研修生の女子たちが集まり、甲高い声を出した。

「これが易青娥《イチンオー》なの？」

胡彩香《ホーツァイシアン》が得意そうに言った。

「易青娥《イチンオー》でなけりゃ誰なのよ」

みんなが口々に囀《さえず》り始めた。易青娥《イチンオー》がこんなになるなんて。やせっぽっちで真っ黒な顔してたのが、こんなにきれいになっちゃった。易青娥《イチンオー》は鏡をのぞきこんだ。自分とは思えない自分が映っている。女優とはこんな風にメイクするんだと思った。〝柳眉《りゅうび》〟とはいうけれど、こんなに長く墨を引くと、彼女の目は元々大きいから目の玉が飛び出して見える。特に唇は米蘭《ミーラン》先生が薄くゴマ油を塗ると、つややかに潤って、まるで早朝、地平線からぽっと顔を出そうとしている太陽のように初々しい赤さだ。苟《ゴウ》老師は叫んだ。

「これでよし。言うことなし。お次は包頭《づら》だ。包頭《づら》を作るぞ」

包頭《づら》を作るのは女形《おんながた》の扮装で元も重要な部分だ。顔のメイクはその一部分にすぎない。もっと大事なのは頭を包む部分なのだ。観客が見るのはさまざに装飾が施された鬘《かつら》の部分だが、その下地になるのが黒い紗《しゃ》だ。長さが一、二丈（三〜六メートル）もあり、水に湿した後、頭に幾重にも巻いていく。これは林冲の妻を演じた米蘭《ミーラン》が持ってきてくれた。紗は俳優の頭部を包むだけでなく、鬢《びん》の揉み上げや額の巻き毛、前髪のウィッグなど作りおきの品をここに結わえつけ、その上に全体の髪型がさまざまにまとめられる。十数種類の前髪ウィッグは米蘭《ミーラン》が常用していたもので、これをつけたら丸顔が面長に、貧相が福相に、顔の形は思うがままだ。ほっそりしていた易青娥《イチンオー》の顔は、胡《ホー》先生と米《ミー》先生が作っては直し、直しては作り、最後に鬢を貼る最適の位置を決めた。易青娥《イチンオー》の顔はたちどころに古来からの美人顔とされる豊満な瓜実顔《うりざねがお》に変わった。苟存忠《ゴウツンチョン》が叫んだ。

「いいぞ、次は役作りだ。可愛らしくやってくれ」

苟《ゴウ》老師が胡《ホー》先生たちに要求したのは、易青娥《イチンオー》の頭をきつく締め上げることだった。〝眉吊りバンド〟というものがあって、眉尻目尻をきっと吊り上げて、いわゆる〝キツネ目〟にする。しかし、米蘭《ミーラン》は言った。

「少しゆるめがいいと思います。これをすると、くらくらと目まいがきますから」

まさかのことに苟存忠《ゴウツンチョン》の表情が一変した。悪鬼羅刹《らせつ》の形相だ。いきなり吊りバンドを奪い取って言った。

「馬鹿なことを言うものでない。お前が林冲の女房役をやって、あんなかったるい不様をさらしたのは、そうか、目尻がぶったるんでいたからだ。俺が包頭《づら》を作ってやったとき、こっそりずらかって、下地のネットと吊りバンドを緩めてきたんだな。そうだろう。いいか、林冲は押しも押されぬ八十万近衛兵の武術師範だぞ。その女房がだらしなく目尻を垂らしてどうする？　せいぜい泣く子の手を引く、くたびれた中年女がいいところだ。これから初舞台を踏む子に妙な要領を教えて楽させてはならん。いいか、言っておく。女形《おんながた》を張るためには包頭《づら》をきりっと締めるんだ。これがゆるいと、眉尻が垂れて台詞も歌も台なし、立ち回りは鉢割れの饅頭《マントウ》になってしまう。信じないと言うなら、お前がやった『はだしの医者』や『鉄の娘隊長』、あれは何だ？　羊の尻尾を垂らしたみたいにゆるゆるだ。それで女形《おんながた》とは恐れ入った。勉強が足りん。お前たちが勉強をしようがしまいが勝手だが、この子に悪いことを教えてはならん。お前たちみたいに手抜き、ずるけ、要領ばかりで楽しようとするからだ。よく見ておけ、俺がどう眉を吊るか、どう包頭《づら》下地を締めるか……」

　このとき、「あいた！」と声を上げたのは易青娥《イチンオー》だった。苟存忠《ゴウツンチョン》は叫んだ。

「どうだ、痛いか。痛くなければ芝居ではない」

　胡彩香《ホーツァイシアン》言った。

「締めすぎですよ。めまいを起こしています。もうすぐ開幕ですよ」

「できないなら、やめるまでだ」

　苟存忠《ゴウツンチョン》は手を緩めずに締め続けた。

「大丈夫です、苟《ゴウ》老師。私、やれます」

　しかし、その声はうわずって、易青娥《イチンオー》は足元がふわっと軽くなるのを感じた。これがめまいか。苟存忠《ゴウツンチョン》はじっと易青娥《イチンオー》を見つめた。苟存忠《ゴウツンチョン》にとって、これは自分との戦いでもあった。いけるか？　自問した。俺はこれまでに見込みを違えたことは一度もない。よし、いこう。苟存忠《ゴウツンチョン》はやっと言葉を絞り出した。

「次、泡泡《パオパオ》だ」

　泡泡《パオパオ》とは髪に挿す飾りもののことだ。金や玉石、銀や真珠、エメラルド、そして赤い花と緑の葉、苟《ゴウ》老師の師匠だった大物俳優は、ひと揃い数十万元のものを持っていたというが、今の俳優が用いるのはすべてガラス製だ。それでも一度包頭《づら》に飾ると、俳優に神気が宿る。易青娥《イチンオー》が演ずるのは飯炊きの少女楊排風《ようはいふう》だから、包頭《づら》を飾る泡泡《パオパオ》は金銀よりも瑪瑙よりも翡翠よりも、娘らしい花の香、そして何よりも目尻の切れ上がった鳳凰の目、黒目の中に炯々《けいけい》と輝く璧《たま》の光だ。易青娥《イチンオー》はそれから何年も経って、メイクの鏡に向かう度に思う。あのときの出で立ち、すっくと立った健気《けなげ》、可憐、小粋さは今となってはもう二度と表せないものだったと。

　きりきりと締め上げられた頭は本当にきつかった。開幕を待つ間、易青娥《イチンオー》は楽屋で二回吐いた。胡彩香《ホーツァイシアン》は苟《ゴウ》存忠《ツンチョン》につきまとい、少しでも下地を緩められないかと掛け合った。それは哀願に近かったが、苟存忠《ゴウツンチョン》の返答はこうだ。

「お前はあの子を舞台に上げるためと言うが、それを聞いたら、包頭《づら》は鉢割れの饅頭《マントウ》になる。それでお前は安心かもしれないが、武技はへろへろ、へなへなの腑抜けになる。俺たちはみなここから出発してきた。吐きたければ、五臓六腑みんな吐いてしまえ。お前は心配かも知れないが、ここで気を抜いたら、これまでの精進がみな無駄になる。分かるか？」

易青娥《イチンオー》は耐えた。今日という日のこの機会はまたとないことを知っている。持ちこたえ、古《グー》老師、裘《チュウ》老師、胡《ホー》老師、米《ミー》老師、宋《ソン》師匠、朱《チュ》主任、そしてどこか遠くで収監されている叔父のためにやり抜かなければならない。当然、これは自分のためでもある。彼女は満十五歳を過ぎ、十六歳になろうとしている。母親がこの年になったとき、村の道路工事の出面《でめん》（日雇い労働）に引っ張り出され、泥まみれで働いていた。彼女は思う。どんな苦労だって自分にできない苦労はない。どんな罪だって、自分に背負えない罪はない、みんな受け入れてみせる。今、頭が割れるように痛い。たとえ割れたって、この数年に受けた屈辱、無念の思いに比べたらどうってことない。しっかりしろ、易《イ》青娥《チンオー》、頑張るしかないんだ。今夜はみんなを見返してやる。

『焦賛《しょうさん》を打つ』の大開場だ、大チャルメラが吹き鳴らされ、舞台から吹き出す気迫の風が会場を圧した。

苟存忠《ゴウツンチョン》老師は彼女の後ろで一言、ささやいた。

「お嬢、落ち着け。普段の稽古と同じだ。客がいると思うな。この苟《ゴウ》老師だけがお前を見ている。やさしーく突け、やさしーく打て。お前の立ち回りは最高だ、俺が初めて見た最高の役者だ！　さ、行け！」

易青娥《イチンオー》は舞台に駆け出すが早いか、手に持った〝火掻き棒〟を思い切り高く、遠くへ飛ばした。しゅっと風を切る音の中、彼女は宙に身を投げ出し、とんぼ返りを打つ（吊毛《ちょうもう》）。空中で姿勢を正し、右足をさらに高く蹴《け》上げ、その土踏まずを左手で打つ。ぱん、足を変えてもう一回、ぱん（飛脚《ひきゃく》）。着地する前に〝火掻き棒〟が彼女の背中にすとんと収まる。次は空中ひねり一回転（大跳《だきちょう》）の後、「臥魚《がぎょ》」の秘技、両肘を胸の前に立ったまま体を後ろに仰け反らせる。撓《たわ》みに撓んだ背中が床に着き、水底でじっと動かない魚のようだ。その姿勢のまま身を起こすところで客がどよめく。静の次は動だ。次々繰り出される刀と槍の猛攻を仰向けになって身をかわす。上半身は撃剣《げっけん》、全身で横転横臥《おうが》、呼吸の乱れが命取りだ。絶体絶命の中、一瞬の隙を突いて形勢逆転、立ち上がってポーズ。次いで背中を地面につけて腕を振り、足をひねって回り続ける全身の平衡感覚と足腰、腹筋の強さが試される難度の高い技だ（五龍絞柱《ごりゅうこうちゅう》）。さらに両足を一直線に開き、片手を天に突き出し、片手を足先に伸ばす三跌叉《さんてつさ》、後ろ横飛びでぐるり一周する大綳子《だいほうし》の荒技、手を使わずに刀を体で回転させる刀翻身《とうほんしん》、手を使わずに首で火掻き棒を回転させる棍纏頭《こんてんとう》……次々と繰り出す技を最後の見得《みえ》で締めくくった。熱狂した観客は「好《ハオ》！　好《ハオ》！　好《ハオ》！」を連呼し、拍手が鳴り止まなかった。

舞台に立つ前、易青娥《イーチンオー》は頭痛と嘔吐感で昏倒しそうだった。だが、舞台に走り出すや、チャルメラが高鳴り、銅鑼や鐃鈸《にょうばち》が囃し、観客が「好《ハオ》」を叫ぶ中、余計な雑念だけでなく、無駄な想念を詰めこんだ人間の頭蓋そのものがふっとなくなってしまうのを感じた。残っているのは老師から教えられ、体が覚えていることだけだ。彼女は導かれるまま身体を動かし、宙に舞い、要所要所を見得で決めればよかった。舞台を終えてみると、これ以外に彼女が覚えていることは何もなかった。『焦賛を打つ』の幕が下りたとき、苟存忠《ゴウツンチョン》老師、胡彩香《ホーツァイシアン》老師、米蘭《ミーラン》老師が舞台の退場口に出迎えていた。袖幕に引っこんだ彼女を苟《ゴウ》老師が抱きしめた。

「よくやった。お嬢、でかした。稽古のときよりずっとよかったぞ。落ち着いていた。何よりも足元が安定していた。立ち回りは足の裏が肝心だが、お前は足がしっかり地に着いていた。もっと落ち着いたらもっと心が軽くなって、芝居は〝遊び〟になる。もっと遊べ、もっと遊ぶんだ。そうしたら、芝居は自由自在になる。お嬢、やったな！でかしたぞ！」

胡《ホー》老師は易青娥《イーチンオー》に水を飲ませ、米《ミー》老師は彼女の汗を拭いた。古存孝《グーツンシャオ》老師は郝大錘《ハオダーチュイ》と武技の演奏で言い争いになっていた。苟《ゴウ》老師は彼女を舞台の入場口へ連れて行って言った。

「今夜は銅鑼、鐃鈸《にょうばち》が乱れた。あの鼓師じゃ合わせようがない。豚をガラス置き場へ追いやるようなものだからな。がちゃがちゃだ。だが、お前は自分の舞いを舞え。鳴り物に耳を貸すな。太鼓がついてこられればそれでよし、ついてこられなければ、お前が待つ必要はない。あのぽんこつ太鼓は誰にどうすることもできない。救いようがない。お手上げだ」

易青娥《イチンオー》はもう一回、舞台に立った。苟《ゴウ》老師は彼女に自信をつけようとし、彼女は心が解き放たれていく自分を感じていた。焦賛役の周存仁《チョウツンレン》老師と舞台で渡り合ったとき、彼女は女の子らしいいたずらっぽさを仕掛け、周《チョウ》老師は、はあはあ息を切らしながら彼女に耳打ちした。

「いいぞ、お嬢、その調子だ、どんどん行け」

演じるにつれ自在さが増し、内心に力が漲った。一回目は緊張していたから、楽隊の乱れを感じ取る余裕がなかったが、二回目は郝大錘《ハオダーチュイ》の太鼓が立て続けに打ち損じているのに気づいた。もし、それにとらわれていたら、演技を続けることができなかっただろう。苟《ゴウ》老師に言われた通り、普段の稽古通りに押し切った。太鼓が乱れたら、乱れたまま置き去りにするしかないのだ。

後になってある人が言った。立ち回りの芸が現代の舞台に生き残れたのは、あなたという新入り、駆け出しの女優がいて、馬鹿正直、くそ真面目に老師の教え通りやったお陰なのよ。そうでなければ、あのろくでなしの破れ太鼓で滅茶苦茶にされていたでしょうね。

ついに旅公演は終幕を迎えた。易青娥《イチンオー》が最後の見得を決めて引っこむと、待ち構えていた焦賛と孟良が彼女をせかし、カーテン・コールの場に引っ張り出した。「好《ハオ》！」の歓声が飛び交い、拍手の波が高潮のように押し寄せる中、舞台の袖からは同期の研修生や恩師たちの声も聞こえた。彼女の全身に激しい震えが走った。彼女はもう自分の体を支えられなかった。頭がずっしりと重く、足元がふわっと軽い。天井のサスペンション・ライト、舞台の敷物がぐるぐると回り始めた。よろける足を踏みしめ、やっとたどり着いた楽屋で彼女は倒れた。胡彩香《ホーツァイシアン》と米蘭《ミーラン》が彼女を抱きかかえ、苟存忠《ゴウツンチョン》が直ちに包頭《づら》の下地ネットと眉の吊りバンドを緩めにかかった。宋《ソン》師匠がコップの水を彼女の口元に運んだ。その側で廖耀輝《リャオヤオホイ》が水の入ったやかんを持っているのを彼女は見た。また、彼女は聞いた。古存孝《グーツンシャオ》老師が太鼓の郝大錘《ハオダーチュイ》と激しくやり合っているのを。古《グー》老師は言った。

「教わりました。この古存孝《グーツンシャオ》、一生の勉強をさせてもらいました。この世にこんな素晴らしい太鼓打ちがいるとは、参りました、恐れ入りました。その高い手並みはまさに高老荘《こうろうそう》（猪八戒の押しかけ婿入り先）の高《こう》だ。実に高い。筋金入りだ。いや、教わりました！」

郝大錘《ハオダーチュイ》は太鼓を蹴飛ばして毒づいた。

「教えてやるよ。その台詞が臭いんだっつーの。この老いぼれめ、二度と勝手なご託を並べたら、ただじゃ置かないぞ。とっとと失せやがれ！」

その後のことは、易青娥《イチンオー》は何も覚えていない。老師たちが彼女を衣装台へ運び、研修生たちと一緒に彼女の衣装を一間一枚一枚脱がせた。髪飾りはさらに多くの人手が一つ一つ外してくれた。顔のメイクは胡《ホー》老師が持ってきた菜種油で落としてくれた。彼女は包頭《づら》の締めつけによって〝酸欠〟を起こして〝仮死状態〟になったともいえる。メイク落としの場で荀《ゴウ》老師が話すのを彼女は聞いた。

「お嬢、実は女形《おんながた》にとって一番残酷なのがこの包頭《づら》の締めつけなんだ。特に武者ぶりの役者は頭にきついお仕置きをされるようなものでな。みんな血行不良と酸欠で死ぬ思いをしてきた。もっと舞台がやりたければ、ここを乗り越えなければならん。道のりは遠いが、先へ進むしかあるまいよ」

この日の夜、易青娥《イチンオー》は舞台の主役が味わなければならない苦しみ、命の痛み、生きていくことの悲しみのようなものを感じていた。一方、主役をやらなければ、こんなに寄ってたかって世話を焼かれることもないだろう。人々の関心と注目を集めることは喜びであり慰めでもあったが、人から気遣われたり、やさしくされたり、可愛がられたりという体験はこれまでにしたことがない。たとえ頭が痛くても、めまいを起こしても、主役をやった甲斐は十分あると思った。

それに、何よりも劇団の指導部からお褒めの言葉までいただいたのだ。朱《チュ》副主任は言った。

「この子はついに頭角を現した！　私がかねがね言った通り、錐は袋に入れられても、とんがっている限り、必ず頭を出す。世に出るんだ！」

三十四

劇団員たちはみな、易青娥《イチンオー》はこれで竈番《かまどばん》の足をきれいさっぱり洗えるだろうと思った。終演後の打ち上げではもっぱらこれが話題の中心になった。まさか厨房から人材が飛び出してくるとは誰も思っていなかったのだ。当地の顔役は朱《チュ》主任と老芸人たちの労をねぎらうために一席設けたが、本当のお目当ては主演女優易青娥《イチンオー》だった。易青娥《イチンオー》はメイクを落とした後、もう一度吐いた。頭には網目の跡がくっきり残り、胡彩香《ホーツァイシアン》と米蘭《ミーラン》が二人がかりでマッサージしたが、揉んでも揉んでも消えなかった。米蘭《ミーラン》は苟存忠《ゴウツンチョン》に冗談口を叩いた。

「見て、この頭。ゴーヤー（苦瓜）みたいになっちゃって、これじゃ嫁の貰い手がないわね」

苟存忠《ゴウツンチョン》は言った。

「心配には及ばん。お嬢は自分で見つけるさ。大臣の末娘・王宝釧《おうほうせん》の話を知ってるか？　美貌の誉れ高く、貴公子たちからの求婚が相次いだ。だが、恋人がすでにいて、それは貧乏な若者だった。そこで一計を案じ、絹の毬を塔の上から落とし、拾った人にお嫁に行きますと宣言し、毬はその恋人が拾った。親から勘当されたが、貧乏暮らしの末に幸せになったということだ」

易青娥《イチンオー》はおかしかったが、あまり嬉しい話でもなく、顔を覆って笑った。土地の顔役の誘いは気が進まなかったが、土地のお偉方がずらり顔を揃え、特に書記の奥方が楊排風を演じた少女にご執心ということで、断り切れずに顔を出すことになった。

易青娥《イチンオー》は後で聞かされたのだが、その日の夜、劇団の打ち上げ会で、炊事班は団員たちから大いに労をねぎなわれ、宋《ソン》師匠は鶏を二羽つぶし、キュウリと鶏肉の細切り湯麺《タンミエン》が好評だった。宋《ソン》師匠と廖耀輝《リャオヤオホイ》は話題の中心としてみんなから大いに〝いじられ〟た。

「厨房はどうやって新人を養成したのか。劇団の養成所は毎日毎日朝から晩までかかって、ついに一人の易青娥《イチンオー》も生み出すことができなかった。しかるに何と易青娥《イチンオー》は竈《かまど》の灰の中から飛び出した。その経験について劇団と情報交換を願いたい」

宋《ソン》師匠は笑うだけで、その切り返しができないが、廖耀輝《リャオヤオホイ》はこの手の理屈をこねさせたら一流だ。彼は団員一人一人にスープをつぎながら話した。

「これは宋《ソン》師匠が手塩にかけて育てたんです。光祖《グアンズー》という人は思想的自覚が高く、毎日親身になってお嬢を助け進歩を促しました。私はまあ、光祖《グアンズー》の助手ですから、わきから加勢するだけでしたがね。俗に〝苗の育つを憂えず〟といいますが、育ってみればまさによく育ってくれたと感慨を新たにしております。お嬢はまさによい苗で、その成長をこの目で見届けることができたことを幸せに思っています」

ある人は言った。

「あなたはどうやって養成したか、その処方箋を団の指導部に上げたらどうですか?」

廖耀輝《リャオヤオホイ》は答えた。

「どうやって育てるも何も、大きく育ったら大きなサツマイモ、小さく育ったら小さなサツマイモでしょう」

みんな、笑うしかなかった。

旅公演から帰ってから団員たちは劇団の発表を待った。易青娥《イチンオー》を研修班に戻し、俳優修業に専念させたい気持ちを持っている。だが、半月経っても音沙汰がない。易青娥《イチンオー》は中庭で何度か黄《ホアン》主任とすれ違ったりしたが、黄《ホアン》主任は彼女に気づいた様子を見せない。以前と態度が少しも変わらず、何ごとも起きない。易青娥《イチンオー》は沈む心を持て余し、竈の番も教練も上の空になった。

苟存忠《ゴウツンチョン》や古存孝《グーツンシャオ》たちも不満の色を隠せずに、朱継儒《チュジールー》にねじ込んだ。彼はまたもや家の中に閉じこもり、漢方薬を煎じていた。頭に〝病鉢巻《やまい》き〟のようなスカーフを巻き、本当の病人みたいに何かぶつぶつぶやいている。よく見ると、眉がつり上がり目が据わって気味が悪い。古存孝《グーツンシャオ》は怒りの語気をこめて言った。

「朱《チュ》さんよ、私がこの劇団に来て一年、何をしてきたかよくご存じだ。確かに『雪夜に梁山へ上がる』はひどいできだった。ガタのきたこの寧州県劇団をあなたは一体どうしたいのか、私にどうしてほしいのか、あなたは何もおっしゃらなかった。『焦賛《しょうさん》を打つ』は掛け値なしに全寧州県劇団を震撼《しんかん》させた。旅公演の何千という観客は手が痛いほどの拍手をし、歓声で舞台が揺れた。あの強烈な反応はあなたもその目で見た通りだ。この古存孝《グーツンシャオ》が自画自賛で言っているのではない。苟爺《ゴウじい》、周爺《チョウじい》、裘爺《チュウじい》、そしてこの古存孝《グーツンシャオ》、みんな棺桶に片脚を突っこんでいる。今さら何の前途が開けるわけでなし、何の名利《みょうり》を求めているわけでもない。ただ、石臼ほどのでかい、赤い花を見た。そして夢を見た。今さらこんな夢を見てどうなるものでもない。昔なら新しい女を娶《めと》りもしよう、一座を興《おこ》し世の中に打って出て、もう一花、二花咲かせもしようと欲が出る。だが、お嬢はまだ十五、六歳のおねんねだ！　劇団としての考えを聞かせてくれないか。朱《チュ》さんよ、うんとかすうとか言ってくれ。みんな朱継儒《チュジールー》の一声を待っている。腹の内を聞かせてくれ。だが、あんたはまた頭痛を起こして石の地蔵さんになっちまった。押しても引いても動かない。今日はこの老人どもが雁首揃えてお願いにやって来た。易青娥《イチンオー》が役者として身を立て、一夜の舞台を終えたらせめて一碗の飯が口に入るよう計らっていただけないか？　もし、そうしろというなら、この白髪頭、何度下げてでもお願いしたい」

朱《チュ》副主任は慌てて言った。

「ご丁寧なお言葉、痛み入るばかりです。易青娥《イチンオー》の今後の処遇については、この朱継儒《チュジールー》もしっかり見届けますが、気持ちは皆さんと同じです。いつも言っていることですが、お嬢という錐が尖っている限り必ず世に出るということです。誰も邪魔できません」

この言葉に古存孝《グーツンシャオ》はさらに怒りを募らせた。

「朱継儒《チュジールー》さんよ、寝とぼけたことを言うものではない。誰にも邪魔できないだと？　邪魔しているのは劇団ではないか？」

朱継儒《チュジールー》は慌てず騒がず言った。

「どうか私を信じて下さい。地球は丸い。丸いものは弾む。ただ弾むだけではなく、規則性を持っています。新聞を見て下さい。ラジオを聞いて下さい。もうすぐです。お嬢が世に出る日はもうすぐ来ます。慌てて袋の口を開ける必要はありません。袋の口が開くときは、一陣の風がさっと吹き、自ずと開くのです。大事なのは錐が尖っていること。錐が尖るのは誰にもどうにもできません。尖らなくても誰にもどうにもできません。あなた方はどうかお嬢の錐が尖り続けるよう研ぎ続けて下さい。研ぎ澄まし、より鋭く、より敏《さと》く、磨き続けて下さい。分かりますか？どうか私の言うことを聞いて下さい。絶対に間違いありません」

朱継儒《チュジールー》の話はいつも肝心なところでつかみどころがなくなる。老人たちは仕方なく家を出た。古存孝《グーツンシャオ》は朱継儒《チュジールー》にまだ腹を立てている。

「あの野郎、のらりくらりして、何言ってやがんだ。こりゃ、一生〝副主任〟止まりだね。黄正大《ホアンチョンダー》から〝副〟、〝副〟と呼び捨てられてよ。意地を見せろってんだ。薬を煎じるより、あのやかんで頭をがつんとやれば、あの病気は一発で治っちまうんでないか」

四人は鬱憤を晴らしながら朱継儒《チュジールー》の家を出、また会議を開いた。まず朱継儒《チュジールー》が見ろと言った新聞のページを繰ってみた。それらしい記事はない。裘存義《チュウツンイ》は言った。

「やっぱり朱継儒《チュジールー》の逃げ口上だ。あやしい雲行きは何もない。天気予報は出ているがね。予報の当たった試しはない」

彼らは最後の決断を下した。地球は丸いだの、弾んでいるだの、黄《ホアン》主任の思惑だのはどうでもいい。やはり易《イ》青娥《チンオー》の錐を尖らそう。そのためには『楊排風《ようはいふう》』全場通しの台本を仕上げよう。地獄の小鬼どもに雷神の鉄槌を下してやるのだ。

易青娥《イチンオー》もそうだと思った。芝居の稽古、竃の番、それ以外別にすることもない。彼女は継続して『焦賛を打つ』の技を磨くことに専心した。全場通し台本の手始めは『孟良《もうりょう》を打つ』の場の復活だ。これは『焦賛を打つ』の前の場に当たる。焦賛と楊排風が手合わせする前、実は孟良が楊排風の小手調べをしようとして、逆にこてんぱんにやっつけられていた。これまでに見取《みど》りの一場として取り上げられることが少なかったのは、見せ場に『焦賛を打つ』ほどの工夫がなかったせいかもしれない。『焦賛《しょうさん》を打つ』の基礎の上に『孟良《もうりょう》を打つ』の稽古は順調に進み、一カ月ほどで四人の老芸人たちは「いける」と踏んだ。いよいよお嬢のために大作の復活公演に踏み切ることになる。外題《げだい》（題名）はその名も『楊排風《ようはいふう》』、さあ、稽古入りだ。

ここでもう一つの追い風が吹いた。劇団員たちの態度が変わったのだ。旅公演で易青娥《イチンオー》の舞台を見た俳優たちは、老芸人たちの芸の真髄、そしてその伝承、教え方の真髄にふれることになった。特に教練の現場に身を置いて悩んでいた者にとって学ぶべき内容は多かった。このようなわけで、『楊排風』の稽古入りで必要な人手は〝向こうから〟集まってきた。古存孝《グーツンシャオ》が気をつけたのは。彼らの助力を得るときはあくまでも勤務時間外に限り、劇団から尻尾を捕まれたり、弱みを握られないようにすることだった。階級の敵〝牛鬼蛇神《ぎゅうきだしん》〟がその手下を集め、一大集団になろうとしていた。

『楊排風』は武技の傑作というだけでなく、歌唱の面でも聴かせどころが多かった。歌は苟存忠《ゴウツンチョン》が手本を示したが、年齢《とし》も年齢で気力が続かず、歌い方が芝居がかったり、特に男性が女性の声を真似る無理もあった。ここでものを言ったのは、胡彩香《ホーツァイシアン》老師の歌唱力とその技巧だった。胡《ホー》老師は陝西省の省都西安で声楽を学んでおり、体を楽器として共鳴させる発声法は勿論、その美声は聴く者を唸らせる。幸い苟《ゴウ》老師とも気が合うので、易青娥《イチンオー》は胡《ホー》老師について歌唱を学ぶことになった。胡彩香《ホーツァイシアン》に楊排風を歌わせると、さらにきめ細かな表現が加わった。苟《ゴウ》老師は言った。

「やっぱり俳優は喉が勝負だのう」

しかし、易青娥《イチンオー》が教わった通り「革命模範劇」のような歌い方をすると、苟《ゴウ》老師は稽古を止めた。

「芝居には生まれた本籍がある。父は誰だ？　母はだれだ？　文革の四人組ではない。いいか、秦劇（秦腔《チンチアン》）の本籍は秦の国だ。それを忘れたら、お前はお前でなくなる」

（注）芝居の本籍　梅蘭芳《メイランファン》の末子梅葆玖《メイバオチュウ》（第九子）は「京劇の本籍は〝京〟であり、間違ってもオペラやバレエではない」と発言した（二〇一六年三月十七日『中国芸術報』）のに対して、演劇評論家の劉厚生氏は「梅葆玖さんは京劇の父や母の

名をお忘れではありませんか。それは〝徽劇《きげき》（安徽省。江蘇省一帯に流行する地方劇）〟」であり、〝漢劇《かんげき》（主に湖北省で流行する地方劇）〟であっても、決して〝京〟ではありません」と反論した（二〇一六年六月七日『中国文化報』）。本書で苟《ゴウ》老師が「秦劇の本籍は秦の国だ」と強調するのは、中国の古劇（地方劇）はその生まれた土地の風土、言葉、節回しを離れては育たないということを易青娥《イチンオー》に教えたもの。

『楊排風』の稽古が勢いづいたとき、米蘭《ミーラン》老師が劇団を去ることになった。いかにも急だった。国慶節（十月一日の中国建国記念日）に西安で挙式するという。仕事も何もあったものではない。足元から鳥が飛び立つような慌ただしさだ。廖耀輝《リャオヤオホイ》は言った。

「米蘭《ミーラン》は寧州県劇団の根っこまで引っこ抜いて行っちまう。主演女優がいなくなる。どうしてくれるんだよ」

米蘭《ミーラン》がいなくなる前の日、彼女は易青娥《イチンオー》を部屋に呼んだ。これまで身につけていたもの、身の回りのものがほとんどいらなくなるので、もらってくれないかという。それから何年も、易青娥《イチンオー》は俄大尽《にわかだいじん》になったような気分でいた。掛け布団、敷き布団、バスタブ、洗面器、洗面器のスタンド、茶托、枕元の引き出し、ベッドサイド・クロゼット、大きな木の長持ち、着替えの衣類が長持ちの半分以上も残っていた。まだある。「長城」ブランドの卓上扇風機は今ならネット競売にでも出すところだが、当時は裕福な家しか持てない贅沢品だった。易青娥《イチンオー》は驚き、自分が持ってはいけないと思った。何だか、犯罪者のような気分になる。米蘭《ミーラン》はそんな彼女を促して「竈の間」まで運ぶと、易《イ》青娥《チンオー》を抱きしめた。

「お嬢、大変だったわね。叔父さんの巻き添えくって、辛い思いをしたでしょう。これから時間をかけてゆっくりと忘れていきなさい。あなたは賢くて強い子だから、どんな苦しみでも乗り越えていける。でも、この世界は頭を出すと、必ず叩かれる。時には親しい人からいきなり殴られる。自分が自分でどうにもならなくなる。今から心の準備をしておきなさい。将来、もしかして名前が出たら、もっと苦しい思いをするでしょう。……そうだ、これから私を先生と呼ぶのはやめなさい。米《ミー》姉さんでいい。私はあなたより十歳は年上だから、何か役に立つことがあったら、このお姉さんに声をかけて。私が見つけたお婿さんはちょっと老けているけど、とてもいい人よ。……でも、あなたの世話ができなくなるの切ないわ。あなたの叔父さんが病院から連れて行かれたあの日、私の前でいきなり跪いてあなたを頼むと言った。私はもうびっくりして、胸が詰まってどきどきしたけれど、あなたが叔父さんからどんなに大事されているかがよく分かった。この何年か、私はあなたの世話をろくにできなかった。これからはもっとできない。胡《ホー》先生は私とずっと主役を奪い合った。仲違いしたこともある。でも、あなたにはとてもやさしい。これからあの女《ひと》を頼りにしなさい！　彼女は口は悪いけれど心はまっすぐ、頼りがいのある人だから。私は彼女に姿見の鏡をもらってほしいんだけれど、直接持っていって、断られるのが恐い。私は明日朝一番で出発するから、彼女の部屋に運んでもらえないかしら。一つの舞台で姉妹《きょうだい》のように育った仲だから、記念に受け取ってほしいのよ」

言い終わると、米《ミー》先生はしくしく泣き出した。

易青娥《イチンオー》も泣いた。

二人は抱き合ったまま長いこと心ゆくまで泣いた。

米蘭《ミーラン》先生は最後にもう一つの置き土産を渡した。それはぼろぼろに使い古した一冊の本「新華字典」だった。米《ミー》先生は言った。

「私は小さいときに劇団に入ったものだから、ろくに学校へ通えなかった。舞台に立つには学問が必要なのよ。少なくとも台本の字が読めなくちゃいけない。歌う歌の意味が分からなければならない。この本は自分で持っていこうと思った。もうぼろぼろで、何ページも糊の継ぎ接《は》ぎよ。でも、やっぱりあなたに置いていくことにした。いいこと？　知らない字が出てきたら、すぐ調べてすぐその場で覚えるのよ！　時間は十分あるから、たくさんのことを学べるわ」

易青娥《イチンオー》は知っている。米蘭《ミーラン》は普段から勉強熱心で本好きだった。いつも陽《ひ》だまりで分厚い本を読んでいた。その一冊の題名を易青娥《イチンオー》は覚えている。『アンナ・カレーニナ』だった。

胡《ホー》先生は米《ミー》先生の悪口を言うときは

「ふん、読めもしない本を読んで、豚の鼻にネギ、何を気取っているのよ」

米蘭《ミーラン》が行ってほどなく、叔父の胡三元《ホーサンユアン》が帰ってきた。

三十五

米蘭《ミーラン》が去った後、易青娥《イチンオー》は姿見の鏡を胡《ホー》先生のもとへ届けた。鏡はちょうど胡《ホー》先生の背丈ほどあり、木の枠は乳白色の地に花の彫刻がしてあった。易青娥《イチンオー》は胡《ホー》先生に伝言した。

「米《ミー》先生はおっしゃってました。学校時代は同じ宿舎の同じ部屋に住み一心同体、切っても切れない仲よしだったのに、いつか他人のようになってしまった。芝居が仲を裂いたのだと米《ミー》先生はおっしゃっていました。先生はもう二度と舞台には立たず、胡《ホー》先生とはまた学生時代のような仲に戻りたいと言っていました。この鏡は何ヵ月ものお給金を貯め、西安で買ったそうです。その年、二人は陝西省芸術学校に通っていて、二人ともこの姿見が気に入った。お化粧ができるし鏡の前で演技の練習もできるからと、一人が一つずつ買った。でも、胡《ホー》先生の鏡は帰り道、バスが揺れた弾みで割れてしまった。胡《ホー》先生は大泣きしたそうですね。米《ミー》先生は運がよかった。しっかり抱いていたから無事に持ち帰れたんですって。最近、胡《ホー》先生は鏡を買った様子もないし、できれば記念にこの鏡をもらってほしいということです。米《ミー》先生ははもう一つ……おっしゃってました。もし、胡《ホー》先生がいらないと言ったら……無理には……」

「もう言わないで。……米蘭《ミーラン》はいつ行ったの？」

「今朝早く。五時ちょっと過ぎに誰にも挨拶せず黙って行きました。自家用車が迎えに来たのを……私は正門で見送りました」

胡《ホー》先生はは突然この鏡を抱いて泣きだした。

「米蘭《ミーラン》、私たち、こんなはずじゃなかった。十何年もの間、姉妹《きょうだい》同然にやってきたのに、舞台に立つため、主役を取るため角突き合わせてそっぽを向いて……こんなお別れをすることになるなんて……」

胡《ホー》先生はこの鏡をいらないどころか、部屋の正面に置き、易青娥《イチンオー》もちょくちょく出かけては表情や身振りの練習をした。

米蘭《ミーラン》に去られて、黄《ホアン》主任はがっくり気落ちしているようだと、みんなはささやき合った。主任の妻はあちこちで吹いて回っている。

「これから人を育てるのは人を見、思想を見てからにしないとね。米蘭《ミーラン》を見てご覧よ、劇団として手塩にかけて育たつもりが、どこの物資局か知らないけれど、ころっと寝返っちまうんだから。飼い犬に手を噛まれるとはこのことだよ。主役を振られ、いいふりこいていられたのは誰のお陰だと思っているんだい」

ある人は言った。思想を見るっていうけれど、米蘭《ミーラン》は黄《ホアン》主任が勝手にせっせと入れこんだんだ。それで思想の過ちが起こるとは、どこがどうして、そういうことになるのかねと。別の人はまた言った。黄《ホアン》主任と奥さんは米蘭《ミーラン》の精神教父《ゴッド・ファーザー》かパトロン・パトローネ気取りでいたけれど、贔屓《ひいき》の引き倒しで終わったね。これは資産家階級《ブルジョワ》の〝糖衣爆弾（金の力）〟に負けて、あっさり城を開け明け渡したということにほかならない。黄《ホアン》主任の思想的自覚、その路線が万能ではなかったことを物語っているのではないかと。

米蘭《ミーラン》が行ってから、黄《ホアン》主任の妻は胡彩香《ホーツァイシアン》に言い寄っているらしい。たまには家へいらっしゃいよ。用がなくても顔を出してくれればいい。黄《ホアン》主任は次の主演女優育成の対象に誰を選ぶか、頭を痛めているのよと。胡《ホー》先生はある人に言った。勝手に頭を痛めていらっしゃい。私は二度とあの人の家の敷居をまたぐつもりはございません。寧州県劇団はあの夫婦のお陰でガタがきた。芝居が分からないくせに分かった振り、勝手な思いこみが強いだけ。まるで武大郎《ぶだいろう》の開店よ（武大郎は『水滸伝』の英雄武松《ぶしょう》の兄。背が低く風采が上がらない人の代名詞。彼が店を開くとき、雇う従業員はみな背の低い人であろうとの嫌み）。苛めのねちこいこと。敵を追い出し、仲間を手下に引き入れる、いつもの手ね。何人がその目に遭った？　自分は芝居が分からない。なのに、できる人を目の敵にする。寧州県劇団はどうなるのよ。米蘭《ミーラン》がいなくなって、誰が屋台骨を支えるのよ？

易青娥《イチンオー》の叔父胡三元《ホーサンユアン》はこんな騒ぎの中、劇団に帰ってきた。

叔父が刑期を一年残して釈放されるとは、易青娥《イチンオー》は思ってもいない。

一昨年、労働改造中の叔父を訪ねようと思い立ったが、叔父からの返信で固く止められた。胡彩香《ホーツァイシアン》先生も一再ならず引き止めた。何百里の遙か彼方よ。車に乗ってまる二日、あなたみたいなおちびさんがどうやって行くの。しかし、彼女は諦めず、叔父の姿を一目見ようと思っていた。今年の中秋節（旧暦八月十五日）を期していたが、まさかその三日前に帰ってきたのだった。

叔父は二人の警官に連れられていた。警官はまっすぐ主任室に向かった。何を話したかは誰も知らない。しかし、胡三元《ホーサンユアン》が二人の警官に伴われて帰団したことはすぐさま寧州県劇団中に知れ渡った。ほとんどの人が部屋から飛び出し、また何かやらかしたのかと不審の面持ちだ。誰かが聞いた。手錠はしていないのか？　見た人が答えた。手錠はしていない、リュックサックを背負っている。手にはナイロンの網袋を提げ、中に洗面器なんかが入っていた。見た人はまだいる。叔父は手を振って挨拶していた。あの顔と首の火傷《やけど》痕《あと》、あのナス色に変わりはない。太鼓打ちの郝大錘《ハオダーチュイ》はなおも聞きただそうとしている。手錠をしていないのなら、捕縛はされていないのか？　さっき見た人は間違いないと言い、胡三元《ホーサンユアン》は黄色いゴム靴を履いて作業服を着ており、しかも洗濯したてで、白いシャツが襟からのぞき、ボタンがきちんとかけられていたという。

易青娥《イチンオー》はそのとき劇団前の劇場で『楊排風《ようはいふう》』の稽古をしていたが、叔父が帰ったと聞くや小道具の火掻き棒を放り出し、劇団の前庭を駆け抜けると、中庭はすでに劇団中の人がひしめいていた。彼女は内心突き上げてくるものを懸命にこらえながら、遠く離れた小高い場所から主任室の入り口を見守った。扉に鍵はかかっていないようだ。彼女は叔父がどうして戻ってきたのか分からないでいる。誰かが言った。あの暴発事故がまた蒸し返され、つつき回されるのではないか。いや、あいつのことだから、また新しい事件をを起こしたのだろう。別の声がそれを制した。それは違うぞ。胡三元《ホーサンユアン》は刑期満了前に釈放されたのだと。易青娥《イチンオー》は人群れの中に胡彩香《ホーツァイシアン》先生の姿を認めた。あれこれの声にじっと耳を傾け、易青娥《イチンオー》と同じように思い詰めた表情をしている。

ついに胡三元《ホーサンユアン》が主任室から姿を現した。誰かの後について出て、この後を黄《ホアン》主任が続いたが、主任はまた部屋に戻って鍵をかけた。易青娥《イチンオー》が見ると、叔父は両手、両足に縛《いまし》めるものはなかった。叔父は自由の身なのだ。片手にリュックを持ち、もう片手に赤いナイロンの網袋をぶら下げている。叔父の顔はそれほどひどいといえないまでも、逮捕時に比べるとややましになっていた。あのときは鍋底みたいに真っ黒にすすけていたが、今は薄らいで紫色に近かった。傷痕は小さくなっても顔半分はまだまだ痛々しく、もう半分は皮膚の色が回復しかけていた。叔父が出てくると、中庭中の人が身を乗り出し、「胡三元《ホーサンユアン》！」の呼び声がかかった。叔父はみんなに手を振って、ちょっとうなずき、無理に笑って見せようとした。すると、二本の犬歯が剥き出しになりそうになったので、あわてて口をすぼめた。叔父は取り囲む人に何かを尋ねている。易青娥《イチンオー》はすぐぴんときた。叔父は私を探しているのだ。さまよう叔父の視線を彼女は迎えようとした。叔父の眼差しに力がこもり、光を増したと思ったとき、その視線はぴたと宙に止まった。叔父はついに探し当てたようだ。易青娥《イチンオー》に向かって軽く顎を引き、主任室に向かうとそこにしゃがみこんだ。

しばらく経って、黄《ホアン》主任が扉を開け、叔父は急いで立ち上がった。黄《ホアン》主任は二人の警官を送り出し、警官は何ごとかを叔父に伝えると、そのまま引きあげていった。黄《ホアン》主任は叔父の前に立って警官を見送り、警官は正門を出た。叔父は中庭に残り、どっと取り囲んだ人たちともう話を始めている。易青娥《イチンオー》は懸命に近づこうとしたが、人波で身動きがとれなくなり、人の話に耳を傾けるだけだった。

「釈放されたのか？」

「一年、繰り上げになった」

「それはよかった。だが、あの二人の警官は何してきた？　送ってきたのか？」

「よく分からないが、劇団に引き渡しに来たんだろう」

誰かが易青娥《イチンオー》を引っ張って胡三元《ホーサンユアン》の前に連れて来た。ほら、あんたの姪っ子だよ、しっかりと見な。易青娥《イチンオー》は一言「叔父ちゃん」と叫んだきり、その場に泣き崩れた。叔父は彼女を抱き起こして言った。

「泣くな、泣くな。こうやって帰って来たんだからな」

彼女の叔父はもうどこにも行かない。彼女は叔父を連れて厨房の「竃の間」に入った。姪子の住みかを一目見るなり、叔父は牛のような大声を発して泣き始めた。

胡三元《ホーサンユアン》は自分の頭を叩きながら言った。

「悪かった。許せ。お前の叔父ちゃんはろくでなしだ。姪のお前を放り出してこんな目に遭わせるとは本当に人でなしだ。十二歳の子どもが火の番、飯炊きをさせられて、寝る場所もなく竈の前で寝かされていたのか。あんまりだ。何で手紙で知らせない？」

「ここはいいところよ。広いし、一人で住めるし、冬は暖かいんだから。大丈夫！」

「それにしても、竈の前というのはな。田舎では乞食の女の子が一夜の宿をと泣いてすがるのが竈の前だ……」

むせび泣く叔父の心は深く傷ついているようだ。

易青娥《イチンオー》は伯父を慰め、稽古を始めたばかりの『楊排風《ようはいふう》』の一場を演じて見せた。『焦賛《しょうさん》を打つ』のことはすでに手紙で知らせていた。

この日の夜、叔父は姪と一晩中話しこんだ。胡彩香《ホーツァイシアン》が途中で夜食の差し入れに来た。胡彩香《ホーツァイシアン》は今易青娥《イチンオー》を自室に連れて行くから胡三元《ホーサンユアン》はここで一人で寝るようにと言うと、彼は四年ぶりに姪に会えたんだ。積もる話があると胡彩香《ホーツァイシアン》を帰した。

二人は瞬《また》きする間も惜しんで一夜を話し明かした。

この夜、劇団は中庭の見回りを厳重にした。特に半開きになった竈の入り口の粗末な扉に、警戒の目が注がれている。

というのも、泥酔した郝大錘《ハオダーチュイ》が入り口目がけて石を投げつけ、喚き続けていたからだった。

「くそ、終わりだ。どいつもこいつもくたばっちまえ……」

三十六

易青娥《イチンオー》は一番知りたいと思ったのは、どうして叔父が出てこられたのか、しかも刑期を一年も繰り上げてということだった。劇団の中では、胡三元《ホーサンユアン》のような男は牢屋に入ってもどうせ罪と恥の上塗りをするだけだ。あの性格からして、別の犯人、それどころか警察とさえいざこざを起こすのが目に見えている。あの爆破事件についても、団の上層部は暗々裏に上訴状を出して再審と厳罰化を要望していた。下手すると裁判やり直しで今度こそ〝落花生〟を食らうんじゃないのか。こんな声も聞こえて、易青娥《イチンオー》は気が休まらなかった。そこへいきなり刑期前の出所だから、一体どういうことなのか、何としても聞きたかった。

叔父は言った。

「こんな騒ぎを起こして、俺は取り返しのつかないことをしたと思っている。労働改造の現場で頭を冷やしながら分かってきたのは、劇団がこの事件に対してきちんと状況説明をしていれば、俺が牢屋入りするほどの事件ではなかったということだ。なぜかというと、この事件には故意のかけらもなく、俺自身が爆死する可能性があったということだ。これが故意だったら、死んでまでする故意があるのか？　しかし、劇団は俺を無視し、俺の故意だとひたすら言い続けた。この男は普段から態度が悪く、こんなことをしでかしたのは決して偶然ではないとな。しかし、公安はこれが故意だとする証拠をついに見つけ出せなかった。それでも俺が連行されたのは、劇団があくまでも〝故意〟に固執し、頑なに言い張ったからだ。俺の取調官はものの分かったお人だった。相当な年配で田舎から戻ってきたばかりだった。彼は一目でこの事件は罪状認否に問題があると見破った。これは〝人民に対する敵対的矛盾〟ではなく、ここから故意による殺人を導き出すことには無理があるとな。ついに公安は重大な過失による犯罪という見解に立った。俺はそれを認め、供述書に署名した。なぜかって？　俺は結果的に人を爆死させたからだ。相手は胡留根《ホーリュウゲン》。俺の親友だった。俺はずっと言い続けた。この男は寧州で一番すぐれた道化役者だと。彼は十六歳で革命模範劇の『紅灯記《こうとうき》』に出演して鳩山（日本軍の憲兵隊長）、『平原作戦』では亀田（日本軍の救援隊・亀田隊の隊長）を演じた。『沙家浜《さかひん》』では刁徳一《ちょうとくいつ》、『智取威虎山《ちしゅいこざん》』では座山雕《ざさんちょう》、『杜鵑山《とけんざん》』では毒蛇胆《どくじゃたん》、『紅色娘子軍《こうしょくじょうしぐん》』では南覇天《なんはてん》、今度の『洪湖赤衛隊《こうこせきえいぐん》』では彭覇天《ほうはてん》を演《や》った。どの役も折り紙付きの名演だった。しかし、俺はあの男を死に追いやった。並ぶもののない名優をこの世から消し去った。俺は一年以上、悪夢に苛《さいな》まれ、うなされ続けた。胡留根《ホーリュウゲン》はいつも夢枕に立って言った。〝三元《サンユアン》、鉄砲玉を食らえ。お前が詰めた火薬で俺の腹がぶち破られた。分かっているか？　俺はまだ嫁をもらっていない。人生の味を知らずに死んだ悔しさを思い知れ……〟とな。俺はどんな気持ちでこれを聞いたか？　銃殺されても本望だ！　重傷を受けてのたうち回った者もいる。俺がみんなの一生を台なしにした。たとえ再審を受けて、十年、二十年を食らおうが、甘んじて受ける」

（注）革命模範劇　ここに挙げられた作品のうち『紅灯記』『智取威虎山』『沙家浜』は一九六七年の文革前期に革命模範劇として挙げられ、『平原作戦』『杜鵑山』『紅色娘子軍』は一九七四年の文革後期に追加認定された。『洪湖赤衛隊』については上巻一〇七ページ参照。

易青娥《イチンオー》は尋ねた。

「全県の公開裁判のとき、事前にどんな判決を受けるか知っていたの？」

「知ってたさ、当然。数日前に知らされていた。だから、街頭行進のときに考えた。最後の判決が言い渡されるときも俺は胸を張って奴らをとっくと見てやろうと思った。黄正大《ホアンチョンダー》、俺が鉄砲を食らえと願っている奴ら、どの面《つら》下げてきているか。そうだ、お前の顔も見た。お前、いい度胸をしているな。警戒線の下をもぐって、とっ捕まって引っ張られるところだった。お前をつまみ出すことで見逃してくれたからよかったようなものの、お前は肝っ玉だけは太くなったな。あれはどこだったかな？」

「私は……ただ叔父ちゃんを一目見たかっただけで、朝早く解放軍中隊の前で待っていた。叔父ちゃんは九番目の車に乗っていた。その車が通り過ぎるとき、私はつまみ出されてそれっきり。また追いかけたけれど、とうとう近づけなかった」

叔父は言った。

「お前は、小さいとき暗い山道を歩くのも平気だったな。八、九歳のとき、サツマイモを担いで陽坡《ようひ》の丘から陰坡《いんぴ》の丘へ運んだとき、松明をかざして夜道を歩いた。俺は知っている。鬼は恐くない。恐いのは人間だ。特に扇動され、踊らされている人間が恐ろしい。あの日、街頭行進に狩り出された人間たちが舌なめずりして処刑のときを待っていた。暗い山道をいくよりよほど恐ろしかっただろう」

易青娥《イチンオー》はうなずき、また尋ねた。

「判決が出て、どこかへ連れて行かれたの？　胡《ホー》先生は解放軍の中隊からすぐいなくなるって言われたから」

「刑が言い渡されると、すぐ地区の労働改造の収容所入りだ。収容所といっても実際はレンガと瓦の焼き場だった。レンガや瓦の素地《しらじ》を台車で運び、焼き窯に積みこむんだ。焼き終わったら、また運び出す。窯の中の温度は最高で七、八十度になるかな。入るときは水浸しにした麻袋を頭からかぶって、台車ごと走りこむんだ。麻袋はすぐ乾いて火がつきそうになる。夏はほとんど裸、腰にぼろ切れを当てるだけだよ。とてもじゃないが、身が保たない。死んだ方がましだと考えたこともある。生きていることに何の意味があるのか分からなくなっていた。あるとき、地区の劇団で太鼓を叩いている男が慰問にやって来た。俺を見知っており、焼き場で働いているのを知って訪ねてきたんだ。この男は実に辛抱のいい男で、以前、収容所で慰問公演の手伝いもしたことがある。収容所の指導者とも昵懇で、俺のことをいろいろ紹介してくれた。この叔父ちゃんは腕のいい太鼓打ちで、全国とまではいかないが、陝西省で知らぬ者のいないとびっきりの名人だ。もし、レンガや瓦で手を傷つけたら、せっかくの腕が泣く。その年はどういうわけか厄続きで、俺たちの作業班は大火傷を負ったり崩れたレンガの下敷きで足を切断したり、二人の重症者を出していた。その男は俺を気遣ってもっと楽な仕事、せめて二本の手が無事でいられる仕事がないものかと掛け合ってくれた。太鼓打ちにとって二本の手は飯の種というわけだ。彼はまた、こうも言ってくれた。胡三元《ホーサンユアン》は過失による犯罪で、出所したらまた太鼓打ちで身を立てる。ここにいる間にその腕のほんの少しでも何とか分けてもらえないか。そのために定期的にここへ通いたいと。収容所の責任者は順繰りに俺を楽な職場に移し、焼き場から売店へ、そしてとうとう倉庫の守衛にしてくれた。その男はしょっちゅう通ってきて、俺は教えられる限りのことを教えた。来る度に食べ物や飲み物の土産つきで随分助かったよ。そうこうしているうちに、労改収容所が全国規模の演芸大会に催すことになり、この叔父ちゃんにも腕の見せどころがやってきた。作った演《だ》しものは陝西省の賞を取っただけでなく、収容所の責任者が俺の腕前を会う人ごとに吹聴してくれた。こんな活動が認められたのか、収容所職員の余暇活動「文芸宣伝隊」の一員に採用となった。一つの作品を発表したらまた次の作品の準備にかかるという忙しさだった。収容所の看守、警官、幹部たちだけでなく、入所者たちも公演を喜び楽しみにしてくれた。叔父ちゃんはあっという間に収容所の人気者なった。そんなこんなが回り回って、今度は何と刑期が半年短縮された。この後、新しい演目がまた労働改造収容所の全国大会に出場するという功績が評価され、刑期がまた半年短くなった。とまあ、こういうわけで、叔父ちゃんは四年で出所できたというわけだ。労改収容所のみんなは俺を手放したがらなかった。収容所は一人の演芸人《アーティスト》を失い、この大きな穴を埋める術《すべ》はないと嘆いてくれた」

易青娥《イチンオー》はすっかり嬉しくなり、叔父に砂糖水を振る舞った。叔父は三杯飲み干して、易青娥《イチンオー》が次のいっぱいに砂糖を入れていると、叔父は言った。

「砂糖は少なくしてくれ。お前のためにとっておけ。俺は白湯《さゆ》でいい。お前の喉を守るのが大事だからな」

「私の分はちゃんとあるの。飲んでよ」

叔父は甘い砂糖水を舐めながら言った。

「俺を送ってきた二人の警官を見ただろう。一人は労改収容所、もう一人はここの派出所の警官で、この二人がついてきたのは、劇団の責任者に口添えしたいことがあるというんだ。それは俺をここ寧州県劇団の臨時職員としてあらためて採用し、出所後の生計の道を立てさせてほしいというものだった。多くの出所者は世間の偏見と差別に苦しみ、また犯罪を犯して刑務所に逆戻りという例も多い。しかし、俺は腕に職があるだけでなく、今回は過失犯罪ということもあって、二回にわたって減刑を受けている。ぜひともお願いしたいところだが、もしそれが難しければ、労改収容所が引き受けて、この才能を広く社会に役立てることもできると、まあ、こういうことさ」

易青娥《イチンオー》は尋ねた。

「黄《ホアン》主任は何と返事したの？」

「返事はしなかったようだ。収容所の係官は言ってくれた。焦らずに待って下さい。劇団としても人事は簡単にはいかないでしょうから、返事を待ちましょうとな」

易青娥《イチンオー》は言った。

「叔父ちゃんが帰ってきてくれただけでもよかった。これからはきっとうまくいくわよ」

叔父は彼女が置かれている情況を尋ねた。彼女は思った。彼女の心の葛藤を三日三晩話し続けても話し尽くせないだろうと。彼女の中であれもこれもと思いがあふれ、せめぎ合い、どこから話そうか、迷うばかりだった。

易青娥《イチンオー》は四人の老芸人のことから話し始めた。四人とも彼女にとてもよくしてくれ、彼女を一人前に育てようとしてくれている。苟《ゴウ》師匠が彼女に贈ってくれた正絹《しょうけん》の広いベルトを叔父に見せた。

「最初、劇団のみんなはこの人たちをただの年寄りと見下して、一緒に稽古するにもやりにくかったけれど、旅公演で私の『焦賛《しょうさん》を打つ』を見てびっくり仰天、みんなの見る目ががらりと変わった。この芸を教わりたい。俳優なら誰だってそう思う。おいしいものや砂糖、お菓子、お酒、毛のチョッキを手土産に、弟子入り志願の人が集まってきた。まず手軽な折子戯《ジャーズシー》（見取《みど》りの一幕物）から始めようとしたんだけれど、師匠たちはそれでは駄目だ、首尾の整った全幕通し、正真正銘の大芝居《おおしばい》でなければならないと言った。みんなはさすが老先生、芝居のすべてをお見通しだ、三ツ目の馬王（道教の神仙。三つ目の目は縦長で、世の中の正邪を看破する）だと恐れ入ったわ。分かるかしら。苟《ゴウ》師匠、周《チョウ》師匠、裘《チュウ》師匠、そして新しく仲間入りした古存孝《グーツンシャオ》師匠。こう言うのよ。もし、胡三元《ホーサンユアン》がよければ、『焦賛を打つ』と『楊排風《ようはいふう》』の太鼓は胡三元《ホーサンユアン》に叩かせよう。舞台がびしっとしまるぞって、みんな言ってるのよ！　叔父ちゃんの腕は確かだ、芝居が分かっている、感覚が鋭い。だから、あの激しさは本物だって」

叔父は興奮気味に言った。

「おいおい、それぐらいにしておけよ。何年か塀の中にいたけれど、腕はなまっていないぞ。いや、なまるどころか、収容所で磨きをかけきた。収容所仕込みの筋金入りだ、滅法強い。誰にも負けないぞ」

「本当？」

「口だけじゃない。労改収容所では胡三元《ホーサンユアン》の胡《ホー》は胡乱《うろん》の胡《ホー》、〝乱れ打ち〟〝めくら打ち〟の胡《ホー》だってな、そりゃ、ならしたもんだよ。分かるか？　〝胡《ホー》打法〟だよ。目の前にあるものは何でも叩ける。だから、同じ収容所の受刑者の、裸の背中も叩いたぞ。日向ぼっこの尻っぺたも叩いた。奴ら、喜んだぞ。何て気持ちいいんだろう、ぱたぱたぱた、胡《ホー》叔父ちゃんの手並みは按摩師より上だとな。次は俺にやってくれとせがんでくる。叔父ちゃんは叩きながら歌う。みんな「待ってました！」と拍手喝采だ。夜、宿舎に帰ると、箸で琺瑯《ほうろう》の洗面器を叩いた。みんな寄ってきて、回りは黒山の人だかり、芝居の一くさりを叩いて歌って語って手振り身振りつきの熱演だ。牢名主も叔父ちゃんに一目置いた。牢名主って分かるか？　収容所の親分だよ。警察も牢名主の行動は見て見ぬふり、言ってみれば、彼らは警察に代わって収容所の中で睨みをきかし、仕切っているようなものだからな。だけど、叔父ちゃんは彼らに威張られたり、いびられたりしなかった。その代わり、彼らが横になったとき、叔父ちゃんは行って背中を叩く、腰を叩く、その体をほぐしながら叩く。彼らはいい気持ちで眠る。叔父ちゃんはみっちり太鼓の修行をしたというわけさ」

易青娥《イーチンオー》は笑った。いつもの叔父の法螺《ほら》を久しぶりに聞いたと思った。叔父はさらに気炎をあげた。

「何をやるにも〝ツボ〟、勘どころがあるんだ。やたら叩けばいいってものじゃない。ツボを押さえて相手を喜ばせ、ひいひい泣かせるんだ」

易青娥《イーチンオー》は見計らったかのように、胡彩香《ホーツァイシアン》、米蘭《ミーラン》両先生の話をちょっと小出しにしてみた。叔父は案の定、急にそわそわして飛びついてきた。易青娥《イーチンオー》はまず米蘭《ミーラン》のことから話し始めた。米蘭《ミーラン》は行ってしまった。陝西省の物資局の人と結婚した。米蘭《ミーラン》より十二も年上だけど、とてもやさしいって。誰かが言ってた。ある晩、土砂降りの雨の中、あの人が米蘭《ミーラン》を劇団まで送ってきた。真っ暗闇の泥道に米蘭《ミーラン》の足が取られ、靴を濡らしているのを見て、あの人は米蘭《ミーラン》を抱き上げて、はあはあ息を切らして中庭に入ってきたんですって……易青娥《イーチンオー》はさらに話した。米蘭《ミーラン》には何くれとなく世話になった。劇団を去るとき、彼女の身の回りの品をほとんど易青娥《イチンオー》のところに残して行った。彼女は扇風機を叔父に見せた。使うのが惜しくて、まだビニールの袋で包んだままだ。彼女は言った。

「米蘭《ミーラン》先生はある思い出を宝物のように大事にした。何だと思う？　警察に連れられていく叔父ちゃんが、姪子をよろしくと米蘭《ミーラン》先生の前に跪いた。ああ、こんなにも姪っ子を大事にしているんだ、強がりしか言えない武骨な男が公衆の面前で一人の女に跪いた、何が何でも可哀想なこの子の面倒を見なくちゃと思ったんだって。別れる前に米蘭《ミーラン》先生はこうも言った。あなたの叔父ちゃんが帰ってきたら伝えて頂戴。あなたの姪御さんの十分なお世話ができなくてご免なさいと。でも、米蘭《ミーラン》先生には陰に日向に十分すぎるほど可愛がっていただいた。私との仲はよかったけれど、黄《ホアン》主任の奥さんとの関係が悪くなった」

「米蘭《ミーラン》は黄正大《ホアンチョンダー》の女房と喧嘩別れしたのか？」

「よく分からないけれど、みんなが言ってる。黄《ホアン》主任の奥さんは誰彼なく米《ミー》先生の悪口を言いふらしてるって。いい芝居に出させてもらったのは誰のお陰か。劇団に育ててもらった恩を忘れて、尻尾振り立て得意がって、いい気なもんだ。それだけでなく、資産階級《ブルジョア》の悪い思想に染まって、後足で砂をかけて逃げ出したのよって」

叔父はちょっと黙りこんでからまた聞いた。

「胡彩香《ホーツァイシアン》と米蘭《ミーラン》の関係はあの後どうなった？」

易青娥《イチンオー》は答えた。

「いいときもあったし、悪いときもあった。芝居がないときは大の仲好しなんだけれど。作品が決まると配役で揉めて稽古で揉めて、敵《かたき》同士みたいに顔を背けていた」

叔父はため息をついた。

「何でそこまでやるかね。米蘭《ミーラン》が行って、胡彩香《ホーツァイシアン》はせいせいしてるのか？」

「とんでもない。米《ミー》先生が行った日、胡《ホー》先生は泣いた。姉妹《きょうだい》同然に過ごしたのに、どうしてこんな別れになったのかって。米《ミー》先生は西安から大事に抱《かか》えて持ってきた姿見の鏡を胡《ホー》先生に置き土産にと……」

胡三元《ホーサンユアン》は黙りこんでしまい、水ばかり飲んでいた。しばらくして、胡《ホー》先生はお前にどうだったかと尋ねた。易青娥《イチンオー》は急に瞼が熱くなり、鼻がつんとした。

「胡《ホー》先生がいなかったら、私はもうここにいなかった。ここで叔父ちゃんを待つこともなかった」

いろんな場面があって、どんなに力づけられたか。彼女は話すうちに胸がいっぱいになって言葉が詰まり、代わりに涙がほとばしった。叔父は分かったと言い、彼女を黙らせた。

「胡彩香《ホーツァイシアン》は、気はいいんだがな、言葉が過ぎる。いつも人をへこませるんだ。それがなけりゃ、言うことなしなんだがな」

易青娥《イチンオー》が胡彩香《ホーツァイシアン》のことを話し出すと涙声になるので、叔父は話題を厨房に変え、宋《ソン》師匠と廖耀輝《リャオヤオホイ》は彼女にどうだと尋ねた。この二人には土産を持って明日早々に出かけ、姪が世話になった礼をするつもりだと言う。易青娥《イチンオー》は宋《ソン》師匠から受けた配慮を一つ一つ報告したが、話が廖耀輝《リャオヤオホイ》に及ぶとまた泣きだした。どうしたと聞く叔父に、易《イ》青娥《チンオー》は口が裂けても言えなかった。言えば、発火しやすい叔父の大砲がまた炸裂し、また大ごとになりかねない。だが、叔父は今度は引き下がらなかった。問い詰め方が急になり、彼女はとうとう廖耀輝《リャオヤオホイ》のあの恥ずかしい行為を話してしまった。案の定、叔父の怒りが火柱のように吹き出し、夜の夜中だというのに、廖耀輝《リャオヤオホイ》の生皮を剥いでやるだの、足の骨をへし折ってやるだのの大騒ぎになってしまった。彼女は叔父に取りすがって押しとどめ、何とかその場は収まった。

だが、翌日の早朝、叔父は廖耀輝《リャオヤオホイ》を殴った。

このことは人に知られてはならないと、宋《ソン》師匠は彼女のために慮《おもんぱか》り、できごとのすべてを伏せた。だが、叔父の怒りの炎は天まで焦がし、彼女は一生、このできごとを引きずって苦しみ続けることになる。

三十七

易青娥《イチンオー》と叔父はほとんど一夜を語り明かした。朝が白みかかったころ、彼女は叔父に「少し眠ったら」と勧め、叔父は自分の布団を出し、「竈《かまど》の間」の隅を探して寝についた。彼女も少し横になったが、すぐに起きて、火を起こしにかかった。もう人々が次々と起き出す時間だった。昨夜、臨時に狩り出された見回り隊は今ごろ自宅で眠っているのだろう。易青娥《イチンオー》は火を起こすと、中庭の水場へ行って歯を磨いた。叔父はそれを見澄まして寝床を出、手近にあった火挟みを持つと、調理場へ身を滑りこませた。

廖耀輝《リャオヤオホイ》はちょうど臊子麺《サオズミエン》にのせるナスやジャガイモ、豆腐の賽の目切りに取りかかっていた。二本の包丁を手早く操りながら『若後家さんの墓参り』を暢気《のんき》に口ずさんでいる。まったくの無防備で、後ろに近づいた人影に気づかない。そこへ胡三元《ホーサンユアン》の大喝一声。

「おい、廖耀輝《リャオヤオホイ》。見るからに薄汚い奴だ。今日という今日はお前の息の根を止めてやる！」言うが早いか、胡三《ホーサン》元《ユアン》は廖耀輝《リャオヤオホイ》に襲いかかり、彼の背骨、太腿、股を目がけ、火挟みをめったやたらに打ち下ろした。すくみ上がった廖耀輝《リャオヤオホイ》はまな板の下にもぐりこみ、胡三元《ホーサンユアン》はそこへ火挟みの追い討ちをかけている。廖耀輝《リャオヤオホイ》はまな板の下から哀れな声を出した。

「待て、三元《サンユアン》、誤解だ、誤解している。俺は正真正銘、何もしていない。本当だ。誓うよ。命にかけて、神かけて誓う。誤解だよ」

胡三元《ホーサンユアン》は耳を貸さず、なおも火挟みを打ちかけている。廖耀輝《リャオヤオホイ》はたまらずに大声を出した。

「光祖《グアンズー》、光祖《グアンズー》。助けてくれ。人殺しだ、胡三元《ホーサンユアン》は人殺しだ！」

宋《ソン》師匠が飛びこんできた。この声を聞きつけた易青娥《イチンオー》も水場から後に続いた。宋《ソン》師匠は胡三元《ホーサンユアン》から火挟みを奪い取り、中庭から人が寄ってくるのを見て厨房の入り口を閉めた。

宋《ソン》師匠は単刀直入に胡三元《ホーサンユアン》を叱った。

「胡三元《ホーサンユアン》、お前こんなことをして、姪御さんの将来はどうなる？　そこまでして何の得がある？　そんなに廖《リャオ》耀輝《ヤオホイ》が憎いんだったら、命でも何でも取るがいい。こんな罰当たりは死んでも当然だ。だがな、姪御さんを守るのがお前の務めだろう。姪御さんが大事なら、黙って目をつぶれ。このどぶ水、黙って呑め。お嬢はまだよちよち歩きだが、先行き見こみがある。それは苟存忠《ゴウツンチョン》や裘《チュウ》主管も太鼓判を押している。だが、お前がここでまた悶着を起こしたら、罪のないお嬢まで、あらぬ疑いをかけられる。実のところ、廖耀輝《リャオヤオホイ》はお嬢に乱暴は働いていない。それは俺が知っている。請け合ってもいい。いいか、俺の言うことを聞け。ここで手を引け。それがお前にとってもいいんだ、また悶着を起こしたら、お前の一生もそれまでだぞ」

易青娥《イチンオー》は叔父を連れ出そうとして扉を開けた。すると、厨房の回りに人が集まり、何人かは扉に耳を当て様子を探ろうとしていた。

宋《ソン》師匠はこのために芝居を続けなければならなかった。まな板の下に逃げこんだ廖耀輝《リャオヤオホイ》に向かってわざと大声を出し、外に聞こえるように叫び続けた。

「さあ、もう止めだ、止めだ。胡三元《ホーサンユアン》をからかうのはもう止めにしろ。二人ともいい歳こいて、いつまでじゃれ合ってるんじゃない。胡三元《ホーサンユアン》はもう四年も女断ちしてるんだ。こんな話は酷だぞ。血がのぼって悶え死にさせる気か。胡三元《ホーサンユアン》も胡三元《ホーサンユアン》だ。盛りのついた犬じゃあるまいし、火挟みをおっ立ておっ立て、分かった、分かった。お前のチンポコはでかい。分かったからもう引っこめろ。廖耀輝《リャオヤオホイ》も廖耀輝《リャオヤオホイ》だ。あーあ、まな板の下に逃げこんで。みっともない。もういい、出てこいよ。胡三元《ホーサンユアン》はもういない。さっさと仕事にかかれ。豆腐を切れ、臊子麺《サオズミエン》に取りかかるんだ」

廖耀輝《リャオヤオホイ》はまな板の下から這い出してきて、入り口からのぞきこんでいる見物人に向かって青白い顔で作り笑いをして見せた。火挟みの滅多打ちに遭っているから、包丁を持つ手にずんと重みがかかり、両足が震えてへたりそうだった。まな板に寄りかかりながらやっと作業を終えたところに、宋《ソン》師匠から声がかかった。もう見物人は姿を消している。

「当然の報いだ！　もう行け。行って傷の養生をしろ。後は俺がやる」

廖耀輝《リャオヤオホイ》は壁をつたいながら自室に引き上げ、数日寝込むことになった。

易青娥《イチンオー》は叔父を入り口まで引っ張っていき、思い切り怒りをぶつけた。

「叔父ちゃんはどうしていつもこうなの？　しつこく聞くから話したけれど、はっきり言ったでしょう。何もなかったんだって。それなのに、人を殴ったりして、それで気が済んでも後のことはどうでもいいの？　みんなに知られて大ごとになってしまったじゃないの。叔父ちゃんは……やっと出てきたと思ったら、またこんなことをしでかして！」

「あの男はお前を辛い目に遭わせた。あの年をぶら下げて、幼いお前を相手にだ。殺しても飽き足りない。火挟みなんかまだ生ぬるい、鉄砲玉を食らって当たり前だ。しかも、この叔父ちゃんのいないときに飯炊きの男に手出しされてたまるか。夕べこの話を聞かされて、一睡もできなかった。菜切り包丁で切り刻んでやろうと思った」

「叔父ちゃん、そんなこと、二度と言わないで。私は大丈夫、大丈夫なのよ。叔父ちゃんがこうだと、うまくいくものがいかなくなる。お願いだからもう騒ぎを起こさないで。叔父ちゃんが帰ってきてくれただけでいい。これからはおとなしくしていて。じっとしていてくれたら、私たちは幸せになるのよ」

叔父はきっぱりと言った。

「分かった、お前の言う通りにする。おとなしくしていればいいんだな。お安いご用だ！」

叔父が火挟みで廖耀輝《リャオヤオホイ》を殴った一事はやはり劇団じゅうに知れ渡り、さまざまに取り沙汰された。しかし、宋《ソン》師匠は表向きはあくまで胡三元《ホーサンユアン》と廖耀輝《リャオヤオホイ》の悪ふざけだと言い張った。廖耀輝《リャオヤオホイ》は普段からエロ話が大好きで、手淫の常習者だと言った。調理場でも水を汲んだり、ネギを刻んだり、ニンニクの皮を剥いたりしながら人の尻にさっと手を伸ばし、もみもみしたりする。男の子の股を麺ののし棒でつつき、「〝洗濯棒〟をあまりきつく締めるな。子ができなくなる」とか言って聞かせる。女の子には胸や尻に視線を走らせ、大小、高低、肉の締まり具合、体形などを論じている。この悪習は死ぬまで直らないだろう。胡三元《ホーサンユアン》が昨夜戻り、今朝厨房に顔を出したとき、廖耀輝《リャオヤオホイ》は早速、怪しげな話を聞かせ、二人は話すほどに盛り上がった。胡三元《ホーサンユアン》は姪っ子の火挟みを股に振り立て「やってもやってもいいもんだ」と踊り出し、廖《リャオ》師匠に迫った。廖《リャオ》師匠はたまらずにまな板の下に逃げ出した。度の過ぎた悪ふざけだが、別に何ごとも起きていないと。

このことについて、黄《ホアン》主任は人を出して廖耀輝《リャオヤオホイ》を調べさせた。廖耀輝《リャオヤオホイ》も悪ふざけだと答えた。彼は胡三元《ホーサンユアン》とは昔から不良少年のような遊び仲間で、「何ともお粗末な話で申しわけない」とつけ加えた。しかし、黄《ホアン》主任に提出された事務局の「上申書」ではまったく別のことが書かれていた。それによると、胡三元《ホーサンユアン》は本気で暴行に及び、火挟みで廖耀輝《リャオヤオホイ》を何度も殴打した。その上、廖耀輝《リャオヤオホイ》がまな板の下にもぐりこんだ後も十数回、これでもかとばかりに執拗に打ち続けた。これが悪ふざけといえるだろうか？ 何であれ、前科者が出所したその日その足で、一メートル以上の鉄の棒を振りかざしたのは凶器と断定せざるを得ず、しかも相手を足腰立たなくなるまで打ち据えたのは一大事件と見なさざるを得ない。劇団の安全と安心を守るためには、彼をこれ以上宿舎に留め置くことはできないというものだった。黄《ホアン》主任は事務局の職員を出して、住居を劇団外に定めるよう胡三元《ホーサンユアン》に通告した。胡三元《ホーサンユアン》は逆に尋ねた。公安と労改収容所は出所後も雇用を維持、継続するよう黄《ホアン》主任に申し入れたのではないかったと。事務局の職員は、それについては検討の過程にあり、今はまずここを出ること、これが劇団の規定であると答えた。叔父は仕方なく劇団を出ることになった。

叔父が住んでいた宿舎の一室は、何年も空室のままになっていた。誰もそこに入りたがらない。叔父が死んだわけではないが、人を爆死させた上、収監された。何の〝祟り〟か知らないが、入ればろくなことが起きないだろう。後に劇団はこの部屋を古存孝《グーツンシャオ》と付き人の劉四団児《リュウスートアル》に与えた。叔父の品物と椅子や机、ベッドのほか劇団所有のものは古存孝《グーツンシャオ》の名義になった。その他のものは易青娥《イチンオー》が引き取り、梱包して「竃の間」の片隅に積み重ねられた。叔父は街中で狭い部屋を見つけ、とりあえず仮の住居とした。易青娥《イチンオー》は叔父の品物をその部屋に運んだ。

新居を片づけた叔父がまずやったことは板鼓《バングー》を部屋の中央に据え付けることだった。早速、試し打ちに及ぶと、易《イ》青娥《チンオー》は笑って言った。

「叔父ちゃんは太鼓のことだけはいつも忘れないのね」

「叔父ちゃんに残されたのは、まだ切り落とされていない二本の腕だけだ。これがなくなれば、もう生きていけないだろう」

叔父には生活に根ざしたものは何もなさそうだ。

叔父の生活費は易青娥《イチンオー》が給金の一部を割き、胡《ホー》先生も少し助《す》けてくれた。劇団の給与はわずかなもので、叔父の腹を満たすことはできなかったのだ。やむなく叔父は食品会社でトラックの荷を積み卸しする仕事を見つけてきた。食品会社の社長は大の芝居好きで、胡三元《ホーサンユアン》の舞台を見たことがある。街へ出る度に叔父の宣伝に努めた。俺の会社にあの売れっ子の太鼓打ちが入った。あの大砲の爆発事件で全市に名を轟かせたあの男だと。胡三元《ホーサンユアン》の三文字は今やどこの家でも「ああ、あの人ね」と知らぬ者はない存在だ。叔父は食品会社で自分の名前を名乗るとき、労働改造収容所で功績あって二度の減刑になり、一年繰り上げて保釈されたものの、口を糊《のり》するために仕事を探していると申し出た。社長は快く請け合い、彼に毎日の仕事を与えることにした。

食品会社の貨物の積み卸しとは、主に生きた豚と鶏卵だった。農村で生きた豚と鶏卵の集荷をし、これを一旦下ろすと、大都市西安からの注文に応じて、目方の近い豚を集め一両のトラックにまとめて出荷する。鶏卵は悪路に揺られて割れるものが少なくなく、一度卸して入念に点検してから出荷となる。これも西安に輸送する仕事だった。叔父は毎日、相棒の男と一緒に数台のトラックの荷下ろしと振り分けに従事した。載せる車が出払ったときは鶏卵の選別をする。一つ一つ取り上げ、固定した懐中電灯の光に当てる。割れたり変質したものはその光に照射されてすぐ分かる仕掛けだ。売り物にならない卵は会社の食堂に回されるが、食べきれないときは外売の業者に卸すこともある。勿論、大幅な値引きとなる。叔父はこの機会を逃さずにいくつか買って帰り、卵焼きにして易青娥《イチンオー》に食べさせ、ときには胡《ホー》先生を呼んで小世帯のささやかな食卓を賑わすことになった。

易青娥《イチンオー》の『楊排風《ようはいふう》』は稽古が大詰めを迎え、緊迫の度を加えていた。特に最後の大立ち回りは周存仁《チョウツンレン》師匠の構成・

演出に新機軸が打ち出され、クライマックスは楊排風《ようはいふう》と敵の西夏《せいか》軍の八人の武将との戦いだった。楊排風は鎧を身にまとい、厚底の靴を履き、騎兵の軍刀を振りかざして、八人の猛者が次々に繰り出す長槍に立ち向かい丁々《ちょうちょう》発止《はっし》と切り結ぶ。左に阻《はば》んで右に防ぎ、前に走って後方《しりえ》を突く。腥風《せいふう》凄まじく襲いくる長槍を、楊排風は長刀あるいは背に負った四本の旗で払いのけ、さらに双脚で蹴り上げ、敵陣へと投げ返す。

この場面を周存仁《チョウツンレン》師匠は、敵味方が槍を投げ合う「打出手《ダーチューショウ》」の技で決めようとしていた。八本の槍は次々と俳優の手から放たれ、宙に浮かぶ間もなく楊排風の頭を砕き、胸から背へと刺し貫き、双脚を地に打ち伏せようとする。だが、そうはさせじと、頭を狙う槍は鎧の背中に立つ旗がその方向を変え、鉄矛は地に叩き落とされる。胸板を襲う槍は楊排風手中の長刀がぐいと絡め取り、ぐるりと巻かれて方向を変え、まっしぐらに敵陣へと向かう。双脚を拉《ひし》ごうとする槍は楊排風が長年鍛えた脚技の冴え、手玉にとるが如く宙に飛ばして、まさか逆《さか》ねじの蹴り返し、ひゅーと風を切り、あやまたず敵の将軍を狙い撃つ——この動作は何よりも一貫性、連続性のもとで演じ通されなければならない。楊排風の動きは終始全力性を持ちこたえ、ぎりぎりまでしなり、撓《たわ》められた力が最後に一気に放出される。何のためか？　敵の大軍が国境を圧し、敵陣に取り囲まれたぎりぎりの状況を、彼女一身の動きで表現させるためだ。彼女は練達の武芸で観客をはらはら、どきどきさせながら、「それでも最後に彼女は勝つ」と思わせる。この強さと危なげのなさが彼女を敵軍必滅の「鬼将軍」として人々を熱狂させ、「飯炊きの少女」の英雄伝説を完成させたのだ。

周存仁《チョウツンレン》は口を酸っぱくして言った。槍を投げ合う「打出手《ダーチューショウ》」は武技の中で一番の見せ場だと。だが、一人一人のアクションがこれほど緊密な連携を求められる武技はないと。主役の楊排風《ようはいふう》の卓絶した技巧だけではく、八人の槍の遣い手も楊排風と同等の技術水準が求められる。積み重ねた修練の上に鋭敏さ、瞬発力、協調性がなければならない。その連環の何一つが欠けても、たった一人の槍が早すぎても遅すぎても、まして狙いが外れたり、落としたりしたら目も当てられない。全体の流れはそれで断ち切られ、すかさず客からはブーイングだ。これまでの「打《ダー》出手《チューショウ》」は主人公のほか四人の将軍で間に合わせていたが、今回は八人の将軍堂々の揃い踏みだ。これまで誰も見たことのない『楊排風』になるだろう。客は息つく暇もない。難度は高いが、本当の武技の面白さを見せてやれ。

西夏軍八人の将軍は研修生から選ばれた。大将軍は衆目の一致するところ、将来は劇団の大黒柱と目されているあの美形封瀟瀟《フォンシャオシャオ》で文句なしだ。彼は今年十八歳、眉目秀麗、鼻筋さわやかに通り、身長は一メートル七、八十センチ、女性と絡む舞台にほどよい高さで、筋肉質の体幹はテレビで見るスポーツ選手のようだ。彼は以前から研修班の女生徒から憧れの的、白馬の王子さまだ。だが、易青娥《イチンオー》にとってはあまりにもかけ離れた存在だった。今回の『楊排風』には封瀟瀟《フォンシャオシャオ》が立ち回りを学びたいと自分から手を挙げたと聞いて彼女は意外な感じがした。彼は研修班の同期生とはいえ自分はただの飯炊き、封瀟瀟《フォンシャオシャオ》の方から〝脇役〟の名乗りを上げたことに、彼女が感激し、発奮したことは無理もなかろう。

「打出手《ダーチューショウ》」の稽古入りをしてから間もなく、楚嘉禾《チュチアホー》が研修生たちの前で「私も行くわよ」と易青娥《イチンオー》に言った。いつも主役気取りの彼女のことだから、その節をつけたような台詞は、まるで楽隊の伴奏を催促するような押しつけがましさがあった。

易青娥《イチンオー》は何のことか分からなかったが、封瀟瀟《フォンシャオシャオ》が「打出手《ダーチューショウ》」に飛びついてから数日経っていた。

易青娥《イチンオー》は相変わらず封瀟瀟《フォンシャオシャオ》をまともに見られなかった。見たとしても、ちらと盗み見る程度で、いつも慌てて目をそらしていた。封瀟瀟《フォンシャオシャオ》は研修班の班長だ。彼の見得《みえ》の切り方、武器を操る立ち回りも男子生徒の中で一番光っていたし、変声期の後、彼の喉が一番艶っぽかった。彼がこの劇団で主役を取ることはすでに運命づけられていたようなものだ。周存仁《チョウツンレン》師匠はいつも言っていた。瀟瀟《シャオシャオ》は男役として天性の素質を持っており、劇団の期待を担っている。女形《おんながた》の易青娥《イチンオー》、男役の封瀟瀟《フォンシャオシャオ》、舞台上の好一対となるだろう。

八人の槍遣いが参加して稽古の時間が長引いた。稽古のやり直しにつき合わされるのは、「またか」と辛抱のいることでもある。しかし、封瀟瀟《フォンシャオシャオ》は周存仁《チョウツンレン》師匠の駄目出しに従って何度でもつき合った。易青娥《イチンオー》は自分が不器用なことを知ってるから、一つの動作を何度でも繰り返した。彼女が手こずっていたのは、飛んでくる槍を背中の旗で絡め取り、巻き返して飛ばすことだった。旗が槍に絡みつき、うまく弾き返せない。ここにさしかかる度、封《フォン》瀟瀟《シャオシャオ》は自分から易青娥《イチンオー》に歩み寄り、槍を旗の間から取り出すのを手伝ったりする。易青娥《イチンオー》は封瀟瀟《フォンシャオシャオ》の体から香り立つ若い男の息吹を感じ取った。あるとき、彼女は思いきって深呼吸してみた。勿論、彼に感づかれてはならない。

彼女が脛《すね》と足の甲に異変を感じたのはそれから間もなくだった。槍を受けている間にそこが腫れてどうにも受けきれなくなった。しかし、彼女はがむしゃらに稽古を押し通した。ある日、周存仁《チョウツンレン》師匠は彼女に稽古着のズボンの裾を上げるように命じた。八人の槍の遣い手、同期生たちはこれを見て、彼女がどのような痛みに耐えていたのかを初めて知った。周《チョウ》師匠は言った。易青娥《イチンオー》は特段の技を持っているわけではないし、それが生まれながらに身についたものでもない。彼女はほかの人間が耐えられない苦労ができるだけで、そこから絞り出されたのが今日の結果なのだと。何人かの同期生がほとんど同時に「あいやー」と感嘆の声を出した。易青娥《イチンオー》はたまらずにズボンの裾を下ろし、腫れ上がったアザを隠した。

槍の受け方、弾き方を自分で練習しているうちに、自分でも正視に耐えないような打ち身や傷が足から全身へ、紫斑となって広がっていた。その中でも特に槍の当たる箇所はところどころ鬱血して腫れ上がり、また皮膚がただれて化膿していた。夜、「竈の間」に帰り、閂をかけ、ゆっくりと稽古着を脱いだ。血と膿《うみ》で目もあてられない傷に綿布をそっと当て、こっそり買ったヨードチンキとクリスタル・バイオレット（龍胆紫）を塗り、全身が紫色に染まるのを見た。しかし、彼女は一日も休まなかった。自分の傷や痛みのことを誰にも言わなかった。誰かに話したところでどうにもならない。「竈の間」に入ってから、彼女の一種の〝性格〟となっているのは、どんな傷もどんな痛みも決して人に話してはならないということだった。話すとそれは自分が人より駄目な人間であること、自分の失敗を自ら告白するようなものだ。野生の動物が茂みに潜んで傷を癒やすようにじっと耐え、痛みが引いていくのを待てばいい。人に話すことは苦痛を長引かすどころか余計に掻き立てることになり、苦しみはいつまでも消えない。ここ数年、彼女はそんなことがはっきり分かってきた。叔父が帰ってきたときも、彼女は自分の心の痛みを見せなかった。だから、人が彼女に聞いてきたときも、彼女は笑っているだけで、手の甲で口を隠し、微笑みを返すだけなのだ。人は彼女を馬鹿かと思い、彼女の苦しみを理解しない。

そんなある日、楚嘉禾《チュチアホー》が彼女に「雲南白薬」と傷口に巻くガーゼを持ってきた。彼女はいつもの作り笑いで断ろうとしたが、笑いは浮かばなかった。恥ずかしさで笑いが固まり、目に涙の粒がうるうると湧いてきたが、辛うじてこぼれ落ちることはなかった。

その日、封瀟瀟《フォンシャオシャオ》は易青娥《イチンオー》より早く稽古場に入り、彼女を待っていたようだ。彼は薬とガーゼをクラフト紙に包み、薬屋から買ってきたと言った。

「クリスタルバイオレットを使っていると傷口がなかなかふさがらない。一番いいのはヨーチンを塗ってからまた雲南白薬を塗るんだ。ガーゼを当てておけば大丈夫、早くよくなるかも」

易青娥《イチンオー》はこのときも断ろうと思い、いつもの作り笑いを浮かべようとしたが笑いは出ず、手の甲を口に当てるだけ余計な動作になった。封瀟瀟《フォンシャオシャオ》は言った。

「遠慮するなって。同期の仲だろう。俺はほかの奴にも薬を持ってきてやった。家が市内にあるからどうってことない」

彼女にとって「同期の仲」の一言が胸に染み、何年経っても感動が新たに蘇る。厨房に入ってからは誰も彼女を「同期」と思わなくなった。同期生たちは彼女が火の番、飯炊きになったのが当たり前だと思っている。このとき、彼女の目から涙があふれそうになったが、そこへ槍遣いたちがどやどやと入ってきて、話題は別に移った。稽古が終わると、封瀟瀟《フォンシャオシャオ》は友人たちと行ってしまった。彼女は封瀟瀟《フォンシャオシャオ》の薬を持って帰ることにした。その日の夜、彼女は封瀟瀟《フォンシャオシャオ》の言った通り、傷口を洗い、薬を塗り、ガーゼを巻いた。悪くなりかけた傷口が快い清涼感に包まれ、この気持ちは素晴らしいと思った。

易青娥《イチンオー》のまったく知らなかったことだが、〝研修斑の花〟楚嘉禾《チュチアホー》は封瀟瀟《フォンシャオシャオ》が好きだったらしい。封瀟瀟《フォンシャオシャオ》が易青娥《イチンオー》の助っ人になって「打出手《ダーチューショウ》」の役を買って出たとき、楚嘉禾《チュチアホー》は面白くなかった。面白くないのはただ面白くないからで、その理由は口に出せなかった。訓練班には明確な規定があって、恋愛は禁止されている。これに反した者は除籍になる。だから、もし意中の人がいたら、心の中、眼差しの片隅、眉毛の戦《そよ》ぎの中に秘めておかなければならない。誰かさんと誰かさんの目つきが怪しいとか、表情がばればれだとか気がついたとしても誰も何も言わないし、おおっぴらにしようとも考えない。もし、誰かさんと一緒にいたいと思ったら、誰か〝お邪魔虫〟を探し出し、一緒に来させて隠れ蓑にしなければならない。楚嘉禾《チュチアホー》が封瀟瀟《フォンシャオシャオ》に首ったけなのはすでにみんなが知っており、もし、別の女生徒が彼を好きになったら、楚嘉禾《チュチアホー》に隠れて信号を送るとかしなけばならない。さもなければ楚嘉禾《チュチアホー》が焼き餅を焼いて女生徒の宿舎は大荒れになるだろう。

　封瀟瀟《フォンシャオシャオ》が劇団前の劇場で「打出手《ダーチューショウ》」の練習をしているのを楚嘉禾《チュチアホー》は何度か見ていた。それは稽古を見るのではなく、易青娥《イチンオー》を見張りつつ封瀟瀟《フォンシャオシャオ》を見るためだった。そこには隠れ蓑役の同期生がたくさんいるから、人の口を気にすることもない。楚嘉禾《チュチアホー》の仮借のない眼力はたった数度の訪問で、封瀟瀟《フォンシャオシャオ》の易青娥《イチンオー》を見る目があやしいと見破り、心に騒ぎ立つものを感じていた。旅公演で『焦賛《しょうさん》を打つ』を見たときも心中穏やかではいられなかったが、考えてみれば、易青娥《イチンオー》はただの飯炊きの女の子だ。劇団も彼女を正規の団員と認めていない。まさか封瀟瀟《フォンシャオシャオ》がこんな〝グズ〟みたいな子に色目を使い、べたべたし始めるとは思ってもみなかったのだ。彼女は途端に不機嫌になった。

　楚嘉禾《チュチアホー》はその日の稽古を帰らずに見ていて、かっとなる場面があった。封瀟瀟《フォンシャオシャオ》は易青娥《イチンオー》の足の甲の傷をやたらに心配し、余計なことを言い出したからだ。

「易青娥《イチンオー》の足はこんなに腫れてる。今日は足で受けなくてもいい。破れて膿が出たら厄介なことになる」

　楚嘉禾《チュチアホー》はいたたまれずにその場を飛び出した。帰りしな、易青娥《イチンオー》が地面に置いた道具を入れの風呂敷包みをいやというほど蹴飛ばした。

　それから数日して、易青娥《イチンオー》はみんなの目の前で思いもよらぬ辱めを受けた。

　その日、食堂に出たのは旗花麺《チーホアミエン》（陝西省の郷土料理。三角形や菱形の平べったい麺、賽の目切った肉と、色さまざまな蔬菜、具材をふんだんに盛り合わせて七花麺《チーホアミエン》とも呼ばれ、主に客用に振る舞われる）だった。だが、実際にはその名とは大違い、具材がまばらで肝心の肉は、ある人に言わせれば拡大鏡で見ても見つからない。緑豆《りょくとう》は煮崩れて底に沈んで探し出せないか、まったく入っていない碗もあった。何人かは「食費を返せ」と騒ぎ出した。

実はこの問題が噴出するのは、廖耀輝《リャオヤオホイ》が料理長をしたときから時間の問題となっていた。廖耀輝《リャオヤオホイ》は宋《ソン》師匠に差をつけようとメニュー、食材に一大変革を企てたのだが、これがとんでもない原価高を招くことになったのだ。廖《リャオ》耀輝《ヤオホイ》は気に入った食材を街で見境なく〝付け買い〟していた。まずは料理長としての評判をとってから、ゆっくりと食費を上げてく算段だった。だが、あのような不始末から料理長を返上し、残ったのは付け買いの焦げつきだった。宋《ソン》師匠が尻ぬぐいしようとしたが、どう計算しても一人でその穴を埋めきれるはずがない。やむなく裘《チュウ》主管に相談すると、食費の値上げ以外なかろうということになった。これまで何年間も一ヵ月八元だったのが十二元へ大幅な値上げとなった。たちまち、たぎる油に塩を投げ入れたような不満が破裂し、全劇団、激昂の渦となった。半月経っても劇団員たちの腹の虫は収まらず、ほとんど毎食ごとに苦情が出た。油をけちるな、まともな肉を食わせろ、炊事班に頭の黒いネズミがいて私腹を肥やしているのではないか、こんな不良品、食えたものではないと、残飯をまな板の上にぶちまける者さえいた。

その日の旗花麺《チーホアミエン》は最初、廖耀輝《リャオヤオホイ》が盛りつけていたが、盛りつける度に文句が出る。廖耀輝《リャオヤオホイ》の柄杓には目がついているのではないか。人によって肉があったりなかったり、公平を失している。廖耀輝《リャオヤオホイ》はさっさと柄杓を返上し、宋《ソン》師匠が代わった。しかし、宋《ソン》師匠は慌てるあまり、碗を持った自分の手に煮えたぎった旗花麺《チーホアミエン》を自分の手にぶちまけ、親指と人差し指の間が真っ赤に腫れ上がってしまった。裘《チュウ》主管は不在、廖耀輝《リャオヤオホイ》はふてくされて自室に引きこもり、残るは易青娥《イチンオー》一人となった。彼女は一度、宋《ソン》師匠に命じられて盛りつけをしたことがある。そのときは厨房に何の問題もなく、すんなりといった。さいの目に切った肉が多かろうが少なかろうが、飯が鍋底に残った粥であろうが、スープがジャガイモであろうがカボチャであろうが文句はつかなかった。しかし、今日の旗花麺《チーホアミエン》は肉と緑豆でこじれにこじれ、団員たちも意地になっている。易青娥《イチンオー》は知っている。旗花麺《チーホアミエン》という恰好の標的ができただけで、本当の不満は食費の値上げなのだ。彼らの要求は卵の中に骨を探すような無理難題なのだから、どうやってもうまくいくはずがない。宋《ソン》師匠は火傷で柄杓を持てないが、やってやれないことはなく、彼女に柄杓を持たせることをためらった。しかし、彼女は柄杓を持った。持つ手が震えた。公平に、公平に、公平にと唱えながら、碗に浮かぶ肥肉の量を同じに見せるのは、どんな名人の腕をもってしても至難のことに思われた。しかも盛りつけの度に苦情が投げつけられる。それでも彼女は姿勢を正し、作業を続けた。しかし、楚嘉禾《チュチアホー》のとき、ついにことが起きた。

楚嘉禾《チュチアホー》は別に肥肉がほしいわけでなく、肉よりも緑豆が食べたかっただけだった。易青娥《イチンオー》は、鍋の底からすくってよという楚嘉禾《チュチアホー》の頼み通りに出したつもりだったが、緑豆の量が少なかった。楚嘉禾《チュチアホー》はもっとしっかりさらってよと注文をつけた。易青娥《イチンオー》は行列の長さを見て、楚嘉禾《チュチアホー》の求めに応じなかった。易青娥《イチンオー》にわだかまりを募らせていた楚嘉禾《チュチアホー》は、炊事班に対する日ごろの反感、彼らを〝厨房のネズミ〟と蔑《さげす》む集団的な気分に乗じる形で、熱々に煮えたぎる旗花麺《チーホアミエン》を彼女目がけて投げつけたのだった。幸いなことに彼女の顔をそれ、麺が彼女の胸元にべったりと広がった。その日、易青娥《イチンオー》は稽古着を着ていた。湯麺は彼女の胸元から首筋、顔や手にも飛び散った。あまりの痛さに、彼女は柄杓を投げ捨て、全身にまといつく麺を振り払った。受け渡しの窓口に並んでいた劇団員たちは一様に怒りの眼光を楚嘉禾《チュチアホー》に向けた。ある幹部クラスの俳優は楚嘉禾《チュチアホー》を激しく責めた。

「何てことをするんだ。この麺がどれだけ熱いのか知らないのか？」

何人かはすぐ調理場に飛びこみ、易青娥《イチンオー》を助けて稽古着にへばりついた麺をばたばたと払い落とした。このとき、封瀟瀟《フォンシャオシャオ》が行列の先頭に飛び出してきた。

「楚嘉禾《チュチアホー》。自分のしたことが分かっているのか？　まさかこのまま帰るのじゃないだろうな。易青娥《イチンオー》にちゃんと謝れよ」

楚嘉禾《チュチアホー》はまさか封瀟瀟《フォンシャオシャオ》がこんな剣幕で彼女にものを言うとは思ってもいなかった。それに明らかに易青娥《イチンオー》の味方をしている。

「それがどうして？　湯麺をかけただけじゃないの。それが、それが何なのよ？」

「君は間違っている。それがどうしてだって？　人を傷つけておいて、それがどうしてだって？」

そして何人かの男子生徒が彼女の回りに立ったのも意外だった。楚嘉禾《チュチアホー》は言った。

「そんなにあの子の贔屓《ひいき》がしたいんだったら、さっさと行ってあげたら。この次から肉の盛りつけがよくなるかもよ」

このとき、易青娥《イチンオー》は、封瀟瀟《フォンシャオシャオ》が突然、持っていた箸を力任せに床にたたきつける音をはっきりと聞いた。封《フォン》瀟瀟《シャオシャオ》大声で言った。

「楚嘉禾《チュチアホー》、今日はこの易青娥《イチンオー》に謝れよ。それとも逃げるつもりか？」

「謝れですって？　誰が誰に謝るのよ？　ふん」

楚嘉禾《チュチアホー》が立ち去ろうとしたとき、大きな声が響いた。封瀟瀟《フォンシャオシャオ》と何人かの男子研修生だった。抗《あらが》う楚嘉禾《チュチアホー》を「竈の間」に引っ張りこもうとしている。楚嘉禾《チュチアホー》は入り具の扉にしがみついて離れようとせず、大声で泣き始めた。そこへ太鼓の郝大錘《ハオダーチュイ》が入ってきた。「どうした、どうした、どうした」を連発しながら、どうしようかを思いついて楚嘉禾《チュチアホー》を抱えるように連れ出した。

この事件は研修生の間で憤懣となってくすぶり続けた。彼らは訓練班の万《ワン》主任に会い、楚嘉禾《チュチアホー》が易青娥《イチンオー》に面と向かいきちんと謝罪させるよう要求した。裘《チュウ》主管と宋《ソン》師匠も顔を出し、楚嘉禾《チュチアホー》が易青娥《イチンオー》に詫びを入れるよう求めた。このために楚嘉禾《チュチアホー》の母親が劇団にやってきて黄《ホアン》主任とその妻に会った。楚嘉禾《チュチアホー》はずっと泣きっぱなしで「芝居はやめた」と喚き、たとえ劇団に行ったとしても、あの飯炊きの、あの易青娥《イチンオー》とかいう女に詫びるのは死んでもいやだと強情を張った。楚嘉禾《チュチアホー》の母親は何とか娘の面子《めんつ》を立て、言い分を飲んでほしいと希望し、それができなければ娘は二度と劇団には来ないだろうと言いつつ、情けなさそうな顔をしている。この娘にほとほと手を焼いているのだろう。楚嘉禾《チュチアホー》は劇団の「重点的養成」の対象になっているため、黄《ホアン》主任は一再ならず言明した。この子の言い分ももっともだ。彼女は将来必ず劇団に欠かせない人材に育つだろうと。黄《ホアン》主任の妻は米蘭《ミーラン》がいなくなった後はしょっちゅう楚嘉禾《チュチアホー》を家に呼び出し、〝思《おぼ》し召し〟の贔屓《ひいき》料理をご馳走している。訓練班の万《ワン》主任は板挟みになって困り抜いた挙げ句、黄《ホアン》主任の指示に従い、最終的な判断を下した。

「若い人はともすればとりのぼせ、自分を制することができなくなるが、やむを得ないことでもある。よって、面と向かっての謝罪は必ずしも必要ない。楚嘉禾《チュチアホー》には研修班に対して始末書を書き、数人の教師の監督下におくことでこの件の落着を図りたい。この子は将来の主役を嘱望されており、その面子を守ることも必要である。よく言われているではないか。若い人に過ちはつきものだ。天もこれをお許しになるだろう！」

この件はこれでうやむやに終わろうとした。

しかし、この件が起きて間もなく、寧州県劇団にとってとてつもないできごとが起きた。

黄《ホアン》主任、黄正大《ホアンチョンター》が突然、異動になったのだ。

三十八

黄正大《ホアンチョンダー》は寧州県劇団と同じ職階《ランク》である県の食品会社の社長に横滑りの転任となった。身分は正顧級《せいこきゅう》（課長と課員の間、中級下位の国家公務員）だ。

この食品会社は陝西省の会社に屠殺前の生きた豚と鶏卵の搬送を主な業務としていた。当時は陝西省の都市生活者に生産者から豚の一匹一匹、鶏卵の一個一個を直接搬送しており、黄正大《ホアンチョンダー》が着任したのは胡三元《ホーサンユアン》が臨時に雇われていた会社だった。いずれにしても、胡三元《ホーサンユアン》が仕事としていた荷物の積み卸し、鶏卵の選別は間もなく廃止になることが決まっていた。傷《いた》んだ鶏卵は値段が安く、すぐ腐臭を発して食べられなくなるという問題を抱えていた。

黄正大《ホアンチョンダー》が異動になる話を最初に聞いたのは苟存忠《ゴウツンチョン》師匠からだった。苟存忠《ゴウツンチョン》は今、俳優を教練する立場にあるといっても、正門の守衛であることに変わりはない。正門の管理は年々いい加減になっている。管理人は一人だけということもあって、気安く立ち寄っておしゃべりしていく人も多い。黄正大《ホアンチョンダー》の異動の話が広まったのも、守衛室からだった。この情報を一番早くここに伝えたのは朱継儒《チュジールー》副主任だった。その日、朱《チュ》副主任は買い物籠を持って正門を出ようとした。苟存忠《ゴウツンチョン》は彼に待ったをかけ、詰め寄った。『楊排風《ようはいふう》』の稽古はいつになったら始められるのか。劇団の行事としていつ正式に組み込まれるのかと。朱継儒《チュジールー》は勿体ぶって思わせぶりに答えた。

「すぐですよ！」

苟存忠《ゴウツンチョン》は納得せずに言い返した。

「いつもすぐだ、すぐだと気を持たせて、そのすぐがすぐだったことはない。いつのすぐかね？」

「今度はほんとにすぐですよ。遅くて一週間、早くて二、三日ってとこでしょう」

「そんなに早く、一体、どんな手を使ったのかね」

朱継儒《チュジールー》は周りを素早く見回してから声をひそめ、苟存忠《ゴウツンチョン》の耳元にささやいた。

「ここだけの話、黄《ホアン》主任が転任になります。誰にも言わないように。劇団が正式に発表してから知ったということにしてもらいたい。くれぐれも私から聞いたとは言わないように」

言い終えると、朱《チュ》副主任は買い物籠をぶら下げて出て行った。朱継儒《チュジールー》の買い物姿などこれまでに見たことがない。しかも上機嫌で、いそいそとした足取りだ。苟存忠《ゴウツンチョン》はすぐ分かった。朱《チュ》副主任は今日特別に早起きして、豚の尻肉を七、八両（四百グラム）も買いに出たのだ。作るものは餃子に決まっている。今日はめでたい日、劇団に福の神の到来だ。

苟存忠《ゴウツンチョン》はこのニュースをすぐ古存孝《グーツンシャオ》に伝えた。古存孝《グーツンシャオ》は太腿をぴしゃりと叩いて言った。

「今日のお昼は決まった。餃子でお祝いだ」

「俺は裘《チュウ》主管に言ってくる。厨房の大釜で盛大に餃子を蒸そう」

「いや、厨房の大釜は、きっと俺たちが使うより先に、ふさがっているよ。それよりお向かいの周存仁《チョウツンレン》のところはどうだ。あそこなら邪魔が入らないからな。四団児《スートアル》、ひとっ走り行って肉を買ってくれ。脂身と赤身の中間を選んで一斤（五百グラム）だ。ニラも忘れずにな」

苟存忠《ゴウツンチョン》はこれにつけ加えた。

「いや、一斤と二、三両だ。易青娥《イチンオー》も呼ぼう。あいつはすっかり落ちこんでいるから、元気づけだ」

苟存忠《ゴウツンチョン》は古存孝《グーツンシャオ》のところを出ると、劇団前の劇場に通じる通用門を叩き、顔を出した周存仁《チョウツンレン》の耳にこっそりささやいた。

「今日はここで餃子を包んで食べよう。四団児《スートアル》が肉を買いに行った。黄正大《ホアンチョンダー》が転任だ」

「え、何と言った？」

周存仁《チョウツンレン》ははっきりと聞き取れなかったようだ。苟存忠《ゴウツンチョン》はもう一回繰り返した。

「黄正大《ホアンチョンダー》が転任だ」

「おお、任せとけ。俺のところには酒もある」

こう言って周存仁《チョウツンレン》は通用門の戸を閉めた。苟存忠《ゴウツンチョン》は閑にしていられない。すぐ裘存義《チュウツンイ》のところに走りながら『三滴の血』（中巻四三六ページ参照）

話す先から涙が落ちる
ちょいとそこの若さま　お哥《あに》いさま
……
よくぞ助けて下さった
あなたあってのこの命
人の命を救うに勝る功徳なし
香を焚《た》くより　念仏よりも

苟存忠《ゴウツンチョン》は裘存義《チュウツンイ》を相手に思いの丈《たけ》をぶちまけ、「竈《かまど》の間」へ向かった。誰よりも先にこの知らせを伝えるべきは易青娥《イチンオー》だったのだ。

「竈の間」を開けると、易青娥《イチンオー》はヨードチンキと「雲南白薬」を槍の傷口に塗っているところだった。苟《ゴウ》師匠は思わず息を呑み、はっと胸を突かれる思いで言った。

「ややや、お嬢、こんなになるまで我慢をせずに、何で一言相談してくれなかった？」

易青娥《イチンオー》は顔をほころばせ、痛みなどどこ吹く風といった表情で師匠の来訪を喜んで見せた。これが苟《ゴウ》師匠の心を一層切なくした。苟《ゴウ》師匠の普段の教え方は、にこりともしないで相手におっかぶせるやり方だった。まだまだ、これしきのことがなぜできない、甘く育った人間は気力がない、根気がない、根性がない……しかし、今日の苟《ゴウ》師匠は喘ぐようにぱくぱく息を吸いこみながら泣き出してしまった。

「この世でお嬢ほど苦労を苦労とせずにやってきた子はどこにもいない。だが、その苦労は無駄ではなかった、もうこれまでだ。お嬢のその傷、その痛み、やっと報われる日が来たんだぞ」
易青娥《イチンオー》は苟《ゴウ》師匠が何で泣いているのか、さっぱり分からず、きょとんとしている。
苟《ゴウ》師匠は黄《ホアン》主任の人事異動、転任を曰くありげに語って聞かせた。
易青娥《イチンオー》は芳紀十七歳だったが、この人事が彼女にどんな意味を持っているかはよく理解できた。すぐにも叔父に知らせたかったが、すでに朝食作りの時間だった。苟《ゴウ》師匠はさらに彼女に伝えた。今日のお昼は作り終えたら、一人竈の前で食べることはない。周《チョウ》師匠の劇場に師匠たちがみな集まるから、お嬢も来い、みんなお嬢を待っていると。

この日の昼食はラーメンだった。易青娥《イチンオー》は盛大に火をかき立てた。卵は、かりっと焼き上がり、麺をゆでるときも湯がすぐに沸き立ったから上々のゆであがりだ。宋《ソン》師匠は調理場の仕切り板から何度も顔を出し、「よし！」と彼女を誉めた。彼女の心も燃え上がる炎と一緒に逆巻《さかま》いた。炎は舌なめずりするように鍋の底を這い、はっはっはと大笑いしているようだった。外ではみんなこのニュースに興奮し、熱い議論を沸騰させていたが、彼女は「竈《かまど》の間」を出なかった。この数年、彼女は喜怒哀楽の表情を表に出さなくなっている。彼女の些細な心の動きも表情から読み取れないだろう。

食堂の昼食が終わり、彼女が竈を片づけていると、宋《ソン》師匠がやってきて、黄正大《ホアンチョンダー》がいなくなると伝えた。彼女はぼんやりとそれを聞き、驚きも喜びも態度には表さず、ただせっせとまな板を洗い続けた。まな板はこれまでになくぴかぴかに磨き上がった。宋《ソン》師匠は言った。これからはお嬢、お前は誰に何の遠慮もなく、芝居一筋に打ちこめるんだぞと。側では廖耀輝《リャオヤオホイ》が目を細めて笑っている。だが、易青娥《イチンオー》はその顔を正視できなかった。

竈を片づけ終わって、彼女は劇団の前、周存仁《チョウツンレン》師匠の守衛室に出かけた。老芸人たちは上機嫌で拳《けん》を打ち、酒を飲んでいた。大きくもない鍋はすでにぐらぐらと沸き立っていた。易青娥《イチンオー》が来ると、まず古存孝《グーツンシャオ》師匠が口を開いた。

「今日は祝い酒だ。お嬢と喜びを分かち合おう。まずは何が何でもお嬢に一献、盃を干してもらおう。みんな、盃の用意はいいかな。さ、一気に」

易青娥《イチンオー》は師匠たちに促され盃を干したが、飲んだ途端にむせかえった。苟《ゴウ》師匠は言った。

「これでよし。お嬢に飲ませたのは、万事めでたしということだ。これからは喉を大事にして、いざというときに使ってくれ」

この日のお昼、四人の老芸人はみな酔いつぶれ、最後は彼女一人で食卓の後片づけをした。

後片づけの手ももどかしく、彼女は叔父のところへ急いだ。この特大のニュースを一刻も早く叔父に知らせたかった。

叔父が住んでいた部屋は、体育館の側にあるぼろ倉庫だった。倉庫は広く、叔父は後ろの片隅を使っていた。言ってみれば、倉庫の管理人みたいなものだ。倉庫の中にちゃんとした品物はなく、レンガのかけら、材木の古材、鉄くず、鉄線、牛毛のマットレスなどが散らばっていた。普段は誰もここまでやってこない。易青娥《イチンオー》は来る度に恐ろしかった。特に夜は道路に灯りが一つぽつんと灯り、遠くから見ると鬼火のように揺らめいていた。

叔父には何の荷物とてない。入り口も鍵がかかっていたり、いなかったりする。易青娥《イチンオー》が来て叔父がいないときは勝手に入る。今日、彼女は気が昂ぶっていたから、勢いよく扉を押し開けた。

と、叔父のベッドに人が増えている。長髪を乱してベッドに跪いた裸の背中に叔父がのしかかっている。叔父も一糸もまとわず、言ったり来たりの運動を続けている。叔父を背負った人は枕を抱いて大声を上げている。易青娥《イチンオー》はただぼんやりと見て、何をしているのか見当もつかなかった。急に彼女は廖耀輝《リャオヤオホイ》が彼女に仕掛けようとした行為を思い出したが、やはりそれとも違う。これは後ろから押し、後ろから抱いている。その二人は人が入ってきたのに気づいて無理な姿勢が崩れたとき、彼女はやっと何が起きているかを理解した。その瞬間、叔父の裸の尻と長髪に隠れていた顔は、まぎれもない胡彩香《ホーツァイシアン》先生であることに彼女は気づいた。彼女は途端に足がもつれ、倉庫から飛び出した。

後ろに叔父の声が聞こえた。

「おい、お前……こんなときにどうした……ちょっと待て。今行くから」

彼女は振り向かずに走り続けた。叔父が追ってきても彼女は歩調を緩めず、つくづく思った。叔父という人は本当にいやらしい最低の人だと。

叔父はすぐ側まで走り寄ってきた。息を切らしながら話しかけようとしている。

「おい、お前はまだ知らないだろう。黄正大《ホアンチョンダー》が追っ払われた。お前の胡《ホー》先生が知らせてくれたんだ。すごいニュースだ。俺とお前が共同で〝四人組〟を追っ払ったんだ。分かるか？　おい、待て、行くなよ。胡《ホー》先生が鶏の丸焼き一匹買ってきてくれた。豚足もある。ワインもあるぞ。お前の来るのずっと待っていたんだ」

易青娥《イチンオー》は、しかし、振り返らずに走り続けた。

三十九

易青娥《イチンオー》は叔父と胡彩香《ホーツァイシアン》のあの一幕を見てから、不快感が突き上げ、吐き気さえしている。「竈《かまど》の間」に戻るとすぐ門をかけた。誰の顔も見たくない。その日は稽古にも出なかった。何人かが呼びに来たが、彼女は扉を開けなかった。深夜になって、胡彩香《ホーツァイシアン》が来てしきりに扉を叩く。

会いたくはなかったが、それでは胡彩香《ホーツァイシアン》先生に済まないという気も起こる。胡彩香《ホーツァイシアン》先生には恩義を感じているからだ。叔父のいない数年間、彼女の助けで乗り切ってきた。ただの助けではない。劇団中からそっぽを向かれ、聞こえてくるのは陰口、中傷ばかりというとき、胡彩香《ホーツァイシアン》だけが彼女をかばい、後ろ盾になってくれたのだ。扉を開けないわけにはいかない。

胡彩香《ホーツァイシアン》が入ってきたとき、その顔に悪びれた気色《けしき》は毛ほどもなく、けろっとしている。胡彩香《ホーツァイシアン》は彼女のベッドのわきに座り、彼女を自分の隣に座らせた。

「青娥《チンオー》、今日は私とあなたの叔父ちゃんのこと、あなたは見てしまった。私たちのことで隠し立てすることはもうなくなった。私はあなたの叔父ちゃんはとても親しく、ずっとこの関係を続けてきたの。劇団で知らない人はいない。張光栄《チャンゴアンロン》もすべてを知っている。どうしようもないわね。一年に一回しか帰って来られない彼に、私は離婚を申し出たけれど、彼は頑として聞き入れない。あなたの叔父ちゃんは私によくしてくれたわ。私の演技を導き、舞台を引き立ててくれた。こんな言わず語らずの状態が長く続いて、何かしらの感情が芽生えてきたのよ。私は演技にかけては喉も、がたい（芸能界で用いられる体格、見栄えなど）も恵まれて、寧州県劇団でずっと主役を張り、みんなも認めてくれた。でも、黄《ホアン》主任が着任し、あなたの叔父ちゃんとの関係が深まると、私は次第に主役を外されたり配役に漏れたりの冷遇が続いた。あなたの叔父ちゃんは劇団への貢献度は高く、太鼓の腕を頼みに一歩も後に引かず、黄正大《ホアンチョンダー》など眼中にないように振る舞った。それだけでなく、劇団幹部を無視したり、からかったり、大勢がいるところでわざとおちょくったり、恥をかかせたりもした。幹部たちには煙たがられたり嫌われるだけでなく、劇団員たちの反撥も買った。でも、あの人にあるのは太鼓一筋の腕前と意地とプライド、それ以外はどうでもよかった。みんな内心では叔父の才能、能力を認めているのに、あなたの叔父ちゃんは人に対する気遣いがこれっぽっちもない人なのよ。もっとやさしく、人の気持ちを汲んでやれれば、どんなに受けがよくなるか。だって、この世界は主役を張るのはほんの一握り、圧倒的大多数は脇役、その他大勢役なのよ。観客の前で喉を振るわせ、見得《みえ》を切り、得意の技をひけらかすのは数えるほどもいない。あの人はその多数派を敵に回し、恨みを買うことになった。彼が処分を受けたとき、井戸に落ちた人に石を投げるようなことをする人が多かったのも、あなたに対する意地悪、いろんな仕打ちも原因はここなのよ。あなたの叔父ちゃんは本当は可哀想な人なんだわ。しなくていい損を一生、し続けるでしょうね。それも大損ばかり。これまでに棍棒の滅多打ち、袋叩きは数え切れないし、とにかくしでかすことが突飛《とっぴ》で破格過ぎて、見てる方は笑うに笑えない、泣くに泣けないことばかり。自分から自分の橋を落としているんだから。芝居の台詞《せりふ》じゃないけれど、川の流れは変えられても人の本性は変えられないってね。あなたの叔父ちゃんの本性は飛び切りの難物だわ。私はね、見た通り意地っ張りで理屈をいう質《たち》だから、あの人とウマが合ったのよ。あの人が崖から飛び降りたら、私も後を追って飛び降りる。あの人のためなら粉骨砕身、死なばもろともってこのことかしら。私とあの人の関係は目に余り、公序に反すると黄《ホアン》主任から注意されたことが何度もあったけれど、あなたの叔父ちゃんは笑い飛ばし、私もあっはっはと笑って、わざとこれ見よがしに見せつけた。これが黄《ホアン》正大《チョンダー》を怒らせ、私たちは誰からも見放され、徹底的に締め上げられることになったのよ。黄正大《ホアンチョンダー》と彼の妻は米蘭《ミーラン》に肩入れし、私は干し上げられたというわけ。米蘭《ミーラン》は普段はきれいにしているけれど、舞台の押し出しはイマイチ、伴奏のノリは最低、歌わせても私の敵じゃなかった。黄正大《ホアンチョンダー》は力ずくで彼女の売り出しを図ったけれど烏は烏、鷺《サギ》にはなれなかった。私は後悔していない。ほんとよ。少しも後悔していない。主役を張るのはもうどうでもいい。黄《ホアン》主任の顔色を窺い、女房のご機嫌を取り、セーターやベストを編むより、勝手気ままにその他大勢をやり、舞台の奥で合唱隊をやってる方が性に合ってる。泣きたいときに泣き、笑いたいときに笑い、怒鳴りたいときに怒鳴る、これよ。米蘭《ミーラン》はもう行ってしまった。黄正大《ホアンチョンダー》はあちこちで言いふらした。私はふしだらな異性関係を正そうとせず、生活態度に問題がある。思想的自覚が低く、幹部俳優養成の対象にはならないと言ったけれど、米蘭《ミーラン》はどうなのよ？　看板役者に押し上げようとした米蘭《ミーラン》は、一夜のうちにバツイチの男と寝て、劇団には後足で砂。その生活態度は私よりましなのかしら？　思想的自覚は私より高いのかしら？　くたばりやがれ、黄正大《ホアンチョンダー》！　私は胡三元《ホーサンユアン》と深い仲だけれど、それが何か？　牢屋から帰ってきても仲は変わらない。一緒に寝る。それが何か？　私は張光栄《チャンゴアンロン》と別れようとしているけれど、彼はいやだと言う。どうしようもないわね。だけど、胡三元《ホーサンユアン》という男も〝悪《わる》〟よね。ここ何年私はあいつのお陰でどれほど痛めつけられてきたか。あのくそったれの疫病神は、私を人でもない、鬼でもない、とんでもない化け物にしてしまった。でも、どうしようもないわね。あの人も地獄を見て鬼になってしまったのかも。火薬で焼けただれた顔をして牢屋から帰ってきた。見られたざまじゃない。私だってぞっとした。あんな鬼の化けそこないみたいな男、誰が好きになるもんですか。今日のこと、あなたは見てしまった。あなたはまだ幼い。見てはいけないものだけれど、見てしまったからには、どうしようもないわね。だって人間の体には生まれたときから、そのものが一式揃ってるんだから、いつかはそれを見なくちゃいけない、使わなくちゃいけない。やらなくちゃいけないってこと。無茶苦茶言っているようだけど、理屈は通っているでしょ。そう思いなさい。あなたの叔父ちゃんは、あなたが怒ってるんじゃないかって、そればかり心配している。きちんと説明してこいって言うけれど、何をどう説明すればいいのよ。あなたの叔父ちゃんと私胡彩香《ホーツァイシアン》、このおんぼろの、がたぴしコンビを叔父ちゃん、胡《ホー》先生と呼び、これからも呼び続けるに値するか？　もし、呼ぶに値しなければ、はい、それまでよ。でも、私たちはあなたに対し、あなたがこうなってほしいいものになる。あなたのためにやるべきことをやる。実は今日、あなたが来る前、叔父ちゃんは今日私に相談していたのよ。あなたに歌のレッスンをもう一度始められないかって。芝居の命は歌だ。役が生きるも死ぬも歌次第だ。歌は喉だけで聴かせるものではない。歌からにじみ出る味、これが役者の本領だ。立ち回りはもちろん大切だが、長い目で見ると、唱《チャン》（歌）・念《ニエン》（台詞）・做《ツォ》（所作）・打《ダー》（立ち回りと舞踊）の四拍子揃ってこそ役者の本懐だ。文戯《ぶんぎ》と武戯《ぶぎ》、文武両道を目指さなければとね。私もこれだと思った。早速、日程表を作り、長期の計画を立てて本腰を入れようと思った。そこへあなたが来て、見られちゃったのよ。あなたは私を軽蔑し、もう私を先生と呼びたくないかもしれない。でも、あなたがあの人の姪っ子なら、私にとっても姪っ子だと思って大事にしたい。こんなことがあった後だから、私はもうこれ以上は言わない。どうするかは自分で決めなさい。日程表を置いていくから、見るなら見て頂戴」

こう言い終わると、胡彩香《ホーツァイシアン》はボールペンで書いた日程表を取り出してベッドに置いた。胡彩香《ホーツァイシアン》は帰りしな、はたと思い出してポケットから赤いスカーフを出した。

「これはあなたの叔父ちゃんがお社《やしろ》からもらってきたお守り。〝老爺《ラオイエ》(関羽)紅《ホン》〟、魔除けの赤よ。今日あなたは見てはならないものを見たから、祟りがないようにズボンの腰に挟みなさいって」

そう言い置いて胡彩香《ホーツァイシアン》は去った。

易青娥《イチンオー》は日程表を見、また魔除けの老爺紅《ラオイエホン》を見ながら、眠れない夜を過ごした。

翌日、胡彩香《ホーツァイシアン》の計画では一回目の訓練が朝五時からある。易青娥《イチンオー》は何度も目を覚まし、また横になった。最後に易青娥《イチンオー》は胡彩香《ホーツァイシアン》の稽古に出ることにした。

四十

黄《ホアン》主任の異動は全劇団に知れ渡った。

みんなはその日を指折り数えて待ちわびた。

太鼓打ちの郝大錘《ハオダーチュイ》とその仲間は朝から何度も黄《ホアン》主任の家に足を運び、段ボール箱や細引きなどを持ち寄り、引っ越しの荷造りを手伝ったという。

もれ伝わるところによれば、劇団の代表は以後「主任」とは呼ばず、「団長」と改められるということだ。団長と書記の重責は朱継儒《チュジールー》の肩にかかることになった。朱継儒《チュジールー》はここ数日顔を見せず、窓はいつも閉められたまま、誰が呼んでも開くことはなかった。

ついに黄《ホアン》主任出発の日が来た。

朝早くから人が来て、段ボール箱を運び出し、続いて戸棚や収納箱、洋服ダンス、そして最も貴重と思われるのはミシンと中古の自転車で、これは黄《ホアン》主任の妻が愛用していた品だ。易青娥《イチンオー》が黄《ホアン》主任の家にないはずはないと思っていた白黒のテレビは見つからなかった。ほとんどの荷物が運び出されたと思ったとき、トラックの荷台は半分ふさがっただけだった。積みこみを手伝いながら誰かが箱の中をのぞきこむと、主任が日ごろ熱読し学習していた〝あの手〟の本がほとんどだった。あとは鍋や釜や食器類と日用品、彼の妻は細かい質《たち》で古新聞の果てまで梱包して運び出したという。

黄《ホアン》主任と妻が最後に出てきて、朱継儒《チュジールー》と幹部たち一人一人と挨拶を交わしているところへ突然、易青娥《イチンオー》の叔父胡《ホー》三元《サンユアン》が姿を現した。彼は長い竹竿に、これまた長い爆竹を巻きつけていた。黄正大《ホアンチョンダー》が歩き出すと、その後に続いた胡三元《ホーサンユアン》が爆竹に火をつけ、さっと地面に放った。中庭に見送りの人は少なく、ほとんどの劇団員が黄正大《ホアンチョンダー》夫婦の顔も見たくないと自室に引きあげていた。突然の爆竹の音を聞きつけると、それっとばかり中庭に飛び出してきた。朱継儒《チュジールー》は止めにかかったが、爆竹の火足《ひあし》は逃げ足の速いネズミのようだ。立て続けに破裂音が響き渡り、中庭は紙筒の破片が飛び散り、たちまち硝煙の臭いがたちこめた。けたたましい爆音が周囲の建物に反響し、さらに耳をつんざく大音響となって中庭を押し包んだ。その場に立ちつくす黄《ホアン》主任の顔は土気色に変わった。彼の妻は耐えきれずに泣き出し、中庭を飛び出した。彼らが立ち去った後も易青娥《イチンオー》の叔父は竹竿を勝利の旗のように掲げ、正門に走り、なおも爆竹を鳴らし続けた。

胡三元《ホーサンユアン》の後ろで爆竹より大きな拍手の音が沸き起こった。

歓呼の声を上げている者もいる。

この日は一日中、どの家も餃子を包み、酒をしたたかに飲んだということだ。

当然、郝大錘《ハオダーチュイ》たちも酒を飲んで深夜まで荒れた。黄正大《ホアンチョンダー》を罵るのではなく、鉾先は胡三元《ホーサンユアン》に向かっていた。出所者に対する社会の取り締まりが生ぬるいという。

易青娥《イチンオー》は叔父のやり方が気に食わない。どさくさ紛れに劇団に乗りこんで勝手な花火を打ち上げていいものか。これはやはりいけないことだと思った。

胡彩香《ホーツァイシアン》も胡三元《ホーサンユアン》をこきおろした。やっぱり、でしゃばり。目立ちたがりの血が騒ぐのね。人がやりたくてもできないことをいつも自分から買って出る。中途半端は駄目だ。俺に任せとけ。わざわざお金を使って、朱《チュ》新団長に批判されてまでやりたいのよね。でも、やったことはやったこと、疫病神を追い払って胸がすっとしたと叔父を擁護した。

黄正大《ホアンチョンダー》が去った日、彼を見送った劇団の古参格は感慨深げに語った。何はともあれ、彼はよく試練に耐えたと。

彼が赴任してきたとき、幹部の一人はこんな問いかけをした。

「黄《ホアン》さん、組織はなぜあなたをこの劇団に派遣したか分かりますか?」

黄正大《ホアンチョンダー》は首を振って分かりませんと答えた。

「それはあなたの普段の生活態度が固すぎるからですよ。女性同志の多い職場では、とかくあらぬ噂、評判に巻きこまれがちです。特に劇団はやりにくい。なぜなら、生活が放縦に流れがちだからです。あなたの三人の前任者はいずれもこれがもとで職場を去りました。だから今回、誰を派遣するかについて慎重に考慮を重ね、あなたが適任ということになったのです」

易青娥《イチンオー》は後で知ったのだが、黄正大《ホアンチョンダー》の前に確かに三人の前任者がいた。二人は文化大革命期、革命委員会からの派遣だった。最初の責任者は〝工宣隊（工人＝労働者＝毛沢東思想宣伝隊）隊長〟と呼ばれた。劇団に来て一ヵ月、主演女優の誘惑に乗せられて浮気を働き、その男友達に現場を押さえられた。男はスコップで工宣隊長に襲いかかったが、幸いなことに隊長は逃げ足が速く、踵《かかと》の皮を一枚剥がされただけでことなきを得たが、二度と劇団に戻ってこなかった。二番目の〝隊長〟は半年と少し保ったが、また主演女優に心を奪われた。この隊長は風呂が嫌いで、みんなの鼻つまみになっていた。首筋をこすると黒い垢が幾筋も撚《よ》れて落ちる。どこかに座ると、そこにいつまでも異臭が残った。誰も側に寄りつかなかったが、毎日その女優をつかまえては長々と話しこむ。毛沢東思想を語り、女優のために新しい「役」の性格、置かれた環境、背後の状況などについて長々と分析と解説をしてみせるが、その実、演劇や文学がまったく分かっていない。その珍妙な分析は何年もみんなの笑い話、酒のつまみになって残った。二番目の隊長はついに矢も楯もたまらず、よんどころない仕儀に及んだ。それがあまりにも無理強いだったので、〝心正しい革命的大衆〟によって〝生け捕り〟にされた。

三番目の前任者は劇団員たちによって〝おちょくられ〟、無実の罪を着せられてしまった。

彼は着任前に自分の手指を噛み切って鮮血淋漓たる血書をしたため、新任の決意を語った。自分は前任者の苦い教訓を肝に銘じ、前車の轍を踏まぬよう次のことを確約する。女優とは極力会話をしない。やむを得ないときは話し声を大きく、遠くの人にも聞こえるようにする。女優が執務室に訪れたときは、直ちに窓を大きく開け放ち、たとえ冬でもこれを例外としない……。

劇団のいたずら者が言った。おい、筋金入りの〝李玉和《リーユイホー》〟が来るぞ。

（注）李玉和　革命模範劇『紅灯記』の主人公。日本軍占領地区で働く鉄道転轍《てんてつ》（ポイント切り換え）員。ゲリラ部隊にあて

た暗号電報転送の任務を受ける。日本軍憲兵隊長・鳩山はこれを手に入れようと、李玉和を逮捕し、拷問を加える。しかし、彼は試練に耐え、闘争心をかき立て、節《せつ》を守り通して処刑に臨む。義理の娘李鉄梅《りてつばい》は亡父の遺志を継ぎ、ついに暗号電報を届け、党の任務を達成する。

劇団の〝道化役〞が一計を案じた。揺旦《ヤオダン》（彩旦《ツァイダン》＝女性の道化役）の女優とぐるになり、色仕掛け《ハニートラップ》の一芝居を打つことにした。揺旦は旧劇には「腹黒い女」、「遣り手婆」などで登場したが、新中国では〝反面教師〞として反省や戒めの材料となる役割を与えられた。劇団でこれを演じる女優は応分の容姿に恵まれ、タッパ（背の高さ）があり、尻はつんと上向いて柳腰、鼻の左下には美人ホクロをつけている。口にはシガレットをくわえ、妖艶な雰囲気を漂わせている。彼女は舞台の役をそのまま私生活でも演じる性癖があった。女スパイは得意の持ち役だ。暇があると、台本を持って新しい代表の執務室に入り浸り、女スパイさながらの姿態をさまざまに演じ分けた。新代表が口を開くと、彼女は両手を顎の下にあてがい、何も知らない無垢の童女を装い、聖人のご来臨を待った。新代表は彼女を見ると、次第に話し声が小さくなり、執務室の窓もいつか半開きになった。新代表はついに初心を堅持できなくなり、女優の居室に自ら赴いた。女優は鼻にかかった声でまつげをぱちぱちさせながら言った。

「今夜一時、お月様が柳の梢にかかったら来て頂戴。窓は開いてるわ」

新代表はこのようにして女スパイの餌食になった。彼が窓に足をかけたとき、片方の足にねずみ取り器がばたんと食いこんだのだった。

黄正大《ホアンチョンダー》の幸運にはちゃんと裏づけがあったのだ。劇団の道化役と女スパイ役は成功体験に味をしめて同工異曲の筋書きを書いたが、黄正大《ホアンチョンダー》はその手に乗らなかった。彼が劇団を去る日、彼はしみじみと語ったという。何度美女の攻勢にさらされたことかと。確かにこの一点については誰も語るべき何ものも持たない。易青娥《イチンオー》の叔父胡三《ホーサン》元《ユアン》が放った〝祝砲〞については、彼が正門を出るとき、こう言ったという。

「放っておけ。私は彼とはもう争わない。彼は刑期を終えて釈放されているし、これからは一生かけて労働改造をやり続ければいい。朱継儒《チュジールー》君、君の任務は重く、道は遠いぞ！　私は幸いにも大過なくここを離れる。任命されたときはまるで自信がなかった。英雄色を好む。特に劇団は美女の巣窟、越すに越されぬ美人の関だ。だが、私は強い助っ人を得た。君の義姉、つまり私の女房だが、私を見張り、監督しなければ、落とし穴を避けることはできなかっただろう。私の三人の前任者はみな狼の餌食になってしまったが、私はみごとに逃げおおせた。これはやはり意志の持ち方一つだね。私は今日ここを去るに当たり、敢えて言いたい。私は勝ったと！　たとえ逃亡と言われようと、逃げながら勝った。この黄正大《ホアンチョンダー》はこの逃亡劇にみごと勝ったんだとね！」

黄正大《ホアンチョンダー》は車に乗る直前、劇団に向かった深々と一礼した。

黄正大《ホアンチョンダー》を見送った朱継儒《チュジールー》はほっと安堵の吐息をもらした。そして側にいた事務局の主任に命じた。

「会議の手配をしてくれ。午後一番に開く。一刻も遅らせるな。遅れたら、この劇団は駄目になる」

四十一

朱継儒《チュジールー》は新団長着任後、抜く手も見せず幹部会を開いて「五つの大事」を決定した。人々はこれを「朱《チュ》五箇条」と呼び、寧州県劇団の正常化と安定に期待をつないだ。

易青娥《イチンオー》はその翌日の全体集会に参加して朱継儒《チュジールー》新団長の声に接し、後に有名になる「朱《チュ》五箇条」を聞いた。

「朱《チュ》五箇条」の概略は次の通り。

一、寧州県劇団は事業の刷新と向上を目指す。他劇団が古劇の上演に猛進する中、我が団は『雪夜梁山へ上がる』を未熟なまま世に問おうとし、伝統の衣装を着こなせず、よちよち歩きの醜態をさらけ出した。全団奮起して他劇団を猛追しなければならない。そのためには基本的訓練に励み、新演目制作の態勢を整えることが急務である。

二、寧州県劇団は事業発展を期して直ちに長期計画の策定に取り組む。三年間に十本の大作通し公演、五本の折子戯《ジャーズシー》（見取《みど》り）を世に出して真価を問うものとする。これができずして、寧州県劇団に何の顔《かんばせ》やあらん。過去の作品はすでに見た人が少なく、当団のある作品は観客の失笑を買う始末であった。猛省を促したい。

三、寧州県劇団は年末に各公演班の競演を実施する。先進的な試みには、これを表彰して赤い木槿《むくげ》の花（絹布）でその冠を飾り、景品、賞金で報いる一方、駄作と目された作品は厳しい批評と共に減俸の処分に付す。

四、寧州県劇団は目下稽古中の『楊排風《ようはいふう》』を正規の演目として全団あげて取り組む。全幕通しの大作は当団初の試みであり、長丁場《ながちょうば》を充実の内容で仕上げ、新年元旦を期して当地御目見得《おめみえ》の決意である。

五、易青娥《イチンオー》はその所属を臨時に炊事班から俳優訓練班に移す。

易青娥《イチンオー》の待遇にまたも〝臨時〟がついて回ったが、全団員の熱烈な拍手はしばらく鳴り止まなかった。だが、なぜ臨時なのか？　老芸人たちは会議が終わってから朱《チュ》団長に恨み言を言うと、新団長は思わせぶりに答えた。

「作戦ですよ、作戦。考えてもご覧なさい。昨日去ったばかりの黄《ホアン》主任を、今日ばっさり切って捨てるわけにはいきませんからね。ここは慎重を期さなければなりません」

会議の後、朱《チュ》団長は易青娥《イチンオー》に話した。〝臨時〟というのは〝正式〟という意味です。いつまでも永遠に続くということです。心おきなく稽古に励んで下さい。これからは誰も炊事班に戻れとは言いませんからね。

易青娥《イチンオー》はこのようにして訓練班に戻った。

その日、喜んだ叔父は易青娥《イチンオー》を市内で最高の料理屋に連れて行き、豪勢な食事をした。頼んだ料理は四菜とスープ、叔父は酒を一瓶追加した。二人は三時間以上話しこんだ。彼女は涙を流し、叔父も泣いた。最後に叔父は酒の度を過ごし、彼女は支えて送り届けた。叔父は言った。

「お前には苦労のかけっぱなしだった。俺がふがいないばっかりに……」

叔父が泣くと、老牛がもうと鳴くより聞きづらかった。

易青娥《イチンオー》は『楊排風《ようはいふう》』の稽古に打ちこんだ。

稽古場は以前、劇団前の劇場やあちこちを間借りしていたが、今は晴れて劇団のリハーサル室を使える。配役は兵士、その他大勢を含めて劇団の正式な機関決定となり発表された。遅刻や早退は処罰の対象となり、罰金が給料から差し引かれる。苟存忠《ゴウツンチョン》師匠は言った。以前の稽古はまるで〝無戸籍の私生児〟みたいに、こそこそとやっていた。それがどうだ。〝飯炊きの女の子〟にまで戸籍が与えられたと。稽古に加速度がついた。

稽古が楽隊との音合わせの段階に入ったとき、古存孝《グーツンシャオ》師匠がとうとう核心の重大問題に火をつけた。

「誰が太鼓を叩くんだ？　郝大錘《ハオダーチュイ》か？　奴がやるんだったらこの古存孝《グーツンシャオ》、髪の毛一本引っこ抜き、首吊りをしてみせる。叩きたければ、厨房でカビの生えた小麦粉の袋を叩かせろ。朱継儒《チュジールー》団長がぐずぐず逃げて回るんだったら、俺たちは稽古を止める。正月元旦の公演が見ものだな」

苟存忠《ゴウツンチョン》師匠が言った。

「団長も悪い男ではないんだがな。仕事の手際はいいし、よくぞ言ったり朱《チュ》五箇条ってなもんだ。俺たちを重視していることは間違いない。こんな大舞台をぶち上げようってんだからな。ここは団長の足を引っ張るわけにはいくまいよ」

「何が足を引っ張るだ？　悪い奴じゃないだと！　奴が団長で寧州県劇団きってのやり手だと言うんなら、ここ一番、意地を見せろ、どこに出しても恥ずかしくない舞台を作って見ろってんだ。そしたらその顔に金紙を貼って、五色の紙吹雪を舞わせてやる。朱《チュ》五箇条を断固貫徹するんじゃなかったのか？　それなら太鼓の問題をみごと解決して見せろ。できなけりゃ、この芝居は割れ茶碗に薄粥だ。この古存孝《グーツンシャオ》、二度と世間に顔向けがならねえよ」

古存孝《グーツンシャオ》は言いながら、たるみのきた自分の顔をぱんぱんと叩いた。

苟存忠《ゴウツンチョン》師匠とて思いは古存孝《グーツンシャオ》師匠と変わらない。一緒に朱継儒《チュジールー》団長を訪ねた。彼らはまず〝朱《チュ》五箇条〟を誉めたたえた。朱《チュ》団長は悦に入って、感慨深げに言った。

「いやあ、あれも言いたい、これも言いたいで、五十箇条、六十箇条、あふれてきたんですがね」

古存孝《グーツンシャオ》師匠は言った。

「焦らない、焦らない。饅頭《マントウ》は一口ずつ食べるものです。大事なのは食べ方ということで、その名も朱《チュ》五箇条、一口一口、心していただきましょう。できたてのほやほや、白無垢の饅頭《マントウ》を我らは口を開けて待っていたのです」

興奮した朱《チュ》団長は、十数年秘蔵していたという西鳳酒《シーホンチュウ》を取り出し、どすんと置いて妻にゴマ油で落花生を炒めるよう命じた。落花生をポリポリと囓り、西鳳酒をあおりながら、今後五年のラインナップを滔々と弁じ始めたが、古《グー》師匠がついに水を差した。『楊排風《ようはいふう》』の太鼓は郝大錘《ハオダーチュイ》の手に余る。適任者に替えるべしと。朱《チュ》団長は広く禿げ上がった額をぴしゃりと音立てて叩いて言った。

「うーむ、それは厄介、実に厄介な問題だ。劇団には今、郝大錘《ハオダーチュイ》という打ち手がいる。彼に替えて誰にしろとおっしゃるんですか？」

古存孝《グーツンシャオ》と苟存忠《ゴウツンチョン》には勿論、意中の人物がいて、それはすでに探し当てているわけだが、自分の口から胡三元《ホーサンユアン》と言い出すわけにはいかない。一つには、重要な決定事項は指導者の口からじかに言わせるに限る。人から言われると、分かっていても難癖をつけて聞きたがらないものだ。二つには、胡三元《ホーサンユアン》はやはり刑期満了の出所者であり、彼を採用するかどうか、郝大錘《ハオダーチュイ》という正団員を差し置いた決定はやはり老芸人たちの思案に余ることだった。それに胡三元《ホーサンユアン》という人物は〝油の節約できるランプ〟ではない。つまり、やたら手間がかかり、世話が焼け、目の離せない男なのだ。彼らは自分から言い出せず、ああだ、こうだと言いながら、胡三元《ホーサンユアン》が何かしでかしたときには逃げられるよう予防線を張っている。古存孝《グーツンシャオ》は世事に長《た》けた男で、一筋縄ではいかない。これまでに渡り歩いた劇団は十数ヵ所、大概のことを見、大概のことをやり尽くしてきた。危ない橋を渡り、地獄の修羅場も数知れず踏んでいる。何をするにしても板挟みになるようなことはしない。

しかし、朱《チュ》団長はのらりくらりと最後まで尻尾をつかませなかった。郝大錘《ハオダーチュイ》は駄目な打ち手だと認めながら、たとえ駄目でも任用しなければならないのが寧州県劇団の現実なのだと逃げを打った。新団長のみごとなお手並みだ。人材は底をついたが、思う人材は木に竹を接《つ》ぐようなものだ。苟存忠《ゴウツンチョン》は焦った。これからましな打ち手を養成しろというのか。待っているうちに日が暮れ、夜が明け、野菜が腐る。苟《ゴウ》師匠はついに胡三元《ホーサンユアン》の名前を出した。古存孝《グーツンシャオ》は苟《ゴウ》師匠に目配せしたが、すでに遅かった。苟《ゴウ》師匠は言った。

「胡三元《ホーサンユアン》は『楊排風』に最適の人物です。まず、技術が半端ではない。労改収容所でも練習を怠らず、減刑になったのもその修練の賜物でしょう。次に、易青娥《イチンオー》の叔父でもあります。心をこめて打つでしょう。こめる思いが大きければ大きいほど役者は燃え、芝居は引き立ちます。目の前の手を伸ばせば届くところに獲物がいるのに、捕まえられないのはどういうわけでしょうか？」

朱《チュ》団長はほっと吐息をもらした。

「ありゃ、白酒《バイチュウ》を飲んで歯痛を起こした。私も年だ。シー、シー、シー。あいたた」

苟存忠《ゴウツンチョン》は言った。

「団長、歯が痛かろうと痛くなかろうと、ことはここまで来てるんだ。いい加減、腰を据え、腹をくくって下さいよ」

朱《チュ》団長は立ち上がってコップの水を飲み、また座った。

「古《グー》師匠、苟《ゴウ》師匠。私たちは身内同士だ。私も奥歯に物の挟まった物言いはしたくない。胡三元《ホーサンユアン》ができる男であることは先刻承知です。彼の太鼓を嫌ったことは一度もありません。あの男は何というか、妙なところで人に好かれる。四年に刑期を繰り上げて出所して、労改収容所や警察署は彼のために仕事の世話をしたいとまで言ってきた。あなたは彼のために黄《ホアン》主任に頭を下げて仕事への復帰を願い出た。しかし、黄《ホアン》主任は聞き入れなかった。主任がここを立ち去るその日、彼はやるにこと欠いて、爆竹を撒き散らし、中庭は騒音と硝煙の巷《ちまた》と化し、主任を立ち往生させた。その後、主任は上層部に手を回し、私に電話させたんですよ。刑務所帰りを野放しにするのは危険きわまりない。そのよう男を劇団で働かせるのは断じてまかりならんとね。ね、これで何もかも分かったでしょ。黄《ホアン》主任は自分が劇団を出たその日に、私が例の五箇条を決めたことに腹を立て、上層部へご注進に及びました。その言い分はこうですよ。〝私は朱継儒《チュジールー》という男を見損なった。猫をかぶって忠義面して、一旦風向きが変わると、出ていく私の尻を蹴飛ばした。朱《チュ》五箇条とは聞いて呆れた。一言で言うなら、これは私、黄正大《ホアンチョンダー》のなし遂げた仕事に対する全否定、公開の果たし状ですよ！　胡三元《ホーサンユアン》は姪を裏口から不当に劇団に入れた事実は明らかです。しかるに、その処置を怠っていいものか。朱継儒《チュジールー》という男は外面《げめん》菩薩、内面夜叉、腹に一物も二物ある男です。何食わぬ顔して後ろから刃を突き立てる男です。ゆめゆめ油断召されるな〟とまあ、こういうわけですよ。これでお分かりでしょ。やられましたよ。敵も然《さ》る者ですな。いかがです？　私がこれを押して胡三元《ホーサンユアン》を採用できますか？　何と言っても、私は黄《ホアン》主任と同じ役所の水を飲み、彼を上司として仕えました。私はこれから彼が赴任した食品会社の豚や卵や食べずにいたとしても、この狭い街でいつ彼と顔つき合わせるか分かりません。私はどんな顔で挨拶したらいいのでしょう？　どうか分かって下さい。お願いしますよ。ここはやはり郝大錘《ハオダーチュイ》を使うしかありません。まずは使って様子を見ましょう。新しい打ち手として養成できるかもしれませんからね」

朱《チュ》団長が話し終えるのを古存孝《グーツンシャオ》が待ちかねて話し始めた。

「郝大錘《ハオダーチュイ》が使いものになるなら、私は劇団で飼っている二頭の豚を一頭は太鼓打ちに、もう一頭はラッパ吹きに育てて見せましょう。約束しますよ」

朱《チュ》団長と苟存忠《ゴウツンチョン》は笑った。

笑った後、朱《チュ》団長はぴたりと口を閉ざした。

二人は家を出た。

古存孝《グーツンシャオ》と苟存忠《ゴウツンチョン》は二人とも弁の立つ方ではない。もうやっていられない。こんな舞台、いっそ壊しちまおう。郝《ハオ》大錘《ダーチュイ》の破れ太鼓には虫酸《むしず》が走るし、役人の口先で言い負かされ、役人の手先で丸めこまれるのも癪に障る。また老芸人四人がまた集まって相談し、最後に苟存忠《ゴウツンチョン》が提案した。

「今度は胡三元《ホーサンユアン》をじかにぶつけよう。自分で話をつけさせよう。一度食らいついたら、死んでも放すなとな」

そのとき、胡三元《ホーサンユアン》は仕事にあぶれていた。黄正大《ホアンチョンダー》が出て行ったら、劇団から自分に声がかかるのではという期待もあった。易青娥《イチンオー》に聞いてみると、古存孝《グーツンシャオ》師匠たちが朱《チュ》団長と掛け合ったらしいが、それ以来待てど暮らせどナシの礫《つぶて》。荷物の積み卸しや卵の仕分けなどの日銭稼ぎは一旦途絶えると後がなく、たちまち持ち金を使い果たしてしまった。今度は製薬会社の門前で漢方薬の鬱金《うこん》の積み卸しなどをしたが、仕事があったりなかったり、おまけに地元のヤクザまがいから上前をはねられる。せびり取られる額が稼ぎよりも大きかったりして、その日の食費にもこと欠くありさまだった。胡彩香《ホーツァイシアン》が援助しようとしても、胡三元《ホーサンユアン》は「間に合っている」といい、最後は易青娥《イチンオー》に出させもしたが、一日一食で凌ぐ日もあった。

苟存忠《ゴウツンチョン》師匠は裘存義《チュウツンイ》が胡三元《ホーサンユアン》と親しかったのを覚えていて、裘存義《チュウツンイ》を胡三元《ホーサンユアン》に会わせ、死ぬ気で朱継儒《チュジールー》団長に食らいつけと煽らせた。

「もしかしたら、お前を呼び戻して舞台に立たせるかもしれないぞ」

乗り気ではなかった胡三元《ホーサンユアン》もこの一言でその気になった。これは「禿頭の上のシラミより明らか」なことで、断わってはならない。寧州県劇団は「朱《チュ》五箇条」を本気で実行しようとしており、彼が行けば『楊排風《ようはいふう》』の立ち回りの場だけでも仕切らせてくれるかもしれない。駄目もとで行ってみるか？　胡三元《ホーサンユアン》がいくら自分を奮い立たせようと、朱継儒《チュジールー》団長にはその気はないという声も聞こえてきた。彼はがっくりきて心が冷めてしまった。朱継儒《チュジールー》は『荘子《そうじ》』の話に出てくる葉公《しょうこう》かもしれない。普段は龍が大好きだと言っていたくせに本物の龍に出会うと腰を抜かして逃げ出したという。どうせそんなところだろうと思ったが、やはり背に腹は替えられない。日銭稼ぎの毎日は思った以上に彼の身にこたえていた。それに朱継儒《チュジールー》は彼にとって嫌いな人物ではなかったし、彼に頭を下げるなどどうってことはない。彼は土産も持たず朱継儒《チュジールー》のもとへ向かった。

朱《チュ》団長は愛想よく胡三元《ホーサンユアン》を迎えた。お茶を淹《い》れ、タバコに火をつけてくれた。だが本題に入ろうとすると、すぐ話が横にそれる。労改収容所ではいくつの焼窯があるのか、そこでは酒やタバコは許されるのか、獄房のトイレはどんな具合か、さぞ臭いんだろうなど、だらだらと続く。胡三元《ホーサンユアン》が仕事の話をしようとすると、朱《チュ》団長はまた胡《ホー》三元《サンユアン》はそこでどんな特別待遇を受けたのか、普通の囚人とは違って刑務所内の演芸や宣伝隊の仕事を任されたりしたそうだがと話を向けてくる。胡三元《ホーサンユアン》は答える。囚人のためだけではなく、刑務所内の警官や看守たちのためにも演芸の手ほどきをした。食べ物や飲み物は婦人警官たちから差し入れがあって随分いい思いをしたとも話した。拍子木や太鼓の撥、打楽器のセットも場長《じょうちょう》が一存で決済し、二人の警官が〝同行〟して西安の楽器店へ買いにも行った。警官たちとは実の兄妹のようなつき合いになり、じゃれ合ったり喧嘩もしたなどと。だが、朱《チュ》団長は質問をやめない。

「そこで作ったレンガや瓦は誰が買うのかね？」「焼窯は一回にどのくらい焼けるのかね？」「囚人たちはみんな素っ裸で作業しているんだろう？」

「みんな男ですから、どうってことないですよ」

胡三元《ホーサンユアン》はついに腹を立てて荒々しく席を立った。帰ってすぐ裘存義《チュウツンイ》に報告した。

「朱継儒《チュジールー》は〝副〟の字が取れ、〝正〟の字がついた途端、人が変わった。高飛車に役人風を吹かして、何様だと思ってやがる」

また苟存忠《ゴウツンチョン》、古存孝《グーツンシャオ》、周存仁《チョウツンレン》、裘存義《チュウツンイ》の四人の鳩首会議となり、胡三元《ホーサンユアン》は引き続き朱《チュ》団長に対する〝抱きつき〟作戦を続け、稽古は内輪で行う二面作戦を持続することになった。

胡三元《ホーサンユアン》はまた主任室に押しかけた。

朱《チュ》団長は胡三元《ホーサンユアン》にお茶を淹れ、タバコを勧めた。だが、湯のたし方が次第にぞんざいになり、タバコは何だかやけくそに煙をふかしている。やおら立ち上がると、県委員会の会議に呼ばれているからと、今にも出かける素振りだ。胡三元《ホーサンユアン》は待ったをかけ、朱《チュ》団長のインチキをばらしにかかった。

「この間も県委員会、今日はどこの県委員会ですか。この間お見かけしたんですよ。県政府とは反対の方角へ、手を後ろに組んでゆるゆると河っぷちを散歩なさっていた。俺がいなくなるころを見計らってまた戻った。俺が知らないとでも？　俺に会うのがそんなにいやだったんですか？」

一本取られた朱《チュ》団長は黙りこんでしまった。

胡三元《ホーサンユアン》が次にやってきたとき、朱《チュ》団長は漢方薬を煎じていた。禿げ上がった広い額に、副主任時代から愛用していたタオルを湿して巻き、うんうん唸っている。またどこか痛むのだろう。胡三元《ホーサンユアン》は知っている。リハーサル室ではもうすぐ立ち稽古が止まる。楽隊との音合わせが始まって、郝大錘《ハオダーチュイ》がわずか二度三度、叩いたところで老芸人たちは「もはやこれまで」と見切りをつけ、そろって「首を吊る」段取りなのだ。

春節（旧正月）まで一ヵ月を切った。古存孝《グーツンシャオ》師匠はじめ老芸人たちは本当に稽古を止めた。一方、易青娥《イチンオー》は気を抜くことなく一人で稽古を続けさせられている。老芸人の何人かは故郷に帰って正月を迎えると言っている。朱《チュ》団長はじわじわと締めつけられ、お手上げの状態となってやむなく老芸人たちを自宅に呼んだ。顔には憔悴と苦悶の奇怪な表情を浮かべている。漢方薬を苦そうに飲みながら話を切り出した。

「これはこれは、ご老体。揃いも揃って悪人面《づら》ぶらさげて、弱い者いじめもほどほどにして下さいよ。胡三元《ホーサンユアン》からどんな薬をかがされたか知りませんが、奴がいないと夜も日も明けないとは、老いの一徹ここに極まれりですかな？　分かりました。いいですよ、胡三元《ホーサンユアン》の一件、お受けしましょう。ただし、条件があります。彼が次の五箇条を呑むかどうかです。一、これは臨時です。『楊排風《ようはいふう》』のみ、彼の演奏を認めましょう。ほかの作品は郝大錘《ハオダーチュイ》に叩かせます。二、彼に厳しい自己管理を求めます。正式な職員ではないとはいえ、すべての行動は我が団の規律、規範に従ってもらいます。特に彼に対しては厳重な監督が必要です。三、労改収容所のことを面白おかしく吹聴しないこと。塀の中は外より生きやすいとか、警察よりやりやすいとか、まるで中へ遊びに行ってきたような話はもってのほか。劇団には若い人が多いから、悪い影響を与えかねませんからね。四、郝大錘《ハオダーチュイ》とは決していざこざを起こさないこと。人には一歩譲るの精神で臨み、人を見れば突っかかる悪い性格、困った病気を改めてもらいたい。五、人に悪態をつくのをやめること。劇団を去る黄正大《ホアンチョンダー》の背中に悪罵を浴びせ、退路を断つが如き振る舞いは、劇団として世に示しがつきませんからね。我々の務めは世のため人のため、焼餅《シャオビン》を焼くが如し、焦がさぬようにせっせと返し続けなければならない。国の政策と同じで、途中でやめるわけにはいかないんです。分かりますか？　とにかく、私が二の句が継げないようなことだけはしてくれるなということです。この五箇条が守れるなら、胡三元《ホーサンユアン》に来てもらいます。守れないなら、易青娥《イチンオー》がどこで公演していようと、どこで評判を取っていようと、来ることはまかりなりません。もう一度言います。次の二点は特に重要です。一、これは臨時で常雇いではない。繰り返し言って聞かせて下さい。二、あのろくでもない口を二度と開かないこと。人は胡三元《ホーサンユアン》が唖《おし》になったかと思うでしょう。それでいい。それで劇団も私も面倒を免れますからね」

　朱継儒《チュジールー》団長は大地主の出身だった。彼の祖父は国民党の時代、寧州県の県知事を勤めたこともある。朱《チュ》県知事の願いは孫息子がちゃんと学校を出て、将来はちょっとした官職についてくれること、先祖の供養を怠らず、由緒ある家名を守ってくれることだった。だが、彼は幼いころから秦腔《チンチアン》（秦劇《しんげき》）に熱を上げ、閨閣旦《グイゴーダン》（娘役）を演じて得意になっていた。周囲が「お坊っちゃま」の名演を「上手上手」と誉めそやし、やんやの喝采を送ったのがいけなかったのか、熱が嵩じて秦腔《チンチアン》の主要楽器である板胡（二弦の胡弓）をよく弾きこなし、作曲まで手がけるになった。最後は旅の一座の追いかけをして出奔、一九四九年の新中国成立を迎える。その一座は公私合営の組織となり、やがて寧州県劇団へと発展する。朱継儒《チュジールー》はこの一座と苦楽を共にし、団長として今日を迎えたのだった。数十年に及ぶ劇団生活で、彼が人を口汚く罵ったり、大口を叩いたり、役人風を吹かせたりするのを誰も見たことがない。

四人の老芸人は朱《チュ》団長の新五箇条に笑い出しそうになったが、厳粛な思いに心打たれ、身が震えるほどの感動で居ずまいを正した。彼らはすぐこの新五箇条、そして胡三元《ホーサンユアン》を厳しく律する新五箇条を彼に伝えた。

翌日の早朝、易青娥《イチンオー》の叔父胡三元《ホーサンユアン》は板鼓《バングー》、牙板《ヤーバン》（拍子木）。撥を抱えて劇団に戻り、『楊排風《ようはいふう》』の稽古に参加した。

四十二

叔父が四人の老芸人たちの計略に乗っていたとは、易青娥《イチンオー》は思ってもいなかった。

叔父が劇団に復帰した日の早朝、『楊排風《ようはいふう》』組の顔ぶれが揃ったのを見て、演出の古存孝《グーツンシャオ》は開口一番、おもむろに発表した。

「朱《チュ》団長のご裁可により、胡三元《ホーサンユアン》は劇団に復帰し、臨時に『楊排風《ようはいふう》』の鼓師を務めることになりました。臨時ということでありますが、我々は喜んで迎えたい。よくぞ戻った！」

みんなの目は忙しく叔父の居場所を探した。リハーサル室の外で待機していた叔父は、口をすぼめ、犬歯を隠して入室した。

今朝のリハーサル室は照明の光量が増したかに思われた。叔父の顔に沈着した黒い染みが、易青娥《イチンオー》にはことさら浮き立って見えた。叔父は挨拶もそこそこに司鼓《スーグー》の定位置についた。稽古が始まろうとした矢先、郝大錘《ハオダーチュイ》がドアを蹴って入ってきた。胡三元《ホーサンユアン》にずかずかと歩み寄る。みんな息を呑み、動作を止めた。とんだ飛び入りのなりゆきを見守るばかりだ。易青娥《イチンオー》は手の〝火掻き棒〟をばたりと落とした。

「何だ、ここに転がっているのは、小汚《こきたな》いふんどしか、ふんどしも外れっぱなしで、恥をさらしているのはどこのどいつだ？」

郝大錘《ハオダーチュイ》が言い終わると、誰かがことさらな笑い声を上げた。

南無三、いつもの展開だ。易青娥《イチンオー》は身をすくませた。叔父の火薬がまた爆発する。だが、叔父は何も言わず、開いた台本をまた閉じた。その顔に静かな微笑がふっと浮かんでまた消えた。ただ、笑った隙《すき》にいつも犬歯がまた現れた。

郝大錘《ハオダーチュイ》は足を踏みならさんばかりに吠えたてた。

「おい、胡三元《ホーサンユアン》。この殺人犯め。どの面《つら》下げて寧州県劇団に舞い戻った？　もの乞いなら厨房で残飯をあされ。そこはお前の座る場所じゃないぞ。とっとと失《う》せろ！」

郝大錘《ハオダーチュイ》は言いながら叔父の台本をばさっと投げ捨て、自分の台本をどさっと置いた。そして出ろと手真似した。

胡三元《ホーサンユアン》はじっとその場を動かず、笑みを絶やさないでいたが、明らかに困っている様子だ。

郝大錘《ハオダーチュイ》は手を伸ばして叔父を立たせようとしたが、叔父はやはり動かない。だが、叔父の座っていた椅子が郝《ハオ》大錘《ダーチュイ》に蹴倒され、叔父はすとんと尻餅をついた。

易青娥《イーチンオー》は不思議に思った。叔父はどうして抵抗しようとしないのか。立ち上がっても尻の埃を払っているだけだ。今度は近くの長椅子に腰を下ろす。顔から穏やかな笑みが消えていない。みんなは奇異の念に打たれて見守っている。これはいつもの胡三元《ホーサンユアン》ではない。どうした胡三元《ホーサンユアン》？　お前らしくもないぞ。

演出の古存孝《グーツンシャオ》がついに口と開いた。

「おい、大錘《ダーチュイ》。『楊排風』はどういう風の吹き回しか知らないが、お前の出番はぱあになった。俺はお前の方から降りたと思っていたがな。どうせこの芝居は飯炊きの女の子が主役だし、前評判ときたらゼロだ。かてて加えて劇団の重点公演でもない。だから朱《チュ》団長は仕方なくお前を温存し、胡三元《ホーサンユアン》を臨時に叩かせることにしたんだ。お前の落ち度ではない。だから今回は胡三元《ホーサンユアン》にやらせてやれ。将来、お前が叩きたいときに叩けばいい」

古存孝《グーツンシャオ》が言い終わらないうちに、郝大錘《ハオダーチュイ》は指を彼の鼻先に突きつけて叫んだ。飛びかからんばかりの勢いだ。

「みんなお前たちの差し金だ。化け物どもが昼日中ぞろぞろ這い出してまたぞろ悪さを働こうってんだな。〝階級の敵〟の分際を忘れるな。お前たちが来てから寧州県劇団にろくなことがない。飯炊き女が火箸を持って主役とは呆れかえってものも言えない。劇団の先輩たちの面汚し、末代の恥なんだよ」

古存孝《グーツンシャオ》がすかさずやり返した。

「とうとう言っちまったな。お前はこの芝居を馬鹿にしているんだろう？　飯炊き女の下らない芝居に、お前がわざわざ出張って叩くまでもなかろう。ましてこの芝居は叩きにくいところがあるからな。ここは胡三元《ホーサンユアン》の流儀に任せたらどうかな。お前も後々やりやすいだろう」

「てやんでえ。奴の流儀に任せるだと？　殺人犯の流儀にか？　そりゃ、さぞ見ものだろうがな。破れ太鼓のやけくそ流には反吐《へど》が出る。俺がやる。てめえは、すっこんでろってんだよ」

そう言うなり、郝大錘《ハオダーチュイ》は椅子をつかんで、どんと座りこんだ。

リハーサル室は両者にらみ合いとなった。

そこへ誰かが朱《チュ》団長を引っ張ってきた。

朱《チュ》団長がどうこの場を収めるか、みんな興味津々だ。

団長は入り口に立ち止まったまま郝大錘《ハオダーチュイ》に手招きした。

「大錘《ダーチュイ》、大錘《ダーチュイ》、ちょっと来い」

「何ですか？　そこで言って下さいよ。俺は逃げも隠れもしない」

「団長室で相談しよう」

「行くまでもないでしょう、用があるんなら、ここで言って下さい」

団長はゆっくりと郝大錘《ハオダーチュイ》に歩み寄り、彼の耳元で何かささやいた。郝大錘《ハオダーチュイ》は台本を抱えて立ち上がり、椅子を蹴倒すと、団長の後に従った。

団員たちは言い交わした。団長は大したことは言っていない。郝大錘《ハオダーチュイ》に耳打ちしたのは、燻製の豚の尻肉（十二月の寒風にさらしたつけ干し燻製の逸品）をお前にやる。だから胡三元《ホーサンユアン》とはもう争うな、だと。さらに言うなら、この品は朱《チュ》団長が食べるのを惜しんで何年も珍蔵していた品らしい。太陽が出ると、彼の妻が陽《ひ》にあて風干しして丹精をこめたものだ。十年以上の年代物は赤みが透明度を増し、そのまま引き裂いて食するのを最上とする。その尻肉は重さが十数斤もあったと話が大きくなった。郝大錘《ハオダーチュイ》がそれをぶら下げて団長室を出るとき、団長は彼を呼び止めて言った。

「大錘《ダーチュイ》、大錘《ダーチュイ》、煮るときはくれぐれも弱火でな。火が強いと、すぐに崩れてしまうぞ。私と家内が何年も大事にとっておいたものだ」

団員たちは言い交わした。あのとき団長は郝大錘《ハオダーチュイ》の耳元で何をささやいたのか、ずっと分からずにいたが、これではっきりし、さもありなんと思わせるものがあった。しかし、あの時、郝大錘《ハオダーチュイ》の怒りは凄まじく、リハーサル室の屋根瓦まで吹き飛ばしそうだった。豚の尻肉ぐらいで　収まるものだろうか？　これはやはり謎として残った。

ある団員はなおも団長に食い下がった。あのとき団長は、本当は何を郝大錘《ハオダーチュイ》に話したのか？　郝大錘《ハオダーチュイ》はなぜおとなしくお利口に言うことを聞き分けたのか？　団長はただ笑うだけで何も話そうとはしなかった。だが、郝大錘《ハオダーチュイ》が死んだとき、団長はついにその真相を吐露したのだ。みんな涙が出るほど笑い転げ、やはり朱《チュ》団長は「陰謀家」だとうなずき合った。朱《チュ》団長は寧州県劇団が旅の一座の時代から毎日毎日、揉めごと、いざこざ、角突き合わせ、果ては刃傷沙汰に至るまで揉みくちゃにされてきた。役者という人種はどこの国、いつの時代も感情過多で扱い難いことこの上ない。だから劇団総務役《マネジメント》の主な仕事は人を騙すことだったに違いない。ただ人を騙すだけはなく、それはほとんど芸術的で鬼をも騙す。こうでもしなければ、にっちもさっちもいかない業界なのだが、これは後の話だ。

朱《チュ》団長に呼ばれ、団長室に連れ出されてから郝大錘《ハオダーチュイ》はリハーサル室に二度と姿を現さなかった。胡三元《ホーサンユアン》は露店の干物から突然大海に放された大魚に変身した。「忠・孝・仁・義」四人の老芸人と一体になって昼も夜もなく『楊《よう》排風《はいふう》』の稽古に打ちこみ、ついに「画竜点睛《がりょうてんせい》」の睛《ひとみ》が一筆、描き入れられた。形を得、神気を吹きこまれて天翔《あまがけ》る竜、いや恐竜となったのだ。

正月元旦、初日を開けた『楊排風《ようはいふう》』は、寧州県にあの年の大砲爆発事件に劣らぬ衝撃をもたらした。

寧州県劇団の人気は正月の話題を独占した。

特に易青娥《イチンオー》は、自分でも信じられないことだが、芝居というものは恐ろしい魔力を秘めていることを思い知らされた。彼女は一夜明けたら、寧州県で誰一人知らぬ者のない大スターになっていたのだ。

寧州人は目が肥えている。少々の芝居では驚かない。しかし、こんな芝居は初めてだった。みんなが口を揃えて誉めそやすのは、易青娥《イチンオー》が武技（立ち回り）にすぐれているというだけではなく、「一声《いちこえ》・二顔《にかお》・三姿《さんすがた》」の三拍子が揃い、喉のよさ、役者顔、立ち姿の美しさは非の打ちどころがなく、近年まれに見る大器、逸材ともてはやされた。数日を待たず、易青娥《イチンオー》にまつわる噂、物語があることないこと、全県を駆けめぐった。この娘は劇団に飯炊きとして拾われ、たまたま芝居の才能が発見されて一躍スターダムにのし上がったと。また、この娘は劇団が旅公演の際、たまたま見かけた乞食の子で、「ひもじいよ、ひもじいよ」と食事をせがみ、竈《かまど》に取りすがって離れない。仕方なく炊事班の下働きに雇ったところ、みるみる頭角を現したと。また、易青娥《イチンオー》は西安のあの大スター李青娥《リーチンオー》の〝父なし子〟だという〝ずっぱ抜き〟まで現れた。そのスターは私生児を産んだ後、人知れず寧州県に住まわせ、後に劇団の入団試験を受けさせて裏口から無理矢理入団させたという。劇団の人間もびっくりというゴシップ種が根を生やし枝を広げて、『楊排風《ようはいふう》』の人気と客足をあおり立てた。

開幕二日目からチケットは奪い合いになり、チケット売り場の行列は数十メートルにもなった。当時はA席一毛五分、B席一毛、階上席五分。連日の超満員に加えて、義理筋の関係機関や顔見知りは大きな顔で追加注文を言ってくる。劇団は言い訳に追われ、困り果てた朱《チュ》団長は額をぱんぱんと叩き、上着やズボンのポケットを全部裏返して悲鳴を上げた。

「ほら、ないんです。どこをひっくり返してもチケットは出てこないんです」

朱《チュ》団長は最初、事務局にチケットの配分をさせていたが、苦情や文句が相次ぎ、特に県の財政局にさえチケットが回らない事態に腹を立てた。

「どこに目をつけているんだ。財政局を怒らせたら、後のしっぺ返しが恐いぞ。こっちは交付金で首根っこ押さえられてるんだ。劇団員に粥をすすらせる気か。頼むから何とかしてくれ」

事務局の返答はつれないものだった。

「財政局は一日五、六十枚も言ってくるんですよ。そんなチケット、どこにあるんですか」

「たとえ一日五百枚でも六百枚でもありがたくお受けしろ。財政局に喧嘩売る気か」

仕方なく、朱《チュ》団長は自分でチケットの振り分けを始めたが、すぐお手上げになり、仮病を使って団長室に引っこんだ。劇団の中庭は数日間、チケットを探す客でいっぱいになった。朱《チュ》団長はいつも開演三十分後、どこからともなく姿を現して、鬱々とつぶやく。

「参った、参った。前回の大砲騒ぎに続き、今度はチケットで全市民に迷惑をかけるとは」

開演六日目、易青娥《イチンオー》の母の胡秀英《ホーシュウイン》と姉の来弟《ライディ》、五年前家に帰ったときは生まれたばかりの弟易存根《イツンゲン》が一緒に顔を見せた。

その日の夜、胡彩香《ホーツァイシアン》先生が彼女にメイクをしてくれた。そこへ突然、宋《ソン》師匠が数人を伴って化粧室に入ってきた。化粧係は大声で制した。ここに観客は入れません、ご遠慮下さいと。宋《ソン》師匠は言った。易青娥《イチンオー》のお母さんがお見えだ。化粧室の俳優もスタッフたちも一斉に体をよじって振り返った。易青娥《イチンオー》の母親？　一体どんな恰好をしているんだろう？

易青娥《イチンオー》は精神を集中して　台詞を口の中で復唱していた。そこへ突然の声。

「招弟《チャオディ》、招弟《チャオディ》！」

もう何年も聞いたことのない自分の本名、しかし、その声は耳の底にはっきりと残っている。易青娥《イチンオー》が身を翻すと、そこに自分の母親が立っている。側に彼女の姉。首に四、五歳の男の子がぶら下がっている。男の子は長い鼻水を垂らし、防寒帽には蒸気機関車のワッペン、両側の耳隠しがぴんと跳ね上がっている。易青娥《イチンオー》はすぐ分かった。弟はこんなに大きくなったのだ。大きな声が易青娥《イチンオー》の口を突いて出で、すぐ泣き声に変わった。

「母ちゃん、姉ちゃん！」

ほとんどの人が母子再会の場面を理解できず、ぽかんと見ている。胡彩香《ホーツァイシアン》先生が慌てて言った。

「お嬢、泣かないで。泣いたら、メイクが崩れる。やり直したら間に合わないわよ」

しかし、易青娥《イチンオー》はどうにもこらえられず、母親に抱きつき、姉の手を握り、泣きながら離れられないでいる。

そこへ叔父が来て声をかけた。

「姉さん、もうすぐ幕が開く。ここで泣いてる場合じゃないよ。今、席へ案内する。この子は舞台に集中しなくちゃ。

さ、邪魔しないで」

言い終わると、叔父は易青娥《イチンオー》の母、姉、そして末弟を連れて行った。

易青娥《イチンオー》は、たとえ今泣いても私は大丈夫。今夜は自分の力をしっかり見せてやろうと思った。今夜の舞台は母のため、姉のため、弟のためにある。十一歳で家を出て六年、晴れの舞台に立つ自分が誇らしかった。

一階席も二階席も満員だった。家族の席は朱《チュ》団長の計らいで十列目の通路に折り畳み椅子を出してもらっていた。席を用意するとき、スタッフの一人が口を挟んだ。通路に補助席を出すのは安全対策上、問題ありと。別のスタッフがそれを小声で制し、易青娥《イチンオー》のお母さんが来てるのよとささやいた。言い出した男はすぐ「万事合点、承知の助」と態度を変え、母親の懐にいた男の子の手にヒマワリの種を一つかみ握らせた。

易青娥《イチンオー》の母と姉は人民公社で何回か芝居を見ているし、寧州県劇団の舞台も追いかけで何回か見ていた。だが、今夜は自分の家の招弟《チャオディ》が主演し、しかも大受けなのだ。満場の客は痛いほど手を叩き、それでもまだ足りないと「好《ハオ》！」の歓声に声をからしている。無理をして席を用意したと聞かされた家族の者たちはひたすら恐縮し、客席の熱狂に気を呑まれている。信じられないものを見る思いで、ただ目を凝らすばかりだった母や姉の心にやがてやわやわと満ちてくるものがあった。天上から舞い散る花のようにと言おうか、得も言われぬ愉悦の情だった。最初は借りてきた猫のように補助席でかしこまり、固まっていたが、舞台では招弟《チャオディ》がまさに入神の演技の連続だ。火掻き棒を自在に操り、びしっと見得《みえ》を決め、その身軽なことは孫悟空の如意棒に負けていない。やっと家族の心がほぐれ、体が動き出し、「好《ハオ》！」の声がほとばしり出た。母親はずっと夢見心地だ。これがわが娘なのか？　小学校にもろくに通わせず、羊の番にこき使っていた招弟《チャオディ》なのか？　姉はもっと信じられなかった。何を考えているのか薄ぼんやりで、ろくな話一つまともにできなかった妹が、ちょっと見ない間に天女に化けて出た。ひらりひらりと宙を飛び、何十回回転しても足は乱れず、目まいもせずにぴたりと着地する。すっくと立ったその瞬間、頭にはすらりと伸びた雉の尾羽二本が一メートル以上の黒い曲線を描く。招弟《チャオディ》はそれを両手できりりとしごき、敵の心胆寒からしめる見得を切る。いよいよ最後の大血戦だ。十重《とえ》二十重《はたえ》迫り来る敵の大軍をはったと睨み、いざ、ござんなれ、髭もじゃの異人ども、この掌《たなごころ》でごしごしと揉みしだいてくれるわと、覚悟定めたる武人の面差《おもざ》しの潔《いさぎよ》さ。招弟《チャオディ》は雨あられと飛び来る槍に一歩も引かず、頭目がけてくる槍は背中の小旗で払いのけ、胸狙う槍はひらりと身をかわし、背中を刺そうとする槍は身を翻して蹴り返す。両足を射抜かんとする槍は仰向けざま両足にからめて敵陣に投げ返す手練の早業だ。観衆は呆気にとられ、彼女の母や姉も言葉を失っている。弟は同じ言葉を繰り返している。

「あれが姉ちゃんなの？　次の姉ちゃんなの？」

その夜、母と姉、弟が易青娥《イチンオー》の「竈《かまど》の間」に入ったとき、またひとしきり大泣きの愁嘆場になった。母親は、町に出た娘がまさか乞食同然、竈の前で寝かされているとは思わない。

「ここ何年も家が貧しいばっかりに子を思うゆとりもなく、町で仕事を得たからにはもそっとましな暮らしをしていると思っていたら、このありさまだ。この中から家の足しにと年に五、六十元もの仕送りをしていたのかい。不憫な子だよ、お前は」

叔父は言った。

「この子は一人で苦労を背負ってきた。この舞台に立つまでの半年間は研修生としてただ働きだ。やっとありついたこの仕事の給料はわずか十八元、自分の飯代まかなうのがやっとでも、二年前からこの子は毎年年の瀬になるとタバコを二カートン贈ってくれた」

叔父は話しながら涙を流した。

「だが、この子は不運をひっくり返した。いよいよ寧州県劇団を背負《しょ》って立つ立役者、大黒柱になる。もう誰もこの子を馬鹿にできない。これからはその苦労が報われるんだ。せっかく会えたというのに、泣いてばかりじゃしょうがないな」

みんな泣くのをやめて涙を拭った。母親は持参の食品をテーブルに並べた。一家は母親の心づくしの品をゆっくりと味わった。易青娥《イチンオー》は叔父を早く寝かせ、叔父が行った後もみんなの話は尽きなかった。易青娥《イチンオー》はため息をついて言った。父ちゃんが来られたらもっとよかったのに。父親は何と言っても一番の芝居通で芝居好きなのだからと。

母親は言った。

「お前の父ちゃんはまた羊を飼い始めたんだよ」

「また始めたの？　何匹？」

弟の易存根《イツンゲン》がいち早く言った。

「三匹！」

「どうして三匹なの？」

母親が答えた。

「お前がこの間帰って来たとき、三匹の羊はどうしたのと聞いて、目をうるうるさせていただろう。お前の父ちゃんはそれからずっと言い続けだよ。暮らしが少しでも楽になったらまた羊を飼って招弟《チャオディ》を喜ばせてやろう。あのとき、お前から羊のことを聞かれて、あんな辛いことはなかったからとさ」

その夜、易青娥《イチンオー》はまた九岩溝《ジョウイエンゴウ》へ帰った夢を見た。

九岩溝《ジョウイエンゴウ》はどこへ行っても羊が群れていた。

易青娥《イチンオー》は羊飼いの娘のままだった。

四十三

易青娥《イチンオー》の母と姉、そして弟の三人は正月の十三日に九岩溝《ジョウイエンゴウ》へ帰った。易青娥《イチンオー》は引き止め、町の見物がてら彼女の舞台をもっと見てもらいたがった。母親は言った。

「いつまでも遊んでいられない。家の中はきっと今、大変なことになっているよ。これ以上遅れたら、お前の父ちゃんはきっと怒り出す」

姉は出発間際、ちょっと言いよどんでから話した。

「招弟《チャオディ》、頑張って。うまくいったら、母さんと私をまた呼んで。こんな毎日をまた過ごしたい」

易青娥《イチンオー》はうなずいて言った。

「大丈夫。姉ちゃん。私、頑張る。きっとまた呼ぶからね」

弟は帰りたがらなかった。〝次の姉ちゃん〟から棒の回し方や槍の蹴り方、芝居の歌の歌い方を教わりたいとむずかった。姉は言った。

「お前こそ、もっと家に帰ってこなくちゃいけないんだ。易《イ》家のお墓を守り、香華を絶やさないのがお前の務めなんだよ。父ちゃんや母ちゃんはお前にそうしてほしいと心《しん》から願ってる。墓を継ぐ人がいないと困るからね。これまで私やお前はさんざん言われてきたじゃないの。女の子は育て甲斐がない。金食い虫だの穀潰しだのってね」

母は姉の尻をぴしりと叩いて言った。

「お前は弟が産まれてから文句ばかり。母さんにはみな可愛い娘だよ」

易青娥《イチンオー》は言った。

「姉ちゃんは母ちゃんに甘えているのよ」

母が帰ってから、公演の人気はさらに広まった。特に県の「三幹会」(市・県・郷の幹部会議)のトップが見にきてから、全県が鍋をひっくり返したような騒ぎになった。正月十五日が過ぎても彼らの地区で公演するようにとのお達しがあり、県の幹部は各地で次々と劇団に表彰状を贈与した。思いがけない展開もあった。県の書記長と県長が劇団の視察にやってきたのだ。困っていることはないかと尋ねられ、朱《チュ》団長は二人を研修生の宿舎に案内した。一室に数十人が押しこまれているのを見て、二人の指導者は劇団の研修生がこのような悪条件下に置かれているのを初めて知った。書記は『楊排風《ようはいふう》』の主役の女の子がどのような宿舎に住んでいるのか見たいと自分から言い出して、朱《チュ》団長を当惑させた。厨房の竈の前へ、どうして県のお偉方を案内できるだろうか。どんな批判を受けるか分かったものではない。しかし、考えてみると、これは意外な突破口になるかもしれない。劇団が抱えている懸案を一挙に解決する機会になるのではないか。易青娥《イチンオー》の「竈《かまど》の間」を見せられた指導者二人は顔を見合わせた。書記は黙りこみ、県知事も言葉を失っている。

書記は易青娥《イチンオー》に尋ねた。

「君はここにずっと住んでいるのかな?」

易青娥《イチンオー》はうなずき、急いでつけ加えた。

「ここはとてもよいところです。冬は暖かいですから」

書記は易青娥《イチンオー》の頭をぽんと叩いて言った。

「お嬢さん、あなたは寧州県に素晴らしい機会を与えてくれた。私たちはあなたをこのような場所に閉じこめておくことを断じて許さない!」

書記と県知事は随行の幹部に命じた。

「劇団の劣悪なる住環境の改善と整備、直ちに着手するように! 特に楊排風を演じた女の子、ええと、易青娥《イチンオー》には快適な住空間を与え、心置きなく演劇の道に励んでいただこう。人民の〝安居楽業《あんきょらくぎょう》〟を図るのが我々の務めだ。大女優の卵をこんなところで灰まみれにしておいたら、私も県知事も直ちに失職だよ、君!」

この後、県は重大な決定をした。劇団の隣に立っていた県立病院が丸ごと引っ越しとなり、残った建物のうち二十室が今回限りということで劇団に分与されることになった。若い劇団員の住居難はこれで解決した。劇団の中庭の塀を越えたら、そこが新しい宿舎で、小さな庭までついていた。ここ数日、朱《チュ》団長は顔をほころばせっぱなしで、新しい部屋割りなどを考えている。今回の立役者となった易青娥《イチンオー》には狭くても一室与えようとしたが、いや待てよと考え直した。彼女一人を特別扱いするのはやはりまずい。まだ若いし、言ってみれば新参者だ。何ごとも欲しいだけ与えるのではなく、少しだけ不足感のある方が本人のためだ。若いだけに嫉妬を買いやすく、かえってやりにくかろう。十八歳の若さで人気者になれば、多くの目にさらされるから一人で一室に住まうより同室者がいた方が安全というものだ。結果、ほかの研修生と同じように三人一室ということになったが、特別に日当たりのよい部屋を選んで配慮を加えた。

　このようにして、易青娥《イチンオー》は「竈の間」を出ることになった。

　住居の問題と言えば、胡三元《ホーサンユアン》の処遇も頭が痛い。朱《チュ》団長は目立たない部屋を探し、八平米《へいべい》に満たない小さな角部屋を与えた。以前は病院の物置に使われていたという。これを聞きつけた郝大錘《ハオダーチュイ》は団長室に怒鳴りこんでしばらく息巻いたが、朱《チュ》団長はさらりと聞き流し、とにかく胡三元《ホーサンユアン》に居室を与えるという当面の難問を解決した。ただ、あくまでも〝臨時〟の二文字を忘れていない。

　胡彩香《ホーツァイシアン》先生の夫張光栄《チャンゴアンロン》の里帰りも春節恒例の行事だ。今回の土産はドロップではなくウイスキー・ボンボンに変わった。チョコレートの中にウイスキー入りのシロップが仕込んである高級菓子だ。一家に八粒、親しい家には二個追加された。胡彩香《ホーツァイシアン》先生は易青娥《イチンオー》に二十数個持ってきた。張光栄《チャンゴアンロン》は易青娥《イチンオー》にはさらに大きな手で一つかみ、ばさっと追加しながら言った。

「お嬢には特別だ。あの舞台、見ましたよ。六回も見た。将来は寧州県劇団を背負って立つ、いや、寧州にはおさまりきらない大物になるだろう」

　易青娥《イチンオー》は張光栄《チャンゴアンロン》をいい人だと思う。接していると、人としての誠実さが伝わってくるのだ。それに引き換え、自分の叔父は不実だと思う。夫のいないときに胡《ホー》先生といけない関係を続けている。彼女は自分まで光栄《ゴアンロン》おじさんに負い目を負っているような気がしてならない。彼女は気づいている。光栄《ゴアンロン》おじさんが帰って来てから叔父と胡《ホー》先生は見え透いた〝社会的距離〟を保っている。中庭ですれ違っても話もしない。だが、郝大錘《ハオダーチュイ》がやはり早速、光栄《ゴアンロン》おじさんにそそのかし、けしかけを始めた。

ある日、易青娥《イチンオー》は夜公演が終わった後、中庭の水場で洗濯をしていると、酔っ払った郝大錘《ハオダーチュイ》が光栄《ゴアンロン》おじさんの肩から背中に手を回し、外から帰ってきた。郝大錘《ハオダーチュイ》は言った。

「お前さんはほんとに幸せ者だよ。いない間もちゃんと女房の手入れをしてもらって、帰って来たらまた一緒におねんねできる。うらやましいね、よっぽど前世の行いがよかったんだ。それにひきかえ、この俺さま、情けないったらないね。門前の旗竿……ぽつんと一本立っているだけさ。怒っちゃいけないよ。家の畑の大根抜かれても穴は残る。残ったあなは亭主のものだよ。ははははは……犬が豚の膀胱に噛みついたとさ。中身は空っぽ、残念でしたってね。違ったかな？　はははは……」

その日の夜、張光栄《チャンゴアンロン》はまた一メートル以上のパイレン（パイプ・レンチ）を持ち出した。酔っ払っているから、転んでは起き、起きては転びながら胡三元《ホーサンユアン》の部屋を襲った。胡三元《ホーサンユアン》は人が入ってくるのを見ていち早く、窓から飛び出して逃げた。光栄《ゴアンロン》は部屋の中の物をめったやたらに叩き壊し、粉々にしたが、酔いが回って動けなくなり、最後は胡三元《ホーサンユアン》に担がれて胡彩香《ホーツァイシアン》の部屋に戻った。

叔父のことは易青娥《イチンオー》にとっていたたまれないことだった。それに加えて、誰が言い出したか、廖耀輝《リャオヤオホイ》が易青娥《イチンオー》にいやらしいことをしたという噂が彼女の耳にも届いた。そのとき彼女はそれほど重大なこととは思わず、ただ廖《リャオ》耀輝《ヤオホイ》を恨み、叔父にがっかりするだけだった。

三月になった。寧州県でも「両会（人民代表大会と政治協商会議）」が開かれた。易青娥《イチンオー》は推薦されて県の政治協商会議の常任委員になり、朱継儒《チュジールー》団長はその下の平委員になった。朱《チュ》団長の場合は彼の父親が国民党の県知事を務めたという基礎があっての推薦だった。政協会議が開かれ、易青娥《イチンオー》は議長団の席に座らされ、朱《チュ》団長はその下に座った。易青娥《イチンオー》はぼんやりしているうちに常任委員に指名されたのだった。彼女がいくつかの条件に合致していたのは事実だ。まずその年齢。彼女が入ることによって常任委員会の平均年齢が下がった。彼女は会が開かれるまで政協会議が何なのか分からなかった。送られてきた文書は読めない字ばかりだったのだ。彼女が常任委員に選ばれたことは団の内外で〝凶報〟と受け止められた。彼女は次の大会で副主席に選ばれるかも知れないという噂が飛び交ったからだ。彼女にとっては副主席が何をするのか知らないし、ただ煩わしいだけだった。長い時間大会の席に座らされて、何よりも稽古の時間が犠牲になる。その上、彼女が発言を求められる場面もあった。彼女は思わず手の甲を口に当て、ぼんやり笑うだけだった。委員たちもみな笑った。発言しなくてもいいから、一席歌ってくれたらそれを発言とみなそうということになって、彼女は立ち上がり、一節を歌った。これも街中に伝わって笑いものになり、噂によるとある委員会の席上、名指しして批判された。歌わせる方も歌わせ方だが、歌う方も歌う方、不謹慎と言わざるを得ないと。以後彼女は歌うのをやめた。しかし、委員の多くは彼女に歌わせたがり、楊排風《ようはいふう》の棒術の実演を見たがった。委員たちは珍しい動物を間近に見て、はしゃいでいるように見えた。彼女にとって会議とは退屈以外の何ものでもなかった。朱《チュ》団長に会いに行き、委員だの常任委員だの、自分には務まりそうにないと訴えた。朱《チュ》団長は笑って答えた。

「馬鹿な子だねえ！　可愛いスイカ頭で何考えてるんだか。これは政治的待遇というもので、君個人に与えられたのではない。寧州の文化芸術界全体に与えられたものです。それというのも、君の『楊排風』が素晴らしく、劇団としてもかつてない会心の作であるからして、みんなは君に敬意を表して今回の推薦になった、こういうわけ。どこの劇団も喉から手が出るほど欲しがって、じたばたしているというのに、君はいらないってか。ほんとに可愛いスイカ頭して……」

朱《チュ》団長は可愛くてならないといった風に易青娥《イチンオー》の頭をぽんと叩いた。

易青娥《イチンオー》は本当に会議に出るのがいやでたまらなかった。劇団の中庭に出るのも好きではない。人と交わるのが苦痛だった。普段は公演が終わると、暇さえあれば稽古場に閉じこもっている。一人でいれば、心が自由に遊び、芸の思案に心が歌い始めるのだ。

新しい宿舎で彼女と同室になったのは閨閣旦《グイゴーダン》（娘役）の周玉枝《チョウユイジー》と小花旦《シャオホアダン》（少女役、侍女役）の恵芳齢《ホイファンリン》だった。周玉枝《チョウユイジー》は易青娥《イチンオー》より二歳上、恵芳齢《ホイファンリン》は同じ年だった。易青娥《イチンオー》が炊事班にいたとき、この二人とはあまり接触がなく、研修班に戻ってからも自分から人に近づくことはない。彼女が人気者になると、楚嘉禾《チュチアホー》がそっぽを向いたほかはみんな彼女に近寄ってきたが、彼女はいつもの笑いで心を隠し、おしゃべりに興ずることもなかった。この三人が同室になって何日か経っても、主にしゃべるのは周玉枝《チョウユイジー》と恵芳齢《ホイファンリン》の二人だった。易青娥《イチンオー》は荷物を部屋に運びこむと、時間のほとんどを稽古場で過ごした。部屋に戻るのは、洗面や歯磨き、そして眠るときだった。

ある日、周玉枝《チョウユイジー》がいないとき、易青娥《イチンオー》が稽古場から戻ると、恵芳齢《ホイファンリン》が無理に話題を作って話しかけてきた。おしゃべりというより、恵芳齢《ホイファンリン》一人がしゃべり続けた。恵芳齢《ホイファンリン》はきっぱりとした話し方をする子で、また口がよく回った。

「青娥《チンオー》、あなたは寧州のスターになってしまったから、話していいのか悪いのか、気を悪くするかもしれないけれど……」

易青娥《イチンオー》はいいとも悪いとも返事しなかったが、恵芳齢《ホイファンリン》はお構いなく話し続けた。

「ここに来たとき、私たちはまだちっちゃかったから物事がよく分からなかった。あなたのおじさんが悪い、あなたが悪いとみんなが言い、誰も話しかけず、意地悪をしたり、仲間外れにしたり、私たちは幼いというか本当に馬鹿だったわ。今思うと、笑うしかないわね。あなたは研修班の中で一番苦労した。今その苦労が報われて当然よ。でも、悪い仲間は今もいる。陰であることないこと話してるわ。あなたの叔父さんのことだけでなく、あなた自身のことも聞いた。きっとあなたは気分を害すると思うから、どう話していいのか……」

易青娥《イチンオー》は聞きたくはなかったが、恵芳齢《ホイファンリン》からそこまで言われると聞いてみたくもあった。話すに任せよう。易《イ》青娥《チンオー》が黙って促すと、恵芳齢《ホイファンリン》はかえって口ごもってしまった。易青娥《イチンオー》が掛け布団を広げて眠ろうとすると、恵芳齢《ホイファンリン》は意を決して話し始めた。それは廖耀輝《リャオヤオホイ》と彼女のことだった。しかし、その話はまるで変わっていた。廖耀輝《リャオヤオホイ》は竈《かまど》の前で彼女を押し倒してどうのこうの、それからずっと何年も廖耀輝《リャオヤオホイ》と彼女の仲はどうのこうの、叔父が帰って暴力事件を起こしたのはこれが原因だった。火搔き棒で廖耀輝《リャオヤオホイ》に打ちかかって半殺しの目に遭わせ、宋《ソン》師匠が止めなかったら、人命が失われていただろうと、見てきたような話で聞くものを引き入れる。易青娥《イチンオー》は打ちのめされた思いで目の前が暗くなった。

後に叔父は言った。

「なまじ名前が売れると、醜聞の餌食になる。豚を肥らせるのと同じなんだ。どんどん肥らせて、見るも無惨に肥らせて、みんなで食っちゃうのさ。我慢するしかない」

胡彩香《ホーツァイシアン》先生も彼女を慰めた。言いたい奴には言わせておけと。それから苟存忠《ゴウツンチョン》老師も、古存孝《グーツンシャオ》老師も、裘存義《チュウツンイ》老師も、周存仁《チョウツンレン》老師まで彼女を慰めにやってきた。これによって易青娥《イチンオー》は噂が劇団中に知れ渡っていることを知ったのだった。ある日、郝大錘《ハオダーチュイ》は野菜の盛りつけで廖耀輝《リャオヤオホイ》に文句をつけ、二人は激しい言い合いになった。郝大錘《ハオダーチュイ》は言った。

「この××野郎。まだ捕まらないのか？　まだ鉄砲玉食らわないのか？　お前が竈《かまど》の前でしたことはちゃんとお天道《てんと》さまが見ているんだ。いつまで隠す気か？」

ついに団長の耳に入って、朱《チュ》団長はまず易青娥《イチンオー》の話を聞き、その経過を宋《ソン》師匠を呼んで確認し、話の大元《おおもと》を了解した。人はみな、下心を持って話をするものさ。取り合うことはないと団長は言ったが、易青娥《イチンオー》にしてみれば何をどうしたらいいのか分からない。彼女は廖耀輝《リャオヤオホイ》を見る度に心がざわつき、その廖耀輝《リャオヤオホイ》は彼女を見かけると物陰に身を隠すようになった。これがかえって人の好奇心をそそることになった。易青娥《イチンオー》は棉花の耳栓をしたくなった。一人で稽古場にこもり、開脚股割り、仰け反り、天空蹴り、みんな面白いように決まる。彼女は稽古が好きなのだ。稽古のほか、したいことは何もない。舞台で、稽古場で、すべての時間が流れ、くたくたになって体を稽古場で横たえたとき、その日一日のすべてをやり終えた自足感を味わうことができた。

ほどなく劇団は寧州県の要請で農村の巡回公演に出発することになった。

四十四

寧州県が劇団に要請した農村巡業の公演は「商品観念教育活動《マーケティングキャンペーン》」の一環をなすものだった。

易青娥《イチンオー》が寧州県の政治協商会議の常任委員になっていなければ、このキャンペーンの意味は皆目見当がつかなかっただろう。「商品観念教育活動《マーケティングキャンペーン》」とは何か。彼女は春耕の田んぼに水を引くようにしっかりと頭の中に注ぎ入れた。ほかの委員の話を聞いているうちに、寧州県のあらましがやっと分かってきた。ここは関中《かんちゅう》平原（陝西省の省都・西安を中心として西は宝鶏から東は潼関《とうかん》まで、南は秦嶺《しんれい》山脈に接する渭河《いが》流域。秦川《しんせん》八百里とも呼ばれる）に辛うじて連なり、秦川八百里のおこぼれで生きのびる小県であり、山また山、広大な秦嶺山脈に周囲を閉ざされた後進地域だ。人々は自ら耕して植え、自ら育てたものを食すという太古さながらの自給自足の生活を送っている。すべての産品《さんぴん》は自家消費されて流通することはなく、従って市場経済は成り立たない。村々の暮らしは日増しに困窮の度を加えていた。

伝わるところによれば、寧州にはかつて「茶街道」、「塩街道」があり、南方の商人が交易のため北方との往還を行った。この古道に沿って市が開かれ、車の通る道も開かれた時代もあったが、今は廃《すた》れ、荒れるに任せている。市場は〝資本主義の尻尾〟と見なされて次々と閉鎖され、切られた尻尾はもはや尾骶骨《びていこつ》の痕跡さえ留めない。

今回の「商品観念教育活動《マーケティングキャンペーン》」は指導部の話だと、この市場を新しく開設して村民の経済観念を刺激し、〝企業家〟と〝経済人〟を育てようとするものだった。劇団の役割はこの村民大会を成功させるために人を集めることにあった。大会はまず村の指導者の講話に始まり、先駆者が起業の成功体験を報告の後、劇団の公演が行われる。

第一回の公演は大会の挨拶が延々と延び、易青娥《イチンオー》は包頭《づら》（日本の鬘《かつら》とは違って頭をきつく締め上げる）を二度やり直した挙げ句、結局行われなかった。

開演前、叔父の胡三元《ホーサンユアン》は数人の楽隊を率い、景気づけの銅鑼、鐃鈸《にょうばち》を打ち鳴らした。たちまち村の四方から人が湧いて出て、舞台を取り囲んだ。村役場が何日も前から拡声器の前触れを続けていたという。寧州県の有名な劇団が来演し、誰もが知っている『楊家将《ようかしょう》』を通し公演の大芝居で見せる。見に来るときには各自家から売り物になる品を持参するようにとのことだったが、大半の人は手ぶらだった。集まった品物と言えば、せいぜい自分で編んだ竹籠や笊《ざる》、草履《ぞうり》、鍋を洗う竹の刷毛《はけ》、たわしなど、中には人前に出すのが恥ずかしくなるようような粗末な品物も混じっていた。売り物を大声で呼ばわるわけでなし、商売にはまるで無頓着、不熱心で舞台をもの珍しげに眺め、楽隊の演奏が始まるとさまざまに言い交わしている。

「あの太鼓打ち、評判らしい。ただ叩いているだけじゃない。何か意味があるんだ。やっぱり大したもんだ」

「顔は半分が真っ黒けだが、手や口や顔や尻の動きを見ろよ。どれもさまになっている。あの男、やっぱりただ者ではないぞ。俺らの呼びこみは当てずっぽうで、鶏の夜泣きか狐の遠吠えのようなものだ」

多くの見物人は、大会が始まろうとしている会場よりも楽屋の方に興味を示していた。ぞろぞろと押しかけ、俳優のメイクを珍しがっている。村の開場整理係は彼らを追い出しにかかったが、梃子《てこ》でも動く様子がない。客席に戻るよう声をからして呼びかけても誰も耳を貸そうとしない。とうとう誰かが長い竹竿を持ち出し、足に根を生やしている人たちに振り回し、めったやたらに打ち下ろし、追い立てを始めた。村人は肩や背中を打たれながらやっと動き始めた。

「大会が始まります。客席へ行って下さい、会場へ移動して下さい。早く早く」の怒鳴り声を聞きながら、易青娥《イチンオー》は包頭《ずら》作りに難儀していた。楽屋から舞台へちらりと目を走らせると、そこには黒々とした豚肉の燻製が吊され、ところ狭しと並んでいる。臘肉《ラーロウ》と呼ばれ、臘月《ろうげつ》（旧暦十二月）の寒風にさらされて味を増した年代物ばかりだ。彼女には九岩溝《ジョウイエンゴウ》の生家で見慣れたものだった。その値段は高くても数十元に過ぎなかった。田舎の人は年末に豚をつぶしても（屠殺しても）、せいぜい一年ぐらいしか保存できない。ちゃんとしたやり方を知らず、竈の上に吊して煙でいぶし、火で焦がすに任せている。確かにこれでも保《も》つことは保つ。うまく保たせた家は食べるのが惜しくなる。ここに吊されているのは、明らかに上等の年代物で、黒炭状に燻《くす》べられていた。

司会者がマイクをとんとんと叩き、声を高めた。

「お静かに願います。ただ今から大会を開きます。我が銅場郷《トンチャンシアン》における商品観念教育活動《マーケティングキャンペーン》を始めます。まず閻《イエン》村長からお話を頂戴します。皆さん、拍手を！」

演台に立った閻《イエン》村長の第一声は「みなさん、これが何か分かりますか？」

客席から「臘肉《ラーロウ》」の声。

易青娥《イチンオー》が見ると、観衆は千人を下らない。

「臘肉《ラーロウ》は何するものですか？」

「食べるものです」

会場から笑い声が起こった。

「いいえ、これは人間が食べるものではありません。この臘肉《ラーロウ》は恐れ多くも竈の神さまに捧げ、竈の火と煙に捧げ、そして家に棲む虫たちに捧げるものです。さて、ここにいくつの臘肉があるか、みなさん当てて下さい」

客席から百、百五十、二百、二百五十という声が次々と上がった。

閻《イエン》村長が首を振って答えた。

「みんな外れです。ここには三百十七個の臘肉《ラーロウ》が並んでいます。みなさん、突然ですがクイズです。この肉はどこから来ましたか？」

「村が没収したんだ」

「資本主義の尻尾を切ったんだ」

村長が慌ててその声を制した。

「馬鹿なことを言っちゃいけない。村はここ数年、誰の尻尾も切っていないし、誰のものも没収したりしていない。すべて村がお借りしたものです。誰のものか分かりますか？」

「地主が隠していたんだ」

「黄世仁《ホアンシーレン》（『白毛女』に登場する悪徳地主）だ」

また笑いが起こった。

「これは地主のものでも、黄世仁《ホアンシーレン》のものでもありません。これは私たちの村役場から十五里離れたところの姚家《ヤオジャー》湾村《ワンツン》は姚長貴《ヤオチャングイ》さんの臘肉《ラーロウ》です」

観衆はざわめき、憤然とした声が上がった。あそこはこんなにためこんでいたんだ。

「みなさん、驚いたでしょう。ではもう一つクイズです。ここの臘肉《ラーロウ》は最長、何年でしょうか？」

会場から声が飛び交った。三年、五年、八年、十年。

「みなさんまた外れです。三百数十個の臘肉《ラーロウ》のうち、最長は何と十四年です。虫に食われてもう骨しか残っていませんが、それでも食べるのは惜しい、捨てるのはもったいないとずっと保存し続けたのです」

会場から残念がる声がした。挨拶はまだ続きそうだ。

早く終わらせてくれと楽屋でもぶつぶつ文句が出た。

それでも閻《イエン》村長の話は続く。

「姚長貴《ヤオチャングイ》さんの家はこれを食べ残したのでしょうか？　いいえ、違います。食べるのが惜しかったんです。「姚《ヤオ》さんは一家六人、二年に一回、豚をつぶします。一頭の豚からは平均五十個の臘肉《ラーロウ》が取れます。みなさん、見てお分かりでしょう。この臘肉《ラーロウ》はそんなに大きくはありません。これに豚の頭、蹄、尻肉、首回りを合わせてせいぜい六十個、二年で六十個ですよ。十四年で四百二十個です。ここにあるのは三百十七個、姚《ヤオ》さんの家では十四年で百十個食べたということですから、一ヵ月で一個食べたかどうか……」

会場から声が飛んだ。

「いい暮らしだ。うらやましい！」

「そうです。確かにいい暮らしです。しかし、この肉をただ放っておくだけでなく、商品として市場に流通させたら、もっといい暮らしが待っているのです……」

客席でまたがやがやと議論の声が沸き起こった。閻《イエン》村長はさらに計算をして見せた。三百十七個の臘肉《ラーロウ》の商品価値は……

包頭《づら》で締めつけられた易青娥《イチンオー》の頭は酸欠状態を起こし、吐き気となって彼女を苦しめている。ほかの俳優たちも我慢の限界になっていた。誰かが一体いつまで待たせるつもりかと朱《チュ》団長をせっついた。朱《チュ》団長は現場の責任者に尋ねたが、彼も首をかしげるばかり、ちょっとお待ちを、村長も時間を気にかけていますし、もう少々……。観客もざわつき始め、残り時間を数え始めている。ついに朱《チュ》団長は断を下した。とりあえず包頭《づら》をはずそう。村長の話が終わったら、また取りかかればいい。

大会は一時間以上かかってもまだ終わらず、これが村長でなかったら観客はとっくに騒ぎ出していただろう。移動公演はどこの村でもこんな具合だった。次の村では痺れを切らした観客に幹部が早々に野次り倒されている。

公演中、ある青年が楽屋を訪ねてきた。寧州県の劇団が無料で見られると聞き、山坂越えてやってきたと言う。芝居は素晴らしかった。この『楊排風《ようはいふう》』を彼の村にも何とか見せてもらえないものかと、商品観念教育活動の引率者と朱《チュ》団長に頼みこんでいる。秦嶺《しんれい》山脈の中で孤絶した彼の村は、昔から芝居らしい芝居、まして本物の舞台など見たことがない。もし、劇団が足を伸ばして来てくれるなら、劇団員一人一人に頭を下げてお願いしたいと感激さめやらぬ面持ちだった。

団長はその青年に村で何をしているかと尋ねた。彼は現場の責任者としか答えなかったが、みんなは恐らく支部書記か村委員会の主任だろうと見当をつけた。そこはどこか、遠いのかと尋ねると、尾根を一つ越えたところだとの返答があった。

巡演のコースを変え、公演数を増やすことは、たとえ団長であろうとも一存では決められない。難問はまず劇団幹部たちが首を縦に振るかどうかだ。心配性の青年は易青娥《イチンオー》の前へおずおずとやってきた。主演女優の鶴の一声で口添えしてもらえないかと。易青娥《イチンオー》はかつての自分がそうであったように、農村の人が芝居に寄せる思いの強さを知っている。しかし、自分から劇団の幹部たちに言い出す勇気はない。最後に朱《チュ》団長は易青娥《イチンオー》に念押しした。やれるか？　道中はきついぞ。易青娥《イチンオー》は急いでうなずき返した。朱《チュ》団長はどこかの村の青年に「行こう」と確約した。青年は村人を呼び寄せ、集め始めた。夜通しかかって老若三十人以上がこの会場に駆けつけてきた。一番年下は十二歳の女の子で、彼女は衣装箱を肩に担ぎ、先に村へと帰っていった。

翌日の早朝、劇団員たちは山越えにかかった。村から道案内の女の子が出迎えた。年齢を聞くと、一人は十一歳、もう一人は九歳だった。易青娥《イチンオー》は誰よりも親しみを感じ、この二人にずっと付き添うように歩いた。山を一つ越えて後どのくらいと尋ねると、「もうすぐです」の答え。山をもう一つ越えて後どのくらいと尋ねると、やはり「もうすぐです」の答え。六十人もの人間が朝九時に出発して正午になり、また同じことを尋ねると、やはり「もうすぐです」の答えが返って来た。前を見ると山また山、人家の煙は絶えて見えない。劇団員たちは空腹と喉の渇きでふらふらになり、ぶつぶつ言い出す者も現れた。冗談好きが日本軍の兵隊が住民を脅す口真似をして、二人の女の子に向かって言った。

「バカヤロ。これ以上人を騙すと、死啦《すーら》死啦《すーら》よ（殺してしまうぞ）」

二人の女の子はやはり「もうすぐです」と答えた。

午後四時になって、行く手に紫竹《しちく》の林に見え隠れして大きな邸が現れた。女の子がやっと言った。

「着きました。ここを過ぎたところです」

彼女の言う通り、その邸を過ぎたところが目的地だった。みんなへとへとでその場にへたりこんだ。聞いてみると、あの村役場からこの山の上まで三十里もあった。連絡役の青年はひたすら笑顔で詫びを言った。村の衆がみんな芝居を見たがっているのは本当です。でも、道のりをはっきり言わなかったのは申しわけありませんでしたと。みなさんに引き返されたら大変だと思ったのです。劇団員の何人かは腹の虫がおさまらず、青年に食ってかかった。

「おい、おい。これは詐欺行為だよな。分かっているのか」

一発お見舞いしたがっている者もいたが、これは朱《チュ》団長が止めた。

劇団員が農家に分宿になった後に分かったことだが、その青年は劇団を騙しただけでなく、村の幹部をも騙していた。彼は支部書記でもなく、村委員会の主任でもなかった。支部書記は「商品観念教育活動《マーケティングキャンペーン》」のスタッフとして地区研修に狩り出されている。村委員会の主任は在宅だったが、その青年と反《そ》りが合わなかった。村委員会が近く改選になるので、青年はどうやら主任に立候補するつもりらしい。すでに老齢の主任からすると、この青年の行動は行き当たりばったりな上に礼儀をわきまえず、腹に据えかねるものがあった。寧州県の劇団を呼ぶという一大事を自分に一言の相談もなく、村民をこそこそと迎えに出した。衣装箱が小学校の入り口に積まれると、もはや逃げ隠れができずに今さら挨拶に来られても聞く耳を持たず、どの面《つら》下げてきたと追い返したいところだ。老主任に言わせれば、青年は向こう見ずにもほどがある。たとえ劇団が「金はいらない」と言っても、六十人もの人間が来た以上、飯も食わせずに働かせられるのか。たった一回の公演でも舞台なしで芝居ができるとでも思っているのか。これは天に穴を開けるようなものだ。収拾がつかないぞ。大やけどしてから若気の至りでは済まないということだ。

こうして二人は口論になり、老主任は村人の前で宣言した。以後、この件とは一切関係を持たない。もし、いいふりこいて男気を出そうとか、ちょっかい出したい人間がいるなら勝手にやればいいだろう。後で泣きっ面をかくな。こう言って主任は玄関を閉め、鍵をかけ、後ろの山の親戚の家に引きこもった。

青年はこうなってしまったからには先へ進むしか道はない。幸いなことに村民はみな芝居を見たい一心で青年を支持し、後押しした。家々が手分けして劇団員を引き受ける相談も順調に進んだ。引き受けるからには食事の世話も当然、自分持ちだ。乏しい山家《やまが》暮らしで客人をもてなすには、家族が食いつなぐ食料を惜しんでいられない。ある家は早速、臘肉《ラーロウ》を鍋にかけた。易青娥《イチンオー》が泊まる家は大喜びで彼女を迎えた。『楊排風《ようはいふう》』の歌はラジオで聴いて覚えているから、この有名人の到来に鶏を一羽つぶし、ことことと煮こみ始めた。家々から夕餉《ゆうげ》の香りが競うように村中に漂った。朱《チュ》団長と老人たちの一行が泊まった家は暗く陰気な雰囲気だった。ひと鍋のサツマイモをせわしなく食べ終わると、すぐ灯りが吹き消され、みな早々と寝についた。起きているとランプの油を余計に使うからだ。

村の人口は七十人あまり。隣の村からもいそいそと見物人が駆けつけた。翌日の午前、『楊排風』が上演された。驚いたことに村の老主任が引き返して会場に姿を現した。村民が青年の指示に従って会場に長椅子を並べているのを見て、自分は舞台真下の椅子に腰掛け、不機嫌な表情を変えずに青年に声をかけた。

「ことがここまで進んだからには、主任として顔を出さなければ観客に申しわけが立たない。開演前に村民を代表して挨拶をし、劇団のみなさんに礼を申し上げたい。村には村の規則があって、誰かが責任を持って仕切らなければならん」

青年は早速朱《チュ》団長に伝えた。主任が戻ったので開演前に挨拶し、団長にお礼を申し述べたいと。音響係が舞台の中央にマイクを立てた。主任は服の埃を払って舞台に上がった。マイクが突然きーんと雑音を出したので、主任は驚いて数歩仰け反った。

「ああ、びっくりした。肝っ玉が縮み上がったよ！」

客席は大笑いし、主任はまたマイクに恐る恐る近づいて話し始めた。

「劇団の同志諸君、よくぞこの山中にお運び下さった！（またマイクがきーんと鳴った）」あれ、まただ。おどかさないでくれよ。（客席が笑い、彼もつられて笑った）昨日早くに、みなさんがお見えになると聞いた矢先、豚の具合が悪くなって川向こうの獣医を迎えに行き、注射を一本打ってもらいました。みなさんはお昼にお着きになったのですが、今度は女房が裏の山でジャガイモを掘って担いで帰る途中に足を挫き、また川まで迎えに行って、夜は何が何でも皆さまにご挨拶申し上げようと思っておりましたら、息子の縁談が来年春の祝言《しゅうげん》と決まっても結納金の折り合いがつかない。先方の家の母親が言うには、この額では主任さんらしくもない、もっと出せとすったもんだ、気がついたら、もう夜中というありさまで、いやはや（マイクの雑音）あれ、まただ。狼の遠吠えかと思った。いや、それよりもぞっとする。（客席が笑い、彼も笑う）どこまで話しましたか？　そうそう、親戚というものはどこもそうだと思うんですが、うるさくて厄介なものです。その最たるものは嫁の実家の母親ですな。お宅もそうでしょう。違いますか？　（客席笑う）これから劇団の皆さまと夜通し打合せがあるというのに帰してもらえない。年を取るとせっかちで怒りっぽくなって手がつけられない。その剣幕たるや、こちらの家屋敷、竈の灰まで担いで持ってこいと、尻《けつ》の毛までむしり取ろうって算段に違いない。まあ、私ごとはこれぐらいにして、実は劇団の同志諸君に聞いていただきたいことがあります。私が今日こうして朝一番で山を下り、みなさんにお会いするのはどうしてでしょうか？　あてて下さい。さあ、どうしてでしょうか。……（客席から声がした。いい加減にしろ。早く芝居を見せてくれ）分かりませんか？　途中で片腕だけの男の子に会いました。誰だか分かりますか？　隣村の竹細工の職人梁《リアン》師匠の息子ですよ。とんでもない悪ガキで、手製の爆弾を投げて魚を捕《と》ろうとしたが、自分の片腕を落としてしまった。どうしてこの話をするか分かりますか？　今は猫も杓子も「商品観念教育活動《マーケティングキャンペーン》」を学ぶ時代です。この子は爺さんの尿瓶《しびん》に目をつけた。こっそり中身をぶちまけ、県城へ出て鑑《み》てもらった。何と清代の〝お宝〟ですよ。三百元で売れた。やったとばかりにカセットレコーダーを買って意気揚々と帰って来た。がんがん音楽を鳴らし、蛮声張り上げ歌を歌って、ラッパズボンを引きずって道路掃除と来た。ズボンの裾は村の木にぶら下がっている拡声器のラッパそっくり、生地を無駄に使っている。（客席でまた笑い）おまけにヒキガエルみたいなサングラスかけて……（マイクは鋭い金属音をあげる）いや、いやあなた方の劇団は何て代物を使っているんですか？　腰を抜かすじゃないですか。ところで県はどうしてあなた方の劇団をここへよこしたんですか？　「商品観念教育活動《マーケティングキャンペーン》」のためですよね。〝商品〟とは何か？　分かってます。ラジオでさんざ聞かされましたからね。世の中の役に立つもの、それが商品です。それでは〝観念〟とは何か？　これがさっぱり分からない。ラジオはくどくど言ってますが、まあ、おそらくこんな意味でしょう。つまり、何でもかんでも売り物にして金に換えること。明けても暮れても金、金、金が一番、これが〝経済観念〟ということでしょう。だが、爺さんの尿瓶が金に化けたら、爺さんは夜中にオンドルで小便《しょんべん》ができなくなる。（客席は大笑い、スピーカーは何度も奇怪な音響を発する）あいやー、マイクには近づかない方がよさそうだ。心臓が口から飛び出しそうだ。何はともあれ、同志諸君は来てくれた。『楊排風《ようはいふう》』が来てくれた。時あたかも春耕《しゅんこう》、春起こし、種まきの季節、ジャガイモ、サツマイモのは作付けは大いに促進されることでしょう。まして「商品観念教育活動《マーケティングキャンペーン》」ですからな。教育・啓蒙活動の甲斐あって大々的、大々的に成果が上がることでありましょう！　普段の会議はうるさいだけで話はあちゃらこちゃら、まとまる話もまとまらない。ところが今日はどうだ。爺っちゃも婆っちゃも嫁っ子も、おぼこ娘も童子《わらしこ》までみんなの顔が揃った。さあ、大会を始めようではないか。まずは春耕の生産体制、翌月は役所の検査が入る、「商品観念教育活動《マーケティングキャンペーン》」については、我々の臘肉《ラーロウ》問題から話を始めたい。（客席からもういい、口を閉じろ、芝居を始めろなどの声、誰かがレンガを舞台に投げこんだ。易青娥《イチンオー》は知っている。マイクの騒音は劇団の音響係のいたずらだ。わざと老主任の話を邪魔をして、耳をつんざくばかりの音響にしているのだ）あいやー、この代物は村の拡声器よりまだひどい。これじゃ、我が村からつんぼが出かねない。さて、手短に話すと、この村の「商品観念」は実に立ち後れている。子どもでさえ、尿瓶の商品価値を見出したというのに、大人はどうだ？　この村に物はあっても売る物はない。これでいいのか？　臘肉《ラーロウ》はあっても売る臘肉《ラーロウ》はなくなった。草鞋《ぞうり》の二、三足でも作ってぶら下げておけ。封建時代じゃあるまいし、出し渋りと売り渋りの姑息な観念。私はそう思いたくないが、物を売るのがそんなに恥ずかしいことなのか、卑しいことなのか？労を厭うな、身を惜しむな。（客席の声。芝居を見に来たんだ。お前を見に来たんじゃない。とっとと引っこめ！　芝居を始めろ！）引っこめだと？　言ったのは誰だ？　出てこい。誰だ？　お前に発言を許してはいないぞ。うん、空模様が怪しいな。こりゃ、一雨来るぞ。いいか、「商品観念教育活動《マーケティングキャンペーン》」の大会はまだ開いていない。どうする？　降られたら芝居はおじゃんだ。あの太鼓も聴けなくなるが、どうする？　やるかやらないか、誰が決めるんだ？　この豹子溝《バオズゴウ》では決める人間がいないのか？　よかろう。誰もいないのなら、私が決めてやる。開演だ！」

芝居が半分ほど進んだとき、突然雨が降り始めた。スタッフの誰かが朱《チュ》団長の耳元で「詰めましょう」とささやいた。

〝詰める〟とは業界用語で出演者の急病、興行主の悪待遇とか、天候の急変、災害、端折《はしょ》ってもどうってことのない土地や観客など何らかの理由による臨機応変の対応だ。ここ豹子溝《バオズゴウ》の場合はみんなに疲労の色が濃く、ろくに寝られず、ろくな食事にもありつけなかった者もいるが、実際的な判断は司鼓《スーグー》（鼓師）と主演俳優の胸先三寸に任せられる。叔父の胡三元《ホーサンユアン》は何の素振りも見せなかった。

易青娥《イチンオー》はこの大雨の中、一人の退場者もいないのを見た。自分が幼かったころ、芝居を見るために十数里の山道を胸弾ませながら歩いた情景が脳裏をよぎった。たとえ雨が降ろうが雪が降ろうが、両足が凍えて饅頭《マントウ》の生地《きじ》のようになろうが、大事な場面を見逃したり、芝居が終わってしまうことだけが心配だった。

場面が進むにつれ、山の天気は寒さを増し、雨は顔を刺した。しかし、彼女は演じ続けた。通し公演の台本通り、老師たちの振り付け通りにやる。それ以外のやりようを知らない。舞台に掛け渡されたテントは雨水を孕んで撓《たわ》み、あふれた雨水がしぶきとなって舞台に飛び散った。濡れた舞台はてかてかに光り、何人もの出演者がすとんと転び、つーと地がすりの上を滑る。易青娥《イチンオー》も転倒しながらも難度の高い技に挑み、演出家を失望させまいとした。観客の拍手と「好《ハオ》！」のかけ声は途絶えることなく、易青娥《イチンオー》の最後の見得《みえ》まで続いた。

豹子溝《バオズゴウ》の人口は七十数人、隣村からの見物を加えると、観客は二百人を超えた。彼らは雨ざらしの客席で身じろぎもせず、その歓声は山間《やまあい》に響き渡った。易青娥《イチンオー》はこの日のことをしっかりと脳裏に焼きつけた。一度舞台に上がったら決して楽しようと思ってはならない。束の間の偸安《とうあん》で得るものはなく、大事なものを失う。それは一生持ち続けられる美しい記憶だ。

その日、舞台を降りた彼女は、初めて観客から掛け布団の表《おもて》を肩に掛けてもらった。それは老主任が息子の祝言のために用意したもので、主任の心からの〝引き出物〟だった。主任は言った。

「こんな舞台をこれまで見たことがない。こんな手加減の知らない役者も初めてだ。我々は易青娥《イチンオー》に学ばなければならない。その演技、その仕事ぶり、そのひたむきさ、これを見習えば、豹子溝《バオズゴウ》の暮らしは格段と向上するだろう。だが、残念ながらこの村は目先や見かけのことだけに振り回されて、無駄な日を過ごしていることだ。これが夢なら覚めてほしくない」

劇団をたぶらかして〝おびき寄せた〟青年とその仲間たちは、村民数十人を伴ってふもとの村まで送り届けた。途中、人に会う度にラップ風の韻律で易青娥《イチンオー》を讃えた。

見たか聴いたか『楊排風《ようはいふう》』
酒より肉より　その心立て
何はともあれ　見てご覧

飲まず食わずで山越えだ

その道々、胡三元《ホーサンユアン》は彼女に言って聞かせた。

「舞台に立つとは、この心立てだ。自分の良心に恥じてはならん。客に取り入ったり客を見下したり、うまい話やおだてに乗ったり、目先に流されてはいかん。役者が人と人と出会い、縁を結び、徳を積むのは舞台の上でしかできない。この出会いは一生に一度しかなく、二度と繰り返されることがない。だから、この舞台を端折《はしょ》るのは見る人の心と時間と権利を盗むことだ。役者も芝居も鬼道に落ちる。地獄の底へ真っ逆さまだ」

今度の旅公演は二ヵ月以上、五十ステージを越えた。秦嶺山脈のふところ深く寧州県の隅々まで足を延ばした。悪条件の中、舞台を端折ったことは一度もなく、手を抜くこともなかった。彼女の演技に磨きがかかっただけでなく、舞台の立ち姿に一種の覚悟と風格が加わり、さらにその〝美貌〟まで喧伝《けんでん》されて、彼女の行くところは十重二十重の人波に囲まれた。あるところでは警官隊が出て群衆整理に当たり、行く先々で真紅の掛け布団の表《おもて》が肩に掛けられた。一度に数枚贈られたところもあって、本拠地に帰った時には七十数枚に達し、同行者全員に分配した。県はこの巡回公演が「商品観念教育活動《マーケティングキャンペーン》」の普及に功績があったとして劇団を表彰し、書記、県知事はことのほか喜び、劇団員全員に記念の舞台衣装を贈った。

すぐ次の仕事が待っていた。寧州県が属する北山《ベイシャン》地区（陝西省と寧州県の間の行政区）の全劇団が参加する演劇祭が開かれることになり、寧州県劇団の参加演目は『白蛇伝』に決まった。

主役の白娘子《はくじょうし》は自然に、何の疑いもなく易青娥《イチンオー》に決まった。

四十五

易青娥《イチンオー》が劇団に入ったばかりのとき、白娘子《はくじょうし》の話を聞かされたことがある。叔父は言った。秦腔《チンチアン》を唱うなら、『白蛇伝』（上巻二二六ページ参照）と『西湖に遊ぶ』（上巻二四七ページ参照）は必須だし、その主役を張らなければ〝一人前〟ではないと。なぜなら、両方とも立ち回りはもちろんのこと、唱わせてよし、語らせてまたよしの文戯《ぶんぎ》と立ち回りの武戯《ぶぎ》、この両全が求められるからだ。『焦賛《しょうさん》を打つ』を演じたとき、苟存忠《ゴウツンチョン》老師は言った。

「この一幕をこなしたら、次は全幕通しの本芝居『楊排風《ようはいふう》』をやらせてやる。これをものにしたら、次に待っているのは『白蛇伝』だ。主役の白娘子、こいつは手強いぞ。文戯《ぶんぎ》・武戯《ぶぎ》に加えて水袖《シュイシュウ》の技《わざ》がものを言う。蛇体の表現に欠かせないし、芝居の決め手はこれだな」

劇団が『白蛇伝』を上演演目に取り上げたとき、易青娥《イチンオー》は祈る思いでキャスティングを見守った。果たせるかな、白娘子《はくじょうし》は彼女に決まるのだが……。

（注）水袖《シュイシュウ》　衣装の袖口についている尺余の白絹。所作に伴ってこれを打ち振ることで、劇的状況、心理描写を含む効果的な表現ができる。

この大作の主役が易青娥《イチンオー》の頭上に落ちたとき、寧州県劇団は大揺れに揺れた。

易青娥《イチンオー》は、楚嘉禾《チュチアホー》がこれをやりたがっていたことを知っている。楚嘉禾《チュチアホー》の母親は、『白蛇伝』が本決まりになる前から朱《チュ》団長のもとへ足繁く通っていた。配役は団長の仕事ではなく、演出家が決めることだと、団長の答えはいつも判で押したように決まっていた。『白蛇伝』の演出は古存孝《グーツンシャオ》、苟存忠《ゴウツンチョン》、周存仁《チョウツンレン》、裘存義《チュウツンイ》、この四人の老芸人が分担した。彼らのやり方は一般の演出家とはまるで異なっていた。まず古存孝《グーツンシャオ》が見せ場を抜き出して構成し、苟《ゴウ》存忠《ツンチョン》が女形《おんながた》を、周存仁《チョウツンレン》が立ち回りをそれぞれ受け持ち、裘存義《チュウツンイ》が助演者からその他大勢に至るまで出演者の頭数を揃えてその手配まで、いわば制作部のような仕事までこなすのだ。楚嘉禾《チュチアホー》と彼女の母親がこの四人を県で一番の高級料理屋に招いて飲ませ食わせしたとの噂が劇団を駆けめぐった。老芸人たちの決定は、白雲仙（白娘子が蛾眉山で修行していたときの別名）をダブルキャストとし、易青娥《イチンオー》を白娘子A、楚嘉禾《チュチアホー》を白娘子Bに割り振った。老人たちとしてはこの大作に取り組むために無用のトラブルを避けたいというのが本音だった。楚嘉禾《チュチアホー》は確かに出色の素材だが、体幹がなよっとして頼りない。やや堅肉《かたじし》の易青娥《イチンオー》の方が技の切れ味において数段勝っている。老人たちにとって自在に使いこなせるのは易青娥《イチンオー》であることは言うまでもない。

朱《チュ》団長は、この作品の主力を古株の劇団員から研修生に移したい希望を持っていた。白娘子の恋人役許仙《きょせん》は封《フォン》瀟瀟《シャオシャオ》で決まりだ。白娘子の妹分で準主役の青蛇小青《しょうせい》はダブルキャストとなり、易青娥《イチンオー》と同室の周玉枝《チョウユイジー》と恵芳齢《ホイファンリン》が選ばれたが、A、Bはいずれとも決まっていない。二人は稽古が始まった当初、よくしゃべったが、互いに口数が減り、考えこむようになった。二人とも顔立ちがよく、後に寧州県劇団の〝四大美人〟に数えられるようになる。一番目は誰しも認める易青娥《イチンオー》、二番目が楚嘉禾《チュチアホー》、三番目と四番目が周玉枝《チョウユイジー》と恵芳齢《ホイファンリン》だった。さらに〝五朶の金花〟を挙げる人もいるが、これには胡彩香《ホーツァイシアン》が含まれるが、米蘭《ミーラン》を加える人もいて、議論は紛糾する。

易青娥《イチンオー》が困惑するのは、白娘子Bの楚嘉禾《チュチアホー》が何かにつけて易青娥《イチンオー》に辛く当たり、また楚嘉禾《チュチアホー》は封瀟瀟《フォンシャオシャオ》に片思いを寄せていることから、二人の関係はますますややこしいものとなった。本読み（台本の読み合わせ）や立ち稽古のときでさえ、易青娥《イチンオー》が封瀟瀟《フォンシャオシャオ》と親しげな素振りをしただけで楚嘉禾《チュチアホー》は持っていた台本や小道具を投げつけたり、蓋付きの湯飲みを叩き割ったりした。見かねた周玉枝《チョウユイジー》がまず口火を切った。

「青娥《チンオー》、楚嘉禾《チュチアホー》のあの態度、何なのよ」

「さあ、どうして？」

易青娥《イチンオー》が周玉枝《チョウユイジー》に聞き返すと、

「彼女は見たくないのよ。あなたが封瀟瀟《フォンシャオシャオ》とラブロマンスを演じるのを。分からない？　楚嘉禾《チュチアホー》はずっと封《フォン》瀟瀟《シャオシャオ》が好きなのよ。知らないの？」

「知らなかった！」

易青娥《イチンオー》は楚嘉禾《チュチアホー》が本当にそうだったとは思ってもいなかった。たしかに炊事班から研修斑に戻った後、そんな話がしょっちゅう耳に入ってきた。誰々が誰々にお熱なのよとか、発展中なのよとか、〝課外活動〟が始まったとか〝外部活動《アウトドア》〟に入ったとか聞かされても、何のことか分からなかった。誰かが彼女を「本当の馬鹿ね」と笑うのも無理はない。

易青娥《イチンオー》は封瀟瀟《フォンシャオシャオ》とほとんど口をきかないが、彼の印象は素敵だった。絵に描いたような美少年で、それがぴったりとさまになり、瀟洒で闊達。だからといって易青娥《イチンオー》のような田舎者に対して頭《ず》が高いというわけでもない。彼女が炊事班にいたとき、同期生たちは彼女を見下す素振りがありありと見えたが、彼は一人超然としていた。彼女が竈《かまど》の焚き口で火種を起こしているとき、また、厨房でお湯を汲み、食器洗いしているとき、ふと顔を合わせた彼は彼女にさりげない微笑みを返してくれた。ほかの同期生のようにいやな顔一つ見せない。特に『楊排風《ようはいふう》』の稽古に入って、易青娥《イチンオー》が槍の勝負をする八人の敵将軍を選抜するとき、周存仁《チョウツンレン》老師の求めに対し「立ち回りを学びたい」と真っ先に応じたのは封瀟瀟《フォンシャオシャオ》だった。これは彼女にとって思いもよらないことだった。彼は同期生の中で〝白馬の王子さま〟で、女生徒たちが虎視眈々と狙っている。そんな彼が槍の投げ役に徹し、言わば助手として彼女の引き立て役を買って出てくれたのだ。彼女が〝槍傷〟を受けたときは薬を買ってきてくれた。彼女が感激したのは、楚《チュ》嘉禾《チアホー》が煮えたぎった湯麵を彼女ぶちまけたとき、彼はみんなが見ている前で彼女をかばい、決然として楚嘉禾《チュチアホー》を易《イ》青娥《チンオー》に謝らせたことだった。これが彼女の心の中にしみ通り、ふとしたはずみに「瀟瀟《シャオシャオ》兄さん」と口を突いて出そうだった。しかし、彼女はそんなことは思うことさえ自分に禁じていた。それに、あの年、刑場で銃殺刑に処せられた幹部の教職者を見て、彼女には男女の間のことを厭わしく不潔なことと思うようになっていた。叔父を尋ねたときに見せられた胡彩香《ホーツァイシアン》とのベッドの現場、廖耀輝《リャオヤオホイ》から仕掛けられた忌まわしいできごとも重なって、彼女に一種の決心が芽生えていた。一生、男の人と一緒にいないようにしようと。

『白蛇伝』の稽古に入って、総演出の古存孝《グーツンシャオ》老師は明らかに苛立ちの色を見せていた。

「お嬢、分かっていないな。お前さんは許仙《きょせん》に恋しているんだ。目と目が合ったら、ぱっと火花が散るものだろう。

なのに、目が死んでいる。存忠《ツンチョン》よ、何を教えてるんだ？　若い娘の感情表現がまるでできてない。馬鹿面下げて、まるでボケナスだ。お嬢、何をぼうっと突っ立ってるんだ？」

易青娥《イチンオー》は恥ずかしかったが、手の甲を口に当てて笑うしかできなかった。

苟存忠《ゴウツンチョン》老師は彼女と楚嘉禾《チュチアホー》を片隅に呼んで、目配せ、目力《めぢから》、目線の使い方を一つ一つやって見せた。苟《ゴウ》老師は老いたり言えども、その目に愛情の灯が灯ると、それは切なく、狂おしいまでに激しく、傍らで見ていた封瀟瀟《フォンシャオシャオ》までどぎまぎし、正視を憚《はばか》られるような色気を感じ取っていた。苟《ゴウ》老師は二人を厳しく叱った。

「お前たちは封建思想に捕らわれすぎている。いいか、これは芝居なんだ。お前たちの仕事なんだ。白娘子《はくじょうし》は人間世界の愛情に憧れて峨眉山《がびさん》を下りた。そして許仙という小意気《こいき》な若者に出会った。いきなり色仕掛けというわけにはいくまい。どうしたらいい？　どんな演技が必要だ？　易青娥《イチンオー》、よく聞け。楊排風《ようはいふう》を頭から追い払え。お前は今日、思い知らされただろう。お前の演技は、演技と呼ぶにはほど遠い。楊排風は竃番《かまどばん》の女の子だ。火掻き棒振り回したら天下無敵だが、その口からは愛情を語れない。情味というものがまだ分からないからだ。昔、旧劇が全盛のころ、観客が夢中になった芝居は何か？　それは、さすらいの貴公子が花咲く庭で美女と出会い、救われるという物語だ。何百回繰り返しても飽きられることのない永遠のテーマだよ。なぜか？　そこで語られるのは愛情だからだ。いつの時代も人の心を捕らえて放さないもの、娘たちが目の色変えて追いかけるのもこれだ。芝居を見て、人は何を見ようとしているのか。歌や語りや、役者の演技のほかに愛情という代物を見つけたいんだよ。だから、芝居は見れば見るほど面白い。これができずに役者といえるか？　主役を張れるか？　さあ、できるかな？　行って見つけてこい。体験してくるんだ。人がいるところできまりが悪いなら、人のいないところで練習してこい。何かが見つかったら、それを磨け。見つからなかったら、観客にすかを食わせることになるぞ」

易青娥《イチンオー》は恥ずかしくて、また手の甲を口に当ててぼんやり笑うだけだった。練習しろって、どこで何をどう練習しろというのか？　易青娥《イチンオー》はまた薄ぼんやりの易青娥《イチンオー》に戻った。

ある日、封瀟瀟《フォンシャオシャオ》が彼女の耳元でささやいた。

「家《うち》へ来ないか。今誰もいない。家で練習しよう」

彼女は行くと言わなかった。行かないとも言わなかった。恥ずかしさで顔が紅潮するのが分かった。封瀟瀟《フォンシャオシャオ》は続けた。

「父と母は西安へ遊びに行った。家には爺さんがいるけれど、耳が遠いから何を言っても聞こえない」

彼女はちょっと考えて答えた。用事があるからいけないと。彼女は相手が誰であれ、一人で男の人と一緒に過ごす気はない。

この後、彼女はまた苟《ゴウ》老師からこっぴどく叱られた。まるでなってない。これが愛情表現か。古存孝《グーツンシャオ》老師は恨みがましく言った。二人のお嬢さんはまだ〝おねんね〟だ。惚れた腫れたは十年早いか。この芝居は立ち消えだな。そう言ったついでに苟《ゴウ》老師に冗談口を叩いた。

「苟爺《ゴウじい》よ。一生、女形《おんながた》を張り通してどれほどの男をたらしこんだ？　白状しろ。奥の花園にどこかの若様、どこかのお大尽を何人拐《かどわ》かした？　好きな男のために死ぬの生きるの大騒ぎして秦川《しんせん》八百里（西安を中心とする関中平原）に浮き名を流し、どれほど世間を騒がせた？　その名は苟存忠《ゴウツンチョン》、いまだに語り草だよ。その苟存忠《ゴウツンチョン》をもってしても、このお嬢さま方を調教できないか？　いっそのこと、白娘子《はくじょうし》に火掻き棒を持たせてやらせてみるか。大根と青菜のあんかけみたいなものができるだろうな。やれやれ、お嬢さま方、花も蕾というが、これじゃいつまで経っても硬い芯だね」

苟《ゴウ》老師は娘たちをあまり痛めつけては後の稽古に差し障りがあると危ぶんだが、易青娥《イチンオー》はずっと稽古を続けた。とはいっても、水袖《シュイシュウ》と得物《えもの》（武器）を用いた稽古だった。相手役のいる芝居は、一人でこっそり身振り手振りですませた。だが、やればやるほど、通り一遍、ありきたりの演技にしかならなかった。苟《ゴウ》老師はついに大声を出した。

「駄目だ、駄目だ、全然駄目。やればやるほど悪くなる。これは愛の物語なんだ。ところがどうだ。お前たちは赤の他人と芝居をしているのか？　男も女もただの通りすがり、見ず知らずの人間を相手に愛を語っているのか、それとも〝師曰《しのたま》わく〟と君子の道でも説いているのか、それとも〝今何時？〟とか時間でも聞いているのか？　全然駄目、お話にならん」

さらに苟《ゴウ》老師は易青娥《イチンオー》に言い渡した。

「お前は当分、水袖《シュイシュウ》と得物《えもの》の稽古を禁止する。白娘子《はくじょうし》に必要なのは技《わざ》よりも所作《しぐさ》だ。その練習をしてこい」

易青娥《イチンオー》は仕方なく、封瀟瀟《フォンシャオシャオ》から次に誘われたとき、彼の家に同行した。

封瀟瀟《フォンシャオシャオ》の家は県城の西の外れにあった。中庭つきの家だ。入ると、中央が広々とした吹き抜けになって四角い枠の中に、青空と白い雲が見え、各部屋の採光はすべてここから得ている。この中庭に井戸があり、側にザクロの木が一本、びっしりと葉を茂らせていた。易青娥《イチンオー》はこのような中庭を見たことがなく、一目見て好ましいものに思えた。封瀟瀟《フォンシャオシャオ》の家には今、彼の祖父しかおらず、確かに耳が遠かった。封瀟瀟《フォンシャオシャオ》が彼女を連れて戻ったとき、祖父が尋ねた。

「このお方はどなたかね?」

封瀟瀟《フォンシャオシャオ》が祖父の耳元に口を寄せ、大声で答えた。

「劇団の同期生」

「もう食べたよ」

祖父はこう答え、また続けた。

「このお方はどなたかね?」

封瀟瀟《フォンシャオシャオ》はまたかといった調子だが、しかし、ちゃんと返答した。

「お爺さんの知らない人です」

「誰の嫁だ? お前のか?」

易青娥《イチンオー》は恥ずかしあのあまり、首まで赤くなった。封瀟瀟《フォンシャオシャオ》は慌てて言った。

「お爺さん、何言ってるの!」

「おお、そうか、そうか、俺は誰にも話さないよ。安心しろ。どれ、玄関の扉をしめておこう」

易青娥《イチンオー》は間の悪い思いで封瀟瀟《フォンシャオシャオ》を見た。あまり歓迎されていないのかと思った。封瀟瀟《フォンシャオシャオ》は祖父の閉めたドアをまた開け、祖父と雑談を交わした。中庭は奥の菜園に続いており、祖父はさまざまな緑野菜の手入れにとりかかっている。

二人は前庭で『白蛇伝』の立ち稽古を始めた。人目を気にせず、のびのびとした気分になれた。封瀟瀟《フォンシャオシャオ》を見るときも目のやり場に困ることはなく、所作の固さもほぐれてきた。

まずは『西湖に遊ぶ』の場だ。この場はただ台詞の棒読みだけではなく、娘心の企みを表現しなければならないのだろう。

許　仙　(お辞儀をして) これはこれはお嬢さん。
白娘子　(返礼して) これはこれは若さま　お住まいは何方《いずかた》に？
許　仙　(歌) 住まい致すは銭塘県《せんとうけん》
　　姓は許、名は仙と申します
白娘子　して　お暮らしは？
許　仙　(歌) 幼きころは書を読めど
　　今はしがない小商人《こあきんど》
　　清波門外《せいはもんがい》の薬屋で
　　日がな一日働きづめ
白娘子　(歌) ご両親はお変わりなく？
許　仙　(歌) 二親なくし　早十年
白娘子　(わざとらしく) おいたわしい
　　(歌) 私も父母《ちちはは》すでになく

寄る辺なき身の切なさよ（相手の反応をうかがう）
（許仙は同情の眼差しで白娘子《はくじょうし》を見る）
白娘子　（続けて歌う）花の盛りをうち捨てられて
風に飛び散る身の定め
許　仙　してお嬢さま　お住まいはどちらで？
白娘子　（歌）祖先は遙か処州《しょしゅう》の地
空しく仰ぐ遠い空
許　仙　この地に参られたは、そも何ゆえに？
白娘子　（歌）身寄りを頼って来たれども
無情にも雨降り続く湖《みず》の面《おも》
許　仙　（心打たれて）おお、おお！
（歌）なき親を思う心はみな同じ
我らは同じ身の上ぞ
（白娘子と許仙は互いに憐れみの目で見つめ合い、恋心を育《はぐく》む。白娘子の妹分で元は青蛇の小青《しょうせい》は、二人の言葉、目の動きじっと観察し、企みの首尾やいかにと見守っている。老船頭は舟を揺らしながら次の仕掛けを狙っているかのようだ。すると、舟がぐらりと揺れ、二人は思わず手を差しのべ、体を支え合うが、その手をあわてててまた引っこめる）
（合唱が湧き起こる）
同じ小舟に乗り合わせ
袖すり合わすめぐり会いは百年目
千里を結ぶ赤い糸

雨に濡れた西湖の風情
桃花《とうか》の　紅《くれない》　柳の緑
船頭揺れつつ櫂《かい》を止め
見よや　あれこそ世の不思議
縁結びの神とてその名も高い
「月下老人」の祠《ほこら》ぞと
語るは赤い糸の物語

（合唱中、二人は互いに見つめ合い、愛を伝え合う。その傍らで見守る小青《しょうせい》と船頭は、してやったりと顔を見合わせ、こっそりと笑い合う）

易青娥《イチンオー》と封瀟瀟《フォンシャオシャオ》はこの場を繰り返し練習した。一回ごとに伝わってくるものがある。易青娥《イチンオー》はこの芝居の何かをつかんだと思った。いや、つかみ返したといってもいい。苟存忠《ゴウツンチョン》老師はいつも言っていた。役者がその芝居をつかむのであって、決して役者がその芝居からつかまれてはならないと。そうだ、これまでは芝居からつかまれていたのだ。だから稽古も演技も、芝居とは疲れるものと思っていたが、これからはきっと疲れを感じないだろう。練習を繰り返しながら、白娘子が妊娠したところまで順調に進んだ。

（許仙は新調の繻子《しゅす》、緞子《どんす》の装い。薬店でいそいそと、そしてかいがいしく立ち働いている）

白娘子　（歌）夫はほんによい機嫌
　今日も家業に精を出す

（許仙を呼ぶ）
　あなた

許　仙　（声を聞いて立つ）おう、お前、（机を離れる）呼んだかい？
白娘子　この丸薬、できましたよ。
許　仙　お前、あれほど言っただろう。働き過ぎはいけないよ。丸薬ができたら、私が取りに来るって。少しは体をいとうておくれ。
白娘子　私は少しも疲れておりません。
許　仙　（いとおしげに）疲れないわけがない。一日中、薬を煎じ、丸薬を作り、その上せっせと針仕事、息つくひまもない。お前の体が心配だ。
白娘子　そうそう、そのお衣装、身体に合っているかしら？
許　仙　ぴったりだよ！
（歌）仕立て下ろしのこの衣装
着心地涼やか　身も軽く（うれしげに衣装を広げてみせる）
手並み鮮やかな針仕事
夜を日に継いで根を詰め
一針一針　心をこめた
手縫いの衣装のうれしさよ
（許仙は白娘子の回りを回って踊り始める）
白娘子　あなたに喜んでいただければ、こんなうれしいことはありません。
許　仙　でも、うれしいとばかり言ってはいられない。
白娘子　いけないところがあったら、言って下さいな。私、改めますから。
許　仙　そうじゃない。この衣装、こんなにも一心に、いじらしすぎる……どうか身体を休めておくれ。
（後ろから白娘子の身体を抱く）

白娘子　私の針仕事がお嫌いなのかしら？
許　仙　嫌いだなんて、お前のことをいくら思って思い足りない。嫌いだなんてあんまりだ。
（許仙は白娘子を抱きしめる）
白娘子　（恥ずかしそうに）ちょっと待って。あなたのために蓮の実を煮こんだの。身体の保養に飲んで下さいな。
許　仙　薬を作り、針仕事をして、その上そこまで尽くしてくれるのか。
白娘子　まあ、あなた。
（歌）二人の心が寄り添えば
夫婦の恩愛なお深し
許　仙　（歌）二人の愛は永久《とこしえ》に
富貴《ふうき》栄華《えいが》を羨まじ
（二人は堅く抱き合い、許仙はうっとりと白娘子を見つめる）

彼らはこの場を何度も浚《さら》えた。最初、封瀟瀟《フォンシャオシャオ》の両手が易青娥《イチンオー》の肩に置かれたとき彼女は何も感じなかった。それが練習を重ねるうちに段々と変わってきた。封瀟瀟《フォンシャオシャオ》の眼差しに彼女が最初に感じたのは、一種の憐れみだった。それは七年前の彼女が一番ほしかったものだった。独りぼっちで途方に暮れていたとき、一番必要だったのがその眼差しだった！　それを彼は与えてくれた。だが、今日の感触はそれとは違う。ひりひりするような熱さだ。その熱は彼女の自由を奪う。中庭には涼しい風が渡っているのに、彼女は流れる汗をかいている。そして、許仙が彼女を胸の中に抱きしめたとき、彼女の魂は芝居の世界からふらふらとさまよい出て、宙に遊ぶ心地がした。許仙の汗が香り立った。それは甘美な闖入者で、白と青の水兵シャツが目に映った。その丸首から漂い出たものは無遠慮に彼女の喉を塞ぎ、彼女の息を止めようとしている。彼女ははっきりと感じた。その胸苦しさは彼女を貼りつかせている封瀟瀟《フォンシャオシャオ》の胸だ。そして、その圧迫感をもっと切なくしているのは彼女の乳房だ。彼女の乳房はある日突然ふくらみ始め、一日一日とふくらみを増している。シャツの胸のボタンはいつか留めにくくなっていた。彼女はこの突然の隆起を包むやり方をまだ知らず、とまどうばかりだった。今日、封瀟瀟《フォンシャオシャオ》の胸の肉叢《ししむら》は彼女が気づかないでいたことを乱暴なやり方で思い知らせてくれた。演出家もここまで気が回らない。演出家が言ったのは「意到《いいた》りて心随《したが》う」ということだけで、身体を貼りつけろとは言っていない。しかし、彼女は心の底から不思議な疼《うず》きがこみ上げてくるのを感じ、彼がもっと強く抱いてくれることを望んでいた。その瞬間、彼女の心の奥処《おくが》、揺れて止まぬ海の深みで何かが弾《はじ》け、高波となって四方に広がり始めていた。だが、彼女の体はここでしんと静まり返った。感動が過ぎた後の表情は無感動に似ている。易青娥《イチンオー》は封瀟瀟《フォンシャオシャオ》の身体を押しのけて言った。

「今日はここまでにしましょう」

彼女は逃げるように立ち去ろうとしたとき、封瀟瀟《フォンシャオシャオ》の祖父がいきなり顔を出し、のろのろとした口調で言った。

「許仙と白娘子はこんな演技だったかな？　抱き方が昔と違っているような気がするが……」

易青娥《イチンオー》は恥ずかしくなって荷物を持つのも早々に封瀟瀟《フォンシャオシャオ》の家を後にした。

封瀟瀟《フォンシャオシャオ》が追いかけてきて、食事してから帰るよう勧めたが、易青娥《イチンオー》は振り返りもせず走り去った。

この後、封瀟瀟《フォンシャオシャオ》は何度も彼女を練習に誘ったが、彼女は応じなかった。

しかし、彼女はその日の練習以来、突然、目の前が開けた。彼女の演技は古存孝《グーツンシャオ》も苟存忠《ゴウツンチョン》も「よし」とした。その一方、楚嘉禾《チュチアホー》との溝は深まるばかりだった。

四十六

あの日、封瀟瀟《フォンシャオシャオ》の家を飛び出した易青娥《イチンオー》は、顔の火照りがおさまらずに走り続けた。手を当てると、やはり火のように熱い。彼女は突然、罪悪感にとらわれた。自分のしたことは芝居の稽古でも何でもなく、ただの〝不良行為〟ではないか。すると、封瀟瀟《フォンシャオシャオ》も〝不良〟だ。彼はわざとあんな抱き方をしたに違いない。腹をあんな風に押しつけてきたのもいやらしい。銃殺になったあの教育者の顔が浮かび、次いで叔父、廖耀輝《リャオヤオホイ》と……自分、胡彩香《ホーツァイシアン》、そして「生活態度粛正運動」で槍玉に上がったふしだらな女たちを思い出した。楚嘉禾《チュチアホー》が自分を見るときの毒を含んだ目も理解できるし、もっともだとも思う。自分の中の邪念が見透かされたのだ。封瀟瀟《フォンシャオシャオ》に抱かれてうれしがった自分もどうかしている。彼女の母は叔父を「ろくな者じゃない」と罵ったが、自分のそうなりつつあるようで恐ろしかった。

あの日、宿舎に帰ると、出かけるときと同じように忍び足で部屋に入り、同室の恵芳齢《ホイファンリン》としばらくおしゃべりしたが、自分でも何を話しているのか、滅茶苦茶な話し方をしていた。楚嘉禾《チュチアホー》が何度も来て、あなたを探していたわよと恵芳齢《ホイファンリン》が言った。あなたはどこへ行ったのかって。封瀟瀟《フォンシャオシャオ》がどうしても会ってくれないんだって……。易《イ》青娥《チンオー》は顔から火が出る思いで、この身をどこかに隠したかった。

恵芳齢《ホイファンリン》と周玉枝《チョウユイジー》は青蛇の役をめぐって張り合い、火花を散らしているときだから、主役の易青娥《イチンオー》の顔色を見て、折あらば取り入ろうとする。二人とも彼女と一緒に〝自主練習〟について行きたがった。その日、周玉枝《チョウユイジー》は折よく不在だったので、恵芳齢《ホイファンリン》は彼女につきまとい、彼女を質問責めにした。

「みんな言ってるわよ。封瀟瀟《フォンシャオシャオ》があなたを愛しているって。本当？　青娥《チンオー》、あなたも愛しちゃいなさい。分かった？　私たちの班で何たってお坊っちゃまで、颯爽としてて恰好よくて、将来は劇団を背負って立つ大立て者、あなたたちお似合いよ。楚嘉禾《チュチアホー》のすきにさせちゃ駄目。だって、あなたの陰口を言いふらしているのは彼女なんだから。分かった？」

易青娥《イチンオー》は言った。

「私と封瀟瀟《フォンシャオシャオ》は……何でもないわ。永遠に何でもない。私は永遠に恋人なんか作らないんだから」

恵芳齢《ホイファンリン》は笑い出した。

「青娥《チンオー》、あなたは馬鹿のふりをしているの、それとも本当の馬鹿なの？　永遠に恋人を作らないなんて、どうかしてる」

「私は恋人なんかほしくない。本当よ。恋人なんて無理、無理。一生かかっても無理なんだわ」

恵芳齢《ホイファンリン》は呆れたように易青娥《イチンオー》の顔を見た。

易青娥《イチンオー》が「愛情劇《ラブロマンス》に目覚めた」と古存孝《グーツンシャオ》や苟存忠《ゴウツンチョン》らが研修生たちに言い始めてから、易青娥《イチンオー》と封瀟瀟《フォンシャオシャオ》が稽古場で顔を合わすときは見学者が押しかけるようになった。二人の演技には隠しても隠しきれぬ秘密がにじみ出ているに違いない。ここはじっくりと見てやろう。暇つぶしになるし、何か〝じっぽ〟をつかめるかもしれないといったことらしい。易青娥《イチンオー》にとってはやりにくかったが、考えて見ると、演技とは〝見た目〟のことだ。今さら逃げ隠れすることはない。こう思うと、すっと心が軽くなった。何かが彼女の中で吹っきれたのだ。これが彼女に長足の進歩をもたらしたのは明らかだった。封瀟瀟《フォンシャオシャオ》との単独練習の必要も感じなくなり、毎回「青蛇」を相手に、周《チョウ》玉枝《ユイジー》と恵芳齢《ホイファンリン》のどちらかと練習するようになった。この二人は易青娥《イチンオー》の〝お邪魔虫〟、〝隠れ蓑〟に利用しているとみんなは言い交わしている。周玉枝《チョウユイジー》は何と言われようと平然と涼しい顔をしている。恵芳齢《ホイファンリン》は「〝お邪魔虫〟で悪かったわね」と開き直り、易青娥《イチンオー》と封瀟瀟《フォンシャオシャオ》という二人の主役を相手に芝居できるなら誰から何と言われようと平気だと腹をくくっている。こういったことが恵芳齢《ホイファンリン》の演技にさらに磨きをかけることになったに違いない。ある日、演出の古存孝《グーツンシャオ》が宣言した。

「ダブルキャストの青蛇は、Ｂ組の恵芳齢《ホイファンリン》をＡ組に昇格させる」

二人の青蛇の確執は完全に白熱化した。これに困ったのが易青娥《イチンオー》だった。稽古場でのやりにくさ、宿舎での居心地の悪さは辛いものがある。何日もかかった稽古が終わった日、彼女は一人で街外れの河原に出て心を静めた。

ここは以前、彼女が何度も足を運んだ場所だった。食事が終わって鍋釜や食器の後片づけを済ませた後、ここでぼんやりと座って過ごした。流れる水に目を休め、白楊《はくよう》（柳の一種）に目を遊ばせた。緑したたる白楊の葉が風に戦《そよ》いで白い葉裏を返し、さまざまな色の鳥たちが川面の石に遊び、木の枝に安らっている。蝶が草むらに羽根を翻し、花の蜜に群がっている。トンボが川面を探索するように急降下し、アリが引っ越しの隊伍を組んで堤防の上を行進し、荷物を運んでいる。見るものすべてが彼女にとって面白かった。あるときは、小さな毛虫が地面を這っているのを長いこと見続けた。行く手を木の枝に邪魔されて難儀しているところを小枝でひょいと持ち上げ、この高難度の行進を助けたこともある。ここにいるときだけ、当時彼女が抱えていた苦しみを忘れさせてくれた。彼女は自分を花や鳥や虫たちに変身させた。すると、そこに別世界が広がって、彼女を縛り悩ませるもの、彼女を蔑む眼差しさえも、すべて別の星の彼方に飛び去り、消えてなくなる。小鳥、蝶々、トンボ、アリ、毛虫たちに目を向けると、彼らはただ、いつものように鳴き、いつものように舞い、いつものように運動している。ここに来ると、彼らと同じ命を生きることができたが、ここを離れた途端、元の世界が向かい風のように襲いかかってくるのだった。

彼女が『楊排風《ようはいふう》』を演じてから、ここへ来ることは滅多になくなった。来たとしても、ここはもう安らぎの地ではなくなった。蝶の群舞や赤トンボの疲れを知らない編隊飛行、小虫たちのよちよち歩きもおちおち見ていられない。彼女が河原に腰掛けるや、誰かがすぐ彼女を見つけ出す。あれは楊排風ではないか、劇団の易青娥《イーチンオー》ではないか？

彼女にとってこの寧州は突然、狭い空間になってしまった。胡彩香《ホーツァイシアン》先生に連れられて発声の練習、息継ぎの訓練をさせられ、川原を言ったり来たりしたときは誰も気にとめる人はいなかったのに、今は、彼女がちょっと声を出そうものなら、回りはたちまち黒山の人だかりとなる。

行くところがなくなったと易青娥《イーチンオー》は思う。

突発事が起こった。ある日のこと、易青娥《イーチンオー》が劇団前の路地を歩いていると、血相を変えた苟存忠《ゴウツンチョン》老師が風呂敷包みを抱えて息せき切って走り、とあるぼろ倉庫に入ろうとしている。易青娥《イーチンオー》が思わず「老師」と声を掛けると、苟《ゴウ》老師はぽかんとして、稽古はどうしたと尋ねる。今日は日曜日ですからと答えると、休むのもいいだろう。親が死んでも食休みというからな。死にもの狂いでやるよりも、たまには息抜きをした方が身につくというものだと。彼女は何をしているのかと聞くのもためらわれ、苟《ゴウ》老師も彼女を倉庫に呼び入れるつもりはないようだった。彼女がその場を離れようとすると、苟《ゴウ》老師は倉庫に一歩踏み入れた足をすぐ戻し、彼女を大声で呼んだ。

「お嬢、ちょっと来い。今日何もないんなら、面白いものを見せてやる。この老師の火吹きの秘術だぞ」

易青娥《イチンオー》は驚いた。苟《ゴウ》老師が火吹きの技の持ち主であることは聞いたことがある。老師はかつて『西湖に遊ぶ』（上巻二四七ページ参照）の李慧娘《りけいじょう》を演じて、その名を近隣数十の県に轟かせたという。その技を伝授願いたいと誰が申し出ても、むにゃむにゃと答えを濁すだけで、朱《チュ》団長でさえ相手にされなかった。団長は劇団の武旦《ウーダン》（立ち回りの女形《おんながた》）に火吹きの術を継がせたがっていた。この技の伝承が途絶えたら、演劇界にとって大きな損失であると何度も迫ったが、苟《ゴウ》老師はふんとそっぽを向き、まるでとりつく島がなかった。まさかのことに、苟《ゴウ》老師はこの秘技を人知れず練習していたのだ。今日彼女に見せてくれるという。易青娥《イチンオー》はぶるぶるっと体を震わせた。

そこは棺桶を商う古い店だった。寧州で死人が出ると、みなここへやってくる。易青娥《イチンオー》が入ると、中は棺桶だらけだ。彼女は怯えて足がすくんだ。苟《ゴウ》老師が言った。

「お嬢、恐がるな。死人は入っていない。空っぽだよ」

主《あるじ》らしい人が入ってきた。倉庫の番人だという。

「おい、死に損ないめ、今日はお供つきかね？」

「何をくたばり損ないが。これを誰だと思う？」

「ややや、これは何と楊排風ではないか。易青娥《イチンオー》師匠のご入来《じゅらい》とは！」

倉庫番の老人はうれしそうに叫んだ。苟存忠《ゴウツンチョン》老師は劇団の守衛をしているときからこの芝居狂の主と親しかった。劇団の公演がある度に苟《ゴウ》老師から入場券を裏から回してもらい、特に『楊排風』は全公演に通い詰めていた。易青娥《イチンオー》を一目見るなり、態度が俄然、親切になった。

初めて分かったことだが、苟《ゴウ》老師はここで火吹きの練習を半年以上続けていた。広い場所があり、棺桶はその一隅を占めているに過ぎない。昔棺桶を組み立てていた場所は今がらんとしている。番人が言うには、寧州では棺桶を買いにくる人が少なくなっている。棺桶の材質がよくない上に寸法が小さい。女性の場合は何とか中におさまっても、男ははみ出してしまう。だから大抵は自分で材料を買って自分で作ってしまうのだ。今はどの家もゆとりができ小金を持っているから、死ぬ前に自分が入る容器を考えるご時世になったのだと。

苟《ゴウ》老師が火吹きの場所を片づけ始めたとき、番人が突然尋ねた。

「おい、苟爺《ゴウじい》。火吹きは人に見せないんだろう。この子には見せてもいいのかい？」

苟《ゴウ》老師は口をもごもごさせて言った。

「うん、いや、この子には見せないとは言ってない」

「そいつはちっと解《げ》せないな。何てったって門外不出の秘技だからな。一子相伝でなけりゃ、長年鍛えた直《じき》弟子、愛《まな》弟子に免許皆伝ってのが世間相場だ。違うかい？」

番人は思わせぶりに尋ねた。

「そりゃ、そういうこともある。だが、弟子にもよるわな」

苟《ゴウ》老師はそう言いながら松明に火をつけ、番人に倉庫の火を消させた。苟《ゴウ》老師は卵ほどの大きさの紙包みを口に含み、松明に向かってぷっと吹き出した。すると、彼の口から炎の舌がするすると伸び一丈（三メートル）もの火焔となってほとばしった。彼がさまざまに身体をくねらし、口の形を変える度に炎は長く伸びたかと思うと、また口に吸いこまれるように短くなった。ときには怒気天を突くが如く、ときには星々が天に散らばるが如く暗闇に尾を引いた。この光景が棺桶置き場に広がると、それは鬼火としか言いようがない。漆黒の闇を焼き尽くすかと思えば、闇の中、息も絶え絶えに消え入ろうとする。その変化は尽きようとしてまた燃えさかる命の揺らぎにも似て千変万化、変幻自在、予測のつけようがない。易青娥《イチンオー》は見ているうちに喩えようのない恐怖に襲われた。髪の毛が逆立つとはこのことか。

真っ暗闇の中で苟《ゴウ》老師は一人で練習を続け、長い時間が経った。十数個の包みをすべて一つずつ口に含み、すべてを吹き終えて、倉庫番の老人に灯りをつけさせた。

番人は今日のできが一番よかったと何度も繰り返した。苟《ゴウ》老師は易青娥《イチンオー》に仕掛けが分かったかと尋ね、彼女は分からないと答えた。苟《ゴウ》老師は言った。

「お前はまず白娘子《はくじょうし》を仕上げるんだ。火吹きは遅かれ早かれお前に教える。古存孝《グーツンシャオ》とも相談して、白娘子を打ち上げたら、火吹きの李慧娘《りけいじょう》だ。お前は一生涯、この二本の本芝居を引っさげて全省、全県を回る。役者人生の醍醐味を味わい尽くせ」

倉庫番の老人は言った。

「俺から聞かせてやる。この師匠はこの技を世に残そうとしているんだ。分かるか？　易青娥《イチンオー》、この爺さんは棺桶に片脚突っこんでいる。俺も同じ棺桶のおが屑だ。お陀仏の日は近い。お前はそれをどうでもこうでも引き戻して技《わざ》の限り、芸の髄をしゃぶり尽くせ。この機会を逃すんじゃない。この爺さん、棺桶のおが屑でも、ただの屑ではないぞ。火吹きにかけて右に出る者はいない。一生かけて芝居を見続けたこの俺さまが言うんだから間違いない」

苟《ゴウ》老師は笑っているだけだった。易青娥《イチンオー》も手の甲を口に当てて笑った。苟《ゴウ》老師は言った。

「安心しろ。この技はお前だけに渡す」

「お前が口で言うだけではだめだ。俺が証人になる。お前がその芸を渡さずにくたばったら、お前の棺桶あばいてお前の腐れ肉、野良犬に食わしてやる」

苟《ゴウ》老師も負けずに言い返した。

「お前が先にくたばったら、車裂きの刑だ。ただし棺桶には不自由させない。商売ものの棺桶を六つあてがって、頭と手足、体をばらばらに入れてやる」

四十七

陝西省北山《ベイシャン》地区の演劇コンクールが告知され、文化局から地区内の全劇団に競演の檄が飛ばされた。北山《ベイシャン》地区はその名の通り秦嶺山脈北部の広大な地域に寧州県をはじめ十数県を管轄している。

朱《チュ》団長は劇団の全体会議でこの通知書を読み上げ、解説を加えた。

北山《ベイシャン》地区文化局の狙いは「先達に学び、後継者を育てる」よき機運を全地区で高め、舞台芸術の水準を新段階に引きあげようとするものだ。演劇界に精通した文化局の指導者は二つの重点項目を掲げている。一つ目は斯界《しかい》の大先達を範として伝統芸能の振興を助成し、その指導的役割を推進すること、二つ目は若い後継者の育成だ。作品に求められるのは現代的な独創性よりも「伝統の継承と発展」に重きが置かれる。劇団員が「おっ」と反応を示したのは、一劇団で二演目の上演を要求されていることだった。一つは中高年の俳優による模範的上演、もう一つは若手新人による伝統継承の試演だ。「新人」には年齢制限が設けられていて、三十歳を超えてはならなかった。

この通知書を隅から隅まで読んで寧州県劇団の四人の老芸人は感涙にむせんだ。この企画書の冴えは素人のなせるわざではない、相当なプロを指導部に迎えたのであろうと四人とも口を揃えた。見ろよ、この眼力。勘どころをしっかり押さえながらご時世にかなない、しかもかゆいところに手が届くでき栄えだ。居眠りをしている劇団は活を入れられ、背中をどやされる思いだろう。

北山《ベイシャン》地区文化局の通達という後ろ盾を得て、四人の老芸人たちは俄然強気になった。

『白蛇伝』の司鼓《スーグー》（鼓師）を誰にするかでまた揉めた。朱《チュ》団長は郝大錘《ハオダーチュイ》を起用するようにと話を蒸し返してきたのだ。郝大錘《ハオダーチュイ》は最近、精進目覚ましく腕を上げているからだという。しかし、ここで折れ合う古存孝《グーツンシャオ》ではない。引き続き易青娥《イチンオー》の叔父胡三元《ホーサンユアン》の起用を譲らなかった。このため、朱《チュ》団長と老芸人たちの間に気まずい空気が流れた。今回は上からのお達しがあり、その要求は明らかだ。老芸人の重用、老芸人に出番を与えよ、これに尽きる。古存孝《グーツンシャオ》たちは胡三元《ホーサンユアン》に固執して譲らなかった。

実のところ、胡三元《ホーサンユアン》は『白蛇伝』専用の譜面をひそかに作っていた。しかし、朱《チュ》団長の態度は相変わらず煮え切らない。やる気満々の郝大鍾《ハオダーチュイ》は勝手な気炎を上げている。団長が彼に約束し、胡三元《ホーサンユアン》が叩くのは『楊排風《ようはいふう》』だけ、ほかの作品は全部、彼が叩くというのだ。団長が本当にそう言ったかどうかは確かめようがない。一方、四人の老芸人は団長に最後通牒を突きつけていた。もし、胡三元《ホーサンユアン》に『白蛇伝』を叩かせないのなら、『白蛇伝』の稽古を止《と》めるだけでなく、文化局通達に盛られた中高年俳優の模範公演からも降りると。他にやれる者がいたら、やらせたらよかろうととどめを刺した。朱《チュ》団長はついに折れた。胡三元《ホーサンユアン》は『白蛇伝』だけでなく、模範公演の一幕物も叩くことになった。郝大鍾《ハオダーチュイ》は大荒れに荒れ、劇団の中庭を巻きこんでただならぬ騒ぎとなった。

郝大鍾《ハオダーチュイ》は今度は稽古場に怒鳴りこむのではなく、朱《チュ》団長に的《まと》を絞った。布団を担いで団長の家に入りこみ、真ん中の部屋に居座り、泊まりこんだのだ。食事時は団長と同じものを食べ、同じものを飲んだ。半月ほど続いて、団長はついに音を上げた。郝大鍾《ハオダーチュイ》の言い分は、団長が飯の種を取り上げるんなら、一生、団長に食わせてもらうというものだ。団長は古存孝《グーツンシャオ》たちに泣きついた。郝大鍾《ハオダーチュイ》に一幕物二作品を叩かせてもらえないかと。

古存孝《グーツンシャオ》は言った。

「団長、これじゃ団長の名が泣こうというものだ。我々は朱《チュ》団長をあの黄正大《ホアンチョンダー》よりましだと思っていたが、黄《ホアン》正大《チョンダー》だってこんな〝ごね得〟を許さなかった。すぐ批判闘争の糾弾集会を開いてぺちゃんこに叩いた。あんたはいつ清朝政府になり果てた？　弱腰にもほどがある。私ならすぐ警察に電話してつまみ出してもらうがね」

朱《チュ》団長は自分の頭をぽんと叩いて言った。

「いやいや、今はそのときではない。追い出そうとしたら、かえって相手を意固地にさせるだけですよ。無理無理……」

「まるで相手の言いなりだ。そっちはそれでいいかもしれないが、それじゃこっちの仕事にならない。ここはどうでも、思った通りやらせてもらいますよ」

朱《チュ》団長がどんな手を使ったか分からなかったが、朱《チュ》団長は何とか郝大錘《ハオダーチュイ》を自室から追い出した。中庭の噂によると、郝大錘《ハオダーチュイ》が退去するとき、団長の懐中時計を持って出た。それを自分の胸にぶら下げ、継儒《ジールー》の哥《あに》いからもらったと見せびらかしているという。この日から毎日、郝大錘《ハオダーチュイ》は飲んだくれ、中庭で暴れた。ある劇団員は吐き捨てるように言った。朱継儒《チュジールー》は郝大錘《ハオダーチュイ》の〝子分〟だと。

この一時期、寧州県劇団は久しぶりの活気と熱気に包まれ、至るところで歌声が響く中、稽古、個人練習の光景が繰り広げられた。中高年の模範公演で上演されるのは『遊亀山《ゆうきざん》（亀山《きざん》に遊ぶ）』の中の『蔵舟《ぞうしゅう》（舟に蔵《かく》まう）』で（上巻二四七ページ参照）、胡彩香《ホーツァイシアン》の主演が決まっていた。彼女はまだ中年に達していないという声が上がったが、劇団では研修班の学生を「青年組」とし、それ以外を一律に「中年組」に割り振っていた。『蔵舟』の配役は早々と決まった。以前ならダブルキャストで米蘭《ミーラン》がA、胡彩香《ホーツァイシアン》がBとなるところだった。ところが、米蘭《ミーラン》がいなくなってから、胡彩香《ホーツァイシアン》は以前のやる気を見せなくなっており、そのせいか、主演を自分から降りてしまったのだ。易青娥《イチンオー》は胡彩香《ホーツァイシアン》にとって絶好の見せ場、久々の好機と誰もが思っていただけに、この降板劇はまさに意外というほかない。そして、さらに意外なことが胡彩香《ホーツァイシアン》自身の口から知らされた。彼女は妊娠しており、すでに五ヵ月になるという。

胡彩香《ホーツァイシアン》の妊娠はまさに青天の霹靂、劇団を熱鬧《ねっとう》の坩堝《るつぼ》に投げこんだ。誰もが指を折って考えこんだ。

彼女の夫張光栄《チャンゴアンロン》はいつ工場へ帰ったか、数えてみると〝エッジ・ボール（卓球の台の端すれすれに当たった球）〟で〝セーフ〟だった。張光栄《チャンゴアンロン》は三月末に劇団を去り、胡彩香《ホーツァイシアン》が妊娠を宣言したのは八月だから、滑り込みで間に合うことになる。それなのに劇団員たちは易青娥《イチンオー》の叔父胡三元《ホーサンユアン》の顔を見ると、みんな「よかったね（行啊《シンア》）、おめでとう、胡哥《ホーあに》い」と声をかけた。みんな「行《シン》」の字の「行為」という意味を知っている。だが、胡三元《ホーサンユアン》は別に気にとめるでなく、「ああ、よかったね」とか「そうだね」とか挨拶を返す。ある者は胡三元《ホーサンユアン》とすれ違うとき、わざとウインクして見せる。鍋の縁をわざと擦《こす》るやり方（鍋が共振して中の水がぐらぐらと沸き立つ）であおりたてようというのだ。

易青娥《イチンオー》は恥ずかしくて顔が赤らみ、いたたまれない思いだった。胡彩香《ホーツァイシアン》先生からこの話を聞いたとき、さあ大変だと思った。張光栄《チャンゴアンロン》が帰ってきたとき、どんな騒ぎが持ち上がるか分からない。胡《ホー》先生は胡三元《ホーサンユアン》のとぼけ方に本当に腹を立てていた。叔父はまるで自分が〝下手人〟だと認めているような口ぶり、そぶりではないか。

「あんたの叔父さんは本当に恥知らずのろくでなしだよ。あのどす黒い面の皮をひん剥いてやろうか。張光栄《チャンゴアンロン》は三月に行って、私は今五ヵ月、計算はぴったり合うじゃないか。それをわざとらしく、何であんな真似をしなくちゃいけないのさ」

易青娥《イチンオー》は胡《ホー》先生の話を聞いてほっとした。胡《ホー》先生も叔父のことを本気で心配しているのだ。

この後、苟《ゴウ》老師は稽古の途中にこっそりと易青娥《イチンオー》を棺桶屋に呼びこみ、〝えこひいきのご馳走〟を食べさせるようになった。静かな中、倉庫番の老人がみんなの食事を用意してくれることもあった。苟《ゴウ》老師が彼女を呼ぶわけは、水袖《シュイシュウ》の練習を解禁したからだ。水袖は袖口に縫いつけた長い白絹で一メートルほどもある。俳優はさっと宙に投げかけ、すっと袖に収め、軽々と自在に扱って見せる。長い袖は舞踊的な視覚表現を得意とし、喜怒哀楽の感情表現にもすぐれている。恥ずかしいときは袖で顔を隠し、怒りや憎しみは激しく袂《たもと》を払って劇的効果を発揮する。『白蛇伝』ではさらにこの世ならぬ世界をも描出する。蛇となって、うねり、くねり、そして蟠《わだかま》るのだ。だから『白蛇伝』の水袖は他の演目より遙かに長くできている。腕に覚えのある者はさらに長く、二丈（四メートル）、六丈（五メートル）、八丈（六メートル）を思うさま操って見せる。過去の名人たちは死ぬまで己《おのれ》の技を伝授することなく墓に入った。苟《ゴウ》老師はいくつもの技を身につけていながら、寧州市の演劇コンクールに参加するために易青娥《イチンオー》を弟子と選び、その封印を解いて火吹きや水袖の秘伝を惜しげもなく彼女に伝えようとしているのだ。苟《ゴウ》老師は言った。

「何をもって〝水袖〟なのか？　その名の通り水に漂う袖だ。俳優の中には布を水にさらして染物屋のように揉んだり、洗濯屋のように広げたりするが、それが芸術か？　『白蛇伝』の『合鉢《ごうはち》』の幕（戦いに敗れ、西湖に入水自殺しようとした白娘子《はくじょうし》が法界和尚に鉢をかぶせられて閉じこめられる場面）はすべて水袖で表現され、見る者を圧倒する。そのコツを教えよう。動作を小さく、小さくして客に見えないようにすることだ。いいか、力は見えないところで使う。

客にはただ水袖が漂っているようにしか見えない。しかし、実際には関節が折れるほど激しく動いている。ほら、見ろ。身体のどこを使っている？　動いているか？　見えたか？　どうだ？」

水袖《シュイシュウ》が舞い立つ中、まるで苟《ゴウ》老師の身体に羽が生え仙人となって宙に浮かびそうだった。そうか、これが「羽《う》化登仙《かとうせん》」なのだ。

倉庫番の老人が言った。

「おい、気をつけろ。老《ふ》け女形《おやま》の腰が折れそうだ」

今回の競演の「中老年組」で、四人の老芸人は『遊西湖《ゆうせいこ》（西湖に遊ぶ）』の中の『鬼怨《きおん》』と『殺生《せっしょう》』の二場面を自ら演じようとしていた。稽古は棺桶屋で行い、劇団の連中には見られないようにした。苟《ゴウ》老師の考えは易青娥《イチンオー》には分からない。一つだけはっきりしているのは、生煮えの作品は決して人前に出さないということだ。それは老芸人の面子《めんつ》に関わることのようだった。後に彼女が知ったのは、苟存忠《ゴウツンチョン》と古存孝《グーツンシャオ》の両老師がこの北山《ベイシャン》地区で名をなし、当たり芸となったのはまさに『遊西湖』だったのだ。題名《タイトル》は女主人公の名を取って『李慧娘《りけいじょう》』と呼ばれていたという。今に伝わる有名な話では第一回の上演は火吹きの失敗で、戯楼《ぎろう》（芝居小屋、寺院になどに設けられた舞台）が丸焼けになり、一座を追い出される羽目になった。数年後、北山《ベイシャン》地区に返り咲いた彼らは再び『李慧娘』に挑み、今度はみごと成功、大ヒットとなった。だから、今回の競演に誰よりも興奮し、「夢よ再び」にかけているのだ。

易青娥《イチンオー》が劇団の稽古場で水袖や宝剣の扱いの練習をさせられる一方、老芸人たちは棺桶屋で『鬼怨』と『殺生』の仕上げに打ちこんでいた。この二つの話はこうだ。

美しく善良な少女・李慧娘は賈似道《かじどう》の思われ者となって側室に囲われる。だが、彼女には恋人がおり、〝美青年〟の誉れ高い裴瑞卿《はいずいきょう》との仲に激怒した賈似道に刺され、殺されてしまう。李慧娘の魂は鬼火となって天地をさまよう。これを憐れんだ戦いの女神九天玄女は彼女に「陰陽の宝扇」を与えて現世に蘇らせる。彼女は賈似道の邸に幽閉されている裴瑞卿《はいずいきょう》を助け出そうとするが、賈似道は刺客廖寅《りょういん》を放ち、裴瑞卿を亡き者にしようとする。廖寅は松明を持って現れる。李慧娘との戦いは薄闇の中の立ち回りとなり、李慧娘は憤怒の火を吐いて立ち向かい、ついに賈似道の邸を焼き尽くす。
苟存忠《ゴウツンチョン》老師は李慧娘《りけいじょう》、古存孝《グーツンシャオ》は恋人役の裴瑞卿《はいずいきょう》、周存仁《チョウツンレン》は松明を持った刺客廖寅《りょういん》、裘存義《チュウツンイ》は賈似道《かじどう》を演じる。刺客廖寅の役どころは松明《たいまつ》を持って李慧娘に〝火を食わせる〟こと、つまり李慧娘の苟存忠《ゴウツンチョン》老師が口に含んだ松ヤニを吹きかけ、怒りの怒りの炎を吐く最大の見せ場となる。彼らは『白蛇伝』の稽古の隙を縫って棺桶屋に駆けつけ、『鬼怨』と『殺生』の稽古に集まった。劇団員の誰にも見せない稽古だが、易青娥《イチンオー》にだけは見せてくれた。彼女も水袖や宝剣の練習の隙を盗んで棺桶屋に通った。

その日、苟《ゴウ》老師は自分の火を吹き終えると、易青娥《イチンオー》に「やれ」と言った。彼女が初めての一吹きをしたその瞬間、眉毛にちりちりした感覚が走り、気がつくと眉毛が全部焼け焦げていた。老芸人たちが大笑いする中、倉庫番の老人が言った。

「お嬢、やっぱりな。お前の師匠は本気で教える気がないんだ。だから一番最初にわざとお前の眉毛を焦げつかせたんだ。どうだ、懲りたか？　苟爺《ゴウじい》はこの芸を人に教えるのがいやさに、墓場まで持っていくつもりなんだよ」

苟《ゴウ》老師は言った。

「おいおい、お嬢を泣かせるようなことを言ってくれるな。火吹きを覚えようとして眉毛を焼かなかった役者は一人もいない。俺を見ろ。十三歳で始めて、首の皮がべろりと剥げちまった」

そう言いながら苟《ゴウ》老師は襟首を広げてみんなに見せた。易青娥《イチンオー》が見ると、確かに首の後ろに大きな火傷の跡が残っている。倉庫番の老人が、ははははと笑い飛ばして言った。

「騙されちゃいけないよ。この傷はな。どこぞのお姐《ねえ》さまの寝所にこっそり忍びこんだとき、店の若い衆に見つかって焼き鏝《こて》当てられた跡だよ。玉代（娼妓の揚げ代）けちろうって魂胆が情けないね。考えてもご覧よ。火を吹いて火傷したんなら、首の前とか胸だろう。どうして後ろに火を吹けるんだい？　ろくなことしていないのは一目でばればれさ。店から叩き出されるとき、後ろからべたっと焼き鏝のお仕置きをされたんだよ」

ここでみんな大笑いとなる。苟《ゴウ》老師は倉庫番の老人を罵って言った。

「言わせておけば図に乗りやがって。人のこと言えた義理か？　お前こそ女の仏専門の棺桶屋じゃねえか。嫁さんの妹、いとこの嫁さん、手当たり次第にたらしこんでよ。道理でどの棺桶もも寸法が足りねえや」

「お前こそ一生女形《おやま》暮らしで、地獄へ行ったら、晴れて女の亡者の仲間入りだ。くたばったら俺のところへ来い。ちゃんと寸法の合った棺桶に入れてやるからよ」

「棺桶のクズはクズらしくおとなしく中に詰まっていろ」

古存孝《グーツンシャオ》は苟《ゴウ》老師が話し終わるの待たずに尋ねた。

「おい、存忠《ツンチョン》。どうもよく分からない。どうしたら、火を吹いて首の後ろがそんな風に焼けるんだ？」

「それはな。小さいとき師匠が言った。火吹きは後継ぎのいない女形《おんながた》の飯の種だ。これさえできりゃ食いっぱぐれることないとな。俺に教えてくれると言ったが、教えてもらえない。師匠が『遊西湖《ゆうせいこ》（西湖に遊ぶ）』をやるとき側で見ていて、そうかこの手だと合点がいった。隠れて練習してみたが、やっぱりうまくいかない。夏の暑い盛りで全身汗みずく、よせばいいのに天花粉《てんかふん》がわりに松香粉（松ヤニの粉）を首や背中にはたいて火吹きのまねごとを始めた。三袋目を吹いたとき、ぱっと全身に引火しちまって、体の前だけばたばたやって消し止めたが、後ろの方がじじじと焼け焦げて、首、背中、何ヵ所も痕《あと》が残ったというわけさ」

倉庫番の老人が尋ねた。

「で、師匠は教えてくれたのか？」

「教えられずに火が吹けるもんか。聞く方が馬鹿だ」

二人がまた言い合いを始め、みんなを楽しませた。

倉庫番の老人が言った。

「おい、青娥《チンオー》。早く教わっておけ。ぐずぐずしていると、閻魔様に呼ばれちゃうぞ。男でもない、女でもない、こんな奴はこの世に残しておけないとよ」

易青娥《イチンオー》は苟《ゴウ》老師から火吹きの奥義を教わった。後になって思う。これは天の導きに違いない。もし、彼女がこの棺桶屋で苟《ゴウ》老師と居合わせなかったら、終生この秘技とは無縁に終わっただろうと。

寧州県劇団が劇団の内と外、明けても暮れても芝居に追われた時期はほかにない。易青娥《イチンオー》が劇団の稽古場で『白蛇伝』の稽古を終えたとき、老芸人たちは棺桶屋で『鬼怨《きおん》』と『殺生《せっしょう》』の仕上げにかかっており、彼女は遅れまじと駆けつける。見て、練習して、また見て、暇を縫って火吹きを教わった。封瀟瀟《フォンシャオシャオ》は二人で一緒に浚《さら》えようと何度も言ってきたが、彼女は「用がある」と断った。内心、どれだけ封瀟瀟《フォンシャオシャオ》と一緒にいたかったか。ときには飛んでいきたいと思ったこともある。しかし、彼女は耐え、やはり棺桶屋での一人稽古を選んだ。もう噂話の餌食になりたくない。いざこざやいさかいはもうたくさんだと思ったのだ。

周玉枝《チョウユイジー》は古存孝《グーツンシャオ》からB組に下ろされてから、ぱたっと稽古場に姿を見せなくなった。恵芳齢《ホイファンリン》は目の前にニンジンをぶら下げられたみたいに発奮し、日夜易青娥《イチンオー》につきまとって練習に励んだ。易青娥《イチンオー》はこのことで周玉枝《チョウユイジー》と仲違いしてほしくなく、恵芳齢《ホイファンリン》と密になるのを避けていた。だが、易青娥《イチンオー》が宿舎に帰ると、恵芳齢《ホイファンリン》が待ち構え、立ち稽古をせがまれた。すでにベッドに入っていた周玉枝《チョウユイジー》はいたたまれずに中庭に逃げ出し、一人ぽつんと座って長い時間を過ごしていた。周玉枝《チョウユイジー》は恵芳齢《ホイファンリン》を自分勝手な〝小ボス〟気取りとけなし、悪心を持ち始めている。易青娥《イチンオー》は人づきあいの難しさを思い知らされていた。

『白蛇伝』は予定通りドレス・リハーサル（ゲネプロ。本番と同じ舞台、メイク、衣装の通し稽古）の日を迎え、関係者を招いた内部公開は、一般の客も紛れこんでおり、たちまち寧州市の評判をさらって『楊排風《ようはいふう》』を超える期待が寄せられた。このドレ・リハは二ステージのみで、舞台装置はばらし（撤去）となった。これは地区大会の本公演に備えて「よい鋼《はがね》は刃《やいば》に使え」の例え通り、出演者を休ませて英気を養わせる目的もあったが、「中老年組」の一幕物五作品のドレ・リハも予定されていたからだ。だが、その当日『鬼怨』と『殺生』はドレ・リハの舞台にのせられなかった。古存孝《グーツンシャオ》が朱《チュ》団長に行った弁明によると、観客はみな『白蛇伝』に目を奪われて一幕物は話題にもなっていない。それならば日ごろの鍛錬の成果、「本舞台で存分にお目に入れましょう」と見得を切ったのだが、しかし、易青娥《イチンオー》は知っている。老芸人たちは棺桶屋で何度も本舞台のメイク、衣装でドレ・リハを繰り返していた。その上、叔父の胡三元《ホーサンユアン》を呼び、板鼓《バングー》（演奏をリードする太鼓）を持ってこさせて実際に叩かせている。それでも彼等は自分たちのできにまだ満足していなかった。今見せると、触れ込みの〝中高年のアイドル〟に傷がつくと判断したのだった。彼等は相談を重ねた。本舞台までまだ数日ある。みっちり稽古を重ねて磨きをかけようと。

劇団は老芸人たちの舞台に満腔《まんこう》の信頼を置いている。

すべての準備が整い、舞台装置を仕込む先遣隊が出発した。

だが、本隊が出発する三日前、劇団の中庭でまた二つの事件が起きた。その一つは競演をぶち壊しにしかねないものだった。

四十八

その一つ、胡彩香《ホーツァイシアン》先生が女児を出産した。

胡《ホー》先生の説明によると、十一月に十月十日《とつきとおか》の月満ちて予定日を迎えるはずだったが、どう計算してもまだ八カ月しか経っていない。中庭は『白蛇伝』そっちのけに、すわとばかりに色めき立った。みんな指を折って数え、首を傾げている。生まれた子どもの〝来歴〟にはやはり問題があると断じざるを得ない。胡《ホー》先生や病院は「小さく産んで大きく育てる」と言っている。大勢が見舞いに押し寄せて子どもをしかと見た。新生児は小さくも軽くもない。月足らずで生まれた子はネズミみたいだと言うが、この子は浅黒く痩せ、首もしっかり据わっている。誰かがわざと聞いた。

「この子の顔半分、黒くないかい?」

答える側は一笑に付す。

「馬鹿なこと言わないでよ。爆弾の火薬の痕が遺伝する? この子の顔がどうして黒くなるのよ」

夫の張光栄《チャンゴアンロン》が駆けつけてきた。

彼が中庭に姿を現すと、劇団員たちはみなにこにこと歩み寄り、お祝いを言った。普段話したことのないような人までお祝いを言いながら目を見開いて反応をうかがっている。易青娥《イチンオー》は知っている。ここにはいろいろな意味が隠されていると。

張光栄《チャンゴアンロン》は今回の帰宅でも飴を配って歩いた。今回はこれまでと違い、内祝いの「喜糖《シータン》」だ。これに加えてダイダイの缶詰を一缶ずつ、親しい家には二缶を渡し、これは彼の会社の製品だと言い添えた。誰かが尋ねた。おや、お宅の会社は国防関係なのにダイダイですかと。張光栄《チャンゴアンロン》は答えた。

「生産転換です。国防関係会社は転換が進んでいるんです」

張光栄《チャンゴアンロン》の声に無念の響きがあった。

張光栄《チャンゴアンロン》は易青娥《イチンオー》にダイダイを四缶渡し、彩香《ツァイシアン》姉さんによくしてくれてありがとうと礼を述べた。易青娥《イチンオー》は言った。

胡《ホー》先生は私の恩師です。「姉さん」だなんて呼べませんと。彼女は張光栄《チャンゴアンロン》を「小父《おじ》さん」と呼んだ。

胡《ホー》先生が子どもを産んで、易青娥《イチンオー》は恐ろしげなものを感じていたが、張光栄《チャンゴアンロン》が帰って来て心配の種がまた一つ増えたような気がした。叔父との悶着をひたすら恐れている易青娥《イチンオー》であった。だが、叔父はまるで他人ごとのような顔をして、彼の八平米という小さな部屋にこもって太鼓の練習をしている。劇団の中庭に朝から晩まで、まるで土砂降りの雨が屋根や壁を叩くような音を響かせていた。

光栄《ゴアンロン》小父さんは叔父に「喜糖《シータン》」もダイダイの缶詰も渡さなかったが、これには取り立てて含むところはなさそうだった。というのは、二人が中庭でばったりと顔を向き合わせたとき、叔父はあの黒ずんだ顔で、にかっと笑いかけたのを見たからだ。光栄《ゴアンロン》小父さんは叔父に気づかなかったような顔でさりげなく通り過ぎ、何ごとも起きる気配はなかった。このように過ぎてくれれば安心だし、幸いなことに後数日で公演団の本隊が出発し、地区大会の本番が始まる。

しかし、光栄《ゴアンロン》小父さんが来て二日目の夜、郝大錘《ハオダーチュイ》と大酒を酌み交わし、態度が百八十度大転換する。後になって聞いたことだが、光栄《ゴアンロン》小父さんのあの夜の振る舞いはすべて郝大錘《ハオダーチュイ》からそそのかされ、発破をかけられたものだったという。郝大錘《ハオダーチュイ》は光栄《ゴアンロン》小父さんを泥酔させて言った。

「張光栄《チャンゴアンロン》は大したものだ。劇団の外にいて大革命をやらかした。自分は鉄砲玉一発も撃たずに女房に子を産ませたんだからな。労せずして父親になるなんて、世の中便利になったもんだ。こんなめでたいことはない。ほら、祝い酒だ。飲め、飲め、この腰抜けが！」

張光栄《チャンゴアンロン》はこのとき、グラス半分の酒を郝大錘《ハオダーチュイ》の顔に浴びせかけると、ふらふらと外に出て叔父の部屋に向かった。そして、ことを起こした。

張光栄《チャンゴアンロン》が叔父を罵り始めたとき、恵芳齢《ホイファンリン》がこれを聞き、周玉枝《チョウユイジー》が窓を開けた。

「胡三元《ホーサンユアン》、この人でなし。人をおちょくりやがって、人の女房と乳繰りあって、工場労働者をいじめて面白いか。俺が軍人だったら、お前は間違いなく鉄砲玉を食らうところだぞ。種《タマ》があるなら出てこい、男らしく窓を開けろ。隠れてないで、ほら、顔を出せよ」

この後、がちゃんという音が聞こえた。石かレンガを投げこんで、窓ガラスを割ったのだろう。顔色を失った易青娥《イーチンオー》は着るものも着あえず、中庭へ急いだ。彼女は外へ出るつもりはなかった。しかし、騒ぎがこんな風に広がったら、叔父にとっても、光栄小父《ゴアンロン》さんにとっても、胡彩香《ホーツァイシアン》先生にとっても、ろくなことにならない。しかもこの三人は自分にとってかけがえのない人であり、自分のためにもこの場を収めなければならない。それをするのは自分しかいない、そう思った。

彼女が部屋を出たとき、中庭にはすでに人だかりがし、光栄小父《ゴアンロン》さんを諌める人がいたが、もはやどうにも手がつけられなかった。光栄小父《ゴアンロン》さんはもっと大きい石ころやレンガ片を探し回り、叔父の部屋の窓ガラス目がけて投げていた。叔父の部屋はしんとしていた。光栄小父《ゴアンロン》さんは明らかに酒の度が過ぎている。石ころやレンガ片が見つからなくなると、研修班の女の子たちが面白がってレンガ片を掘っくり返している。光栄小父《ゴアンロン》さんを止める人はもう誰もいない。こうなったら、胡彩香《ホーツァイシアン》先生を呼んでくるしかない。胡《ホー》先生しか光栄小父《ゴアンロン》さんに言うことを聞かせる人はいない。そう思った彼女は病院へと走った。病院はそう遠くない。産婦人科の部屋を開けたとき、赤ん坊が激しく泣いて胡《ホー》先生はあやしきれないでいた。易青娥《イーチンオー》は今起きていることを話した。胡《ホー》先生は子どもを抱くと着替えもせず、易青娥《イーチンオー》について走った。

易青娥《イーチンオー》は胡《ホー》先生の体が心配だった。産褥期の母体は風に当たってはいけない。胡《ホー》先生は言った。

「あのろくでなしは、どこまで私を虚仮《こけ》にしてくれるんだ。私はもう世間に合わせる顔がない。雨に当たろうが、風に当たろうが知ったこっちゃないよ」

「胡《ホー》先生、行って何とかして下さい。赤ちゃんは私が抱いてここにいます」

「一緒に行こう。この〝黒耳っ子〟をあいつらに見せてやろう。今夜、誰が認めるか、とくと見てやろう。この〝黒耳っ子〟が誰の子か」

易青娥《イチンオー》は知っている。〝黒耳っ子〟とは寧州地方の方言で、「父なし子」のことだ。胡《ホー》先生の決意は固く、自分から乗りこんで騒ぎに輪をかけようとしているようだ。易青娥《イチンオー》は押しとどめようとしたが、胡《ホー》先生は耳を貸さず、頭のネッカチーフを外すと床に捨て、易青娥《イチンオー》が抱いていた赤ん坊を力ずくで奪い返して言った。

「行こう。ごろまいてる（喧嘩している）連中をぶっとばしてやる。それでもおとなしくしないなら、この〝黒耳っ子〟を奴らの目の前でぶん投げてやる。こっちは恐いものなしだ」

易青娥《イチンオー》は赤ん坊を取り返そうとしたが、胡彩香《ホーツァイシアン》は抱いたまま病院を飛び出した。

病院を出ると、いやな風が吹き募ってきた。胡《ホー》先生は風に背を向けると、すぐ自分の着ていた外套で子どもをくるんだ。易青娥《イチンオー》も自分の着ていたものを脱いで赤ん坊にしっかりと着せた。この一連の動作を見て、易青娥《イチンオー》は胡《ホー》先生に子ども投げ捨てたりするつもりはないことを知った。彼女は安心し、大股で歩き始めた。不思議なことに、胡《ホー》先生が抱いていた赤ん坊は病院を出た途端にぴたりと泣き止んだのだ。先生はあやすように言った。

「泣いていいんだよ。今夜、お前の父ちゃんが決まらなければ、お前は一生父なし子だからね」

易青娥《イチンオー》は不思議に思った。この母子は一体、どうなっているのだろうか？　彼女たちが劇団の宿舎に戻ったとき、叔父の部屋はもう開けられていた。易青娥《イチンオー》が近くの人に聞くと、叔父は張光栄《チャンゴアンロン》の悪罵に耐えられず、また、窓に投げられたレンガ片や瓦を避けきれず、自分からドアを開けた。そこへ張光栄《チャンゴアンロン》が飛びこんで、くんずほぐれつの〝肉団子〟状になった。仲裁人が割って入ったが、弾き飛ばされた。朱《チュ》団長も動顛して駆けつけたが、どうすることもできないでいた。朱《チュ》団長はこの肉団子をほぐそうとして、かえって自分の指の爪を剥がしそうになった。みんなの動きがとれなくなったところへ、胡彩香《ホーツァイシアン》が赤ん坊を抱いて姿を現した。胡《ホー》先生は大喝一番、見物人を震え上がらせた。

「張光栄《チャンゴアンロン》、胡三元《ホーサンユアン》、このいかれ野郎、よく聞きゃがれ。これ以上、ごろまきやがったら、この〝黒耳っ子〟、お前たちの目の前で地べたに叩きつけてやる。ウソだと思うか？　三つ数えて言うことを聞かなかったら、この子の命はそれまでだ。一、二……」

胡《ホー》先生の「三」の声が出かかったとき、肉団子がぽろっとほぐれた。

易青娥《イチンオー》は胡《ホー》先生がとんでもないことをしでかさないよう、赤ん坊を自分の手で守っていた。

張光栄《チャンゴアンロン》と胡三元《ホーサンユアン》が互いに体を離したとき、突然、赤ん坊がわっと泣き始めた。胡《ホー》先生は大声で問い詰めた。

「張光栄《チャンゴアンロン》。この子が分かるか？　この子が月足らずで生まれたのは間違いない。病院の先生方がそう言ってるのに、私が違うと言えるか？　私がこの子を生まれなくできるか？　お前がこの子が誰の子か分からないと言うんなら、それまでだ。明日、離婚届を出そう。お前がそんな分からず屋だったとは、恥ずかしくて先祖に顔向けならないよ。この子はこの世に生まれてたったの三日、さぞ肩身の狭い思いをしていることだろうよ」

張光栄《チャンゴアンロン》は地べたに横たわったまま、身動きできないでいる。

胡彩香《ホーツァイシアン》が今度は叔父の名を大声で呼んだ。

「胡三元《ホーサンユアン》、お前は唖《おし》か。お前はいつからそんな腰抜けになった？　何ではっきり言わない？　ここでは言いたいことも言えないのか？　喉に骨でも詰まったのか？　何が言いたいんだ？　人に何を言われたって平気だろう。屁の一発もこかないで、こきたい屁もこかないで、恥ずかしげもなく真っ黒い顔して、何をへらへら笑ってるんだ？　お前の鍋底のような顔から、こんな真っ白な子が生まれてくるなんてあり得ないよな？　もし、この子がお前の子なら、今ここで名乗りを上げてみろよ。そうしたら、私は張光栄《チャンゴアンロン》と離婚する。離婚したら、私はこの黒ん坊と……」

ここまで言うと、胡彩香《ホーツァイシアン》は地面にぺたりと座りこみ、大声で泣き始めた。

易青娥《イチンオー》はすでに赤ん坊を自分のふところに抱き取っていた。赤ん坊の泣き声は何もかも聞き取っていたかのように思われた。周りの人が何人かあやそうとしたが、子どもは泣き続けた。

張光栄《チャンゴアンロン》が起き上がった。ゆっくりと胡《ホー》先生近づいて言った。

「彩香《ツァイシアン》、起きろ。一緒に帰ろう。こんなところで冷たい風に当たるのは毒だからな」

「帰ろうって、何馬鹿なことを言ってるんだよ。私はどこへ帰ればいいんだよ。私を世間に顔向けできなくなくさせといて、こんなところに引っ張り出して……それでも人間かい！」

張光栄《チャンゴアンロン》は口ごもりながら言った。

「俺は、人の口車に乗せられた。俺が馬鹿だった。俺が馬鹿だったんだ……」

彼は自分で自分の頬を叩いた。

「この子は俺の子だ。この張光栄《チャンゴアンロン》の子に間違いない。ここに来た最初の日に、医者から話を聞いていた。この子は月足らずで生まれたと。俺が悪かったんだ。人の話を聞かないで、でたらめを真に受けた。郝大錘《ハオダーチュイ》の手にまんまと引っかかった。あいつの企みと知りながら、酒を飲まされ、我を忘れて……」

張光栄《チャンゴアンロン》は半酔半醒で、また郝大錘《ハオダーチュイ》を罵った。

劇団の中庭は見物人が増える一方だった。夜の夜中にたたき起こされた街の人が入りこんで押し合いへし合いしている。これを見た朱《チュ》団長は劇団の若手に命じて胡彩香《ホーツァイシアン》を病院に送らせ、張光栄《チャンゴアンロン》を自宅に連れ帰って寝かしつけた。

肉団子から引き離された叔父は横たわったきり一言も発しない。人が散るのを待って、易青娥《イチンオー》は叔父のもとに駆け寄った。叔父の頭や手に血が流れている。病院へ連れて行こうとする彼女に、叔父は一言「何ともない」と言った。彼女は叔父の体を確かめた。傷は骨までは達していないようだ。どうしてこんな傷をと聞くと、窓が割られ、手当たり次第にものが投げこまれて逃げようがなく、仕方なくドアを開けたという。胡《ホー》先生の恨み言を聞いた彼女は、叔父を責めたい気持ちがあった。

「あれだけ言われて、どうして叔父さんは何も話さないの？　これは叔父さんのことでもあるでしょう。黙っていてはいけないんだわ」

「何を話せと言うんだ？　何を？　どうやって？」

叔父はまた黙りこんだ。

叔父という人は、胡彩香《ホーツァイシアン》のことになると、まるで煮え切らない。何を言われても、認めるでなし、認めないでなし、いらいらさせられる。肝心なところで、にかっと笑って見せ、あの犬歯を剥き出しにするのだ。何を考えているのか、それとも何も考えていないのか？

翌日の朝、易青娥《イチンオー》は叔父の手指に数本、みみず腫れができているのを見つけた。

「大丈夫？　これじゃ太鼓は叩けないわね」

「大丈夫だ。骨までやられていない」

傷は骨まで達していないといっても、地区大会を乗り切るのは容易ではない。『白蛇伝』通しの大芝居に加え、五本の一幕物が控えているのだ。

これとは別に、劇団にもう一つの難題が持ちこまれていた。だが、易青娥《イチンオー》にとっては関心の外、理解の及ばないことであったが。

張光栄《チャンゴアンロン》と胡三元《ホーサンユアン》が乱闘に及んだ日の昼、寧州県の上層部から人が来て、劇団の副団長をを選ぶようにとのお達しだった。しかも全劇団員の投票で、だ。

叔父は投票の資格がなかった。彼女は誰に投票したものか、皆目、見当がつかない。彼女の側にいた恵芳齢《ホイファンリン》は、易青娥《イチンオー》に入れるわと言った。冗談言わないでと易青娥《イチンオー》。彼女は苟《ゴウ》老師に投票しようと思った。だが、劇団の幹部が説明に来て、四十五歳以下でなければならないという。苟《ゴウ》老師は五十歳を超えていた。しかし、彼女はほかに思いつく人物がなく、最後は苟《ゴウ》老師の名を書いた。

その日、大会の会場で一番はしゃいでいたのは郝大錘《ハオダーチュイ》だった。誰彼なく愛想を振りまき、自分に一票入れろと触れて歩いた。何と彼が候補に挙げられ、黄正大《ホアンチョンダー》も彼を支持して上層部に働きかけ、県からわざわざ人物査定に来た。朱《チュ》団長の推薦も得たという。後になって誰かが朱《チュ》団長に真偽を尋ねると、団長は笑って答えなかった。この投票について、劇団の選挙管理委員会は後々まで笑い話にした。無効票がたくさん出たのだ。座山雕《クロハゲワシ》（威虎山の匪賊の頭目）、彭覇天《ほうはてん》（『洪湖赤衛隊』の悪徳地主）、豹子頭林冲《ひょうしとうりんちゅう》（『水滸伝』の英雄）。さらに韓英《かんえい》（『洪湖赤衛隊』で人民武装勢力を率いる党書記）、劉闖《りゅうちん》（テレビドラマ『利刃《ちん》出撃』の主人公）などのほか、焦賛《しょうさん》、楊排風《ようはいふう》、白娘子《はくじょうし》、李慧娘《りけいじょう》の名前まであった。いかにも劇団人らしい茶化し方、反骨精神だ。

県の人物査定の結果をその日のうちに知らされたせいかどうか、郝大錘《ハオダーチュイ》は酒を飲み始めた。地区大会の本公演に出かけても、彼に叩く太鼓はない。だが、彼はとことん胡三元《ホーサンユアン》に楯突くつもりだ。朱《チュ》団長はやむなく彼に劇団留守居役を命じた。

公演隊の本隊が出発する日の朝、郝大錘《ハオダーチュイ》は突然姿を現し、七、八匹のネズミに石油の火をつけて中庭に放した。火に焼かれながらチチチチと逃げ惑うネズミの一匹が易青娥《イチンオー》のズボンに飛びこんだ。怒った朱《チュ》団長は郝大錘《ハオダーチュイ》を一喝した。

「郝大錘《ハオダーチュイ》、お前という男は……見限った！」

劇団員たちはみな大恐慌を来たし、旅の荷物を放り出して中庭から逃げ出した。

四十九

寧州県劇団の公演隊が初めて大型バスに乗って出発する。車内でわっと歓声が上がった。出発前、郝大錘《ハオダーチュイ》のネズミ騒ぎで気勢を削《そ》がれたけれども、そんなことはすぐ忘れさせるに十分だった。さすが団長。みんな浮き立つ心で団長を大いに持ち上げた。興奮が続く中、朱《チュ》団長が出発の挨拶をした。

「これまでがひどすぎた。トラックに詰めこまれ砂埃にむせて苦難の旅、俳優はみなごほごほ、喉をやられた。今回は劇団として元手を惜しまず、デラックスバスを大奮発した。まずは数百里の旅を楽しんで、地区大会では存分の活躍を期待したい」

車内から「朱《チュ》団長万歳」の声が上がり、大合唱となった。

大型デラックスバスは二輌。楽隊と舞台美術のスタッフが一輌、俳優がもう一輌。俳優の方は劇団事務局が座席割りを行った。最前列は四人の老芸人、二列目は団長と数人の主役級俳優、三列目が易青娥《イチンオー》、封瀟瀟《フォンシャオシャオ》、恵芳齢《ホイファンリン》と『白蛇伝』で敵《かたき》役の法海和尚を演ずる俳優だった。『白蛇伝』の主役四人が並んだことになる。易青娥《イチンオー》は恵芳齢《ホイファンリン》と並びたかったが、恵芳齢《ホイファンリン》は封瀟瀟《フォンシャオシャオ》をぐいと押して易青娥《イチンオー》と並ばせ、自分はさっさと法海和尚の隣に座った。易青娥《イチンオー》は封瀟瀟《フォンシャオシャオ》と隣り合って全身の自由がきかなくなり、チクチク刺すような痛みを背中に感じた。分かっている。数十の目が易青娥《イチンオー》と封瀟瀟《フォンシャオシャオ》の背中を這っているのだ。きっと恵芳齢《ホイファンリン》から二人の情報が〝フリルつき〟で伝わっているのだろう。研修班十三人の女生徒の思いがその視線にこめられているのだ。その中で封瀟瀟《フォンシャオシャオ》への愛をおっぴらにし、誰の接近も許さないと息巻いている楚嘉禾《チュチアホー》は、易青娥《イチンオー》から一列置いて五列目に座っている。易《イ》青娥《チンオー》がバスに乗るときからトゲのある視線を送っている。封瀟瀟《フォンシャオシャオ》が易青娥《イチンオー》の隣に座っているのを見れば、その目から血を吹く思いでいるだろう。易青娥《イチンオー》が彼の隣に座りたくないのは、女生徒たちから余計な恨みを買いたくないからだ。彼女がもっと恐れているのは、あることないこと尾ひれをつけて言いふらされた忌まわしいできごとをまた蒸し返してほしくないからだった。廖耀輝《リャオヤオホイ》の、叔父と胡彩香《ホーツァイシアン》の、思い出したくもない記憶をそこだけ束にして捨てられたら、どんなにせいせいするだろう。封瀟瀟《フォンシャオシャオ》との一ページは別にして……。

易青娥《イチンオー》は窓際に座った。できるだけ窓側に体を貼りつけるようにして身を細らせた。バスは大山塊が連続する秦《しん》嶺《れい》山脈のふところ深く、〝羊腸《ようちょう》〟と形容されるじぐざぐの険路をものともせずに進む。運転手が腕前を見せつけるように急ハンドルを切る度、易青娥《イチンオー》は封瀟瀟《フォンシャオシャオ》の体と一緒に右へ左へと持っていかれる。ときに一人の体がもう一人のうえにのしかかる。易青娥《イチンオー》がいくら前の座席に力いっぱいつかまっていても、封瀟瀟《フォンシャオシャオ》のふところに何度も倒れかかった。ときには封瀟瀟《フォンシャオシャオ》の体が抗しようもなく彼女のふところに落ちてきて、彼女の顔、隆起した胸にぶつかってくる。彼女の体に電流が走り、恥ずかしさで息が詰まりそうになる。幸いなことに封瀟瀟《フォンシャオシャオ》はすぐ体を引き、もとの座席で姿勢を正す。道は舗装されておらず、山塊が次々に立ちふさがる。いつ果てるともない悪路に共に身を委ねていると、揺れて定まらない彼女の心の中に封瀟瀟《フォンシャオシャオ》に対する親しみ、好感のようなものが芽生えてきた。あの日の稽古の最中、「許仙」に抱かれた「白娘子」の感覚が蘇った。それは喩えようもなく甘美な体験だった。短い時間だったが、彼女の心の中に一生の記憶として残っている。

バスが出発してから数時間、みんな疲れて思い思いの姿勢で眠っている。易青娥《イチンオー》は両手を前の座席にかけ、頭を両腕の間に埋めて目をつぶった。目をつぶるだけでも体が休まるのだ。封瀟瀟《フォンシャオシャオ》もいつの間にかこれに倣《なら》って同じ姿勢をとっている。こうすることで、二人の間に閉じられた空間、渡れない溝ができた。すると、易青娥《イチンオー》の思いもよらないことに、封瀟瀟《フォンシャオシャオ》は何か秘密めいた通信を送ってきた。それは誰にも聞き取れない小声で、幼児が精一杯の好意を伝えるような企みにも思えた。

「お腹すいてない？　クルミのゴマあえ餅があるんだけど、ママが作ってくれた。食べる？」

「いいえ」

「水、飲む？　僕はお湯を持ってきた。飲む？」

「いいえ」

「疲れたら……僕に……よりかかっていいよ」

易青娥《イチンオー》は思わず心が動いたが、やせ我慢した。

「いいえ」

「手を……手を……握ってもいい？」

「いいえ」

「僕は……君が好きなんだけれど、君は？」

「いいえ」

「どうして？」

「どうしてってことないけれど」

「どうしていやなの？」

「いやなのはいや」

「もう握っちゃった」

そう言いながら、封瀟瀟《フォンシャオシャオ》は彼女の手を引いた。

易青娥《イチンオー》はその手を握り返そうとしたが、力をこめることなく終わった。何年も経ってから思う。今でも握り返そうと思っている。それなのになぜそのときできなかったのだろうか？

封瀟瀟《フォンシャオシャオ》の手が彼女の手をおずおずとまさぐり、そして強く握った。その瞬間、彼女の全身に震えが走った。だが、彼女は突然、その手を振り払った。

封瀟瀟《フォンシャオシャオ》はまた彼女の手を求めたが、彼女は腕を前の座席から下ろし、ズボンのポケットにしまった。彼女の心臓は太鼓の早打ちのように高鳴っている。この音がバス中に響き、みんなに聞かれてしまうのを彼女は恐れた。彼女は振り返って座席に視線を素早く走らせた。ほとんどの人が口を開けて眠り、大きないびきをかいている人もいる。だが、前方の景色に目を凝らしている人もいて、楚嘉禾《チュチアホー》と目が合ったとき、易青娥《イチンオー》は犀利《さいり》な匕首《あいくち》が今にも彼女の心臓に刺しこまれようとしているのを感じた。

このとき、封瀟瀟《フォンシャオシャオ》は両手を下ろし今目覚めたばかりのふりをして腰を伸ばした。

易青娥《イチンオー》は意識して体を窓際にずらした。彼女は思う。自分が厨房の竈《かまど》の前で火の番をしていたとき、封瀟瀟《フォンシャオシャオ》の姿を一目見ることがどんなに祝福された時間、豪奢な瞬間だったかを。あのときは彼に最もふさわしいのはやはり楚嘉禾《チュチアホー》をおいていないと思っていた。しかし、数年経って、今度は易青娥《イチンオー》が封瀟瀟《フォンシャオシャオ》に一番のお似合いだと思われている。恵芳齢《ホイファンリン》は言った。

「封瀟瀟《フォンシャオシャオ》はあなた以外、誰も眼中にないわよ」

しかし、彼女は内心、そうは思っていない。彼は街の人だ。研修班の抜きん出た存在であり、最も前途有望な逸材と目されている。たとえ『打焦賛《だしょうさん》（焦賛《しょうさん》を打つ）』や『楊排風《ようはいふう》』、『白蛇伝』で主役を取ったとはいえ、まだまだ及びもつかないものがある。ただ、『白蛇伝』の稽古に入ってから二人の心理的な距離は随分縮まったように感じられるが、一緒に過ごした時間はせいぜい数時間、心と心が触れ合ったと思える時間はわずか十数秒間に過ぎない。その他はみんなと一緒に仕事の流れの中にいた。だが、内心で通じ合うものはどんな言葉にも増して、相手の息づかいや目配せの中から伝わってくる。そして時が満ち、封瀟瀟《フォンシャオシャオ》の中で抗しきれない高まりとなって、あふれ出す機会を待っていたに違いない。ただ、彼女は彼にその機会を与えなかった。少年の一途な思いを打ち砕くいかにも少女らしい邪険さのようだが、彼女はそれを封瀟瀟《フォンシャオシャオ》に禁じたのではなく、自分に禁じたのだった。彼女にまつわる忌まわしい噂が飛び交い、叔父の野放図な振る舞いが人の眉をひそめさせ、男女のふしだらを多く見聞きするにつれて、自分がその渦中に巻きこまれるのはもうご免だと思った。傷を負い、その傷をまた掻きむしるような苦しみを味わいたくなかったのだ。

封瀟瀟《フォンシャオシャオ》が今日、思いもよらなかった方法で彼女に意志を伝えようとしたことに彼女は感動していた。窓外は、紅葉した道路の並木が烈風にさらされ、激しく身もだえしている。彼女の心の波立ちに比べると、それさえ平静に思われた。彼女は懸命に動揺を抑えようとしている。持っていたバッグを彼との間に置いた。距離を保とうとしたところへ、バスがまた悪路にさしかかり、乗客が全員宙に浮くような衝撃に見舞われた。鼻を前の席に打ちつけ、鼻血を流す者、膝を打ってうめく者、前の席へ投げ出される者、車内は大騒ぎになった。最前列の四人の老芸人は全員座席から放り出された。苟存忠《ゴウツンチョン》老師は乗降口の階段に投げ出され、古存孝《グーツンシャオ》老師は苟存忠《ゴウツンチョン》の上に折り重なった。周存仁《チョウツンレン》老師はまた古存孝《グーツンシャオ》の腰の上にのしかかった。古《グー》老師の悲鳴が上がった。

「いてて、いてて。老骨がみな砕け散る。李慧娘《りけいじょう》（『鬼怨』の主人公）の恨みがのしかかった」

そこへ苟《ゴウ》老師が女形《おんながた》の節回しで李慧娘の台詞を真似た。

「裴瑞卿《はいずいけい》さま（李慧娘の恋人）、私しゃ、この世の者ではなけれども、そのでっかいおいど（尻）が私の胸に乗っては、もう重とうて重とうて、いくら鬼の身とて、こりゃたまらぬわ！」

車内が爆笑、狂笑に包まれた。封瀟瀟《フォンシャオシャオ》が易青娥《イチンオー》に話しかけた。

「君の師匠は本当に面白い。ユーモアのセンスがあるんだ」

易青娥《イチンオー》もおかしくてたまらず、口を覆って笑った。封瀟瀟《フォンシャオシャオ》は立ち上がって朱《チュ》団長と老芸人たちを助け起こした。

四人の老芸人は上機嫌ではしゃいでいる。車内をもっと盛り上げようと、揺れる車内をものともせずに立ち上がり、手振り、足振り交えて歌い出した。バスの震動が伴奏となって民謡の『簸蕎麦《はきょうばく》（蕎麦殻《そばがら》落とし）』が始まった。

箕《み》、箕、箕を振る　娘さん
今日も今日とて　蕎麦殻《そばがら》落とし
まかりこしたる　いろ男
山家《やなが》なれども　素通りできぬ
娘盛りに何してござる
父御《ててご》はいずこに　おわしゃるか
母御もおらぬ　はてな？　はてな？

兄さもおらぬ　はてな？　はてな？
たった一人で野良仕事　こりゃしめた
せばやここらで　一休み
水を一杯　飲ませてたもれ
あわよくば　部屋に上がって
しんねり睦言《むつごと》　床など敷いて……
こりゃ娘さん　何とした
箕を振り上げて　人を蹴り
蕎麦殻を　人の頭にぶちまけて
逃げ出す後に　ぺっと唾吐く
何と無粋な娘さん
こちとら散々　前歯がぽろりと抜け落ちた
見やればまたもせっせと　蕎麦殻落とし
何と無粋な娘さん　畑の瓜かサツマイモ
せいぜい箕を振り　しわくちゃ婆あになっちまえ

車内はみな、腹を抱え、またのけぞるように笑い崩れた。バスは飛び跳ねるように『簸《は》蕎麦《きょうばく》（蕎麦殻《そばがら》落とし）』の奔放自在な歌声に和した。彼女は努めて平静を保った。だが、彼女の頭、肩、全身がバスの揺れに引っ張られ、何度も封瀟瀟《フォンシャオシャオ》も倒れかかった。その度、彼女は一種の刺激、一種の安心感、頼りたい気持ち、一種のいとおしみを感じていた。バスがこのまま走り続け、一層激しく揺れ続け、みんな揉みくちゃになってしまえばいいとさえ思った。だが、それも束の間、彼女は背後に麦の芒《のぎ》のような、匕首で刺されたような鋭い痛み、彼女を挽き肉にしかねない凶暴な意志を感じた。彼女はまたバスがすぐにも止まることを願った。すぐにもバスから降り、封瀟瀟《フォンシャオシャオ》から遠ざかりたかった。

彼女はまるで矛盾した感情の間で揺られ続け、二百キロのバスの旅を終えた。何百回も体をぶつけ合い、心が触れ合った記憶を彼女はずっと忘れないでいた。それはおそらく、彼女の強い願望だったからに違いない。封瀟瀟《フォンシャオシャオ》の若者らしい果断な仕掛けは数十回に及び、彼女はちゃんと覚えている。しかし、それは実のところ彼女の企みで、彼と彼女は共犯者のように体をぶつけ合い、束の間の偸安《とうあん》を貪るように触れ合った。バスから降りると、彼女は行きずりの人のように彼から遠く離れた。口さがない人々、猜疑心に満ちた視線、人を餌食にするその話題に、自分をさらしたくなかったのだ。

五十

一行は秦嶺《しんれい》山脈のとてつもない広さと深さを改めて思い知らされた。深山の幽邃境《ゆうすいきょう》、重畳《ちょうじょう》たる山岳美を味わうどころか、へとへとになって目的地にたどり着いた。北山《ベイシャン》地区はさすが十数県を管轄下に収めているだけあって、中心部の都市は寧州より数倍大きいと聞かされ、バスは何度も行きつ戻りつして会場と宿舎を探し当てた。一帯は幾条もの大通りが錯綜し、街行く人も寧州よりはるかに多い。夕方のラッシュアワーの人波は、いくらクラクションを鳴らしてもバスを通そうとせず、牛や野良犬の群れまでが我がもの顔でバスの行方を阻んだ。誰かが笑って言った。

「さすが、北山《ベイシャン》だ。牛までが偉そうな顔をしてる！」

団員が旅装を解いたのは、劇場の近くにある旅行社内の宿舎だった。八人に一部屋が与えられたが、主演の易青娥《イチンオー》には休息が必要ということで、四人の相部屋となった。四人ともその名を知られた主演級の俳優だ。一行は部屋に引き取るとすぐ街に散った。大都市の雰囲気は久しぶりで、劇場も中心部の目抜き通りにあった。周辺に派手な大店舗や土産店が軒を連ねている。みんな思い思いに人混みに紛れ姿を消した。朱《チュ》団長は再三、勝手に歩き回るな、街が大きいから迷子になると声を涸らして繰り返したが、誰も聞いていない。宵闇が迫る時間、みんな宿舎を出払ってしまった。

宿舎の部屋は廊下側にも窓がついている。封瀟瀟《フォンシャオシャオ》はまだ部屋に残っていて、易青娥《イチンオー》はガラス越しに彼の視線を感じた。楚嘉禾《チュチアホー》がまだ出かけていないことにも易青娥《イチンオー》は気づいた。賑やかなところが大好きな嘉禾《チアホー》が部屋にいるのは、封瀟瀟《フォンシャオシャオ》を待っているからに違いない。封瀟瀟《フォンシャオシャオ》はもしかして自分にクルミとゴマを和えた餅を渡そうとしているのかもしれないと易青娥《イチンオー》は考えた。それは彼の母親が作り、必ず易青娥《イチンオー》に食べさせるよう命じたにもかかわらず、彼女は意固地に受け取らなかった。封瀟瀟《フォンシャオシャオ》も強情な性格だから、彼女を待ち受けているのだろう。そんなところを楚嘉禾《チュチアホー》に見られたらまずいことになる。彼女は慌てて部屋を出た。歩き出したところで、封瀟瀟《フォンシャオシャオ》の部屋からドアを閉める音が聞こえた。彼の部屋のドアは半開きになっていたのだ。続いて楚嘉禾《チュチアホー》の部屋からもドアの音がした。彼女は走って旅行社を飛び出した。

通りに出てすぐ、苟《ゴウ》老師や老芸人たちの姿が見えた。劇場へ向かっているようだ。苟《ゴウ》老師が易青娥《イチンオー》を呼び止めた。

「お嬢、一人でどこへ行くんだ？」

「ぶらぶらしているだけです」

「ぶらぶらなんかしてないで一緒に劇場へ行こう。今夜、もう一度浚《さら》えるんだ。知り合いに頼んで一晩開けてもらった。明日に備えて、お前も実際の舞台で水袖《シュイシュウ》をやってみろ。舞台はみなクセがあるからな、慣れたおいた方がいい」

易青娥《イチンオー》は同行することにした。

間もなく叔父が姿を見せたので、傷の具合を尋ねた。叔父は腕を上げて見せ、何ともないと言った。彼女が見ると、二日前より腫れ方がひどくなっている。古存孝《グーツンシャオ》老師が言った。

「三元《サンユアン》、今夜医者へ行って、何か消炎剤か痛み止めを出してもらえ。こんなに腫れたら、うまくないな」

「大丈夫ですよ。手さえあれば、太鼓は叩けますかね。少々のことは慣れています。こんなかすり傷、平気ですよ」

叔父はそう言いながら、片方の手で痛い方の指を広げて見せた。叔父は強い人だと、易青娥《イチンオー》は思うしかなかった。

その夜、四人の老芸人は『鬼怨《きおん》』と『殺生《せっしょう》』を二回通した。叔父は言った。

「こいつはすごい。今度の『鬼怨』と『殺生』は中高年の部、飛び切り一番だ！」

いや、駄目だと苟《ゴウ》老師は言い、火吹きの場面をさらに繰り返した。苟《ゴウ》老師が言うには、当時十七、八歳の彼が李慧娘《りけいじょう》を演じたとき、一気に三十六回火を吹き、「ワルター」の異名をとったという。

「ワルター」とは一九七三年中国で大ヒットしたユーゴスラビア映画『ワルターはサラエボを守った』でドイツ軍と戦い大活躍した主人公の名前だ。苟《ゴウ》老師はこう呼ばれるのをことのほか喜んだ。当時はうまくいってもいかなくても「ワルター」の声がかかったものだが、三十六回の火吹きをやってのけたとき、古存孝《グーツンシャオ》老師は「ワルター!」の絶叫を惜しまなかったという。

苟《ゴウ》老師の耳の底に「ワルター!」の嵐のような連呼は若さの高揚感と共に蘇ってくるのだろうが、今の今となっては火吹きの呼吸がまだ戻ってこないようだ。始めの数回はゆっくり過ぎず、最後の十数回は慌て過ぎずと、この練習を繰り返してきた。その過程については易青娥《イチンオー》に「連珠火《れんじゅび》」の要領として何度も語って聞かせていた。今回の予行演習を終えて苟《ゴウ》老師は易青娥《イチンオー》に言い渡した。

「いいか、『鬼怨《きおん》』と『殺生《せっしょう》』の極意はしかと伝えたぞ。だが、この私はどうやら今回の舞台でおさらばのようだ。気力が続かない。体がついてこない。これまでだ」

「老師はまだお体が丈夫なんだし、まだまだですよ。焦らずに頑張って下さい」

「焦るなと言われても焦る。今回やってみて、突然、焦りの気持ちが出てきた。お嬢に教えるのが遅すぎなかったか、いくつもの技を自分の腹の中におさめたまま伝えきれないんじゃないかとな」

易青娥《イチンオー》はまさか苟《ゴウ》老師が突然こんなことを言い出すとは思ってもいなかった。このときから開幕までの十数時間、苟《ゴウ》老師は口を開くとこの話をし続けた。彼女の胸に不吉な予感がよぎった。しかし、苟《ゴウ》老師がこんな早く逝ってしまうなんて信じられないし、信じたくもない。それは彼女にとってまったく理解できないことだった。

翌日の早朝、苟《ゴウ》老師が易青娥《イチンオー》の部屋の窓を叩いた。旅行社の食堂で稽古をつけるという。ほかのメンバーにも伝えてあり、食堂の椅子やテーブルが片づけられていた。易青娥《イチンオー》は水袖《シュイシュウ》と宝剣を持って駆けつけたとき、苟《ゴウ》老師と周存仁《チョウツンレン》老師はすでに練習を始めていた。やはり火吹きの場だ。周《チョウ》老師は松明《たいまつ》を掲げた刺客の役だ。薄闇《うすやみ》という想定の立ち回りだから、寸分の呼吸の乱れも許されない。易青娥《イチンオー》が来ると、苟《ゴウ》老師が声をかけた。

「お嬢、この二日は私の側から離れないでくれ。私は自分の芝居をやりながら、お前に教える。この〝連珠火《れんじゅび》〟もそうだが、大事なのは呼吸だぞ。歌の節を長く、どこまでも引っ張るときの要領で火を吹け。すると、腹が座る。戦いに臨む将軍のように地にどっしりと両足を踏ん張り、両手で天を引き回す気迫だ。〝連珠火〟を吹けたら、どんな大芝居の主役でも張り通せるようになるだろう。浮つくな。腹を据えろ。ここで呼吸が少しでも乱れたら、一夜の舞台はそれでおじゃんだ」

　昼食の時も苟《ゴウ》老師は話を続けた。

「お嬢、お前の師匠は今夜火を吹く。舞台の袖でとくと見ろ。何よりも呼吸だ。呼吸は口だけではない。首でする、腹でする、両足の踏ん張りでする。鼻先、口先で歌う歌が歌でないように、人間の全身全霊でするのが命の呼吸だ。呼吸は誰しもしている。やさしいと言えばやさしい。難しいと言えば難しい。火吹きもこれと同じだ。だが、多くの俳優は火吹きを技巧で見せようとする。火柱を天に届けと吹きまくり、大向こうの受けを狙う。これでは冥界をさまよう鬼火のはかなさ、消え入る命のいとおしさ、切なさはどこかに消えてしまう。だから、火吹きは小手先の技術ではなく、鬼の気持ちにならなければならない。いいか、『遊西湖《ゆうせいこ》（西湖に遊ぶ）』という大芝居の真髄はここにある。鬼となった人間の怨み、恋の執念、悲しみは鬼火のまたたきとなって現れる。同じように『白蛇伝』の白《はく》娘子《じょうし》を演じるとき、水袖《シュイシュウ》はもはや水袖ではない。宝剣はもはや宝剣ではない。ここで発揮される技の極意は人間の感情の中にある。もし、感情がなければ、あるいはその感情が間違っていたら、いくらよく見せようとしても、それはただの曲芸、軽業《かるわざ》に過ぎない。舞台の〝ワルター〟は必ず芝居の中にある。だからこそ芝居なんだ」

　その夜、メイクの時間になり、易青娥《イチンオー》は空になった舞台で水袖の練習を始めたいと思った。だが、苟《ゴウ》老師は人を遣わして彼女を楽屋に呼んだ。苟《ゴウ》老師は休まずにしゃべり続けた。

「お嬢、お前の化粧は、どうもいかんな。眉と包頭《づら》だよ。心がこもっていない。そんな可愛い顔しているのに、眉と目が引き立たない。古装束《こしょうぞく》の舞台が一番映えるのはどこだ？　眉根《まゆね》だよ。分かるか？　きりっとした眉根に精気が宿るんだ」

　苟《ゴウ》老師が話しているとき、古存孝《グーツンシャオ》が隣から混ぜ返した。

「苟爺《ゴウじい》、お前さん、いつかそんなおしゃべりになった？」

　しかし、苟《ゴウ》老師は話をやめず、ただ易青娥《イチンオー》に向かって話し続けるのだ。

苟《ゴウ》老師のメイクは今夜、特別念入りに見えた。七時半の開演に向けて、俳優は五時からメイクを始める。しかし、苟《ゴウ》老師は四時過ぎには楽屋入りして顔作りを始めていた。一度やって気に入らず、洗い落としてまた一からやり直した。側で見ている易青娥《イチンオー》に苟《ゴウ》老師は話した。

「お前の師匠はこの通り年老いた。この顔は〝ゴーヤ（苦瓜）〟と同じだ。いくら石灰《パテ》を塗りたくっても平らにならない。私がここ北山《ベイシャン》で李慧娘《りけいじょう》を演《や》ったときは、さっと一刷毛《はけ》で娘盛りの色香《いろか》が香り立った。あっという間の変身に妖気が漂うと、私の師匠は言った。お嬢、お前はまだ幼い、と言ってももう幼くはない。もう十八になるからな。世に打って出る年頃だ。これ以上遅れてはならない。役者稼業は早く名を売らなければいかん。早ければ早いほど長くやっていられるからな。だが、人間五十路《いそじ》を過ぎると、声より肌の衰えが先に来る。こんなはずではと思うこともある。芸も色気も役者の花だ。この意味が分かるか？　男の役者はまだしも、女優や女形《おんながた》にはついて回る。役者が容色の衰えを感じたとき、潔く身を引くべきではないかと、今日はつくづく考えた。私がお前に芸を仕込むのも、ちと遅かった。遅かった！」

易青娥《イチンオー》は言った。

「師匠、とてもおきれいです！」

「何がきれいなものか。私が知らないとでも思うか。鬼となった李慧娘は美しければ美しいほど人の心を動かす。お前の師匠のこの顔は、鬼の死に顔だ」

言い終わった苟《ゴウ》老師は三度目のメイクを始めた。

古存孝《グーツンシャオ》はそんな苟《ゴウ》老師をからかって言った。

「存忠《ツンチョン》、お前は今夜お婿さんでももらうのか？　何をそんなに塗りたくっている。さっきので十分きれいだよ」

「もっときれいにならなくちゃな。この顔で李慧娘を演るんだ。若い人が怖気《おぞけ》をふるって『遊《ゆう》西湖《せいこ》（西湖に遊ぶ）』なんかもう二度と見たくないと言われたくないからな」

苟《ゴウ》老師は三度目のメイクを終えてもまだ満足していない。だが、開演が迫り、もう時間のゆとりはなくなっていた。苟《ゴウ》老師は包頭《づら》をつけて眉をきりりと締め、衣装を着けた。この役を男性が演じているとは誰も信じないだろう。易青娥《イチンオー》は知っている。苟《ゴウ》老師は『遊西湖（西湖に遊ぶ）』の中から『鬼怨《きおん》』と『殺生《せっしょう》』の二幕を演じるために数カ月の間に何十キロの減量をしたことを。日々の稽古だけではなく、食事制限も過酷なものだったらしい。以前、苟《ゴウ》存忠《ツンチョン》が豚足の煮こみが大好物だったことを劇団の人たちはみな知っている。劇団の守衛をしていたころ、深夜になると火鉢に土鍋をかけて豚足をとろとろ煮こみ、翌朝人が起き出す前の四、五時ごろから豚足を齧っていたという。残したものはビニールで土鍋の口をふさぎ、臭いが漏れないようにしていた。夜になるとまた、みなが寝静まるのを待って土鍋をあたため、また豚足をしゃぶり続ける。人に臭いを嗅ぎつけられると、骨を正門の前に放り出す。すると犬が喜んでくわえていくのだ。こんなわけで、旧劇が解禁になる前、苟《ゴウ》老師の腰回りは裘《チュウ》主管が抱えきれない太さがあった。彼がズボンを洗って中庭に干すと、あの足の長さでどうしてあの腰回りかと中庭中が笑い合った。というのも、実際のズボンの丈が九十六センチなのに対し、腰回りは一メートル十センチもあったのだ。それが次第に減って九十センチに減り、『鬼怨』と『殺生』を演じるころになると、八十四センチ以下に激減した。棺桶屋でドレス・リハーサルをする段になって気づかされたのは、李慧娘の衣装が彼のぽっこりお腹とあまりにも不釣り合いだということだった。減量を続行。今度は漢方の大黄《だいおう》で下剤をかけるという過激なやり方だった。直ちに効果は現れて、腰回り七十四センチの痩身が実現したが、顔にその咎《とが》が出た。眼窩が窪み、引き締まっていた肌がゆるみ、つやつやしていた肌色から光沢が失せた。彼はメイクする度に自分の老け顔に我慢がならなかった。これでは李慧娘に申しわけない。観客に申しわけない。そして特に若かりし彼の舞台に熱を上げたオールドファンに申しわけがなかった。

開演前、苟《ゴウ》老師の楽屋に引きも切らず老翁《ろうおう》老女が押しかけ、面会を強要した。李慧娘を演じたかつての苟存忠《ゴウツンチョン》がどんなに神格的な存在であったか、「三日の食事を抜いても李慧娘のチケットを買う」が苟存忠《ゴウツンチョン》崇拝者の合い言葉になり、流行語にもなったという。朱《チュ》団長は苟《ゴウ》老師の邪魔にならぬよう楽屋口に若い団員を貼りつけて人の出入りを遮断した。苟《ゴウ》老師も朱《チュ》団長に幕が下りるまで誰一人通してはならぬときつく言い渡していた。メイクを終え、衣装を着け、荀《ゴウ》老師はただ一人、楽屋の壁と向き合って心を静め、一言も発しなかった。

　いよいよ〝客入れ〟が始まった。易青娥《イチンオー》は劇場入り口に行って入場を見守った。予想を超える客足の伸びだった。観客は通路にまであふれて往年の熱気を再現し、口々に言い交わしている。あの当時、荀存忠《ゴウツンチョン》の一枚看板で「五福戯楼」が満席になり、『李慧娘《りけいじょう》』三ヵ月の長期公演をぶち抜いた。今夜伝説《レジェンド》の荀存忠《ゴウツンチョン》がまた帰って来た。あの李慧娘をまた歌う。堂々の凱旋公演だ……。易青娥《イチンオー》は荀《ゴウ》老師をこれほど誇らしく思ったことはない。何十年経っても客を引きつけてやまぬ荀《ゴウ》老師に畏敬の念を深めた。

「苦呀《クーヤー》〜」虚空に一声長く、さらに長く、聞く者の心を氷らせる鬼のため息。荀《ゴウ》師匠の登場だ。

　李慧娘の無辜《むこ》の魂は白い衣装と白いマントの姿となって人間界にさまよい出る。失ったものへの哀惜、世の非道への激しい憤りをこめ、幽閉された恋人を探し求める。突然、易青娥《イチンオー》は師匠と李慧娘の境界がかすみ、消えていくのを感じた。どちらが師匠で、どちらが李慧娘なのか、もう分からない。還暦に近い老人が天と地の間《あわい》を浮遊するかのように宙を旋回する。性別も年齢もない。死ぬこともならず生き返ることもかなわずに生死《しょうじ》の苦海をさまよう悲しみ、哀れさを、荀《ゴウ》師匠は生身《なまみ》の体でどう表現しようというのか？　彼女は見た。冥府のうそ寒い風に吹かれ、寄る辺なく震える李慧娘の魂が目の前で縮んでいくのだ。老いた体がまるく、まるく、撓《たわ》んでいく。人間の体はどこまでしなり、傾《かし》ぎ、撓み、縮んでいくものなのか？

　荀《ゴウ》老師がここで用いたのが「臥魚《がぎょ》」の技だった。この所作は俳優にぎりぎりの負荷をかける。大腿部から上半身を仰け反らせ、両肩は動かさずにどこまでも体を縮ませる。観客から見ると、関節の一つ一つが弓なりにしなり、演ずる側に言わせると、「命をどこまでも沈めていく」ような高難度の技だった。易青娥《イチンオー》はこれをあの「竃《かまど》の間」にいたときから練習を始め、三年経ってやっと三分間持ちこたえられるようになった。心得のない人がやれば数十秒も保たないだろう。

　易青娥《イチンオー》は目を凝らした。荀《ゴウ》老師が普段「臥魚」にかける時間は二分ほどだった。だが、今日は疲れがあるのか、彼女が百十まで数えたところで終わってしまった。仕上げまで自分の体を支えきれず、そのまま崩れてしまった。最後の一刻は体がほどけ、太腿がばらばらになるような印象だった。幸いなことに照明係がいち早くこの場を暗転させていた。客席は雷鳴のような拍手に包まれ、『鬼怨《きおん》』の場はこうして幕になった。

次の『殺生《せっしょう》』は『鬼怨《きおん》』よりさらに難度の高い幕になる。旧劇の愛好家なら誰でも知っている。「火吹き」はこの幕の圧巻であり、秦腔《チンチアン》の真骨頂なのだ。古存孝《グーツンシャオ》老師が李慧娘《りけいじょう》の恋人である書生の裴瑞卿《はいずいけい》を演じた。裴瑞卿は腹黒い宮廷の高官賈似道《かじどう》の邸内に捕らわれていたが、李慧娘に見つけ出されて救出される。裘存義《チュウツンイ》が演じる賈似道は刺客の廖寅《りょういん》を伴い、逃げ出した二人を邸内くまなく探し回る。周存仁《チョウツンレン》老師が演じる刺客の廖寅は片手に松明《たいまつ》を掲げ、片手に抜き身の大段平《だんびら》（幅の広い刀）をぎらぎらさせている。

苟《ゴウ》老師は火吹きを習得するために十二、二歳のとき自分の眉を焼き、全身に火傷を負って今も癒えない傷痕となって残っている。易青娥《イーチンオー》が苟《ゴウ》老師を見習って練習しているとき、やはり眉や頭髪を何度焼いたことか。全身に松ヤニの焦げ痕が赤く点々と残っている。苟《ゴウ》老師は言った。

「お嬢、芝居とは〝糠《ぬか》を食らい、鉄を囓る〟ような難行だ、苦行だ。これがいやなら役者になるな。芝居なんかやめてしまえ。私がお前を弟子に選んだのは、お前はそれを耐えたからだ。耐えることを自分で引き受けたからだ。ただ耐えることだけが、それを自分の運命に変えることができると知ったからだ。お前の師匠の一生は無理と我慢と意固地の一生だった。気楽だったのは、劇団の門番をしていた十数年だったかな。毎日がひまで、ぼけっとして、自分の口が余計なことを言わないよう気をつけていれば、それでよかった。毎日がこともなく過ぎていく。だが、〝主役〟という鞍は暴れ馬にしか掛けられない。乗ったが最後、落馬するまで突っ走るだけ、幸せな暮らしはおしまいだ」

苟《ゴウ》老師はこうも言った。

「秦腔《チンチアン》の火吹きはな。人のすることじゃない。鬼の仕事だ。やれるのは鬼に魅入られた人間だけだ」

確かに、口から噴出した松ヤニの粉に一旦火が点じられると、紅蓮《ぐれん》の炎となり黒煙が濛々とたちこめる。十数回火を吹くと、どんな場所でもお互いの顔が見分けられなくなるほど煤けてしまう。俳優とは因果な商売だと思う。たとえ火の中、水の中、どんな最悪の条件でも演技するのが俳優なのだから。苟《ゴウ》老師が棺桶屋で火吹きの練習をする度に、倉庫番の老人は罵った。

「お前のやることは糞の垂れ流しと同じだ。お前が帰った後、俺はその後片づけと掃除にいつも半日かかっている。松ヤニの粉と松ヤニの煤で俺の頭はペンキ屋の刷毛見たいに真っ黒、俺の鼻の穴はランプの火屋《ほや》だ。見ろよ。お前が来てから何カ月も経たないうちに窓ガラスは真っ黒け、白磁の瓶《かめ》も真っ黒け、棺桶屋が油屋の店になっちまった。袋の小麦粉が黒炭だよ。もうご免だ。ほらを吹く分には罪はないが、火まで吹かれるとたまったものじゃない」

「無駄話はいい加減にして、お茶でも淹れろ。喉がいがいがだよ」

一回の火吹きで喉が松ヤニと煤で詰まり、目も開けていられなくなる。呼吸さえ困難になる。易青娥《イチンオー》はその都度、部屋から飛び出して思い切り肺に空気を送りこむ。半日かけて喉と肺をきれいにしてから、また練習に取って返すのだ。

易青娥《イチンオー》は感じていた。今夜の苟《ゴウ》老師は力を出し切れていない。きっと今は控え気味にして、最後の見せ場、三十六口の〝連珠《れんじゅ》の火〟で勝負に出るのだと思った。彼女は苟《ゴウ》老師の言いつけ通り、舞台の袖で老師の一挙一動に目を凝らしている。火を吹く度にその息づかいや力加減、特にそれが全身に伝わる動きを見逃すまいと懸命だった。今夜はいつもにも増して見るべきところ、教わるところが多いと思った。これを「目から鱗が落ちる」と言うのだろうか、「あ、そうか」と、すとんと胸に落ちてくるものがある。苟《ゴウ》老師は易青娥《イチンオー》に魔法をかけているのかもしれない。彼女が今、得心《とくしん》したものは、みんな自分の中で金に変わったような気がした。苟《ゴウ》老師が一歩一歩クライマックスに近づいているとき、彼女は「これが芝居なんだ」と目を開かされた思いがした。そして突然、感じた。自分はやれる。いい俳優になれる。いや、もっと言えば、大女優になれると。

ついに苟《ゴウ》老師は最後の火を吐き始めた。三十六口、渾身の見せ場〝連珠の火〟だ。苟《ゴウ》老師は依然、力を抑えている。一口、二口、三口、四口……緩《かん》から急へ、弱から強へ、連珠の猛火は一挙に刺客の廖寅《りょういん》、宿敵賈似道《かじどう》をなめ尽くし、賈似道の邸を火の海に包んだ。

場面は一転して天地が澄み渡り、紅梅の花が綻《ほころ》び始めた。

客席の拍手が楽隊の音楽も打楽器の音もすべて呑みこんだ。叔父の胡三元《ホーサンユアン》は渾身の力を解き放ち、太鼓、大銅鑼、鐃鈸《にょうばち》の音を全開にしたが、観客の歓声と拍手が万雷《ばんらい》をともなって高波のように舞台に押し寄せ、押し包んだ。

焼け落ちた賈似道の邸を逃れた人々に混じって、荀《ゴウ》老師が体を支えられながら舞台から降りてきた。易青娥《イチンオー》の目に、荀《ゴウ》老師は最後の力を使い果たし、息も絶え絶えだった。朱《チュ》団長が急いでやってきて、舞台袖に置いてあった道具箱の上に寝かせた。荀《ゴウ》老師は消え入りそうな声を震わせながら叫んだ。

「青娥《チンオー》、青娥《チンオー》！」

「師匠、師匠、私、ここです、ここにいますよ」

易青娥《イチンオー》は師匠の手をきつく握った。

荀《ゴウ》老師は全身を震わせ、彼女の手をまさぐりながら言った。

「お嬢、お前の師匠は……もう駄目だ。いいか、覚えておけ。松ヤニの粉は毎回、自分で挽き、自分で調合するんだ。その割合を言う……」

その割合を言おうとして、荀《ゴウ》老師は彼女を手招きした。彼女はすぐその意を察した。近くで聞けというのだ。彼女は耳を荀《ゴウ》老師の口に寄せた。老師は声をほかの誰にも聞かれまいとするのか、声をひそめて言った。

「十斤（五キロ）の松ヤニに……おが屑の灰一二両半（百二十五グラム）……おが屑はコノテガシワの木から取れ……煎って干すんだ……それから薬研で碾《ひ》け……細かく細かく……それから松ヤニと混ぜて……」

荀《ゴウ》老師はここまで話すと、焼かれた喉から血を吐いた。

舞台監督が叫んだ。

「どうしますか？　観客が叫んでいます。カーテンコールに顔を見せろと」

朱《チュ》団長は言った。

「カーテンコールはなしだ。幕を下ろせ！」

「誰も帰ろうとしません。舞台に押し寄せています」

苟《ゴウ》老師が少し身体を動かした。起き上がろうとしたが、起きられずまた身を横たえた。

朱《チュ》団長は急遽、決断を下した。舞台袖に置いてあった曲彔《きょくろく》（僧侶用の椅子）に苟《ゴウ》老師を座らせ、カーテンコールに応えようというのだ。

スタッフも俳優も苟《ゴウ》老師に手を添えて曲彔に座らせた。

朱《チュ》団長はもう一つ、緊急の決定を下した。

「青娥《チンオー》、お前も出ろ。舞台監督と一緒に舞台へ運べ！」

易青娥《イチンオー》は舞台監督と力を合わせ、「李慧娘《りけいじょう》」を舞台中央へ運んだ。

熱狂した観客が舞台下でひしめき合い、声を限りに叫んでいる。

曲彔に身を預けた苟《ゴウ》老師はぴくりとも動かなかった。

舞台監督は彼女に言った
「二人で支えて苟《ゴウ》老師に立っていただきましょう」

易青娥《イチンオー》が腰を屈めて苟《ゴウ》老師を見た。苟《ゴウ》老師は目を閉じている。

その瞬間、彼女は、はっと悟った。

苟《ゴウ》老師はもうこの世の人ではない。

五十一

易青娥《イチンオー》は涙の中で幕が降りるのを見た。

彼女は声を限りに叫んだ。

「苟《ゴウ》老師！　苟《ゴウ》老師！」

苟《ゴウ》老師の反応は、もはやなかった。

易青娥《イチンオー》はこらえきれずに大声を放った。

「老師！」

曲彔を取り囲んでいた古存孝《グーツンシャオ》、周存仁《チョウツンレン》、裘存義《チュウツンイ》は一斉に身を屈めて叫んだ。

「存忠《ツンチョン》！　存忠《ツンチョン》！」

苟存忠《ゴウツンチョン》はただ一人、静まっている。

このとき、朱《チュ》団長が舞台に駆け上がって叫んだ。

「存忠《ツンチョン》！　存忠《ツンチョン》！　早く！　早く病院へ！」

このときになって、やっと気を取り直した人々は苟存忠《ゴウツンチョン》を病院へ運びこんだ。

苟《ゴウ》老師は映画のフィルムを次の映画館へ運搬する劇場の三輪自転車に乗せられ、人々は自転車を引いて走りながら苟《ゴウ》老師の名前を呼び続けた。

易青娥《イチンオー》もその三輪自転車の荷台に乗り、自転車が喘ぎ喘ぎ坂を登るときも、菜種油で苟《ゴウ》老師の化粧を落とし続けた。

病院へ着くと、救急室の医師が聴診器を苟《ゴウ》老に何度か当て、瞼をめくってのぞきこんで言った。

「患者さんにはもう生体反応がありません」

よく聞き取れなかった古存孝《グーツンシャオ》老師は大声で聞き返した。

「何だって？」

医師は言った。

「もう救急の手立てはありません」

しかし、朱《チュ》団長は応急処置を要求した。

救急室は応急処置の準備にかかった。

二十分後に医師が行った。

「患者さんは心臓発作の突然死でした」

突き放すような医師の宣告に、易青娥《イチンオー》は救急室の長椅子にへなへなと座りこんだ。

医師は朱《チュ》団長に尋ねた。

「このお年寄りは俳優さんだったんですか？」

「そうです。有名な名俳優でした」

「どんな作品に？」

「女形《おんながた》です。分かりますか？」

医師は笑いながら首を振った。

「老人が女を演じるんですか？」

「そうです。男が女に扮するんです」

医師は好奇の目で尋ねた。

「女を演じて、どうしてこんなに体を傷めるのですか？」

「火吹きです。秦腔《チンチアン》の火吹きです。ご存じありませんか？」

医師は首を振るばかりだった。

「俳優は体を傷めるのが仕事です。舞台の過労死も珍しくありません」

「お疲れだけのようではないようです。この方の鼻と喉に異物がたくさん見受けられました。おそらくこの異物が窒息の原因となり、心臓に異常な負担をかけたのでしょう」

「火吹きが原因です。松ヤニとおが屑の火を吹くんですから」

医師はやっと納得し何度もうなずいた。

「よく分かりました」

寧州県劇団が口火を切った一幕物の競演は大評判となり、同時に李慧娘《りけいじょう》を演じた主演俳優が舞台上で突然死した事件は大きな衝撃を与えた。翌日、街はこれを悼み、惜しむ声で持ちきりとなり、劇場の前には次々と弔問客が押し寄せ、花輪、弔旗、垂れ幕がところ狭しと並んだ。かつての李慧娘を観た老翁老女が涙ながらに往時をなつかしみ、数十年後にまた『鬼怨《きおん》』と『殺生《せっしょう》』を観て、「名刀老いず」、「風采減じず」と感激を語った。

易青娥《イチンオー》は苟《ゴウ》老師が旅公演の初日、まして火吹きのクライマックスでまさかの死を遂げるとは夢にも思っていなかった。だが、この数日老師が語り続けたことのすべてが、その死につながっていることにすぐ気づき、そのいくつかは彼女に後事を託した言い置きのように思われた。苟《ゴウ》老師は自分の死期を悟っていたのだろうか？ 激しい稽古の中で自分の気力がオールドファンの前で演じる舞台まで続かないことを感じていたのだろうか？ 彼はもしかして、弓はいつか折れ、弦《ゆづる》はいつか切れることを承知でこの舞台に臨んでいたのだろうか？

朱《チュ》団長にしても公演初日に舞台で死者を出すとは、いくらその舞台が高評価を受け、劇場前が数百の花輪、数十の弔旗で飾られようと、すぐには受け入れられることではなかった。しかし、苟存忠《ゴウツンチョン》は死んだ。その死はあまりに早く、あまりに突然で、あまりに惜しかった。劇団員の中から郝大錘《ハオダーチュイ》を呪う声も聞かれた。公演隊の出発時、いくら腹いせとはいえ、あの振る舞いは何ごとか。七、八匹のネズミを血祭りに上げ、「点天灯《てんてんとう》」の刑で焼死させたのだ。何とおぞましく、不吉なことか。

（注）点天灯《てんてんとう》 古代の酷刑。囚人の衣装をはぎ取り、体を麻布で包んで石油缶に浸した後、夜を待って頭を下にして掘っ立て

の丸太に架ける。その足から火をつけるのは、死に至る時間を長引かせようとするもので、暗闇の中、さながら　天に火を点ずる如し　という惨状を呈するため、この名がつけられた。

朱《チュ》団長は劇団の幹部会を招集し、『白蛇伝』の公演を後に延ばすことの同意を得た。団長は数人を伴って寧州に帰り、葬儀を営んだ。その他の人員は現地に残して休養とし、大会を参観させた。元々、自分たちの公演が終わっても残って他劇団の公演を観る予定にしていた。今回の北山《ベイシャン》地区大会の目的は、劇団相互の交流を図り、創作活動の活発化を促進しようとするものでもあった。文化大革命が劇団に及ぼした活動の萎縮と停滞、創作の貧困は十数年にわたり目を覆うばかりの惨状を呈していたのだ。

易青娥《イチンオー》も現地に残って他劇団の見学、劇団員との交流に参加することになっていたが、寧州に帰って苟《ゴウ》老師の埋葬に出させてほしいと朱《チュ》団長にすがらんばかりに頼みこみ、同意を得た。その帰路、易青娥《イチンオー》は泣いてばかりいた。

苟《ゴウ》老師について、易青娥《イチンオー》はほとんど何も知らずにいた。寧州へ向かう道々、古存孝《グーツンシャオ》、周存仁《チョウツンレン》、裘存義《チュウツンイ》の老師たちの口からぼそぼそと思い出すまま記憶が語られ、彼女は苟《ゴウ》老師の数奇な、そしてあまりにも悲惨な身の上を知った。

苟《ゴウ》老師は八、九歳で物乞いに出され、街頭に立たされた。その後、旅回りの一座の後を追い、物乞いしながら各地を放浪した。成長した彼に座長は目をかけ、また彼自身、機転が利き人に好かれる質《たち》だったので、一座に拾われて芝居の手ほどきを受けることになった。十八、九歳のときに結婚したが、やがて妻は男を作って逃げた。一九五〇年代（日本の敗戦は一九四五年、新中国の成立は一九四九年）、彼に人気が出て数年後、二度目の結婚をした。一九六六年に文化大革命が始まり、旧劇が白眼視され、糾弾される中、彼は「牛小屋」に閉じこめられ、妻にまた逃げられる。

（注）牛小屋　中国語原文は牛棚《ニュウポン》。文革の始まった一九六六年、北京に出現。牛鬼《ぎゅうき》蛇神《だしん》（妖怪変化）と目され、批判闘争（糾弾し打撃を加える）の対象となった人々が紅衛兵によって〝牛小屋〟に軟禁された。暴行と強制労働の屈辱的な体験談が文革後単行本となって多数出版されている。牛小屋とはいっても、一般の建物や施設が収監に利用された。

牛小屋から解放された苟《ゴウ》老師は寧州県劇団の守衛として働き始める。かつて遠縁の親戚が老後の面倒を見てもらおうと養子縁組みを結ぶが、彼が旅の一座に入ったこと、まして女形《おんながた》の役者になったことは知らず、その後の往来は絶えてない。苟《ゴウ》老師は一人の身寄りに看取られることもなく孤老の生涯を終えた。

古存孝《グーツンシャオ》老師はため息をつきながら言った。

「これが役者の運命さ」

寧州に着くと、古《グー》老師たちはまず棺桶屋を訪ね、易青娥《イチンオー》も同行した。倉庫番の老人は少しの動揺も見せずに語った。

「こうなることは分かっていた」

「なぜ？」と尋ねる古存孝《グーツンシャオ》に老人は答えた。

「苟爺《ゴウじい》は芝居の虫だ。虫のまま年取って、世の中を軽んじ、自分の命まで軽んじた」

周存仁《チョウツンレン》老師は尋ねた。

「なぜ言ってやらなかった？」

「言って聞く男か？　犬が糞を食う習慣をやめられないのと同じさ。この病気は治らないね。知ってるか？　旧劇がお蔵入りになって、革命模範劇が幅をきかしたとき、苟爺《ゴウじい》はこっそり俺のところに入り浸った。何をしたと思う？　入り口に鉄棒の閂をかけ、窓に棺桶を積み上げた。化粧し、衣装を着けて、俺一人のために歌ってくれた。『上繡楼《じょうしゅうろう》（繡楼に上る）』、『滾繡球《こんしゅうきゅう》』、『背娃《はいあ》進府《しんふ》（子を負うて入府）』（中巻一五五ページ参照）をね」

みんな言葉を失った。

（注）繡楼《しゅうろう》　陝西省頭部の韓城市に党家村という古集落があり、「歴史文化保護村」に指定されている。この中に古来秦腔《チンチアン》や影絵人形芝居を上演する芝居小屋があり、「繡楼」と呼ばれ、家の娘に見せるためのものとも伝えられている。『滾繡球（繡球を転がす）』は関漢卿作『竇娥冤《とうがえん》（竇娥の無実）』（中巻二八五ページ参照）中の悲歌。

倉庫番の老人は言葉を継いだ。

「あいつは一昨日《おととい》にもここへ来た。自分の棺桶を用意しておけと言うんだ。ただし、寸法を間違えるな。寸詰まりの棺桶はご免だ。女物を俺に回すなとね。栗の木は乾くとひびが入るからだめだ。八元もするのはいらない。何も駄目、かにも駄目の駄目づくし。棺桶に片脚突っこんどいて、注文だけはやたらうるさいんだからな。見てくれ。とっくにご注文の品はできている。丈は一メートル九十センチ、奴の背丈は一メートル六十六、足元に好物の豚足を入れた瓶《かめ》を置けるようにとね。栗の木は勿論使わない。ほら、最高級の柏の木だ。締めて六元、ご注文通りだよ。文句はあるまい。それに底板は一枚板、蓋も一枚板、両側も一枚板。それに頭と足一枚ずつ都合六元だ。文句はあるまい。死出の旅には最上の取り合わせだ。県の物資局長の父親、財政局の父親、県長の舅《しゅうと》、みんな何度もこれを見に来た。こいつは次の受け手に渡す品だと言ったら、本当に苟爺《ゴウじい》のものになっちまった。奴は俺一人のために歌い続けて何十年、俺はお返しする物が何もない。せめて、この棺桶で償いをさせてもらうとするか」

こう言って倉庫番の老人は数滴、老いの涙を落とした。泣きながら罵ることも忘れない。

「苟爺《ゴウじい》、この厄介者め、お前が先に行ってしまったら、俺はもう二度と芝居を聴けない。苟爺《ゴウじい》、この憎まれっ子め、俺のような芝居好きと一緒に遊んでくれて、ありがとうよ。さっさと死んじまいやがって、お前は本当に迷惑者だ!」

苟《ゴウ》老師を埋葬する日、小雨が降っていた。

苟《ゴウ》老師は寧州で知る者は少なかった。それに旧世代の演劇ファンはみな一線を退いて、楽な暮らしをしていない。寧州は派手な冠婚葬祭を喜ぶ土地柄だが、この日の葬列はひっそりとして寂しい限りだった。

苟《ゴウ》老師は子ども親戚もいない。親を亡くした子どもの役を引き受け、その喪章をつけたのは易青娥《イチンオー》だった。易青娥《イチンオー》は胸に遺影を抱き、一歩一歩柩の前を歩いた。

棺桶屋の老人は野辺の送りの紙銭《かみぜに》を撒きながら、柩の担ぎ手を叱り、言い聞かせている。もたもたするな、この柩は寧州で何十年に一度、いや、この世で二度と拝めない高級品なのだと。

苟《ゴウ》老師を送ったこの日の夜、乱酔した郝大錘《ハオダーチュイ》がまたネズミを一匹ぶら下げて劇団の中庭に現れた。あの「点天灯《てんてんとう》」の刑をまたやらかそうとしている。今度のネズミは比較的大きかった。火だるまになって長い時間、電柱に駆け上がり、ゴミ箱に飛びこみ、軒の樋を伝い、最後に動きを止めてレンガの上に腹ばいになった。燃えながら上げる鳴き声は赤子の泣き声に似ていた。

易青娥《イチンオー》はネズミが自分の懐に飛びこんできたような思いでこの光景を見守った。

古存孝《グーツンシャオ》老師はぼそっと言った。

「こいつはろくな死に方をしない。違うか?」

五十二

いよいよ寧州県劇団若手による『白蛇伝』が満を持して開幕となった。北山《ベイシャン》地区文化局へのデモンストレーションでもある。

開演前、古存孝《グーツンシャオ》、周存仁《チョウツンレン》、裘存義《チュウツンイ》三人の老師はひそかに易青娥《イチンオー》を舞台に呼んだ。舞台の神さまをお祭りするという。「香表《シャンビャオ》」と呼ばれる黄色い紙を焼き、四種の焼菓子を供える。神像に額《ぬか》ずき、叩頭して舞台の汚れを祓い、公演の無事と成功を祈るのだ。易青娥《イチンオー》はその神像を見て、これは誰かと尋ねた。それは梨園の開祖である唐明皇、つまり玄宗皇帝だとのこと。古《グー》老師の講釈によると、玄宗は唐の第六代皇帝で、音楽・舞踊・演劇を愛好し、楊玉環《ようぎょくかん》(楊貴妃)を寵愛した。易青娥《イチンオー》はさらに尋ねた。そんな偉い人なのに、どうして普段は見かけないのかと。今度は周《チョウ》存仁《ツンレン》老師が答えた。それは芝居に関わる人間だけが祀る神さまで、この神像も公演中だけさる老芸人から借り受けたものだという。一同が拝み終えた後、周存仁《チョウツンレン》老師が言った。朱継儒《チュジールー》団長にも拝んでもらわなければならないだろうと。以前は一座の座長が率先してやっていたことだった。古存孝《グーツンシャオ》は裘存義《チュウツンイ》に朱《チュ》団長を呼んでこさせた。

朱《チュ》団長は、はたと困った。返答をぐずっている。

「あなた方はまだこんなことを信じているんですか?」

古存孝《グーツンシャオ》老師は言った。

「あんたが拝まないと、死んだ苟存忠《ゴウツンチョン》が浮かばれないだろうな。拝めばきっとご利益《りやく》があるだろうよ」

ここまで言われた朱《チュ》団長は叩頭を三回繰り返した。

その日一日、易青娥《イチンオー》は朝から落ち着かなかった。というのは、別の劇団の『白蛇伝』をすでに見ていたからだ。白《はく》娘子《じょうし》を演じたその女優は、まだ技術が及ばず、『盗草』の幕で宝剣を持つ手を滑らせ、霊芝を口にくわえたときに平衡を失って〝岩峰〟の下に転落し、さながら倒掛金鐘《ダオグアジンチョン》(逆さに咲くフクシアの花)となった。観客は何度も倒掌《とうしょう》(広げた両手の手の平を拍手せず上向きから下向きに換える）した。隣に座っていた恵芳齢《ホイファンリン》は、勝ち誇って、「私たちとは比べものにならない」と繰り返した。易青娥《イチンオー》の心の乱れは、苟《ゴウ》老師を失った心の空洞を埋められずにいるせいだろう。

第一日の観客は一階席の半分も埋まっていなかった。朱《チュ》団長はロビーと楽屋をひっきりなしに往復し、釈明する。コンクールの期間が長すぎて、観客は〝見疲れ〟している。それに『白蛇伝』は三劇団の競演となり、観客は毎日毎晩、『遊湖《ゆうこ》』『盗草《とうそう》』『水闘《すいとう》』『断橋《だんきょう》』『合鉢《ごうはち》』を見せられ、この大会が〝白娘子コンクール〟の趣きを呈しているのだ。

（注）『白蛇伝』粗筋　『遊湖』の場で白娘子と許仙は出会い、結ばれる。端午の節句に夫から厄除けの酒を勧められた白娘子は、それが蛇にとっては猛毒だと知りつつ飲んで蛇の正体を現してしまう。これを見た許仙は昏倒して生死の境をさまよう。『盗草の場』で白娘子は夫の命を救うため、仙草・霊芝《れいし》を求めて峨眉山《がびさん》へ向かい、仙草を守る鹿の精、鶴の精との戦いになる。『水闘』の場では、白娘子の正体を見抜いた法海和尚との戦いになり、白娘子は水中の生き物すべてを自分の軍勢に従えて立ち向かうが、敗れてしまう。『断橋』の場で、戦いに敗れた白娘子と小青は西湖の断橋に落ちのび、そこで許仙と再会する。白娘子は許仙に寄せる思いの丈を切々と歌う。『合鉢』の場で白娘子は許仙の子を隠れ家で生むが、法海らに踏みこまれ、とらわれの身となる。法海は白娘子を「金鉢」の中に吸いこみ、西湖のほとりにそびえ立つ雷峰塔の下に封じ込めてしまう……。

朱《チュ》団長は言った。

「じたばたするな。一幕一幕、自分の芝居をやれ。結果は自ずとついてくる」

朱《チュ》団長はいつも両手を後ろに回して歩いている。これは厄介なことがないときだけで、何か起こると、片手を胸に当て、もう片方で額をぴちゃぴちゃと叩く。しかし、「今夜は客が来ないよ」と誰かに言われても〝余裕をかまして〟後ろ手のポーズを変えず、背筋をぴんと伸ばしている。これはよほどの自信があるからなのだろう。古存孝《グーツンシャオ》老師は言った。

「みんな、俺を信用しろ。寧州県劇団は断トツの一位間違いなし。俺は寧州で無駄飯は食っていない」

誰かが聞いた。

「無駄飯に終わったらどうするんですか？」

「乞食に出るまでだ。しかし、もう二度と寧州県には足を向けないから安心しろ」

みんな大笑いした。

「しかし、敵を侮るな。大胆かつ細心、得意淡然《たんぜん》（得意な局面でも淡々とおごらず、つつましく自然であれ）、失意泰然で行け」

古存孝《グーツンシャオ》老師は今夜、決然と〝勝負〟に出た。それはその装いに現れている。あの黄色い外套で得意の〝ポーズ〟を決めたのだ。しかも、背後に劉四団児《リュウスートアル》を控えさせ、ひらりとまとい、はらりと落とす。その都度、四団児《スートアル》が受け止める。一度だけ、四団児《スートアル》が易青娥《イチンオー》のメイクに目を奪われて取り落とし、お目玉を食らった。

「ほうら、旗持ちの兵隊さん。しっかり旗を持ちましょね。ほうら、そこの子ネズミさん。灯《あか》りの油をなめないで。象さんみたいな大きな心を持ちましょね」

人々はそこに悠揚迫らぬ大家の風格を見た。『白蛇伝』の演出家古存孝《グーツンシャオ》老師はすでに九分通りの成算を得ているのだと。

『白蛇伝』公演は果たして成功を収めた。ただの成功ではない。大成功だ。観客の熱狂に火がついた。ぼやではない。大火事だ。朱《チュ》団長は語った。

「今夜の公演は緞子《どんす》の掛け布団のように一糸《いっし》のほつれもない、非の打ちどころのない舞台でした。まさに富貴《ふうき》壮麗、牡丹の如き大輪の花が開くのを見た思いであります。私は寧州県劇団で長年働いておりますが、今夜のように完全無欠な舞台は見たことがありません」

第一幕から拍手と歓声は絶えることなく、ある人が数えたところによると、全幕通して百三十二回にのぼったという。

朱《チュ》団長の後ろに組んだ手は得意を隠せない。

演出の妙を見せた古《グー》老師は、楽屋で俳優相手に得意然と駄目出しの一席をぶった。一言話す度に黄色い外套をはらりと落とし、俳優たちは目の回る思いをした。

劉四団児《リュウスートアル》は易青娥《イチンオー》が衣装のズボンを脱ぐのに見とれ、古《グー》老師は黄色い外套が落ちたまま空しく肩を揺する場面もあった。四団児《スートアル》はすんでのところで足を蹴られるところだった。

易青娥《イチンオー》が面食らったのは舞台に出た途端、いきなり盛大な拍手と歓声を浴びせられたことだった。歌も台詞もまだ始まらないときに、だ。これほど俳優を発奮させ、豪奢な気分にさせるものはない。まるでその年の豊作を祈願する予祝儀礼のようだった。メイクのとき、恵芳齢《ホイファンリン》は「今夜はとてもきれい」と言い、周玉枝《チョウユィジー》も眉を描くのと包《づ》頭《ら》づけを手伝ってくれた。楚嘉禾《チュチアホー》は手伝ってこそくれなかったが、恵芳齢《ホイファンリン》に手を貸して、侍女の髪を梳いたりしていた。これが劇団という共同体なのだ。普段は役の争いで角突き合わせているが、一旦、公演という嵐の中に突き進んだら〝一本の縄〟のように縒《よ》り合わさっていく。易青娥《イチンオー》が感激したのは、立ち回りの呼吸がまるで暗黙の了解のようにぴたりと合うことだった。『盗草』の中の最大の難所は、高い台の上で仙草霊芝《れいし》を守る〝鶴の精〟と戦う命がけの場面だった。十数人を相手の立ち回りとなる。いかなる過失、失敗も許されない。極度の緊張の中、彼女は苟《ゴウ》老師の教えを何度も反芻していた。

「本芝居の長丁場を乗り切って主役を張り通すコツを教えよう。辛抱だよ、辛抱あるのみ。辛抱とは何か？　自分を抑え、相手役を引っ張る力だ。どこで引きしめ、どこで緩めるか。どこで一気に解き放ち、爆発へ持っていくか、軽重《けいちょう》、緩急を自在に操れ。のべつ幕なしの一本調子ではお話にならない。一歩一歩着実に歩みを計れ。これが主役の一番大事な仕事だ。だから主演女優は舞台に出たときから大将の風格を持たなければならない。だが、見かけ倒しでは駄目だ。自信を持て。冷静沈着、秋の水のように平静であれ。お嬢はまだ十八だ。しかし、お前の心は十分に鍛えられ、磨かれている。お前こそ主演女優にふさわしい」

『白蛇伝』は高難度の試練と挑戦が続く舞台だった。「一芸に達した人間は度胸も据わる」という言葉があるが、従容《しょうよう》として首切り台に上るとはこの気持ちかと易青娥《イチンオー》は思った。今ならもしかして、笑って行けるかも、と。声を限りの絶唱、息せき切る大立ち回りの後、大団円の『断橋』で緩徐調《アダジオ》の恋の歌を切々と歌い上げるとき、その気韻《きいん》にいささかの乱れも生じなかった。法海和尚との戦いに敗れながらも夫・許仙に思いを寄せるその歌は、二十数回の拍手を呼び、一句ごとに満場の「好《ハオ》！」、ときには一句に数回の「好《ハオ》！」が連呼された。だが、観客の熱狂はこの場にふさわしくなかった。蛇という異類の妻の思い屈し揺蕩《たゆた》う心は、絶え入るばかりの息継ぎに周到な修練を要したところだったが、観客の大歓声にすべてかき消されてしまったのだった。

苟《ゴウ》老師の野辺の送りに寧州に帰ったとき、易青娥《イチンオー》は胡彩香《ホーツァイシアン》先生を訪ねていた。胡《ホー》先生は北山《ベイシャン》地区大会の易青娥《イチンオー》が気がかりでならなかった。子どもをあやして寝かしつけてから、彼女にいくつか歌唱指導をした。鍵は情感の表現だった。胡《ホー》先生は言った。

「喉の具合が悪いとき、うまく歌えないのは仕方がない。でも、いい喉を響かせているのに、聴きづらいときがある。何が邪魔していると思う？　それはただ声を張り上げ、やたらに響かせ、胸腔を広げすぎたり、声を長く引っ張りすぎるから。その歌がなぜそのときに歌われるかを考えなきゃ駄目。情にかない、理にかない、役柄にかなって芝居になる。何よりも心なのよ」

易青娥《イチンオー》は立ち回りには十分な修練を積んできた。だが、歌唱についてはまだまだ心もとないところがある。しかし、この日の夜、突然得心《とくしん》がいった。歌は苟《ゴウ》老師や胡《ホー》先生が言った通り、すとんと彼女の胸に落ちたのだ。

彼女の心の深いところでは、封瀟瀟《フォンシャオシャオ》と共演できた喜びがあった。

彼の気遣いがうれしかった。彼女に対する思いがそれとなく自然に伝わってくる。人の多いとき、彼は遠く離れている。人の目につかないとき、彼は黙って目配せする。ただ、彼女は彼のそんな気配りにまだ慣れておらず、研修生たちの開けっ広げなやり方にもついていけなかった。みんなの前で一緒にビスケットやアイスクリームを食べたりするのにも馴染めなかった。自分が一口囓ったものを相手の口に入れたりするのはもっとできなかった。彼女は自分の中に閉じこもりがちだった。

封瀟瀟《フォンシャオシャオ》はすべての思いやりを誰にも気づかれずに示してくれた。あの日、彼女が断ったクルミとゴマあえの菓子はハンカチにくるみ、彼女が道具を入れる風呂敷に忍ばせてあった。彼の母親が手を尽くしたその菓子はさくさくしておいしかった。『白蛇伝』の本番前日は稽古に没頭して何も口に入れず、また、苟《ゴウ》老師のことを思って何も喉を通らなかった。だが、封瀟瀟《フォンシャオシャオ》がこっそりフナのスープを買って魔法瓶に入れ、人のいないときを見計らって彼女に持たせると、さっと離れていった。彼女はこんなやり方はもうしてほしくないと思ったが、こんな小さなことが、彼女の心を温《ぬく》め、ひそかな楽しみなっていたことも事実だ。だから舞台で「白娘子《はくじょうし》」、「許仙《きょせん》」として向き合ったとき、彼女はぼんやりとした感情が融け合って堰を切ったようにあふれてくるのを感じた。

第一場の『遊湖《ゆうこ》』の舞台に立ったとき、封瀟瀟《フォンシャオシャオ》は頃合いを見計らって、台本にない台詞を言った。

「青娥《チンオー》、君はとってもきれいだね！　ずっと相手役をしていたい！」

この言葉が彼女の心に火をつけ、彼女の舞台と人生をこれまでにない色で染め上げていった。それは芝居への自信、そして生きることへの情熱としか言いようがない。「許仙」と演じるときの視線の交叉、心のときめき、手を引き合い、抱き合うすべての所作が火の色に燃えた。許仙が白娘子の正体を見て悶絶し、白娘子が峨眉山から仙草霊《れい》芝《し》を盗み出そうとしたとき、彼女は一種の幻覚を見た。許仙は封瀟瀟《フォンシャオシャオ》ではないか。封瀟瀟《フォンシャオシャオ》は易青娥《イチンオー》の正体を見て、正気を失ったのだ。私は、蛇。異類の、女。仙草霊芝しか彼の命を救うものはない。易青娥《イチンオー》は生死を忘れ、目もくらむ舞台の高台で鶴の精たちと大立ち回りを演じている。舞台の高台の高所感は登った者にしか分からない。誰のためでもない、封瀟瀟《フォンシャオシャオ》のため、自分から望んだ冒険だ。易青娥《イチンオー》は心ゆくまで『盗草《とうそう》』全場を演じた。ついに仙草霊芝を得て、きりりと口にくわえる。ここからだ。峨眉山の山巓《さんてん》から続けざまに三回、後ろ向きに倒撲虎《もんどり》を打ち、すっくと立つ。決まった。舞台の袖で見守っていた古存孝《グーツンシャオ》老師は、感極まって涙声で叫んだ。

「お嬢の奴め。私が今生《こんじょう》で見る最高の『盗草』だ。誰が演じようと、これに勝る演技はできないだろう」

公演は終わった。

易青娥《イチンオー》は司鼓《スーグー》（鼓師）の席の叔父を見た。満面の涙だ。片手で拍子木を操り、片手で顔を隠したりしている。叔父は彼女のために多くの作品を叩いているが、こんな天衣無縫な、こんな神がかった演技は見たことがない。胡三元《ホーサンユアン》は演奏中、彼女の心の中に忍び入り、寄り添って盛りたててきた。今夜の彼女の乗りは太鼓叩きの冥利に尽きる合作《コラボ》で、リズムも力量感も彼女ならではの味わいを出していた。叔父の撥さばきは道士の方術に似ていると彼女は思っている。いつも手の平に乗せられて操られ、歌も台詞も知らず知らずのうちに新しい境地に導かれている。叔父は俳優を竜のように手なずけ、無心に、そして自在に遊ばせてくれるのだ。叔父は満面の涙を拭《ぬぐ》ってから、彼女に向けてこっそりと親指を立て見せた。

観客がどっと舞台に押し寄せてきた。口々に讃辞と質問を投げかけ、彼女の言葉を聞きたがっている。だが、彼女はいつの間にか手の甲を口に当て、何も答えられないでいる。後から聞いた話では、各地の指導者に加え、陝西省で名の知れた名優、演出家たちが何人も招待され、審査委員の席に座っていた。彼女にはその中から研修班の教師の声が聞こえた。

「易青娥《イチンオー》、お前は秦腔《チンチアン》の世界でぴかいちの若手になった。まさか県の劇団から人材が生まれるとはな。ありがたい、ありがたい、大事件だよ」

彼女にとっても全寧州県劇団にとっても意外だったのは、この舞台が北山《ベイシャン》地区演劇コンクールの「状元《じょうげん》（主席合格者）」に選ばれたことだった。地区の指導者たちは寧州県劇団をこのまま帰さなかった。さらに一ヵ月以上の滞在を命じ、公演を続けさせたのだ。

これまで旧劇の舞台に足を運ぶのは多く年配者と決まっていたのだが、寧州県劇団がこれを変えた。寧州出身の名花易青娥《イチンオー》を一目見ようと若者たちが劇場に殺到したのだ。このために一ヵ月食事を抜いても、と。易青娥《イチンオー》はその当時の写真をたくさん持っている。観客が撮ってくれたものだ。何年も経って見返すと、自分でも驚いてしまう。それは自分の人生で一番美しかった時代なのだ。

十八歳。

一メートル六十八センチ。

瓜実顔。

鼻筋通り、

明眸《めいぼう》皓歯《こうし》。

二重まぶた。

長いまつげ。

口角に　才気を漂わせ、
豊胸。

ウェストよく締まり、
ヒップはやや上向き。

地区の映画館で映画『ローマの休日』が中国で公開されたばかりのとき、地元の新聞社の記者が易青娥《イチンオー》はオードリー・ヘプバーンにそっくりだと言い出した。彼女は当時、それが誰だか知らない。映画スターの王暁棠《ワンシャオタン》の若いころに似ているという人もいるが、それも誰だか分からない。

（注）王暁棠《ワンシャオタン》　一九三四年生まれ。河南省開封市生まれ。一九五五年映画『神秘の旅友』に出演して「中国映画世紀賞女優賞」を受賞。

その当時は確かに明るい顔立ちをしていたが、痩せていたころは小さな、手の平に隠れてしまいそうな顔の造作は、もしかしたら枯山水の庭に置かれた石の配置のようなもので、一般受けする顔立ちではなかったかもしれない。この一、二年の、おそらく数カ月の間は鏡を見る度、毎日のように面変わり、様変わりしていた。人生の伸び盛り、花盛りの季節だったのだろう。多くの写真が当時の彼女の姿を残しているが、あの草深い九岩溝《ジョウイエンゴウ》の産とは誰も思わないだろう。

ただ、笑うと歯並びの乱れが少し気になる。だから彼女は手の甲で口元を隠すのだろう。以前は引っ込み思案の恥ずかしがり屋だったから、人前に出たがらなかったが、長じてからはその歯並びを見せたくないのだろうといわれていた。今はその歯が彼女の魅力だということになっている。地元の新聞記者が長い記事を書き、彼女の唇からこぼれる歯のかわいらしさを語ったからだ。

ここでもう一つつけ加えるなら、北山《ベイシャン》地区滞在が延びてほぼ一ヵ月、『白蛇伝』の続演が行われている中で、易《イ》青娥《チンオー》にはもう一本見逃してはならない舞台があるという話が喧伝《けんでん》された。『楊排風《ようはいふう》』だ。北山《ベイシャン》地区の書記、高等弁務官までみな『白蛇伝』を見ており、中には上司、関係者のお供や案内で二度三度見た者もいた。易青娥《イチンオー》の十八番《おはこ》がまだあると聞きつけると、北山《ベイシャン》地区文化局は関係部署に話を通し、これもやってもらおうということになった。

だが、劇団員はみなへとへとだった。北山《ベイシャン》地区で一躍有名人の貴賓待遇となって、ほぼ毎日、あちこちの宴席からお呼びがかかる。それを厭うわけではないが、みな里心がついていた。寧州へ帰りたがって、ぶつぶつ言い出す者もいる。朱《チュ》団長もこれ以上抑えきれなくっていた。そこへ寧州県委員会の書記、県長がじきじきの慰問と督励に現れ、『楊排風』の衣装、道具が運びこまれた。寧州県劇団の〝引っ越し公演〟はさらに一ヵ月延期された。

易青娥《イチンオー》にとってこの二ヵ月あまりは、人生の中で最も果敢、かつ猛烈な愛の砲撃と進攻を受けた時期だった。

五十三

まず易青娥《イチンオー》に対して攻勢《モーション》をかけてきたのは、北山《ベイシャン》地区の青年詩人たちだった。彼らの詩社は「六匹狼」と名乗った通り六人の同人が活動していた。詩を発表するほか、小説やエッセイも書いている。六人ともこの小さな町で変人扱いされている。みんな長髪を伸ばし、書く詩は「朦朧詩《もうろうし》」と呼ばれている。

(注)朦朧詩　一九八〇年代、中国で大きな影響を及ぼし、また大きな論議を呼んだ詩の流派。文化大革命十年の動乱を経て、文学理念が混迷し、社会は現代化の模索が始まる中、自我の価値と尊厳を肯定しようとする一群の詩人が現れた。象徴的手法で内的世界と隠されたイメージの煥発と描出につとめたが、多義的で高踏的、難解な表現によって〝朦朧詩派〟と呼ばれ、党の側からは〝指導〟や社会主義の方向を強調すべきとする政策が打ち出された。

朦朧詩はほかの大都市ではすでに衰退に向かっていたが、この地区では　流行が始まったばかりだった。六匹の狼は一年に数冊の詩集を出版し、すべて自分たちで印刷している。易青娥《イチンオー》の『白蛇伝』と『楊排風《ようはいふう》』は六匹の狼たちに二冊の詩集を出版させた。一冊は『美しき古瓶の出土』、もう一冊は『彼女を見てから死ね』で、易青娥《イチンオー》は自分に捧げられたその詩篇をまだ覚えている。その一篇はこうだ。

地中の眠りから覚めて　さび色にあらず
掘り出《いだ》せし珍宝は
電磁を帯びて
オードリー・ヘプバーンの鼻か　目か　口か　はたまた
カリブ海の黒真珠か　腰高ミレヤ・ルイスはキューバ女性排球《バレーボール》隊か
はたまた　まだ見ぬ楊貴妃の白い胸乳《むなち》か

はたまた西施《せいし》か王昭君《おうしょうくん》か貂蝉《ちょうせん》か（中国の〝四大美女〟が列記されている）
沈魚《ちんぎょ》　落雁《らくがん》　閉月《へいげつ》　羞花《しゅうか》その面《おもて》（魚も雁も月も花も易青娥《イチンオー》の美しさに恥じて消え入るばかり）
近寄りがたき易青娥《イチンオー》　我らの胸の痛みは増すばかり
その正体は何ならん
易青娥《イチンオー》は蛇の精　唐の昔か宋の御代《みよ》
一千年の眠り醒め
憧れ出《いで》しは人の世ぞ
一千万人を迷わせて
許仙を演じさせたや　上海外灘《バンド》のナイスガイ許文強《きょぶんきょう》
水滔々と万里を流れ（許文強主演の映画『上海灘』の主題歌の一句）
西湖の「断橋」で白娘子《はくじょうし》に会わせたや

この詩は六匹狼が主催した詩の朗読会に易青娥《イチンオー》を招待し、三匹の狼が朗読した。易青娥《イチンオー》はその朗読会にどうしても出たくなかった。だが、彼らは易青娥《イチンオー》の記事を書いた地元記者を探し出して、使いに立て、六匹狼は易青娥《イチンオー》の大ファンであり、詩人でかつ紳士であるからして、自作の詩で歓待したいというたっての願いを伝えさせた。夜公演が続く易青娥《イチンオー》は疲労の極みで、昼は休養したいというのが本音だった。しかし、記者は引き下がらずに再三の訪問を重ね、彼の面子《めんつ》をつぶしかねない雲行きになった。やむなく恵芳齢《ホイファンリン》を連れて参加したものの、易青娥《イチンオー》は詩など、皆目理解しない。朗読が続く中、恵芳齢《ホイファンリン》がかろうじて聞き取った内容を易青娥《イチンオー》に伝えたが、彼女の頭は朦朧たる霧に包まれていた。「易青娥《イチンオー》は蛇の精」という下りは確かに耳にも止まった。易青娥《イチンオー》に感想を求められたとき、彼女は手の甲を口に当て、おずおずと尋ねた。

「何とかの黒真珠とありましたが、私はそんなに色黒ですか？　そんなに黒くはないと思いますが。それと、腰高って、尻高のことですか？」

話しながら彼女は恥ずかしさのあまり、俯いてしまった。『楊排風《ようはいふう》』の中で焦賛《しょうさん》が楊排風を罵る台詞《せりふ》の中に〝尻高〟があった。

「このみったくなし、尻高のお多福め。黒焦げ包子《バオズ》の焼きそこない」

彼女はこの台詞が大嫌いだった。これは楊排風を言っているのではなく、彼女自身に向けられた言葉だと思った。あのへっぽこ鼓師の郝大錘《ハオダーチュイ》がわざと何度もこの文句で彼女を囃したて、彼女を踏みつけにした。〝真っ黒焦げの包子《バオズ》の焼きそこない〟とは竃番の彼女へあてつけで、その彼女が舞台に立ってこの台詞を聞くと、身のすくむ思いがする。尻高はもっと聞くに耐えなかった。これは尻がつんと上を向いていることではないか。九岩溝《ジョウイエンゴウ》でもし女の子が尻高だったら、その母親は毎日、娘の尻を蹴り上げるばかりに罵るのだ。ある家では夜中に娘の尻を帯でぐるぐる巻きにする。もし、この尻がひっこまなければ娘は〝傷もの〟になって嫁に行けなくなる。女優も尻高では絵にならない。苟《ゴウ》老師は何度も彼女の尻高を嘆いていた。それはまるで竃《かまど》の焚き口で尻を持ち上げて火吹き竹を吹いているようで、何ともさまにならないというのだった。

彼女の二つの異議申し立てに「六匹狼」は大笑いした。彼らは口々に勢いこんで言った。「黒真珠」は女性の健康美を讃える言葉であり、「尻高」は全世界を風靡している現代美なのだと。彼らは易青娥《イチンオー》に一種の力量感を象徴する美しさを見出していたようだ。西施も美人に違いありませんよ。でもね。西施は胃か肺を患って時々顔をしかめ、これがまた人の心をそそって、馬鹿な女たちはその〝顰《ひそ》みに倣《なら》った〟といいますが、そんな美人は僕たち、願い下げですね。

彼らにいくらそう講釈されても、易青娥《イチンオー》は自分が色黒だの、尻高だの言われるのは我慢がならなかった。六匹狼は後になって人にぼやいたそうだ。易青娥《イチンオー》は美人は美人だけれど、詩の風情を解さないと。彼ら六人は『白蛇伝』や『楊排風《ようはいふう》』を前後四十ステージ以上見ており、毎晩のように楽屋に押しかけては花束を献じ、詩を吟じた。そのうち彼女はこの長髪の〝異類〟がどうにも鼻についてきた。一日中取り囲まれ、さえずられていては気が滅入る。彼らを遠ざけて欲しいと朱《チュ》団長に頼んだ。団長はすぐ同期の研修生を数人差し向けた。この男子生徒たちは易青娥《イチンオー》の人気が出たころからひそかな思いを彼女に寄せていた。このけばけばしい詩人気取りの不良たちが自分たちの花園を乱し、姫君の心中を悩ますのは許せないと楽屋や劇場のロビーをがっちりと固めた。彼らは劇団の勤務外にボディガードのアルバイトをしているほどだから、親衛隊気取りで勇み立っている。「狼たち」を見かけるが早いか、頭の上からバケツの水をぶちまけたり、入ろうとしたドアと鉢合わせさせたり、ロープを張ってつまずかせたりのいたずらを仕掛け、誇り高い詩人たちの鼻っ柱は無残にへし折られた。これ以来、六匹狼たちの追いかけ熱も次第に冷め、「二匹目」の狼の詩風は、やたら文語文をひけらかす難解な傾向を帯びるようになった。

「この少女、遠望するによけれども、猥《みだ》りがわしき振る舞いに及ぶは不可なり」

「狼の頭目《リーダー》」は書いた。

「この少女、開明の気に乏しく、封建思想の軛《くびき》から脱すること能《あた》わず、詩の風情を解することさらになし。われら六匹狼の手に余り、よって我らはこの局面から退出することを宣す」

その後、六匹狼の騒ぎは下火となり、彼らの詩も名前も世間から忘れられていった。

これと時期を同じくして、北山《ベイシャン》地区の大物有力者が人を介し、易青娥《イチンオー》を息子の嫁に申し受けたいと申し入れてきた。困り果てた朱《チュ》団長は古存孝《グーツンシャオ》に相談した。

「お殿様の下知《げぢ》が下されたら、易青娥《イチンオー》はもう寧州には帰れない。商売替えして、お殿様の若様に〝お輿《こし》入れ〟だ。厄介なことに、この辺の人たちはみなその気になっている。我々が易青娥《イチンオー》一人を守りきれずに、みすみすさらわれでもしたら、もの笑いの種になるだろう。我々も寧州には帰れないぞ」

古存孝《グーツンシャオ》は言った。

「今が新社会でよかったな。これが昔だったら大ごとだ。一座全員尻に帆かけて一目散、逃げ出すしかなかった。闇に紛れてこっそりと、陸路がやばければ水路を小舟で下る。易青娥《イチンオー》に男装させて追っ手の目をくらまし、決死の逃避行だ。逃げ道をふさがれたら、衣装箱に身を隠させる。衣装箱にいくつも空気穴を開けて運び出すんだ。下手すると、一座全員の命が危ない。女役者の面《つら》が眩《まぶ》いと、えてしてこうなった」

朱《チュ》団長は、ぬらりくらりと逃げ回ったが、仲介に立った人間も必死と見えて、てこでも動かない。易青娥《イチンオー》も団長もほとほと困り抜いていた。

この渦中にいる一人が劉紅兵《リュウホンビン》という若者で、北山《ベイシャン》地区の中枢を占める次席専門官の御曹司だった。世が世なら近寄りがたい権門の家柄だ。彼は解放軍を除隊になったばかりで、父親の運転手として配属になった。当時、大型トラックの運転手は花形の職業で、劉紅兵《リュウホンビン》のように四ドアセダンの車を運転するのは羨望の的だった。北山《ベイシャン》地区にロシア産「ボルガ」が三、四台しかなく、あとはみな幌かけの三輪車という時代のことだ。彼の家に縁談話を持ちこむなら、飛び抜けた家格でなければ門前払いを食わされるだろうともっぱらの噂だった。だが、劉小兵《リュウシャオビン》は易《イ》青娥《チンオー》の白娘子《はくじょうし》を見、また楊排風《ようはいふう》を見てしまった。その艶姿《あですがた》、英姿颯爽《えいしさっそう》たる立ち姿を見て、夜も眠れぬほどの感動を受けたのだ。大物幹部の息子たちがメンバーの飲み会で劉紅兵《リュウホンビン》は西鳳酒《シーフォンジョウ》（陝西省宝鶏市の高級白酒）のハイネックを一瓶、一気飲みした彼は、目を据わらせて言った。

「もうがたがた騒ぐんじゃない。易青娥《イチンオー》は俺がものにする。嘘だと思うか？　まあ見てろ」

劉紅兵《リュウホンビン》はまず母親を動かした。北山《ベイシャン》地区文化局幹部の細君に当たらせ、その細君は寧州県劇団の朱《チュ》団長に話を通した。団長は言った。

「あの子はまだ幼く、小さな羽虫がふわふわ飛んでいるようなもので、世の波風を何一つ分かっていません。もう少し待って、もう少し聞き分けができるようになってからでも遅くはないのではないでしょうか」

団長は笑い話に紛らすつもりだった。劉紅兵《リュウホンビン》の母親も息子の熱を冷まそうと躍起だった。

「役者というものは、みんな舞台化粧と舞台衣装で化けて出るから、きれいに見えるんだ。素顔は役所の女の子と変わらない」

劉紅兵《リュウホンビン》は言った。

「素顔はもう見てる。化粧したよりももっときれいだった。役所の女たちにろくなのはいない。ここらのはみんな尻が垂れて、奥目《おくめ》で、生ネギみたいにきつくて、易青娥《イチンオー》とは比べものにならない」

母親は言った。

「今どき役者やってる子はすれてるからね。お前なんか子ども扱いだよ。何年か前の宣伝工作隊とか、文化工作隊の女の子たちはみんな初心《うぶ》でかわいらしかった。今は経済発展一本槍で、みんな金《かね》と出世に目の色を変えている。お前が就職するときはみんな解放軍に入りたがっていたから、パパはお前を軍に入れた。運転手になるのが人気だと聞けば、お前を軍から呼び返して運転手にした。運転手で芽が出なければ、お前の卒業証書にちょちょっと書き足して、ほかの仕事に回してやってもいいと言ってる」

劉紅兵《リュウホンビン》は憤慨して言った。

「俺はもうどこにも行かないよ。本を読むと頭が痛くなる。俺は易青娥《イチンオー》と結婚する。できなければ、俺は出て行く」

「出て行くって、どこへ行くんだい？」

「どこへ行こうと、俺の勝手だろう」

これから先のことは劉紅兵《リュウホンビン》がすべて自分で手を打った。

それよりも易青娥《イチンオー》が頭を悩ましていたのは封瀟瀟《フォンシャオシャオ》のことだった。彼女が封瀟瀟《フォンシャオシャオ》を愛してしまったのは彼女も認めざるを得ない。『白蛇伝』の連続公演は一ヵ月以上になり、昼間は彼を避けていても、毎晩舞台で秋波を送ること数十回、その上抱き合って愛の確認までする。封瀟瀟《フォンシャオシャオ》の体温、鼓動、荒い息づかいがそのまま伝わってくる。許仙《きょせん》はほとんど許仙ではなくなり、もう封瀟瀟《フォンシャオシャオ》だ。彼は本気で彼女を抱いてくる。彼女は辛く、苦しく、そして疲れる。だが、そのしびれるような舞台を心待ちにしている彼女でもあった。千人以上の観客を前に恋愛劇を演じ、それは勿論、演技であるとはいえ、彼女はそれだけでも満足だった。彼女は何度も自分に言い聞かせている。もうこれまでにしようと。

易青娥《イチンオー》は知っている。あの六匹狼が彼女を詩の朗読会に誘い、うるさくつきまとっていたころ、封瀟瀟《フォンシャオシャオ》は嫉妬の色を隠さなかった。彼女を見送った街角で動かず、四時間以上も彼女の帰りを待っている。まるで猟銃を持って

〝狼〟を待ち伏せするみたいな思い詰めようだった。狼の来る来ないに拘わらず、こんなことを繰り返していたら、いつ猟銃が暴発しないとも限らない。封瀟瀟《フォンシャオシャオ》は自分を抑えているつもりでも易青娥《イチンオー》や同期生たちの目には見え見えで、後に笑い話になって終生語り継がれることになる。だが、劉紅兵《リュウホンビン》が登場して、封瀟瀟《フォンシャオシャオ》の堪忍袋が爆発することになる。例の白いボルガをこれ見よがしに劇場の正面や楽屋口に乗りつけ、誰が邪魔立てしようと、解放軍仕込みの腕力にかかったらものの数ではない。楽屋に直行し、朱《チュ》団長や古存孝《グーツンシャオ》と顔を合わせると、一応挨拶をするが、ほかの者には目もくれない。手土産は西安名物の葫芦鶏《フールージー》でなければ、糖醋松魚《タンツーソンユイ》、誰もが見ただけで涎をたらす。楽屋への差し入れには、一目で分かる一流店のパン、ケーキ、紅白酥《ホンバイスー》、沙琪瑪《シャチーマー》や缶詰類が箱入りでどんと置かれ、みなさんで召し上がって下さいと気配りも忘れない。易青娥《イチンオー》はいつも朱《チュ》団長に頼んで早々と団員たちの胃袋に片づけてもらう。

（注）葫芦鶏《フールージー》　唐の玄宗代から伝わる名菜。鶏の姿が瓢箪形に整えられているところからこの名がついた。煮る・蒸す・揚げるの工程を経て、黄金色の照り、皮はサクサク、肉はほろほろとみずみずしく、〝長安一〟の名に恥じない。
糖醋松魚《タンツーソンユイ》　日本語の松魚はカツオだが、中国では鯉科の淡水魚、Big Head Carp とも呼ばれる。糖醋《タンツー》は甘酢のあんかけ。
紅白酥《ホンバイスー》　陝西省の南東、商洛市特産のブランド菓子。パリッとしたクリスプ感で好評。
沙琪瑪《シャチーマー》　小麦粉に飴《あめ》を入れ、もと支配階級の満州族が好んだ高級菓子。今は中国のどこのコンビニでも手に入る。

劉紅兵《リュウホンビン》もその都度、朱《チュ》団長に「色よい返事は」と釘を刺す。団長は、はい、はい、はい、はいと調子を合わせるが、確約を避ける。すると、劉紅兵《リュウホンビン》はさりげなくほのめかす。

「文化局の丁《ディン》局長に話を通してありますが、あなたたちの稽古着、時代遅れな上、すっかりいたんでいる。新品をお送りする手はずです」

丁《ディン》さんとは文化局の局長だった。

二日経って、劉紅兵《リュウホンビン》はまた朱《チュ》団長に言った。

「みなさんの食事には米を添えるようにと糧食局の吉《ジー》さんに伝えました。トウモロコシやコウリャンの取り合わせでは、ご苦労かけているみなさんの腹の足しにならない。一日に一食は米をお出しするということでいかがでしょう？」

吉《ジー》さんとは糧食局の局長だった。

これもすぐ実現され、その辣腕ぶりに劇団員の誰もが驚き、劉紅兵《リュウホンビン》はただ者ではない、あなどれる相手ではないと思い知らされた。

封瀟瀟《フォンシャオシャオ》は一計を案じた。劉紅兵《リュウホンビン》が来るのを見澄まして、彼がいつも座る椅子に、口の開いた赤いペンキ入りのチューブを置いたのだ。劉紅兵《リュウホンビン》は幕が下りるとすぐ楽屋に飛びこんできた。いつものように易青娥《イチンオー》の顔をひたと見つめながら椅子にどっかとばかり腰を下ろして大股を広げた。

「！」

立ち上がった彼が見たものは、隆《りゅう》と決めた白い洋服の尻がべったりと朱《あけ》に染まっただけでなく、チューブから飛び出したペンキが白い靴や白い靴下に飛び散り、手を動かすと、花模様のネクタイも鮮血にまみれたような惨状だった。怖気《おぞけ》をふるった劉紅兵《リュウホンビン》はわめき立てた。

「これは誰の仕業だ。ペンキを仕込んだのはどこのどいつだ！ 人の尻を〝孟良《もうりょう》〟にする気か！」

この台詞は劉紅兵《リュウホンビン》が短期間に集中した観劇の成果、長足の進歩と言える。『打焦賛《だしょうさん》（焦賛《しょうさん》を打つ）』で楊排風《ようはいふう》に打ち負かされた孟良が赤い隈《くま》取りをしていたからだ。

寧州県劇団が北山《ベイシャン》地区で二カ月以上の長期公演を行っている間、陝西省秦劇院《しんげきいん》は突然の発表を行った。中国西北五省（陝西《せんせい》省、甘粛《かんしゅく》省、青海省、寧夏《ねいか》回族自治区、新疆《しんきょう》ウイグル自治区）から練達の青年俳優を公募し、採用するというのだ。年齢は三十歳以下、経験は五年以上とある。楚嘉禾《チュチアホー》と周玉枝《チョウユィジー》はこっそりと出願した。噂によると、楚嘉禾《チュチアホー》は寧州県劇団と手を切りたいとわざわざ封瀟瀟《フォンシャオシャオ》に相談し、彼の意見を求めたらしい。封瀟瀟《フォンシャオシャオ》の答えは次のようなものだった。

「行くのもいいだろう。寧州県劇団は小さいし、競争が激しく、スープに浮いた油みたいにぎらぎらしてる。君なら陝西省レベルの大劇団で実力を試してみるのもいいだろう」

楚嘉禾《チュチアホー》は語気激しく言い返した。

「そんなこと言うのは、あなたがあの飯炊き女にのぼせ上がっているからよ。同じ飯炊き男の手がついたこと、あなただって知らないわけないでしょう。そのうち泣きを見るのはあなたの方よ。何さ！」

楚嘉禾《チュチアホー》は憤然とその場を去った。西安で行われる入団試験を受けるには寧州県劇団に休暇願を出さなければならないが、彼女はそれを出さず、しかも周玉枝《チョウユィジー》を伴って省都へ向かった、楚嘉禾《チュチアホー》の母親が西安ですでに八方根回しを行っているらしい。

楚嘉禾《チュチアホー》が西安へ行って間もなく、北山《ベイシャン》地区は一つの噂で持ちきりとなった。易青娥《イチンオー》が十四、五歳のとき、寧州県劇団の一人の老料理人によって身を汚されたというのだ。

五十四

易青娥《イチンオー》は最初この噂を知らなかったが、知った後、泣くしかなかった。芝居をやめようとも思った。しかし、劇場はすでに数日先まで満員となっていた。その中には国家機関の貸し切り公演も数回含まれ、半月先のチケットまで売れている。易青娥《イチンオー》が老料理人によって〝破瓜《はか》〟されたという噂が流されてからも、その舞台を見ようという人がさらに増えた。千二百席ある劇場は一階席、二階席とも満席となり、客足は引く様子を見せない。公演を続ける気なら、春節（旧暦の正月）までやれるだろう。興行元は何が何でも押し通す構えだ。しかし、この世界の裏も表も知り抜いている古存孝《グーツンシャオ》は、何度も朱《チュ》団長に献策した。ものには潮時というものがある。見切りをつけるなら今だ。このまま調子にのっていると必ずどつぼにはまる。手痛いしっぺ返しを受けるだろうと。

公演が始まって一ヵ月以上のロングランを続けている間、古存孝《グーツンシャオ》と長年音信の途絶えていた妻が西安から北山《ベイシャン》地区に姿を現した。彼女が古《グー》師匠の〝妾〟という人もいれば、いや、正妻だと言い張る人もいる。いずれにせよ、彼女は来た。正室かそうでないかと聞きただすわけにもいかず、そのまま二人は一緒に住んでいる。古《グー》師匠は繰り返し朱《チュ》団長に助言した。

「人にせよ。会社にせよ、盛りのときは見る目が多い。ことあれかしと待ち構える者も多い。普段は何ごともなくても、ことが起きるのは盛りのときだ。団長、ここは三十六計の術、逃げるに如《し》かずだ」

朱《チュ》団長はついに決断を下した。撤退！

しかし、撤退の前に、朱《チュ》団長は易青娥《イチンオー》を連れて、ある人物を訪ねた。

この人物は秦八娃《チンバーワー》といった。北山《ベイシャン》市街区から二十数里離れた土地に引っこんでおり、朱《チュ》団長はすでに数回の観劇に招待していた。その日は易青娥《イチンオー》のほかに古存孝《グーツンシャオ》も誘い出していた。今回の目的は易青娥《イチンオー》に気晴らしをさせるためと、彼女のために新作台本の書き下ろしを依頼することだった。

秦八娃《チンバーワー》はこれまでにいくつもの舞台劇の名作を発表したことで知られ、今は村の〝名物〟、中心的人物の役割を果たしている。

（注）文化センター　文化站。清朝末期、国民党時代から社会教育的な活動の拠点としての活動が始まった。日本の公民館に似た文化活動が行われている。新中国成立後「人民文化站」「民衆芸術館」としての役割を担い、さらに総合的な文化活動を推進する「文化站」へと発展した。

そこは古寂《ふるさ》びた村だった。その通りには、かつて梁《はり》に花鳥画をはじめ歴史や神話の彩色画、精密な彫刻をほどこした旧家が軒を連ねていたが、今はいずれも泥と煤《すす》がひび割れを埋め、通りにせり出した軒はのこぎりや斧で切り落とされて、不揃いな残欠をさらしている。門扉《もんぴ》を支えた土台石はかつて太鼓や獅子頭に象《かたど》られていたが、今はそれらしい痕跡を残すのみとなった。秦腔《チンチアン》（秦劇《しんげき》）華やかりし時代の舞台も残っていたが、赤い横断幕が掲げられ、「紅星村地場商品振興教育大会」の字が見える。舞台の下には燻製の豚肉、猪の肉、熊の肉、ウサギの肉、犬の肉が並び、ほかに口の欠けた青磁の器や壷が置かれている。長テーブルには古い銅鏡、旧式の太縁眼鏡、水キセル用の刻みタバコなど脈絡のない陳列、さらに磨き込まれた曲彔《きょくろく》（僧侶の座椅子）、八仙卓、花の彫刻が施されたベッドなどが腕や足が欠け、傾いたまま広場の中央に放置されていた。さらにその周りには、竹を編んだ笊《ざる》や籠など農家の物置や納屋からあらいざらい引っ張り出してきたような品が展示されている。その前方には別な横断幕が張られ、「身の回りを見直そう　すべてのものが商品に！」の文字が躍っている。

村の文化センターと秦八娃《チンバーワー》の住みかはこの通りの西の外れにあった。彼の母屋が文化センターを兼ね、書籍、雑誌、劇画や漫画本、新聞が並べられ、椅子やテーブル、ベンチが無造作に置かれている。たまに村人がのぞきに来て、座るだけで帰る人もいるらしい。

朱《チュ》団長の一行が秦八娃《チンバーワー》の家に着いたとき、秦八娃《チンバーワー》は老妻の手伝いをしながら豆腐を作っていた。母屋の文化センターの壁を隔てた一室が豆腐作りの工房になっており、母屋に入ると大豆を擂《す》る石臼が見えた。文化センターに雑誌や書画をのぞく客が来れば仕切りが閉じられ、人がいなくなればまた開け放しになる。彼らが来たとき、文化センターに一匹の犬が横になり、数羽の鶏がうずくまっていた。人が来るのを見て、鶏は身を起こし急ぎ足で正門を出て行った。犬は頭をもたげてちらと目を走らせたが、吠えようともしないでまた寝入ってしまった。秦八娃《チンバーワー》は客の姿を見て急いで工房を出たが、顔も首も手もおからがこびりつき、大豆の煮汁を滴らせている。

朱《チュ》団長が急きこんで紹介した。

「こちらは秦八娃《チンバーワー》先生、こちらは演出家の古存孝《グーツンシャオ》先生。『白蛇伝』と『楊排風《ようはいふう》』を演出しました」

古《グー》師匠は急いでお辞儀した。

「古存孝《グーツンシャオ》です」

秦八娃《チンバーワー》は彼の手を握って言った。

「みごとな演出でした。今日は神さまを拝む気持ちです」

「いやいや、とんでもない」

古《グー》師匠は謙虚に手を振った。

古《グー》師匠は紹介を続けた。

「こちらは易青娥《イチンオー》。化粧を落としていますから、お分かりになるかどうか」

「分かりますよ。勿論。素顔の方がずっといい」

秦八娃《チンバーワー》が言い終わらないうちに、彼の妻が中から声をかけた。

「秦八娃《チンバーワー》、あんた、ニガリをちゃんと入れたのかね？　豆乳が澄まし汁になっちまった。だいなしだよ。どうしてくれる。ほんとにまあ……」

「来客中だ。寧州県劇団の朱《チュ》団長がお見えだ！」

工房に向かって叫ぶと、声をひそめて言った。

「愚妻です。何ともはや、昔は〝豆腐屋小町〟と呼ばれたんですがね。先に紹介しておけばよかった。何せ気性が激しくて、こっちは、はらはらのし通しです。特にこんな美人が来て、目がぱっちりして、甘い声で秦《チン》の哥《あに》さんなどと呼ばれようものなら、途端におかんむり、嵐の気配です。もっとも豆腐がよくできた日には上機嫌で、客が本の立ち読みをしようが、おしゃべりをしようが、長っ尻《ちり》、長談義、平気なんですがね。豆腐をし損じた日には、君子危うきに近寄らず、です」

朱《チュ》団長が尋ねた。

「今日のでき具合はいかがでしたか?」

秦八娃《チンバーワー》は勿体ぶって答えた。

「今朝は二蒸籠《ふたせいろ》売り切ってにこにこ顔で帰って来ましたよ。鶏や犬にもやさしい言葉をかけてました。鶏には、おからをきれいについばんでくれて、ありがとよ。おかげで庭が掃除いらずだとか、犬には、賢い犬だよ。しゃもじを咥《くわ》えて手伝ってくれるんだからねとか」

言い終わると、秦八娃《チンバーワー》はうれしそうに目をぱちぱちさせた。彼の目は明らかに左右不対称だ。片方は天を向いているが、もう片方は地面を見ている。

易青娥《イチンオー》はこの老人が愉快に思えて、笑った口に手を添えた。

古《グー》師匠は言った。

「いずこも同じです。女房は二つの顔を持っている。一つはお金を愛すること、もう一つは亭主に優しくする女を愛さないことです」

朱《チュ》団長は笑いすぎて涙を流した。

彼らがおしゃべりしていると、秦八娃《チンバーワー》は工房に向かって叫んだ。客人に「特製豆腐脳《ドウフナオ》」を客人にご賞味いただこうと。これはニガリの加減を失敗した照れ隠しだ。

(注)豆腐脳《ドウフナオ》　にがりを加減して豆乳と豆腐の中間ぐらいの柔らかめに作った豆腐。たっぷりの餡、具材などを乗せ、北方ではラー油、搾菜《ザーサイ》、南方では砂糖、蜂蜜などが好まれる。

かすかな音がして人が出てきた。秦八娃《チンバーワー》は秦腔《チンチアン》の節回しで妻の登場を囃した。

「いよっ、豆腐小町の登場！」

秦八娃《チンバーワー》の囃子言葉とともに、ずんぐりした女性が木製の大皿を盆に乗せ、豆腐脳《ドウフナオ》を運んできた。顔を出すとすぐ秦八娃《チンバーワー》に悪態をついた。

「本当に役立たずだよ。豆腐屋がニガリ入れ忘れて苦笑いだなんて大笑いだよ。こんなもの食べるなら、槐《エンジュ》の葉っぱをかじったほうがまだましだ」

朱《チュ》団長は大急ぎで助け船を出した。

「いやあ、お手間をかけます。実は食事を済ませてきたんですが、豆腐脳《ドウフナオ》を見ると食欲をそそられますな。辣油《ラーユ》によく合うし、大豆の煮豆や搾菜《ザーサイ》を乗せてもオツなものです」

秦八娃《チンバーワー》の妻は追求の手を緩めず、さらに繰り返した。豆腐脳《ドウフナオ》は頃合いにほどよいニガリを入れてこそ豆腐脳《ドウフナオ》になると。秦八娃《チンバーワー》は長々と反省と遺憾の意を表し、細君はやっと工房に引っこんで仕切り戸を閉めた。秦《チン》師匠は言った。

「本当は女房も芝居に連れて行ってやりたかったんですが、豆腐屋は夜が忙しい。私は無理言って抜け出し、帰ったらどんな芝居か一くさり聞かせてやろうと思ってたんですが、まだ話してなかった。嫁は石臼にもたれて眠ってましたよ。これは辛い仕事です！　人の世の生業《なりわい》には〝三大苦〟があって、一に芝居の書き屋、二に鍛冶屋の鉄打ち、三に豆腐屋の臼挽きです。わが家は何とそのうち二つまで占めている。あははははは。そんなわけで、あいつはみなさんの芝居を見る暇もない。みなさんのご高名も知らずじまいです。どうかご容赦を！」

その日、彼らは何時間も話しこんだ。『白蛇伝』、『楊排風《ようはいふう》』、『遊西湖《ゆうせいこ》（西湖に遊ぶ）』、さらに古存孝《グーツンシャオ》の演出論から易青娥《イチンオー》の演技論まで縦横に論じた。秦《チン》師匠は易青娥《イチンオー》の力を認め、彼女が秦腔《チンチアン》の〝希望の星〟であることを語った。

「我らの秦腔《チンチアン》は文革期、十数年の災厄を蒙った。失ったもの、奪われたものをこれから取り戻さなければならない。この子はきっと行く手を照らしてくれるだろう」

易青娥《イチンオー》はきまりが悪くなって自分の手を揉み、うなだれるばかりだった。

秦《チン》師匠は盛んに易青娥《イチンオー》を持ち上げる。

「何が大事かというなら、基本の型だ。戯曲《ぎきょく》（日本では主に芝居の台本という意味で用いられるが、中国の古劇・地方劇全般を指す）芸術はこの技《わざ》がなければ何ものでもない、ただのお遊戯だ。この子が成功を収めたのは、艱難《かんなん》辛苦、この技を身につけたからだ。加えて、衣装映え、化粧映えは勿論、立ち姿がほれぼれする。役者は人に見られてなんぼの商売だ。ついこの間までいわゆる〝技芸〟だけが重んじられ、〝容色〟は貶《おとし》められてきた。美しさをほめると、その芸を蔑《ないがし》ろにしたと非難された。こんな馬鹿な話はない。命が今を盛りと照り映えているのを見惚れて何が悪い。何が不健康だ？　役者は全身で演じる。全身で表現するから芸なのだ。だが、これが難しい。喉がよくても技がない。技はあっても喉が悪い。技も喉もよくても舞台映えがしない。だが、易青娥《イチンオー》はこのすべてを我が身に体している。秦腔《チンチアン》の世界では異能の持ち主だ。福の神だ。もっけの幸い、奇貨居《きかお》くべしだ（得がたい機会、才能はすかさず利用すべし）！」

易青娥《イチンオー》は頭を上げられなくなった。手を揉みしだき、顔を覆った。赤らむ顔に火がつくかと思われた。

しかし、秦《チン》師匠の次の一言に朱《チュ》団長は血相を変え、取り乱した。

「朱《チュ》団長、気を悪くしないで聞いて下さいよ。易青娥《イチンオー》は寧州県劇団に留め置く人材ではない。違うか？　もうこの話は避けて通れない。この子はいずれ、いやもっと早く見いだされ、連れ去られるだろう。陝西省が目をつけなければ甘粛省が見つけ出す。寧夏自治区が掘り出さなければ西蔵《チベット》自治区が連れ去るに違いない。いずれにせよ、この子を縛りつけておくことはできないだろう」

易青娥《イチンオー》は慌てて口を挟んだ。

「いえ、私はどこにも行きません。寧州県にとどまります」

朱《チュ》団長も度を失っている。

「寧州はこの子を手放しませんよ。彼女は寧州政治協商会議の常任委員です。数日前、県の上層部から電話があって、彼女を劇団の副団長にする決定がなされるということです」

「いやです。私は副団長なんかになりません。なれるはずもないし、なりたくもありません。私はなりません」

易青娥《イチンオー》はこの話を初めて聞かされた。とんでもないことだと思った。

「またお馬鹿さんを言う。空っぽの頭で、馬鹿もいい加減にしなさい！」

朱《チュ》団長はしゃべりながら自分から笑い出し、やけくそのような高笑いを始めた。

易青娥《イチンオー》にとって朱《チュ》団長から一番聞きたくない言葉だった。朱《チュ》団長は誰彼なくつかまえて、この言葉を繰り返す。私んとこの易青娥《イチンオー》ときたらもう、ぶんぶん鳴く羽虫と同じで、歌うほか何も分からない。まったくもって、何も分からないおばかでと言いながら〝処置なし〟といった素振りをする。

易青娥《イチンオー》は子供のように、いやいやの頭《かぶり》を振った。

「私って、そんなに馬鹿ですか？　どうしてそんなに馬鹿ですか？　団長？」

易青娥《イチンオー》は懸命に問うた。

秦《チン》老師も古《グー》老師も、そして朱《チュ》団長も苦笑するばかりだった。

朱《チュ》団長は言葉を補った。

「お前は自分を馬鹿だと思っているのか？」

易青娥《イチンオー》も言葉を補った。

「もうこの話をしないで下さい。本当の馬鹿になりそうですから」

みんなは口を閉ざした。

朱《チュ》団長は話を本題に戻した。秦八娃《チンバーワー》先生が易青娥《イチンオー》のために新作を書き下ろしてもらえないかという依頼だった。

秦《チン》師匠はしばらく考えこんでから言った。

「ちょっと考えさせてくれないか。長いこと書いていないし、腕がなまってしまった。さて、どう書いたものか。しかし、この子のために書きたいと思う。構想がまとまったら、もう一度話し合おう」

秦八娃《チンバーワー》師匠は彼らを送り出すとき、易青娥《イチンオー》に向かって言った。

「お嬢、私は君に芸名を贈りたいと思う。発音はあまり変わらない。〝憶秦娥《イチンオー》〟はどうだろうか？」

秦《チン》師匠は〝憶秦娥《イチンオー》〟について語った。

「秦娥《チンオー》とは秦の国のお姫様で、笙《しょう》の笛の名手だった。秦《チン》は秦腔《チンチアン》にも通じる。憶秦娥《イチンオー》はまた、古劇で歌われる詞牌《メロディー》の一つでもあり、李白の詩の題名ともなった。その詩は李白の作ではないという人もいるが、そんなことはどうでもいい。だが、その一節が素晴らしい。

咽《むせ》ぶ笛の音
秦娥《チンオー》の夢断たれ
空しく照らす秦楼の月……　（李白の作とされる『憶秦娥《イチンオー》』）

ある夜、秦娥《チンオー》は青年笙史《しょうし》の夢を見た。彼も彼女に劣らぬ笙の巧者だった。やがて二人は現実の世界で出会い、結ばれる。二人が月影に濡れながら笙《しょう》の合奏していると、空から竜と鳳凰が舞い降り、竜は笙史《しょうし》を乗せ、鳳凰は秦娥《しんが》を乗せて天空を駆け、そして姿を消す……。どうだ、いい話ではないか。この秦娥《しんが》の名の前に〝憶〟の字を加えよう。この字にはいろいろな思いをこめられる。私は迷うことなくこの芸名を思いついた。憶秦娥《イチンオー》。遠く俗を離れた響きがある。どうだ、この名をもらってくれまいか？」

易青娥《イチンオー》が憶秦娥《イチンオー》と改名したのは、この機縁からだった。

五十五

寧州県劇団は連続公演を切り上げて北山《ベイシャン》地区を離れようとするそのとき、立て続けの災難に見舞われた。まず、周存仁《チョウツンレン》老師が北山《ベイシャン》地区文化局に足止めを食わされ、新しく設立された俳優養成コースの教師として召し上げられたのだ。その理由は周存仁《チョウツンレン》老師は武技にかけて秦腔《チンチアン》界指折りの名手であるからというもので、寧州県劇団からすると、とんでもない横槍だが、上級機関の思し召しとあれば抗しようがなかった。

朱《チュ》団長は手痛い人材流失を惜しむ間もなく、次は古存孝《グーツンシャオ》老師から痛棒を食らった。陝西省秦劇院に演出家として招かれたというのだ。

寧州県劇団が北山《ベイシャン》を出発する一日前に陝西省当局から人が来て古存孝《グーツンシャオ》老師と話をつけたという。彼の妻は西安に住んでおり、好餌《こうじ》に釣られたと言わば言え、古《グー》老師にとっては喉から手の出る話だった。「申しわけない」と頭を下げられ、いわばカードをオープンにしたゲームに朱《チュ》団長は打つ手がなかった。古存孝《グーツンシャオ》は身支度をすべて終え、彼の妻は列車のチケットをすでに用意して出かけるばかりになっていた。朱《チュ》団長は泣く泣く二人を見送った。北山《ベイシャン》地区の公演で大成功を収め、有卦《うけ》に入っているときに足を掬《すく》われた体《てい》だった。

寧州へ帰って朱《チュ》団長がまず手につけた仕事は、易青娥《イチンオー》の副団長任命を県に急がせることだった。これが孫悟空の緊箍呪《きんこじゅ》（頭の輪）となって、彼女が言うことを聞かないとき頭を絞めつけることができるだろう。その上、彼女を「国家三級俳優」に認定して二重の縛りとした。すべて特例の措置で、彼女を劇団に引き止める手立てだった。四人の老芸人のうち、たった一人残った裘存義《チュウツンイ》を死守しなければならない。彼には副団長の地位を与え、万全を期した。

郝大錘《ハオダーチュイ》の姿がしばらく見えないことも朱《チュ》団長の耳に入った。胡彩香《ホーツァイシアン》先生が産休でずっと在室していので彼女に確かめると、

「もう半月になるかしら。誰の目にも触れなくなったのは。半月前、酔っ払って中庭で一晩中くだを巻いていた。

誰かを罵ったかと思うと誰彼見境いなく当たり散らして、朱《チュ》団長には一杯食わされたって息巻いていた。団長は陰謀家だって。太鼓の腕前を上げたので、副団長にしてもらえると思いこんでいたみたい。〝副〟という字がよほど気に入っていたのよね。それ以来、ぷっつり見えなくなった」

朱《チュ》団長として放ってはおけず、派出所に届け出た。易青娥《イチンオー》が副団長に任命されたその当日、中庭で突然、けたたましい悲鳴が上がった。涸れ井戸に人骨が見えると。

この井戸はもと水があった。あの年の地震騒ぎのときから次第に水が引いていった。普段はコンクリートの蓋をかぶせていたのだが、子どもが遊んで蓋を取りのけたらしい。団長は慌てて派出所の警官を呼びにやった。警官は警戒線を張り、半日かけて人骨を引き揚げた。肉はほとんどネズミに食い荒らされていた。遺骨がすべて引き揚げられたときも、なお数十匹のネズミが骨の上を這い回っていたという。鑑定医の話によると、郝大錘《ハオダーチュイ》は自分から足を滑らせて井戸に落ちたとのこと。手はまだ酒瓶をしっかりと握っており、地面に揚げてから酒瓶を引き離そうとしたが、引き離せなかったという。

公安の見解によると、寧州県劇団団長朱継儒《チュジールー》は郝大錘《ハオダーチュイ》の副団長昇格を承諾していたかどうかについて言葉を濁した。〝武闘派〟の郝大錘《ハオダーチュイ》が前団長黄正大《ホアンチョンダー》の手駒のように扱われ、〝反対派〟に睨みをきかしていたことは、黄《ホアン》正大《チョンダー》が劇団を立ち去る日の申し送り事項に入っていた。郝大錘《ハオダーチュイ》が稽古場に殴りこみをかけ、胡三元《ホーサンユアン》と乱闘寸前まで行ったとき、朱継儒《チュジールー》が郝大錘《ハオダーチュイ》の耳元で何ごとかをささやくと、彼はあっさりと手を引き、稽古場から速やかに立ち去ったということだが、これもこの事件と何らかの関連があると思われる。当時、朱継儒《チュジールー》は太鼓打ちの人選をめぐって深刻な内部的対立を招いており、この窮地を脱するために、郝大錘《ハオダーチュイ》の耳元に思わせぶりなほのめかしを行ったものと見なされた。

「大錘《ダーチュイ》、黄《ホアン》主任はお前に言っただろうが。劇団上層部では近々昇進の審査がある。お前も身を正し、周囲の評判に気をつけろ」

郝大錘《ハオダーチュイ》はおとなしくすぐ引き下がった。乱暴狼藉の限りを尽くす郝大錘《ハオダーチュイ》を見るにつけ、朱《チュ》団長は彼の「腕前が上がった」などともっともらしく気を持たせ、手なずけようとしたのだ。副団長の人事が現実のものになろうとしたとき、朱《チュ》団長はまた言った。

「頑張ったんだがね。私一人の力では大勢を覆せなかった。申しわけない」

郝大錘《ハオダーチュイ》が朱《チュ》団長に裏切られた、団長は陰謀家だと恨みに思ったのは、もっともかもしれない。誰かの問いに団長は語気荒く反問した。

「じゃ、君は郝大錘《ハオダーチュイ》を副団長したかったか？　それなら選挙の結果、どうして彼に一票しか入らなかったのか？　郝大錘《ハオダーチュイ》がいなくなった今だから、本当の数字を教えてやる。君が本当に郝大錘《ハオダーチュイ》に一票投じたのなら、集計の結果がたった一票ということはないだろう。あの一票は郝大錘《ハオダーチュイ》の票ではないと君は言うのか？　郝大錘《ハオダーチュイ》が私を陰謀家と言ったそうだが、これが陰謀か？　陰謀家の帽子は大きすぎて、私にはかぶりきれないね。これも団長の仕事のうちだよ。一座を率い、一座をまとめていくために、これしきの口約束、ちょっとした鼻薬を嗅がせるようなものじゃないか」

春節が明けたばかりのとき、またしても寧州県劇団の屋台骨を揺るがすようなできごとが起こった。

易青娥《イチンオー》が陝西省の劇団に引き抜かれたのだ。

もはや相談や交渉の余地はなかった。

陝西省は秦腔《チンチアン》振興のため、至上命令を下した。易青娥《イチンオー》を引き抜けと。

陝西省の指導部から寧州県委員会の書記へ電話一本の通達で、易青娥《イチンオー》は一週間以内に省当局へ出頭せよという。その目的は中国伝統劇の全国大会に、秦腔《チンチアン》の中で最も訴求力の高いとされる『遊《ゆう》西湖《せいこ》（西湖に遊ぶ）』を参加させるため、易青娥《イチンオー》に白羽の矢が立ったのだった。

寧州県の書記は直ちに朱継儒《チュジールー》団長に伝えた。

朱《チュ》団長は背骨を抜かれたみたいに、どっと病の床についた。

団長の家から漢方の煎じ薬の匂いが劇団の中庭いっぱいに広がり、どの家でも鼻をひくつかせた。団長の頭には熱い蒸しタオルが巻かれ、冬のさなかだというのに、団長は全身に寝汗をかき、うめき声が漏れた。

「千にも不覚、万にも不覚。なまじ北山《ベイシャン》地区の公演で当たりを取ったばかりに、ついうかうかと取りのぼせ、増上慢の罰が下った。寧州県劇団はもう終わりだ」

易青娥《イチンオー》は西安には行かないと言い張った。

朱《チュ》団長は言った。

「馬鹿な娘だ。お前は馬鹿だが馬鹿ではない。こうなったからには長いものに巻かれるしかない。陝西省のトップじきじきの思し召しだ。県の書記はすぐにもお前を手放せと言ってきた。たとえ私が豹《ひょう》の胆を煎じて飲んでも、お前を引き止める勇気はない！」

易青娥《イチンオー》は叔父にも西安には行かないと伝えた。叔父は言った。

「お前は修業中の身、一にも二にも芸のためを考えろ。お前の叔父さんはご覧のありさまだから、お前がいてくれた方が何かと都合はいいが、しかし、お前は西安へ行け。行って、西安を驚かせてやれ。もっと大きい運をつかむんだ。ここは行かない手はないぞ。こんな田舎劇団、西安に出でたら、道端のロバほどの値打ちもない。さっさと見切りをつけて、西安の檜舞台で主役を張るんだ。堂々と乗りこんで行け！」

易青娥《イチンオー》は仕方なく西安へ旅立った。


――『主演女優』中巻につづく――

秦腔は命の叫び

『主演女優』日本語版刊行に寄せて

陳　彦

秦腔《チンチアン》に馴染みの薄い日本の読者のために、中国最古といわれるこの伝統芸術の生命力について書いてほしいと本書の翻訳者である菱沼彬晁先生がおっしゃる。私はこのテーマで書きためたエッセイ集を『秦腔《チンチアン》を語る（説秦腔）』（二〇一七年、上海文芸出版社刊）と題してすでに刊行していますが、想を新たに書き起こします。秦腔《チンチアン》の魅力は何度語っても語り尽くせないからです。

私は現在に至るまで、秦腔《チンチアン》ほど命の激しさを描いて余すところなく、命の渇《かわ》きを呼び起こして血肉躍《おど》らせ、命の悲しみをほとばしらせて肌身を傷《いた》ましめる舞台芸術をほかに見たことがありません。

秦腔《チンチアン》を好むと好まざるとに関わらず、秦腔《チンチアン》は自分のやり方で自分の思うように存在し続けてきました。お役所が〝秦腔《チンチアン》振興〟のかけ声をかけ、旗を振らなくても秦腔《チンチアン》は勝手に生き残ってきましたし、気難しい評論家たちから〝秦腔《チンチアン》衰退〟の論難を受けるまでもなく、勝手に衰退と苦難の足跡をたどりました。秦腔《チンチアン》は時代の流行や嗜好の変化にかかわらずに人口に膾炙《かいしゃ》し、秦腔《チンチアン》芸術に携わるプロ・アマ・支持者層が一体となった〝岩盤勢力〟を見せつけ、外界の雲行きに左右されず〝我が道を行く〟巨大集団を形成してきました。現代中国の文学青年の流行語で言うと「ブロンズ・ビーンズ（銅のエンドウ豆）」です。実はこの言葉は古く元雑劇（元代の古劇）の名作『花は老いず（一枝花・不伏老）』に登場する老いたる飄客《ひょうかく》（遊郭の遊び人）が自らを〝銅豆《トンドウ》〟に模して「俺は煮ても焼いても食えない男」「箸にも棒にもかからない男」と嘯《うそぶ》き、筋金入りの風狂人を任じて暗い現実に妥協せず、飄逸に生きるしたたかな楽観主義者、人生を熱愛する現実主義者、多芸多才な浪漫主義者、奔放不羈な個人主義者、権力に飼い慣らされることのない野生児を演じて、作者の関漢卿《かんかんけい》（十三世紀末から十四世紀初頭にかけて活躍）が自画像として用いたと言われています。この文章の表題を「命の叫び」とした所以《ゆえん》です。

それでは秦腔《チンチアン》はいつ、どんな年代に生まれ、今日に伝わったのでしょうか？ 今日まで誰もが認める定説はありません。ある論者は周代（前十二世紀～二五六年）の詩編を編纂した『詩経』に「秦腔《チンチアン》」の二文字を探し当てましたが、それは「歌舞をもってドラマを演じる」今日の秦腔《チンチアン》とは異なるものです。またある説は秦代（前二二一年～前二〇七年）に起源を持つと唱え、一見もっともに聞こえますが。信をおける証左はあまりにも少ないのが現状です。さらに前漢（前二〇二年―後八年）の百戯《ひゃくぎ》（古代の楽舞・雑技の総称）が長安の都に伝わり混淆したものという主張もありますが、これを裏づける史料がなく、特に決め手となるべき秦腔《チンチアン》の台本がいまだ見つかっておりません。

秦腔《チンチアン》が正史、外史に共に登場するのは、盛唐（高宗皇帝の六五〇年―玄宗皇帝の七五五年）になってからで、国際都市・長安と玄宗皇帝の宮廷に西域シルクロード渡来の音楽文化が花開きました。その象徴が皇帝自ら立ち上げ、自ら師をもって任じて楽士、舞踊手の養成に務めた「梨園」です。ここで皇帝一番のお気に入り楽士（声楽家）李亀年《りきねん》が歌い、演じたのは『秦王破陣楽《じんのうはじんらく》』でした。

（注）『秦王破陣楽《じんのうはじんらく》』　本書中巻四六七ページに陝西省《せんせい》秦腔《チンチアン》劇団の胡三元《ホーサンユアン》（憶秦娥《イチンオー》の叔父）が秦腔《チンチアン》の曲調で『秦王破陣楽』を演奏する場面がある。この曲は唐王朝の開祖・李世民《りせいみん》（唐太宗）がかつて秦王《しんおう》であったころ作った舞楽とされ、舞人はその武勲と天下統一の偉業を讃えて舞台衣装の甲冑を身に帯びて矛《ほこ》を持ち、旗さしものを掲げて舞う。この曲は日本にも渡来し、七五二年の東大寺大仏開眼供養会で『破陣楽』『皇帝破陣楽《おうだいはじんらく》』の二曲が演舞され、この曲の世界的な流行を裏づけている。日本の雅楽では「唐楽」の分類で、武舞五曲の一つ。舞は左舞四人舞（または二人舞）。曲調は乞食調《こつじきちょう》、あるいは大食調《たいしき》とされている。

この李亀年が演舞することによって、この曲調はいわば〝官許〟のお墨付きを得、古楽に則った十二律の音階、朗々たる歌唱法、地を揺らすような重低音から天に響けとばかりの突き抜けるような高音まで、こういった特徴はまさに現代の秦腔《チンチアン》が古来の〝正調〟を受け継ぐものであることをうかがわせ、〝秦腔《チンチアン》〟の名がかつての秦王であった李世民の〝秦王腔《チンワンチアン》〟の略称であることをも思わせます。しかし、安禄山の変（七五五）が起こり、都落ちした玄宗皇帝は楊貴妃に死を賜います。梨園は散り散りとなり、流浪の身となった李亀年は各地で歌いながら生きる糧《かて》を得ます。安史の乱から十五年経った大暦五年（七七〇）、李亀年は江南の潭州《たんしゅう》（湖南省長沙市）で思わぬ人と再会します。それは詩聖として後世に名を残す杜甫その人で、彼もまた安史の乱で人生を狂わされた一人でした。共に落魄《らくはく》の身を託《かこ》ちながら二人は手を取り合って涙したことでしょう。杜甫は李亀年に『江南にて李亀年に逢う』の詩を献じます。こうして全国に四散した〝皇帝梨園の弟子《ていし》〟たちは秦腔《チンチアン》の響きを広め、各地の民間芸能の中で生き延びたことは疑いを入れません。

秦腔《チンチアン》は明代（一三六八～一六四四）になって比較的成熟した姿、形式を現します。〝秦人《しんじん》〟の本拠地である陝西《せんせい》省、甘粛《かんしゅく》省一帯だけでなく中国各地に秦腔《チンチアン》を広めたのは、ほかならぬ明朝を攻め滅ぼした陝西省出身の李自成《りじせい》その人でした。李自成は一六二七年、陝西飢饉による農民反乱の勃発後、反乱軍に身を投じて湖北を進発して西安、四川、山西、北京を転戦して湖北で最期を遂げます。彼自身、農民とは言え楽人の血筋を引いて秦腔《チンチアン》を歌うのはお手のもの、農民軍の指導者たちもまた〝秦腔《チンチアン》育ち〟で、熱心な愛好者である以上に票友《ピャオヨウ》と呼ばれる玄人はだしの演者でもありました。農民軍の軍楽に秦腔《チンチアン》の曲調が採用されて幕営は『破陣楽』さながらに秦腔《チンチアン》に満ち、初期における連戦連勝の進軍はついに北京をも席巻したのです。

清朝（一六三六～一九一二）中期になって、秦腔《チンチアン》は中国伝統演劇界に覇者たる位地に登りました。「花雅《かが》の戦い」という言葉が広く喧伝され、当時の記録によると、秦腔《チンチアン》が昆曲《こんきょく》や京腔《けいこう》（京劇誕生以前の在京劇種）を「打ち負かし」、劇界の盟主となりました。

（注）花雅《かが》の戦い　青木《あおき》正兒《まさる》著『支那近世戯曲史』によれば、「乾隆のころ（一七三五～一七九五）雅花両部の別ありき。……乾隆の末葉に至り巴蜀（四川省）の野伶《やれい》、西秦《せいしん》の土音《どおん》南北を擾乱《じょうらん》し……咸豊《かんぽう》（一八五〇～一八六一）以来、皮黄《ひこう》調のために雅部は全くその席を奪わるるに至れり」とある。伶は俳優の意。野伶、土音は共に新興の俳優集団

を貶《おとし》めた表現。いずれも秦腔《チンチアン》、具体的には〝秦腔《チンチアン》中興の祖〟と呼ばれる魏長生《ウェイチャンション》を指していると思われる。また本書下巻三〇五ページの注釈には、魏長生が巴蜀《はしょく》の地で身を起こし、陝西省に来て「西秦腔《シーチンチアン》」の一派を起こし、これが世上、西皮《シーピー》と呼ばれている青木正児の論証が紹介されている。

いわゆる「花雅の戦い」とは簡単に言えば、既存勢力に対する新興勢力、正統に対する批判勢力、中央に対する在野の勢力です。秦腔《チンチアン》を代表とする地方劇種は「花部」に位置づけられます。日本の読者がご存じの川劇も越劇もこの後に生まれる京劇も「花部」の扱いです。江蘇省に起源を持つ昆曲のみが「水磨調《すいまちょう》」と呼ばれる繊細優美な曲調、高い文学性を誇る歌詞、台詞によって宮廷の貴顕、知識階級に愛玩されて「雅部」の名をほしいままにしていました。つまり、花部とは傍流であり、非主流であり、野辺の花、路傍の石、低俗、卑俗、うさん臭いものの代名詞でした。「花雅戦争」とは、少数派の士大夫階級が自分たちの小さな世界を墨守し、荒々しく打ち寄せる時代の波をせき止めようとする悪あがきに過ぎなかったとも言えます。それにしても勝ったただの負けただのと物騒な話ですが、これには一つの時代背景があります。

それは、洪昇《こうしょう》作『長生殿《ちょうせいでん》』と孔尚任《こうしょうじん》作『桃花扇《とうかせん》』の二大劇作が書かれ、上演された時期にも当たります。長生殿は長安の東驪山《りざん》に建てられた唐朝の離宮で、玄宗皇帝が華清宮《かせいきゅう》と改名し、有名な楊貴妃との一大ロマンスを生んだところとして知られています。白居易の『長恨歌《ちょうごんか》』などの筋立てを逐いながら安史の乱による運命の暗転が描かれます。『桃花扇』は明王朝の滅亡を背景に、明末の高名な文士で、宦官《かんがん》支配の宮廷に異を唱える政治青年侯方域《こうほういき》と南京の妓女李香君《りこうくん》との悲恋を歌い上げます。二人の愛は明朝の弾圧に続く清朝の支配によって結ばれることなく終わります。全編明朝への追慕の念が綾なして、明朝の遺臣たちは涙の袖を絞ったと伝えられます。

二作品に共通するのは滅びの道を生き急ぐ悲劇の美男美女です。たおやかな南方系の旋律に乗せて、作者は才筆を競います。史実と仮構が綯《な》い交ぜになった歴史劇の名作として、また清朝伝奇（長編の劇作）の二大傑作として並び称され、さらに中国古典劇の集大成として至高の境地を示し、文学史と演劇史に燦然とした光芒を放っています。昆曲はこの残映を一身に体した結晶で、それはあたかも繊細で壊れやすい花瓶のような存在でした。しかし、広範な大衆はこの花瓶を木っ端微塵に投げ捨てたのです。

秦腔《チンチアン》は「花部」の旗手として、人間が持って生まれた生命の本性、感性や欲望に従い、義理人情、恋愛や肉親のしがらみ、さまざまな葛藤を主題にして、建前ではなく率直さを重んじました。才子佳人のラブロマンスではなく、世相風俗を背景として社会の種々相と日常生活の描写、さらに男女間のきわどい愛情表現まで劇作に持ちこんだことで、観客の心をしっかりと捕らえ、時代の気風に適応したのです。秦腔の北京入りに最も輝かしい先鞭をつけたのは魏長生《ウェイチャンション》でした。

(注)魏長生《ウェイチャンション》　本書中巻一五二〜一五五ページに魏長生のセンセーショナルな北京デビューと「花雅の戦い」の経緯が陝西《せんせい》省秦劇院演出家封導《フォンダオ》の話として詳しく述べられている。

秦腔《チンチアン》の隆盛は清朝の高官で詩人・思想家の洪亮吉《こうりょうきつ》が乾隆四十七年(一七八二)、『元夕看桃《げんせきかんとう》(元宵節に桃を看る)』に「崇仁坊前百戯陳、雑楽共作秦声尊(崇仁坊《すうじんぼう》前は歌舞音曲、雑技曲芸で大賑わいだが、一番人気は何と言っても秦腔《チンチアン》……)」と歌ったのは、一度弾みのついた勢いの強さを窺わせるものでしたが、しかし、秦腔《チンチアン》の隆盛は長続きしませんでした。本書中巻一五三ページに次の記述があります。

「好事魔多し。人のねたみ、そねみほど恐ろしいものはない。魏三《ウェイサン》の劇団をどさ回りの田舎芝居と蔑み、昆曲こそ芝居の王道、〝ご本尊〟とあがめ奉る守旧派が依然勢力を保ち、昆曲の殿堂に立てこもっていた。その中には有力者が多く、魏三《ウェイサン》など一吹きで吹き飛ばすことができる。〝見る者の劣情をそそり悪の道に走らせる猥褻な舞台〟のレッテルを貼り、〝公序良俗に反する作品〟の中傷と追い落とし工作が始まった。今でいう〝ポルノ摘発事件〟だ。〝ポルノ一掃〟のかけ声で、魏長生《ウェイチャンション》はとうとう北京追放になってしまった……」

秦腔《チンチアン》の劇団に対する弾圧は北京郊外への一時的な〝所払い〟だけでなく、北京からの永久追放、上演禁止は旅公演の禁止にまで及び、さらに秦腔《チンチアン》の芸人は生計の道を奪われて奴隷として売り買いされ、その子孫は三代先まで科挙の試験を受験できず、身を立てる道も断たれてしまいました。当時、陝西省華県出身の秦腔《チンチアン》界の大物が科挙の郷試に合格したものの首を切られてしまう事件が起きています。多くの秦腔《チンチアン》支持者、ファンはこれに抗議しましたが、ことごとく厳罰の対象となりました。秦腔《チンチアン》はこれから雌伏と低迷の時期に入ります。

「野火が野山を焼こうとも、春風吹けばまた芽吹く」という言葉がありますが、清朝政府がいかなる手を弄しようと、人々の心に灯った観劇の楽しみを禁じ、物語の世界に遊ぶ喜びを奪うことはできません。その生きがいを刈り取ったとしても、そこからすぐ新しい芽を吹き、実をつけるのです。

「秦川《しんせん》八百里、関中っ子三千万、風塵に秦腔《チンチアン》を吼える」という言葉があります。秦人《しんじん》の末裔をもって任じる関中っ子は、たとえ黄土高原の猛烈な風砂に吹きさらされようとも口を閉ざさず秦腔《チンチアン》を絶唱するという意味です。秦腔《チンチアン》は火の玉のようなもので、人々の心の中で燃えています。今や陝西省だけでなく、甘粛・寧夏・青海・新疆・西蔵《チベット》の各地で秦腔《チンチアン》の響きが天にこだましています。秦腔《チンチアン》の大会が開かれると、プロもアマも老いも若きも駆けつけて喉を競い、マイクを奪い合います。秦の人々は少量の食べ物、少量の塩、少量の酢で生きていけますが、秦腔《チンチアン》なしでは生きていけないのです。

これに比して、清朝政府が肩入れし、盛りたてた昆曲は今や国の手厚い保護政策によってかろうじて余命を保っている状態です。世の中、何が幸いし何が災いするかは一朝一夕には分からないものです。考えてもご覧《ろう》じろ。もしも秦腔《チンチアン》が乾隆帝のお気に召してご寵愛を賜り、宮中に召されていたら、どうなっていたでしょうか？　粗野でがさつなもの、雅びならざるもの、尾籠なものはことごとくそぎ落とされ、洗い流されてしまい、その上に金銀、螺鈿《らでん》の細工を施され、男優は脂粉《しふん》を塗られ、鬼に鼻をつままれたような女の作り声を張り上げて、秦腔《チンチアン》は象牙細工か鼻煙壺《びえんこ》（嗅ぎ煙草を入れる容器）のような愛玩品に成り果てていたかもしれません。民間で生まれ、日常的に親しまれていたものがいきなり宮中のお飾りにされたり象牙の塔に陳列されたら、ろくなことにならないのは目に見えています。まさに本末転倒を言わざるを得ません。

もしも清朝政府が秦腔《チンチアン》の今日の隆盛ぶりを見たら手のひらを返して宮廷挙げて熱を入れ、西太后のように専用の劇場を建てたりしてパトロン風を吹かしていたに違いありません。そしてもしも、あのとき秦腔《チンチアン》の一座が北京から叩き出されていなかったら、宮廷貴族の風に染まって細部の妙を競い、愛鳥家の小鳥のように飼い慣らされて、おとなしく鳥かごの中に収まって、今日の気宇壮大な人間ドラマは影をひそめていたでしょう。

秦腔《チンチアン》を秦腔《チンチアン》たらしめているのは、それ自身が高エネルギーの生命体で、生命力の発露がただひたすらに率直なことです。高ぶり、荒ぶるエネルギーは取り澄ましたり、取り繕ったりせず、一途な命の叫びとして己《おのれ》をありのままに表現します。私はかつて、秦腔《チンチアン》をもっと知りたいと願う外国のジャーナリストと話したことがあります。私は言いました。秦腔《チンチアン》はロック・ミュージックですよと。その叫び声が口を突いて出るとき、人は完全に忘我の状態になります。彼が最初に見た舞台は「黒頭《ヘイトウ》（黒い隈取りで現れる豪傑役）」がのしのしと歩いていかにもサイケデリックな場面でしたが、リズムがゆったりして物足りなかったようです。しかし、すぐに急テンポのラップ調で「滾白《グンバイ》」が始まったとき、畳みかけるように感情をほとばしらせる歌唱は現代人の感情表現に遜色がないことを実感し、私の「ロック・ミュージック説」に全幅の信頼を置くようになりました。

二十世紀なって世界各都市で猛威を振るうロック音楽は、秦腔《チンチアン》のように人を惑わす魔性《ましょう》があると深読みする人がいますが、それは皮相な見方だと断じざるを得ません。彼らが欲望のままに叫び踊る感情的な表現は、命の深みに欠け、一過性のものに終わっています。一方、秦腔《チンチアン》が人間の運命や人間性の深みと向き合ったときの叫びは心底からのもので、人間存在の本源に関わるものとして生命力をほとばしらせ、いささかもたじろくことがありません。

私たちは古典演劇、伝統演劇は封建的、伝統的様式を墨守し、宣揚するものだと当然のように思いこんでいます。もとより、その一面の真理はあります。しかし、その一事で全体を見誤ってはなりません。それは何が演劇の伝統であるかを理解しない考え方です。伝統芸は弱者に寄り添い、権力の乱用や横暴に対して立ち向かって批判し、糾弾してきました。善良な意思に基づく活動の側に立ち、邪悪なるものの不当な加害や脅迫に対して弱腰だったり、怖じ気づいたことはありませんでした。むしろ民間の立場というのは、曇りのない目で公明正大、真実を見晴るかし、虚飾を見破る尺度であったのです。

秦腔《チンチアン》は疑いもなく中国で最も古い劇種です。「梆子腔《バンズチアン》」の開祖ともいわれています。梆子腔《バンズチアン》とはナツメの木で作った拍子木を叩いてリズムを取り、調子を高める歌い方の総称です。秦腔《チンチアン》の千年に渡る転変の中、多くの梆子腔《バンズチアン》は消えていきました。しかし、秦腔《チンチアン》はなお溌溂と命脈を保ち、老いてますます盛んといったところです。

中国西北部の三省二自治区（陝西・甘粛・青海・寧夏・新疆）の秦腔《チンチアン》劇団はざっと数千を数え、私がかつて確認したところでは甘粛省の甘谷県は人口五十六万人に対して愛好家の秦腔《チンチアン》結社は六十五団に及び、さらに西北地区の大都市にある「秦腔《チンチアン》茶屋」は年々増え続け、「秦腔《チンチアン》大会」「秦腔《チンチアン》勝ち抜き戦」は年々盛況を極め、のど自慢や芸達者たちが目にもの見せようと全国から遠路を厭わず馳せ参じます。都市の片隅、校舎の一隅、郷村の裏通り、田んぼや畑まで舞台に早変わりです。三度の飯より秦腔《チンチアン》が好きという熱狂的マニアも満天の星のごとく数えきれません。猫も杓子もお金に目の色を変えているご時世に、秦腔《チンチアン》という〝時代遅れ〟の代物に熱を上げ、入れ揚げている〝金食い虫〟の何と多いことか。うっとりと目を閉じ、首を振って調子を取っている様子はまさに〝桃源郷〟に遊ぶ心地なのでしょう。そこは陶淵明が描いた通りの夢幻境で〝仙木仏花〟が人を招いているのです。誰が諫《いさ》めても、どんな意見をしても通じるものではありません。

中国の西北地方の人々が、どんなに脅してもすかしても秦腔《チンチアン》の魅力から離れられない理由は、その力強さ、剛毅さが人の血中成分に欠かせないカルシウム、鉄分、亜鉛、カリウム、マンガン、マグネシウムであり、生命に華やぎと幸福感を与えるドーパミンであり、アドレナリンでもあるからです。秦腔《チンチアン》を「乾坤《けんこん》」の方角で占ってみると、「乾《けん》」は戌亥《いぬい》、まさに中国の北西の地にあります。男性的原理とされる「陽《よう》」の卦《け》で、質実剛健の気概に満ち、難関突破の力をみなぎらせています。民族の底力ともいうべき精神性を持ち、中国西域の関門にあって秦腔《チンチアン》の歌声は風を巻き、大空に裂帛《れっぱく》の気合いをほとばしらせて混沌《カオス》の渦を巻いています。

これとは対照的に「乾坤《けんこん》」の「坤《こん》」の方角は未申《ひつじさる》の南西、「陰《いん》」の卦《け》で、どちらかというと女性的な繊細さ、精緻さ、洗練、温順、安定性などを表しています。「陰性」の特徴を最もよく表している地方劇は江南の水郷地帯に生まれ、たおやかな蘇州語を用いる昆曲です。「南曲」の系統に属し、笛の伴奏で「水磨調《すいまちょう》」と呼ばれるなめらかな節回しを持っています。秦腔《チンチアン》はこれとは似ても似つきません。粗野でがさつ、気力旺盛で反骨精神に富み、これらが結果的に秦腔《チンチアン》の長命につながりました。

私が考えるに、命の生成発展はここに秘密があるのではないでしょうか？　今日ほどすべてに渡って精巧さと入念さが求められる時代はありません。世相は奢侈にふけって爛熟の相を見せ、秦腔《チンチアン》の首を絞め、死に至らしめようとしています。私たちもいつの間にかこの快適さ、優美さに馴らされていますが、もしかして時代と舞台芸術は知らず知らずのうちに衰退に向かっているのではないでしょうか。女性的原理である「陰《いん》」の卦《け》を持つ「坤《こん》」は、魅惑の美声で人々を惑わす妖精ローレライの伝説のように私たちの心に忍びこんでいます。「陽《よう》」の卦《け》を持つ秦腔《チンチアン》は不羈奔放、人に媚びず、へつらわず、甘いささやきもなく、時代の好みから取り残されようとしています。しかし、その頽勢《たいせい》を挽回する決め手となるのはやはり秦腔《チンチアン》が本来持っている古拙《こせつ》、古朴《こぼく》の力をおいてほかにありません。これこそ生命の本然に立ち返る常道で、秦腔《チンチアン》再生の新風を絶えず呼びこんでいたのです。秦腔《チンチアン》長命の秘密はここに隠されているのだと私は考えています。私たちの生きる道はさまざまですが、大事なのは古拙の持つ生命感、その力強さとたくましさ、そしておおらかさです。心が萎えたり、折れそうなとき最もよい方法は秦腔《チンチアン》を一声、二声、山に向かって吼えてみることです。ほら、効果てきめんでしょう。

こういった時代背景の中で私は長編小説『主演女優』を書きました。私は文学・演劇の団体に三十数年奉職し、秦腔《チンチアン》のうめき声、叫び声を生命の発露として聞き続けてきました。秦嶺《しんれい》山脈という巨大山塊の中で孤絶する貧しい僻村に生まれた羊飼いの少女を主人公に選び、大都会の舞台で秦腔《チンチアン》の主役に上り詰める物語を紡ぎ出しました。幼い命が歩んだ苦闘の足跡をたどる物語です。同時に中国伝統劇の専門劇団という集団にスポットを当て、そこに生きる群像を描きました。その世界はまさに〝天地創造〟の混沌に満ち、劇中劇も精彩を帯びて滔滔たる一大奔流をなしました。

ここで菱沼彬晁先生にお礼を申します。前作『西京バックステージ仕込み人（原題・装台）』翻訳出版後、三年の歳月をかけて『主演女優（原題・主角）』を日本の読者にお届けすることができました。これは長い忍耐を要する作業です。前作『装台（西京バックステージ仕込み人）』に倍する七十万字という字数にとどまらず、中国伝統劇に関する膨大な専門知識を必要とするからです。幸いなことに菱沼先生は長年日中の文学・演劇交流の実務に携わって中国の現代劇、伝統劇の翻訳に豊富な経験を持ち、二〇二一年には「中華図書特殊貢献賞」を受賞なさっています。先生のご努力に感謝し、まだご面識を得ていないことが残念で、コロナ禍が開けるのを楽しみに待っています。

最後にこの場を借りて、『主演女優』日本語版のために出色の解説をお書きいただいた呉義勤先生、日本語版の出版まで多大のご支援、ご協力いただいた日本文学の専門家である中国作家協会の李錦琦先生、そして私の舞台三部作の中の『西京バックステージ仕込み人』と『主演女優』の双方に味わい深いイラストを描いていただいた中国画家の馬河声先生に深い感謝の意を表します。北京の秋色が次第に深まる中、窓外に輝く黄金色の景色が私の心を暖かく染め上げています。

（二〇二二年十一月十二日北京にて）

[訳者]

菱沼彬晁（ひしぬま・よしあき）

1943 年 11 月北海道美瑛町生まれ。

早稲田大学仏文学専修卒業。

翻訳家、（公益社団法人）ITI 国際演劇協会日本センター理事、日中演劇交流・話劇人社事務局長、元日本ペンクラブ理事・財務室長、北京語言大学世界漢学センター日中翻訳センター長

中国演劇の主な訳業および日本公演作品

▶日本文化財団制作・江蘇省昆劇院日本公演：『牡丹亭』、『朱買臣休妻』、『打虎遊街』 ▶ AUN 制作：孫徳民作『懿貴妃』 ▶松竹株式会社制作：孫徳民作『西太后』▶新国立劇場制作：過士行作『棋人』、『カエル（青蛙）』▶ ITI 国際演劇協会日本センター制作：莫言作『ボイラーマンの妻』、過士行作『魚人』、李健鳴作『隔離』 ▶劇団東演制作：沈虹光作『長江乗合船（同船過渡）』、『幸せの日々』、『臨時病室』▶世田谷パブリックシアター制作：田沁鑫作『風を起こした男—田漢伝（狂飆）』▶豊島区・東京芸術劇場・ITI 国際演劇協会日本センター共同制作：シェイクスピア・方重、梁実秋中国語訳『リチャード三世』

中国現代演劇の単行本、演劇誌掲載作品

▶早川書房刊「悲劇喜劇」掲載：郭啓宏作『李白』

▶晩成書房刊『中国現代戯曲集』掲載：任徳耀作『馬蘭花』／高行健作『野人』（共訳）、『彼岸』／過士行作『鳥人』、『ニイハオ・トイレ』、『再見・火葬場』、『遺言』／孟冰作『これが最後の戦いだ』、『白鹿原』、『市民溥儀（公民）』、『皇帝の気に入り（伏生）』

中国現代小説の訳業

▶友梅作『さよなら瀬戸内海』（図書出版）

▶莫言作『牛』『築路』（岩波現代文庫）

▶過士行作『会うための別れ』（晩成書房）

▶陳彦作『西京バックステージ仕込み人（装台）』（晩成書房）

中国演劇評論の訳業

▶季国平著『中国の伝統劇入門』（晩成書房）

2022 年度参加の国際シンポジウム

9 月「北京文学走進日本」研討会（北京・東京）

12 月「桂林国際芸術(演劇)祭」サミット対話オンライン参加（桂林）

受　賞

▶ 2000 年　湯浅芳子賞

▶ 2021 年　第 15 回中華図書特殊貢献賞

▶ 2021 年　中国文化訳研網（CCTSS）特殊貢献賞

［画家］

馬河声（ば・かせい）

1964 年 2 月、陝西省合陽県生まれ。西安在住。

中国の著名な画家、書道家、エッセイスト。新聞、雑誌に作品多数発表。

書道作品集、画集を多数刊行。

『懶園』誌主幹。

B&R Book Program

主演女優　上

二〇二三年六月二〇日　第一刷印刷

二〇二三年六月三〇日　第一刷発行

著　者　陳彦

訳　者　菱沼彬晁

発行所　株式会社　晩成書房

●郵便番号一〇一―〇〇六四

●東京都千代田区神田猿楽町二―一―一六―一F

●電話〇三―三二九三―八三四八

●FAX〇三―三二九三―八三四九

印刷・製本　美研プリンティング株式会社

乱丁・落丁はお取り替えします

ISBN978-4-89380-514-0

Printed in Japan

中国現代戯曲集 1〜10

全10巻

編集＝話劇人社中国現代戯曲集編集委員会●湯浅芳子賞受賞

中国の現代演劇を全貌する刮目の戯曲集——

急速な変容を遂げつつ、国際的な存在感も高まる現代中国。
時代と社会の変化、民衆の心情を鋭くとらえ多彩な作品を生み出す
中国現代演劇の秀作・話題作を収める注目の戯曲シリーズ。
一九九〇年代以降の作品を中心に、中国近代演劇の扉を開いた曹禺の代表作（8・9集）、
児童青少年演劇作品（7集）なども収め、正に現代中国演劇を全貌する全10巻。

●定価＝①〜④各2000円＋税／⑤〜⑦各 2500円＋税／⑧ 3800円＋税／⑨・⑩各 3500円＋税

晩成書房
http://www.bansei.co.jp

会うための別れ

過士行短編小説

過士行＝著　菱沼彬晁＝訳

文革と現代社会──人生の不条理な悲喜劇を紡ぎだすメルヘン。

中国演劇界異能の劇作家・過士行、初めての短編小説集。


文革期、多くの都会の若者が、辺境の「生産建設兵団」へ赴いた。

やがて文革は終結に向かい、「知識青年」たちは次々に都会へ戻って行く。

だが、現地で結婚したカップルは規制があって帰還が許されない。

そこで、偽装結婚して都会へ帰ろうとするのだが、
妻に双子の妹がいたことで、話は複雑なことに……。

表題作『会うための別れ』ほか、現実にねざしつつ人生の虚と実、現実と幻想の境界に成り立つ8作品。

●定価＝2000円＋税

晩成書房
http://www.bansei.co.jp

中国の伝統劇入門

季国平演劇評論集

季国平＝著　菱沼彬晁＝訳

古典と現代―演劇観の衝突の中、未来を懸けて継承と発展を模索する中国の伝統劇。
中国戯劇家協会副主席・季国平による現場からの動態報告。

中国伝統劇「戯曲」は悠久の歴史を持ち、独特の様式と上演形態、そして芸術的魅力を備えている。

全国的な人気を博している昆劇、京劇、秦腔、川劇、越劇などをはじめ、広大な国土を持つ中国では、その土地に根ざした伝統劇が育ち、その数は百を越え、今なお生きた活動を続けている。

特筆すべきは、それぞれの戯曲芸術が根強い観客の支持を受けながら、継承と発展に努め成果をあげていることだ。

『主演女優』に描かれた伝統劇と観客の近しい関係をより理解できる評論集。

●定価＝2800円＋税

晩成書房
http://www.bansei.co.jp

西京 バックステージ仕込み人［上］・［下］ 全2巻

陳彦＝著　菱沼彬晁＝訳

舞台裏から見た中国現代化の強烈な光と漆黒の影――

華やかな舞台を陰で支える「仕込み人」たちが抱える人間模様の迷宮……。

かつては長安と呼ばれた陝西省の省都・西京（西安）。その劇場の華やかな舞台を支える裏方集団。

時間との闘いで最新の照明器材や華麗な舞台装置を現場で仕込むのは、中国では農村からの出稼ぎ人たちだ。

劇場管理者、演出家、照明家、美術家らの過酷な要求と対峙しつつ、
裏方集団をまとめて幕を開けるリーダーには人並みならぬ度量が求められる。

舞台以上に劇的でシュールでさえあるその生きざまを描く長編小説。

『主演女優』作者による、舞台を支える裏方「仕込み人」たちの輝きと闇の世界の物語。
●定価＝各2700円＋税

晩成書房
http://www.bansei.co.jp